诗经

动植物图说

动物卷

高明乾
王凤产

著

图书在版编目(CIP)数据

《诗经》动植物图说/高明乾,王凤产,毛雪飞著. —北京:中华书局,2020.12

ISBN 978-7-101-14273-0

Ⅰ.诗… Ⅱ.①高…②工…③毛… Ⅲ.①《诗经》 诗歌欣赏②植物-介绍-中国③动物-介绍-中国 Ⅳ.①I207.222②Q94③Q95

中国版本图书馆 CIP 数据核字(2019)第 274105 号

书　　名	《诗经》动植物图说(全二册)
著　　者	高明乾　王凤产　毛雪飞
责任编辑	傅　可
出版发行	中华书局
	(北京市丰台区太平桥西里 38 号　100073)
	http://www.zhbc.com.cn
	E-mail:zhbc@ zhbc.com.cn
印　　刷	北京瑞古冠中印刷厂
版　　次	2020 年 12 月北京第 1 版
	2020 年 12 月北京第 1 次印刷
规　　格	开本/920×1250 毫米　1/32
	印张 29　插页 8　字数 400 千字
印　　数	1-8000 册
国际书号	ISBN 978-7-101-14273-0
定　　价	78.00 元

旄丘之葛兮，何诞之节兮！叔兮伯兮，何多日也？
何其处也？必有与也！何其久也？必有以也！
狐裘蒙戎，匪车不东。叔兮伯兮，靡所与同。
琐兮尾兮，流离之子。叔兮伯兮，褒如充耳。

——《邶风·旄丘》

简兮简兮，方将万舞。日之方中，在前上处。
硕人俣俣，公庭万舞。有力如虎，执辔如组。
左手执龠，右手秉翟。赫如渥赭，公言锡爵。
山有榛，隰有苓。云谁之思？西方美人。彼美人兮，西方之人兮。

——《邶风·简兮》

金丝猴

骍骍角弓，翩其反矣。兄弟昏姻，无胥远矣。
尔之远矣，民胥然矣。尔之教矣，民胥效矣。
……

——《小雅·角弓》

鹤鸣于九皋，声闻于野。鱼潜在渊，或在于渚。乐彼之园，
爰有树檀，其下维萚。他山之石，可以为错。
······

——《小雅·鹤鸣》

目　录

动物卷（113种）

动物卷

一　马的美称知多少（马）

马

马（马科，Equus ca-ballus）是哺乳纲、奇蹄目的草食性动物。马与人的生活有密切关系，人们都很熟悉，在此不再介绍其形态特征。

采采卷耳，不盈顷筐。嗟我怀人[1]，寘彼周行[2]。
陟彼崔嵬[3]，我马虺隤[4]。我姑酌彼金罍[5]，维以不永怀[6]。
陟彼高冈，我马玄黄。我姑酌彼兕觥[7]，维以不永伤[8]。
陟彼砠矣[9]，我马瘏矣[10]；我仆痡矣[11]，云何吁矣。

　　　　　　　　　　——《周南·卷耳》

注释： ①嗟：语助词，或谓叹息声。怀：怀想。

②寘（zhì）：放，搁置。周行（háng）：环绕的道路，特指大道。

③陟：登。崔嵬（wéi）：山路高低不平。

④虺隤（huī tuí）：疲极致病。

⑤金罍（léi）：古代用青铜做的酒器。

⑥永怀：长久思念。

⑦兕觥（sì gōng）：犀牛角制成的酒杯。

⑧永伤：永远伤感。

⑨砠（jū）：土石山。

⑩瘏（tú）：因劳致病。

⑪痡（pū）：因劳致病。

    《周南·卷耳》是写一位妇女思念丈夫远行的诗。全诗感情真挚，文字简洁明快，流露出夫妻间的深情厚意，感人肺腑。她想象自己的丈夫在征行途中登高思亲、借酒消愁的忧伤情景，显示出丈夫在外的劳苦之状，以自己及思念不断的愁绪，并借用马的劳顿表露行途的艰辛。

    古代类似的诗句，如李白的"抽刀断水水更流，举杯消愁愁更愁。人生在世不称意，明朝散发弄扁舟"；范仲淹的"明月楼高休独倚。酒入愁肠，化作相思泪"。它们神韵天成，绕梁不绝，读之不忍释卷，不知打动了多少人的心。

    马字来源于象形文字，《说文解字》这样解释小篆字体的

"马"："怒也，武也。象马头、髦、尾、四足之形。"就是说"马"健壮威武，以图画的方法形成汉字。

马是哺乳纲、奇蹄目、马科、马属的动物。马属共有9种，分布于全世界，我国有4种。家马是由野马驯化而来的。世界上现存的野马仅分布在阿尔泰山两侧的广阔平原上。许多学者认为野马是我国家马的祖先，人们可能在公元前3000年亚洲中部草原地区驯化马并用于运输。我国考古学家在龙山文化遗址中发现有马的遗骨，可见马在我国史前时代已被家养。

马在《诗经》中出现次数极多，马的美称也很多，堪称世界一绝，可见古人对马观察细微，值得一叙：

（1）驹：小马。《说文解字》："马二岁曰驹，三岁曰骕。"

（2）骒（lái）：高七尺以上的马。《毛传》："马七尺以上曰骒。"《说文解字》："马七尺为骒，八尺为龙。"

（3）黄：黄马。朱熹《诗集传》："乘黄，四马皆黄也。"

（4）骍（bǎo）：骊白杂毛的马。朱熹《诗集传》："骊白杂毛曰骍，今所谓乌骢也。"

（5）骊（lí）：黑马。朱熹《诗集传》："骊，马黑色也。"

（6）白颠：额有白毛的马，又叫的颡、戴星马。《毛传》："白颠，的颡也。"孔《疏》："舍人曰：的，白也；颡，额也。额有白毛，今之戴星马也。"

（7）骥（tiě）：铁黑色的马，又指黑马。朱熹《诗集传》："骊骥，四马皆黑色如铁也。"《说文解字》："骥，马赤黑色。"

（8）骐（qí）：青黑色花纹如棋盘格子的马。《毛传》："骐，骐文也。"《说文解字》："骐，马青骊文如博綦也。"

（9）霏（zhù）：左足白色的马。《毛传》："左足白曰霏。"

（10）骝（liú）：赤身黑鬣的马。郑《笺》："赤身黑鬣曰骝。"

（11）骒（guā）：黑嘴的黄马。《毛传》："黄马黑喙曰骒。"《秦风·小戎》中有"骐骝是中，骒骊是骖"，句中的"骒"即黑嘴的黄马。

（12）皇：毛色黄白的马。《毛传》："黄白曰皇。"

（13）驳：毛色红白的马。《毛传》："骝白曰驳。"

（14）骆（luò）：黑鬣的白马。《毛传》："白马黑鬣曰骆。"《说文解字》："骆，马白色黑鬣尾也。"

（15）骃（yīn）：毛色浅黑杂白的马。《尔雅》："阴白杂毛骃。"郭璞注："阴，浅黑。今之泥骢。"

（16）骍（xīng）：赤色马，也指赤色的牛。《毛传》："赤黄曰骍。"孔《疏》："周人尚赤，而牲用骍纲。《礼》称阳祀用骍牲，是骍为纯赤色。言赤黄者，谓赤而微黄，其色鲜明者也。"

（17）骟（yuán）：赤毛白腹的马。《毛传》："骝马白腹曰骟。"

（18）骦（yù）：白胯的黑马。《毛传》："骊马白胯曰骦。"

（19）骓（zhuī）：苍白杂毛的马。《毛传》："苍白杂毛曰骓。"

（20）䭴（pī）：黄白杂毛的马。《毛传》："黄白杂毛曰䭴。"

（21）骀（tuó）：有鳞状黑斑纹的青毛马。朱熹《诗集传》：

"青骊驎曰骓。色有深浅，斑驳如鱼鳞，今之连钱骢也。"

（22）雒（luò）：黑身白鬣的马。《毛传》："黑身白鬣曰雒。"

（23）騢（xiá）：赤白杂毛的马。《毛传》："彤白杂毛曰騢。"

（24）驔（diàn）：胫有长毛的马。朱熹《诗集传》："豪骭曰驔。毫在骭而白也。"毫是长毛；骭是胫，即小腿。

（25）鱼：两目白色的马。朱熹《诗集传》："二目白曰鱼，似鱼目也。"

（26）駽（xuān）：青黑色的马。《毛传》："青骊曰駽。"

（27）牡：牡为雄性之兽，《诗经》中的"牡"有时专指雄马。

《诗经》中还有一些与马有关的词。如"骖""騑"指驾车时位于服马两旁的马，"驷"指驾一套车的四匹马，"骄""骊""駓"都形容马的高大健壮等。因这些词不是某种马的专称，故不再列举。

二 麒麟有原型动物吗（长颈鹿）

　　麒麟是我国传说中的"仁兽""瑞兽"，被古人看作至高至美的神兽。传说麒麟出，国泰民安，天下太平。而在古代，曾有人认为长颈鹿就是麒麟。

　　长颈鹿（长颈鹿科，Giraffa camelopardalis）因颈很长得名，是陆上最高的动物，成年雄体高约6米，肩高约3.3米，头躯干约长4.3米，尾长1米左右，体重550至1930千克，平均为800千克。雌雄头部都有1至2对外包皮肤和茸毛的小

麒麟（长颈鹿）

角。眼大而突出，位于头侧上位，适于远瞩。睫毛长。舌长，舌头可长达45厘米，而且很灵活，方便取食树叶。

麟之趾，振振公子①，于嗟麟兮②。

麟之定③，振振公姓，于嗟麟兮。

麟之角，振振公族，于嗟麟兮！

——《周南·麟之趾》

注释：①振振（zhēn zhēn）：诚实仁厚的样子。公子：与公姓、公族皆指贵族子孙。

②于嗟：赞美声。

③定：通"颎"，指额。

《周南·麟之趾》是一首赞美贵族公子的诗。以"麟"起兴，以"麟之趾"代指麟，比喻振奋有为的公子，并发出赞美的感叹。三章回旋往复，使麒麟和公子交替出现，"于嗟麟兮"的赞美之声不断回荡，形成一种兴奋、热烈的诗情与画意。

《周南·麟之趾》二、三章有"麟之定，振振公姓""麟之角，振振公族"之句，句中的"麟"与诗首章的"麟"同物。

关于"麟"，古代多有记述。《毛传》说："麟，瑞兽也。"陆玑《毛诗草木鸟兽虫鱼疏》说："麟，麕身，牛尾，马足，黄色，圆蹄，一角，角端有肉。音中钟吕，行中规矩，游必择地，详而后处。不履生虫，不践生草，不群居，不侣行，不入陷阱，不罹罗网。王者至仁则出。"朱熹《诗集传》说："麟，麕身，牛尾，马蹄，毛虫之长也。"

《说文解字》记载："麟，大牝鹿也。"

在对麒麟这一神兽的建构上，体现了古人的"集美"思想。麒麟是我国传说中的"仁兽""瑞兽"，被古人看作至高至美的神兽。其状如鹿，独角，全身生鳞甲，尾像牛，多作为吉祥的象征。民间有"麒麟送子"的民俗文化现象。那么，麒麟有无原型动物呢？

　　杨钟健《演化的实证与过程》中说："麒麟是代表种属鉴定不确定的几种哺乳动物，鹿和犀牛最近似。"又有文章指出：宋朝以前的中国人对长颈鹿一无所知，我国古文献中关于长颈鹿的记载最初见于南宋初李石的《续博物志》，谓"拨拨力"（即索马里之柏培拉）国有异兽，名驼牛。此后赵汝适的《诸蕃志》（1225）中记有"徂蜡"，"状如骆驰而大如牛，色黄，前脚高五尺，后低三尺，头高向上，皮厚一寸。"徂蜡是阿拉伯语Zurafa（长颈鹿）的译音。

　　中国古代传说认为世有麒麟出，是国泰民安、天下太平的吉兆，可这种古籍中形容为鹿身、牛尾、独角神兽模样的麒麟谁也没见过，故一直有人怀疑它是否真的存在。明永乐十二年（1414）九月二十日，郑和手下的杨敏带回榜葛剌国（今孟加拉国）新国王赛弗丁进贡的一只长颈鹿，明朝举国上下为之喧腾。当时的景象就如同沈度的颂诗所形容的"臣民集观，欣喜倍万"。有诗赞曰："西南之陬，大海之浒，实生麒麟，身高五丈。麋身马蹄，肉角嶷嶷。文采焜耀，红云紫雾。趾不践物，游必择土。舒舒徐徐，动循矩度。聆其和鸣，音协钟吕。仁哉兹兽，旷古一遇。照其神灵，登于天府。"

活的长颈鹿在明永乐时才输入我国，这是郑和远航的一项收获。在郑和的随员巩珍写的《西洋蕃国志》（1434）和马欢写的《瀛涯胜览》（1451）中，都把长颈鹿叫作"麒麟"。永乐十四年（1416），麻林国第二次向明朝进贡"麒麟"。《瀛涯胜览》一书对此瑞兽有如下描述："麒麟，前二足高九尺余，后两足约高六尺，头抬颈长一丈六尺，首昂后低，人莫能骑。头上有两肉角，在耳边。牛尾鹿身，蹄有三跲，匾口。食粟、豆、面饼。"不难看出，所谓"麒麟"即长颈鹿。《明史》记载，正统三年（1438）榜葛剌国又进贡过一次"麒麟"。

据郑和等在江苏娄东刘家港天妃宫所刻《通蕃事迹记》和在福建长乐南山寺所刻《天妃之神灵应记》二文，都说"永乐十五年统领舟师往西域。……阿丹国进麒麟，番名祖剌法，并长角马哈兽"。用长颈鹿充当麒麟，在明代确已得到官方的正式承认。

古生物学分类中的长颈鹿科，以前曾经被称为麒麟科，日本至今仍采用这一名称。在我国古生物的命名中，一些长颈鹿也仍然保留了麟的种名。

据《生命世界漫笔》一书记载："我国古代所说的麒麟，就是长颈鹿。至今日本人仍称长颈鹿为麒麟（キリン）。长颈鹿为什么称麒麟？就是因为索马里语称长颈鹿为'基林'Qiri，我国古代文献上对长颈鹿的译法有两种：一是依索马里语音译成麒麟，二是依阿拉伯语zurafa音译成'徂蜡'或'祖剌法'。"

《珍禽奇兽》中有"麒麟就是长颈鹿"一文。其中说："在陕西骊山的秦始皇墓前，有一尊貌似长颈鹿的石麒麟。南宋赵汝适写的《外地理志·诸蕃志》中说'麒麟'是从外语兽名'徂蜡'音译的。在日本，直到现在，还叫长颈鹿为'麒麟'。明代，非洲东海岸的麻林国，曾派使者送来一只麒麟，皇帝成祖还叫画师给麒麟画了像。从《明史·外国传》中，知道麒麟前足高九尺，后足高六尺，颈长一丈六尺，牛尾，鹿身，食粟豆饼饵。《抱朴子》等多种古籍上指出，麒麟'耸肉角''身散雪''麟不吠守'和'尾生风，昼行千里'。从这些特征来看，古代所说的麒麟是长颈鹿。"鉴于明代以来已将传说中的麒麟确认为长颈鹿。时至今日，日语和韩语仍将长颈鹿称作麒麟，闽南话也将长颈鹿称作"麒麟鹿"。故以长颈鹿释麟。

长颈鹿脖子很长，但颈椎只有7节，只是每节都加长了。四肢也很长，尾巴蓬松。雌性有四个乳房。栖息于开阔草地。长颈鹿喜欢群居，一般十多头生活在一起。长颈鹿是胆小善良的动物，每当遇到天敌时，立即逃跑。它能以每小时50千米的速度奔跑。寿命可达30年。以植物的叶子或小枝条为食。产于非洲。国内动物园里的长颈鹿都是舶来品。

长颈鹿主要分布于博茨瓦纳、喀麦隆、中非共和国、乍得、刚果民主共和国、埃塞俄比亚、肯尼亚、莫桑比克、纳米比亚、尼日尔、索马里、南非、苏丹、坦桑尼亚、乌干达、赞比亚、津巴布韦等国。

三 牛的家族（犀牛、黄牛、牦牛）

《诗经》中有很多篇章都提到了牛，有犀牛、黄牛、牦牛等，它们各有不同的特征和生活习性，在《诗经》中也有很大的差别。我们追寻古人认识和应用这些动物的踪迹，其中的乐趣耐人寻味。

1. 兕（印度犀牛）

印度犀牛（犀牛科，Rhinoceros unicornis）是大型食草动物。长有一个鼻角，身上的皮肤似甲胄，又称独角犀。身长约3.2至3.5米，肩高达1.8米。头大，雌雄吻上都有一角，黑色，圆锥状，粗而不长，一般约有30至40厘米。颈短，耳长，眼小，鼻孔大。

印度犀牛

采采卷耳，不盈顷筐。嗟我怀人①，寘彼周行②。

陟彼崔嵬③，我马虺隤④。我姑酌彼金罍⑤，维以不永怀⑥。

陟彼高冈，我马玄黄。我姑酌彼兕觥⑦，维以不永伤⑧。

陟彼砠矣⑨，我马瘏矣⑩；我仆痡矣，云何吁矣。

——《周南·卷耳》

注解参见第一章。

诗中的兕觥（sì gōng），是指用犀牛角制作的大酒杯。古人云："象以齿焚，犀以角毙。"大象和犀牛经常受到人类的大肆捕杀，如今，犀牛的数量已经非常稀少。犀牛是当今第二大陆地动物。距今约五千六百万年前，犀牛的祖先就已出现，现在世界上共有黑犀牛（西非亚种已于2011年11月10日正式宣告灭绝）、白犀牛、印度犀牛、苏门答腊犀牛和爪哇犀牛（2010年被偷猎者猎杀的越南爪哇犀牛，可能是世界上最后一只）等5种，加起来只有27000多头，目前全部被列为国际保护动物。但即便如此，每年惨遭偷猎者杀害的犀牛也在200至400头。

相传"兕"是上古瑞兽，状如牛，苍黑，板角。逢天下将盛而出。记得《西游记》里有一段，太上老君所骑的青牛下凡成精，使用一个金钢圈，套去众神好多兵器，这只青牛就是兕。

我国古代对犀牛多有记载，《尔雅》中记载："兕似牛。"郭璞注："一角，青色，重千斤。""犀似豕。"郭璞注："形似水牛，猪头，大腹，痹脚，脚有三蹄，黑色，三角，一在顶上，一在额上，一在鼻上。鼻上者，即食角也，小而不椭，好食棘。亦有一角者。"《说文解字》说："兕，如野牛而青。"朱熹《诗集传》中说："兕，野牛。一角，青色，重千斤。"

有人认为兕与犀牛是两种动物，将二者混为一谈是错误的。然而，《本草纲目》卷51《犀》篇中说："[释名]兕。[时珍曰]犀字，篆文象形。其牸名兕，亦曰沙犀。《尔雅翼》云：兕与牸字音相近，犹羖之为牡也。大抵犀、兕是一物，古人多言兕，后人多言犀，北音多言兕，南音多言犀，为不同耳。……梵书谓犀曰羯伽。"可见兕的名称，古人多言兕，后人多言犀；北人多言兕，南人多言犀。故依李时珍所言以印度犀牛释兕。

《红楼梦》第五回中贾元春的判词："二十年来辨是非，榴花开处照宫闱。三春争及初春景，虎兕相逢大梦归。"这里的"兕"，指的也是犀牛。

我国古代也有犀牛，有文物为证。历史上记载，托马斯·C·捷尔顿曾于1874年这样描写："这种巨大的犀牛居住于喜马拉雅山的尼泊尔山脚。它在西藏地区的东部比西部分布更为广泛，在阿萨姆（印度东北部一邦）是种群最为繁盛。"

犀牛身体粗壮庞大，皮肤坚厚，除耳与尾外，完全无毛。犀牛的皮可以说是现存所有陆生动物中最厚的，比大象与河马的皮还要厚，厚度可达8至10厘米。在古代常用犀牛角制作酒杯，用它的厚皮制作士兵的盔甲。

它的肩胛、颈下及四肢关节处有宽大的褶缝，成硝状。皮肤表面有很多疣状凸起，皮肤呈黑灰色，略带紫色。四肢粗壮，均三趾。生活于亚热带潮湿、茂密的丛莽草原。独栖或两只同栖，具有夜间活动的习性。嗅觉、听觉强，视觉弱。主要在清晨和傍晚觅食嫩草、芦苇、竹芽和细树枝等，觅食时它们一次能吃下50千克的植物。

2. 牛（黄牛）

黄牛（牛科，Bos taurus domestica）是食草性动物，体长1.5至2米，体重一般在250千克左右。体格强壮结实。头大，额广，鼻阔，口大。上唇上部有两个大鼻孔，眼、耳都很大，喉下有垂肉。头上有一对角，左右分开，弯曲。四肢匀称，四趾，均有蹄甲。尾较长，尾端有丛毛。毛色大部为黄色，无杂毛掺混。

黄牛

君子于役，不知其期。曷至哉①？鸡栖于埘②。

日之夕矣，羊牛下来。君子于役，如之何勿思？

君子于役，不日不月。曷其有佸③？鸡栖于桀。

日之夕矣，羊牛下括④。君子于役，苟无饥渴⑤！

——《王风·君子于役》

《诗经》动植物图说

②埘（shí）：鸡舍。

③佸（huó）：相会。

④括：聚集。

⑤苟：大概。

《王风·君子于役》是写一位妻子思念远行服役丈夫的诗，表达了无休止的征役给人民带来的痛苦和忧伤。诗中用素描的手法描摹出一幅典型的乡村日暮景色。以"鸡栖于埘。日之夕矣，羊牛下来"，反衬丈夫的远行不归。牛羊家禽归圈，炊烟袅袅升起，更勾起妻子的惆怅与孤独，于是她叹息地发出了"曷至哉"：到底什么时候才能回来呢？景物描写和主人公的内心独白水乳交融，语简情深。

该诗反映了春秋初年因东周王朝给畿内人民加上了沉重的兵役、徭役负担而男旷女怨的普遍现象。这正如朱熹所说，"君子行役之久，不可计以日月，而又不知其何时可以来会也。亦庶几其免于饥渴而已矣。此忧之深而思之切也。"（《诗集传》）

这首诗在中国诗歌史上有着极为重要的地位。内容的深刻性和开创性以及写作技巧对后世有重大影响。如唐代温庭筠的《忆江南》："斜晖脉脉水悠悠，肠断白蘋洲。"宋代李清照的《醉花阴》："东篱把酒黄昏后，有暗香盈袖。莫道不销魂，帘卷西风，人似黄花瘦。"元代马致远的《天净沙·秋思》："古道西风瘦马，夕阳西下，断肠人在天涯。"清代许瑶光《雪门诗抄》："鸡栖于桀下牛羊，饥渴萦怀对夕阳。已启唐人闺怨句，最难消遣是昏黄。"逐渐形成了我国"日夕闺思"的原型和创作母题。

"取景造境，情景交融"也是后人极力推崇的写作技巧。该诗描绘了一个真挚动人的生活画卷，状景言情，语言纯朴，成功地描绘出思妇倚门怀人时，令人柔肠寸断、悲伤凄婉的氛围。

《诗经》中出现的牛的其他称谓，现列举如下：

（1）犉（chún）：黑唇的黄牛，又指体形高大的牛。《毛传》："黄牛黑唇曰犉。"《尔雅》："黑唇犉。"又："牛七尺为犉。"

（2）牺：祭祀用的纯色牲畜。郑《笺》："牺，纯色牲。"《说文解字》："牺，宗庙之牲也。"

（3）骍（xīng）：指赤色的马，也指赤色的牛。

牛的驯化历史久远，原牛的遗骸在西亚、北非和欧洲大陆均有发现。多数学者认为，亚洲是野牛原种的栖息地，迄今仍有许多生活于野生状态中，而在欧洲和北美，只有动物园和保护区尚存少数野牛。中国黄牛的祖先原牛的化石也在南北许多地方发现，如大同博物馆陈列的原牛头骨，经鉴定已有7万年。安徽省博物馆保存的长1米余的骨心，是在淮北地区更新世晚期地层中发掘到的。此外，在吉林的榆树市也发掘到原牛的化石和牛的野生种遗骨。根据考古遗迹，很多研究人员认为，牛于8000多年前只在土耳其的西南部得到过驯化，经驯化的牛由此传入非洲、亚洲和欧洲。

从古代文献看，甲骨文中有"沈牛"一词，被释为水牛的古称。汉代司马相如《上林赋》也有此名词。《山海经》中有牛的记载。现陈列在美国明尼阿波利斯美术馆的卧态水牛铜像是周代文物。明代《凉州异物志》载"有水牛育于河中"。《说文解字》："牛，大牲也。牛，件也。件，事理也。"现在家养的牛有黄牛、水牛和牦牛等。《诗经》中的《王风》是平王东迁以后的作品，产生于今洛阳一带，故诗中的"牛"以北方黄牛释之为妥。

牛在全国各地均有饲养，草食性，辅以大麦、大豆、油粕、糟糠饲之。胃有四室，可反刍。牛可畜用，现多肉用，还有一定的药用价值，如《本草经》："牛黄，味甘平。主治惊痫寒热，热甚狂痉。"

3. 旄（牦牛）

牦牛（牛科, Bos grunniens）是草食性动物。古称犛牛、旄牛、氂牛、犏牛等。牦牛全身一般呈黑褐色，两性均有角，雄的角较大。体长2.5至3.2米，肩高1.8至2米，体重500至820千克。肩部中央有显著凸起的隆肉，体侧下部、肩部、胸腹部及腿部均披长达40厘米以上的长毛。尾端长毛形成簇状。

牦牛

子子干旄[①]，在浚之郊。素丝纰之[②]，良马四之。

彼姝者子③，何以畀之④？孑孑干旟⑤，在浚之都。
素丝组之，良马五之。彼姝者子，何以予之？
孑孑干旌⑥，在浚之城。素丝祝之⑦，良马六之。
彼姝者子，何以告之⑧？

—— 《鄘风·干旄》

注释：①孑孑（jié）：指旗显眼，高挂干上。干旄（máo）：以牦牛尾饰旗杆。

②纰（pí）：指在衣冠或旗帜上镶边。

③姝（shū）：美好。

④畀（bì）：给予。

⑤旟（yú）：画有鸟隼的旗。

⑥旌（jīng）：以牦牛尾和五彩鸟羽装饰的的一种旗。

⑦祝：指编连缝合。

⑧告（gǔ）：忠言也。一说告同"予"。

《鄘风·干旄》一诗创作于西周初年至春秋中叶之间。一般认为是赞美卫文公群臣乐于招贤纳士、以图复国的诗。"姝者之子"是有美德的君子。卫文公或卿大夫如此隆重地访求贤才以图复国，值得歌颂。古者聘贤招士多以弓旌车乘举办。大夫出行，车马隆隆，旗帜鲜明，高高飘扬。这位尊贵的男子驾车驱驰在浚邑郊外的大道上。此诗以干旄、干旟、干旌，良马四之、良马五之、良马六之，渲染盛况，摇曳生姿，浩浩荡荡。旄、旟、旌可能适用的场合和地位有所不同，共同之处都在于衬托"姝者之子"的地位。良马好坏及数量类似于现在的"轿车待遇"，干旄类似于现在的"职位"，一旦认为是贤才，则胯下良马，身后旄旌，类似古代的"夸官"在郊都周游，春风得意。

另有一说，此诗是"卫文公臣子好善说"；还有一说，此诗是"男恋女情诗说"，写一个男性贵族青年乘车赶马去见他的情人的盛况。但不如"卫大夫求贤说"的理由充分。

诗中的干旄，"旄"与"牦"同。以牦牛尾饰旗杆，树于车后，显示威风。《史记·夏本纪》张守节《正义》指出："西南夷常贡旄牛尾，为旌旗之饰。"这种旗就是旄旗，说明古代已认识并狩猎这种旄牛了。《山海经·北山经》中记载："潘侯之山……有兽焉，其状如牛，而四节生毛，名曰旄牛。"郭璞注："今旄牛背、膝及胡、尾皆有长毛。"

《本草纲目》卷51记载："［释名］犣牛、犏牛。［时珍曰］牦与旄同。或作毛。"又曰："牦牛出甘肃临洮，及西南徼外，野牛也，人多畜养之。状如水牛，体长多力，能载重，迅行如飞，性至粗梗。髀、膝、尾、背、胡下皆有黑毛，长尺许。其尾最长，大如斗，亦自爱护，草木钩之，则止而不动。古人取为旌旄，今人以为缨帽。毛杂白色者，以茜染红色。"

牦牛起源于亚欧大陆的东北部，现今的家养牦牛和野生牦牛都是同一祖先的后代。据中国华北、内蒙古，以及俄罗斯西伯利亚、美国的阿拉斯加等地发现的牦牛化石考证，不论现今分布在我国藏北高原昆仑山区的野牦牛，还是由野牦牛驯养而来的家牦牛，都来源于三百多万年前（更新世）分布在亚欧大陆东北部的原始牦牛。中国是世界牦牛的发源地，全世界90%的牦牛生活在我国青藏高原及毗邻的6个省区。除中国外，与我国毗邻的蒙古国、哈萨克斯坦、吉尔吉斯斯坦、塔吉克斯坦以及印度、不丹、阿富汗、巴基斯坦等国均有少量分布。

牦牛是世界上生活在最高海拔地区的哺乳动物。野生牦牛生活在高原草甸、灌丛、荒漠等地，适应性强，耐风雪严寒，嗅觉较灵敏，多成群活动，喜晨昏觅食。一般年末至次年年初发情交配，怀孕期约9个月，每胎产1仔，幼仔2—3年性成熟。人工放养的牦牛，耐粗、耐劳，善走陡坡、险滩、雪山、激流，被称作高原之舟。牦牛从古至今是青藏高原牧区的优势种家畜和当家畜种，具有顽强的生命力。牦牛全身都是宝，藏族人民衣食住行烧耕都离不开它。它的皮是制革的好材料，可制做帐篷。牦牛既可用于农耕，又可在高原作运输工具。野牦牛是国家一级重点保护动物，是《中国濒危动物红皮书》易危等级动物。

四　兔死狐悲（草兔、狐狸）

有个成语叫"兔死狐悲"，比喻因同盟死亡而感到悲戚。兔子和狐狸有相关性，故放在一起来讨论。

1. 兔（草兔）

草兔（兔科，Lepus europaeus）是兔形目的草食性动物，又叫欧兔、蒙古兔、野兔等。体长约50厘米。体背面呈黄褐至褐色；腹面白色；耳尖端黑色；尾上面呈黑色，两侧及下面为白色。栖息于低洼地、草甸、田野、树林、草丛或灌木丛中。通常清晨或夜间出穴，在其窝附近活动。

草兔

肃肃兔罝①，椓之丁丁②。赳赳武夫，公侯干城③。
肃肃兔罝，施于中逵④。赳赳武夫，公侯好仇⑤。

肃肃兔罝，施于中林。赳赳武夫，公侯腹心^⑥。

——《周南·兔罝》

注释：①肃肃（suō）：密密。罝（jū）：捕兽的网。

②椓（zhuó）：打击。丁丁（zhēng）：击打声。

③公侯：周封列国爵位（公、侯、伯、子、男）之尊者，泛指统制者。

　干城：捍卫城池。

④中逵（kuí）：即四通八达的大路。

⑤仇（qiú）：通"逑"，搭档。

⑥腹心：最可信赖的人。

　　《周南·兔罝》是一首赞美武士的诗，描写了武士张网捕猎的情景，赞美武士的雄姿，并用"干城"（"干"古训为"扞"，即今之捍，干城即捍城。诗《笺》曰："干也，城也，皆以御难也。"）比喻武士是国家的坚强护卫。用来捕捉野兔的网，也象征着保家卫国的网，有众多的贤人构成这样的网，国家才能安泰，百姓才能安宁。该篇写的是武士张网捕猎，也是练兵的活动，其寓意是记述与颂扬文王创业的艰苦历程。

　　古代战争比较频繁，尚武之风自然盛行。孔武有力的勇士不仅会多一些生存的机会，同时还能杀敌立功、保家卫国。这是战争的需要、国家的需要、君王的需要。这让当时的墨子十分痛心，他著《兼爱》与《非攻》，希望以爱心来消灭人世间的

《诗经》动植物图说

杀戮。

从前有个故事，讲一只兔子和一只狐狸为对付共同的敌人——猎人，结成联盟，发誓同生死，共患难。不料，一天一群猎人突然前来，一箭就射死了兔子，狐狸也险遭不测。猎人走后，狐狸为兔子哀泣悲悼。"兔死狐悲，物伤其类"正是用来比喻为同类的不幸或死亡而悲伤，同时也感到了自己处境的危险，为自己的命运担忧。

然而，从生态学上讲，兔子是草食性的动物，狐狸却是肉食动物，狐狸吃兔子。兔子和狐狸有着消长关系。狐狸多了，兔子就少了；狐狸少了，兔子就多了。兔子没了，狐狸便无可食之肉。"兔死狐悲"应该理解为狐狸因缺少猎物而伤悲！兔子跑得快，也是在生存斗争中练就的保命本领。人言"狡兔有三窟"，也是它的生存法则。

《诗经》中还有多处说到兔子：《王风·兔爰》中有"有兔爰爰，雉离于罗""有兔爰爰，雉离于罦""有兔爰爰，雉离于罿"之句；《小雅·小弁》中有"相彼投兔，尚或先之"之句；《小雅·瓠叶》中有"有兔斯首，炮之燔之""有兔斯首，燔之炙之""有兔斯首，燔之炮之"之句。以上句子中的"兔"与《周南·兔罝》篇中的"兔"应是同物。

《本草纲目》卷51《兔》篇中说："〔颂曰〕兔处处有之，为食品之上味。〔时珍曰〕按《事类合璧》云：兔大如狸而毛褐，形如鼠而尾短，耳大而锐。上唇缺而无脾，长须而前足短。尻有九孔，趺居，赽捷善走。"

现在饲养家兔很普遍。兔肉性凉味甘，在国际市场上享有盛名，被称为"保健肉""荤中之素""美容肉""百味肉"等。兔肉属高蛋白质、低脂肪、少胆固醇的肉类，质地细嫩，味道鲜美，营养丰富。兔肉富含大脑和其他器官发育不可缺少的卵磷脂，有健脑益智的功效。每年深秋至冬末间味道更佳，是肥胖者和心血管病人的理想肉食，全国各地均有出产和销售。

兔的繁殖力极强，一般冬末交配，早春产仔，年产3—4窝，每窝一般产3仔。幼兔产下时就有毛，并已睁眼，幼仔1个月后即可独立生活。草兔广泛分布于我国东北、内蒙古、西北、华北及长江中下游各省，止于长江北岸。非洲、西亚、欧洲和俄罗斯、蒙古国也都有分布。草兔肉可食，毛、皮均可利用。但是对农林业有害，同时又是兔热病、丹毒、布氏杆菌病、蜱性斑疹伤寒病等病原体的天然携带者。

2. 狐（狐狸）

狐狸（犬科, Vulpes vulpes）是食肉目动物，又叫草狐、赤狐、红狐。体长约70厘米，尾长约45厘米。毛色变化很大，一般呈赤褐、黄褐、灰褐色。耳背黑色或黑褐色，尾尖白色。尾基部有一小孔，能分泌恶臭。

狐狸

旄丘之葛兮[①]，何诞之节兮[②]！叔兮伯兮[③]，何多日也？
何其处也[④]？必有与也[⑤]！何其久也？必有以也[⑥]！
狐裘蒙戎[⑦]，匪车不东[⑧]。叔兮伯兮，靡所与同[⑨]。
琐兮尾兮[⑩]，流离之子。叔兮伯兮，褎如充耳[⑪]。

—— 《邶风·旄丘》

注释：①旄丘：卫国山名，今属河南濮阳。

②诞：延。节：长。

③叔、伯：对所爱之人的昵称。一说为对贵族的称呼。

④何其处也：为什么多日不出门。一说为什么按兵不动。

⑤与：同"伴"。

⑥以：原因。

⑦蒙戎：龙（máng）茸，蓬松的样子。

⑧匪：彼。不东：不向东去。一说指晋国兵车不向东去救援黎国。

⑨靡：无。

⑩琐、尾：小、微。

⑪褎(yòu)：面带笑容。

《邶风·旄丘》是女子思念爱人之作，抒发她对爱情的焦虑、失望和抱怨。此诗脉络清晰，递进有序：一章怪之，二章疑之，三章微讽之，四章直责之。诗的第三章由狐裘蓬乱喻示对方心绪纷乱，进而抱怨他的车子不朝东向我而来，他的心思不与我相同。第四章，责备对方就像猫头鹰一样，少美长丑，始好终恶，对自己的话充耳不闻，感情激切强烈。另有一说这是一首描写流亡人去请求救援的山歌，因求援迟迟不到而抱怨。

朱熹《诗集传》："狐，兽名。似犬，黄赤色。"陈大章《诗集名物集览》："《本草》陶隐居注：江东无狐，皆出北方及益州间，形似狸而黄，善为魅。《图经》云：今江南时有，京洛犹多。形似黄狗，鼻尖尾大。狐之类猯獾貉，三种大抵相类，头足小别。"

《本草纲目》卷51《狐》篇中说："[时珍曰]《埤雅》云：狐，孤也。狐性疑，疑则不可心以合类，故其字从孤省。或云狐知虚实，以虚击实，实即孤也，故从孤，亦通。"又："[弘景曰]江东无狐，狐出北方及益州。形似狸而黄，善为魅。[恭曰]形似小黄狗，而鼻尖尾大，全不似狸。[时珍曰]狐，南北皆有之，北方最多。有黄、黑、白三种，白色者尤稀。尾有白钱文者亦佳。日伏于穴，夜出窃食。声如婴儿，气极臊烈。毛皮可为裘，其腋毛纯白，谓之狐白。"

狐狸在传统文化中有很多意象。上古神话中有一个关于白狐为媒，禹娶涂山女的故事，记载在东汉赵晔《吴越春秋》卷六《越王无余外传》中。《封神演义》中迷惑纣王的狐狸精就是摄去妲己的魂魄，再由她的躯壳变成绝色的美女。短篇小说集《聊斋志异》中的很多篇目都与狐精有关。《山海经》中亦有九尾狐的记载。

狐狸栖息于森林、草原、半沙漠、丘陵地带，居树洞或土穴中，傍晚外出觅食，天明始归。它们灵敏的耳朵能对声音进行准确定位，嗅觉灵敏，修长的腿能够快速奔跑，最高时速可达50千米，捕食老鼠、野兔、小鸟、鱼、蛙、蜥蜴、昆虫和蠕虫等。主要吃鼠，偶尔才袭击家禽。狐虽是肉食动物，但也食用一些野果。生殖期结成小群，其他时期单独生活。

我国还有北狐（V.v.tschiliensis）分布于山西、河北、山东、河南、陕西、甘肃、内蒙古、京郊等地；南狐（V.v.hoole）分布于浙江、福建、湖南、湖北、四川、陕西、云南等地；高原亚种（V.v.Montana）分布于青海、西藏、云南等地；蒙古亚种（V.v.daurica）分布于内蒙古、吉林、黑龙江等地。

五　善良的獐和鹿（獐、梅花鹿）

獐和鹿经常受到虎狼的伤害，人类的活动也影响着它们的生存环境，我们如今要保护这些善良的生灵。地球就是个大家庭，动物与人类息息相关，动物尽管不会言语，却也有着灵性和生存的权利……

1. 麏（獐）

獐（鹿科，Hydropotesinermis）是一种小型动物，又称牙獐、獐子、河麂、麇、麏、麏等。体长91至103厘米，尾长6至7厘米，体重14至17千克。体毛粗而长且脆，体背和体侧毛呈棕黄色，后上部呈白色，下端呈灰黄色。腹部中央呈淡黄色，四肢呈棕黄色。雄獐有獠牙，故又名牙獐。耳相对较大，直立，基部有两条软骨质的脊突。鼻端裸露。尾极短，被臀部的毛遮盖。四肢壮而有力。獐无角，耳大，蹄小，前肢短，后肢长，这是它和鹿的显著区别。

獐

野有死麕^①，白茅包之；有女怀春^②，吉士诱之^③。

林有朴樕，野有死鹿；白茅纯束^④，有女如玉。

舒而脱脱兮^⑤，无感我帨兮^⑥，无使尨也吠^⑦。

——《召南·野有死麕》

注释： ①麕（jūn）：同"麏"，麏与獐同。

②怀春：思春，指男女情欲萌动。

③吉士：男子的美称。

④纯束：捆扎，包裹。

⑤舒：一说指舒缓动作，一说为语词。脱脱（duì）：动作文雅舒缓。

⑥感（hàn）：通假字，通"撼"，动摇。帨（shuì）：佩巾，围腰，围裙。

⑦尨（máng）：多毛的狗。

　　《召南·野有死麕》是一首描写自由地幽会和相恋的爱情诗。描述了一个猎人以射猎的獐和鹿作为馈赠女方的礼物，在林中追求一个"如玉"的怀春女子。女子劝男士别莽撞，别动我的围裙，别惊动了我的狗。表现了既欣喜又紧张的羞涩心态。

　　"野有死麕"用了东方的方言。《草木疏》记载："麏（即麕），麏也。青州人谓之麏。"青州，据《尚书·禹贡》："海、岱惟青州。"《吕氏春秋·有始览》："东方为青州。"方言的使用使整首诗更贴近日常生活，更自然朴实。

　　诗中的"有女怀春"，含有女子情欲萌动之意，意为女孩子

　　　　　　　　　　　　　　　　《诗经》动植物图说

爱慕她的情人。"吉士诱之"是说男士趁机诱导和追求。

《诗经》所产生的时代，礼教初设，古风犹存。据《周礼》记载，"仲春之月，令会男女，于是时也，奔者不禁，"便是这种生活情景的生动描写。诗中的"林有朴樕"，以丛生状的柞栎形成了一个让人好不拘束的野外环境。

獐和鹿，都是古人求亲之时必备的礼聘之物，诗中引用獐和鹿，含义深刻。獐子的珍贵在于它产名贵的麝香，鹿的珍贵在于鹿角。所以有"獐死于麝，鹿死于角"的古语。

麝香是怎么来的？它是用雄性獐子的肚脐和生殖器之间腺囊的分泌物制成的，干燥后呈颗粒状或块状，有特殊的香气，有苦味，可以入药，也是著名的香料，还是中枢神经兴奋剂，能开窍醒神，活血通经，外用能镇痛、消肿。

獐常活动于河岸、湖边、湖中心草滩、海滩芦苇或茅草丛生的环境中，总是选择附近有水的地方；多单独活动，以晨昏时段最为频繁。行动灵敏，善跳跃，能游泳。以灌木嫩叶及杂草为食，常至附近农田吃蔬菜、豆科作物及薯叶。11月至次年1月间发情，妊娠期168天到170天，一般每胎产2至4仔。分布于我国浙江、江苏、安徽、江西、福建、广东、广西、四川、湖北等省区，朝鲜也有分布。现为国家二级野生保护动物。

2. 鹿（梅花鹿）

梅花鹿（鹿科, Cervus si-ka），又称花鹿，是一种中型动物。体长约1.5米，肩高约90厘米。毛色在夏季为栗红色，上面有许多状似梅花的白斑点，故名。冬季为棕灰色、棕黄色或烟褐色，腹部毛为白色。背部有深棕色的纵纹。雄鹿有角，每年4至5月份旧角脱落，长出茸角，外有天鹅绒状的茸皮。雌鹿无角。耳大直立，颈细长，颈和胸部下方有长毛。尾短，臀部有明显白斑。四肢细长。

梅花鹿

如前所述，《召南·野有死麕》是一首自由地幽会和相恋的爱情诗。

宋朝名相王安石的儿子叫王雱，字元泽。少年聪慧，未成年时，就已经著述数万言了。据说王雱四岁的时候，有人给王安石送来一头獐子和一头鹿，二者被装在同一个笼子里。这人看到王雱对两头动物很感兴趣，就问："小公子，你知道哪头是獐，哪头是鹿吗？"那时，小孩子不认识这两种动物。小王雱稍加思考，回答说："獐旁边的是鹿，鹿旁边的是獐。"客人听后，惊异于王雱的机敏。

獐和鹿究竟怎样区别呢？它们都是鹿科的食草动物，但分

　　　　　　　　　　　　　《诗经》动植物图说

属于獐属和鹿属。鹿的四肢细长、尾巴较短，雄性大于雌性。通常雄性有角，有的种类雌雄都有角或都无角。而獐无角，耳大，蹄小，前肢短，后肢长，这是獐和鹿的显著区别。

古书中对鹿有很多记载：朱熹《诗集传》中说："鹿，兽名，有角。"《尔雅》说："鹿：牡，麚；牝，麀；其子，麛。"

《本草纲目》卷51《鹿》篇中说："［释名］斑龙。［时珍曰］鹿字篆文，象其头、角、身、足之形。《尔雅》云：鹿，牡曰麚，牝曰麀，其子曰麛，绝有力曰麈。斑龙名出《澹寮方》。按《乾宁记》云：鹿与游龙相戏，必生异角。则鹿得称龙，或以此欤？梵书谓之密利迦罗。"又："［集解］［时珍曰］鹿，处处山林中有之。马身羊尾，头侧而长，高脚而行速。牡者有角，夏至则解。大如小马，黄质白斑，俗称马鹿。牝者无角，小而无斑，毛杂黄白色，俗称麀鹿，孕六月而生子。鹿性淫，一牡常交数牝，谓之聚麀。性喜食龟，能别良草。食则相呼，行则同旅，居则环角外向以防害，卧则口朝尾闾，以通督脉。"

鹿多为野生，但古代也有养鹿的记载。鹿有多种，诗中单言鹿，以常见的梅花鹿释之。

野生鹿栖息于山区或丘陵地带的混交林、草原和森林边缘附近。冬季多在山地南坡活动，春季多出没于旷野，夏季又到密林中。一般在早晨和黄昏时活动较多。其食物包括青草、树叶、嫩芽、树皮、苔藓等，又喜吃食盐。每胎产1仔，偶有2仔。

梅花鹿分布于我国东北、华北、华东、华南等广大地区。在日本、朝鲜和俄罗斯太平洋沿岸地区也曾有分布。1998年出版的《中国濒危动物红皮书：兽类》记载："全国野生梅花鹿总数也不过千余只。"为了保护这一珍贵的物种，梅花鹿已被列为国家一级重点保护动物。现在人工饲养的梅花鹿较多，繁殖较普遍。

《诗经》动植物图说

六　豺狼虎豹最凶残（豺、狼、虎、豹）

豺、狼、虎、豹是古代东亚最常见的四种食肉动物。我们就来讲讲这四种常见的肉食动物。

1. 豺（豺）

豺（犬科，Cuon javanicus）又称红狼、豺狗、亚洲野狗、红豺狗、柴狗、赤狗、马狼、紫豺、彪狗、神狗、马彪、马将爷、掏狗等。体型似犬而小于狼，体长85至130厘米，体重约20千克。头额较宽，耳直立，较短而圆，吻较狼短，四肢较短。上体为暗红棕或亮烟褐色，后、腹部为淡白色或污黄白色。四肢外侧一般与体背同色。胡须多呈黑褐或棕褐色。尾为黑褐色，仅尾端稍暗黑。尾长45至50厘米，其毛长而密。

豺

萋兮斐兮①，成是贝锦。彼谮人者②，亦已大甚！

哆兮侈兮③，成是南箕④。彼谮人者，谁适与谋。

缉缉翩翩⑤，谋欲谮人。慎尔言也，谓尔不信。

捷捷幡幡⑥，谋欲谮言。岂不尔受？既其女迁。

骄人好好⑦，劳人草草⑧。苍天苍天，视彼骄人，矜此劳人。

彼谮人者，谁适与谋？取彼谮人，投畀豺虎⑨。豺虎不食，投畀有北。有北不受，投畀有昊⑩！

杨园之道，猗于亩丘⑪。寺人孟子⑫，作为此诗。凡百君子，敬而听之。

——《小雅·巷伯》

注释：①萋：错杂貌。斐（fěi）：花纹。

②谮（zèn）人：谗毁他人的人。

③哆（chǐ）：张口。侈：大。

④南箕：星宿名，共四星，如簸箕状。

⑤缉缉：附耳私语状。

⑥捷捷：信口雌黄状。幡幡：多次进言状。

⑦骄人：指进谗者。

⑧劳人：指被谗者。草草：忧愁。

⑨畀（bì）：与。

⑩有昊：苍天。

《诗经》动植物图说

⑪猗：在……之上。

⑫寺人：阉人，宦官。

《小雅·巷伯》是描写一个名叫孟子的宫中侍人怒斥造谣诬陷者的诗。诗中首章指出谮人造谣诬陷别人，花言巧语，罗织罪名。二、三、四章，对造谣者的摇唇鼓舌、上蹿下跳、左右舆论的丑恶嘴脸，作了极形象的勾勒，说他们"哆兮侈兮，成是南箕""缉缉翩翩，谋欲谮人""捷捷幡幡，谋欲谮言"。作者对此极表愤慨："彼谮人者，谁适与谋。"五章，呼吁苍天可怜受害人。六章，怒斥造谣者人不与言，豺虎不食，北荒不受，只有交给上天去惩处。诗人对其痛恨至极，无以复加。

作者孟子，是一位正直人士，可能因遭受谗言获罪，受到酷刑，作了宦官。西汉司马迁与其有相同的遭遇。东汉班固就在《司马迁传赞》里说司马迁是"《小雅·巷伯》之伦"。"祸莫憯于欲利，悲莫痛于伤心，行莫丑于辱先，诟莫大于宫刑。刑余之人，无所比数，非一世也，所从来远矣。"（《报任少卿书》）无怪乎孟子如此愤恨。此诗在于让人们同情蒙冤受屈者、愤恨造谣惑众的害人者。

诗中的"投畀豺虎"，意思是把造谣惑众的害人者投给豺虎吃。《尔雅》中说："豺，狗足。"郭璞注："脚似狗。"《说文解字》中说："豺，狼属，狗声。"

《本草纲目》卷51《豺》篇中说："［释名］豺狗。［时珍曰］按

《字说》云：豺能胜其类，又知祭兽，可谓才矣。故字从才。《埤雅》云：豺，柴也。俗名体瘦如豺是矣。"又："[集解][时珍曰]豺，处处山中有之，狼属也。俗名豺狗，其形似狗而颇白，前矮后高而长尾，其体细瘦而健猛，其毛黄褐色而鬈鬈，其牙如锥而噬物，群行虎亦畏之，又喜食羊。其声如犬，人恶之，以为引魅不祥。其气膜臭可恶。罗愿云'世传狗为豺之舅，见狗辄跪'，亦相制耳。"

豺栖于山地、丘陵、森林或热带丛林中。能耐寒，也能耐热。性剽悍，常结小群，少则2—3只，多则10只以上，一般7—8只。豺的跳跃能力极强，可以轻松跳起三米多高。集体猎食，常围攻捕猎麂类、鹿类、麝类、羬类、斑羚、羚牛和野猪等大、中、小型动物，还吃腐肉、野果等。豺的个体攻击力略逊于狼，但豺群比狼群更加坚韧凶残，不畏惧一切大型动物，包括虎豹也不放在眼里。不同的豺群会配合攻击并杀死猎物，没有种群之分。这大大增加了豺的生存能力。豺的攻击性很强，一旦盯上猎物就不会轻易放弃，厮杀起来还不怕死，是猎人最头痛的野兽之一。

豺的族群中雄兽居多，性别比例为2:1。秋季或冬季早期发情，孕期两个月，冬季或早春产仔，每窝少则3—4仔，多则8—9仔。寿命10余岁。广泛分布于西伯利亚南部、朝鲜、中国（福建、四川、云南、新疆、辽宁、吉林、黑龙江、西藏、安徽、江苏、山东、浙江、江西、贵州等省区）、中印半岛、印度以至苏门答腊岛和爪哇岛。豺在维护自然生态平衡中起积极作用，属国家二级重点保护野生动物。

2. 狼

狼（犬科, Canis lupus）又称青狼、灰狼、毛狗等。狼是犬科中体型最大者，体长1至1.6米，尾长35至50厘米，体重30至40千克，雌性较小。外形似狼犬，体瘦，但强壮而有力。耳直立，眼斜，吻尖，口阔，犬齿、白齿发达。足长，尾较短，蓬松，垂于后肢之间。毛色随产地而异，通常情况下，上部为黄灰色，略混灰色，腹部及四肢内侧为白色，但腹部稍带棕色，足部为黄白或浅棕色，尾部与背色相同。个体毛色变化很大，有灰棕、浅黄、灰白色等，有的甚至全白或全黑。

狼

子之还兮[①]，遭我乎猺之间兮[②]。并驱从两肩兮[③]，揖我谓我儇兮[④]。

子之茂兮[⑤]，遭我乎猺之道兮。并驱从两牡兮[⑥]，揖我谓我好兮。

子之昌兮[⑦]，遭我乎猺之阳兮。并驱从两狼兮，揖我谓我臧兮[⑧]。

——《齐风·还》

注释：①还（xuán）：通"旋"，敏捷。

②遭：遇见。猺（náo）：齐国山名，在今山东临淄南。

③肩：三岁的兽，一说大野猪。

④儇（xuān）：敏捷，灵巧。

⑤茂：精美，此指狩猎技术高强。

⑥牡：雄兽。

⑦昌：强壮。

⑧揖：拱手行礼。臧：善（猎），好。

《齐风·还》是一首猎人相遇互相赞誉狩猎技术高超的诗。诗中再现了粗犷、壮美的猎人生活。二人山中相遇，并马逐兽，相揖以礼，互相称赞对方。三章全用"赋"，以自叙的口吻，真切地抒发了猎人猎后暗自得意的情怀。三章迭唱，意思并列，每章只换四个字。首章互相称誉敏捷；次章互相颂扬善猎；末章道出并肩打狼，互相夸赞狩猎技术。句式长短相间，富有变化。

《豳风·狼跋》中有"狼跋其胡，载疐其尾""狼疐其尾，载跋其胡"之句。句中的"狼"与《齐风·还》中的"狼"是同物。

狼的古今名一致。狼作为一种符号，主要代表了凶狠、残忍、孤独这样比较偏于攻击性的意义。人们常把坏人比喻为狼心狗肺，十恶不赦。狼凶残，吃羊，还敢吃人，因此人们普遍讨厌这种动物。

陆玑《毛诗草木鸟兽虫鱼疏》："狼，牡名獾，牝名狼，其子名獥，有力者名迅。其鸣能小能大，善为小儿啼声以诱人，去数十步止。其猛捷者人不能制，虽善用兵者亦不能免也。其膏可煎和，其皮可为裘。"陆玑说的"獥"实为另一种野生哺乳动物，而不是狼。

陈大章《诗传名物集览》："或作狼狈是两物，狈前足绝短，每行常驾于狼腿上，失狼则不能动。故世言事乖者称狼狈。《释文》：狼藉草而卧，去则秽乱，为狼藉。"

《本草纲目》卷51《狼》篇中说："［释名］毛狗。［时珍曰］《禽书》云：野狼逐食，能倒立，先卜所向，兽之良者也。故字从良。"又："［集解］［时珍曰］狼，豺属也，处处有之，北方尤多，喜食之，南人呼为毛狗是矣。其居有穴。其形大如犬，而锐头尖喙，白颊骈胁，高前广后，脚不甚高。能食鸡鸭鼠物。其色杂黄黑，亦有苍灰色者。其声能大能小，能作儿啼以魅人，野俚尤恶其冬鸣。其肠直，故鸣则后窍皆沸，而粪为烽烟，直上不斜。其性善顾而食庆践藉。老则其胡如袋，所以跋胡疐尾，进退两患。"

狼的适应性很强，广泛栖息于山地、平原、森林、草原、荒漠、农田间。性凶暴，平时单独或雌雄同栖，冬季往往集合成群，袭击各种野生和家养的禽畜，是畜牧业中一种主要的害兽，有时也伤害人类。狼的食性很复杂，凡是能捕到的都是其食物，包括鸟类、两栖类和昆虫等小型动物，偶尔也吃植物。狼广泛分布于全世界，在我国分布于除台湾、海南岛及其他一些岛屿外的各个省区，但目前主要分布在东北、内蒙古以及西藏人口密度较小的地区。

3. 虎（东北虎）

东北虎（猫科，Panthera tigris）。虎是大型猫科的肉食性动物，又称老虎、大虫、山神爷、扁担花、打哈等，东北虎是其中一种。体长1.6至2米多，尾长达1.1米，体重达到350千克。前额有似"王"字形斑纹。头圆、牙齿锋利，犬齿粗大。耳短，耳背后为黑色，中央有一显著白斑。四肢健壮有力。全身毛色呈浅黄或棕黄色，满身有黑色横纹，背部色浓，通常2条靠近呈柳叶状。唇、颌、腹侧和四肢内侧呈白色。

东北虎

简兮简兮①，方将万舞②。日之方中，在前上处③。

硕人俣俣④，公庭万舞。有力如虎，执辔如组⑤。

左手执籥⑥，右手秉翟⑦。赫如渥赭⑧，公言锡爵⑨。

山有榛，隰有苓。云谁之思？西方美人。彼美人兮，西方之人兮。

——《邶风·简兮》

注释：①简：鼓声。

②万舞：舞名。

③上处：首位。

④硕：大貌。俣（yǔ）俣：魁伟的样子。

⑤组：丝织的宽带子。

⑥龠（yuè）：古乐器。三孔笛。

⑦翟（dí）：野鸡的尾羽。

⑧赫：红色。渥（wò）：润泽。赭：赤褐色，赭石。

⑨锡：同"赐"。爵：青铜制酒器，用以温酒和盛酒。

　　《邶风·简兮》是一首祭祀殷商先祖以祈雨的诗，写一位女子观看舞师表演，并对他产生了爱慕之情。诗第一章写卫国宫廷举行大型舞蹈。二章描写舞师在首位指挥武舞的场面。他身材高大，雄健如虎，舞技高超，充分表现了健与力的阳刚之美。三章写舞蹈时的雍容优雅，风度翩翩。四章是这位女性情感发展的高潮，倾诉了她对舞师的深切慕悦和刻骨相思。诗中用"山有榛，隰有苓"托兴，以树隐喻男子，以草隐喻女子，托兴男女情思，引出下文"云谁之思？西方美人。彼美人兮，西方之人兮"。

　　我国有东北虎和华南虎。《邶风》的产地，据王国维《北伯鼎跋》考证，是在北方的燕地，故以北方所产的东北虎释之。

　　古人对虎的记述有很多：陈大章《诗传名物集览》中

说：“《风俗通》：虎者阳物，百兽之长也。”《尔雅》：“虎窃毛谓之虥（zhàn）猫。”郭璞注：“窃，浅也。又：“魋，白虎。”“麙，黑虎。”

《说文解字》：“虎，山兽之君。从虍。”

《本草纲目》卷51《虎》篇中说：“［颂曰］虎，《本经》不载所出，今多山林处皆有之。［时珍曰］按《格物论》云：虎，山兽之君也。状如猫而大如牛，黄质黑章，锯牙钩爪，须健而尖，舌大如掌（生倒刺），项短鼻䶍。夜视，一目放光，一目看物。声吼如雷，风从而生，百兽震恐。《易通卦验》云：立秋虎始啸，仲冬虎始交。或云：月晕时乃交。又云：虎不再交，孕七月而生。又云：虎知冲破，能画地观奇偶以卜食。今人效之，谓之虎卜。虎噬物，随月旬上下而啮其首尾。其搏物，三跃不中则舍之。人死于虎，则为伥鬼，导虎而行。虎食狗则醉，狗乃虎之酒也。闻羊角烟则走，恶其臭也。虎害人、兽，而蝟、鼠能制之，智无大小也。狮、驳、酋耳、黄腰、渠搜能食虎，势无强弱也。”

虎是典型的山地林栖动物，从南方的热带雨林、长绿阔叶林，至北方的落叶阔叶林和针叶混交林，都能很好地生活。虎一般单独活动，只有繁殖季节雌雄才生活在一起。无固定的巢穴，多在山林间游荡觅食。能游泳，不会爬树。多黄昏时活动，白天潜伏休息。常以野狼、马、鹿、狍、麝、兔子、野猪、青鼬、狐狸等动物为食，偶尔捕食蛇类和鱼类等，亦捕食野禽、大型昆虫，采食浆果。雌虎每隔3年才能繁殖1次，寿命一般20至25年。

虎在我国曾广泛分布，北自黑龙江，南至西双版纳，东起东海沿岸，西至新疆罗布泊，除海南和台湾外，各省区都有过虎的踪迹。现在只在华南和东北残存少数虎，许多地方已绝迹，估计野生虎数量已不足150只，被定为E级濒危动物（IUCN），东北虎属国家一级保护动物，并被列入濒危野生动植物种国际贸易公约（CITES）附录。由于东北虎是中国稀有物种，因此国家规定了严格的保护办法，对牛羊被虎捕食的农民由国家给予赔偿，并以法律规定禁止生产、销售以虎为原料的中药，如虎骨膏、虎骨酒等。

4. 豹（金钱豹）

金钱豹（猫科，Panthera pardus）属于大型猛兽，又称豹、银钱豹、程、失刺孙、文豹。体形似虎，个体较虎小。体长1至1.5米，尾长75至78厘米，体重约50千克。雌性较雄性小。头圆且小，耳短，四肢粗短健壮。被毛鲜艳，背部、头部、四肢外侧及

金钱豹

尾背均呈橙黄色，通体满布不规则的黑色斑点和环斑，在背部及体侧有较大的圆形黑环，腹部、四肢内侧及尾端腹面均为白色，尾尖端为黑色。

羔裘如濡①，洵直且侯②。彼其之子，舍命不渝③。

羔裘豹饰④，孔武有力⑤。彼其之子，邦之司直⑥。

羔裘晏兮⑦，三英粲兮⑧。彼其之子，邦之彦兮⑨。

——《郑风·羔裘》

注释： ①羔裘：羔羊皮衣。濡（rú）：光亮润泽貌。

②洵：诚然，确实。侯：美好。

③渝：改变。

④豹饰：用豹皮做羔裘的缘饰。

⑤孔：很，大。

⑥司直：官名，负责劝谏君主。

⑦晏：艳美。

⑧三英：皮衣上的豹饰结缨。粲：鲜亮美丽。

⑨彦：赞美士之俊杰。

　　《郑风·羔裘》是一首赞美郑国正直官吏的诗。借赞美穿羊皮袍子的官员有正直美好、能舍命为公的气节，赞美其威武勇毅、能持正义的品格。从皮袍子上的豹皮装饰，联想到穿这件衣服之人的威武有力，十分贴切，极为形象。《毛诗序》："《羔裘》，刺朝也。言古之君子，以风其朝焉。"作为一首讽刺诗来说，作者赞美古代卿大夫才德出众，不愧是国家的俊贤。但是，联系郑国当时的现实，满朝穿着漂亮官服的是些什么人？他们君不像君，臣不像臣，可以说都不称其服。该诗的作者有赞古讽今之意。历代对贪官污吏和不称职的官员总是发出辱骂之声，称他们是衣冠禽兽。

诗中提到豹饰，是说用豹子皮作为衣服的装饰物。豹是豹类动物的通称。我国广泛分布的是金钱豹，故以金钱豹释之。古代对豹子早有记载。陆玑《毛诗草木鸟兽虫鱼疏》中说："毛赤而文黑谓之赤豹，毛白而文黑谓之白豹。"《说文解字》："豹，似虎圜文。"《埤雅》："豹花如钱，黑而小于虎文。"

《本草纲目》卷51《豹》篇中说："[释名]程（《列子》）、失剌孙。[时珍曰]豹性暴，故曰豹。按许氏《说文》云：豹之脊长，行则脊隆豸豸然，具司杀之形，故字从豸，从勺。王氏《字说》云：豹性勺物而取，程度而食，故字从勺，又名曰程。《列子》云：青宁生程，程生马。沈氏《笔谈》云：秦人谓豹为程，至今延州犹然。东胡谓之失剌孙。"又："[集解][时珍曰]豹，辽东及西南诸山时有之。状似虎而小，白面团头，自惜其毛采。其文如钱者，曰金钱豹，宜为裘。如艾叶者，曰艾叶豹，次之。又西域有金线豹，文如金线。海中有水豹，上应箕宿。"

金钱豹主要生活在山林地区，多在浓密树丛、灌丛或岩洞里筑巢。独居生活，常夜间活动，白天在树上或岩洞中休息。在食物丰富的地方活动范围较固定。当食物缺乏时则游荡数十千米觅食。豹有自己较固定的领地，主要捕食各种有蹄类动物，在南方也捕食猴、兔、鼠类、鸟类和鱼类，秋季也采食甜味的浆果。食物缺乏时，也于夜间潜入村舍盗食家禽、家畜。金钱豹或是云豹，很少听说有主动攻击成年人的例子。

豹于冬季和春季发情交配。孕期100天左右，4至5月份产仔，每胎2至4仔，哺乳期3个月。初生仔550至750克，大约10天才睁眼，18至24个月能独立生活，幼兽和母兽在一起，直到下次发情期。幼兽2至3岁后性成熟。寿命约20年，饲养情况下可达23年。豹主要分布于亚洲、非洲及阿拉伯半岛。我国除台湾、新疆、宁夏外，曾广见于其他各省区。

近几十年来，许多地区豹的数量急剧减少或已绝迹，因此豹子被列为国家一级保护动物。

七　龙、卢、犬都指狗（狗）

狗（犬科, Canis familiaris）是人类最早驯化的家畜之一，又称犬、卢、地羊等。家狗耳短，直立或长大下垂，听觉、嗅觉灵敏，犬齿锐利，舌长而薄，有散热功能。前肢五指，后肢四趾，有钩爪。尾常上卷，体表无汗腺。狗发情多在春、秋两季，持续三周左右，妊娠期约为60天，每年2胎，每胎产仔2至8只。寿命15至20年。

狗

野有死麕，白茅包之；有女怀春，吉士诱之。

林有朴樕，野有死鹿；白茅纯束，有女如玉。

舒而脱脱兮，无感我帨兮，无使尨也吠。

——《召南·野有死麕》

注解见第五章。

卢令令，其人美且仁。
卢重环，其人美且鬈。
卢重鋂，其人美且偲。

　　　　　　　——《齐风·卢令》

奕奕寝庙，君子作之。秩秩大猷，圣人莫之。
他人有心，予忖度之。跃跃毚兔，遇犬获之。

　　　　　　　——《小雅·巧言》第四章

　　《齐风·卢令》是一首赞美猎人的民歌。"卢"为田犬，"令令"是象声词，"卢令令"指狗颈下戴的环铃的响声。全诗由猎犬颈下悦耳的铃声说起，赞誉猎人勇武多才，具有仁慈友好之心。此诗充满了对猎人由衷的赞美之情，反映出了春秋时代人们爱好田猎的风俗民情。

　　《小雅·巧言》是一首忧谗忧谤、揭露谗言惑国的卑劣行径的讽刺诗。《毛诗序》云："《巧言》，刺幽王也。大夫伤于谗，故作是诗也。"全诗情感异常激愤，通篇直抒胸臆，毫无遮拦。诗的第四章所言"跃跃毚兔，遇犬获之"，是指斥小人心怀不轨，谗言乱政，比喻他们像狡兔遇犬一样，终将难逃覆灭的下场。

　　以上三首诗中，都提到了狗。只是有不同的叫法，龙

（máng）、犬、卢是狗的同物异名。《毛传》："尨，狗也。"又："卢，田犬。"《尔雅》："犬生三猣，二师，一獒。"郭璞注："此与猪生子义同，名亦相出入。"又："犬长喙名猣，短喙名猲獢，壮大绝有力者名狘尨，即狗也。"《说文解字》："尨，犬之多毛者。"又："犬，狗之有悬蹄者。"

《本草纲目》卷50《狗》篇中说："[释名]犬（《说文》）、地羊。[时珍曰]狗，叩也。吠声有节，如叩物也。或云为物苟且，故谓之狗，韩非云'蝇营狗苟'是矣。卷尾有悬蹄者为犬，犬字象形，故孔子曰：视犬字如画狗。齐人名地羊。俗又讳之以龙、称狗有乌龙、白龙之号。"又："[集解][时珍曰]狗类甚多，其用有三：田犬长喙善猎，吠犬短喙善守，食犬体肥供馔。凡本草所用，皆食犬也。"

《诗经》中出现的其他狗的名称还有：

①猣：长嘴的狗。②歇骄：短嘴的狗。朱熹《诗集传》："猣、歇骄，皆田犬名。长喙曰猣，短喙曰歇骄。"《秦风·驷骥》中有"辎车鸾镳，载猣歇骄"之句，句中的"猣"指长嘴的猎狗，"歇骄"指短嘴的猎狗。

狗是人类最早驯化的动物之一，其原种为何尚待研究。有人认为它是由古代某种狼驯化而来。

据有关资料，我国驯化狗是在六千年以前，伊朗在一万一千多年前，英国（约克夏Yorkshire）在七千五百年前，丹麦在六千八百年前，美洲约在一万四千至九千年前。林奈（Carl von

Linné,瑞典人,生物分类学家)把所有的狗都归为一种,定名为狗(Canis familiaris)。

狗生性机警,易受训练。如警犬可作为警察执行任务的一种特殊工具,按其用途可以分为追踪犬、搜捕犬、鉴别犬、搜爆犬、搜毒犬、护卫犬、巡逻犬、救护犬、消防犬、防暴犬等,还有适用于不同用途的专项警犬。另有可以驯养成非警务用途的专项犬,如军犬、海关缉私犬、牧羊犬、雪橇犬、排雷犬、探矿犬、导盲犬、狩猎犬、玩赏犬、护主犬、挽曳犬、皮肉用犬等。现在人们豢养的宠物犬很多,应注意防病,注意监管,确保它们不要伤人,不要影响环境卫生,不要扰民。

八　大象无形（印度象）

"大象无形"源自老子《道德经》"大方无隅，大器晚成，大音希声，大象无形"。含义是什么呢？请看下文。

象（印度象）

印度象（象科，Elephas ma-ximus）是陆上最大的哺乳动物，又称象、大象、亚洲象、野象、老象等。体高可达3米，体重3.5至6吨。全身灰色或灰棕色，皮厚多褶，毛少且粗稀。头大，颈短，眼小，耳大。鼻与唇合成圆筒状的长鼻，上粗下细，末端有鼻孔。

印度象

雄象上门齿大而且长，突出口外，略向上翘，最长达1.5至1.8米，俗称"象牙"。四肢粗壮，形如圆柱，前肢五趾，后肢四趾。尾短而细，末端有一圈鬃毛。

君子偕老^①，副笄六珈^②。委委佗佗^③，如山如河，象服是宜^④。子之不淑^⑤，云如之何？

玼兮玼兮^⑥，其之翟也。鬒发如云，不屑髢也。玉之瑱也^⑦，象之挮也^⑧，扬且之皙也。

胡然而天也！胡然而帝也！

瑳兮瑳兮^⑨，其之展也^⑩。蒙彼绉絺^⑪，是绁袢也^⑫。子之清扬^⑬，扬且之颜也。展如之人兮^⑭，邦之媛也^⑮！

——《鄘风·君子偕老》

注释：①君子：指卫宣公。偕老：夫妻相亲相爱、白头到老。

②副：一种首饰。笄(jī)：簪。六珈：用玉做成簪饰，有垂珠六颗。

③委委佗佗(yí)：意思是如山一般曲折，同河一般蜿蜒。形容体态
轻盈、步履袅娜。佗，同"蛇""迤"，曲折连绵。

④象服：镶有珠宝、绘有花纹的礼服。

⑤子：指宣姜。

⑥玼(cǐ)：花纹绚烂。

⑦瑱(tiàn)：冠冕上垂在两耳旁的玉。

⑧挮(tì)：剃发针、发钗一类的首饰。

⑨瑳(cuō)：玉色鲜明洁白。

⑩展：古代后妃的一种礼服。

⑪絺(chī)：细葛布。

⑫绁袢(xiè fán)：夏天穿的白色亵衣、内衣。

⑬清：指眼神清秀。扬：指眉宇宽广。

⑭展：诚，的确。

⑮媛：美女。

《鄘风·君子偕老》是卫国人讽刺宣姜的一首诗。卫宣公是个淫昏的国君，他曾与其后母夷姜乱伦，生子名伋。伋成年后迎娶齐女，卫宣公修筑高台把齐女占为己有，齐女即宣姜。卫宣公死后，宣姜又和庶子顽私通生子，丧礼乱伦。这首诗讽刺宣姜的写作手法很有特色，它以主要篇幅大肆铺排宣姜容貌服饰的美丽，只有很少的诗句明露讽刺，诗中对其容貌和服饰的夸饰显然是反衬她行为和内心丑恶的艺术手段。

《君子偕老》用丽辞写丑行的艺术手法影响到杜甫。《旧唐书·杨贵妃传》载杨国忠姊妹五家飞扬跋扈，生活奢靡，靓妆盈巷，蜡炬如昼。杜甫《丽人行》的命笔用意与这首诗相仿，讽刺了杨家兄妹骄纵奢靡的生活，曲折地反映了君王的昏庸和时政的腐败。

诗中所说的"象之揥"，是指象牙雕刻的钗饰。象指大象。大象有两种：印度象和非洲象。我国云南产印度象，故以印度象释之。

老子所言"大象无形"等，可以理解为：世界上最伟大恢宏、崇高壮丽的气派和境界，往往并不拘泥于一定的事物和格局，而是表现出"气象万千"的面貌和场景。会意为宏大的形象

大象无形（印度象）

不见棱角，卓越的人才较晚成，高昂的音律其音稀薄，气势磅礴的景象没有形状。大象形体高大，"盲人摸象"的寓言故事说明了无法感知其全貌，似乎什么都不像。

陈大章《诗传名物集览》记载："《南州异物志》：象之为兽，形体特诡，身倍数牛，目不逾豨，鼻为口役，望头若尾。驯良承教，听言则跪。素牙玉洁，载籍所美。服重致远，行如丘徙。"《尔雅》："南方之美者，有梁山之犀象焉。"郭璞注："犀牛皮角，象牙骨。"《说文解字》："象，长鼻牙，南越大兽，三季一乳。"

《本草纲目》卷51《象》篇中记述极为详细："［释名］［时珍曰］许慎《说文》云：象（字篆文），象耳、牙、鼻、足之形。"又："［集解］［时珍曰］象出交、广、云南及西域诸国。野象多至成群。番人皆畜以服重，酋长则饬而乘之。有灰、白二色，形体拥肿，面目丑陋。大者身长丈余，高称之，大六尺许。肉倍数牛，目才若豕。四足如柱，无指而有爪甲。行则先移左足，卧则以臂着地。其头不能俯，其颈不能回，其耳下䐗。其鼻大如臂，下垂至地。鼻端甚深，可以开合。中有小肉爪，能拾针芥。食物饮水皆以鼻卷入口，一身之力皆在于鼻，故伤之则死耳。后有穴，薄如鼓皮，刺之亦死。口内有食齿，两吻出两牙夹鼻，雄者长六七尺，雌者才尺余耳，交牝则在水中，以胸相贴，与诸兽不同。"

亚洲象主要栖息于亚洲南部热带雨林及林间的沟谷、山坡、草原、竹林及宽阔地带。群居，每群数头至几十头不等。以植物的幼嫩部分如树叶、嫩刺竹的尖端、野芭蕉等为主要食物，有时也吃谷物及瓜果类。食量大，一头象每天要吃掉150千克左右的食物。活动无固定场所且范围很大，可达30平方千米。一般7月发情交配，孕期约18个月，每胎1仔。30岁以上才能性成熟。寿命可达百岁。象分布于印度、印度尼西亚、斯里兰卡、泰国、缅甸、马来西亚以及我国的云南南部等地。在我国象为国家一级重点保护野生动物。

九　一丘之貉（貉）

一丘之貉是个贬义词，意思是说一个山丘上的貉没有什么差别。貉乃狗类，人贱之，比喻彼此都是丑类。成语出自《汉书·杨恽传》："若秦时但任小臣，诛杀忠良，竟以灭亡；令亲任大臣，即至今耳。古与今如一丘之貉。"

貆（貉）

貉（犬科, Nyctereutes procyonoides），又称狗獾、金毛獾等。与狐相似，体形为小，较肥，肢短，吻尖。头部、两颊具侧生长毛，尾短，周身及尾部覆毛长而蓬松。趾行性，趾垫发达。通体被毛，底色茧黄、黄褐或褐色，毛尖多为黑色。底绒驼色，两颊连同眼周的毛为黑褐色，形成大型斑纹，向下经由喉部、前胸而连至前肢，或稍转棕褐色。吻部、眼上、鳃部，沿背脊形成一条模糊的黑色纵纹，往后径通向尾的背面，尾末端黑色加重。

貉

坎坎伐檀兮①，寘之河之干兮②，河水清且涟猗。不稼不穑③，胡取禾三百廛兮④？不狩不猎⑤，胡瞻尔庭有县貆兮⑥？彼君子兮，不素餐兮⑦！

坎坎伐辐兮，寘之河之侧兮，河水清且直猗。不稼不穑，胡取禾三百亿兮？不狩不猎，胡瞻尔庭有县特兮？彼君子兮，不素食兮！

坎坎伐轮兮，寘之河之漘兮⑧，河水清且沦猗⑨。不稼不穑，胡取禾三百囷兮⑩？不狩不猎，胡瞻尔庭有县鹑兮？彼君子兮，不素飧兮⑪！

——《魏风·伐檀》

注释： ①坎坎：象声词，伐木声。

②寘：放置。干：水边。

③稼（jià）：播种。穑（sè）：收获。

④胡：为什么。廛（chán）：古代度量单位。

⑤狩：指打猎。

⑥县（xuán）：通"悬"，悬挂。瞻：向上看。

⑦素餐：吃白饭，不劳而获。特：三岁大兽。

⑧漘（chún）：水边。

⑨沦：小波纹。

⑩囷（qūn）：束。一说为圆形的谷仓。

⑪飧（sūn）：熟食，泛指吃饭。

《诗经》动植物图说

《魏风·伐檀》是伐木者讽刺、嘲骂贵族不劳而获的诗。全诗强烈地反映出当时劳动人民对统治者的怨恨。诗的开头写伐檀造车的艰苦和河边的景色，直叙其事；继而转向抒情，这在《诗经》中是少见的。中间几句用质问语气斥责剥削者的不劳而获，揭露剥削者的寄生本质。此诗巧妙地运用反语作结："彼君子兮，不素飧兮"，对剥削者冷嘲热讽，点明了主题，抒发了蕴藏在胸中的反抗怒火。全诗直抒胸臆，感情强烈。诗用杂言，忽而叙事，忽而抒情，句式参差，灵活多变。牛运震《诗志》评价说："起落转折，浑脱傲岸，首尾结构，呼应灵紧，此长调之神品也。"对此诗的艺术性给予了很高的评价。

　　四月秀葽，五月鸣蜩。八月其获，十月陨蘀。一之日于貉，取彼狐狸，为公子裘。二之日其同，载缵武功。言私其豵，献豣于公。

——《豳风·七月》第四章

　　《豳风·七月》生动地描写了农人在一年中的劳动与生活，真实地反映了这一历史时期底层先民的生存状态。全诗八章，从酷暑写到寒冬，结构完整，章法严谨，写作上又运用对比、烘托、渲染等手法，描绘出一幅当时社会的生活画卷。第四章说的"五月鸣蜩"是指这个季节出现了蝉鸣的物候现象，而后逐月谈起农事、狩猎貉及家务等。

《本草纲目》卷51《貉》："［释名］［时珍曰］按俗云：貉与獾同穴各处，故字从各。《说文》作貈，亦作狢。《尔雅》：貈子曰貊（音陌），其雌曰貘（音恼）。原本以貊作貆者，讹矣。"又："［集解］［宗奭曰］貉形如小狐，毛黄褐色。［时珍曰］貉生山野间。状如狸，头锐鼻尖，斑色。其毛深厚温滑，可为裘服。与獾同穴而异处，日伏夜出，捕食虫物，出则獾随之，其性好睡，人或蓄之，以竹叩醒，已而复寐，故人好睡者谓之貉睡。俗作渴睡，谬矣。俚人又言其非好睡，乃耳聋也，故见人乃知趋走。"又卷51《獾》："［释名］狗獾（音欢）、天狗［时珍曰］獾又作貆，亦状其肥钝之貌。"

郝懿行《尔雅义疏》："《说文》：貈，似狐，善睡兽也。借作貉。……《说文》以貆为貈类。《诗·伐檀》笺'貉子曰貆'，用《尔雅》也。今栖霞人呼貉为貆，貆、貉声相转也。"

有注者认为貆、貉为二物，今从郑《笺》和《尔雅》，以貆为貉子。貉古今名一致，又名狗獾，故以貉释貆。

貉生活在平原、丘陵及部分山地、河谷、草原及靠近河川、溪流、湖沼附近的丛林中。穴居，洞穴多数是露天的，常利用其他动物废弃的旧洞，或营巢于石隙、树洞里。一般白昼匿于洞中，夜间出来活动。独栖或5至6只成群。行动不如豺、虎敏捷，性较温驯，叫声低沉，据说能攀登树木及游水。冬季常非持续性睡眠，即在洞中睡眠不出（但不是真正的冬眠）。背毛的毛基均呈棕色或驼色，深浅有差异，既与分布有关，亦多个体变异。

有些个体色调偏黄，黑色背纹不显，体侧毛色较浅，腹毛不具黑色毛尖。四肢下部为黑褐色。

　　貉食性复杂，主要取食小动物，包括啮齿类、小鸟、鸟卵、鱼、蛙、蛇、虾、蟹、昆虫等，还食浆果、真菌、根茎、种子、谷物等植物性食料。2至3月间交配，怀孕52至79天（62至63天居多），5至6月产仔，每胎5至12只，多时可达15只，6至8个居多。分布于亚洲东部，我国广泛分布于各省区。

十　豹猫、野猫都凶狠（豹猫、野猫）

1. 狸（豹猫）

豹猫（猫科, Felis bengale-nsis）又称狸、豻狸、狸猫、野猫、石虎、山狸、野狸、狸子、麻狸等。身长50至65厘米，呈黄褐色，尾长，四肢较小。体重2至3千克。体背基色为棕黄，具有棕黑色的斑点。自头顶到肩部有四条褐色和棕黑色横纹，中间两条沿脊背断续地向后延伸至尾基部。体侧有数行斑点，臀部的较大。颌下、胸、腹及四肢内侧为乳白色。尾上面似背色，并有棕黑色斑点和半环。

豹猫

七月流火[①]，九月授衣[②]。一之日觱发[③]，二之日栗烈[④]。无衣无褐[⑤]，何以卒岁！三之日于耜，四之日举趾。同我妇子，馌彼南亩[⑥]，田畯至喜[⑦]。

七月流火，九月授衣。春日载阳，有鸣仓庚。女执懿筐⑧，遵彼微行，爰求柔桑。春日迟迟，采蘩祁祁。女心伤悲，殆及公子同归。

七月流火，八月萑苇。蚕月条桑，取彼斧斨⑨。以伐远扬，猗彼女桑。七月鸣䴗，八月载绩。载玄载黄⑩，我朱孔阳，为公子裳。

四月秀葽，五月鸣蜩。八月其获，十月陨萚⑪。一之日于貉，取彼狐狸，为公子裘。二之日其同，载缵武功⑫。言私其豵，献豜于公。

——《豳风·七月》前四章

注释：①七月流火：火，或称大火，星名，即心宿。每年夏历五月，黄昏之时，此星在正南方，也就是正中和最高的位置。过了六月就偏西向下了，这就叫作"流"。

②授衣：做冬衣。

③觱（bì）发：大风触物声。

④栗烈：或作凛冽，形容气寒。

⑤褐：粗布衣。

⑥馌（yè）：馈送食物。

⑦田畯（jùn）：农官名，又称农正或田大夫。

⑧懿：深。

⑨斨（qiāng）：方孔的斧头。

　　　　　　　　　　　《诗经》动植物图说

⑩玄：黑而赤的颜色。

⑪陨萚（tuò）：落叶。

⑫缵：继续。

　　《豳风·七月》是豳地一带的诗歌，是周朝的祖先公刘迁居开发的地方，在今天陕西枸邑、邠县一带。"其民有先王遗风，好稼穑，务本业，故豳诗言农桑衣食之本甚备。"（《汉书·地理志》）。《七月》以时间顺序叙述了农人一年到头的生产劳动和生活，反映了丰富的生产劳动内容和浓郁的节气风俗，描绘了时人不可多得的生活风俗画面。从农事耕作开始，到收获举酒祭献结束，送饭的妇子、采桑的女郎、下田的农夫、狩猎的骑士、公室的贵族，人物众多，各具面貌，还提到了众多的动物生灵。诗的第四章以"秀葽""鸣蜩"起兴，下文重点描写狩猎。他们要把打下来的狸子做公子裘，要把打下来的大猪贡献给豳公，自己只能留下小的吃。这里描写了当时的阶级关系。

　　诗中的"狸"现今有多种，以常见的豹猫释之。古人对狸多有记载。《尔雅》中说："狸子㺇。"郭璞注："今呼为豻狸。"《说文解字》说："狸，伏兽，似貙。"《尔雅翼》："狸者，狐之类。狐口锐而尾大，狸口方而身文，黄黑彬彬，盖次于豹。"又："狸，善搏者也，为小步以拟度焉，有发必获，谓之狸步。"

　　《本草纲目》卷51《狸》篇中说："［释名］野猫［时珍曰］按《埤雅》云：豸之在里者，故从里，穴居埋伏之兽也。"又："［集解][时珍曰]狸有数种：大小如狐，毛杂黄黑有斑，如猫而圆头大尾者为猫狸，善窃鸡鸭，其气臭，肉不可食。有斑如貙虎，而尖头方口者为虎狸，善食虫鼠果食，其肉不臭，可食；似虎狸而尾有黑白钱文相间者，为九节狸，皮可供裘领，宋史安陆州贡野猫、花猫，即此二种也。有文如豹，而作麝香气者为香狸，即灵猫也。南方有白面而尾似牛者，为牛尾狸，亦曰玉面狸，专上树食百果，冬月极肥，人多糟为珍品，大能醒酒。张揖《广雅》云：玉面狸，人捕畜之，鼠皆帖伏不敢出也。一种似猫狸而绝小，黄斑色，居泽中，食虫鼠及草根者名狖（音迅）。又登州岛上有海狸，狸头而鱼尾也。"

豹猫是狸猫科、猫属的哺乳动物，栖息于山地林区或郊野灌木丛中，常居于近水而远离干燥的区域，善游水，在巢穴附近排便，有向后扒土掩盖的习性。善攀爬树枝，比家猫灵巧得多。多在晨昏或夜间出来活动。独栖或雌雄同栖。巢穴筑在树丛间的岩石缝或大石块下面。以鸟类、鼠类、松鼠、兔、蛙、鱼、昆虫、蝙蝠及植物果实为食。有时潜入村舍，盗食家禽。南方各省豹猫繁殖似乎不受季节限制，条件适宜可常年繁殖，每胎2至3只。北方或高寒地带只在春夏繁殖。豹猫为我国三级保护动物。

2. 猫（野猫）

野猫（猫科，Felis catus silvestris），又称沙漠斑猫、土狸子、山猫等。体形大而粗壮。头和体背面为灰黄或粉红棕色，由体背至体侧毛色逐渐浅淡。全身具有许多形状不规则的棕黑色斑块，横列。体后部的背中线处，有黑斑排列成3条断续横纹。耳背为深棕色，耳尖略有棕黑色簇毛。眼内缘白色，颊部有两条棕褐色细纹。四肢外侧同于体色，四肢具小斑点，排列成横纹。尾上有5至6条棕黑色横纹，尾下面为白色。

野猫

奕奕梁山①，维禹甸之②，有倬其道③。韩侯受命④，王亲命之⑤，缵戎祖考⑥，无废朕命。夙夜匪解⑦，虔共尔位⑧，朕命不易。榦不庭方⑨，以佐戎辟。

四牡奕奕，孔修且张⑩。韩侯入觐，以其介圭⑪，入觐于王。王锡韩侯，淑旂绥章⑫，簟茀错衡⑬。玄衮赤舄，钩膺镂锡⑭，鞹鞃浅幭⑮，鞗革金厄⑯。

韩侯出祖，出宿于屠，显父饯之⑰，清酒百壶。其殽维何？炰鳖鲜鱼⑱。其蔌维何⑲？维笋及蒲。其赠维何？乘马路车。笾豆有且⑳，侯氏燕胥。

韩侯取妻，汾王之甥，蹶父之子㉑。韩侯迎止，于蹶之里。百两彭彭，八鸾锵锵，不显其光^㉒。诸娣从之，祁祁如云，韩侯顾之，烂其盈门。

蹶父孔武，靡国不到^㉓，为韩姞相攸^㉔，莫如韩乐。孔乐韩土，川泽訏訏^㉕，鲂鱮甫甫，麀鹿噳噳。有熊有罴，有猫有虎，庆既令居，韩姞燕誉。

溥彼韩城^㉖，燕师所完，以先祖受命，因时百蛮^㉗。王锡韩侯，其追其貊^㉘，奄受北国，因以其伯。实墉实壑，实亩实籍，献其貔皮，赤豹黄罴。

——《大雅·韩奕》

注释：①奕奕：高大貌。

②禹甸：大禹治水。

③倬（zhuó）：远。

④韩侯：姬姓，周王近宗贵族，诸侯国韩国的国君。

⑤王：周宣王，西周一个比较有作为的天子。

⑥缵：继承。戎：你。

⑦匪解：非懈。

⑧虔共（gōng）：敬诚恭谨。

⑨不庭方：不来朝见周天子的方国诸侯。

⑩孔修：很长。

⑪介圭：玉器，诸侯朝见时需手执介圭作觐礼之贽信。

⑫淑旂：色彩鲜艳，绘有交龙、日月图案的旗子。绥章：指旗上图案

花纹优美。

⑬簟茀：竹编的车篷。错衡：车前的横木，饰有交错的花纹。

⑭钩膺：又称繁缨，束在马腰部的革制装饰品。镂钖（yáng）：马额上的金属装饰品。

⑮鞹鞃（kuò hóng）：包皮革的车轼横木。浅：浅毛虎皮。幭（miè）：覆盖。

⑯鞗（tiáo）革：马辔头。

⑰显父：周宣王的卿士。

⑱炰（páo）鳖：烹煮鳖肉。

⑲菜：蔬。

⑳笾（biān）豆：饮食用具。

㉑蹶父：周的卿士，姞姓，以封地蹶为氏。

㉒不显：即丕显，非常显耀。

㉓靡：没有。

㉔韩姞：即蹶父之女，姞姓，嫁韩侯为妻，故称韩姞。

㉕讦（xū）讦：广大貌。

㉖溥（pǔ）：广大。

㉗时：犹"司"，掌管，统辖。

㉘追（duī）、貊（mò）：北方的两个少数民族。

《大雅·韩奕》是《大雅》的名篇之一，是赞颂北方诸侯韩侯的诗。韩，国名，在今河北固安东南。该诗叙述年轻的韩侯入朝受册封和赏赐。返归途中拜访诸侯，娶妻韩姞，韩姞嫁到韩国后乐得其所。后周王又任命韩侯为北方诸侯的方伯。蹶父，周宣王时的卿士，姞姓，因封地为蹶，故名。诗的第五章写蹶父把女儿嫁与韩侯，韩国土地肥美富庶，物产丰富，河流湖泊密布，盛产水产品，还有鹿、熊、罴、猫、虎等，韩姞的生活富足而愉快。

猫有野猫和家猫，《韩奕》篇中的"猫"与熊、罴、虎等并举，生于山泽之间，又据扬之水《诗经名物新证》："中国古代家猫驯养最早的记载见于战国时期。"故该篇中的"猫"以野猫释之为妥。《毛传》："猫，似虎浅毛者也。"陈大章《诗传名物集览》："《周书》记武王之狩，禽虎二十有二，猫二，则是虎之类也。《名物疏》猫是猛兽，非捕鼠之猫也。捕鼠之猫，形亦似虎，又画地卜食亦如虎。"又："《酉阳杂俎》：猫一名蒙贵，一名乌圆。"

过去的1万多年里，人类最重视的就是农业，因为要解决衣食问题。人类从狩猎采集的游民转型为定居的农民，在此过程中逐渐驯化了各种野生动、植物，用于衣食住行及生产活动。从牛、马、驴到小麦和蔬菜，这些为今天的人类所享用的物种都是由野生物种驯化而来的。和人类关系最亲密的狗和猫也经历了这样一个过程。

英国牛津大学动物学系野生生物保护研究组的科学家与来自美国等国的同事合作，对亚洲、非洲和欧洲的野猫和家猫进行了一次"家谱"调查。他们的研究成果发表在了《科学》杂志的网站上。这组科学家为野猫的5个亚种以及家猫确定了一份家谱。根据他们的分析，古代的野猫是家猫的祖先。野猫这一物种分布于亚、非、欧三大洲，又可以细分为几个亚种。这组科学家获取了来自979只野猫和家猫的遗传物质，对这些猫的基因组进行分析和比较后，发现来自欧洲、中东、中亚、南非和中国的野猫分别代表了野猫的5个独特的亚种。更重要的是，他们发现家猫和来自中东的野猫的亲缘关系最近（《寻找家猫的祖先》，《中国青年报》2007年7月11日）。

　　野猫遍及欧洲、非洲和亚洲大部分地区，在我国分布也很广泛。野猫栖息于灌丛或草原地区，亦见于沼泽地和低地的森林地带，或2000米以下的山区。多在干旱地带活动，避开寒冷的覆雪地区。主要捕食小型啮齿类、鸟类、蜥蜴和蛙类、鱼类以及蝗虫等大型昆虫，其中以小型鼠类为其主要食物。

十一　我国特产的金丝猴（金丝猴）

猱（金丝猴）

金丝猴（疣猴科, Rhinopithecus roxellanae）又称仰鼻猴、狨、金丝狨、川金丝猴等。体长约70厘米，尾略长于或等于体长。无颊囊，前肢长度适中，拇指能与它指相对，大趾也能与它趾相对。颜面青色，背部有发亮的长毛。颊部及颈侧为棕红色，肩背具长毛，色泽金黄，躯干腹面和四肢内侧的毛为褐黄色，毛质十分柔软。

金丝猴

驿驿角弓①，翩其反矣②。兄弟昏姻，无胥远矣③。

尔之远矣，民胥然矣④。尔之教矣，民胥效矣。

此令兄弟⑤，绰绰有裕。不令兄弟，交相为瘉⑥。

民之无良，相怨一方。受爵不让，至于己斯亡⑦。

老马反为驹，不顾其后。如食宜饇⑧，如酌孔取⑨。

毋教猱升木，如涂涂附⑩。君子有徽猷⑪，小人与属。

雨雪瀌瀌⑫，见晛曰消⑬。莫肯下遗⑭，式居娄骄⑮。

雨雪浮浮⑯，见晛曰流。如蛮如髦⑰，我是用忧。

——《小雅·角弓》

注释：①骍（xīn）骍：调协弓与弦的样子。

②翩：指反过来弯曲的样子。

③胥：相。

④胥：皆。

⑤令：善。

⑥瘉（yù）：病，此指残害。

⑦亡：忘。

⑧饇（yù）：饱。

⑨孔：恰如其分。

⑩涂：泥土。

⑪徽：美。猷：道。

⑫瀌（biāo）瀌：大雪盛况。

⑬晛（xiàn）：日光。

⑭遗：柔顺的样子。

⑮式：因为。娄：即屡。

《诗经》动植物图说

⑯浮浮：大雪纷纷。

⑰蛮、髳：指南蛮与夷髳，是古代西南的两个少数民族。

《小雅·角弓》是告诫周王朝贵族不要疏远兄弟、亲近小人的诗。《毛诗序》："《角弓》，父兄刺幽王也。不亲九族而好谗佞，骨肉相怨，故作是诗也。"诗的第六章，先用猴子不用教也会上树，把泥涂在泥上自然会粘附，比喻小民天生具有攀附的本性。再正面告诫上层统治者只要实行正道，小民自会顺从依附。如果上行不正，下行必有过之。如果周王有美德，小民也会改变恶习，相亲为善。此意与后世所谓"君子之德风，小人之德草"正相一致。

《本草纲目》卷51《狨》篇说："［释名］猱（难逃切）。［时珍曰］狨毛柔长如绒，可以藉，可以缉，故谓之狨，而猱字亦从柔也。或云生于西戎，故从戎也。猱古文作夒，象形。今呼长毛狗为猱，取此象。"又："［集解］［藏器曰］狨生山南山谷中。似猴而大，毛长，黄赤色。人将其皮作鞍褥。［时珍曰］杨亿《谈苑》云：狨出川峡深山中。其状大小类猿，长尾作金色，俗名金线狨。轻捷善缘木，甚爱其尾。人以药矢射之，中毒即自啮其尾也。"

猱，又称狨。《本草纲目》记述的特征甚详："似猴而大，毛长，黄赤色""其状大小类猿，长尾作金色""轻捷善缘木""狨出川峡深山中"等，可以判定为今之金丝猴，故以金丝猴释之。

需要说明的是金丝猴的命名。1869年5月4日，法国传教士戴维利用猎手捕捉到了6只被当地人称作"长尾巴猴"的川金丝猴，他给"长尾巴猴"取名"仰鼻猴"。1870年，法国科学家米勒·爱德华兹（Milne Edwards）首次对四川宝兴的金丝猴进行了描述定名。与中国人不同的是，他关注的不是金丝猴身上金灿灿的皮毛，而是它那仰天的、没有鼻梁的鼻孔。但他同中国人一样，在给金丝猴命名时倾注了自己的喜爱之情。川金丝猴的种名Rhinopithecus roxellana取自旧时十字军总司令苏雷曼（Suleiman）夫人的名字Roxellana（罗克塞兰娜）。罗克塞兰娜夫人有一个与众不同的小翘鼻，使原本就很漂亮的她更加可爱。

金丝猴是我国特产的典型森林树栖动物，常年栖息于海拔1500至3300米的亚热带山地常绿、落叶阔叶混生林中，每个小家族集群由一强健的成年雄体为首领组成3至5个成群，有时每群有十余只至几百只。生性机警，如遇敌害，跑得很快，估计1小时可跑40至45千米。叫时发出"彭、彭"的声音，很响亮。

金丝猴食性很杂，但以植物为主。所食的主要植物有很多种，如野果、嫩芽、竹笋。冬季主要在林中啃食多种树皮、藤皮以及残留的花序、果序，树干上的松萝、苔藓等。性成熟期雌性早于雄性，雌性约4至5岁，雄性在7岁左右。全年均有交配，但8月至10月为交配盛期，孕期6个月左右，多在3月至4月产仔，个别也有在2月或5月产仔的，每胎1仔。天敌有豺、狼、金猫、豹以及雕、鹫、鹰等。

金丝猴的珍贵程度与大熊猫并列，同属"国宝级动物"。它们毛色艳丽，形态独特，动作优雅，性情温和，深受人们的喜爱。分布于我国四川、湖北、甘肃、陕西南部，是我国特产动物。

十二　山羊、绵羊不一般（山羊、绵羊）

绵羊与山羊虽然同称为羊，但它们是不同的两种羊。它们在外形、习性上有很多相同之处，但也有一些不同之处。《说文解字》曰："美，甘也。从羊，从大。"徐铉注释说："羊大则美。"羊性温和，是吉祥的象征，受人喜爱。

1. 羊（山羊）

山羊（牛科，Capra hircus）属反刍家畜，又称青羊、野羊、羱羊等。外形体窄头长，颈短。角三棱形呈镰刀状弯曲。额下有须，俗称"山羊胡子"，喉下常有二肉髯。尾短上翘。毛一般粗直，多白色，亦有黑、青、褐或杂色的。性活泼，喜登高攀崖。

山羊

羔羊之皮，素丝五纰^①。退食自公^②，委蛇委蛇^③。

羔羊之革，素丝五绒^④。委蛇委蛇，自公退食。

羔羊之缝，素丝五总^⑤。委蛇委蛇，退食自公。

——《召南·羔羊》

注释：①五纰：指针脚细密。

②食（sì）：公卿大夫的常膳。

③委蛇（wěi yí）：同"逶迤"，指走路飘然，悠闲自得。

④绒（yù）：缝纫。

⑤总（zǒng）：纽结。

　　《召南·羔羊》是描写朝中官吏的诗歌。从装束上表现其主人的身份地位，从举止情态上表现其悠然自得的样子。"退食自公"是指西周、春秋时期，卿大夫在公门办事者有公家供给的膳食。《左传·襄公二十八年》："公膳，日双鸡。"这与当时民众的生活水准有天壤之别。诗人的言外之意在于挖苦嘲弄这个白吃饭的寄生虫。

　　古代官员的吃喝风很盛行。两宋时期朝廷做出明文规定："诸道守任臣僚，无得非时聚会饮燕以妨公务。"

　　如今我国正在反腐倡廉，消灭吃喝风是很得民心之举。

　　《诗经》中其他有关羊的称谓如下：

　　（1）羔：小羊。

（2）羜（zhù）：小羊。

（3）达：初生的小羊。

（4）羝（dī）：公羊。

（5）羖（gǔ）：公山羊。

《本草纲目》卷50记羊："［释名］羖（亦作羧）、羝（音低）、羯。［时珍曰］《说文》云：羊字象头角足尾之形。孔子曰：牛羊之字，以形似也。董子云：羊，祥也。故吉礼用之。牡羊曰羖，曰羝；牝羊曰羭，曰牂（音藏）。白曰羒，黑曰羭。"

家羊有两种：山羊和绵羊，《尔雅》所说的"吴羊"即绵羊，"夏羊"即山羊。家羊蓄养的时间是龙山文化时期（距今四五千年）。《诗经》产生的时代，我国先民养羊已很普遍。诗中的羊是泛指，据《动物学大辞典》："寻常所称曰羊者，大概专指山羊而言。"本篇中及其他篇中单言"羊"者，均以山羊释之。

山羊和绵羊是同科而不同属的动物，绵羊和山羊在外形、习性上有很多相同之处，但也有一些不同之处。两者的细胞染色体数目也不相同，绵羊为 27 对，山羊为 30 对。绵羊和山羊之间不能交配产羔。山羊体型清瘦，绵羊较丰满。山羊一般生长胡须、颈下生长肉垂，绵羊却没有。山羊角呈弓形或镰刀形，向上向后成倒"八"字形，绵羊角多呈螺旋形向两侧伸展。山羊的尾巴大都短小而上翘，而绵羊的尾巴大都肥大或瘦长且下垂。山羊面部一般较平直，绵羊稍隆起。山羊毛大多粗短而刚硬，毛脂少，绵羊毛细软而稠密、富油汗。绵羊与山羊均有较强的合群性，但绵羊的合群性更强。绵羊性情温顺、胆小，而山羊性情活泼，胆子较大；山羊更喜干燥、恶潮湿等。

千百年来最为脍炙人口的牧羊作品，首推北朝民歌《敕勒歌》："敕勒川，阴山下，天似穹庐，笼盖四野。天苍苍，野茫茫，风吹草低见牛羊。"

名垂青史的要数苏武牧羊，他在贝加尔湖边放羊十九年。李陵曰："足下还归，扬名于匈奴，功显于汉室，虽古竹帛所载，丹青所画，何以过子卿！"宋末民族英雄文天祥有一首《咏羊》诗，以诗言志，备见节操："长髯主簿有佳名，殨首柔毛似雪明。牵引驾车如卫玠，叱教起石羡初平。出都不失成君义，跪乳能知报母情。千载匈奴多牧养，坚持苦节汉苏卿。"

山羊是牛科、山羊属食草动物。好采食短草、草根、灌木、树叶。多在秋冬季发情，也有能终年发情的。妊娠期140至156天，每胎产仔1至4头或以上。寿命约为15年。主要用于产肉、乳和毛皮，山羊毛绒是毛纺工业原料之一。山羊是我国地理分布最广的家畜。在长期驯化中形成皮用、乳用、绒用、肉用、羔皮用和裘皮用共35个品种。

2. 牂羊（绵羊）

绵羊（牛科，Ovis aries）即家畜绵羊，又称膻根、珍郎、卷娄、独笋子。野生绵羊叫盘羊。一般认为欧洲的家绵羊是由欧洲盘羊驯化而来，至于我国的绵羊是由哪种盘羊驯化而成，仍无定论，有待进一步的研究。绵羊属反刍类哺乳动物。身躯丰满，毛绵密，多白色。头短，公羊多有螺旋状大角，母羊无角或角细小。唇薄而灵活，适采食短草。四肢强健，尾形不一，有长瘦尾、脂尾、短尾、肥尾之分。

绵羊

苕之华[1]，芸其黄矣[2]。心之忧矣，维其伤矣[3]！

苕之华，其叶青青。知我如此，不如无生！

牂羊坟首，三星在罶[4]。人可以食，鲜可以饱[5]！

——《小雅·苕之华》

注释： ①苕：凌霄花。

②芸（yún）其：芸然，一片黄色的样子。黄：蔫黄。比喻人生潦倒。

③维其：何其。

④三星：原指天上明亮而接近的三颗星，也指福星、禄星、寿星三个

神仙。指有福、禄、寿，命运好。罶（liǔ）：捕鱼的竹器。

⑤鲜（xiǎn）：少。

《小雅·苕之华》是自叹身逢荒年生活困苦的诗歌。由母羊饿得身瘦头大，鱼笼空空，水中只见三星之光起兴，描写饥民食不果腹的困苦。古人靠天吃饭，年成不好便出现饥荒、饿殍遍野的困境。诗中的"凌霄花"与"三星"起兴，意在说明凌霄和三星都在空中，都是抓不到的实物，比喻人们缺吃少喝。但是，总会有官僚和富豪吃喝不愁，啃鱼咽肉，出有车马，起居有仆。正是杜甫诗中写的"朱门酒肉臭，路有冻死骨"，几家欢乐多家愁的情景。

诗中羊应是指绵羊。朱熹《诗集传》中说："牂羊，牝羊也。"《尔雅》记载："羊，牡羒。"郭璞注："谓吴羊白羝。"又："牝牂。"郭璞注："诗曰：牂羊坟首。"《广雅》：吴羊牡一岁曰牡犹，三岁曰羝。其牝一岁曰牸犹，三岁曰牂。"

据金启华《诗经全译》引王夫之："《尔雅》：吴羊牝牂，夏羊牝羖。吴羊，绵羊。夏羊，山羊也。吴羊头小角短，山羊头大角长。"

绵羊是牛科、绵羊属的动物。我国有多个亚种。绵羊喜欢流水。胆怯，合群性强，多在秋冬发情，也有常年发情的。妊娠期145～152天，每胎产仔1～5头。寿命约15年。以温带、寒带分布最多。主要用于产毛和肉。有细毛、半细毛、粗毛、早熟肉用、裘皮用及羔皮用等类型。

十三　野猪与家猪（野猪、家猪）

1. 豕（野猪）

野猪（猪科，Sus scrofa demestica）又称豨、山猪、野彘。体长约1至2米，高60厘米，体重一般为150千克左右，最大的雄猪可达250千克。雄大雌小。外形与家猪相似。毛色一般为黑褐色，面颊和胸部杂有黑白色毛。体表疏生刚毛，长在14厘米左右，毛尖大都分叉。老的背面混生白毛。雄性的犬齿特别发达，呈獠牙状。吻部较家猪更长。四肢较短。尾细。性凶暴。

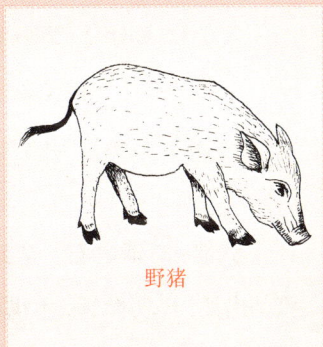

野猪

渐渐之石[①]，维其高矣。山川悠远，维其劳矣。武人东征[②]，不皇朝矣[③]。

渐渐之石，维其卒矣[④]。山川悠远，曷其没矣[⑤]？武人东征，不皇出矣。

有豕白蹢，烝涉波矣⑥。月离于毕⑦，俾滂沱矣。武人东征，不皇他矣。

——《小雅·渐渐之石》

注释：①渐（chán）渐：高峻山岩。

②武人：指将士。

③皇：闲暇。

④卒：山高峻而危险。

⑤曷其没矣：何时可以结束。

⑥有豕白蹢（dí），烝（zhēng）涉波矣：天象。夜半汉中有黑气相连，俗称黑猪渡河，这是要下雨的气候。蹢，兽蹄。

⑦月离于毕：天象。月亮投入毕星，有下雨的征兆。

《小雅·渐渐之石》是武人哀叹东征劳苦之诗。朱熹说："将帅出征，经历险远，不堪劳苦而作此诗也。"（《诗集传》）。"武人东征"一句贯穿全诗，三章都有，点明抒情主体与事件。头两章迭唱，意思相仿，诗人在急行军途中，陡崖峭壁，山川遥远，跋涉攀援，步步维艰，疲劳不堪。第三章，由猪入水中、月近毕宿的物象、天象表明天将大雨，又是日夜兼程，更加困苦艰难。豕涉波与月离毕并举，似涉波之豕亦属天象，"月离于毕"说的是月亮靠近毕宿，古人视为下雨的征兆。

《诗经》中其他与"豕"相关的称谓如下：

（1）豝（bā）：母猪。《毛传》："豕牝曰豝。"陈大章《诗传名物集览》："《字说》：豝，所谓娄猪，巴犹娄也。"《召南·驺虞》中有"彼茁者葭，壹发五豝"之句，《小雅·吉日》中有"发彼小豝，殪此大兕"之句。句中的"豝"指母野猪。

（2）豵（zōng）：一岁小猪，又泛指小兽。《毛传》："一岁曰豵。"郑《笺》："豕生三日曰豵。"《召南·驺虞》中有"彼茁者蓬，壹发五豵"之句，《豳风·七月》中有"言私其豵，献豜于公"之句。句中的"豵"指小野兽。

（3）肩、豜（jiān）：三岁的大猪，又泛指大兽。朱熹《诗集传》："兽三岁为肩。"又："豵，一岁豕；豜，三岁豕。"《广雅》："兽一岁为豵，二岁为豝，三岁为肩，四岁为特。"《齐风·还》中有"并驱从两肩兮，揖我谓我儇兮"之句，《豳风·七月》中有"言私其豵，献豜于公"之句。句中的"肩""豜"指大野兽。

豕即猪。猪有野猪和家猪。《渐渐之石》中的"豕"是武人东征途中在山野间所遇，故以野猪释之。《毛传》："豕，猪也。"陈大章《诗传名物集览》："《方言》：猪，燕朝鲜谓之豭，关东西谓之彘，或谓之豕，南楚谓之豨。其子谓之豚，或谓之豯，吴扬之间谓之猪子。"《说文解字》："豕，彘也。竭其尾，故谓之豕。"

《本草纲目》卷51《野猪》篇中说："［集解］［宗奭曰］野猪，陕、洛间甚多。形如家猪，但腹小脚长，毛色褐。作群行，猎人惟敢射最后者；若射中前者，则散走伤人。其肉赤色如马肉，食之胜家猪，牝者肉更美。……［时珍曰］野猪处处深山中有之，惟关西者时或有黄。其形似猪而大。牙出口外，如象牙。其肉有至二三百斤者。能与虎斗。或云：能掠松脂、曳沙泥涂身，以御矢也。最害田稼，亦唼蛇虺。"

野猪是家猪的祖先，多栖息于山林、灌木丛、较潮湿的草地或阔叶及混交林中，常聚族而居。白天通常不出来走动。早晨和黄昏时分活动觅食，中午时分进入密林中躲避阳光。大多集群活动，4至10头一群是较为常见的。野猪喜欢在泥水中洗浴。杂食性，以幼嫩的树枝、果实、草根、野菜、腐肉等为食。善于捕食兔、老鼠等，还能捕食蝎子和蛇。也常游动于村落附近盗食农作物，有时造成严重危害。冬天食物缺乏时，栎林落叶层下有大量橡果，野猪要靠它度过寒冬。每年可产2胎，每胎达多4至5头。幼猪躯体呈淡黄褐色，背部有六条淡黄色纵纹，俗称"花猪"。

野猪分布于亚欧大陆的南部和中部，东至日本。亚种很多，我国有4个。广泛分布于我国南北各地，主要分布在东北三省、云贵地区、福建、广东地区，是山区的一种重要狩猎动物。

2. 豕（家猪）

猪（猪科, Sus scrofa domesticus）又叫豨、豭等。身体肥胖，头大。鼻和口吻皆长，略向上屈。眼小。耳壳有的大而垂，有的小而前挺。四肢短小，四趾，前二趾有蹄，后二趾悬蹄。颈粗，项背疏生鬃毛。尾短小，末端有毛丛。毛色有纯黑、纯白或黑白混杂等。

家猪

笃公刘[①]，匪居匪康[②]。乃埸乃疆[③]，乃积乃仓；乃裹糇粮[④]，于橐于囊[⑤]。思辑用光，弓矢斯张[⑥]；干戈戚扬[⑦]，爰方启行。

笃公刘，于胥斯原[⑧]。既庶既繁[⑨]，既顺乃宣，而无永叹。陟则在巘[⑩]，复降在原。何以舟之？维玉及瑶，鞞琫容刀[⑪]。

笃公刘，逝彼百泉。瞻彼溥原[⑫]，乃陟南冈，乃觏于京[⑬]，京师之野，于时处处，于时庐旅[⑭]，于时言言，于时语语。

笃公刘，于京斯依。跄跄济济，俾筵俾几[⑮]。既登乃依，乃造其曹[⑯]。执豕于牢[⑰]，酌之用匏。食之饮之，君之宗之。

笃公刘，既溥既长。既景乃冈^⑱，相其阴阳^⑲，观其流泉。其军三单^⑳，度其隰原。彻田为粮，度其夕阳。豳居允荒^㉑。

笃公刘，于豳斯馆。涉渭为乱，取厉取锻^㉒，止基乃理^㉓。爰众爰有^㉔，夹其皇涧^㉕。溯其过涧。止旅乃密^㉖，芮鞫之即^㉗。

—— 《大雅·公刘》

注释： ①笃：忠厚诚实。

②匪居匪康：意为不贪图安居与享受。匪，不。

③埸（yì）：田界。

④糇粮：干粮。

⑤于橐于囊：指口袋。有底曰囊，无底曰橐。

⑥斯张：准备。犹今之张罗。

⑦戚扬：大斧，亦名钺。

⑧胥：视察。

⑨庶、繁：居之者众多。

⑩巘（yǎn）：小山。

⑪鞞（bǐ）：刀鞘。琫（běng）：刀鞘端部的玉饰。

⑫溥（pǔ）：广大。

⑬觐：察看。

⑭庐旅：寄居之意，指宾旅馆舍。

　　　　　　　　　　《诗经》动植物图说

⑮俾筵俾几：指古人席地而坐。俾，使。筵，铺在地上的席子。几，放在席子上的小桌。

⑯造：三家诗作告。曹：祭猪神。

⑰牢：猪圈。

⑱既景乃冈：望景以登高。

⑲相其阴阳：视察阴阳，指视察山之南北。

⑳三单（shàn）：意为分军为三，轮流值班。

㉑允荒：确实广大。

㉒厉：通"砺"，磨刀石。

㉓止基乃理：定居与治理。

㉔爰众爰有：谓人多且富有。

㉕皇涧：豳地水名。

㉖止旅乃密：指定居的人口日渐稠密。

㉗芮鞫（ruì jū）：意指向芮水流域发展。芮，水名，出吴山西北，东入泾。鞫，水外之地。

　　《大雅·公刘》是周民史诗之一，叙述周民祖先公刘带领周民由邰迁豳地的故事。在今陕西旬邑和彬县一带初步定居并发展农业的史绩，为周代统治阶级的开国历史。全诗围绕公刘"匪居匪康"即不图安康和享受这个意念展开，记述了有代表性的典型事例，刻画出了公刘勤奋不懈、才能非凡的形象。诗的第四章，写宗庙宫室建成以后，宴饮宗族群臣和大家拥戴公刘的情景，由此可窥见先民政治生活的一个缩影。

古人对猪的记述很多，仅举一二。《说文解字》："豕，彘也。竭其尾，故谓之豕。象毛足而后有尾。"《本草纲目》卷50《豕》篇中说："［释名］猪（《本经》）、豚（同上）、豭（音加）、彘（音滞）、豶（音坟）。［时珍曰］按许氏《说文》云：豕字象毛足而后有尾形。林氏《小说》云：豕食不洁，故谓之豕。坎为豕，水畜而性趋下喜秽也。牡曰豭，曰牙；牝曰彘，曰豝（音巴），曰豵（音娄）。牡去势曰豶。"又："［集解］［颂曰］凡猪骨细，少筋多膏，大者有重百余斤。食物至寡，故人畜养之，甚易生息。"

豕即猪，猪有野猪、家猪之分。《公刘》篇中的"执豕于牢"的"牢"指养猪的栏圈，可见《公刘》篇中的"豕"是指圈养的家猪。

家猪是我国史前时期最早驯化饲养的家畜之一，是由野猪驯化而成的。它是农业社会主要的肉食来源。因此猪常被作为财富的象征，在一些地区盛行以猪下颌骨或猪头骨随葬，并以随葬数量的多寡来显示墓主人的财富和地位。

家猪性温驯，体强健，适应力强。食性很杂，除饲以豆腐醋、酒醋、麦麸及厨房残羹外，亦食草及虫类。分布于全世界，品种甚多，国内品种较优的有辽宁的新金猪，浙江的金华猪，四川的荣昌猪、内江猪等。猪是我国重要的肉类家畜之一，猪的皮肤、毛、骨、血、骨髓及脊髓、脑、甲状腺体、蹄、蹄甲、睾丸、心、肝、脾、肺、肾、胆、胃、胰、肠、膀胱、脂肪等亦供药用。

十四　更无豪杰怕熊罴（狗熊、棕熊）

　　"独有英雄驱虎豹，更无豪杰怕熊罴"是毛泽东主席在《七律·冬云》里的句子。英雄豪杰面对虎豹熊罴，志不可改，气不可夺。越是面对险恶势力越能显示出英雄不可战胜的气概和意志，真可谓"沧海横流，方显出英雄本色"。

1. 熊（狗熊）

　　狗熊（熊科，Selenarctos thibetanus）又称亚洲黑熊、黑熊、黑瞎子、熊、猪熊、登仓、狗驼子。体型肥大，长约1.7至1.9米。体重130至250千克。体毛黑色，面部毛近于棕黄色，下颌白色。胸部明显有一半月形白纹。头宽而圆，吻部稍短，耳大而圆，被长毛。颈和肩部毛较长，胸部毛短。尾甚短。前足腕垫与掌垫相连，后足趾部肉垫肥厚，脚5趾，爪强而弯曲，不能伸缩。

狗熊

秩秩斯干①，幽幽南山。如竹苞矣，如松茂矣。兄及弟矣，式相好矣，无相犹矣②。

似续妣祖，筑室百堵，西南其户。爰居爰处③，爰笑爰语。

约之阁阁，椓之橐橐④。风雨攸除，鸟鼠攸去，君子攸芋。

如跂斯翼，如矢斯棘，如鸟斯革，如翚斯飞，君子攸跻。

殖殖其庭⑤，有觉其楹。哙哙其正⑥，哕哕其冥⑦，君子攸宁。

下莞上簟，乃安斯寝。乃寝乃兴，乃占我梦。吉梦维何？维熊维罴，维虺维蛇。

大人占之⑧：维熊维罴，男子之祥；维虺维蛇，女子之祥。

乃生男子，载寝之床。载衣之裳，载弄之璋。其泣喤喤⑨，朱芾斯皇⑩，室家君王。

乃生女子，载寝之地。载衣之裼⑪，载弄之瓦。无非无仪，唯酒食是议，无父母诒罹⑫。

——《小雅·斯干》

注释：①秩秩：溪水涓涓流淌。干：通“涧”。

②犹：欺诈。

③爰：于是。

　　　　　　　　　　　　《诗经》动植物图说

④椓（zhuó）：用杵捣土，犹今之打夯。橐（tuó）橐：捣土的声音。

⑤殖殖：平正的样子。

⑥哙（kuài）哙：同"快快"，宽敞明亮的样子。

⑦哕（huì）哕："哕"同"熭（wèi）"，光明的样子。

⑧大人：即太卜，周代掌占卜的官员。

⑨喤（huáng）喤：哭声洪亮的样子。

⑩朱芾（fú）：用熟治的兽皮所做的红色蔽膝，为诸侯、天子所用。

⑪裼（tì）：婴儿用的褓衣。

⑫诒（yí）：同"贻"，给予。

《小雅·斯干》是赞颂周王宫落成的诗。描写宫室的构建精美壮丽，规模宏伟，环境优美，并表达了对王室的良好祝愿，也反映了古时的风俗。全诗描写细密生动，有虚有实，既展示了建筑宫室的生动面貌，又描写了祝颂的想象之词，而且相辅相成，宫室的坚实必然意味着家族的兴旺发达，记录了舞台上曾经有过的喜怒与哀乐、宣言中曾经有过的生命与激情。诗的第六章写在宫中安然就寝，醒来后讲述梦中情景，请人占梦。接下来的一章即承此章描写占卜的结果。

熊，有多种，如狗熊、白熊、马来熊、棕熊等。现以广布于我国的狗熊（黑熊）释之。

陆玑《毛诗草木鸟兽虫鱼疏》中说："熊能攀缘，上高树，见人则颠倒自投地而下。冬多入穴而蛰，始春而出。脂谓之熊白。"

《说文解字》：“熊，兽，似豕，山居，冬蛰。”

《本草纲目》卷51《熊》：“［释名］［时珍曰］熊者雄也。熊字篆文象形。俗呼熊为猪熊，羆为人熊、马熊，各因形似以为别也。”又：“［集解］［颂曰］今雍、洛、河东及怀庆、卫山中皆有之。形类大豕，而性轻捷，好攀缘，上高木，见人则颠倒自投于地。冬蛰入穴，春月乃出。其足名蹯，为八珍之一，古人重之，然胹之难熟。熊性恶盐，食之即死（出《淮南子》）。［时珍曰］熊如大豕而竖目，人足黑色。春夏膘肥时，皮厚筋弩，每升木引气，或堕地自快，俗呼跌膘，即庄子所谓熊经鸟申也。冬月蛰时不食，饥则舐其掌，故其美在掌，谓之熊蹯。其行山中，虽数十里，必有跧伏之所，在石岩枯木，山中人谓之熊馆。”

在赵宝沟文化遗址发现有石雕熊。赵宝沟文化是略晚于兴隆洼文化的新石器时代文化，距今约7000年。位于内蒙古赤峰市敖汉旗的赵宝沟文化遗址，总面积约9万平方米，已发现的房址和灰坑有140余处。石雕熊长14.5厘米，高9.5厘米，厚7.5厘米。器形较大，雕刻生动，精美传神，是赵宝沟文化时期典型的祭祀礼器，背部有深槽，中部有孔，可悬挂；背部有网格纹饰，做平行状。由此可见，我国古代有熊活动，人们认识它，并雕塑了它的形象。

狗熊属于林栖动物，多栖息在阔叶林和针叶混交林中，南方的热带雨林和东北的柞树林也有其生活的踪迹。杂食，以植物性食物为主，青草、嫩叶、苔藓、蘑菇、竹笋、蕃芋、松子、橡

　　　　　　　　　　　　　　《诗经》动植物图说

子及各种浆果都吃，也吃鱼、蛙、鸟卵及小型兽类，喜欢挖掘蚁窝、掏蜂巢。性孤独而不成群，能游泳，善爬树，也能直立行走。有冬眠现象。6至8月份是它的发情交配期，发情期间雄兽追随雌兽，寻找隐蔽而平坦的山坡处交配，孕期约6.5至7个月，翌年1月或2月产仔，每产多为2仔，也有1或3仔的。狗熊的寿命一般为30年，在饲养的条件下能活50至60年。

狗熊广泛分布于我国、俄罗斯的西伯利亚、朝鲜、日本、越南、缅甸、印度、尼泊尔等地。现存数量少，为国家二级保护动物和CITES附录I种类。

2. 罴（棕熊）

棕熊（熊科, Ursus arctos）又叫褐熊、貔熊、欧洲棕熊等。头大而圆，体形健硕，肩背隆起。体长约2米，高约1米。毛色多变，通常全身为棕褐色，耳有黑褐色长毛，胸部有一宽白纹，延伸至肩部前面，四肢黑色。胸部毛长于10厘米。头圆而宽，吻长，鼻宽，耳大。

棕熊

四肢粗大，五指（趾），前足腕垫小，与掌垫分离，前足爪较长。

秩秩斯干，幽幽南山。如竹苞矣，如松茂矣。兄及弟矣，式相好矣，无相犹矣。

似续妣祖，筑室百堵，西南其户。爰居爰处，爰笑爰语。

约之阁阁，椓之橐橐。风雨攸除，鸟鼠攸去，君子攸芋。

如跂斯翼，如矢斯棘，如鸟斯革，如翚斯飞，君子攸跻。

殖殖其庭，有觉其楹。哙哙其正，哕哕其冥，君子攸宁。

下莞上簟，乃安斯寝。乃寝乃兴，乃占我梦。吉梦维何？维熊维罴，维虺维蛇。

大人占之：维熊维罴，男子之祥；维虺维蛇，女子之祥。

乃生男子，载寝之床。载衣之裳，载弄之璋。其泣喤喤，朱芾斯皇，室家君王。

乃生女子，载寝之地。载衣之裼，载弄之瓦。无非无仪，唯酒食是议，无父母诒罹。

——《小雅·斯干》

注解参见本章前文。

罴即今之棕熊。古人早已认识它并记述了它。陆玑《毛诗草木鸟兽虫鱼疏》说："罴有黄罴，有赤罴，大于熊。其脂如熊白而粗理，不如熊白美也。"陈大章《诗传名物集览》："柳宗元称鹿畏貙，貙畏虎，虎畏罴。罴之状，被发人立，绝有力而甚害人。"

《本草纲目》卷51《熊》篇中说：[附录]："罴、魋(音颓)。[时珍曰]熊、罴、魋，三种一类也。如豕色黑者，熊也；大而色黄白者，罴也；小而色黄赤者，魋也。建平人呼魋为赤熊，陆玑谓罴为黄熊，是矣。罴，头长脚高，猛憨多力，能拔树木，虎亦畏之。遇人则人立而攫之，故俗呼为人熊。关西呼貑熊。罗愿《尔雅翼》云：熊有猪熊，形如豕；有马熊，形如马。即罴也。"

棕熊主要栖息在北温带山地林区，在青藏高原海拔4500至5000米的高山草甸和荒漠草原也能很好地生活。它们多活动在有老龄大树、食物丰富而有水源的地方。主要栖息于针叶林中，多在晨昏时单独活动，性情孤独。棕熊肩背上隆起的肌肉使它们的前臂十分有力，行走缓慢，奔跑时速度可达56千米/时。棕熊嗅觉极佳，是猎犬的7倍，视力也很好，在捕鱼时能够看清水中的鱼类。食性较杂，植物包括各种根茎、块茎、草料、谷物及果实等，喜吃蜜，动物包括蚂蚁、蚁卵、昆虫、啮齿类、有蹄类、鱼和腐肉等。有冬眠习性，在冬眠时体温、心跳和排毒系统都会停止运作，可减少热量及钙质的流失，防止失温及骨质疏松。棕熊是相当好斗的动物，特别是在保护领地和食物的时候。

为了保护食物，棕熊会赶走狼群和山狮，也会打跑侵入它们领地的其他熊。一般夏季发情交配，怀孕期约7至8个月，初春生殖，雌熊在冬眠洞里产仔，每胎产1至2仔，偶有3至4仔。广泛分布于北半球的森林地带，遍及欧亚、北美大陆，在我国的辽宁、吉林、黑龙江、内蒙古、甘肃、四川、西藏等省区都有发现。为国家二级保护动物，其中马熊亚种被CITES列为附录I。

十五　老鼠、硕鼠人最烦（褐家鼠、大仓鼠）

有句俗话说"过街老鼠，人人喊打"，充分表现出人们对老鼠的讨厌。老鼠偷吃粮食，咬坏箱柜，传染疾病，纯害无益，被列为"四害"之一。

1、鼠（褐家鼠）

褐家鼠（鼠科，Rattus norvegicus）又称沟鼠、首鼠、老鼠、大家鼠、家鹿等。褐家鼠外形粗壮，体重65至400克，体长130至255毫米。尾短于体长，长95至230毫米。耳短而厚，向前折，不达后眼角。体灰褐色，老时通常呈赤褐色。腹面灰白色，

褐家鼠

毛基部灰色。足白色。尾二色，上黑下淡，有时二色区分不甚明显，几乎全为暗褐色。

厌浥行露①，岂不夙夜？谓行多露②。

谁谓雀无角？何以穿我屋？谁谓女无家？何以速我狱？虽速我狱，室家不足③！

谁谓鼠无牙？何以穿我墉④？谁谓女无家？何以速我讼？虽速我讼，亦不女从！

——《召南·行露》

注释：①厌浥（yì）：湿淋淋的。

②谓：同"畏"，害怕。

③室家：指夫妇。古代男子有妻谓有室，女子有夫谓有家。

④墉（yōng）：墙。

《召南·行露》是写一个意志坚强的女子拒绝无理婚姻的诗。"厌浥行露"起调气韵悲慨，使全诗笼罩在一种阴郁压抑的氛围中，寓含这位女性所处的险恶环境。"岂不夙夜？谓行多露"，文笔稍曲，诗意转深，婉转道出这位女子抗争的过程也将相当曲折漫长。诗还用比兴的手法说明，即使自己被逼上公堂，被诉讼有罪，也决不嫁给这个男子，态度十分坚决。朱熹《诗集传》说："南国之人，遵召伯之教，服文王之化，有以革其前日淫乱之俗。故女子有能以礼自守。"第三章讲述了鼠虽有牙而无穿我墙之理，你已有妻，为何要诉讼我，你若欲诉讼我，我也不会屈服你。句式复沓以重言之，使感染力进一步加强。全诗风骨遒

《诗经》动植物图说

劲，格调高昂，从中可以看到女性不畏强暴的抗争精神。

《说文解字》："鼠，穴虫之总名也。"《埤雅》："今一种鼠，见人则交其前足而拱，谓之礼鼠，亦或谓之拱鼠。诗曰：'相鼠有体，人而无礼'，或取诸此呼？"《尔雅翼》："鼠，盗窃小虫，夜出昼匿穴，虫之黠者。其种类至多。穴于寝庙，畏人故也。"又："好自扬弄其须。禾稼成时，辄相率窃取，覆藏之以为冬储。人或掘之，得数斗许，及橡栗百果皆类此，得则夺其一岁之蓄。"

《本草纲目》卷51《鼠》："［释名］雏鼠（音锥）、老鼠（《纲目》）、首鼠（《史记》）、家鹿。［时珍曰］此即人家常鼠也。以其尖喙善穴，故南阳人谓之雏鼠。其寿最长，故俗称老鼠。其性疑而不果，故曰首鼠。岭南人食而讳之，谓为家鹿。鼠字篆文，象其头、齿、腹、尾之形。"又："［集解］［时珍曰］鼠形似兔而小，青黑色。有四齿而无牙，长须露眼。前爪四，后爪五。尾文如织而无毛，长与身等。五脏俱全，肝有七叶，胆在肝之短叶间，大如黄豆，正白色，贴而不垂。"

鼠的种类甚多，常见的有褐家鼠、黄胸鼠、黑家鼠、小家鼠、黑线姬鼠、巢鼠等。单称鼠有泛指鼠类之意，但是结合诗义，此鼠常穿墙凿壁，是常见的家鼠，人人都讨厌它。故以习见的褐家鼠释之。

褐家鼠偶尔有全身白化或黑化现象。大白鼠即是由褐家鼠白化个体繁殖而来。后足较粗大，长于33毫米。乳头6对。褐家鼠栖息于住宅、粮仓、屠宰场、饲养场周围，阴沟、厕所以及田野、果园、甘蔗地、草原、谷草堆中和小河岸边等各种生境。是我国北方房中的常见种类，在南方多栖息于室外。通常夜间活动，从傍晚开始到午夜前最为频繁。白天也活动，但不如夜间频繁。杂食性，除了取食农作物种子、瓜类和蔬菜等植物外，还常捕食蟾蜍、蛙类、昆虫、螃蟹、蜥蜴、死鱼和小型鼠类，有时也盗食小鸡、小鸭。不善攀爬，但善游泳和潜水。在东北等北方地区有明显的户内外迁徙现象，4月间由室内到户外活动，10月份又大量转入室内。褐家鼠的繁殖力极强，孕期一般20至22天，每年平均繁殖6至10窝，每窝1至16仔，通常为5至10仔。

褐家鼠分布遍及世界各国。在我国除新疆和西藏外，南北各地均有分布。是鼠疫、钩端螺旋体病、血吸虫病、旋毛虫病、恙虫病、蜱性斑疹、伤寒、丹毒、土拉伦斯病、布氏杆菌病、狂犬病、鼠咬热等传染病原体的携带者。被称为"四害"之一，但也有一定的药用价值。

2. 硕鼠（大仓鼠）

大仓鼠（仓鼠科，Cricetulus triton）又称大腮鼠、搬仓鼠、鼢鼠、硕鼠、鼥鼠、雀鼠等。中大体型，体长14至18厘米。躯体粗壮，头吻宽大，颊囊发达。尾粗长，基部膨大，无鳞环，尾毛稀疏，尾部皮肤显露。耳短而圆，眼较小。四肢短粗，背部毛色为灰黄褐色，腹毛较背毛为短，额、喉部毛纯白色，向后至尾基，尾灰白色。

大仓鼠

硕鼠硕鼠，无食我黍[1]！三岁贯女[2]，莫我肯顾。逝将去女[3]，适彼乐土。乐土乐土，爰得我所[4]。

硕鼠硕鼠，无食我麦！三岁贯女，莫我肯德[5]。逝将去女，适彼乐国。乐国乐国，爰得我直[7]。

硕鼠硕鼠，无食我苗！三岁贯女，莫我肯劳[8]。逝将去女，适彼乐郊。乐郊乐郊，谁之永号[9]？

——《魏风·硕鼠》

注释：①无：毋，不要。

②三岁：多年，意为久长。贯：借作"宦"，指侍奉。女：同"汝"。

③逝：通"誓"。去：离开。

④爰：乃，于是。

⑤德：指施惠。

⑥国：指地方。

⑦直：亦指所。

⑧劳：慰劳。

⑨永号：长叹，呼喊。

　　《魏风·硕鼠》是写人民不堪忍受暴敛重赋，向往安乐之土的诗。《毛诗序》云："《硕鼠》，刺重敛也。国人刺其君重敛，蚕食于民，不修其政，贪而畏人，若大鼠也。"朱熹《诗集传》说："民困于贪残之政，故托言大鼠害己而去之也。"将剥削者比作大田鼠，痛斥他们贪婪地榨取民脂民膏，丝毫不顾百姓的死活。发誓要远离此地，寻找能够安身的乐土、乐国、乐郊，来达到逃避压迫的目的。

　　有关硕鼠，文献中有不少记载：陆玑《毛诗草木鸟兽虫鱼疏》中说："硕鼠，樊光谓：即《尔雅》鼫鼠也。许慎云：鼫鼠，五伎鼠也。今河东有大鼠，能人立，交前两脚于颈上跳舞。善鸣，食人禾苗，人逐则走入树空中。亦有五伎，或谓之雀鼠。其形大，故叙云石鼠也。魏，今河东河北县也。诗言其方物，宜谓此鼠，非今大鼠。"《尔雅》"鼫鼠"郭璞注："形大如鼠，头似兔，尾有毛，青黄色，好在田中食粟豆，关西呼为鼩鼠。"

　　《本草纲目》卷51《鼫鼠》："［释名］硕鼠（与鼫同。出《周易》)、鮀鼠(音酌。出《广雅》)、雀鼠(出《埤雅》)、鵔鼠(音俊。出《唐韵》)。[时珍曰]硕,大也。似鼠而大也。关西方音转鼫为鮀,讹鮀为雀。蜀人谓之鵔鼠,取其毛作笔。俊亦大也。"又:"[集解][时珍曰]鼫鼠处处有之,居土穴、树孔中。形大于鼠,头似兔,尾有毛,青黄色。善鸣,能人立,交前两足而舞。好食粟、豆,与鼢鼠俱为田害。鼢小居田,而鼫大居山也。"

　　硕鼠一名鼫鼠,是专吃农作物的田鼠。据上引文献描述,符合今之大仓鼠的特征,故以大仓鼠释之。

　　大仓鼠广泛分布于平原、丘陵、山地等各类地形。在农田、田间荒地、道旁、田埂、河谷、林缘均有栖息。喜栖息于食物来源充足、地势干燥的生境。大仓鼠善于打洞,成年个体独自穴居。食性复杂,主要取食农作物的种子及农作物的茎、叶等绿色部分。大仓鼠是夜间活动的种类,白天绝少出洞活动。其性情凶残,粗野好斗,遇敌时常主动扑击。繁殖交尾时,强壮的雄鼠攻击并咬杀较弱的雄鼠,然后食之。

　　大仓鼠在秋季将大豆、玉米等种子搬到窝里储存,农民特别讨厌它。

　　大仓鼠繁殖力极强。每年2至4胎,每次产仔8至10只居多,最多可达15至18只。大仓鼠广泛分布于我国北方地区。国外主要分布于朝鲜和俄罗斯的西伯利亚南部。大仓鼠是我国北方农区的主要害鼠,还是一些传染病的带菌者(鼠疫杆菌)。主要天敌是食肉的兽类,如狐、鼬、猫等,还有多种猛禽。大仓鼠的繁殖量除受种群密度基数、繁殖强度、年龄组成的影响外，还与温度、降雨、食物和栖息环境等有关。大雨、暴雨对其繁殖不利，可使大仓鼠种群数量急剧下降。

十六　鸠的王国（鹗、红脚隼、山斑鸠、大杜鹃、火斑鸠）

《诗经》的《周南·关雎》《召南·鹊巢》《卫风·氓》《小雅·曹风》和《小雅·四牡》等篇章中记述有五种鸠：雎鸠、鸠、山斑鸠、鸤鸠和火斑鸠。不少读者分不清所指为何物，是指一种，还是多种？由此在理解诗意上就会出现偏差。古代诗人对这些鸟类多有专指，观察记述比较细微，有些特征可供我们用于辨识。后世的诗注有些可供参考，有些注释则让人费解，如把雎鸠释为王雎，王雎是今天的何物？有人说雎鸠是白腹秧鸡，有人说是鸿雁，对吗？因此，有必要进行一番辨识。

1. 雎鸠（鹗）

鹗（鹰科，Pandion haliae-tus）又称鱼鹰、雕鸡、沸波、下窟乌等。鹗又称鱼鹰，但不是渔翁驯养的鱼鹰（鸬鹚Phalacrocorax carbo）。鹗是中型猛禽，体长51至65厘米。前额、头顶、枕和头侧皆为白色，微缀皮为黄色，头顶有黑褐色纵纹，枕部羽毛呈披针形，形成短羽冠，头两侧各有一宽黑带从前额基部过眼到后颈。上体黑褐色，微具紫色光泽。下体白色，胸部有赤褐色斑纹，翼下覆白色羽，有暗色斑。

鹗

关关雎鸠①，在河之洲②。窈窕淑女③，君子好逑④。

参差荇菜⑤，左右流之。窈窕淑女，寤寐求之。

求之不得，寤寐思服⑥。悠哉悠哉⑦，辗转反侧⑧。

参差荇菜，左右采之。窈窕淑女，琴瑟友之⑨。

参差荇菜，左右芼之⑩。窈窕淑女，钟鼓乐之⑪。

——《周南·关雎》

注释：①关关：象声词，雌雄二鸟和鸣声。

②洲：水中的干滩、沙洲。

③窈窕（yǎo tiǎo）：女子体态优美的样子。淑女：贤良美好的女子。

④好逑（hǎo qiú）：好的配偶。

⑤参差：长短不齐的样子。

⑥寤寐（wù mèi）：指醒和睡。寤，醒。寐，入睡。意为梦寐。思服：思念。

⑦悠哉（yōu zāi）：意为"悠悠"，是说思念绵绵不断。

⑧辗转反侧：翻来覆去难以入眠。

⑨琴瑟友之：意为用琴瑟来迎接淑女。琴、瑟，指弦乐器。

⑩芼（mào）：择取，挑选。

⑪钟鼓乐之：用钟鼓之乐来让淑女欢乐。

《诗经》开篇第一首诗是《关雎》，这是一首感情真挚的情歌，是借雎鸠的关关交欢，描述男女青年谈情说爱的故事。诗的第一章由沙洲上雌雄和鸣的雎鸠鸟起兴，引发出青年主人公对窈窕淑女企盼的渴慕之情。其中的"关关"是象声词，状水鸟雌雄和鸣声；"窈窕"乃形容女子内心和体态的美好；"逑"指匹配，配偶。沙洲上雌雄雎鸠相依为命的融融之景、关关友爱的和鸣之声，启迪青年爱恋上眼前采荇的女子。这种热恋中的心态逐渐发展为寤寐求之，辗转反侧；以至于梦想得以实现，与窈窕淑女走入婚姻殿堂，出现琴瑟友之、钟鼓乐之的情景。

《关雎》的文学价值很高，其中的"关关"（叠字）形容水鸟的叫声，"窈窕"（叠韵）表现淑女的体态优美，"参差"（双声）描绘水草的状态，"辗转"（叠韵）刻画因相思而不能入眠的情状，既有和谐的声音，也有生动的形象。

悠悠的一曲雎鸠和鸣成了千古绝唱，让人沉醉其中。以雎鸠之雌雄和鸣喻夫妻之和谐相处。雎鸠对爱情的执着、忠贞不渝，成为理想伴侣的象征。《易林·晋之同人》曰："贞鸟雎鸠，执一无尤。"《诗经通义》说"关关雎鸠"时，认为"雌雄情意专一""尤笃于伉俪之情"。总之，雎鸠是贞鸟，是爱情专贞的象征。"窈窕淑女，君子好逑"充分体现了古人的观察入微，比兴贴切、恰当。这在文学史和生态学史上都具有崇高的价值。

《关雎》这首情歌对后世的影响至深。汤显祖的《牡丹亭》中，深闺小姐杜丽娘诵读《关雎》而产生对于爱情的无比渴望。郭沫若说："好男儿追逐美人之狂热兮，正如爱情鸟孜孜不倦底歌唱。"

徐志摩说："在大江的波光里，鸠鸟为着爱侣放歌；在伊人的秋水中，我撒下一个精圆的爱字。"

苏曼殊说："莫愁此水情何在，何妨伴我听啼鸠；天女善解离人意，恨不相逢未剃时！"

有人说，"我喜欢上了这种小鸟——纵使不知道它的外表是否美丽，它的舞姿是否轻柔。心底有那份爱，就足够了。"

雎鸠是何种鸟，千余年来争论不休。有人说雎鸠是白腹秧鸡（Amaurornis phoenicurus），属于鹤形目、秧鸡科的鸟类。因为白腹秧鸡经常发出"苦哇、苦哇"的重复鸣声，再也没有其他水鸟的叫声比白腹秧鸡更像"关关"了。白腹秧鸡是一种涉禽，符合"在河之洲"的生境。这只是一种说法，并不准确。

民国时人吴秋辉对雎鸠的解释，大体说来认为鸠类是水边的鸟。他对"雎"字的解说，更是令人耳目一新，谓"雎"的"且"旁是"祖"的古字，作"大"字解，右面的"隹"是特别加上去的，雎鸠就是大鸠。鸠类中最大的是鸿雁，雁的爱情真挚而不狎昵，正所谓"挚而有别"，用来比拟君子淑女再合适不过。因此他断定雎鸠就是鸿雁。然而，汉扬雄在《羽猎赋》中有一句："王雎关关，鸿雁嘤嘤"，显然，在扬雄看来，这是两种不同的鸟。

《毛诗故训传》中说："关关，和声也。雎鸠，王雎也，鸟挚而有别。"《尔雅》中说："雎鸠，王雎。"郭璞注："雕类，今江东呼之为鹗，好在江渚山边食鱼。"

李时珍在《本草纲目》卷49《鹗（鱼鹰）》中说："［时珍曰］鹗状可愕，故谓之鹗。其视雎健，故谓之雎。能入穴取食，故谓之下窟乌。翱翔水上，扇鱼令出，故曰沸波。《禽经》云：王雎，鱼鹰也。尾上白者名白鹗。"又说："鹗，雕类也。似鹰而土黄色，深目好峙。雄雌相得，鸷而有别，交则双翔，别则异处。能翱翔水上捕鱼食，江表人呼为食鱼鹰。亦啖（dàn）蛇。"李时珍是大学问家，文、理、医兼修，书考八百余家，通古博今。他说的"鹗"后世可信，与今名一致，可以说"鹗"就是古代的雎鸠了。

全世界的鹰科鸟类有60属218种，分布于世界各地。我国有21属48种，遍布全国。飞翔时两翅狭长，向后弯曲成一定角度，常在水面上盘旋。栖息和活动于湖泊、河流、水库、海岸等水域，常单独和成双活动，多在水面上低空缓慢飞行。鹗的外趾可向后反转,形成对趾,趾上布满刺状鳞,适合捕捉光滑的鱼类。鹗捕鱼时从高空俯冲入水,只留翼尖在水面。发现猎物时,则两翅折合,急速降到水面,伸出两只长脚将鱼抓起,一边溅起高高的水花,一边用双脚提着"战利品"腾空飞起,还在空中抖落着身上的水珠。主要以鱼为食,也捕食蛙、蜥蜴、小型鸟等。繁殖期:我国南方在2月至5月,东北多在5月至8月。

雎鸠有灭绝的危险。鹗在我国原来分布较广,近几十年,有些地方(如云南)已经消失,其他地方的种群数量也在减少。现已被列入国家重点保护野生动物名录,属国家二级保护动物。

2. 鸠（红脚隼）

红脚隼(隼科,Falcoamuren-sis)又称青鹰、黑花鹞、红腿鹞子等。属小型猛禽,体长25至30厘米,雄鸟通体呈暗石板灰色,尾和翅灰色,无横斑。眼周、蜡膜和脚呈红色,肛周、尾下覆羽、脚上覆羽呈棕红色,故称红脚隼。腋羽和腋下覆羽呈白色。雌鸟上体暗灰色,具黑色横纹,下体棕白色,胸部有黑褐色纵纹,腹部有黑褐色横斑,腋羽和腋下覆羽为白色,肛周以后至两腿为橙黄色。

红脚隼

维鹊有巢①,维鸠居之;之子于归②,百两御之③。

　　　　　　　　　　　　　　　　《诗经》动植物图说

维鹊有巢，维鸠方之^④；之子于归，百两将之^⑤。

维鹊有巢，维鸠盈之^⑥；之子于归，百两成之^⑦。

——《召南·鹊巢》

注释：①维：发语词。鹊：喜鹊。

②归：嫁。

③百：虚数，指数量多。两：同辆。御（yà）：意为迎接。

④方：并，此指占居。

⑤将（jiāng）：送。

⑥盈：满。

⑦成：意指结婚礼成。

《召南·鹊巢》描写了贵族女子出嫁的情景。诗中以"鸠居鹊巢"联想起兴，展现其婚嫁盛况。朱熹《诗集传》说："南国诸侯被文王之化，能正心修身，以齐其家，其女子亦被后妃之化，而有专静纯一之德，故嫁于诸侯，而其家人美之。"迎亲车辆多，说明新郎富有，也衬托出新娘的高贵。从诗中描写的送迎车辆之盛可以知道，应为贵族的婚礼。《毛诗序》中说："《鹊巢》，夫人之德也。国君积行累功以致爵位，夫人起家而居有之，德如鸤鸠乃可以配焉。"认为此诗为国君之婚礼。是贵族的婚礼也好，是国君的婚礼也好，肯定不是一般民间的婚礼。

子，古代兼指儿女，这里专指女性；"于归"，指古代女子出嫁。归者，回也，古人认为，女子嫁到夫家，才是真正意义上的回到了家，夫家才是一个女子的最终归宿。诗中用"于归"作为"嫁人"的替代语，用在婚礼、婚宴上，表示对新人特别是新娘子的祝福，是很有品味的。

《鹊巢》这首诗，历来争议也很大。有人认为这是一首弃妇、续娶诗。说这首诗是被丈夫抛弃的前妻看到续娶盛况，有感而发。弃妇欲哭无泪，无语凝噎的悲伤辛酸弥漫缭绕于整个诗篇。新婚场面的热闹可想而知，场面愈热闹，弃妇的心情也就愈悲凉。自己建立的美好家庭，却被别人侵占！这种衬托的方法与后世所谓的"以乐景写哀"的道理是完全一致的。她怨恨别人侵占了她的家。于是，才有"维鹊有巢，维鸠居之"之句。

诗中运用鹊、鸠比喻，有一定的现实基础，"鹊巢鸠占"揭示了一种自然现象。相传鸠鸟不能筑巢，常占喜鹊的窝。因为这首诗的传唱与《诗经》流播的久远，"鹊巢鸠占"成为一个家喻户晓的成语，常用来比喻不劳而获、强占他人所居或侵吞他人的成果。然而，这又是一种自然现象，弱肉强食的普遍规律，从自然的角度看没有什么不道德的地方，自然的法则就是"适者生存，不适者被淘汰"。可是人类社会是要讲道德、讲人性的，用现在话说是要讲精神文明和法律规范的。不然社会就乱了。因此，人类社会不能照搬自然法则。法律的产生给人类社会生活创造了一个相对公平合理的环境，防止无度的竞争，不许"适者生存"的自然法则在人类社会中绝对地横行，人类社会中有秩序的活动更有利于全社会成员的利益。

诗中的鹊是指喜鹊，古今没有什么分歧。该诗三章句中的"鸠"是同物。但对鸠的认识不一：如《毛传》："鸠，鸤鸠、秸鞠也。鸤鸠不自为巢，居鹊之成巢。"朱熹《诗集传》："鸠性拙，不能为巢，或有居鹊之成巢者。"冈元凤《毛诗品物图考》："毛氏以秸鞠释之，然大抵诸鸠拙于为巢，故《禽经》云：'拙者莫如鸠，不能为巢。'此鸠不必指一种。"

焦循《毛诗补疏》："循按《诗》止言鸠，何以知其为尸鸠，以《诗》言居鹊巢而知之也。……崔豹《古今注》云：'鸲鹆，一名尸鸠。'严粲《诗辑》引李氏说云：'今乃鸲鹆也。'鸲鹆'今之八哥。李时珍《本草纲目》云：'八哥居鹊巢。'"

传说侵占鹊巢的有多种鸟，像鸲鹆（八哥）、鸤鸠（布谷）等。现代动物学上所说的鸠是指鸠鸽科部分鸟类，如绿鸠、南鸠、鹃鸠和斑鸠等。它们能否侵占鹊巢值得进一步探讨，因为它们不是那么强悍，没有那么凶狠。隼科的燕隼、红脚隼有此可能。据刘凌云、郑光美《普通动物学》："红脚隼体形大小似鸽，雄鸟背羽灰色，腿脚红色，飞行快捷似燕，又名青燕子。春夏季节来我国繁殖，侵占喜鹊及乌鸦巢产卵，'鹊巢鸠占'的'鸠'即指此鸟。"

又据杨安峰《脊椎动物学》："红脚隼，俗名青燕子。它自己不会筑巢，常利用喜鹊的旧巢，也侵占新筑的鹊巢，将喜鹊从巢中赶走，有时与喜鹊争噪数日，才把巢占为己有。古书中所载'鹊巢鸠占'就是指的这种现象。"今从此说，以红脚隼释《召南·鹊巢》中的"鸠"较为合适。

红脚隼生活在低山、丘陵、平原、荒野、疏林，常单独在空中回翔或立于电线上。以食蝗虫、蚱蜢、蝼蛄、螽斯、金龟子、蟋蟀、叩头虫等昆虫为食，也吃小鸟、蜥蜴、石龙子、蛙和鼠类等小型动物，其中害虫占其食物的90%以上，在消灭害虫方面功绩卓著。繁殖期在5月至7月。通常营巢于疏林中高大乔木的顶端，有时也侵占喜鹊等其他鸟类的巢。夏季遍布我国东北、华北地带，越冬迁移至华东、华南等地区。迁徙时结成大群，多至数百只，常与黄爪隼混群。种群数量局部较丰富，总的数量不多，已被列入国家重点保护野生动物名录，属国家二级保护动物。《诗经》中对"鹊巢鸠占"这种鸟类生态现象的记述，反映了古人开始认识生物之间的种群关系，开创了动物行为学的先河，其生态学意义非常重大。

3. 鸠（山斑鸠）

山斑鸠（鸠鸽科，Streptopelia orientalis）又称斑佳、锦鸠、鹁鸠、祝鸠等。中型鸟类。体形似鸽，头小，胸凸，尾短，体长28至36厘米，雌雄相似。上体大致为褐色，前额和头顶前部为蓝灰色，头后至后颈转为栗棕色，颈两侧各有一块灰黑色颈斑，肩具显著的红褐色羽缘，尾黑色有灰白色端斑，飞翔时呈扇状，极为醒目。下体红褐色，颏、喉棕色，略有粉红色，腹部灰白色，两胁、腋羽及尾下覆羽蓝灰色，脚红色。

山斑鸠

氓之蚩蚩①，抱布贸丝。匪来贸丝②，来即我谋。送子涉淇③，至于顿丘④。匪我愆期⑤，子无良媒。将子无怒，秋以为期。

乘彼垝垣⑥，以望复关。不见复关⑦，泣涕涟涟。既见复关，载笑载言。尔卜尔筮⑧，体无咎言。以尔车来，以我贿迁。

桑之未落，其叶沃若⑨。于嗟鸠兮，无食桑葚！于嗟女兮，无与士耽！士之耽兮，犹可说也。女之耽兮，不可说也。

桑之落矣，其黄而陨。自我徂尔⑩，三岁食贫。淇水汤汤，渐车帷裳。女也不爽，士贰其行。士也罔极，二三其德。

三岁为妇，靡室劳矣。夙兴夜寐，靡有朝矣。言既遂矣，至于暴矣。兄弟不知，咥其笑矣^⑪。静言思之，躬自悼矣。

及尔偕老，老使我怨。淇则有岸，隰则有泮^⑫。总角之宴^⑬，言笑晏晏^⑭。信誓旦旦，不思其反。反是不思，亦已焉哉^⑮！

——《卫风·氓》

注释： ①氓（méng）：古代男子之代称。蚩（chī）蚩：即嗤嗤，憨厚嬉笑的样子。

②匪（fěi）：通"非"，意为走近，靠近。

③淇：卫国河名，即今河南豫北淇河。

④顿丘：地名，今河南清丰。

⑤愆（qiān）：过失，过错，这里指延误。

⑥垝垣（guǐ yuán）：指倒塌的墙壁。

⑦复关：指关名，卫国地名，指氓所居之地。

⑧尔卜尔筮（shì）：烧灼龟甲的裂纹以判吉凶，叫作"卜"。用蓍（shī）草占卦叫作"筮"。

⑨沃若：犹"沃然"，水灵，润泽，柔嫩。

⑩徂（cú）尔：嫁到你家。

《诗经》动植物图说

⑪哑（xì）：笑的样子。

⑫隰（xí）：低湿的地方。

⑬总角：古代男女未成年时把头发扎成丫髻，称总角。

⑭晏晏（yàn）：欢乐、和悦的样子。

⑮已：了结，终止。

《卫风·氓》大约产生于西周初年至春秋中叶，即公元前7世纪，距今大约2700年左右。它产生的地域，诗中有"送子涉淇，至于顿丘""淇水汤汤，渐车帷裳"和"淇则有岸，隰则有泮"等，多处提到顿丘和淇水，应指古代春秋的卫国地域，在今河南豫北地区。

诗中的氓是古代男子之代称。蚩蚩指嬉笑貌，与"嗤嗤"相同。贸即交易，或指抱布贸丝，以物易物。

《氓》是一首著名的弃妇诗，以一个弃妇的口吻，追忆她与一青年男子氓的恋爱、婚姻、家庭生活，诉说自己被抛弃的过程和心情。从诗中我们看到了一个善良、体贴，对爱情甚为执着的女子形象，但后来被负心郎抛弃，以至于出现"不见复关，泣涕涟涟"的情景，可以想见她的内心是多么的伤悲！诗中由自己被抛弃的命运向世间女子发出忠告，痛斥负心的男子，对朝三暮四、喜新厌旧和忘恩负义之徒进行揭露和批判，表示了对负心的男子决绝的心态。这是一首现实主义的、完美的里巷情歌，表现了中国古代妇女在不平等的婚姻制度下，遭到虐待和歧视，表达出强烈的不满和怨恨。诗的第三章即是追悔自己过去沉迷于爱情不能自拔，被抛弃后追悔不及，从而对天下女子发出忠告。

第三章中"桑之未落，其叶沃若。于嗟鸠兮，无食桑葚"，沃若的桑树，贪吃的鸠，都是很形象的比喻。其中的"鸠"是何鸟？

《尔雅》中说："鹘鸠，鹎鸠。"郭璞注："似山鹊而小，短尾，青黑色，多声。今江东亦呼为鹎鸠。"

《本草纲目》卷49《斑鸠》篇中说："[释名]斑隹（音锥）、锦鸠（范汪方）、鹁鸠（《左传》注）、祝鸠。[时珍曰]鸠也，鹁也，其声也。斑也，锦也，其色也。隹者，尾短之名也。古者庖人以尸祝登尊俎，谓之祝鸠。此皆鸠之大而有斑者，其小而无斑者……"

古代所注，一指鹘鸠，一指斑鸠。《氓》诗中的"鸠"应指斑鸠。因斑鸠喜栖于桑，食其葚果，与诗意相合。"鸠"有多种，今以山斑鸠释之。

鸠鸽科鸟类全世界有40属280种，分布于热带和温带地区。我国有8属31种，分布于全国各地。山斑鸠是鸠鸽科、斑鸠属的鸟类，包含两个亚种。山斑鸠分布在西伯利亚中部和中亚地区，冬天大部分种群会迁徙。

山斑鸠栖息于低山、丘陵、平原、树林、果园、村庄等地。常成对或成小群活动，有时成对栖息于树上，或成对一起飞行和觅食。善飞健走，边走边觅食，头前后摆动。鸣声低沉，重复鸣叫"ku-ku-ku"。它以植食性食物为主，吃各种植物的果实、种子、草籽、谷物、嫩芽等，有时也吃一些昆虫。斑鸠爱吃桑葚，传说斑鸠吃了桑葚便会头晕，告诫人们不要堕入爱情以至难以自拔。山斑鸠4月至7月繁殖。分布区很广，遍及全国各地。在大部分地区是留鸟，在东北是夏候鸟。种群数量较多。

4. 鸤鸠（大杜鹃）

大杜鹃（杜鹃科，Cuculis canorus）又称鹄鹕、布谷、郭公、获谷、桑鸠、鸣鸠、子规、杜宇、子鹃等。是中型鸟类。体长30至36厘米。雄鸟上体纯暗灰色，两翼暗褐色，翅缘白色，杂有狭细的褐色横斑。腰及尾上覆羽蓝灰色，末端白色。两侧尾羽浅黑褐色，下体白色，并有相间排列的黑褐色细横斑。雌雄鸟羽毛相似，但雌鸟上体灰色，胸呈棕色。雌鸟还有其他色型，其上体和下体前部，布满栗红、黑褐两色相间的横斑。

大杜鹃

　　鸤鸠在桑，其子七兮。淑人君子，其仪一兮[①]。其仪一兮，心如结兮[②]。

　　鸤鸠在桑，其子在梅。淑人君子，其带伊丝[③]。其带伊丝，其弁伊骐[④]。

　　鸤鸠在桑，其子在棘。淑人君子，其仪不忒[⑤]。其仪不忒，正是四国。

　　鸤鸠在桑，其子在榛。淑人君子，正是国人。正是国
人，胡不万年⑥。

——《曹风·鸤鸠》

注释：①仪：容颜仪态。

　　　②心如结：心如磐石。

　　　③伊：是。

　　　④弁（biàn）：皮帽。

　　　⑤忒（tè）：差错。

　　　⑥胡：何。

　　《曹风·鸤鸠》是下臣以鸤鸠的品德来赞美君子的诗。以鸤
鸠养子关爱如一，进行起兴兼比喻，引出对君子德行专一、关
爱下属品行的赞美。《曹风·鸤鸠》其他各章有"鸤鸠在桑，其子
在梅""鸤鸠在桑，其子在棘""鸤鸠在桑，其子在榛"之句，句
中"鸤鸠"与首章的"鸤鸠"为同物。"弁"，冠冕，指古代王公贵
族的一种官帽。"骐"本义为青黑色有如棋盘格子纹的马。这里
的骐指古代官帽上的玉饰，色如骐文。

　　《毛诗故训传》中说："鸤鸠，秸鞠也。鸤鸠之养七子，朝从
上下，莫从下上，平均如一。"郑玄注曰："兴者，喻人君之德当均
一于下也。"后用为君以仁德待下的典实。三国时魏国的曹植在

《上责躬诗表》中也说："七子均养者，鸤鸠之仁也。"这是基于鸤鸠的习性，在喂养仔鸟时，早晨从上向下，晚上从下至上按序喂食，公平合理，从不有错。据说伏羲氏创立鸟官制度时，就曾设立鸤鸠官掌管分配，取其公平如一的意思。诗中喻淑人君子应像鸤鸠一样公平如一地对待子民。古人发现鸤鸠喂养多个幼子，朝从上而下，暮从下而上，平均如一，没有偏爱。这种观察非常细微，这是动物行为研究的内容，在先秦文化中能出现，也是世界生物学史中的一个先例。

　　汉代的学者扬雄在他的《方言》中说过鸤鸠是戴南、戴𫛭、戴胜。朱熹在《诗集传·鸤鸠》中说："兴也。鸤鸠，秸鞠也，亦名戴胜，今之布谷也。"扬雄和朱熹的说法不可信，因为"鸤鸠"与"戴胜"无疑是两种鸟。

　　《尔雅》："鸤鸠，鹁鵴。"郭璞注："今之布谷也。江东呼为获谷。"陆玑云："今梁宋之间谓布谷为鹁鵴，一名系谷，一名桑鸠。"

　　罗愿《尔雅翼》说："《诗》兴一时之事，则鸤鸠适在桑耳，何可遂以为戴𫛭耶？此说之不稽者也。《时训》云：'戴胜不降于桑，政教不中。'"历史上不少学者都认为扬雄和朱熹把鸤鸠误为戴胜了。

　　还有一说，晋代的崔豹也在他的《古今注》说过"鸤鸠（八哥）一名尸鸠（鸤鸠）"。自古以来众说纷纭，没有一致的结论。鸤鸠究竟是什么鸟？请看李时珍的解说。

李时珍在《本草纲目》卷49《鸤鸠》篇中说："〔释名〕布谷（《列子》）、鹁鵼（音戛匊）、获谷（《尔雅注》）郭公。〔藏器曰〕布谷，鸤鸠也。江东呼为获谷，亦曰郭公。北人名拨谷。〔时珍曰〕布谷名多，皆各因其声似而呼之。如俗呼阿公阿婆、割麦插禾、脱却破裤之类，皆因其鸣时可为农候故耳。或云：鸤鸠即《月令》鸣鸠也；鸤乃鸣字之讹，亦通。"又："〔集解〕〔藏器曰〕布谷似鹞长尾，牝牡飞鸣，以翼相拂击。〔时珍曰〕案《毛诗义疏》云：鸣鸠大如鸠而带黄色，啼鸣相呼，而不相集。不能为巢，多居树穴及空鹊巢中。哺子朝自上下，暮自下上也。二月谷雨后始鸣，夏至后乃止。"

按李时珍的说法，鸤鸠就是布谷，参照古今注释，多数学者都释为"布谷"。"布谷"即大杜鹃，人们按它的叫声谐音为"光棍好苦""大麦先熟"等。故应以大杜鹃释之。

大杜鹃彻夜不停啼鸣，啼声清脆而短促，常常唤起人们多种情思。杜鹃口腔和舌部都为红色，古人误以为它啼得满嘴流血。在杜鹃鸣叫的时候也正是杜鹃花盛开的季节，人们见杜鹃花那样鲜红，便认为是杜鹃啼血滴染而成。正像唐代诗人成彦雄写的"杜鹃花与鸟，怨艳两何赊，疑是口中血，滴成枝上花"。中国古代有"望帝啼鹃"的神话传说。周朝末年，四川有个君主望帝名叫杜宇，当他禅位退隐后，不幸国亡身死。传说他死后，其魂化为杜鹃鸟，暮春啼哭，口中滴血，其声哀怨凄凉，恸人肺腑。

杜鹃在中国古典诗词中常与悲苦之事联系在一起。李白诗云："杨花飘落子规啼，闻道龙标过五溪。"文天祥《金陵驿二首》："从今却别江南路，化作啼鹃带血归。"杜鹃的啼叫又好像是说"不如归去，不如归去"。它的啼叫容易唤起乡思之情。宋代范仲淹诗云："夜入翠烟啼，昼寻芳树飞。春山无限好，犹道不如归。"历代文人墨客常把杜鹃当作一种悲鸟，把它化为悲愁的象征。

杜鹃科有40属139种，几遍全球。我国有9属17种，遍布全国各地。大杜鹃栖息于山地、丘陵、平原的树林中，或出现于农田、居民区的乔木上。常单独活动，性孤独，循直线飞行，快而有力。鸣声单调、洪亮，"布谷—布谷，"反复鸣叫。食松毛虫、舞毒蛾、枯叶蛾和其他鳞翅目幼虫，也吃蝗虫、步行虫和蜂等。5月至7月繁殖，求偶时，雄雌鸟上下飞舞，相互追逐，或在树枝上跳来跳去。

大杜鹃有7到8个亚种，分布于全国各地。《诗经》记述的鸤鸠可初步判断为华东亚种（C.c.fallax），主要分布于河北南部至陕西东南部地区，以及香港、澳门一带，西抵贵州、广西。部分为夏候鸟，部分为旅鸟。春季4至5月迁来，秋季9至10月迁去。此鸟是一种森林益鸟，数量较多，能消灭大量的森林害虫，应注意保护。

5. 隼（火斑鸠）

火斑鸠（鸠鸽科, streptopelia tranquebarica）又称佳鹈、夫不、佳其、鹪鹩、鹪鸠、鹪鸠等。体型较小，体长20至30厘米。嘴黑褐色。雄鸟头、颈蓝灰色，后颈有黑色颈环。背、肩、翅上飞羽为葡萄红色。腰、尾上覆羽和中央尾羽为蓝灰色，外侧尾羽为黑色，末端有宽大的白色端斑，外侧尾羽外翈为白色。雌鸟上体灰褐色，下体色淡，呈土褐色，后颈黑色颈环较窄，且有白边。其他部位为淡灰色或蓝白色。

火斑鸠

四牡騑騑[①]，周道倭迟[②]。岂不怀归？王事靡盬[③]，我心伤悲。

四牡騑騑，啴啴骆马[④]。岂不怀归？王事靡盬，不遑启处[⑤]。

翩翩者隼，载飞载下，集于苞栩。王事靡盬，不遑将父。

翩翩者隼，载飞载止，集于苞杞。王事靡盬，不遑将母。

驾彼四骆，载骤骎骎[⑥]。岂不怀归？是用作歌，将母来谂[⑦]。

——《小雅·四牡》

　　　　　　　　　　《诗经》动植物图说

注释：①四牡：四匹公马。骓（fēi）：马显得疲劳。

②周道：大路。倭迟（wēi yí）：亦作"逶迤"。

③靡：无。盬（gǔ）：止息。

④啴（tān）啴：喘息的样子。

⑤启处：指在家安居休息。

⑥骎（qīn）：形容马走得很快。

⑦谂（shěn）：想念。

　　《小雅·四牡》是写小官吏驾驶四匹马快车奔走在漫长征途中而思念故乡、思念父母的行役诗，表达出下层官吏风尘劳顿、不堪差事的繁忙。诗的第三章写到雃（zhuī），是行途所见。路上所见必然很多，唯独拈出雃，另有一番含义。雃又称夫不。《左传·昭公十七年》中说："祝鸠氏，司徒也。"《疏》云："祝鸠，夫不，孝，故为司徒。"马瑞辰《毛诗传笺通释》因云："是知诗以雃取兴者，正取其为孝鸟，故以兴使臣之'不遑将父''不遑将母'，为雃之不若耳。""翩翩者雃，载飞载止，集于苞杞"中"苞杞"有居家奉母之意。由鸟儿栖息于树或载飞载止起兴，触景生情，抒发自己劳于公事，无法顾及家乡父母的忧伤。

　　古人对雃有所记述：《毛传》说："雃，夫不也。"郑《笺》说："夫不，鸟之悫谨者，人皆爱之。"陆玑《毛诗草木鸟兽虫鱼疏》："雃，其今小鸠也。一名鹁鸠，幽州人或谓之鹣鸠，梁宋之间谓之雃，扬州人亦然。"朱熹《诗集传》说："雃，夫不也，今鹁鸠也。凡鸟之短尾者皆雏属。"《说文解字》："雏，祝鸠也。"

雏是古称斑鸠中的一种，即今火斑鸠，故以火斑鸠释之。有学者认为雏是指野鸽，未必可信，存以备考。

火斑鸠是比野鸽子体形略小、羽色却漂亮得多的鸟，因羽毛多呈葡萄红色，故名火斑鸠。在长期的农耕时代，人们喜欢斑鸠，与它的啼鸣多与春雨联系有关。农谚曰："斑鸠叫，春雨到。"春播时雨水稀缺，正是鸟类繁殖的时候。斑鸠的鸣声又比别的鸟啼更为嘹亮，更能远扬，成了天阴雨至的信号。苏轼的诗里就有"柴桑春晚思依依，屋角鸣鸠雨欲飞"的描写。宋人谢迈的《鸣鸠》诗中有"云阴觯尽却残晖，屋上鸣鸠唤妇归"之句。

"唤妇归"来自雄鸠逐妇、唤妇的故事。说它们的窝巢较小，下雨时，雄鸠守巢孵卵，将雌鸠"逐"出，让它飞到密林中去避雨，待到雨过天晴，雄鸠又会啼鸣不断，呼唤雌鸠归巢。斑鸠就成了有情有义的情侣鸟。

传说火斑鸠还是一种心慈的孝鸟，在古老的年代里，它们眼见着一个人称七姑姑的老太太孤苦无依，病死在颓圮的茅屋里，就觉得世上缺少爱心和同情。它们飞出巢，到处唱着"七姑姑——苦"，藉以告诉人们去埋葬那位老太太。它们这样一代一代地啼过千百年，日后还会这样啼下去。

火斑鸠生活在低山、丘陵、平原、村庄、果园。常成对或成群活动，喜欢栖息于电线或高大的枯枝上。飞行甚快，常发出

"呼呼"的振翅声。主要以植物浆果、种子和果实为食，也吃稻谷、玉米、荞麦、小麦、高粱、油菜籽等农作物的种子，有时也吃白蚁、蛹和昆虫等。繁殖期在2月至8月，北方多在5月至7月。通常营巢于低山或山脚丛林和疏林中乔木树上，巢多置于隐蔽性较好的低枝上。巢呈盘状，结构较为简单、粗糙。在江南为留鸟，江北为夏候鸟。

火斑鸠分布于辽宁、河北以南的广大地区，在云、贵、川及甘肃、青海、西藏也有分布。种群数量，南方多于北方。

以上五种鸠，隶属于现代动物学的四个不同的目：鹗是隼形目、鹰科鸟类，属猛禽；红脚隼是隼形目、隼科的小型猛禽；山斑鸠、火斑鸠是鸽形目、鸠鸽科的中型鸟类；大杜鹃是鹃形目、杜鹃科的中型鸟类。前两种属于鹰隼类，性情比较强悍，后三种属于鸠鸽和杜鹃类，性情比较温和。各种鸠的动物行为各不相同，被精彩地反映于诗中：鹗在繁殖期形影不离，因此有"关关雎鸠，在河之洲"；红脚隼强悍，又不善筑巢，因此有"维鹊有巢，维鸠居之"；山斑鸠喜食桑葚，因此有"于嗟鸠兮，无食桑葚"；大杜鹃"慈善"，精于抚幼，因此有"鸤鸠在桑，其子七兮"。火斑鸠是一种温顺的慈鸟。说明我国古人对各种鸠的动物行为和习性观察细微，具有极高的生物学价值；将这些动物学知识十分恰当地应用到诗中，比兴、比喻精练纯熟，开诗学之先河，具有很高的艺术价值。

十七　两种黄鸟各千秋（黄雀、黄鹂）

　　《诗经》中很多诗篇中都有黄鸟，但它们不是一种鸟。各自具有不同的风貌、姿态、歌喉、生态、习性。在《诗经》中所起的比兴效果也很不相同。

1. 黄鸟（黄雀）

　　黄雀（雀科，Carduelis spinus）是雀形目的小型鸟类。黄鸟不同于黄鹂（Oriolus Chinensis）。黄鸟体长11至12厘米，鸟额、顶为黑色，上体黄绿色较浓，腰黄色，两翅和尾黑褐色，尾基两侧和翅斑为鲜黄色，胸黄色，腹白色，均带有褐色条纹。

黄雀

　　葛之覃兮，施于中谷①，维叶萋萋②。黄鸟于飞，集于灌木，其鸣喈喈。

葛之覃兮，施于中谷，维叶莫莫③。是刈是濩④，为
绤为绤⑤，服之无斁⑥。

言告师氏，言告言归⑦，薄污我私。薄澣我衣⑧，害
澣害否⑨，归宁父母⑩。

——《周南·葛覃》

注释：①施（yì）：蔓延。

②萋萋：茂盛貌。

③莫莫：茂盛貌。

④刈（yì）：斩，割。濩（huò）：煮。

⑤绤（chī）：细的葛纤维织的布。绤（xì）：粗的葛纤维织的布。

⑥斁（yì）：厌。

⑦归：指出嫁，亦可指回娘家。

⑧澣（huàn）：浣，洗。

⑨害（hé）：通"曷"，盍，何，疑问词。

⑩归宁：回家慰安父母。

《周南·葛覃》描写了一位已婚贵族女子，归宁（回娘家）探
望父母时见到的一幅令人耳欣目悦的美丽画面。葛蔓茂盛，黄雀
在灌木丛中嬉闹，喈鸣美好景色，引出她持家有方，躬俭节用、
勤于织作、洗衣的繁忙劳动以及尊敬老人的美德，表达了心中的

《诗经》动植物图说

喜悦。这样的女子返回娘家，足以令夫家爱怜，又给父母莫大的安慰。

在中国的传统中，对女子的要求从来都是严格的，即所谓"妇德、妇言、妇功、妇容"等。要求女子必须"贞顺""婉媚"并勤于丝麻织作之劳。

"归宁"两个字，点出了该篇的主题，让我们看到一个女子对父母的眷恋之心，她在夫家的作为让父母得到安宁与快乐。"思归"便像一坛陈年老酒，表达出来的正是归里探亲的心情，先民与我们的感情是息息相通的。

《诗经》中最明显的特点就是运用品物比兴的艺术手法描写人与事。同是一种"黄鸟"，在不同的篇章里，表达的意境有巨大的不同。《周南·葛覃》正是描写一位已婚贵族女子准备回家探望父母的情景，表达了主人公的喜悦心情。有人说得好，景随情变。如果有了一个好心情，那么眼前这黑白胶片似的景象，就会变得五彩斑斓，极富情致。反之，眼前的五光十色，也会变得暗淡无光。还是陶渊明说得好："心远地自偏。"同一景物因心情的变化而变化。

在《秦风·黄鸟》中则表达了另一种情境。以"交交黄鸟，止于棘"起兴，引出子车奄息被殉之事。"交交黄鸟"即交交哀鸣的群雀，比喻国人的悲伤，与文中"彼苍者天，歼我良人"所描写的事件具有真实性，表达了弃国人于不顾的野蛮殉葬的情境。

《小雅·黄鸟》中有"黄鸟黄鸟，无集于穀，无啄我粟"之句。以黄鸟起兴，用鸟吃谷物来比喻统治者的残酷剥削。

《诗经》中的黄鸟，或指黄鹂（黄莺），或指黄雀。郝懿行《尔雅义疏》中说："《诗·葛覃》疏引舍人曰：皇名黄鸟。按此即今之黄雀，其形如雀而黄，故名黄鸟。又名搏（或为抟之误）黍，非黄离留也。"《葛覃》篇中的"黄鸟"，按郝氏《尔雅义疏》以黄雀释之为宜。黄雀有集群、迁徙的习性，诗中有"黄鸟于飞，集于灌木"之句，正是其集群习性的写照。

黄雀在我国分布广泛，较为常见。生活在林地、河谷或树丛，有时也出现于村落和农田。夏居我国东北，秋迁江浙、福建、广东、台湾等地。主要是冬候鸟，种群数量较为丰富。

黄雀是杂食性，以植物性食物为主，也吃昆虫等小动物。古人云"螳螂扑蝉，焉知黄雀在后"，这是自然生态的写照。有群集性，常可结成数百只的群体。常相聚一起嬉戏，和睦相处。性格较温顺，巢区占领性不强。黄鸟性情活泼，鸣叫时姿态优美，叫声清脆，飞翔能力强，飞速快，可长途飞行，是很好的自然景观，也是可供饲养的观赏鸟。

2. 黄鸟、仓庚（黑枕黄鹂）

黑枕黄鹂（黄鹂科, Oriolus Chinensis）是雀形目的中型鸟类。黄鹂又称仓庚、商庚、鸒黄、鸧鹒、莺、抟黍、楚雀、黄莺、黄鹂鹠、黄袍、金衣公子等。黑枕黄鹂是典型代表。体长23至27厘米。雄鸟通体金黄色而有光泽，两翅和尾黑色。头枕部有一通过眼周达枕部的黑色带斑，十分明显。翼和尾的中央黑色。雌鸟黄中带绿，不及雄鸟鲜亮。

黄鹂

凯风自南①，吹彼棘心。棘心夭夭②，母氏劬劳③。

凯风自南，吹彼棘薪。母氏圣善，我无令人。

爰有寒泉④，在浚之下⑤。有子七人，母氏劳苦。

睍睆黄鸟⑥，载好其音。有子七人，莫慰母心。

——《邶风·凯风》

注释：①凯风，夏天的南风。

②夭夭：树木嫩壮貌。

③劬（qú）劳：操劳。劬，辛苦。

④爰（yuán）：何处。一说发语词，无义。

⑤浚：卫国地名，今河南浚县。

⑥睍睆（xiàn huǎn）：象声词，指黄鸟宛转之声。

《邶风·凯风》是一首写子女感念母亲恩德而又无以报答的诗。诗中讲述了母亲养子七人的辛苦，儿子惭愧，因不能伺母、不能有所建树而自责，以彰显母亲的盛善之德。更言在河南浚县的寒泉之下，使母亲更加劳苦。最后，以黄鸟尚能以其形貌的美丽和声音的动听取悦于人起兴，反衬自己身为人子却不能安慰母亲。直抒自己的不安和内疚。脉脉真情，发自内心。

作者既应用了《诗经》中常见的比兴和复还的手法，感慨人心；也应用了对比的手法，以七子自惭不能报母恩来衬托母亲的伟大。正像古乐府《长歌行》："远游使心思，游子恋所生。凯风吹长棘，夭夭枝叶倾。黄鸟鸣相追，咬咬弄好音。伫立望西河，泣下沾罗缨。"立意遣辞都出于《凯风》。

后人孟郊《游子吟》"谁言寸草心，报得三春晖"也同出一辙。陶渊明在为外祖父孟嘉所作《孟府君传》中说："凯风寒泉之思，实钟厥心。"可见母爱的伟大，精神上的感召尤甚于物质上的给予，这种精神上的赋予是"寸草心"难以报答的。后世常用"凯风、寒泉"这个典故来代表母爱，直到宋代苏轼在《为胡完夫母周夫人挽词》中，还有"凯风吹尽棘有薪"的句子。足见《诗经》对后世的影响之大。

黄鹂很惹人喜爱，它的名字和别名常出现在诗作中。如"两个黄鹂鸣翠柳，一行白鹭上青天"（杜甫）"几处早莺争暖树，谁家新燕啄春泥"（白居易）"千里莺啼绿映红，水村山郭酒旗风"（杜牧）"留连戏蝶时时舞，自在娇莺恰恰啼"（杜甫）等。

我国古代常有记载：《尔雅》中说"皇，黄鸟。"郭璞注曰："俗呼黄离留，亦名抟黍。"又："仓庚，商庚。"郭璞注："即鵹黄也。"陆玑《毛诗草木鸟兽虫鱼疏》记述："黄鸟，黄鹂鹠也。或谓之黄栗留。幽州人谓之黄莺，或谓之黄鸟。一名仓庚，一名商庚，一名鵹黄，一名楚雀。齐人谓之抟黍，关西谓之黄鸟。当葚熟时来在桑间。故里语曰：黄栗留，看我麦黄葚熟。亦是应节趋时之鸟，或谓之黄袍。"朱熹《诗集传》中说："黄鸟，鹂也。"又："仓庚，黄鹂也。"

《本草纲目》卷49《莺》篇说："［释名］黄鸟（《诗经》）、离黄（《说文》）、鹠黄（《尔雅》）、仓庚（《月令》，《尔雅》作商庚）、青鸟（《左传》）、黄伯劳。［时珍曰］《禽经》云'鸎鸣嘤嘤'，故名。或云鸎项有文，故从䐗。䐗，项饰也。或作莺，鸟羽有文也。诗云'有莺其羽'是矣。其色黄而带鹠，故有鹠黄诸名。陆玑云：齐人谓之抟黍，周人谓之楚雀，幽州谓之黄莺，秦人谓之黄鹂鹠（淮人谓之黄伯劳，唐玄宗呼为金衣公子），或谓之黄袍。"

黄鹂活动于低山丘陵、林地农田。常单独或成对活动，栖于乔木。鸣声清脆婉转，姿色鸣声喜人，可饲养为观赏鸟。以蝗虫、蚱蜢等昆虫为主食，是一种农林益鸟。在我国分布较广，几乎遍及全国。种群数量较为丰富，可改善自然景观，给人以美的享受。

　　《诗经》中的黄鸟一指黄雀，一指黄鹂。《邶风·凯风》篇中"睍睆黄鸟，载好其音"之句，说明黄鸟鸣叫婉转动听。从善鸣可知此黄鸟应为黄鹂。诗中有"爰有寒泉，在浚之下"之句，其中"浚"即浚县，位于河南北部，此地是黄鹂的分布区，春天常看到它们雌雄双飞的身影，鸣声也特别令人喜爱。鉴于该鸟色黄而带鳌，故以黑枕黄鹂释之。

十八　家燕、鸿雁与豆雁（家燕、鸿雁、豆雁）

　　家燕是燕科的鸟类，鸿雁和豆雁是鸭科的鸟类。家燕体小轻巧善低飞，鸿雁和豆雁体大笨重能高飞。燕子的尾巴分叉如剪刀，大雁的尾巴不分叉。燕子令人喜庆，大雁带来哀愁。

1. 玄鸟（家燕）

　　家燕（燕科, Hirundo rustica）又称鳦、乙鸟、挚鸟、鹪鹩、游波、天女等。家燕体小轻巧，身长15至19厘米，喙扁而短，口裂很深。雌雄鸟羽色相似，前额深栗色，上体蓝黑色，有金属光泽。额、喉和上胸为栗色，下胸和腹部为白色。翅狭长，两翼和尾羽呈黑褐色，微有蓝色光泽，燕尾呈分叉状。幼鸟与成鸟相似，羽色暗黑色，尾较短。

家燕

天命玄鸟，降而生商，宅殷土芒芒①。古帝命武汤②，正域彼四方。

方命厥后，奄有九有③。商之先后，受命不殆④，在武丁孙子⑤。武丁孙子，武王靡不胜。

龙旂十乘⑥，大糦是承⑦。邦畿千里⑧，维民所止，肇域彼四海⑨。

四海来假⑩，来假祁祁⑪。景员维河，殷受命咸宜，百禄是何。

——《商颂·玄鸟》

注释：①芒芒：同"茫茫"。

②武汤：即商汤。

③奄：包括。九有：九州。传说禹划天下为九州。《尔雅·释地》：

"两河间曰冀州，河南曰豫州，河西曰雍州，汉南曰荆州，江南曰

扬州，济河间曰兖州，济东曰徐州，燕曰幽州，齐曰营州。"

④殆：通"怠"，懈怠。

⑤武丁：即殷高宗，商汤的后代。

⑥乘（shèng）：四马一车为乘。

⑦糦：同"饎"，酒食。

⑧邦畿：封畿，疆界。

⑨肇域：即疆域。

⑩四海：《尔雅》以"九夷、八狄、七戎、六蛮"为"四海"。来假

（gé）：来朝。

⑪祁祁：纷纷众多。

　　《商颂·玄鸟》是祭祀殷高宗武丁的颂歌。传说有娀氏之女简狄吞燕卵而怀孕生契，契建商。整诗写商"受天命"而治国，写得渊源古老，神性庄严，气势雄壮。诗的前半篇追述商朝历史，从天命玄鸟降下商祖，写到成汤正其疆域，拥有九州。殷自盘庚后，国势衰落。高宗武丁是一位中兴之主，其功不可磨灭。武丁在位59年，使商王朝达到鼎盛。他曾大力征伐边地部落民族，扩张疆域领土，四方朝贡觐见者众多。诗中渲染武丁中兴事业之成功，也有曲终奏雅、画龙点睛之效。此外作者以"四方""九有""十乘""千里""四海""百禄"等，点染歌颂，其妙尽显。这首诗对研究殷代历史和文化都有重要价值。其风格典雅庄重，体现了颂诗的特点。

　　《邶风·燕燕》篇中也记述有燕子："燕燕于飞，差池其羽。之子于归，远送于野。瞻望弗及，泣涕如雨。"该诗是卫国君主送妹妹出嫁的诗。这是我国最早的送别诗，艺术感染力极强。用燕子飞翔起兴，别具匠心，引出妹妹离家远嫁，兄长送于郊野的情景。燕子这种候鸟常被人们当作感情的寄托物。"瞻望弗及，泣涕如雨"的咏唱，缠绵悱恻，委婉动人，传神地表现出兄妹的无限深情，感人至深。

　　以上两篇诗中的燕燕和玄鸟，是异名同物，指的就是家燕。

《说文解字》："燕，玄鸟也。籋口布翅枝尾。"《毛传》："燕燕，
鳦也。燕之于飞，必差池其羽。"又："玄鸟，鳦也。春分玄鸟降
汤之先祖。有娀氏女简狄，配高辛氏帝，帝率与之祈于郊禖而生
契，故本其为天所命，以玄鸟至而生焉。"所言商是以鸟为图腾
的民族，"天命玄鸟，降而生商"则是关于商的起源的最珍贵的
早期文献资料。

　　《本草纲目》卷48《燕》篇中说："［时珍曰］燕大如雀而
身长，籋口丰颔，布翅歧尾。背飞向宿，营巢避戊己日。春社来，
秋社去。其来也，衔泥巢于屋宇之下；其去也，伏气蛰于窟穴
之中。"

　　家燕是小型夏候鸟，喜欢栖息于人居环境，筑巢于檐下或庭
廊，与人相处安然。人们都很喜欢它。古代诗人曾这样描述："旧
时王谢堂前燕，飞入寻常百姓家""无可奈何花落去，似曾相识
燕归来"。自古以来，人们乐于让燕子在自己的房屋中筑巢，生育
幼燕，并引以为吉祥、有福的事情。

　　家燕善飞行，动作敏捷而轻巧，可高飞，也可低飞。主要以
昆虫为食，如飞蛾、蚊、蝇、叶蝉、金龟子、蜻蜓等。家燕的普通
亚种（H. r. guttuaralis）在我国全境多为夏候鸟，只有少数留在
西沙群岛、台湾和海南岛越冬，为留鸟。家燕是我国人民非常熟
悉、非常喜欢的益鸟，自古以来就有保护家燕的习惯和传统，不
仅为其提供筑巢的条件，有些地区还将家燕列入地区保护动物
的名单。

2. 鸿、鸿雁（鸿雁）

鸿雁（鸭科，Anser cygnoides）是大型水禽，体长90厘米，重3至5千克。雌雄鸟相似，雌鸟较小。嘴黑色，体色浅棕灰色，雄鸟嘴基有一膨大的瘤，雌鸟此瘤不发达。前额近白色，头顶到后颈呈暗棕褐色，腰、翅羽色灰褐色，羽缘较淡趋白，有白色斑纹和横纹。尾上覆羽灰褐色，最长的尾上覆羽纯白色。下腹部和尾下覆羽白色，翼下覆羽及腋羽暗灰色。跗跖橙黄色或肉红色。

鸿雁

新台有泚①，河水瀰瀰②。燕婉之求③，蘧篨不鲜④。

新台有洒⑤，河水浼浼⑥。燕婉之求，蘧篨不殄⑦。

鱼网之设，鸿则离之⑧。燕婉之求，得此戚施⑨。

——《邶风·新台》

注释：①新台：卫宣公所筑之台。泚（cǐ）：鲜亮貌。

②瀰瀰（mǐ）：河水盛满貌。

③燕婉：仪态安详。

④蘧篨（qú chú）：即"居诸"，指虾蟆。鲜（xī）：美。

⑤洒（xiǎn）：鲜貌。

⑥浼浼（miǎn）：盛貌。

⑦殄（tiǎn）：美丽。

⑧离：通"罹"，到临。

⑨戚施：即虾蟆。

　　《邶风·新台》是卫国人讽刺卫宣公丑行的诗。卫宣公是个淫昏的国君。他曾与其后母夷姜乱伦，生子名伋。伋成年后为其迎娶齐女，卫宣公听说齐女很美，便在黄河边修筑高台把齐女拦下占为己有，她就是后来的宣姜。《毛诗序》："《新台》，刺卫宣公也。纳伋之妻，作新台于河上而要之。国人恶之而作是诗也。"诗的第三章，有"鸿则离之"和"得此戚施"之句，意思是想得鸿雁，却得了只癞蛤蟆。《韩诗章句》说"戚施，蟾蜍，喻丑恶"。即把卫宣公比作癞蛤蟆，其讽刺手法巧妙而辛辣。

　　后来的唐明皇也有"新台"之讥，是另一个典型的例子。唐明皇欲夺其子寿王妃即杨玉环，先让她入道观，好像这样一来，一切就合理合法了。然而丑行就是丑行，是无法遮盖的。

　　《小雅·鸿雁》篇中有鸿雁的记述："鸿雁于飞，肃肃其羽。之子于征，劬劳于野。爰及矜人，哀此鳏寡。"这是一首"饥者歌其食，劳者歌其事"的现实主义诗作，感情深沉，语言质朴，韵调谐畅，虽是一首抒情诗，却兼有叙事、议论。朱熹《诗集传》云："流民以鸿雁哀鸣自比而作此歌也。"方玉润《诗经原始》云："使者承命安集流民""费尽辛苦，民不能知，颇有烦言，感而作此"。意思是写官吏奉命救济安抚难民的诗。诗的第一章以鸿雁起兴，描写官吏辛劳奔波，救济贫病穷苦、鳏寡孤独的情景。

以上两首诗中的"鸿""鸿雁"和《豳风·九罭》《小雅·鸿雁》诗中的"鸿""鸿雁"是同物。

《邶风·新台》篇中的"鸿"，旧注皆释为鸟名，自闻一多《诗经通义》和《诗新台"鸿"字说》论证其为虾蟆的异名后，今人多从其说。但闻一多在其后写的《说鱼》一文中谈到此诗时又说："旧说这是刺卫宣公强占太子伋的新妇——齐女的诗，则鱼喻太子（少男），鸿喻公（老公）。'鸿''公'谐声，'鸿'是双关语。我从前把这鸿字解释为虾蟆的异名，虽然证据也够确凿的，但与《九罭篇》的鸿字对照了看，似乎仍以训为鸟名为妥。"今从旧注和闻一多《说鱼》一文中的观点，释《新台》篇中的"鸿"为鸟名。鸿、鸿雁为一物，古今同名。诗中出现的单名雁，以豆雁释之。

《毛传》："大曰鸿，小曰雁。"陆玑《毛诗草木鸟兽虫鱼疏》："鸿鹄，羽毛光泽纯白，似鹤而大，长颈，肉美如雁。又有小鸿，大小如凫，色亦白，今人直谓鸿也。"

《本草纲目》卷47《雁》篇中说："［集解］［时珍曰］雁状似鹅，亦有苍、白二色。今人以白而小者为雁，大者为鸿，苍者为野鹅，亦曰䳏鹅，《尔雅》谓之鵱鷜也。"

鸿雁栖息于湖泊、沼泽、河流及附近地区，性喜结群，迁飞时常数十、数百只一起排成"一"字或"人"字形。善游泳，警觉性高。鸣声洪亮、单调。以植食性为主，吃植物嫩叶、芽和藻类等，也吃少量的甲壳类和软体动物。鸿雁的繁殖地在俄罗斯西伯利亚地区和我国东北。每年9月下旬至10月末大量向南方迁飞越冬。鸿雁是家鹅的祖先，已被列入世界濒危鸟类名录和红皮书，应加强保护。

3. 雁（豆雁）

豆雁

豆雁（鸭科，Anser fabalis）又称野鹅、鴚鹅、鵱鷜、鳵鴇、僧婆等。豆雁体型较大，体长69至90厘米，体重约3千克，外形大小类家鹅。两性相似。嘴黑褐色，头颈棕褐色，肩、背灰褐色，羽缘呈淡黄白色。腰羽、尾羽棕黑色，有白色斑。尾上覆羽白色。喉胸淡棕褐色，腹部污白色至浅灰色，两胁有灰褐色横斑。尾下覆羽白色。

匏有苦叶①，济有深涉②。深则厉③，浅则揭④。
有瀰济盈⑤，有鷕雉鸣。济盈不濡轨⑥，雉鸣求其牡。
雝雝鸣雁⑦，旭日始旦。士如归妻⑧，迨冰未泮⑨。
招招舟子，人涉卬否⑩。人涉卬否，卬须我友⑪。

——《邶风·匏有苦叶》

注释：①苦：枯也。“苦”正作“枯”。

②涉：过河之处，渡口。

③厉：连衣下水渡河。

④揭：提起或卷起衣裳过河。

⑤瀰：指茫茫大水。

⑥轨：车轴两端。

⑦雝（yōng）：雁鸣声。

⑧归妻：娶妻。

⑨迨（dài）：等到。泮（pàn）：分。冰泮：指冰融化。

⑩卬（áng）：我。

⑪须：等待。

《邶风·匏有苦叶》是写一位少女在济水渡口等待情人并渴望结为伉俪的优美民歌。诗的首章前两句以"匏有苦叶，济有深涉"起兴，有葫芦能助涉水之意。第三章，先描写清晨河边的景色以起兴，大雁和鸣，旭日初升，和美的景色撩动着少女心中的情思，情景交融，韵味悠长，进而抒发她渴望迎娶的急切心情。

《郑风·大叔于田》中有"两服上襄，两骖雁行"之句，《郑风·女曰鸡鸣》中有"将翱将翔，弋凫与雁"之句。以上句中的"雁"与《邶风·匏有苦叶》中的"雁"同物。诗中的雁系泛指，不是专指某种雁，我国常见的有鸿雁、豆雁、白额雁、灰雁等。《诗经》中"鸿""鸿雁"已有专名，其他雁以豆雁释之较妥。

朱熹《诗集传》："雁，鸟名。似鹅，畏寒，秋南春北。"《古今注》：“雁自河北渡江南，瘠瘦能高飞，不畏缯缴。江南沃饶，每至还河北，体肥不能高飞，恐有虞人所获常衔芦长数寸，以防缯缴。”《尔雅》：“鵱鷜，鹅。”郭璞注：“今之野鹅。”又：“舒雁，鹅。”郭璞注：“《礼记》曰：日出如舒雁，今江东呼䳖。”

《本草纲目》卷47《雁》篇中说：“〔时珍曰〕雁状似鹅，亦有苍、白二色。今人以白而小者为雁，大者为鸿，苍者为野鹅，亦曰䳖鹅，《尔雅》谓之鵱鷜也。雁有四德：寒则自北而南，止于衡阳，热则自南而北，归于雁门，其信也；飞则有序而前鸣后和，其礼也；失偶不再配，其节也；夜则群宿而一奴巡警，昼则衔芦以避缯缴，其智也。”缯缴即矰缴，是猎取飞鸟的射具。缴为系在短箭上的丝绳。

历史上有个“大雁传书”的故事。公元前100年，汉朝大臣苏武出使匈奴，匈奴单于很欣赏他的才能，想迫使他投降，被苏武严词拒绝。单于就把他流放到荒无人烟的北海（今贝加尔湖）去牧羊。苏武在北海放牧十九年，虽含辛茹苦，终不屈服。后来汉昭帝与匈奴和亲，出使匈奴的汉朝使者霍光问起苏武之事，单于撒谎说苏武已经死了。霍光心出一计，另派一个使者并对单于说：“大汉天子喜欢打猎，有一次射下一只大雁，雁腿上系着一封信，是苏武的亲笔信，上面写着苏武还活着，现在北海牧羊。”单于听后，见无法抵赖，只好放回了苏武。这反映了古人的智慧，现在还常常把送信的邮递员称为“鸿雁”。

雁栖息于平原、草地、农田、湖泊、海滩等地。迁飞时成群，几十只或上百只不等，呈"一"字形或"人"字形。以植食性为主，吃苔藓、地衣、植物嫩芽、果实、种子，也吃少量的动物性食物。迁徙时主要吃谷物、麦苗、豆类、薯类和少量软体动物。迁飞经过我国东北、内蒙古、华北、华中、陕西、甘肃、青海等地，在福建、广东、海南岛、台湾等地越冬。

豆雁是我国传统的狩猎鸟类，分布广、数量大，陆游诗曰："芦洲有病雁，雪霜摧羽翰。不辞道路远，置身湖海宽。稻粱亦满目，鸣声自辛酸。"古人对雁尚存怜悯之心，今人应更加珍爱它们。

十九　雉科鸟类很俊美（雉鸡、绿尾虹雉、白冠长尾雉、红腹锦鸡）

《诗经》中提到的雉鸡、绿尾虹雉、白冠长尾雉和红腹锦鸡都是雉科的鸟类。它们有着美丽的外衣，深受人们的喜爱。

1. 雉、翟（雉鸡）

雉鸡（雉科，Phasianus colchicus）又称野鸡、环颈雉、介鸟等。体长58至90厘米，雌鸟小于雄鸟。雄鸟羽色鲜艳华丽，有金属光泽。颈上具金属绿色，具有或不具白色颈圈。脸部皮肤裸露，红色，有耳羽簇。下背和腰多为蓝灰色，羽毛披散如毛发状，尾羽长而有横斑，足具矩。雌鸟全体羽色暗淡，呈砂褐色，具黑斑，尾较短。颏、喉呈棕白色。

雉鸡

雄雉于飞，泄泄其羽①。我之怀矣，自诒伊阻②。

雄雉于飞，下上其音。展矣君子③，实劳我心④。

瞻彼日月，悠悠我思⑤。道之云远，曷云能来⑥？

百尔君子⑦，不知德行？不忮不求⑧，何用不臧⑨？

——《邶风·雄雉》

注释：①泄（yì）泄：展翼舒畅貌。

②自诒：自取烦恼。伊：此，这。阻：阻隔。

③展：诚，确实。

④劳：忧伤。

⑤悠悠：绵长不断。

⑥曷（hé）：何时。

⑦百尔：所有。

⑧忮（zhì）：忌恨。

⑨臧（zāng）：善良。

　　《邶风·雄雉》是一首妇人思念远役丈夫的诗。《毛诗序》的"丈夫久役、男女怨旷"点明了诗旨所在。雉是耿介之鸟，其品性可比君子。以雄雉起兴，引出思念丈夫久役，既不能见其人，也不能闻其声。思妇的悠悠思绪层层迭起。诗中的雄雉"飞"的动态，"泄泄其羽""上下其音"的神情，突出思妇的怀念之情。"自诒伊阻""实劳我心""悠悠我思"充分表现出思妇缠绵的思念与忧伤。"瞻彼日月"表现出思妇正在伫立遥望的情景，涵

　　　　　　　　　　　　　《诗经》动植物图说

盖思妇所想象的时间与空间。"道之云远"道出思妇与丈夫山海相隔的无奈。

当我们合上书，闭目怀想，古代那思妇好像就在眼前，她充满了高洁、幽雅的美人气质，洋溢着青春、纯净的素女情怀。然而，战争徭役毁了她的美好生活。此时，你会想到李清照的怨、刘兰芝的恨、崔英英的愤！

《邶风·简兮》是写卫国宫廷举行的大型舞蹈的诗歌。诗的第三章"左手执籥，右手秉翟"，指舞师执籥秉翟，表演舞蹈时潇洒的舞姿和精神焕发的容颜。

以上两篇诗中的"雉"和"翟"是同物异名，即雉鸡，是最常见的、分布最广的雉科鸡类。

《毛传》："翟，翟羽也。"朱熹《诗集传》："雉，野鸡。雄者有冠，长尾，身有文采。"

《本草纲目》卷48《雉》篇中说："［释名］野鸡。［宗奭曰］雉飞若矢，一往而堕，故字从矢。今人取其尾置舟车上，欲其快速也。汉吕太后名雉，高祖改雉为野鸡。其实鸡类也。［集解］［时珍曰］雉，南北皆有之。形大如鸡，而斑色绣翼。雄者文采而尾长，雌者文暗而尾短。其性好斗，其鸣曰鷕，其交不再，其卵褐色。将卵时，雌避其雄而潜伏之，否则雄食其卵也。"

雉鸡生活在低山、丘陵、农田、沼泽、林缘。杂食性，以谷类、浆果、种子、昆虫为食。善走，不会远飞。在我国分布极广，

雉科鸟类很俊美（雉鸡、绿尾虹雉、白冠长尾雉、红腹锦鸡）　　161

但在西藏羌塘高原和海南岛尚未发现雉鸡。近些年由于捕猎量过大，加之环境污染，已使种群数量急剧减少，应加强保护。

2. 鸾、和、翚（绿尾虹雉）

绿尾虹雉（雉科，Lophophorus lhuysii）是大型雉类，又称贝母鸡、鹰鸡、火炭鸡、羊鸡、翚雉、虹雉等。体长75至81厘米。雄鸟体具五彩，体羽主要为蓝绿色，有金属光泽。眼先裸出部为天蓝色，头后有青铜色冠羽披拂，后颈及上背呈赤铜色，有金属光泽。肩和翅上覆羽紫铜色，闪蓝绿色金属光泽，下背及腰白色，尾蓝绿色，下体黑色。雌鸟呈深栗色，下背和腰白色，飞羽和尾羽暗褐色，具棕色横斑。嘴黑色，脚灰色。

绿尾虹雉

蓼彼萧斯，零露湑兮①。既见君子，我心写兮②。燕笑语兮，是以有誉处兮③。

蓼彼萧斯，零露瀼瀼④。既见君子，为龙为光⑤。其德不爽⑥，寿考不忘。

蓼彼萧斯，零露泥泥⑦。既见君子，孔燕岂弟⑧。宜兄宜弟，令德寿岂。

蓼彼萧斯，零露浓浓。既见君子，鞗革忡忡⑨。和鸾雝雝^⑩，万福攸同。

——《小雅·蓼萧》

注释：①零：滴落。湑（xǔ）：叶上的露珠。

②写：欢畅。

③誉处：愉快安然。

④瀼瀼：形容露水很多。

⑤为龙为光：为被天子恩宠而荣光。

⑥爽：差。

⑦泥泥：形容露水很重。

⑧孔燕：非常安详。岂弟（kǎitì）：即"恺悌"，和乐平易。

⑨鞗（tiáo）革：当为"鋚勒"。鋚，马勒上的铜饰。勒，系马的辔头。

⑩雝（yōng）雝：铜铃声。

　　《小雅·蓼萧》是一首典型的祝颂诗。诗四章，皆以萧艾含露起兴。萧艾是一种可供祭祀用的香草，诸侯朝见天子，"有与助祭祀之礼，"故以萧艾喻诸侯。露水，常被用来比喻承受的恩泽。诗意所在：天子恩及四海，诸侯有幸承宠。诸侯感恩戴德，极尽颂赞的口吻，表达了诸侯朝见周天子时的尊崇、歌颂之意。诗的第四章描写天子车驾雍容、鸾铃和谐，盛赞天子身上聚集着天下的万千福禄。其中的"和鸾雝雝"指铃铛的声音似虹雉鸣叫。

秩秩斯干[①]，幽幽南山。如竹苞矣，如松茂矣。兄及弟矣，式相好矣，无相犹矣[②]。

似续妣祖，筑室百堵，西南其户。爰居爰处[③]，爰笑爰语。

约之阁阁，椓之橐橐[④]。风雨攸除，鸟鼠攸去，君子攸芋。

如跂斯翼，如矢斯棘，如鸟斯革，如翚斯飞，君子攸跻。

——《小雅·斯干》前四章

《小雅·斯干》是赞颂周王宫落成的诗。描写宫室的构建精美壮丽，规模的宏伟，环境的优美，表达了对王室的良好祝愿，也反映了古时的风俗。全诗描写细密生动，有虚有实，既展示了建筑宫室的生动面貌，又描写祝颂的想象之词，而且相辅相成，宫室的坚实必然意味着家族的兴旺发达。此诗记录了舞台上曾经有过的喜怒与哀乐、宣言中曾经有过的生命与激情。诗的第四章以一连串的比喻描写王宫的宏伟富丽，气势飞动：宫室如跂甚端正，檐角如箭有方棱，又像大鸟展双翼，又像锦鸡正飞腾，君子踏阶可上登。结句以君王登堂收束全章。其中的"翚"即虹雉。

以上诗中的"鸾"指铃铛，"鸾声"指铃声，铃声悦耳似鸾的鸣叫声，故称鸾声。"和""鸾""翚"都是指虹雉。朱熹《诗集传》中说："和、鸾，皆铃也。"又："翚，雉。"《尔雅》："伊洛而南，素质、五采皆备成章曰翚。"郭璞注："翚亦雉属，言其毛色光鲜。"《说文解字》："鸾，亦神灵之精也。赤色、五采、鸡形。鸣中五音，颂声作则至。"《埤雅》："鸾，雌曰和，雄曰鸾。"

《本草纲目》卷48《雉》篇中说："《禽经》云：雉，介鸟也。素质五采备曰翚雉。"翚，指五彩的雉，即虹雉。和、鸾亦是虹雉的古称，雄曰鸾，雌曰和。因其鸣声悦耳，古人以"鸾""和""鸾铃""和铃"称车铃。虹雉有绿尾虹雉、棕尾虹雉和白尾稍虹雉等。现以我国特产鸟类绿尾虹雉释之。

绿尾虹雉生活于高山草甸、灌丛和裸岩地带。常成对或小群活动，冬季有时也集成8至9只，以至10余只的较大群体。栖息于林线以上海拔3000—5000米左右的高山草甸、灌丛和裸岩地带，尤其喜欢多陡崖和岩石的高山灌丛和灌丛草甸，冬季常下到3000米左右的林缘灌丛地带活动。属于植食性鸟类，主要以植物的嫩叶、花蕾、嫩枝、幼芽、嫩茎、细根、球茎、果实和种子等为食，也刨食植物的地下根茎。特别喜欢刨食贝母的球茎，故有"贝母鸡"之称。兼食少量昆虫和其他小动物。繁殖期在4—6月，单配制。

分布于我国四川、甘肃、青海和云南等地，是留鸟。数量极少，已被列入国际鸟类保护委员会（ICBP）世界濒危鸟类红皮书和我国国家重点保护野生动物名录，属国家一级保护鸟类。1960年在日本东京召开的国际鸟类保护会议，曾建议世界各国都选定自己的国鸟。国际上已把保护鸟类作为衡量一个国家科学文化水平和社会文明进步的标志之一。

3. 鹦（白冠长尾雉）

白冠长尾雉（雉科, Syrmaticus reevesii）是大型雉类，又称鹦雉、鹦鸡、鹳雉等。雄鸟连尾体长200厘米，雌鸟仅70厘米。雄鸟头和颈均为白色，头顶有一圈黑色环带。上体金黄色，背羽有黑缘，使羽呈鳞状，翅上覆羽白色，羽端栗色，并杂有黑色羽缘。下体深褐色，杂以白色。白尾特长，有栗黑横斑。雌鸟上体黄褐色，头、颈暗栗褐色，背部有显著黑斑和矢状大白斑。下体浅棕色，尾较短，其上有黄褐色横斑。

白冠长尾雉

间关车之舝兮[①]，思娈季女逝兮[②]。匪饥匪渴[③]，德音来括[④]。虽无好友？式燕且喜。

依彼平林，有集维鹦。辰彼硕女，令德来教。式燕且誉，好尔无射⑤。

虽无旨酒？式饮庶几⑥。虽无嘉肴？式食庶几。虽无德与女？式歌且舞？

陟彼高冈，析其柞薪。析其柞薪，其叶湑兮⑦。鲜我觏尔⑧，我心写兮⑨。

高山仰止，景行行止⑩。四牡骓骓⑪，六辔如琴。觏尔新婚，以慰我心。

——《小雅·车舝》

注释：①间关：车行时发出的声响。舝（xiá）：同"辖"，车轴头的铁键。

②娈：妩媚可爱。逝：往，指出嫁。

③饥、渴：以饥渴隐喻男女性事。

④括：即"佸"，会合。

⑤无射（yì）：不厌。

⑥庶几：此犹言"一些"。

⑦湑（xǔ）：茂盛。

⑧鲜：指此时。觏（gòu）：遇合。

⑨写：宣泄，指欢悦、舒畅。

⑩景行：大路。

⑪骓（fēi）骓：马快行不止貌。

《小雅·车舝》是男子迎娶新娘时所赋的诗，写出娶妻途中的喜乐及对佳偶的思慕之情。朱熹《诗集传》曾说："此宴乐新昏之诗。"诗的首章写娶妻启程。二章由鸟栖树林比兴女子来嫁，赞扬新娘的体态美和品行美，表示要和新娘永远相爱。三章继续写男子对女子情真意切的倾诉。四章写婚车进入高山，见到这里有茂盛的柞树；并由"析薪"想到了娶妻。尾章写婚车越过高山，进入大路。诗人仰望高山，远眺大路，面对佳偶，情满胸怀，诗句自肺腑流出："高山仰止，景行行止。"这是叙事、写景，但更多的则是比喻。

诗中提到的"鷩"，是野鸡的一种，尾长是其特征，能且走且鸣，性勇、善斗，即今之白冠长尾雉。陆玑《毛诗草木鸟兽虫鱼疏》："鷩，微小于翟也。走而且鸣，曰鷩鷩。其尾长，肉甚美。故林麓山下人语曰：四足之美有麏，两足之美有鷩。麏者似鹿而小。"《尔雅》："鷩雉。"郭璞注："即鷩鸡也，长尾，走且鸣。"《说文解字》："鷩走鸣，长尾雉也。"

《本草纲目》卷48《鸐雉（山鸡）》篇中说："［释名］鸐鸡（《禽经》）、山鸡（同上）、山雉。［时珍曰］翟，美羽貌。雉居原野，鸐居山林，故得山名。大者为鷩。"又："［集解］［时珍曰］山鸡有四种，名同物异。似雉而尾长三四尺者，鸐雉也。似鸐而尾长五六尺，能走且鸣者，鷩雉也，俗通呼为鸐矣。其二则鷩雉、锦鸡也。鷩、鸐勇健自爱其尾，不入丛林。雨雪则岩伏木栖，不敢下食，往往饿死。故师旷云：雪封枯原，文禽多死。南方隶人，多插其尾于冠。"

李时珍说鸺鹠"雨雪则岩伏木栖，不敢下食，往往饿死"，对于这句话，笔者曾有亲身体会。1959年冬季，我们一行四人到大别山搞留鸟调查，时值隆冬。山上雪大，大毛竹被雪压成了弓，脚踏进雪窝可以没膝。那时我们在山林上发现了一只白冠长尾雉，真是"红妆素裹，分外妖娆"。很想采一只做标本（当时政府还允许，现在是禁止猎杀的），可是很难采到。当我们靠近它时，它便拖着长尾飞到另一山头。我们翻山越岭赶到后，它又飞走了。如此几番奔波，我们只好作罢。今天看来没有采到就对了，保留了一个优美的生灵。试想在那大雪封山的寒冬，白冠长尾雉吃什么呢？山上连裸露的地面都没有，哪里有食物可吃！它们的命运不正是师旷说的"雪封枯原，文禽多死"嘛。

白冠长尾雉生活在高山森林，常成群活动和觅食，性机敏，善奔跑和飞翔。常且走且鸣，性勇，善斗。杂食性，主要吃植物果实、种子、幼叶、块根、块茎及谷物，也吃昆虫等动物。繁殖期在3—6月，求偶时发出"咕—咕—咕"的鸣叫声，雌鸟孵卵。

白冠长尾雉分布于河北、河南、山西、陕西、湖北、湖南、贵州、四川、甘肃、安徽、云南、江苏等省的高山林地。白冠长尾雉是我国的特产鸟类，现在分布范围在缩小，数量大减，已列入国际鸟类保护委员会（ICBP）世界濒危鸟类红皮书和我国国家重点保护野生动物名录，属国家二级保护鸟类。

4. 翰（红腹锦鸡）

红腹锦鸡（雉科，Chrysolophus pictus）是中型鸟类，又称金鸡、鷩雉、山鸡等。成鸟体长59至110厘米，尾长38至42厘米。雄鸟羽色华丽，脸、额、喉和前颈呈锈红色，头羽呈金黄色丝状冠，背部浓绿色，上体其余部分为金黄色，后颈有扇状羽披肩状，橙黄色，点缀有黑边。下体深红色，尾羽黑褐色，缀有很多黑褐色横斑。脚黄色。雌鸟头顶棕黄色，有黑褐色横斑，背羽棕黄至棕红色，腰及尾羽棕黄色，胸、两胁和尾下覆羽棕黄色，有黑色横斑。腹部淡棕黄色。

红腹锦鸡

赫赫明明[①]，王命卿士，南仲大祖[②]，大师皇父[③]：整我六师，以修我戎[④]。既敬既戒[⑤]，惠此南国。

王谓尹氏[⑥]，命程伯休父[⑦]：左右陈行，戒我师旅。率彼淮浦，省此徐土[⑧]，不留不处，三事就绪[⑨]。

赫赫业业[⑩]，有严天子。王舒保作，匪绍匪游。徐方绎骚，震惊徐方，如雷如霆，徐方震惊。

王奋厥武，如震如怒。进厥虎臣，阚如虓虎[⑪]。铺敦淮濆[⑫]，仍执丑虏。截彼淮浦，王师之所。

王旅啴啴[⑬]，如飞如翰，如江如汉，如山之苞，如川之流，绵绵翼翼^⑭，不测不克，濯征徐国^⑮。

王犹允塞^⑯，徐方既来。徐方既同，天子之功。四方既平，徐方来庭。徐方不回^⑰，王曰还归。

——《大雅·常武》

①赫赫：威严的样子。明明：明智的样子。

②南仲：宣王主事大臣。

③大师：大臣。皇父：周宣王大师。

④修多戎：整顿我的军备。

⑤敬：借作"儆"。

⑥尹氏：掌卿士之官。

⑦程伯林父：宣王时大司马。

⑧徐士：指徐国，故址在今安徽泗县。

⑨三事：三司，指军中三事大夫。

⑩业业：高大的样子。

⑪阚（hǎn）如：阚然，虎怒的样子。

⑫濆（fén）：高岸。

⑬嘽（tān）嘽：人多势众的样子。

⑭翼翼：整齐的样子。

⑮濯（zhuó）：大。

⑯犹：通"猷"，谋略。塞：实，指谋略不落空。

⑰回：违。

《大雅·常武》为宣王时之作，叙述并赞扬周宣王时南征平定徐国叛乱之事。首章写宣王委任将帅并部署战备任务，二章通过尹氏向程伯休父下达作战计划，三章写进军，四章写王师进击徐夷。诗人以天怒雷震比喻周王奋发用武；以猛虎怒吼比喻官兵勇敢，极力突出王师惊天动地的气势。五章写王师的无比声威，用一连串的比喻和铺排手法，描写周朝军队的强大阵容和不可抗拒的威力，歌颂王师。这是全诗最精彩的部分。朱熹赞誉说："如飞如翰，疾也；如江如汉，众也；如山，不可动也；如川，不可御也。绵绵，不可绝也；翼翼，不可乱也。不测，不可知也；不克，不可胜也。"（《诗集传》）六章写王师凯旋，归功天子。

《毛传》："疾如飞，挚如翰。"郑《笺》："其行疾，自发举，如鸟之飞也。翰其中豪俊也。"孔《疏》："其行动之疾也，如鸟之飞。其赴敌之速也，如挚之翰。"又："疾如飞，如鸟飞也。挚如翰者，挚击也。翰是飞之疾者，言其击物尤疾，如鸟之疾飞者。"

《尔雅》："鶾，天鸡。"郭璞注："鶾鸡赤羽。《逸周书》曰：文鶾若彩鸡。成王时蜀人献之。"又："鷩雉。"郭璞注："似山鸡而小冠，背毛黄，腹下赤，项绿，色鲜明。"

《本草纲目》卷48《鷩雉（锦鸡）》篇中说："［释名］山鸡（《禽经》）、锦鸡（同上）、金鸡（《纲目》）、采鸡（《周书》）、鸑鷩（音峻仪）。［时珍曰］鷩性憋急耿介，故名。鸑鷩，仪容俊秀也。""［集解］［时珍曰］山鸡出南越诸山中，湖南、湖北亦

　　　　　　　《诗经》动植物图说

有之。状如小鸡，其冠亦小，背有黄赤文，绿项红腹红嘴。利距善斗，以家鸡斗之，即可获。此乃《尔雅》所谓'鷩，山鸡'者也。《逸周书》谓之采鸡。锦鸡则小于鷩，而背文扬赤，膺前五色炫耀如孔雀羽。此乃《尔雅》所谓'鶾，天鸡'者也。《逸周书》谓之文鶾（音汗）。二种大抵同类，而锦鸡文尤灿烂如锦。"

《常武》篇中"如飞如翰"之"翰"，古注今注中，释为"鸟名"者、释为"鸟羽"者、释为"高飞"者皆有，今从《毛传》、郑《笺》，以其为鸟名。释"翰"为鸟名者，多以其为鹰鹯之类，今从《尔雅》和《本草纲目》的描述，释"翰"为红腹锦鸡。"翰"与"鶾"通。红腹锦鸡是飞行甚快之鸟，以此释"翰"，与诗义通。

红腹锦鸡山林栖息，集群活动，冬季常到林缘、草坡、农田觅食。春夏常单独或成双活动，机警而胆怯，视觉敏锐，易逃遁，飞翔甚快而灵巧。杂食性，吃植物果实或种子，也吃小麦、大豆、玉米、四季豆、甲虫、蠕虫和双翅目、鳞翅目昆虫。繁殖期在4—6月，雏鸟早成。分布于我国西北、西南、华中等省区，是我国的特产鸟类，属国家二级保护种类，近年来数量在减少，分布区缩小，应注意保护。

雉科鸟类很俊夫（雉鸡、绿尾虹雉、白冠长尾雉、红腹锦鸡）

二十　喜鹊、麻雀人喜欢（喜鹊、树麻雀）

1. 鹊（喜鹊）

喜鹊（鸦科，Pica pica）是中型较大鸟类，又称马尾（yǐ）鹊、飞驳鸟、干鹊、鳷鹊、乌尼、神女、灵鹊、鳷鹊等。喜鹊体长约48厘米，上体羽色黑褐，头、颈带紫蓝色金属光泽，背有蓝绿色金属光泽。双翅黑色而在翼肩上有一大形白斑，腰部杂有灰白色，尾黑色，并且有铜绿色金属光泽。腹部前黑后白。嘴、腿、脚纯黑色。

喜鹊

维鹊有巢[①]，维鸠居之。之子于归[②]，百两御之[③]。

维鹊有巢，维鸠方之[④]。之子于归，百两将之[⑤]。

维鹊有巢，维鸠盈之[⑥]。之子于归，百两成之[⑦]。

——《召南·鹊巢》

注解参见第十六章。

《召南·鹊巢》以平实的语言写了成婚的过程。男娶女嫁被认为是人的天性，如鸠居鹊巢一般。"百两御之""百两将之""百两成之"写出了新婚喜庆的盛况，说明这不是一般民间的婚礼。

"维鹊有巢，维鸠居之"是借用一种自然现象，喜鹊繁殖期善筑巢，红脚隼常与它争巢。有时十几只喜鹊一起和红脚隼争斗，结果常常是喜鹊以失败而告终。这就是人们常说的"鸠占鹊巢"。该诗的意思不是抢占，而是比喻女子嫁到男家居之是很正常的事情，或者说是个"钟鼓乐之"的吉庆事情。

古籍中对喜鹊多有记载，朱熹《诗集传》中说："鹊善为巢。其巢最为完固。"《埤雅》："鹊知人，喜作巢。取在木杪枝，不取堕地者，皆传枝受卵，故一名干鹊。"《尔雅翼》："鹊者，乌之属，故《周礼》总谓之乌鸟。又以其色驳，名之为驳乌。《淮南》曰：……能知气候疾徐，阴阳向背，风水高下。"

《本草纲目》卷49《鹊》篇中说："〔释名〕飞驳乌（陶弘景）、喜鹊（《禽经》）、干鹊（《新语》）。〔时珍曰〕鹊古文作舄，象形。鹊鸣唶唶，故谓之鹊。鹊色驳杂，故谓之驳。灵能报喜，故谓之喜。性最恶湿，故谓之干。佛经谓之刍尼，小说谓之神女。"又："〔集解〕〔时珍曰〕鹊，乌属也。大如鸦而长尾，尖觜黑爪，绿背白腹，尾翮黑白驳杂。"

喜鹊在中国是吉祥的象征，自古有"画鹊兆喜"的风俗。

《开元天宝遗事》中说："时人之家，闻鹊声皆以为喜兆，故谓喜鹊报喜。"《禽经》说："灵鹊兆喜"。可见早在唐宋时代即有此风俗。当时的铜镜、织锦、书画等已有很多喜鹊的图案。再者，古人也喜爱梅花，画喜鹊站在梅花枝梢上，画成"喜鹊谈梅"，即成了"喜上眉（梅）梢"的吉祥图案。

笔者所在的社区有位老太太，至今健在。一只小喜鹊经她在家里精心照料，将它喂大。会飞后也不离开家，和她一起生活，朝夕相处。老太外出，喜鹊也随她外出，有时还落到她的肩膀上或手上。这只喜鹊与园子里的其他喜鹊不再合群。这件事说明人和鸟类可以和睦相处，它对你放心了，便依偎在你身边。真可谓鸟兽有情啊！

喜鹊性喜跳跃，常三五只成小群活动。冬季可成大群活动，善营巢于高树，繁育期成双活动。杂食性，夏季以吃昆虫为主，其他季节以植物的果实、种子为食。鸣声响亮，"zha-zha-zha"，尾常上下翘动，令人喜爱。是一种喜欢与人类共处的留鸟，常见于人居环境的高树上。在我国分布极广，沿海地区尤常见。种群数量较多，但是近20年来，农业上大量使用农药、化肥及环境污染等因素，使其种群数量急剧减少，不少地方已难见到。一些地区将喜鹊列为地方重点保护鸟类。繁殖期捕食昆虫、蛙类等小型动物，也盗食其他鸟类的卵和雏鸟，兼食瓜果、谷物、植物种子等。每窝产卵5—8枚。卵淡褐色，布褐色、灰褐色斑点。

喜鹊、麻雀人喜欢（喜鹊、树麻雀）

2. 雀（树麻雀）

树麻雀（文鸟科，Passer montanus）是小型鸟类，又称瓦雀、宾雀、黄雀（幼鸟）等。体长13至15厘米。头圆、尾短，嘴圆锥状、黑色、角质。额、头至后颈栗褐色，头侧白色，耳部有一黑斑。背沙褐或棕褐色，具黑色纵纹。额、喉黑色，其余下体污白色微显褐色。尾暗褐色，两翅大部黑色，小覆羽纯栗色，两胁和尾下覆羽灰褐色微显淡黄褐色。

树麻雀

厌浥行露^①，岂不夙夜？谓行多露^②。

谁谓雀无角？何以穿我屋？谁谓女无家？

何以速我狱？虽速我狱，室家不足^③！

谁谓鼠无牙？何以穿我墉^④？谁谓女无家？

何以速我讼？虽速我讼，亦不女从！

——《召南·行露》

注解参见第十五章。

对诗中的雀有二说，一说是鸟之通称，即泛指鸟；一说雀专指麻雀。《召南·行露》诗中雀穿我屋的描写，正是麻雀穿洞居檐习性的写照。故以树麻雀释之。

《诗经》动植物图说

关于麻雀在古代文献中多有记载。陈大章《诗传名物集览》中说："崔豹云：雀，一名嘉宾，言栖宿人家如宾客，今俗呼瓦雀，亦名黄雀、麻雀。"《说文解字》："雀，依人小鸟也。"《尔雅翼》："雀，小隹。依人以居，其小者黄口，贪食易捕，老者益黠难取，号为宾雀。……性不能为巢，穿屋居之。力能胜燕，或衔艾于燕巢中，燕弃去则居之。"

《本草纲目》卷48《雀》中介绍得："〔释名〕瓦雀、宾雀。〔时珍曰〕雀，短尾小鸟也。故字从小，从隹。隹（音锥），鸟之短尾也。栖宿檐瓦之间，驯近阶除之际，如宾客然，故曰瓦雀、宾雀，又谓之嘉宾也。俗呼老而斑者为麻雀，小而黄口者为黄雀。"又："〔集解〕〔时珍曰〕雀，处处有之。羽毛斑褐，颔觜皆黑。头如颗蒜，目如擘椒，尾长二寸许，爪距黄白色，跃而不步。其视惊瞿，其目夜盲，其卵有斑，其性最淫。小者名黄雀。八九月群飞田间。体绝肥，背有脂如披绵。性味皆同，可以炙食，作鲊甚美。"

树麻雀主要栖息在人类居住环境，每天都能见到，人们都很喜欢它。它性喜成群，除繁殖期外，常成群活动，特别是秋冬季节，集大群活动，在屋檐下洞穴中筑巢，也可在树上过夜。性活泼机警，频繁地在地上跳跃寻食，并发出叽叽喳喳的叫声。若受惊吓，立即飞至树或屋顶上，不高飞远飞。食性较杂，主要以谷粒、草籽、种子、果实等植物性食物为食。在繁殖期大量捕食昆虫，并用昆虫饲养雏鸟。繁殖期在3—8月，一年繁殖2—3次，雌雄鸟共同营巢并轮流孵卵，雏鸟为晚成鸟。树麻雀在我国广泛分布，数量大，是我国城乡庭院常见的鸟类。在秋季谷物收获季节给农业造成一定危害，但繁殖季节捕食大量昆虫有益于农业。

二十一　美丽鸳鸯爱情鸟（鸳鸯）

鸳鸯羽毛华美，雌雄相依为伴，人们称它们为爱情鸟，讨人喜欢。

鸳鸯（鸳鸯）

鸳鸯(鸭科, Aix galericulata) 又称匹鸟、黄鸭、婆罗迦邻提等。中型游禽，体长38至45厘米。雌雄异色，雄鸟嘴红色，脚橙黄色，羽色鲜艳而华丽，头部翠绿，具金属光泽。眉纹白而且长与羽冠合为一体，使羽冠更鲜亮。翅上有一对栗黄色扇状直立帆羽，鲜

鸳鸯

艳奇特。尾羽暗褐色，而有金属绿色。雌鸟嘴黑色，脚橙黄色，头和整个上体灰褐色，眼周白色，其后连一细的白色眉纹，亦极为醒目和独特。

鸳鸯于飞，毕之罗之①。君子万年②，福禄宜之。

鸳鸯在梁③，戢其左翼④。君子万年，宜其遐福⑤。

乘马在厩，摧之秣之⑥。君子万年，福禄艾之⑦。

乘马在厩，秣之摧之。君子万年，福禄绥之⑧。

——《小雅·鸳鸯》

注释：①毕：指捕取禽兽的长柄小网。罗：捕鸟的大网。

②君子：对有德行人的尊称。

③梁：水中像桥梁的捕鱼装置。

④戢（jí）：收敛。

⑤遐福：指福禄长远。

⑥摧（cuò）：铡草。秣：禾的末端，也指喂养牲口。

⑦艾：养育。

⑧绥：安，安抚。

《小雅·鸳鸯》是一首祝贺贵族男女新婚的诗。鸳鸯是成双成对的水鸟，古人常以之喻夫妻。诗的前两章以鸳鸯起兴，祝贺君子长寿万年，福禄安集于一身，赞美男女双方才貌匹配如一对五彩缤纷的鸳鸯，爱情忠贞，在遭到捕猎的危险时刻仍然成双成对，忠贞不渝，并不是大难临头各自飞。后两章以摧秣乘马，兴结婚亲迎之礼，充满了对婚后生活的美好憧憬。抓住厩中肥马这一细节，引发人对婚礼情景的丰富联想。钟鼓乐之，热烈喜

　　　　　　　　　《诗经》动植物图说

庆。并且厩马肥壮，也反映着生活的富足。这都含蓄地暗示了男女般配，郎才女貌，感情专一，家产丰裕；也是对理想人生、美好人生的由衷期盼。

《小雅·白华》中也有"鸳鸯在梁，戢其左翼"之句，其意是鸳鸯睡眠时，把嘴夹在左边的翅膀内，显出一副悠闲安睡的姿态，雌雄相依为伴，这也正是比喻夫妇双栖双止的亲密生活。可见古人对鸳鸯的观察、描写细腻入微。

自古人们就认识鸳鸯，并喜爱它。《毛传》中说："鸳鸯，匹鸟。"郑《笺》说："匹鸟，言其止则相耦，飞则为双，性驯耦也。"不过最早是把鸳鸯比作兄弟的。《文选》中有"昔为鸳和鸯，今为参与商""骨肉缘枝叶"等诗句，这是一首兄弟之间赠别的诗。晋人郑丰有《答陆士龙诗》在《鸳鸯》的序文中说："鸳鸯，美贤也，有贤者二人，双飞东岳。"这里的鸳鸯是比喻陆机、陆远兄弟的。以鸳鸯比作夫妻，最早出自唐代诗人卢照邻《长安古意》诗，诗中有"愿做鸳鸯不羡仙"一句，赞美了美好的爱情。以后传承不衰。

《尔雅翼》说："雌雄未尝相舍，飞止相匹，人得其一，则其一思而死。"黄梅戏《天仙配》董永遇仙故事中有"你我好比鸳鸯鸟，比翼双飞在人间"的美妙唱词，引起人们的乐趣和喜爱。

《本草纲目》卷47《鸳鸯》："［释名］黄鸭（《纲目》）、匹鸟。［时珍曰］鸳鸯终日并游，有宛在水中央之意也。或曰：雄鸣曰鸳，雌鸣曰鸯。崔豹《古今注》云：鸳鸯雄雌不相离，人获其一，则一相思而死，故谓之匹鸟。《涅槃经》谓之婆罗迦邻提。"又："［集解］［时珍曰］鸳鸯，凫类也。南方湖溪中有之。栖于土穴中，大如小鸭，其质杏黄色，有文采，红头翠鬣，黑翅黑尾，红掌，头有白长毛垂之至尾。交颈而卧，其交不再。"

　　鸳鸯一般生活在针叶和阔叶混交林及附近的溪流、沼泽、芦苇塘和湖泊等处，喜欢成群活动，一般有二十多只，有时也同其他野鸭混在一起。每天在晨雾尚未散尽的时候，就从夜晚栖息的丛林中飞出来，聚集在水塘边，在有树荫或芦苇丛的水面上游泳和潜水觅食。性机敏，极善隐蔽，很难捕捉。飞行的本领也很强，在饱餐之后返回栖居林地。

　　鸳鸯是杂食性，吃青草、草根、草子、谷物，食物包括植物的根、茎、叶、种子，还有蚊子、石蝇、蠹斯、蝗虫、甲虫等各种昆虫和幼虫，以及小鱼、蛙、喇蛄、虾、蜗牛、蜘蛛等动物。繁殖期在3—5月，常成对活动，迁徙时有集群性。每年3月末4月初到东北、内蒙繁殖，9月末10月初开始向南方迁飞，在江南和华南越冬，少数在山西、甘肃越冬。

　　鸳鸯是我国的特产鸟类，自古便深受人民的喜爱，也是爱情忠贞、美满夫妻的象征。近年来因捕猎严重和森林砍伐致使种群数量大减，被列为国家二级保护动物并列入世界濒危鸟类名录、《中国濒危动物红皮书》易危等级，应加强保护。

二十二　大鸨、麦鸡已濒危（大鸨、灰头麦鸡）

大鸨和麦鸡都是濒危的鸟类，应特别注意加以保护。

1. 鸨（大鸨）

大鸨（鸨科, Otis tarta）又称地鵏、独豹。体大于雁，体长75至105厘米，体重3.8至8.7千克。体粗壮，颈长，脚粗。头、颈灰白色，其余上体淡棕色，有黑色横斑。头顶中央有一褐色纵纹。雄鸟额、喉、嘴角两侧有细长的白色羽簇，状如胡须。后颈基部至胸两侧有棕栗色横带，形成半领圈状。背部有黄褐色或黑色斑纹，腹部近白色。两翼为白色，在翅上形成大型白斑，十分醒目。雌鸟体型较小，额部无细长的白色羽簇。

大鸨

肃肃鸨羽①，集于苞栩②。

王事靡盬③，不能蓺稷黍④。

父母何怙⑤？悠悠苍天！曷其有所⑥？

肃肃鸨翼，集于苞棘。

王事靡盬，不能蓺黍稷。

父母何食？悠悠苍天！曷其有极⑦？

肃肃鸨行，集于苞桑。

王事靡盬，不能蓺稻粱。

父母何尝？悠悠苍天！曷其有常⑧？

——《唐风·鸨羽》

注释：①肃肃：鸟翅扇动的声音。鸨（bǎo）：大鸨鸟名。

②栩（xǔ）：丛密的柞树。

③盬（gǔ）：音古，闲暇。

④蓺（yì）：种植。

⑤怙（gǔ）：依靠。

⑥曷（hù）：怎么。所：指安居的处所。

⑦极：尽头，终极。

⑧常：正常的生活。

《唐风·鸨羽》是抗议无休止征役的山歌，描述了普通老百姓为王事服役的情景。诗以鸨鸟集于栩木起兴，鸨鸟不善于飞行，只善于行走，无后趾，故栖树不稳。诗中的鸨却集于树枝上，比喻自己征役的危苦，使得他们的父母也乏人赡养。他们只有抬头问苍天，这样的日子何时才有尽头。感情激烈，摧人心肝。在发出强烈的呼号中，显示出劳动人民尊老养老、孝顺父母的中华民族传统美德。全诗语言质朴，内涵丰富，极富教育意义。全诗共三章，采用重章叠句的章法加深情感抒发的强度。

鸨，又叫大鸨，古今名一致。《毛传》："鸨之性，不树止。"陆玑《毛诗草木鸟兽虫鱼疏》："鸨鸟，似雁而虎文连蹄。性不树止，止则为苦，故以喻君子从征役为危苦也。"

《本草纲目》卷47《鸨》篇中说："［释名］独豹。［时珍曰］案罗愿云：鸨有豹文，故名独豹，而讹为鸨也。陆佃云：鸨性群居，如雁有行列，故字从阜。阜（音保），相次也。诗云'鸨行'是矣。"又："［集解］［时珍曰］鸨，水鸟也。似雁而斑文，无后趾。性不木止，其飞也肃肃，其食也齕。肥腯多脂，肉粗味美。……或云：鸨见鸷鸟，激粪射之，其毛自脱也。"

大鸨栖息于平原、草地、湖泊地区草地和半荒漠地区。常成群活动，善奔跑，不高飞，性胆小，人难接近。行走或奔跑时，头颈直竖，挺胸昂头。杂食性，吃植物嫩叶、芽、草籽、谷粒等为主，也吃少量的蝗虫、蚱蜢、蛙等动物性食物。繁殖期在5—7月，雏鸟早成性。大鸨在新疆种群是留鸟，东部种群为候鸟，多在我国北中部迁移，通常繁殖于黑龙江的齐齐哈尔、吉林的通榆和镇赉、辽宁西北部、内蒙古等地。越冬时迁往辽宁、吉林西南、河北、山西、河南、山东、陕西、江西、湖北，偶尔迁飞至福建。

古代民间传说大鸨好色。传说中有不少谬误，特别是说"大鸨是百鸟之妻"的传说由来已久。明朝李时珍认为"鸨无舌，……或云纯雌无雄与其他鸟合"。清朝《古今图书集成》中也有："鸨鸟为众鸟所淫，相传老娼呼鸨出于此。"但谁也没有见过大鸨与其他鸟交配的实例。又传说只要其他鸟类的雄鸟从大鸨的上空飞过，其身影映在大鸨身上就算交尾繁殖了。这些说法显然是荒唐可笑的，可能是因为大鸨的雄鸟和雌鸟的体形差异太大，使人们把它们看成两种不同的鸟了。

大鸨的婚配属于"一夫多妻"制，雄鸟和雌鸟只有短暂的婚期。这时雄鸟将尾羽直竖朝天，颈部和翅膀的羽毛也一根根地竖起，喉部鼓出球状气囊，在雌鸟面前一摇一摆地舞蹈，一边发出"丝—丝"的声音。交配之后，雄鸟就另觅新欢去了，只剩下雌鸟承担孵卵、育雏等任务。这可能也是大鸨往往使人产生没有雄鸟的错觉的一个原因。

我国原有较多的大鸨，近年来栖息地破坏，草原沙化、过度放牧和过度猎捕，农业机械和农药的大量使用，直接威胁繁殖期的大鸨、鸨卵及幼鸨。人类各项生产活动干扰，间接影响鸨的繁殖。大鸨已成为珍稀濒危鸟类，国际鸟类保护委员会（ICBP）已将其列入世界濒危鸟类红皮书，我国在1988年将大鸨列入国家重点保护野生动物名录，属于国家二级保护鸟类。

2. 鸧（灰头麦鸡）

灰头麦鸡（鸻科, Vanellus cinereus）又称鸧（cāng）麋、鸧鹿、鸧鸹、鸧鸡、麦鸡、灰鹤等。是中型鸟类，体长32至35厘米。嘴黄色，尖端黑色，眼前有肉垂。颈多呈淡灰褐色，缀有褐色，背、肩、腰、两翅淡褐色，羽毛有金属光泽，腰部两侧和尾上覆羽呈白色，尾端具有较宽的黑色斑。下胸有一黑色横带，其余下体白色。翅的初级覆羽和正羽黑色，翅下覆羽白色。冬羽，头、颈多褐色，颏、喉白色，黑色胸带部分不清晰。脚较细长，黄色，爪黑色。

灰头麦鸡

载见辟王①，曰求厥章②。龙旂阳阳③，和铃央央。鞗革有鸧④，休有烈光⑤。

率见昭考⑥，以孝以享⑦，以介眉寿⑧。永言保之，思皇多祜⑨。烈文辟公⑩，绥以多福。俾缉熙于纯嘏⑪。

——《周颂·载见》

注释：①载：始。

②厥：其。章：指车、服等的典章制度。

③旂（qí）：画有龙纹的旗帜。阳阳：美丽鲜艳的样子。

④鞗（tiáo）革：马辔头。

⑤休：美。

⑥昭考：指周武王。

⑦孝、享：二字同义，都是献祭的意思。

⑧介：祈求。眉寿：长寿。

⑨祜（hù）：福。

⑩烈文：功业和文德。辟公：诸侯。

⑪缉熙：光明。纯嘏（gǔ）：大福。

　　《载见》是诸侯朝见成王，并助祭于武王庙时所演唱的乐歌。诗的前六句描写朝见成王，形势庄重，龙旗飘扬，车马漂亮，铃声啍啍，以求赐予礼仪典章的情景；后八句表现祭祀武王，"以介眉寿，思皇多祜"以祈君臣长寿与多福的愿望。《载见》的祭祀对象是武王，按周时庙制，太祖居中，左昭右穆，文王为穆，则武王为昭，故称昭考。因此，诗中"载见辟王"的辟王便是成王，助祭诸侯的朝见应在成王即位之时。成王是由周公辅佐即位的，只是名义或形式上的君主，实权则掌握在摄政的周公之手。诸侯助祭的隆重仪式当亦是周公策划安排的，其用意自然是让成王牢记先王遗训，继承并光大先王遗业。同时，彰显万国归心也是祭祀的目的，这也是成王即位的时局特点与急务。

　　古代人们捕食鸰鸡以为佳馔，皮可作为装饰物。诗中"鞗革有鸰"，是指辔头上装饰有鸰鸡的毛皮，很漂亮，有光彩。鸰，即今之麦鸡，麦鸡有多种，以灰头麦鸡释之。

古代对鸹鸡多有记载。《尔雅》中说："鸹，麋鸹。"郭璞注："今呼鸹鹕。"1939年商务印书馆影印本《辞源》引《尔雅翼》："鸹麋，色苍如麋也，鹕鹿其声也。关西呼曰鹕鹿，山东呼曰鸹鹕，讹为错落，南人呼为鸹鸡，江东人呼为麦鸡。"

《本草纲目》卷47《鸹鸡》篇中说："［释名］鸹鹕（《尔雅》）、麋鹕（《尔雅》）、鹕鹿（《尔雅翼》）、麦鸡。［时珍曰］按罗愿云：鸹麋，其色苍，如麋也。鹕鹿，其声也。关西呼曰鹕鹿，山东呼曰鸹鹕（讹为错落），南人呼为鸹鸡，江（东）人呼为麦鸡。"又："［集解］［时珍曰］鸹，水鸟也，食于田泽洲渚之间。大如鹤，青苍色，亦有灰色者。长颈高脚，群飞，可以候霜。"

灰头麦鸡常栖息于平原、草地、农田、湖畔、沼泽等地，常成对或小群活动，喜欢长时间站在水边或田埂上休息，或双双飞起在空中盘旋，飞行速度甚慢。主食甲虫、蝗虫、蚱蜢和其他昆虫，也吃水蛭、田螺、蚯蚓、植物叶子和种子。在5—7月繁殖，雌雄配偶稳定，成对营巢于水域附近草地上。每窝产卵4枚，雌雄鸟共同承担孵卵，雏鸟是早成鸟。分布于我国东北、内蒙古、西南和南部沿海一带。在东北是夏候鸟，西南和南部沿海为冬候鸟和旅鸟。每年4月迁飞至东北进行繁殖。我国分布的数量很少，已列入世界濒危鸟类名录N级，应特别加以保护。

二十二 一行白鹭上青天（白鹭）

杜甫的一首绝句诗："两个黄鹂鸣翠柳，一行白鹭上青天。窗含西岭千秋雪，门泊东吴万里船。"优美的诗句展现了非常明媚的自然景色。诗中的黄鹂和白鹭都是人们喜爱的鸟。

鹭（白鹭）

白鹭(鹭科, Egretta garzetta)又称春锄、鹭鸶、丝禽、雪客、春锄、白鸟等。为中型涉禽，体长52至68厘米，嘴长、颈长、腿长等。在夏季枕部生有两根狭长且软的矛状羽，肩背生有蓬松蓑羽，一直延伸至尾端，羽枝分散、纤细。前颈下部也有长的矛状羽，披覆至前胸。冬季全身乳白色，身上的蓑羽或矛状羽几乎全脱落，仅在前颈残留少数矛状羽。嘴黑色，虹膜黄色，眼先裸出部分夏季粉红色，冬季黄绿色。脚黑色、趾黄绿色，瓜黑色。

白鹭

子之汤兮^①，宛丘之上兮^②。洵有情兮，而无望兮^③。
坎其击鼓^④，宛丘之下。无冬无夏，值其鹭羽^⑤。
坎其击缶^⑥，宛丘之道。无冬无夏，值其鹭翿^⑦。

——《陈风·宛丘》

注释：①汤（dàng）："荡"之借字，摇荡。

②宛丘：四周高中间低的土山。

③望：德望，仰望。

④坎：击鼓声。

⑤值：持。

⑥缶（fǒu）：瓦器。

⑦翿（dào）：鸟羽制作的舞蹈道具。

《陈风·宛丘》是描写巫女舞姿的诗。"洵有情兮，而无望兮"的慨叹，表达了诗人对一位巫女舞蹈家的爱慕之情。诗中描写了巫女手持鹭羽舞蹈的姿态，反映了当时陈国民间巫风盛行的情景。诗中的"汤"（荡）字，不能解释为舞者的放荡，荡有摇摆之义，正是写舞者热情奔放的舞姿。在原始宗教盛行的时代，以巫祀著称的陈国巫女舞姿具有一些狂热性，类似的情节和内容也反映在《九歌》等楚辞作品中。

法国著名作曲家拉威尔的《波莱罗舞曲》，被美国音乐评论家爱德华·唐斯称为"使人一听就产生无以言状而又不可抗

《诗经》动植物图说

拒的兴奋之情"；它描绘的是舞剧中的一个场景："一个女人独自在一张桌子上跳着舞，四周围观的男人们目不转睛地注视着她的动作。随着她的舞姿愈来愈热烈，他们的情绪也愈来愈高涨。男人们击掌顿脚，形成有节奏的伴奏。最后在转到C大调的那一刻（全曲的高潮），男人们一个个拔剑出鞘。"（《管弦乐名曲解说》）这虽是西方乐舞，但反映的文化内涵却与《宛丘》相似：将不可遏止的情感投射于生命的存在本质的外化形式——乐舞。

鹭，即今之白鹭。古人对鹭多有记载：《毛传》："鹭鸟之羽可以为翳。"又："鹭，白鸟也。"陆玑《毛诗草木鸟兽虫鱼疏》："鹭，水鸟也。好而洁白，故谓之白鸟。齐鲁之间谓之春鉏，辽东、乐浪、吴扬人皆谓之白鹭。大小如鸥，青脚，高尺七八寸。尾如鹰尾，喙长三寸许。头上有毛十数枚，长尺余，毨毨然与众毛异，甚好。将欲取鱼时则弭之。"

朱熹《诗集传》："鹭，春鉏。今鹭鸶。好而洁白，头上有长毛十数枚。"《尔雅》："鹭，春鉏。"郭璞注："白鹭也。头翅背上皆有长翰毛，今江东人取以为睫㰏，名之曰白鹭缞。"

《本草纲目》卷47《鹭》篇记述详细："［释名］鹭鸶（《禽经》）、丝禽（陆龟蒙）、雪客（李昉所命）、春锄（《尔雅》）、白鸟。［时珍曰］《禽经》云：鹳飞则霜，鹭飞则露。其名以此。步于浅水，好自低昂，如舂如锄之状，故曰舂锄。"又："［集解］［时珍曰］鹭，水鸟也。林栖水食，群飞成序。洁白如雪，颈细而长，脚青善翘，高尺余，解指短尾，喙长三寸。顶有长毛十数茎，氄氄然如丝，欲取鱼则弭之。"

　　白鹭栖息于平原、丘陵、湖泊、水田、水塘、水库、沼泽、河流等地带。喜3至5只集群活动，或10余只浅水处觅食，晚上在栖息林地可成百上千只群集。行走时步履娇健、轻盈从容、潇洒，十分优美，飞行时头向肩背处回缩，脚伸向尾后。生性胆大，不很怕人。吃小鱼虾和陆生昆虫及水生昆虫，也吃少量谷物。3—7月繁殖，繁殖前1个月开始成对活动，营巢于高树。主要分布于长江以南各省，南至云南、广西、广东、福建、海南岛、台湾。陕西、河南南部也有分布，偶见于兰州和北京，长江以北多为夏候鸟，秋季迁至江南越冬，江南的为留鸟。白鹭在我国南方数量较多，近年来数量明显减少，应注意保护。

二十三　鹈鹕淘河爱吃鱼（斑嘴鹈鹕）

鹈鹕颌下有个大皮囊，吞水食鱼，滤去水，故有淘河之名。

鹈（斑嘴鹈鹕）

斑嘴鹈鹕（鹈鹕科, Pelecanus Philippensis）又称鹤鹕、淘河、伽蓝鸟、塘鹅、淘鹅、犁涂、驼鹅、淘鹤、水流鹅等，是一种大型水鸟。体长140至156厘米。体胖、翼长。嘴长而阔，肉色，上嘴有蓝斑，嘴下有一紫色皮囊。夏羽上体淡银灰色，后颈羽毛长而

斑嘴鹈鹕

蓬松，似马鬃，枕后延伸成淡褐色冠羽。下体白色，繁殖季节缀有粉红色。冬羽头、颈、背白色，腰、下背、两胁和尾下覆羽白色，羽轴黑色，翅和尾羽褐色。下体淡褐色，脚黑褐色。

彼候人兮[①]，何戈与祋[②]。彼其之子，三百赤芾[③]。

维鹈在梁，不濡其翼。彼其之子，不称其服。

维鹈在梁，不濡其咮^④。彼其之子，不遂其媾^⑤。

荟兮蔚兮^⑥，南山朝隮^⑦。婉兮娈兮^⑧，季女斯饥。

——《曹风·候人》

注释：①候人：古代守边的小官名。

②何：通"荷"，扛着。祋（duì）：武器，殳的一种，竹制长矛。

③芾（fú）：祭祀服饰，因官品不同而有不同的颜色。

④咮（zhòu）：禽鸟的喙。

⑤遂：终久。媾：婚配。

⑥荟（huì）、蔚：阴云暗昏貌。

⑦隮（jī）：同"跻"，升，登。

⑧婉：年轻。娈（luán）：妩媚可爱。

《曹风·候人》是讽刺朝中不称职的新贵，以及庸才居高位的歌诗。"候人"的形象是扛着戈扛着祋的小吏，扛着武器在道路上辛苦地执勤。"赤芾"指赤色的祭祀服饰，用革制的蔽膝。赤芾是大夫以上官爵的待遇。言其官位高、排场大、生活奢靡。诗中以鹈鹕在梁起兴，意指站在鱼梁上的鹈鹕，只需颈一伸、喙一啄就可以吃到鱼，不必入水，不必沾湿翅膀。兼比新贵身处高位，讥讽"三百赤芾"的高官，无功而厚禄，无能且显贵。他们不称穿在身上的服装，讽刺他们不称其位。谴责、不满之情溢于言表。

古人早就认识了这种鸟。《毛传》记载："鹈，洿泽鸟也。"陆玑《毛诗草木鸟兽虫鱼疏》："鹈，水鸟。形如鹗而极大，喙长尺余，直而广，口中正赤。颔下胡大如数升囊。好群飞，若小泽中有鱼，便群共抒水，满其胡而弃之，令水竭尽，鱼在陆地，乃共食之，故曰'淘河'。"

《尔雅》："鹈，鴮鸅。"郭璞注："今之鹈鹕也。好群飞，沈水食鱼，故名洿泽。俗呼为之淘河。"

《本草纲目》卷47《鹈鹕（淘鹅）》："［释名］犁鹕、鴮鸅（音户泽）、逃河（一作淘）、淘鹅。［禹锡曰］昔有人窃肉入河，化为此鸟，今犹有肉，故名逃河。［时珍曰］此俚言也。案《山海经》云：沙水多犁鹕，其名自呼。后人转为鹈鹕耳。又吴谚云：夏至前来，谓之犁鹕，言主水也；夏至后来，谓之犁涂，言主旱也。陆玑云：遇小泽即以胡盛水，戽涸取鱼食，故曰鴮鸅，曰淘河。俗名淘鹅，因形也。又讹而为驼鹤。"

鹈，即今之鹈鹕。我国的鹈鹕共有两种，分别为斑嘴鹈鹕和白鹈鹕。白鹈鹕通体为雪白色，主要分布在我国新疆、福建一带。诗中的鹈以我国常见的斑嘴鹈鹕释之。斑嘴鹈鹕，鸟如其名，因它的嘴上布满了蓝色的斑点。

斑嘴鹈鹕栖息于江河、湖泊、沼泽和沿海地带。结群营巢于高树上，善于游水和飞翔。常成群生活，每天除了游泳外，大部分时间都是在岸上晒太阳或耐心地梳洗羽毛。鹈鹕爱吃鱼，它的目光锐利，即使在高空飞翔时，漫游在水中的鱼儿也逃不过它们的眼睛。游泳时颈挺直，嘴朝下斜，主要食鱼，它的嘴长30多厘米，大皮囊是下嘴壳与皮肤相连接形成的，可以自由伸缩，是它们存储食物的地方。收缩喉囊可以把水挤出来，鲜美的鱼儿便吞入腹中，美餐一顿。因此有"淘河"的美名。它也吃蛙、蛇、蜥蜴和甲壳类动物。

鹈鹕的繁殖生活也很有趣。配对后终生不换。雌鸟在选择雄鸟时，还要进行一系列求偶动作。雄鸟在接近配偶时，常常挥翼起舞，并且不断用嘴厮磨合梳理抚弄雌鸟羽毛，以讨得伴侣的欢心。从此便开始过俪影双双的共宿同飞的生活了。小鹈鹕的孵化和育雏任务，由父母鸟共同承担。当小鹈鹕孵化出来后，鹈鹕父母将自己半消化的食物吐在巢穴里，供小鹈鹕食用。待小鹈鹕长大一点时，父母亲就将自己的大嘴张开，让小鹈鹕将脑袋伸入它们的入喉囊中，取食食物。

斑嘴鹈鹕分布于我国长江下游、广州、福建、云南、台湾、海南岛等东南沿海一带。主要是留鸟，部分会迁移。以前斑嘴鹈鹕是南方常见鸟，现在已难见到，故被列入我国重点保护野生动物名录，属国家二级保护动物。

二十四　晨风不是风（燕隼）

有人臆测"晨风是早晨的风"，其实，它在《诗经》中指的是一种鸟，叫燕隼。

晨风（燕隼）

燕隼（隼科, Falco subbuteo）是猛禽，又称鹘。体型较小，体长29至35厘米。上体暗青灰色，颈侧、喉、胸、腹白色，胸腹有黑色纵纹。眼周黄色。雄鸟前额白色，眼上有一条白色眉纹，后颈羽基白色，头侧眼下和嘴角有一垂直向下的黑色髭纹。尾灰色

燕隼

或石板褐色。下腹至尾下覆羽和覆腿羽棕褐色，脚黄色。翼下白色，有黑褐色横纹，翅褶合时，翅尖几达尾端。雌鸟体型稍大，上体较褐而有横斑，下腹和尾下覆羽棕褐色较淡，多为淡棕色或淡棕黄色，缀有黑褐色纵纹或矢状斑。

鴥彼晨风①，郁彼北林②。未见君子，忧心钦钦③。如何如何，忘我实多！

山有苞枥④，隰有六駮⑤。未见君子，忧心靡乐。如何如何，忘我实多！

山有苞棣，隰有树檖。未见君子，忧心如醉。如何如何，忘我实多！

——《秦风·晨风》

注释：①鴥（yù）：鸟疾飞的样子。

②郁：郁郁葱葱，形容茂密。

③钦钦：忧思难忘的样子。

④苞：丛生的样子。

⑤隰（xí）：低洼的湿地。六駮（bó）：木名，因其树皮青白如駮而得名。

《秦风·晨风》是写一位痴心女子忧念丈夫又怨其忘记自己的诗。朱熹《诗集传》说此诗写妇女担心外出的丈夫已将她遗忘和抛弃。诗的第一章，以晨风鸟迅速飞向北林起兴，鸟倦飞而知返，而人却忘了家，以喻自己思君之切。继而抒发自己对丈夫的苦苦思念而忧心钦钦。末句叹息丈夫忘记自己，自己又不知如何是好。从"忘我实多"可以揣测到她的丈夫实在是无情无义的负心汉，令她望穿秋水，等得心碎神伤。这首诗共三章，二、三章是第一章情感的反复咏唱和深入。

《诗经》动植物图说

类似作品当推五代冯延巳《鹊踏枝》词："几日行云何处去？忘却归来，不道春将暮。百草千花寒食路，香车系在谁家树。"同样表达了怨妇的沉重心情。

历史上有个百里奚的故事：百里奚出身贫苦人家，但勤奋学习，又有才干，练就了一身胆识和本事。他的妻子杜氏是个很有见识的女子，深知自己丈夫是旷世奇才，于是就鼓励百里奚出游列国求仕。他从家里出走时，由于生活穷苦，夫人只好"劈了门闩炖母鸡"送他。百里奚到过许多国家，都不受重用，最后秦穆公用五张羊皮将他从楚国换来，任命为相，成就了大业，为秦国最终统一中国奠定了基础。

杜氏自丈夫离别之后，很多年杳无音讯。她的思夫心情与《晨风》中的女子一样痛苦。因家境贫困，又逢上灾荒年景，她就带上儿子外出逃荒。杜氏讨饭到秦国，听说百里奚已经在秦国当了大夫。为了能接近百里奚，她设法到百里奚府中当了洗衣的佣人。

一次百里奚的相府举行饮宴并乐声齐奏。这个洗衣女佣说自己会演唱，于是操琴抚弦而奏，并唱道：

"百里奚，五羊皮。忆别时，烹伏雌，炊扊扅，今日富贵忘我为。

百里奚，初娶我时五羊皮。临当别时烹乳鸡，今适富贵忘我为。

百里奚，百里奚，母已死，葬南溪。坟以瓦，覆以柴，春黄黎。揣伏鸡。西入秦，五羖皮，今日富贵捐我为。"

百里奚听着这委婉幽怨、耐人寻味、字字真切的歌声，大为惊讶，上前询问，方知是自己的结发妻子杜氏千里寻夫来到了眼前。于是有了夫妻团圆的结局。

有人臆测"晨风是早晨的风"，显然不对。《毛传》："晨风，鹯也。"陆玑《毛诗草木鸟兽虫鱼疏》中说："晨风，一名鹯。似鹞，青黄色，燕颔钩喙。向风摇翅，乃因风飞，急疾击鸠鸽燕雀食之。"《尔雅》说："晨风，鹯。"郭璞注："鹞属。"

《本草纲目》卷49《鸱》条下言及鹯："[时珍曰]鹯，色青，向风展翅迅摇，搏捕鸟雀，鸣则大风，一名晨风。"

晨风，古人又称鹯，根据古文献记述的色青、燕颔钩喙、向风展翅迅摇、搏捕鸟雀等特征，认为晨风即今之燕隼。

燕隼栖息于林缘、稀树平原和村庄附近。常单独或成对活动，飞行快速而敏捷，可在短暂地鼓翅飞翔后接着滑翔，或在空中作短暂停留。停飞时多栖于高树和电线杆上。以麻雀、山雀等小鸟为食，也大量捕食蝗虫、金龟子、天牛、蜻蜓、蟋蟀等。5—7月繁殖，巢筑于大乔木，但通常很少自己营巢，常常侵占乌鸦和喜鹊的巢，每窝产卵2—4枚，卵白色，其上密布红褐色斑，雄雌鸟轮流孵卵。幼鸟与雌鸟相似，但上体较暗褐。

燕隼部分为留鸟，部分迁徙。通常在4月中下旬迁到东北繁殖，9月底或10月初南迁。飞翔时翅狭长而尖，如镰刀状。燕隼有两个亚种，我国都有分布，常见于南北各省区，分布广，但种群数量不高，目前已列入国家重点保护野生动物名录，属于国家二级保护动物。

二十五　伯劳凶残声悠扬（棕背伯劳）

鵙（棕背伯劳）

棕背伯劳（伯劳科，Lanius schach）又称伯鹩、博劳、伯赵、鵙、鵙、海南鵙等。棕背伯劳体型较大，体长23至28厘米。前额黑色，眼周有一条宽阔的黑色贯眼纹，头顶至上背灰色，下背、肩、腰棕红色。翅上覆羽黑色，尾长，黑色，外侧尾羽皮黄褐色。颏、喉和腹中部白色，其余下体淡棕色或棕白色，两肋和尾下覆羽棕红色或浅棕色。

棕背伯劳

　　七月流火^①，九月授衣^②。一之日觱发^③，二之日栗烈^④。无衣无褐^⑤，何以卒岁！三之日于耜，四之日举趾。同我妇子，馌彼南亩^⑥。田畯至喜^⑦。

　　七月流火，九月授衣。春日载阳，有鸣仓庚。女执懿筐⑧，遵彼微行，爰求柔桑。春日迟迟，采蘩祁祁，女心伤悲。殆公子归。

七月流火，八月萑苇。蚕月条桑，取彼斧斨⑨，以伐远扬，猗彼女桑。七月鸣䴔，八月载绩。

载玄载黄⑩，我朱孔阳，为公子裳。

——《豳风·七月》前三章

注解参见第十章。

《豳风·七月》第三章描写有伯劳的鸣叫和妇女修剪桑树、采桑养蚕、浸染纺织等劳动。

诗中的"䴔"，《毛传》："䴔，伯劳也。"今之伯劳，伯劳同属的鸟有多种，诗中的䴔是泛指，今以常见的棕背伯劳释之。

冈元凤《毛诗品物图考》中说："《易通卦验》云：'博劳夏至应阴而鸣，冬至而止，故帝少皞以为司至之官。'严粲云：'五月伯劳始鸣，应一阴气也，至七月犹鸣，则三阴之候寒将至。故七月闻䴔之鸣，先时感事也。'"《尔雅》："䴔，伯劳也。"郭璞注：'似鹡鸰而大。《左传》曰伯赵是。"

关于"伯劳"这名字的起源，传说周宣王时，贤臣尹吉甫听信继室的谗言，误杀前妻留下的爱子伯奇，而伯奇的弟弟伯封哀悼兄长的不幸，就作了一首悲伤的诗，尹吉甫听后十分后悔，哀痛不已。有一天，尹吉甫在郊外看见一只从未见过的鸟，停在桑树上对他啾啾而鸣，声音甚是悲凉哀凄，尹吉甫忽然心动认为这只鸟是他的儿子伯奇魂魄所化，于是就说："伯奇劳乎，如果你是我儿子伯奇就飞来停在我的马车上。"话刚讲完，这只鸟就飞过来停在马车上，于是尹吉甫就载着这只鸟回家。到家以后，鸟又停在井上对屋哀鸣，而尹吉甫假装要射鸟，拿起弓箭就将继室射杀了，以安慰伯奇。虽然故事近神话，但伯劳鸟名却由"伯奇劳乎"一语而得。

《本草纲目》卷49《伯劳》篇中也提及此事："[时珍曰]案曹植《恶鸟论》云：鸥声嗅嗅，故以名之。感阴气而动，残害之鸟也。谓其为恶声者，愚人信之，通士略之。世传尹吉甫信后妻之谗，杀子伯奇，后化为此鸟。故所鸣之家以为凶者，好事傅会之言也。伯劳，象其声也。伯赵，其色皂也，赵乃皂讹。"又："[集解][时珍曰]伯劳即鸥也。夏鸣冬止，乃月令候时之鸟。"

棕背伯劳栖息于低山丘陵和山脚平原，常见于林旁、农田、果园、河谷、路旁的乔木和灌丛。生性凶猛，捕杀小鸟、小蛇、蛙、啮齿类及昆虫，偶尔也吃植物种子。繁殖期发出"zhigia —zhigia —zhigia —zhigia"不断重复的鸣叫声，也能模仿红嘴相思鸟、黄鹂的鸣叫声，鸣声悠扬、婉转悦耳。繁殖期在4—7月，营巢于树上，雌雄鸟共同营巢并共同育雏。主要分布于长江流域及其以南广大地区，北部的甘肃、陕西等省也有分布。是留鸟，种群分布较为普遍，数量较多。

伯劳凶残声悠扬（棕背伯劳）

二十六　仙鹤是珍禽（丹顶鹤）

仙鹤覆羽洁白，体态优美，人们喜爱有加，人们常说"鹤立鸡群"，说明它非常出众。

鹤、白鸟（丹顶鹤）

丹顶鹤(鹤科, Grus japon-ensis)鹤又称雚、白鸟、仙禽、仙鹤、胎禽等,丹顶鹤是其一种。大型涉禽。体长1.2至1.6米。嘴长、颈长、腿长。通体多为白色,故有白鸟之称,唯头顶鲜红,故有丹顶鹤之名。喉、颊和颈部黑褐色。次级飞羽和三级飞羽黑色,三级飞羽长而弯曲,呈弓状,两翼折叠时覆于白色短尾之上,常被误认为黑色尾羽。脚黑色,爪灰色。雄雌鸟相似。

丹顶鹤

鹤鸣于九皋[①]，声闻于野。鱼潜在渊，或在于渚[②]。乐彼之园，爰有树檀，其下维萚③。他山之石，可以为错④。

鹤鸣于九皋，声闻于天。鱼在于渚，或潜在渊。乐彼之园，爰有树檀，其下维榖。他山之石，可以攻玉。

——《小雅·鹤鸣》

注释：①九皋：深沼，沼泽的深处。

②渚：水中小洲。

③萚（tuò）：落叶。

④错：砺石，可以打磨玉器。

《小雅·鹤鸣》是一首通篇用借喻的手法，抒发招致人才为国所用的主张的诗。用泽中鹤、水中鱼、园中树、他山石这几组并存的意象，表现大自然的兼容并包之理，以劝喻在上位的人应广纳人才。诗人指出鹤鸣于沼泽的深处，很远都能听见它的声音，比喻贤士身虽隐而名犹著。这种用形象表现物理的诗可以使人们通过联想得到更多的启迪。其中"它山之石，可以为错""它山之石，可以攻玉"的诗句，对人们永远有着一种哲学上的昭示意义。该诗以"鹤鸣于九皋"等景物形成了一幅荒郊野外视觉广阔的风景图画。这幅图画绘声绘色，有景有情，充满了诗意画意，会使读者受到诗的艺术感染，拍手称快。

经始灵台①，经之营之。庶民攻之②，不日成之。经

《诗经》动植物图说

始勿亟，庶民子来③。

王在灵囿④，麀鹿攸伏⑤。麀鹿濯濯⑥，白鸟翯翯⑦。
王在灵沼⑧，於牣鱼跃⑨。

虡业维枞⑩，贲鼓维镛⑪。於论鼓钟，於乐辟廱。

於论鼓钟，於乐辟廱。鼍鼓逢逢⑫，蒙瞍奏公。

—《大雅·灵台》

注释：①经始：计划营建。灵台：古台名，故址在今陕西西安西北。

②攻：建造。

③子来：像儿子一样赶来。

④灵囿：古代帝王养禽兽的园名。

⑤麀（yōu）鹿：母鹿。

⑥濯濯（zhuó）：肥壮貌。

⑦翯（hè）翯：洁白貌。

⑧灵沼：池沼名。

⑨牣（rèn）：满。

⑩虡（jù）：钟架。枞（cōng）：崇牙，钟架上挂钟的钉。

⑪贲（fén）：大鼓。

⑫逢（péng）逢：鼓声。蒙瞍：古代对盲人的称呼。

《大雅·灵台》是记述周文王修建灵台和游览赏乐的诗。
诗的第一章通过"经之""营之""攻之""成之"连用动词的

句式，显示出百姓乐于为王效命建筑灵台的热情。诗的第二章写其游览灵囿、灵沼，其间鹿伏、鹤立、鱼跃，和乐安宁的自然景象，彰示着文王仁人爱物的秉性。第三章、第四章写辟廱（bìyōng）。辟廱，也可写作辟雍，即文王之离宫。在离宫聆听钟鼓音乐之兴味，欢快气氛渲染得十分浓重。

文王开国，定都丰城（今陕西户县一带），王都必有王庙，以祀祖宗。文王北伐凯旋回丰都后经营王庙灵台。《周公与成王简书·文王有声》中曰："镐京辟雍，自西至东；自南至北，无不臣服。"镐京辟雍即武王、周公、太公等以大智慧修建的夏禹庙，天下东南西北各方诸侯来镐京可以不祀文王庙，但谁敢不祀皇王（禹王）庙。

以上二首诗中的"鹤"与"白鸟"是泛指鹤科各种鹤，是大型涉禽，形似鹭和鹳。我国常见的鹤有丹顶鹤、灰鹤、白鹤、黑颈鹤、蓑羽鹤等，现以珍贵的丹顶鹤释之。

古人对鹤多有记载，陆玑《毛诗草木鸟兽虫鱼疏》："鹤，形状大如鹅，长三尺，脚黑青，高三尺余，赤顶、赤目，喙长三尺余。多纯白，亦有苍色。苍色者，人谓之赤颊。常夜半鸣。《淮南子》亦云：'鸡知将旦，鹤知夜半。'其鸣高亮，闻八九里，雌者声差下。今吴人园囿中及士大夫家皆养之，鸡鸣时亦鸣。"朱熹《诗集传》："鹤，鸟名。长颈，竦身，高脚，顶赤，身白，颈尾黑。其鸣高亮，闻八九里。"陈大章《诗传名物集览》："《风土记》：鹤鸣戒露，白鹤也。此鸟性警，至八月白露降，即高鸣相警，移所宿处，虑变害也。"《尔雅翼》："鹤一起千里，古谓之仙禽，以其于物为寿。"

《本草纲目》卷47《鹤》："[释名]仙禽（《纲目》）、胎禽。[时珍曰]鹤字，篆文象翘首短尾之形。一云白色雔雔，故名。"又："[集解][时珍曰]鹤大于鹄，长三尺，高三尺余，喙长四寸。丹顶赤目，赤颊青脚，修颈凋尾，粗膝纤指。白羽黑翎，亦有灰色、苍色者。尝以夜半鸣，声唳云霄。"

丹顶鹤生活于开阔平原、草地、沼泽、湖泊、滩涂等地，常成对或小群活动，迁徙时成大群。休息时常单脚站立，并将头回转插于背羽间。常于浅滩涉水，取食鱼、虾、虫、甲壳类、软体动物等，也吃水生植物的茎、叶、块根、块茎与果实，偶至农田觅食谷类。繁殖期在4—6月，一雌一雄制。求偶时鸣声清脆洪亮。卵生，每窝产卵2枚，雌雄鸟轮换孵化。古代误认为是"胎生"，曾被李时珍纠正："世谓鹤不卵生者，误矣。"幼鸟顶不赤，颈亦不黑，头、颈茶褐色，脚黑。

"松鹤延年"是家喻户晓的表示吉祥的成语，它来自一个故事：鹤为长寿之鸟，传说晋时，辽东的丁令威学道后化成鹤仙。其中还包含了古代传说中的仙人赤松子和王乔的故事，表现祈福祝寿之意。《神境记》记载，相传汉时，曾有一对慕道夫妇，在石室中修道隐居，后化白鹤仙去，这对松枝上的白鹤则是他们所化。这样，松龄鹤寿和松鹤长春的吉祥寓意，也衍生出许多吉祥祝寿的图画来，成为中国瓷器纹饰中的吉祥题材。

丹顶鹤繁殖于黑龙江三江平原、嫩江中下游、吉林省西部、辽宁盘锦双台子河下游及内蒙古达里诺尔湖等地。迁徙越冬到江苏沿海滩涂、长江中下游、崇明岛和山东沿海，偶见于江西鄱阳湖和台湾。迁徙时也见于吉林、辽宁、河北、河南、山东等地。丹顶鹤自古就深受人们喜爱，被誉为"仙鹤"，现在数量极少，已被列入国际鸟类保护委员会（ICBP）世界濒危鸟类红皮书和我国国家重点保护野生动物名录，属国家一级保护鸟类。

二十七　白鹳与大秃鹳（白鹳、大秃鹳）

《诗经》中记载的鹳和鹙（大秃鹳）都是鹳科鸟类，由于历史上过度猎杀，鹙已绝迹，十分遗憾。

1. 鹳（白鹳）

白鹳（鹳科，Ciconia ciconia）。鹳又称皂君、负釜、鹳雀、背灶、皂裙、老鹳、冠雀等。鹳有多种，白鹳是其中之一。白鹳体形较大，体态优美。雌雄相似，体长100至120厘米，两翼展开宽155至200厘米，体重2至4千克。脚、颈甚长，嘴长直稍侧扁。眼周及额囊的裸出部呈红色。体羽多为白色，肩羽、翼上覆羽为黑色，有光泽。飞翔时，红色的脚伸于尾后。

白鹳

我徂东山[①]，慆慆不归。我来自东，零雨其濛[②]。我东曰归，我心西悲。制彼裳衣，勿士行枚。蜎蜎者蠋③，烝在桑野④。敦彼独宿⑤，亦在车下。

我徂东山，慆慆不归。我来自东，零雨其濛。果臝之实，亦施于宇⑥。伊威在室，蟏蛸在户。町畽鹿场，熠耀宵行。不可畏也？伊可怀也。

我徂东山，慆慆不归。我来自东，零雨其濛。鹳鸣于垤，妇叹于室。洒扫穹窒，我征聿至。有敦瓜苦，烝在栗薪。自我不见，于今三年。

我徂东山，慆慆不归。我来自东，零雨其濛。仓庚于飞，熠耀其羽。之子于归，皇驳其马。亲结其缡⑦，九十其仪。其新孔嘉，其旧如之何？

——《豳风·东山》

注释：①东山：在古奄国，今山东曲阜境内。

②零雨：徐雨，小雨。

③蜎蜎（yuān）：蚕蠋屈曲之貌。

④烝（zhēng）：久。

⑤敦：团。敦本是器名，形圆如球。

⑥施（yì）：移，蔓延。

⑦缡（lí）：古读如"罗"，佩巾。

《豳风·东山》是一首著名的征夫在解甲回家途中抒发思乡

之情的诗。诗的首章抒发即将归乡时的悲伤的心情，诉说长期征战生活的无比艰辛和对和平生活的向往。《毛诗序》说："《东山》，周公东征也。周公东征三年而归，劳归士。大夫美之，故作是诗也。"诗的第三章想象妻子想念自己，打扫院舍迎接自己归家的情景，以及自己对亲人和家乡的思念。诗中有"鹳鸣于垤"之句，陈大章《诗传名物集览》："《韩诗章句》：鹳，水鸟，巢居知风，穴处知雨。天将雨，蚁出壅土，鹳见之，长鸣而喜。"垤，蚂蚁洞口的小土堆，又叫蚁冢、蚁封。诗人运用了比兴的表现手法，用鹳在蚁穴边叫，引出了下文妻子在家中叹息。

鹳是鹳科鸟类的通称，我国常见的有黑鹳和白鹳。以白鹳释之。《毛传》中说："鹳好水，长鸣而喜也。"郑《笺》："鹳，水鸟也，将阴雨则鸣。"陆玑《毛诗草木鸟兽虫鱼疏》："鹳，鹳雀也。似鸿而大，长颈，赤喙，白身，黑尾翅。树上作巢，大如车轮。卵如三升杯。望见人，按其子令伏，径舍去。一名负釜，一名黑尻，一名背灶，一名皂裙。又泥其巢一傍为池，含水满之，取鱼置池中，稍稍以食其雏。若杀其子，则一村致旱灾。"

《本草纲目》卷47《鹳》篇介绍甚详："［释名］皂君（《诗疏》）、负釜（同）、黑尻（同）。［时珍曰］鹳字，篆文象形。其背、尾色黑，故陆玑《诗疏》有皂君诸名。"又："［集解］［弘景曰］鹳有两种：似鹄而巢树者为白鹳，黑色曲颈者为乌鹳。今宜用白者。［宗奭曰］鹳身如鹤，但头无丹，项无乌带，兼不善唳，止以喙相击而鸣。多在楼殿吻上作窠。尝日夕观之，并无作池养鱼之说。[时珍曰]鹳似鹤而顶不丹，长颈赤喙，色灰白，翅尾俱黑。多巢于高木。其飞也，奋于层霄，旋绕如阵，仰天号鸣，必主有雨。"

白鹳是大型涉水禽。生活于开阔的平原、沼泽、浅水湖泊、溪流及潮湿草地。喜群集，休息时常单腿或双腿站在水边沙滩上或草地上久立不动，颈部缩成S形。或走起路来大模大样地觅食，似走"宰相步"，步履轻盈矫健。生性温顺，机警而胆怯，常常避开人群。有时也喜欢在栖息地的上空飞翔盘旋。在地面上起飞时需要先奔跑一段距离，并用力煽动两翅，然后起飞。主要食以动物性食物，如蛙、蝌蚪、蛇、蜥蜴、小鱼、蚯蚓、蝗类等。3—5月繁殖，多营巢于高树，通常一雄一雌制，或一雄二雌制。通常每年产4枚蛋，孵化需33—34天，58—64天后出巢。雏鸟白色，幼鸟似成鸟，但成鸟体羽的黑色部分，在幼鸟身上为褐色或缀有褐色。

我国古代中原地区有此鸟类，现见于新疆部分地区和黑龙江、吉林两省，残存的繁殖地也变得极为狭小，数量也极为稀少。在中国主要越冬地的总数量约为2000—2500只，种群数量在世界范围内也下降十分厉害。我国于1998年将白鹳列入国家重点保护野生动物名录，为国家一级保护动物。

2. 鹙（大秃鹳）

大秃鹳（鹳科，Leptoptilos dubius）又称秃鹙、扶老、鹙鸊、鹙鸊等。大型笨重涉禽，体长约200至220厘米。嘴粗且长。颈长，脚亦甚长。喉部有一大的裸露于外悬垂状的粉红色喉囊，颈基部有白色丛羽围着颈。上体黑灰色，有蓝黑色金属光泽，翅上有一条宽的灰色横带。下体白色。头和颈部红色皮肤裸露，毛发状羽十分稀疏。

大秃鹳

白华菅兮①，白茅束兮。之子之远②，俾我独兮③。
英英白云④，露彼菅茅。天步艰难，之子不犹。
滮池北流⑤，浸彼稻田。啸歌伤怀⑥，念彼硕人⑦。
樵彼桑薪⑧，卬烘于煁⑨。维彼硕人，实劳我心。
鼓钟于宫，声闻于外。念子懆懆⑩，视我迈迈⑪。
有鹙在梁，有鹤在林。维彼硕人，实劳我心。
鸳鸯在梁，戢其左翼。之子无良，二三其德。
有扁斯石⑫，履之卑兮。之子之远，俾我疧兮⑬。

——《小雅·白华》第六章

注释：①菅（jiān）：菅草，多年生草本植物。

②之远：往远方。

③俾（bǐ）：使。

④英英：泱泱，洁白之貌。

⑤滮（biān）：水名，在今陕西西安北。

⑥啸歌：谓号哭而歌。

⑦硕人：指高大英俊的男子。

⑧樵：薪柴。

⑨卬（áng）：我。煁（shén）：冬天烘火的烘灶。

⑩懆（cǎn）懆：愁苦不安。

⑪迈迈：不高兴。

⑫有扁：踩着石头乘车的样子。

⑬疧（qí）：因忧愁而得相思病。

　　《小雅·白华》是贵族弃妇的怨诗。周幽王宠幸褒姒，申后被黜，怨而发为此诗。《毛诗序》说："《白华》，周人刺幽后也。幽王娶申女以为后，又得褒姒而黜申后。故下国化之，以妾为妻，以孽代宗，而王弗能治，周人为之作是诗也。"朱熹《诗序辩说》云："此事有据，《序》盖得之。"并认为此为申后自作。这是颇可征信的。诗的第六章以"鹙"侵占鱼梁、白鹤被挤到树林起兴，比喻后妾易位的命运，鹤的洁白柔顺和鹙的贪婪险恶与申后和褒姒之间存在着隐喻关系。继而抒发心中的哀怨。郑《笺》谓硕人指褒姒。难怪她一次次地"维彼硕人，实劳我心"，想起那

　　　　　　　　　　　　　　《诗经》动植物图说

个妖冶之人就不能不心情沉痛了。

诗中谈到的"鹙",《毛传》说:"鹙,秃鹙也。"陈大章《诗传名物集览》中说:"《古今注》:扶老,秃鹙也。状如鹤而大,大者高八尺,善与人斗,好啖蛇。"又:"《禽经》:扶老强力。注:食之益人气力,走及奔马。"杜甫《天边行》:"洪涛滔天风拔木,前飞秃鹙后鸿鹄。"其中也提到了秃鹙。

《本草纲目》卷47《鹙鸧》篇中说:"[释名]扶老(《古今注》)、鹙鸧(俗作鹙鸧)。[时珍曰]凡鸟至秋毛脱秃。此鸟头秃如秋毨。又如老人头童及扶杖之状,故得诸名。《说文》作秃鹙。"又:"[集解][时珍曰]秃鹙,水鸟之大者也。出南方有大湖泊处。其状如鹤而大,青苍色,张翼广五六尺,举头高六七尺,长颈赤目,头项皆无毛。其顶皮方二寸许,红色如鹤顶。其喙深黄色而扁直,长尺余。其嗉下亦有胡袋,如鹈鹕状。其足爪如鸡,黑色。性极贪恶,能与人斗,好啖鱼、蛇及鸟雏。《诗》云'有鹙在梁',即此。"

依据古书记载之鹙的特征,可以判断鹙是我国曾有分布的鹳形目、鹳科鸟类大秃鹳,现在已在我国绝迹,目前仅分布于南亚和东南亚。还有一种与大秃鹳非常相似但个体较小的秃鹳(Leptoptilos javanicus)目前处于全球濒危状态,已被列入世界濒危鸟类红皮书,我国还未列入国家重点保护野生动物名录。鹙虽在我国已绝迹,但历史上在我国存在过,仍以大秃鹳释之。

大秃鹳生活在热带和亚热带的低山、平原、湖泊、沼泽、池溏、溪流等地。吃鱼、蛙、爬行类小动物、鼠类及昆虫等，也吃动物尸体。古代在我国有分布，现已绝迹，现今南亚和东南亚各国尚有分布。在我国灭绝的原因是自古以来认为此鸟是一种不吉祥鸟，头颈无毛，颈前有红色喉囊，形、色较丑，还喜吃动物尸体，因此大加猎杀，唐代甚至将猎杀大秃鹳作为官府向民众征收的一种赋税，促使大秃鹳的灭绝。

　　现在印度古瓦哈蒂尚有濒临灭绝的大秃鹳，成为当地垃圾场的常见一景。

　　有张图片显示当地一些人在阿萨姆邦其他地方捡垃圾赖以谋生，大秃鹳不得不在人的身后排队等待捡垃圾吃。这是一个人类居于统治地位、大秃鹳只能耐心等待的瞬间。这张照片从色彩到构图都是一流的，获得了国际自然保护摄影奖风险类别大众奖。作为顶级聪明的人类，应该从中吸取些教训吧！

二十八　猛禽隼、雕、鸢、鹰（游隼、金雕、鸢、苍鹰）

1. 隼（游隼）

游隼（隼科, Falco peregrinus）又称鹘、鸭虎、打鸟鹰等。是中型猛禽，体长40至50厘米。上嘴钩曲，青黑色，眼周黄色。颊有一粗著的垂直向下的黑色髭纹。头顶、后颈及颈侧羽色黑，其余上体蓝灰色，尾上色淡，但有数条浓暗横斑。下体白色，上胸有黑色细斑，下胸及尾下覆羽密被黑色横斑，尾端白色。幼鸟上体暗褐色，后颈混有白羽，下体淡黄褐色，腹部有黑褐色纵纹。

游隼

薄言采芑[①]，于彼新田，呈此菑亩[②]。方叔莅止，其车三千。师干之试[③]，方叔率止。乘其四骐，四骐翼翼[④]。路车有奭[⑤]，簟茀鱼服[⑥]，钩膺鞗革[⑦]。

薄言采芑，于彼新田，于此中乡。方叔莅止，其车三千。旂旐央央^⑧，方叔率止。约轵错衡，八鸾玱玱^⑨。服其命服，朱芾斯皇^⑩，有玱葱珩。

鴥彼飞隼，其飞戾天^⑪，亦集爰止。方叔莅止，其车三千。师干之试，方叔率止。钲人伐鼓，陈师鞠旅^⑫。显允方叔，伐鼓渊渊，振旅阗阗。

蠢尔蛮荆，大邦为仇。方叔元老，克壮其犹^⑬。方叔率止，执讯获丑。戎车啴啴^⑭，啴啴焞焞^⑮，如霆如雷。显允方叔，征伐猃狁，蛮荆来威^⑯。

——《小雅·采芑》

注释：①薄：通"迫"。

②菑（zī）：指为新田锄草之意。

③试：这里为任用之意。

④翼：即大车。

⑤奭（shí）：为红色之意。

⑥簟笰：车上的竹席篷。鱼服：用鱼皮做的车厢外包。

⑦膺（yīng）：指胸腔。鞗（tiáo）：指马缰绳。

⑧旐（zhào）：古代的一种旗子，上面画着龟蛇。

⑨玱（qiāng）：玉器相撞的响声。

⑩芾（fú）：为古代礼服上的蔽膝之意。皇：美好。

⑪戾：至，到达。

⑫鞠（jū）：告诫。

　　　　　　　　　　　　　　　《诗经》动植物图说

⑬猷（yóu）：计划，谋划。

⑭嘽（tān）：众多。

⑮焞（tūn）：盛大。

⑯威：法则。

《小雅·采芑》描绘的是周宣王的主帅方叔率军南征荆楚的诗，是人们在誓师宴会上唱的雅歌。这也是一次屯兵边境的军事行动。从整体而言，此诗所描绘可分为两层。前三章着重表现方叔指挥军事活动的规模与声势，盛赞方叔治军的卓越才能。第四章犹如一纸讨伐荆蛮的檄文，表达了以此众战、无城不破、无坚不摧的自信心和威慑力。诗中以凶猛的飞隼形象起兴，鴥（yù），鸟疾飞貌，是对军队声势凌厉、进退自如状况的极其形象的比喻。

隼是隼科鸟类的通称。我国有小隼、游隼、燕隼、红脚隼等。诗中的隼也是泛指，根据《动物学大辞典》将隼以我国常见的游隼释之。

陆玑《毛诗草木鸟兽虫鱼疏》："隼，鹞属也。齐人谓之击征，或谓之题肩，或谓之雀鹰，春化为布谷者是也。此属数种，皆为隼。"朱熹《诗集传》："隼，鹞属，急疾之鸟也。"

冈元凤《毛诗品物图考》："似鹰，苍黑色，性猛而不悍，攫鸟而食，不争，群处并居。"《本草纲目》卷49《鹰》条下言及隼："《禽经》云：小而鸷者皆曰隼，大而鸷者皆曰鸠。是矣。"

游隼栖息于低山、丘陵、荒漠、半荒漠、海岸、旷野、草原、河流、沼泽与湖泊沿岸地带，也到开阔的农田、耕地和村屯附近活动。生性凶猛，飞行快，多单独活动，叫声尖锐。主要捕食野鸭、鸥、鸠鸽类、乌鸦和鸡类等中小型鸟类，偶尔也捕食鼠类和野兔等小型哺乳动物。因捕食野鸭，故有鸭虎之称。与这种捕食方式相适应的是它的跗跖变得短而粗壮，抓握猎物的脚趾也变得细而长。古代有利用游隼助猎野鸭、雁、鹭、鸠鸽的情况。繁殖期在4—6月，营巢于林间空地、河谷悬岩、地边丛林以及其他各类生境中人类难于到达的峭壁悬崖上，也营巢于土丘或沼泽地上，有时也利用其他鸟类如乌鸦的巢，也在树洞与建筑物上筑巢。在我国自东北北部至华北为旅鸟，在长江以南至广东为冬候鸟，新疆也有留鸟分布。

　　由于DDT等杀虫剂大量作用，导致食物中加氯烃增加。氯烃在游隼的体内积累起来，影响了它的繁殖能力，使蛋壳变薄，容易破裂。这是造成游隼数量锐减的主要原因之一。另外，生息地遭到人类活动的破坏也是重要的原因。该鸟数量稀少，已列入国家重点保护野生动物名录，属于国家二级保护动物。

2. 鹯（金雕）

金雕（鹰科，Aquila chrys-aetos）又称雕、鹫、鹫、狗鹫、揭罗阇等。大型猛禽，体长78至105厘米，其状雄伟。嘴强大，上喙钩曲。眉突出，眼大而深，眼帘淡褐带金光。体羽深褐色，头、颈羽毛尖锐，呈披针形，金黄色，背肩部微有紫色光泽。翅上覆羽暗赤褐色有白纹。翅宽大，敛翅时翅尖达尾端。尾长而圆，灰褐色，有黑色条斑和端斑。下体额、喉和前颈黑褐色，羽基白色。胸腹为黑。覆腿羽暗褐色，具赤色纵纹，脚短而黄，锐爪黑色。

金鹏

四月维夏，六月徂暑①。先祖匪人②，胡宁忍予③？

秋日凄凄，百卉具腓④。乱离瘼矣⑤，爰其适归⑥？

冬日烈烈，飘风发发。民莫不穀⑦，我独何害！

山有嘉卉，侯栗侯梅⑧。废为残贼⑨，莫知其尤！

相彼泉水，载清载浊。我日构祸，曷云能穀⑩？

滔滔江汉，南国之纪⑪。尽瘁以仕，宁莫我有。

匪鹑匪鸢，翰飞戾天。匪鳣匪鲔，潜逃于渊。

山有蕨薇，隰有杞桋。君子作歌，维以告哀。

——《小雅·四月》

猛禽隼、雕、鸢、鹰（游隼、金雕、鸢、苍鹰）　　　　229

注释：①徂（cú）：去，到。暑：盛夏。

②匪人：不是他人。

③胡宁：为什么。忍予：忍心让我（受苦）。

④腓（féi）：草木枯萎。

⑤瘼（mò）：病，疾苦。

⑥爰（yuán）：于，何处。

⑦穀（gǔ）：善，指生活美好。

⑧侯：惟，是。

⑨贼（zé）：伤残，毁坏。

⑩曷：通"何"。

⑪南国：指南方各河流。

　　《小雅·四月》是一位官吏抒发遭贬谪，羁旅辛劳，久不得归，表达痛楚心情的诗。方玉润《诗经原始》说此章"获罪之冤，实为残贼人所挤"。"废"字乃全篇眼目。因为"废"，哀才接踵而至。前三章是写诗人颠沛流离、被窜逐、无家可归、贫病交加、仓皇狼狈的境况。四章点出莫名其妙地受谗毁中伤。五章表明自己清白无辜，也包含着"虽九死其犹未悔"的决心。古往今来，这种耿直倔强的"腐儒"真不少。六章为自己忠而见逐鸣不平。七章中的鹑即金雕，是大型猛禽，感叹自己不能如金雕、鸢鸟那样奋翅高飞，有所作为，也不能如鳣鱼、鲔鱼那样深潜水底，远身避祸。八章讲山上有蕨菜、薇草，湿地有枸杞、桋木。

我不如草也，只好作歌来诉说我的哀愁。后世屈原《九章·惜诵》："惜诵以致愍兮，发愤以抒情。"其情实与《四月》一脉相通。

诗中的"鹑"与"鸢"并举，且"翰飞戾天"，以雕释之，合乎诗意，雕有多种，今以金雕释之。《毛传》："鹑，雕也。雕、鸢，贪残之鸟也。"

《本草纲目》卷49《雕》篇中说："［释名］鹫（音就。《山海经》）、鶙（《说文》。音团）。［时珍曰］《禽经》云：鹰以膺之，鹘以猾之，隼以尹之，雕以周之，鹫以就之，鶙以搏之。皆言其击搏之异也。梵书谓之揭罗阇。"又："［集解］［时珍曰］雕似鹰而大，尾长翅短，土黄色，鸷悍多力，盘旋空中，无细不睹。皂雕即鹫也，出北地，色皂。青雕出辽东，最俊者谓之海东青。羌鹫出西南夷，黄头赤目，五色皆备。雕类能搏鸿鹄、獐鹿、犬豕。又有虎鹰，翼广丈余，能搏虎也。鹰、雕虽鸷而畏燕子，物无大小也。其翮可为箭羽。"

金雕是一种性情最凶猛，体态最雄伟的猛禽。幼年时期，经常见到金雕在空中盘旋，它视力特好，见到农民散养的鸡，它择机会俯冲下来，把鸡抓走。现在几乎见不到它的身影了。过去有人还会饲养金雕来帮忙打猎，这是自古流传下来的传统文化之一，但随着现代化生活的崛起，这种文化正在逐渐消失。

金雕生活于深山幽谷、森林、草原、荒漠等地。白天常单独或成对活动，飞行迅速，盘旋于高空，翅上举成"V"形，叫声响亮。主要捕食大型鸟类和兽类，如雉、野鸭、野兔、狍、山羊、羚羊、狐、鼠类等。通常营巢于针叶林、针阔叶混交林或疏林内高大的红松和落叶松树上，也在杨树和柞树上营巢，也有营巢于悬崖峭壁上的。繁殖期在3—5月，雌雄鸟轮流孵卵。

金雕分布于黑龙江、内蒙古、吉林、辽宁、河北、新疆、青海、甘肃、陕西、湖北、贵州、四川、云南、西藏等省，偶见于华东与华中有些省区。在我国东北为留鸟，数量极少，已被列入国家重点保护野生动物名录，属于国家一级保护动物。

3. 鸢

鸢（鹰科, Milvus migrans）又称老鹰，因其耳羽黑褐色，故又名黑耳鸢。头顶及喉部白色，嘴蓝黑色，体长54至69厘米。上体暗褐色，微具紫色光泽和不甚明显的暗色细横纹。尾下体棕褐色，两翼黑褐色，腹部淡赤，最大的特征是它那尾尖分叉成鱼尾状的尾羽，滑翔时经常扭动尾部。四趾都有钩爪锋利。飞翔时翼下左右各有一块大的白斑。雌鸟显著大于雄鸟。

鸢

四月维夏，六月徂暑。先祖匪人，胡宁忍予？
秋日凄凄，百卉具腓。乱离瘼矣，爰其适归？

冬日烈烈，飘风发发。民莫不穀，我独何害！

山有嘉卉，侯栗侯梅。废为残贼，莫知其尤！

相彼泉水，载清载浊。我日构祸，曷云能穀？

滔滔江汉，南国之纪。尽瘁以仕，宁莫我有。

匪鹑匪鸢，翰飞戾天。匪鳣匪鲔，潜逃于渊。

山有蕨薇，隰有杞桋。君子作歌，维以告哀。

——《小雅·四月》

注解参见本章前文。

鸢，古今名一致。《毛传》："雕、鸢，贪残之鸟也。"朱熹
《诗集传》："鸢，亦鸷鸟也。其飞上薄云汉。"陈大章《诗传名
物集览》："《禽经》：鸢不击而贪。注：不善搏击，贪于攫肉。"
又："《抱朴子》：鸢飞在下无力，及至乎上，耸身直翅而已。陶隐
居云：鸢飞腾江湖间，捕鱼食之。"

鸢栖息活动于荒原、低山丘陵、平原与草地，也常见于村庄、
湖泊上空。天气晴朗时常单独盘旋于高空，边飞边鸣，鸣声尖
锐。视力敏锐，若发现可食之物，俯冲直下，捕猎而去。当天气出
现阴雨闷热，水中缺氧，鱼塘会有大量的鱼儿浮头，这会吸引一
些鸢前来捕鱼，有时会形成大的群聚场面。

主要以小鸟、鼠类、鸡雏、蛇、蛙、鱼、兔、蜥蜴和昆虫为
食。繁殖期在4—7月，筑巢于高树或悬崖峭壁，雌雄鸟共同营
巢，每窝产卵2—3枚，雌雄鸟轮流孵卵。鸢是留鸟，数量稀少。

2013年11月24日傍晚5点多，南京中山码头江面上空出现了上千只老鹰。附近居民称，这么大量的老鹰聚集盘旋在江面上实属罕见。江苏观鸟会一名资深鸟友告诉《扬子晚报》记者，大家看到的是一种名叫黑耳鸢的南京本地老鹰，这么大数量的一次性聚集在他们行家看来其实并不意外。一方面，南京黑耳鸢本来就不少，另外这个季节不排除某种乌鸦正好过境迁徙，与老鹰混在一起，造成如此壮观的视觉冲击。现场一位市民告诉记者，前晚看到的那些老鹰在空中飞了20多分钟，多次集中俯冲而下，掠过江面，就像是一团黑龙卷风吹过来一样。"真是吓人，我一辈子也没见过这么多老鹰，太壮观了！"老鹰的出现没有对人群造成什么影响，但在江中的一处名叫泉洲的小岛上，一位居民告诉记者，他养在岛上的几十只鸡一天就被这些老鹰叼个精光。"住了好几年，也有老鹰叼鸡的，但没有这次损失大。"（凤凰网自2013年11月26日《扬子晚报》）

鸢是世界上寿命最长的鸟类之一。它一生的年龄可达七十岁。鸢偶尔也吃家禽和腐尸，堪称大自然中的"清道夫"。由于颇能适应人类环境又有捡食垃圾的特异功能，算是一种适应性良好的猛禽，不过近年来因为大自然的恶劣天气的影响、觅食区的减少以及杀虫剂的泛滥使用等因素，鸢已逐渐步上灭绝的道路。它已列为国家重点保护野生动物二类保护动物。

《诗经》动植物图说

4. 鹰（苍鹰）

苍鹰（鹰科，Accipiter gentilis）又称鸹鸠、黄鹰、鹞鸠、角鹰、鹯鹰、嘶那夜等。中小型猛禽，体长可达60厘米，翼展约1.3米。头扁，上嘴钩曲，头顶、枕和头侧黑褐色，枕部有白羽尖，眉纹白杂黑纹。背部棕黑色，胸以下密布灰褐和白相间横纹，尾灰褐，有4条宽阔黑色横斑，尾方形。飞行时，双翅宽阔，翅下白色，但密布黑褐色横带。脚、趾黄色或黄绿色，粗壮有力，爪黑褐色，锐利。

苍鹰

明明在下[1]，赫赫在上[2]。天难忱斯[3]，不易维王。天位殷适，使不挟四方。

挚仲氏任[4]，自彼殷商，来嫁于周，曰嫔于京。乃及王季，维德之行[5]。

大任有身，生此文王。维此文王，小心翼翼。昭事上帝，聿怀多福。厥德不回[6]，以受方国。

天监在下，有命既集。文王初载，天作之合。在洽之阳[7]，在渭之涘。

文王嘉止，大邦有子[8]。大邦有子，伣天之妹[9]。文定厥祥，亲迎于渭。造舟为梁，不显其光。

有命自天，命此文王。于周于京，缵女维莘⑩。长子维行，笃生武王。保右命尔，燮伐大商⑪。

殷商之旅，其会如林。矢于牧野⑫，维予侯兴。上帝临女，无贰尔心。

牧野洋洋，檀车煌煌，驷騵彭彭⑬。维师尚父，时维鹰扬。凉彼武王⑭，肆伐大商⑮，会朝清明⑯。

——《大雅·大明》

注释：①明明：光彩夺目的样子。在下：指人间。

②赫赫：明亮显著的样子。在上：指天上。

③忱：信任。

④挚：古诸侯国名，故址在今河南汝南一带，任姓。

⑤维德之行：只做有德行的事情。

⑥厥：他，他的。

⑦洽（hé）：水名，源出陕西合阳，东南流入黄河，现称金水河。

⑧大邦：指殷商。

⑨俔（qià）：如，好比。

⑩莘（shēn）：国名，在今陕西合阳县一带。

⑪燮（xí）：袭伐，即袭击讨伐。

⑫牧野：地名，在今豫北一带，距商都朝歌七十余里。

⑬驷騵（sì yuán）：四匹赤毛白腹的驾辕骏马。

⑭凉：辅佐。

《诗经》动植物图说

⑮肆伐：意同前文之"燮伐"。

⑯会朝：黎明。

　　《大雅·大明》是一首具有史诗性质的颂歌，是周王朝贵族为歌颂自己祖先的功德、宣扬自己王朝的开国历史而作。诗中写太任嫁王季生文王、文王娶妻太姒生武王、武王伐纣商的史实。全诗时序井然，层次清楚，俨然是写王季、文王、武王三代的发展史。诗的第八章描写牧野大战中，姜太公辅佐武王伐纣的情景，气势恢宏壮观，赞扬姜尚的战车好像雄鹰在飞扬。牧野，武王伐纣决战之地，在殷都朝歌郊外，即今河南淇县、新乡一带，当地有个村庄叫牧野村。

　　诗中的鹰是鹰科部分鸟类的通称，一般指鹰属的各种鸟类，常见的有苍鹰、雀鹰等，现以苍鹰释之。《毛传》："鹰扬，如鹰之飞扬也。"郑《笺》："鹰，鸷鸟也。"《尔雅》："鹰，鹞鸠。"郭璞注："鹞当为鹯字之误耳，《左传》作鹯鸠是也。"《尔雅翼》："鹰，鸟之鸷者，雌大雄小，一名鹞鸠。"又："古语曰：在南为鹞，在北为鹰。鹰生于窟者好眠，巢于木者常立。双骹长者起迟，六翮短者飞急。"

　　《本草纲目》卷49《鹰》篇中说："［释名］角鹰（《纲目》）、鹞鸠 。［时珍曰］鹰以膺击，故谓之鹰。其顶有毛角，故曰角鹰。其性爽猛，故曰鹞鸠。昔少皞氏以鸟名官，有祝鸠、鸤鸠、鹘鸠、雎鸠、鹞鸠五氏。盖鹰与鸠同气禅化，故得称鸠也。

《禽经》云：小而鸷者皆曰隼，大而鸷者皆鸠。是矣。《尔雅翼》云：在北方为鹰，在南方为鹞。一云大为鹰，小为鹞。梵书谓之嘶那夜。"

凤凰涅槃，原是传说中的故事。其实老鹰也有类似的故事，为求再生，甘受漫长"磨炼"，在150天里，它必须飞到一个高山绝顶，筑巢于悬崖之上，停留在那里，不得飞翔，从此开始过苦行僧般的生活。老鹰首先用它的喙用力击打岩石，也是个反复流血的过程，但再痛再苦，它依然坚持到底，直至它的喙完全被击打脱落。然后，老鹰静静地等候新的喙长出来。新喙长出后，代表着老鹰已经成功了一半。之后，老鹰就用它新长出的喙把脚指甲一根一根地拔掉，当新的脚指甲长出后，老鹰再把那些沉重的羽毛一根一根地拔掉。以上是它自我"虐待"、自我"煎熬"的过程。5个月后，它的新羽毛长出来了，又开始飞向它的天堂。它在"重生"后寿命可再添30年。它这种勇于向生命挑战的精神，深深地折服了许多人。如果鸟中也有英雄，老鹰也可谓当之无愧。

苍鹰生活于山林、丘陵、平原。栖息于疏林、林缘和灌丛地带。次生林中也较常见。是肉食性猛禽，视觉敏锐，善飞翔，白天捕猎，常单独活动，叫声尖锐洪亮。经常藏于枝叶茂密的丛林间，窥伺地面猎物，一经发现，即疾飞突袭。视力敏锐，双翅强健，动作敏捷，钩嘴与钩爪配合，极适于撕裂猎物。捕食野兔、鼠类、雉鸡和其他中小型鸟类。苍鹰繁殖期在4—7月，在林密僻静处较高的树上筑巢，也常利用旧巢。主要由雌鸟孵卵。

苍鹰在我国各地均有分布，在新疆和东北繁殖，冬季到南方越冬，主要为夏候鸟和冬候鸟，在我国中部和东部多为过路鸟，迁徙时间春季在3—4月，秋季在10—11月。苍鹰捕食大量啮齿类动物，对农、林、牧业极有益处。我国很早就有驯养苍鹰的技艺用于狩猎。苍鹰在我国分布广，但种群数量少，目前已列入国家重点保护野生动物名录，属国家二级保护动物。

二十九　桑扈就是蜡嘴雀（黑尾蜡嘴雀）

桑扈（黑尾蜡嘴雀）

黑尾蜡嘴雀（雀科，Eophona migratoria）。桑扈又称桑扈、窃脂、青雀、蜡嘴雀等。黑尾蜡嘴雀是其中一种。中型雀类，体长17至20厘米，喙圆锥状，厚而大，黄色如蜡，故有蜡嘴雀之名。雄鸟头部黑色有光泽，颈部、肩和上背灰褐色，下背及腰部灰色，两翅和尾黑色，有光泽，翼端白色，额和上喉黑褐色，其余下体褐黄色。雌鸟头灰褐色，背部黄褐色，颜色接近。

黑尾蜡嘴雀

宛彼鸣鸠^①，翰飞戾天^②。我心忧伤，念昔先人。明发不寐^③，有怀二人。

人之齐圣，饮酒温克^④。彼昏不知，壹醉日富^⑤。各敬尔仪，天命不又。

中原有菽，庶民采之。螟蛉有子，蜾蠃负之。教诲尔子，式穀似之⑥。

题彼脊令⑦，载飞载鸣。我日斯迈⑧，而月斯征。夙兴夜寐，毋忝尔所生⑨。

交交桑扈，率场啄粟⑩。哀我填寡⑪，宜岸宜狱⑫。握粟出卜，自何能穀。

温温恭人，如集于木。惴惴小心，如临于谷。战战兢兢，如履薄冰。

——《小雅·小宛》

注释： ①宛：小的样子。

②翰飞：高飞。戾天：摩天。

③明发：天亮。

④温克：克己以保持温和、恭敬的仪态。

⑤壹醉：每饮必醉。

⑥穀：善。似：借作"嗣"，继承。

⑦题(dì)：通"睇"，看。

⑧斯：乃，则。迈：远行，行役。

⑨忝(tiǎn)：辱没。

⑩率：循，沿着。

⑪填：通"瘨"(diān)，病。

　　　　　　　　　　　　　　　　　　《诗经》动植物图说

⑫岸：诉讼。

　　《小雅·小宛》是一个身处乱世、自己又遭厄运的士大夫的忧伤感怀之作。诗人怀念死去的父母，又怨恨"壹醉日富"的兄弟，思前想后，感慨万端，因而写出了这首忧伤交织的抒情诗。它虽然不是什么"刺王"之作，但反映了混乱、黑暗社会生活的一个侧面，还是有其史学价值的。诗的第五章以"交交桑扈，率场啄粟"来象征自己"填寡"而又"岸狱"的心态和心情，写得生动形象，贴切真实，耐人咀嚼和回味。桑扈本是食昆虫的鸟，无奈沿着谷场啄食谷粒，用以起兴并比喻作者的不幸命运。继而抓把小米去占卜，祈求何时才能转凶为吉。

　　桑扈，即今之蜡嘴雀，有多种。以常见的黑尾蜡嘴雀释之。陆玑《毛诗草木鸟兽虫鱼疏》中说："桑扈，青雀也。好窃人脯肉脂及筒中膏，故曰窃脂。"朱熹《诗集传》："桑扈，窃脂也。俗呼青觜，肉食，不食粟。"《尔雅》："桑扈，窃脂。"郭璞注："俗谓之青雀。觜曲食肉，好盗脂膏，因名云。"又："春扈鸠鶄，夏扈窃玄，秋扈窃蓝，冬扈窃黄，桑扈窃脂，棘扈窃丹，行扈唶唶，宵扈啧啧。"郭璞注："诸扈皆因其毛色音声以为名。窃蓝青色。"（颜色浅为窃）。

　　《本草纲目》卷49《桑扈（蜡觜）》篇中说："［释名］窃脂（《尔雅》）、青雀（郭璞）、蜡嘴（雀）。［时珍曰］扈意同扈，止也。……桑扈乃扈之在桑间者，其觜或淡白如脂，或凝黄如蜡，故古名窃脂，俗名蜡觜。浅色曰窃。陆玑谓其好盗食脂肉，殆不然也。"又："［集解］［时珍曰］䲹鸟处处山林有之。大如鸲鹆，苍褐色，有黄斑点，好食粟稻。《诗》云'交交桑扈，有莺其羽'是矣。其觜喙微曲，而厚壮光莹，或浅黄浅白，或浅青浅黑，或浅玄浅丹。扈类有九种，皆以喙色及声音别之，非谓毛色也。"

桑扈（黑尾蜡嘴雀）是雀形目、雀科的中型鸟类。雀科鸟类在全世界有19属123种，遍布除澳洲以外的世界各地。我国有14属57种，分布于全国各地。生活于森林、河谷、公园、果园、农田或村庄。树栖性，常集群活动，在树枝间跳跃或飞翔，飞行迅速，大胆而活泼，不甚怕人。平时很少鸣叫，叫声单调。繁殖期在5—7月，常单独或成对活动，雌雄共同育雏。

黑尾蜡嘴雀分布几遍全国。在东北至华北地区是夏候鸟，主要在东北、内蒙古、华北一带繁殖，到长江以南和西南、华南沿海及台湾岛越冬。国内分布于黑龙江、吉林、辽宁、河北、北京、内蒙古东北部和东南部、河南、山东，往南至陕西、安徽、浙江、江苏、湖北、四川、贵州、云南、广西、广东、香港、福建和台湾等。该鸟种群数量较多，被列入中国国家林业局2000年8月1日发布的《国家保护的有益的或者有重要经济、科学研究价值的陆生野生动物名录》。东北人喜欢笼养此鸟作为观赏鸟，雄鸟常高声鸣唱，声音清脆悦耳。

三十　海鸥信使逐浪飞（红嘴鸥）

鹥（红嘴鸥）

红嘴鸥（鸥科，Larusridib-undus）。鹥，又称鸥、水鸮、江鸥、江鹅、信凫、水鸽子等，红嘴鸥是其中一种。体长35至42厘米。嘴细长，红色。夏羽头和颈上部咖啡褐色，肩、背灰色，外侧初级飞羽上面白色，尖端黑色，下面黑色，其余体羽白色。眼周白色，眼后缘有一新月型白斑。冬羽与夏羽相似，但头变为白色，眼后缘有一褐色斑。脚鲜红色。

红嘴鸥

凫鹥在泾，公尸来燕来宁[①]。尔酒既清，尔肴既馨。公尸燕饮，福禄来成[②]。

凫鹥在沙，公尸来燕来宜[③]。尔酒既多，尔肴既嘉。

公尸燕饮，福禄来为。

凫鹥在渚④，公尸来燕来处⑤。尔酒既湑⑥，尔肴伊脯。公尸燕饮，福禄来下。

凫鹥在潀⑦，公尸来燕来宗⑧，既燕于宗，福禄攸降。公尸燕饮，福禄来崇。

凫鹥在亹⑨，公尸来止熏熏。旨酒欣欣，燔炙芬芬。公尸燕饮，无有后艰。

——《大雅·凫鹥》

注释：①尸：神主。

②来成：犹言来崇。

③宜：福顺，安享。

④渚（zhǔ）：水中的沙洲。

⑤处：坐享安乐。

⑥湑（xū）：清澈。

⑦潀（cóng）：港汊，水流会合处。

⑧宗：来居尊位。

⑨亹（mén）：河流门峡处。

《大雅·凫鹥》是周王举行宾尸之礼时演唱的乐歌。周王祭祀祖先的第二天，为酬谢公尸（祭祀时扮成周先王形象的神主），摆下酒席，请其赴宴，这种礼节叫做宾尸。祭祀中尸扮作

　　　　　　　　　　　《诗经》动植物图说

的祖先是君主，故称公尸。这首诗正是行宾尸之礼所唱的歌，诗中反覆渲染公尸"来燕来宁""来燕来宜""来燕来处""来燕来宗""来止熏熏"，正说明了主人宴请的虔诚和盛况。讨得公尸高兴，神灵也会不断降福给主人。诗的第一章用以起兴的凫（fú）鹥（yī）嬉水的情景创造了一种和谐愉悦的气氛，在这种气氛中周王宴请公尸，感谢他的赴宴所带来的大福大禄。

诗中的"鹥"，《毛传》说："鹥，凫属。"陈大章《诗传名物集览》中说："《禽经》：鸥，信鸟也。信不知用。注：鸥如仓庚而小，随潮而翔，迎浪蔽日，食小鱼。潮至则翔，水乡以为信。反为鸷鸟所击，是信而不知所以自害也。"《尔雅翼》："鹥，鸥也，一名水鸮。《海物异名记》曰：鸥之别类，群鸣嗜嗜。随潮往来，谓之信凫。《南越志》曰：在潮海中，随潮上下，常以三月风至，乃还洲屿，颇知风云。若群飞至岸，渡海者以此为候。"

《本草纲目》卷47《鸥》篇说得很详细："〔释名〕鹥（音医）、水鸮。〔时珍曰〕鸥者浮水上，轻漾如沤也。鹥者，鸣声也。鸮者，形似也。在海者名海鸥，在江者名江鸥，江夏人讹为江鹅也。海中一种随潮往来，谓之信凫。"又："〔集解〕〔时珍曰〕鸥生南方江海湖溪间。形色如白鸽及小白鸡，长喙长脚，群飞耀日，三月生卵。"

鹥，即鸥。鸥是鸥科鸟类的通称，或专指鸥属的各种鸟类。常见的有红嘴鸥、黑尾鸥、海鸥、银鸥、燕鸥等。今以红嘴鸥释之。

红嘴鸥是中型水鸟，俗称"水鸽子""海鸥"，体形和毛色都与鸽子相似，嘴和脚皆呈红色，身体大部分的羽毛是白色，尾羽黑色。因为它身体大部分为白色，展翅高飞时翩翩犹如白衣仙子，深受人们喜爱。它能随潮往来奋飞，给人以潮汛，故为信使鸟。红嘴鸥数量大，喜集群，在世界的许多沿海港口、湖泊都可看到。生活于湖泊、河流、水库、鱼塘、海滨和沿海沼泽，常成小群活动，冬季可集大群活动。主要以小鱼、虾、水生昆虫、甲壳类、软体动物为食，也吃蝇、鼠类、蜥蜴及小动物尸体。繁殖期在4—6月，雌雄鸟轮流孵卵。幼鸟与冬鸟相似，唯枕后暗褐色，翅上部分覆羽和三级飞羽暗褐色。尾白色，末端有黑色横带。嘴和脚暗肉色。

在我国主要是冬候鸟，部分是夏候鸟，春季3—4月在东北、内蒙古、新疆一带繁殖，秋季9—10月南迁至辽宁南部、河北、山东、黄河中下游、长江流域、东南沿海、西藏、云南等地越冬。种群数量较多，分布广泛。红嘴鸥已成为昆明人民的骄傲，自20世纪80年代中期以来，每年11月至次年3月，成千上万只红嘴鸥云集昆明市区。它们在翠湖水面上悠游自得，对来往人群和船只毫不畏惧。游人也喜欢给它们喂面包吃。人与鸟之间建立了和谐的关系。

三十一　猫头鹰是灾鸟吗（长尾林鸮、斑头鸺鹠、普通角鸮）

　　《诗经》中提到的流离、鸮、枭、鸱鸮、鸮等，把它们分别以长尾林鸮、斑头鸺鹠和普通角鸮释之。民间都俗称它们为猫头鹰。他们是一类益鸟，而不是灾鸟。

1. 流离、鸮、枭（长尾林鸮）

　　长尾林鸮（鸱鸮科，Strix uralensis）。鸮又称枭、土枭、枭鸱、山鸮、鸡鸮、鹏、鹠鹞、训狐、流离、魑魂、幸胡等，俗称猫头鹰。长尾林鸮是其中的一种。大型鸮类，体长45至54厘米。头圆，无耳簇毛，面盘灰白色，具黑褐色细纹。眼大，杏核儿状，眼缘环生硬羽，形成毛圈，灰白色。嘴短，喙钩曲状。

长尾林鸮

体羽灰色或灰褐色，有暗褐色条纹，尾较长淡褐色，多有污黑色横斑和灰色斑纹。上胸呈羽绒状，灰白色。腹部淡黄色，尾下覆羽灰色，胫部浅黄色。

旄丘之葛兮，何诞之节兮！叔兮伯兮，何多日也？

何其处也？必有与也！何其久也？必有以也！

狐裘蒙戎，匪车不东。叔兮伯兮，靡所与同。

琐兮尾兮，流离之子。叔兮伯兮，褒如充耳。

——《邶风·旄丘》

注解参见第四章。

《陈风·墓门》是一首陈人讽刺、斥责品行邪恶的统治者的诗。《毛诗序》指出："《墓门》，刺陈佗也。"《左传·桓公五年》记载，陈桓公生病时，陈佗杀太子免。桓公死后，陈佗自立为君，陈国大乱，国人离散。后蔡国出兵为陈平乱，杀死陈佗，大乱方才止息。这首诗在当时流行很广。诗的第二章有"墓门有梅，有鸮萃止"之句。诗以恶鸟猫头鹰栖于墓门之梅起兴，兴中兼比，进而毫不留情地对不良统治者进行讽刺，并预言他们绝没有好下场。言辞激切，痛快淋漓。

《大雅·瞻卬》是一首朝中大臣讽刺周幽王宠幸褒姒，乱政害民害国的诗。痛斥幽王败坏纪纲，任用奸人，斥逐贤良，倒行逆施，天怒神怨，以致政乱民病，国运濒危。诗的言辞凄楚激越，既表现了诗人忧国悯时的情怀，又抒发了疾恶如仇的愤慨。诗中第三章意思为：智哲的夫子可以成城，智哲的妇人却可倾城。懿美其智哲妇人啊，反而为枭为鸱。妇人有长舌，维是祸害之阶石。朱熹《诗集传》："故此懿美之哲妇，而反为枭鸱。"是说长舌妇危害了国家。诗以形象的比喻、丰富的内涵、深刻的剖示而独具匠心。

以上三首诗中的"流离""鸮""枭"是同物异名，俗称猫头鹰，泛指鸱鸮科的多种鸟。我国常见的有长尾林鸮、褐林鸮、灰林鸮、乌林鸮、耳鸮、角鸮、鹏鸮等。据《动物学大辞典》将"鸮""枭"定为长尾林鸮，故以长尾林鸮释之。

《毛传》："流离，鸟也。少好而长丑。"又："鸮，恶声之鸟也。"陆玑《毛诗草木鸟兽虫鱼疏》："流离，枭也。自关而西谓枭为流离。其子适长大，还食其母。故张奂云：鹘鹛食母。许慎云：枭，不孝鸟是也。"《尔雅》："鸟少美长丑为鹘鹛。"郭璞注："鹘鹛犹留离，《诗》所谓留离之子。"

《本草纲目》卷49《鸮》篇中说："〔释名〕枭鸱（音娇）、土枭（《尔雅》）、山鸮（晋灼）、鸡鸮（《十六国史》）、鹏（《汉书》）、训狐（《拾遗》）、流离（《诗经》）、魖魂。〔时珍曰〕鸮、枭、训狐，其声也。鹏，其色如服色也。俚人讹训狐为幸胡者，是也。鸱与鸮，二物也。"又："〔时珍曰〕鸮、鹏、鸺鹠、枭，皆恶鸟也，说者往往混注。……今通考据，并咨询野人，则鸮、枭、鹏、训狐，一物也。鸺鹠，一物也。藏器所谓训狐之状者，鸺鹠也。鸮，即今俗所呼幸胡者是也。处处山林时有之。少美好而长丑恶，状如母鸡，有斑文，头如鸲鸽，目如猫目，其名自呼，好食桑椹。"

长尾林鸮栖息于山地林木中，繁殖期成对活动，其他时期常单独活动，多在夜里活动和觅食。4—6月繁殖，繁殖期常发出粗犷而短促的"bengbeng-bengbeng"的声音，其他时候很少鸣叫。主要以鼠类为食，也吃鸟、兔、蛙和昆虫，在特别缺食的饥饿情况下，同窝的鸟相残，强者吃掉弱者。分布于我国东北、内蒙古、四川等地。种群数量明显减少，目前已列入国家重点保护野生动物名录，属国家二级保护鸟类。

2. 鸱鸮（斑头鸺鹠）

斑头鸺鹠（鸱鸮科，Glaucidium cuculoides）。鸱鸮，又称鹖鸡、鸺鹠、车载板、春哥儿，并与角鸮都俗称小猫头鹰。斑头鸺鹠是其中一种，亦称横纹小鸮。它是小型鸮类，体长20至30厘米，是鸺鹠中个体最大者。眉纹白色，面盘不明显。嘴黄褐，

斑头鸺鹠

嘴缘黄褐，虹膜暗褐色。体羽暗褐色，头和上体均密布狭细棕白色横斑，部分肩羽和大覆羽外翈具有大白斑，飞羽黑褐色。尾羽黑褐色，并有6条白色横斑。颏、颊纹、喉部的块斑以及下腹中央纯白，尾下覆羽及足羽白色。下体余部深褐色，满布白沾棕的横斑。

鸱鸮鸱鸮，既取我子，无毁我室。恩斯勤斯，鬻子之

闵斯①。

迨天之未阴雨②，彻彼桑土③，绸缪牖户④。今女下民，或敢侮予？

予手拮据⑤，予所捋荼⑥。予所蓄租⑦，予口卒瘏⑧，曰予未有室家。

予羽谯谯⑨，予尾翛翛⑩，予室翘翘⑪。风雨所漂摇，予维音哓哓⑫！

——《豳风·鸱鸮》

注释：①鬻（yù）：育。闵：病。

②迨（dài）：及。

③彻：通"撤"，取。桑土：《韩诗》作"桑杜"，桑根。

④绸缪（móu）：缠绕。牖（yǒu）：窗。户：门。

⑤拮据（jiéjū）：此指鸟爪劳累。

⑥捋（luō）：成把地摘取。

⑦租：通"苴"，茅草。

⑧卒瘏（tú）：患病。

⑨谯（qiáo）谯：羽毛疏落貌。

⑩翛（xiāo）翛：羽毛干枯无泽貌。

⑪翘（qiáo）翘：危而不稳貌。

⑫哓（xiāo）哓：惊恐的叫声。

《豳风·鸱鸮》是一首寓言诗。诗中通过一只母鸟之口，诉说育子的艰辛和目前处境的危险。这应该是一首有所寄托的诗，但何人所寄、寄托何事不得而知。旧说是周公所作，未必可信。诗的第一章，母鸟痛心哀号，猫头鹰已夺走了自己的幼子，不要再毁坏我的窠巢，并诉说自己育子的辛苦。诗借禽鸟之口寄托哀思，是后代禽言诗的滥觞。

　　诗中的"鸱鸮"是指何鸟，古注说法不一，今从朱《传》和冈元凤《毛诗品物图考》，释之为鸺鹠。鸺鹠是鸮形目、鸱鸮科的猛禽，种类较多，现以常见的斑头鸺鹠释之。

　　朱熹《诗集传》："鸱鸮，鸺鹠，恶鸟。攫鸟子而食者也。"冈元凤《毛诗品物图考》："鸱鸮众说纷纷，鸺鹠之说可以。"《尔雅》："鸱鸮，鸋鴂。"郭璞注："鸱类。"

　　《本草纲目》卷49《鸱鸺》条下言及鸺鹠："［集解］［时珍曰］此物有二种：鸱鸺大如鸱鹰，黄黑斑色，头目如猫，有毛角两耳。……一种鸺鹠，大如鸲鹆，毛色如鹠，头目亦如猫。鸣则后窍应之，其声连转，如云休留休留，故名曰鸺鹠。江东呼为车载板，楚人呼为快扛鸟，蜀人呼为春哥儿，皆言其鸣主有人死也，试之亦验。"

　　在西方，猫头鹰那种深不可测的眼神被当作智慧的象征，仿佛在它的眼睛中可以看穿世上一切的神秘。而在中国人的传说中，这种看了令人不寒而栗的眼神就被当作邪恶的象征，尤其在中国北方，被称为"夜猫子"的猫头鹰简直就是一种凶兆，和吉祥全然无缘。幼年时就听大人说"听到猫头鹰叫，就要死人了！"认为它是个丧门星鸟。深更半夜听到它那凄凉的叫声，使人感到毛骨悚然。长大了，又读了生物学，原来的认识就改变了。它不是灾鸟，而是扑鼠能手。一只猫头鹰一年大约可扑田鼠1000只，这是不小的贡献呀！

十多年前，在一个暴风雨过后的树林里，我捡到一只猫头鹰的幼鸟。它大约有30厘米高，羽毛全被暴雨打湿了，幼鸟身上横斑很少，几乎是纯褐色，仅具少许淡色斑点。滚圆的头，简直就和小猫一样，尤其是那一只绿油油的眼睛，看了有说不出来的古怪之感。它那尖钩嘴和利爪很有点怕人，但它没有向我攻击。我给它喂了食，到了晚上，它的身体恢复了，很精神。我给它带到树林里放飞了。这次经历，使我感到猫头鹰并不可怕。

斑头鸺鹠生活在低山、丘陵或平原的疏林中，也出现于村寨及农田附近树木上。多单个或成对活动，夜间活动多，不甚畏光，也可在白天飞行或猎食。以啮齿类、小鸟、蛙、蜥蜴和昆虫为食。3—6月繁殖，营巢于树洞或天然洞穴中。分布在甘肃南部、陕西、河南、安徽、四川、贵州、云南、西藏及江南各省。此鸟局部数量较多，但总的种群数量不高，目前已列入我国重点保护野生动物名录，属国家二级保护鸟类。

猫头鹰是灾鸟吗（长尾林鸮、斑头鸺鹠、普通角鸮）　　　　255

3. 鸮

普通角鸮（鸱鸮科，Otuss-
cops）。鸮又称角鸮、鸱鸺、怪
鸮、萑、老兔、钩鹆、鸺鹠、穀辘
鹰、呼咶鹰、夜食鹰、鬼各哥、大
头鹰、猫头鹰、鬼鸺、夜猫子、横
虎、恨狐等。普通角鸮是其中一
种，又叫红角鸮。普通角鸮是小
型鸮类，体长16至22厘米，面盘
灰褐色，耳簇毛角显著。体色有灰色与棕栗色两个色型，具细密
的黑褐色虫蠹状斑和黑褐色纵纹，并点缀有棕白色或白色斑点。
跗跖被羽，但不到趾。

普通角鸮

瞻卬昊天①，则不我惠。孔填不宁②，降此大厉③。邦
靡有定，士民有瘵④。

蟊贼蟊疾，靡有夷届⑤。罪罟不收⑥，靡有夷瘳⑦。

人有土田，女反有之。人有民人，女覆夺之⑧。

此宜无罪，女反收之。彼宜有罪，女覆说之。

哲夫成城，哲妇倾城。懿厥哲妇⑨，为枭为鸱。妇有
长舌，维厉之阶。

乱匪降自天，生自妇人。匪教匪诲⑩，时维妇寺⑪。

——《大雅·瞻卬》前三章

　　　　　　　　　　　　　《诗经》动植物图说

注释： ①卬（áng）：通"仰"。

②填：通"尘"，长久。

③厉：灾难。

④瘵：病。

⑤夷：平。届：至，极。

⑥罪罟：法网。

⑦瘳：病愈。

⑧覆：反。

⑨懿：通"噫"，叹词。

⑩匪：不可。

⑪寺：指内侍。

《大雅·瞻卬》注解参见本章前文。

该诗中的"鸮"即为角鸮类鸟。角鸮有多种，如普通角鸮（红角鸮）、黄嘴角鸮、纵纹角鸮、领角鸮、白额角鸮等。现以在我国普遍分布的普通角鸮释之。

朱熹《诗集传》："枭、鸮，恶声之鸟也。"《尔雅》："怪鸱。"郭璞注："即鸱鸺也，见《广雅》。今江东通呼此属为怪鸟。"

《本草纲目》卷49《鸱鸺》篇中说："［释名］角鸱（《说文》）、怪鸱（《尔雅》）、蘸（音丸）、老兔（《尔雅》）、钩鵅（音格）、鸺鶹（音忌欺）、毂辘鹰（蜀人所呼）、呼咵鹰（楚人所呼）、夜食鹰（吴人所呼）。［时珍曰］其状似鸱而有毛角，故曰鸺，曰角。曰萑，萑字象鸟头目有角形也。老兔，象头目形。鸺、怪，皆不祥也。钩鵅、𪅞辘、呼哮，皆其声似也。蜀人又讹钩格为鬼各哥。"又："［集解］［时珍曰］此物有二种：鸱鸺大如鸱鹰，黄黑斑色，头目如猫，有毛角两耳。……一种鸺鹠，大如鸲鹆，毛色如鹠，头目亦如猫。鸣则后窍应之，其声连转，如云休留休留，故名曰鸺鹠。"

　　普通角鸮分布于东北、内蒙古、华北、华东、华南、西南、西北等省区。栖息于山地或平原林地，也出现在林缘居民点的树木上，昼伏夜出。飞行快，悄然无声，单独活动。捕食昆虫、鼠、蛙、蜥蜴和鸟等。数量稀少，属国家二级保护鸟类。

　　《诗经》动植物图说

三十二　家鸡、野鸭人熟悉（家鸡、绿头鸭）

1. 鸡（家鸡）

家鸡（雉科, Gallus domestica）又称烛夜、司晨、蜀、荆、鸠七咤等。中型家禽,品种多,体色各异,有红、白、杂等色。雄鸡较大,体长50至60厘米,羽毛较母鸡鲜艳,尾长而华美,有金属光泽。雄雌鸡都有鸡冠和肉髯,通常呈褐红色,雄鸡的较大。嘴短而坚,略呈圆锥状,上嘴稍弯曲、鼻孔裂状,眼有瞬膜。翅短,不善飞。足健壮,跗、跖及趾均被有鳞板,趾4枚,前3后1。

家鸡

君子于役,不知其期。曷至哉? 鸡栖于埘。

日之夕矣,羊牛下来。君子于役,如之何勿思?

君子于役,不日不月。曷其有佸? 鸡栖于桀。

日之夕矣，羊牛下括。君子于役，苟无饥渴！

——《王风·君子于役》

注解参见第三章。

家鸡由野生的原鸡（Gallus gallus jabouillei）驯化而成，驯化以亚洲为最早。我国早在6000多年前的西安半坡仰韶文化遗址曾发现鸡骨，经鉴定系原鸡属鸟类。龙山文化时期的河南三门峡庙底沟遗址（距今4100多年前）和旅大市羊头洼遗址也曾发现家鸡的骨骼，湖北京县屈家岭（距今5000年前）发现陶鸡。从我国新石器时代文化遗址的发掘及研究，可证明我国早于公元前1400年已将野鸡驯化为家鸡了。诗文中"鸡栖于埘"是说鸡进窝了。"埘"是指在墙壁上挖洞做成的鸡窝。说明此为家鸡，故以家鸡释之。

陈大章《诗传名物集览》："《古今注》：鸡，一名烛夜，一名司晨。"《尔雅》："鸡大者蜀。"郭璞注："今蜀鸡。""蜀子雏。"郭璞注："雏子名。""未成鸡健。"郭璞注："今江东呼鸡少者曰健，音练也。"《说文解字》："鸡，知时畜也。"

《本草纲目》卷48《鸡》篇中说："［释名］烛夜。［时珍曰］按徐铉云：鸡者稽也，能稽时也。《广志》云：大者曰蜀，小者曰荆。其雏曰鷇。梵书曰：鸡曰鸠七咤。"又："［集解］［时珍曰］鸡类甚多，五方所产，大小形色往往亦异。朝鲜一种长尾鸡，尾长三四尺。辽阳一种食鸡，一种角鸡，味俱肥美，大胜诸鸡。南越一种长鸣鸡，昼夜啼叫。南海一种石鸡，潮至即鸣。蜀中一种鵷鸡，楚中一种伧鸡，并高三四尺。江南一种矮鸡，脚才二寸许也。"

现在我国的名鸡品种有九斤黄、狼山鸡、寿光鸡、萧山鸡、固始黄等，近年来也引进了一些国外的优良品种并和国内优良品种杂交形成杂合型肉鸡和蛋鸡。通过饲养家鸡分化为肉用鸡、蛋用鸡、肉蛋两用鸡、观赏鸡和斗鸡等。

中国是世界上驯养斗鸡的古老国家之一。雄鸡跗跖部后方有距，善斗，鸣声高昂。斗鸡是供竞赛和娱乐用的鸡品种，又称咬鸡、打鸡和军鸡，斗鸡作为一种娱乐活动，早在春秋时就相当流行，传承至唐代，风靡一时，并于清、明时代形成斗鸡的风俗。唐代的文学家韩愈曾用诗描写斗鸡的场面："裂血失鸣声，啄殷甚饥馁。对起何急惊？随旋诚巧绐。"

鸡为杂食性，主要吃植物果实、种子、草籽及昆虫等。舍养鸡多用混合饲养，有合理的营养配比。肉蛋营养值高，全国各地都有大量饲养，规模巨大的养鸡场南北各省都有。家庭散养的草鸡在逐年减少，但是草鸡的肉蛋价格更高些。

2. 凫（绿头鸭）

绿头鸭（鸭科，Anas phat-yrhynchos）又称鹜、沉凫、野鸭、野鹜、晨凫等。体型较大，体长46至62厘米，体重约1千克。头、颈辉绿色，有金属光泽，嘴黄绿色，脚橙黄色，颈部有一鲜亮的白色领环。上体黑褐色，上背和肩褐色，杂有灰白色波状细密斑，羽缘棕黄色。下背黑褐色，过渡到腰。尾上覆羽黑色微绿色，中央两对尾羽向上卷成钩状，外侧尾羽白色。胸部栗褐色，两翅灰褐色，具深蓝色翼镜。

绿头鸭

女曰："鸡鸣。"士曰："昧旦①。子兴视夜，明星有烂②。""将翱将翔，弋凫与雁。"

"弋言加之，与子宜之。宜言饮酒，与子偕老。"琴瑟在御，莫不静好。

"知子之来之③，杂佩以赠之④。知子之顺之，杂佩以问之⑤。知子之好之⑥，杂佩以报之。"

——《郑风·女曰鸡鸣》

注释：①昧旦：天色未明之际。

②明星：启明星，即金星。

③来（lào）：殷勤体贴之意。

④杂佩：古人的佩饰。

⑤问：赠送。

⑥好（hào）：爱恋。

《郑风·女曰鸡鸣》是描写夫妻和乐生活的诗。这首诗恰似一幕生活话剧。诗人通过士与女的对话展现了和谐夫妻在天将亮时的一段生活片段，充溢着生活气息和深深的情感，令人羡慕，令人赞叹。

凫，指野鸭。古代泛指多种鸭科鸟类，如绿头鸭、绿翅鸭、花脸鸭、罗纹鸭、绒鸭、鹊鸭等。野鸭是绿头鸭俗名。此凫以最常见的绿头鸭释之。

陆玑《毛诗草木鸟兽虫鱼疏》："凫，大小如鸭，青色，卑脚，短喙，水鸟之谨愿者也。"

朱熹《诗集传》："凫，水鸟。如鸭，青色，背上有文。"《尔雅》："鸍，沉凫。"郭璞注："似鸭而小，长尾，背上有文。今江东亦呼为鸍。"

《本草纲目》卷47《凫（野鸭）》篇中说："［释名］野鸭（《诗疏》）、野鹜（同上）、鸍（音施）、沉凫。［时珍曰］凫从几（音殊），短羽高飞貌，凫义取此。《尔雅》云：鸍，沉凫也。凫性好没故也。俗作晨凫，云凫常以晨飞，亦通。"又："［集解］［时珍曰］凫，东南江海湖泊中皆有之。数百为群，晨夜蔽天，而飞声如风雨，所至稻粱一空。陆玑《诗疏》云：状似鸭而小，杂青白色，背上有文，短喙长尾，卑脚红掌，水鸟之谨愿者，肥而耐寒。"

绿头鸭是我国最常见的一种野鸭，主要栖息于沼泽、湖泊、河流、池塘、水库等地区，繁殖期、迁徙或越冬期常集群活动，性好动，常发出"ga-ga-ga"的叫声。绿头鸭是杂食性，以植食性为主，吃植物的芽、茎、叶、种子和水藻，也吃软体动物、甲壳类动物和水生昆虫等。绿头鸭全世界共有7个亚种，我国仅有1个亚种。在我国东北、西北、内蒙古、西藏等地繁殖，每年9月底到11月初分批迁徙越冬。绿头鸭是我国家鸭的祖先，早在公元前475年至前221年的战国时期，我国就开始驯化绿头鸭，几千年来形成了许多家鸭品种。野鸭是狩猎对象之一，肉、羽有经济价值，是重要的经济水禽。由于近年来大肆猎捕，造成种群数量大量减少，加强保护管理，合理猎捕十分重要。野鸭也是一种可利用的自然资源，如昆明的野鸭湖度假区保护得比较好，有优美的自然风光，众多的野鸭，新鲜的空气和适宜的娱乐健身活动，得到各界人士的好评。

还要介绍一下中华秋沙鸭。它的体形稍小于绿头鸭。它很珍贵，是我国"鸟类中的大熊猫"，与华南虎、金丝猴、大熊猫齐名，属于比扬子鳄还稀少的国际濒危动物。属中国特一级重点保护鸟类，是第三纪冰川期后残存下来的物种，距今已有一千多万年。英国人于1864年在我国采到一个雄性幼鸭标本，并将其定名为"中华秋沙鸭"，世界自然保护联盟和国际鸟类联合会早已将它列入濒危物种和世界濒危鸟类红皮书中，应特别注意保护。

三十三　鹌鹑最爱斗（鹌鹑）

鹌鹑这种小鸟很好玩，我国有斗鹌鹑的传统，也是民间的娱乐活动之一。

鹑（鹌鹑）

鹌鹑（雉科，Coturnix coturnix）又称白唐、子曰鸡、罗鹑等。体型小，似鸡雏，头小，嘴小，尾短，体肥满，体长16至22厘米。雄鸟上体通常沙褐色，头顶至后颈黑褐色，有黄褐色斑驳纹，呈现出"V"字形赤白色横斑。尾赤褐色，具黄白色羽干纹和羽缘，具褐色横斑。腹部黄白色。脚和趾淡肉色。雌鸟上体与雄鸟相似，唯颏、喉、前颈上部灰白色，上胸浅褐色，不及雄鸟鲜亮。

鹌鹑

鹑之奔奔①，鹊之彊彊②。人之无良③，我以为兄！

鹊之彊彊，鹑之奔奔。人之无良，我以为君！

——《鄘风·鹑之奔奔》

注释：①奔奔：蹦蹦跳跳。

②彊彊：翩翩飞翔。

③无良：不善。

《鄘风·鹑之奔奔》是卫国人讽刺不良统治者的诗。有人认为是讽刺卫宣公的，有人认为是讽刺宣姜的。该诗以鹑之奔奔、鹊之彊彊起兴，描述鹌鹑、喜鹊飞姿的成双成对、相伴相随之貌。借此讽刺宣姜与公子顽之相伴相随，有失美德，寓含对统治者淫乱之事的嘲弄，故有此诗。他本是不良之辈，我却瞎了眼，还认他作兄长或君王而尊敬之，岂不违心呀！

《诗经》中的"鹑"分别指鹌鹑和金雕两种。《鄘风·鹑之奔奔》中的"鹑"，以鹌鹑释之为宜。古书中记述得很清楚。朱熹《诗集传》中说："鹑，鹌属。"《尔雅翼》："鹑，鸟之淳者，其居易容，其欲易给。窜伏浅草之间，随地而安。……尾特秃，若衣之短结。《传》称子夏贫衣若悬鹑。又今有郭公鸟者，名褴褛，亦短秃之名，意相类也。"

《本草纲目》卷48《鹑》篇中说："［释名］［时珍曰］鹑性淳，窜伏浅草，无常居而有常匹，随地而安，庄子所谓圣人鹑居是矣。其行遇小草即旋避之，亦可谓淳亦。其子曰鸡。[宗奭曰]其卵初生谓之罗鹑，至秋初谓至早秋，中秋已后谓之白唐，一物四名也。"又："[集解][时珍曰]鹑大如鸡雏，头细而无尾，毛有斑点，甚肥。雄者足高，雌者足卑。其性畏寒，其在田野，夜则群飞，昼则草伏。人能以声呼取之，畜令斗抟。"

鹌鹑栖息于农田、草地、牧场、河谷、沼泽等地。在草丛中隐蔽活动，不高飞，有人惊动时低飞直而快，迅速转移其他处草丛中。以植食性为主，吃植物的果实和种子以及嫩叶、嫩芽等，也吃昆虫等动物性食物。5—6月繁殖，一雌多雄式性活动。在我国的种群几乎是候鸟，在我国东北、新疆及俄罗斯的西伯利亚南部繁殖，迁徙和越冬时分布于我国中东部及西藏。雄鸟善斗，常被捕而养之游乐用。

我国有斗鹌鹑的传统，也是旧时汉族民间的娱乐活动之一。清朝曹尔堪在《秋意》诗中曾写道："疎风淡汉无纤腻，坐渐觉露华微泚。赪桐叶底斗鹌鹑，空搅乱花阴满地。"旧社会时，我外祖父热爱这一活动。他以小米养雄性鹌鹑，因为雄性鹌鹑好斗。他腰带上常挂一个鹌鹑袋子，下面是木质的椭圆斗，油漆得黑褐光亮，上面连着蓝色柔软的布质袋子，把调养好的雄性鹌鹑放在里面。刚刚抓来的鹌鹑是不能立刻和别的鹌鹑施斗的，需要经过耐心地调理。这个驯养的过程就是"把""握"的过程。等到把鹌鹑玩熟以后，即便把它放于手背上，也不会飞去。冬天他约朋友玩斗鹌鹑开心。开斗之前不能让鹌鹑吃得太饱。

据说这一活动发源于山东省枣庄市薛城区，后来流行到全国各地，每年初冬举行。历史上可追溯到唐玄宗时代，当时西凉人进献鹌鹑，能随金鼓节奏争斗，为此，宫中多饲养鹌鹑取乐。后来成为官宦富豪、纨绔子弟消闲取乐和赌博的活动。因秋末或冬初斗鹌鹑，故叫"冬兴"。斗时先贴标头分筹码，然后捉对相斗，每斗一次称一圈，故又称"鹌鹑圈"。近年这一活动已被录入枣庄市第二批市级非物质文化遗产名录。

　　　　　　　　　　　《诗经》动植物图说

三十四　鹡鸰、鹪鹩是益鸟（鹡鸰、鹪鹩）

　　鹡鸰和鹪鹩是两种小鸟，小巧玲珑，惹人喜爱，它们都是扑虫能手，故放在一起讨论。

1. 脊令（白鹡鸰）

　　白鹡鸰（鹡鸰科, Motacilla alba）。脊令又称鹡、鸭鸰、雝渠等。白鹡鸰是其中一种，又称白鹡。体型较小，体长16至20厘米。嘴黑色，前额和脸颊白色，眼部有黑条纹。头顶、后颈黑色，肩、背黑色或灰色。尾长且窄，黑色，尾羽外侧白色。两翅黑色有白色翅斑。喉部黑或白，胸部黑色。其余下体白色，跗跖部黑色。雄雌鸟相似，雌鸟体羽黑色较淡，背部常呈褐色。

白鹡鸰

　　常棣之华，鄂不韡韡[①]。凡今之人，莫如兄弟。

死丧之威②，兄弟孔怀③。原隰裒矣④，兄弟求矣。

脊令在原，兄弟急难。每有良朋，况也永叹。

兄弟阋于墙⑤，外御其务⑥。每有良朋，烝也无戎⑦。

丧乱既平，既安且宁。虽有兄弟，不如友生？

傧尔笾豆⑧，饮酒之饫⑨。兄弟既具，和乐且孺。

妻子好合，如鼓瑟琴。兄弟既翕⑩，和乐且湛。

宜尔室家⑪，乐尔妻帑⑫。是究是图，亶其然乎⑬？

—— 《小雅·常棣》

注释：①鄂：同"萼"，指花萼。韡（wěi）韡：鲜亮茂盛的样子。

②威：畏惧，可怕。

③孔怀：最为思念、关怀。

④原隰（xí）：原野。裒（póu）：聚。

⑤阋（xì）：口角，争吵。

⑥御：抵抗。务：通"侮"。

⑦烝（zhēng）：长久。戎：帮助。

⑧傧：陈列。笾（biān）、豆：盛食物的器具。

⑨饫：满足。

⑩翕（xì）：聚合。

⑪宜：和顺。

⑫帑（nú）：通"孥"，儿女。

⑬亶（dǎn）：信，确实。

《诗经》动植物图说

《小雅·常棣》是士大夫歌唱兄弟亲情的诗。内容是申述兄弟情义，倡导血亲和谐。首章先兴比、后议论，诗人以常棣之花喻比兄弟，是因常棣花开每两三朵彼此相依而生发联想。二、三、四章诗人通过"脊令在原"比喻兄弟之情。陈大章《诗传名物集览》中说："《禽经》：鹡鸰友悌，注：鹡鸰共母者，飞鸣不相离，诗人取以喻兄弟相友之道。"由此引述了三个典型情境，对"莫如兄弟"作了具体深入的阐述，即：遭死丧时兄弟相收，遇急难时兄弟相救，御外侮时兄弟相助。"兄弟阋于墙，外御其务"有力地表现出手足之情出于天然，发人深思。该诗在中国诗史上开"歌唱兄弟友爱"的先河，也是叙事议论、情理相融、明理的典范。因而千古传唱，历久弥新。

诗中的"脊令"即鹡鸰科各种鸟的通称，我国常见的有白鹡鸰，故以白鹡鸰释之。

古人对鹡鸰（脊令）早有记述。如《毛传》："脊令，雝渠也。"陆玑《毛诗草木鸟兽虫鱼疏》："脊令，大如鸒雀，长脚，长尾，尖喙。背上青灰色，腹下白，颈下黑如连钱。故杜阳人谓之连钱。"朱熹《诗集传》："脊令飞则鸣，行则摇。有急难之意，故以起兴。"

白鹡鸰生活在湖泊、河流、水库、水塘附近的农田、沼泽、湿地等处。常单独活动，或成对或3至5只成小群活动，迁徙时出现10至20只的大群迁飞。飞行时呈波浪式，边飞边鸣，鸣声"jilin-jilin"，清脆嘹亮。站立时尾部不停地上下摇动。"飞则鸣，行则摇"是对鹡鸰活动习性的生动写照。主要以昆虫和昆虫的幼虫为食，是益鸟。偶尔吃植物种子或浆果。繁殖期在4—7月，营巢于岩洞、土坎、灌丛或草丛。主要分布在我国东部和中部。主要是夏候鸟，在华南沿海、海南岛、台湾等地为冬候鸟或留鸟。白鹡鸰在我国种群数量较为丰富，是食虫益鸟，应注意保护。

2. 桃虫（鹪鹩）

鹪鹩（鹪鹩科, Troglodytes troglodytes）又称鹪、鹪、鹪鹩、桃雀、巧妇、蒙鸠、女匠、黄脰雀、桑飞、袜雀、巧女、布母等。体型较小，体长9至11厘米，黑褐色横斑较细且多。额、头顶至后颈暗棕褐色。两颊棕白色，耳羽灰黑色，眉纹白色或灰白色。体羽和两翅满布黑色细横纹，肩具零星白斑，尾上黑色横斑较显著，腹白色杂以黑横纹。

鹪鹩

予其惩而①！毖后患②。莫予荓蜂③，自求辛螫。
肇允彼桃虫④，拼飞维鸟⑤。未堪家多难⑥，予又集于蓼。

——《周颂·小毖》

注释：①惩：警戒。

　　　　　　　　　　《诗经》动植物图说

②毖：谨慎。

③荓（píng）蜂：小草和小蜂。

④肇：开始。允：诚，信。

⑤拚：同"翻"，翻飞。

⑥多难：指武庚、管叔、蔡叔之乱。

　　《周颂·小毖》是写周成王悔过、求贤臣辅助的诗。诗的主旨在于惩前毖后的反思。文中的"荓蜂"和"桃虫"是小蜂和小鸟。告诫人们不要忽视它们会带来的危害，要防微杜渐。武王灭殷后，封纣之子武庚于殷之旧地。武王死后，成王继立，因年幼而由其叔周公摄政。后因成王听信谗言，疑周公有篡位野心，周公为避嫌而领兵去了东方。不久，武庚勾结管叔、蔡叔叛乱，徐、奄等国也趁机反叛，国家陷于灾难之中。成王始悔过，迎回周公。周公东征胜利平叛，挽救了国家。

　　周成王平定管叔、蔡叔的叛乱之后，他担心家国多难不堪忍受，又陷于困境有诸多烦恼，就反思了祸乱产生的原因并作诗自诫："莫予荓蜂，自求辛螫。"其中的"荓蜂"对于诗意及结构的认识颇关重要。"桃虫""荓蜂"是指小鸟和小蜂，易于忽视，却能对人施于"辛螫"之害。隐威令于自省，寓毖后于惩前。成王痛悔自责，语言发自内心。

　　诗中多用比喻，形象生动。"惩前毖后"的成语即出于此诗。"未堪家多难，予又集于蓼。"其中的"蓼"是草名，指水蓼。生于水边，味辛辣苦涩。比喻国家经过动乱，多灾多难，陷入困境，再也经受不起内乱和挫折，应该图安定、求发展。

诗中的"桃虫"容易被误解为桃树上的虫子，实际上它是一种小鸟。《庄子·逍遥游》中说："鹪鹩巢于深林，不过一枝；偃鼠饮河，不过满腹。"意思是说：鹪鹩做窝，只占用一根树枝。比喻有一个安身之处或一个工作位置。偃鼠饮河，也只能饱腹，再多的水它也喝不下。告诫人们欲望是痛苦的根源，无休止的欲望是苦闷之源，"知足者常乐。"

陆玑《毛诗草木鸟兽虫鱼疏》中说："桃虫，今鹪鹩是也。微小于黄雀，其雏化而为雕。故俗语曰：鹪鹩生雕。"《尔雅》："桃虫，鹪。其雌鴱。"郭璞注："鹪鴱，桃雀也。俗呼为巧妇。"

《本草纲目》卷48《巧妇鸟（鹪鹩）》篇中记述甚详："［释名］鹪鹩（《诗疏》）、桃虫（《诗经》）、蒙鸠（《荀子》）、女匠（《方言》）、黄脰雀（俗）。［时珍曰］按《尔雅》云：桃虫，鹪。其雌曰鴱。扬雄《方言》云：桑飞，自关而东谓之巧雀，或谓之女匠。自关而西谓之袜雀，或谓之巧女。燕人谓之巧妇。江东谓之桃雀，亦曰布母。鸠性拙，鹪性巧，故得诸名。"又："［集解］［藏器曰］巧妇小于雀，在林薮间为窠。窠如小袋。［时珍曰］鹪鹩处处有之。生蒿木之间，居藩篱之上。状似黄雀而小，灰色有斑，声如吹嘘，喙如利锥。取茅苇毛毳而窠，大如鸡卵，而系之以麻发，至为精密。悬于树上，或一房、二房。故曰巢林不过一枝，每食不过数粒。"

桃虫，即今之鹪鹩。旧说"鹪鹩之雏，化而为雕""鹪鹩生雕"，皆不可信。

鹪鹩，我国仅有1属1种，即鹪鹩。幼鸟与成鸟大致相似，但羽色稍淡，鹪鹩是地栖性鸟，一般不高飞，多贴近地面飞行。常单独在林下、倒木上和灌丛间活动，活泼而胆怯，动作敏捷，生性活跃而匆忙，尾常垂直上翘，繁殖期常成双飞跃或成家族活动。鹪鹩在我国分布广，几布全国。种群数量较丰富，吃蚊、蝗虫、蚂蚁、多种昆虫的幼虫、蜘蛛等，也吃少量浆果，是一种有益的森林鸟类，应注意保护。

鹪鸰、鹪鹩是益鸟（鹪鸰、鹪鹩）

三十四　天下乌鸦一般黑（大嘴乌鸦、寒鸦）

　　乌鸦和寒鸦都是鸦科的鸟类，它们的羽毛都是黑色的。人们常说"天下乌鸦一般黑"来比喻世上的暴君佞臣都一样的黑心肠。然而乌鸦和寒鸦不是害鸟，它们是吃害虫的益鸟。"乌鸦反哺"还是值得人们反思的。

1. 乌（大嘴乌鸦）

　　大嘴乌鸦（鸦科，Corvus macrorhynchos）。乌鸦又称鹎鹕、雅乌、乌鬼、鹎乌、鸦乌、老雅、鸒、楚乌等，大嘴乌鸦是其中一种。它体型较大，体长45至54厘米。雌雄鸟相似，通体黑色，显蓝紫色金属光泽。嘴大，弯曲而色黑，嘴基有长羽，覆盖鼻孔，额较突现，喉部羽毛呈披针型。

大嘴乌鸦

尾长，楔形。下体黑色，也具蓝紫色金属光泽，但较上体色弱。脚较细，色黑，四趾着地，趾端有钩爪。

北风其凉，雨雪其雱①。惠而好我②，携手同行。其虚其邪③？既亟只且④！

北风其喈⑤，雨雪其霏⑥。惠而好我，携手同归。其虚其邪？既亟只且！

莫赤匪狐，莫黑匪乌⑦。惠而好我，携手同车。其虚其邪？既亟只且！

——《邶风·北风》

注释：①雱（pāng）：雪盛貌。

②惠：爱。

③其虚其邪：岂能慢慢腾腾。

④亟：急。只且：语尾助词。

⑤喈（jie）：疾速。

⑥霏：雨雪纷飞貌。

⑦莫……匪……：没有……不……。

　　《邶风·北风》是卫国人不堪暴政，号召朋友相携共同逃亡的诗。《毛诗序》："《北风》，刺虐也。卫国并为威虐，百姓不亲，莫不相携持而去焉。"借北风之凉、大雪之寒也许是用来比喻苛政之严酷，也许是用来比喻社会之动荡。在古代，狐狸、乌鸦被古人认为是妖异不祥之物。如朱熹《诗集传》中说："乌、鸦，黑色。皆不祥之物，人所恶见者也。"诗的第三章"莫赤匪

　　　　　　　　　　《诗经》动植物图说

狐，莫黑匪乌"其实就是民谚说的"天下乌鸦一般黑"，比喻世上的暴君佞臣都是为恶如一。在当时的社会制度下，百姓哪里有栖身的乐土呢？《魏风·硕鼠》中的"逝将去女，适彼乐土。乐土乐土，爱得我所"，也是希望寻找"适彼乐土"，但这只不过是善良的先民的一种美好的幻想而已。

我国有多种乌鸦，如大嘴乌鸦、秃鼻乌鸦、白颈鸦、寒鸦、渡鸦等。我们常见到的是大嘴乌鸦和白颈鸦。结合诗意言其黑，故以大嘴乌鸦释之。

古书对乌鸦早有记述：陈大章《诗传名物集览》："按《本草·禽部》：有二种乌：鸦，慈乌，以吴地所产验之，慈乌即反哺者，其项白，鸣声哑哑，人亦不恶之。有一种纯黑而恶声者，谓之老鸦。俗云闻其鸣者凶。则此诗之乌，即老鸦矣。"

《本草纲目》卷49《乌鸦》："〔释名〕鸦乌（《小尔雅》）、老雅（雅与鸦同）、鸒（音预）、鹎鶋（音匹居）、楚乌（诗义同）、大觜乌（《禽经》）。"又："〔集解〕〔时珍曰〕乌鸦大觜而性贪鸷，好鸣，善避矰缴，古有《鸦经》以占吉凶。然北人喜鸦恶鹊，南人喜鹊恶鸦，惟师旷以白颈者为不详，近之。"

古人讨厌乌鸦，现在人们也不喜欢乌鸦。但是满族人是个例外，他们不但不哄打乌鸦，反而对其倍加珍爱。在满族聚居的地区，许多人家在院子里都立个高杆，就是为了喂乌鸦、喜鹊而立的。在这杆子上面安装有一个斗，在斗里装有猪肉、猪下水以及米等食物，以此来喂乌鸦和喜鹊。为什么满族人喜爱乌鸦呢？

相传，满族始祖老罕王努尔哈赤在一次战斗中带着几个人与敌军遭遇。众多的敌兵眼看就把他们给包围了，万般无奈，努尔哈赤只好躺在地上装死。这时正好有一些乌鸦和喜鹊飞了过来，并落在了他的身上。敌兵看到有许多乌鸦、喜鹊落在他的身上，就误认为人已死了。这样就骗过了敌兵，努尔哈赤因此死里逃生。从这以后，满族人每到祭祀时都忘不了乌鸦和喜鹊，如果谁要是哄打乌鸦和喜鹊，那就要遭到众人的谴责。

大嘴乌鸦主要栖息于山地、丘陵、平原、城郊、旷野、林地，也栖居公园、村镇高树。近来，有乌鸦迁居大城市的情况发生，如数以万计的乌鸦进驻沈阳城，干扰居民生活。喜集群活动，也和其他鸦混群活动，警觉灵敏，叫声短促、单调、粗犷："ga-ga。"常边飞边叫，十分嘈杂。杂食性，主要以蝼蛄、蝗虫、金针虫、金龟子等昆虫为食，也吃植物果实、种子或草籽等。常在垃圾中贪食腐肉、动物尸体和食物残渣。有时也落到牛背上，吃犁地时刚翻出来的虫子。在我国分布很广，自东北、华北，南至长江流域、东南沿海和江南各省区，西至甘肃、青海东部，四川、贵州、云南和西藏南部都有分布。种群数量较为丰富，有些地区近年也明显减少。

2. 鸒（yù）斯（寒鸦）

寒鸦（鸦科，Corvus monedula）是小型鸦类，又称鹎鹎、鸭鹎、卑居、雅乌、鸒、鸦乌、鸒斯、孝乌、小山老鸹、慈乌、慈鸦、鹎等。寒鸦体长31至35厘米。雌雄鸟相似。颈后羽毛灰白色，近似白色，在后颈形成一个白色半颈环，其余上体黑色，头、翅、尾闪

寒鸦

紫蓝色金属光泽，背部微沾灰色。额、颊黑色有灰色羽于纹，其余下体灰黑色，或灰白色，微有金属光泽。嘴、脚皆黑色。

弁彼鸒斯①，归飞提提②。民莫不穀，我独于罹③。何辜于天④？我罪伊何？心之忧矣，云如之何？

踧踧周道⑤，鞫为茂草⑥。我心忧伤，惄焉如捣⑦。假寐永叹，维忧用老。心之忧矣，疢如疾首⑧。

维桑与梓，必恭敬止。靡瞻匪父⑨，靡依匪母⑩。不属于毛？不离于里⑪？天之生我，我辰安在⑫？

菀彼柳斯⑬，鸣蜩嘒嘒，有漼者渊⑭，萑苇淠淠⑮。譬彼舟流，不知所届，心之忧矣，不遑假寐。

鹿斯之奔，维足伎伎⑯。雉之朝雊，尚求其雌。譬彼坏木，疾用无枝。心之忧矣，宁莫之知？

相彼投兔，尚或先之。行有死人，尚或墐之⑰。君子

秉心⑱，维其忍之。心之忧矣，涕既陨之。

君子信谗，如或酬之。君子不惠，不舒究之。伐木掎矣⑲，析薪扡矣⑳。舍彼有罪，予之佗矣㉑。

莫高匪山，莫浚匪泉。君子无易由言，耳属于垣。无逝我梁㉒，无发我笱㉓。我躬不阅，遑恤我后㉔！

——《小雅·小弁》

注释： ①弁（pán）：通"般"，通"昇"，快乐。

②提（shí）提：群鸟安祥飞翔的样子。

③罹：忧愁。

④辜：罪过。

⑤踧（dí）踧：平坦的状态。

⑥鞠：阻塞，充塞。

⑦怒（nì）：忧伤。

⑧疢（chèn）：病，指心烦意乱如病。

⑨靡：不。

⑩匪：不是。

⑪毛、里：以裘为喻，指裘衣的里表。离：附着。

⑫辰：时运。

⑬菀：茂密的样子。

⑭漼（cuǐ）：水深的样子。

⑮浭（pèi）浭：茂盛的样子。

《诗经》动植物图说

⑯伎（qí）伎：鹿急跑的样子。

⑰墐（jìn）：掩埋。

⑱秉心：居心，用心。

⑲掎（jǐ）：牵引。

⑳扡（chǐ）：顺着纹理劈开。

㉑佗（tuó）：加。

㉒逝：借为"折"，拆毁。

㉓笱（gǒu）：捕鱼用的竹笼。

㉔遑：暇。

　　《小雅·小弁》是一首充满着忧愤情绪的哀怨诗，诗人的父亲听信了谗言，把他放逐，致使他幽怨哀伤，痞寐不安，怨天尤父，零泪悲怀。诗以"弁彼鸒斯，归飞提提"的景象为反衬，以"民莫不谷，我独于罹"为对比，以"心之忧矣，云如之何"为感叹，充分揭示他内心沉重的幽怨之情。"何辜于天？我罪伊何？"直呼上苍，哀怨凄怆。他愤恚悲伤，以至"惄焉如捣"，卧不能寐，"疧如疾首，"并容颜早衰，诗句形象地展示出他幽怨交织的心情。

　　鸒斯，即今之寒鸦。据古书中记载，《毛传》中说："鸒，卑居；卑居，雅乌也。"《尔雅》中说："鸒斯，鹎鶋。"郭璞注："雅乌也。小而多群，腹下白，江东亦呼为鹎乌。"

　　《本草纲目》卷49《慈乌》篇中说："［释名］慈鸦（嘉

祐）、孝乌（《说文》）、寒鸦。［时珍曰］乌字篆文，象形。鸦亦作鸦，《禽经》'鸦鸣哑哑'，故谓之鸦。此鸟初生，母哺六十日；长则反哺六十日，可谓慈孝矣。北人谓之寒鸦，冬月尤甚也。"

李时珍在这里讲到的"乌鸦反哺"，大意是说，小乌鸦长大以后，老乌鸦不能飞了，不能自己找食物了，小乌鸦会反过来找食物喂养它的母亲。乌鸦反哺的故事经一代代人的口授心传，已为许多人知晓。养老、爱老是一种值得我们普遍赞誉的美德，在养老、敬老方面，乌鸦堪称动物中的楷模，人类也应该效法。最近几年，在国外动物学家的研究中，在观察群体生活的乌鸦时，确实有这种"养老"的行为出现，而在其它群体生活的鸟类中却没有这种情况。由此可见，乌鸦反哺很可能是古代国人在对日常现象的详细观察中所发现的特有的、区别于其他鸟类的一种社会性行为。

鸦斯生活于低山、丘陵和平原地带，农田、果园、村庄等人居环境较常见，喜欢集群，常在刚翻过的土地上觅食。主要以昆虫和昆虫的幼虫为食，也吃小鼠、蜥蜴、雏鸟，还食植物坚果、浆果和草籽，有时啄食玉米和其他谷物。繁殖期在4—6月，营巢于树洞或岩洞，雌雄鸟共同育雏。分布于我国东北、内蒙古、新疆、华北、西南等省区，部分在我国东北南部、华北、华东、长江流域、东南沿海和西藏南部越冬。

寒鸦有一亚种（C.daurica），有学者认为应分为独立的种，

　　　　　　　　　　《诗经》动植物图说

然而在古代所谓"鸒斯"是应包括这一亚种的，古人将种分得不如现在这么细致，特此说明。寒鸦种群数量较为丰富，近十多年来数量有明显下降，应注意保护。

蜥蜴、扬子鳄是同类（石龙子、扬子鳄）

蜥蜴、扬子鳄同属于爬行类动物，虽说一小一大，但形态却很相似，故放在一起讨论。

1. 蜴（石龙子）

石龙子（石龙子科，Eumeces chinensis）又称中国石龙子、蜥蜴、四脚蛇、山龙子、石龙蜥、猪婆蛇、山弹、石蜴、泉龙等。体全长一般为20.7至31.4厘米，身体分头、颈、躯干、四肢、尾五部分。被鳞，周身有鳞列24或26行。体圆柱形，头长宽相等。吻端钝圆。四肢发达。背面黏土色，头部棕色，颈侧及体侧红棕色，腹面白色。尾易断，能再生。

石龙子

正月繁霜^①，我心忧伤；民之讹言^②，亦孔之将^③。

念我独兮，忧心京京④。哀我小心，癙忧以痒⑤。

父母生我，胡俾我瘉⑥？不自我先，不自我后。

好言自口，莠言自口⑦，忧心愈愈，是以有侮。

忧心惸惸⑧，念我无禄⑨。民之无辜，并其臣仆。

哀我人斯，于何从禄？瞻乌爰止⑩，于谁之屋？

瞻彼中林，侯薪侯蒸⑪。民今方殆，视天梦梦。

既克有定，靡人弗胜。有皇上帝，伊谁云憎！

谓山盖卑⑫，为冈为陵。民之讹言，宁莫之惩！

召彼故老，讯之占梦，具曰予圣。谁知乌之雌雄。

谓天盖高，不敢不局；谓地盖厚，不敢不蹐⑬。

维号斯言，有伦有脊⑭。哀今之人，胡为虺蜴！

——《小雅·正月》前六章

注释：①正月：正阳之月，即夏历四月。

②讹（é）言：以讹传讹的流言。

③孔：很。将：大。

④京京：悠悠哀愁。

⑤癙（shǔ）犹：忧伤烦闷。痒：病。

⑥俾：使。瘉：疫病，患难。

⑦莠（yòu）言：坏话。

⑧惸惸（qióng qióng）：忧思的样子，孤独无依的样子。

⑨无禄：不幸。

　　　　　　　　　　　　《诗经》动植物图说

⑩乌：乌鸦，霉气的征兆。

⑪侯：维，语助词。

⑫盖：何。

⑬踖（jǐ）：轻步走路。

⑭伦、脊：条理，道理。

　　《小雅·正月》是一个遭受排挤、陷于困境的贵族士大夫，忧国忧民、感慨身世、怨刺黑暗政治的诗，约产生于西周幽王时期（前780—前771年）。诗人担忧国家的前途，同情广大人民的苦难遭遇，反而遭到小人的排挤和中伤（"忧心愈愈，是以有侮"）。诗的第六章，诗人呼喊哀号，抨击在黑暗政治下，人们不敢挺身站立，不敢大步走路，朝中恶人当道，如毒蛇蜥蜴一般。

　　今天看来，此诗也有现实意义。"民之讹言，亦孔之将"意思是民间谣言传播遍四方，也像霜雪一样越来越多了。"忧心茕茕，念我无禄。民之无辜，并其臣仆。"意思是担忧我官运不亨通啊。可是老百姓是无辜的，不能总把他们当作奴仆啊。"哀我人斯，于何从禄？瞻乌爰止，于谁之屋？"意思是我们这些当官的俸禄哪里来？看那当官的就像乌鸦，栖息在谁家的房屋上？

　　"谓天盖高，不敢不局；谓地盖厚，不敢不踖。维号斯言，有伦有脊。哀今之人，胡为虺蜴！"意思是谁说天高地厚，老百姓还是怕天塌地陷。我的话有理有据。悲哀今天的人说我是毒蛇和蜥蜴！诗人的爱国之志、怜民之心跃然纸上。这和屈原"长太息以掩涕兮，哀民生之多艰"的心情是一脉相通的。老百姓盼望朝政清廉，庄子的话得以实现："不累于俗，不饰于物，不苟于人，不忮于众，愿天下之安宁以活民命，人我之养毕足而止。"

诗中的"蚖蝎"，古人有两种不同的认识，《毛传》以其为两物，陆玑《毛诗草木鸟兽虫鱼疏》则以其为一物。今认为蚖、蝎为两物。蝎，即蜥蜴，古代常将其与守宫（壁虎）等相类的动物混称。现在蜥蜴目有多种动物，如石龙子、草蜥、壁虎、蛇蜥等。蜥蜴即石龙子。

《毛传》："蝎，蝤也。"郑《笺》："蚖、蝎之性，见人则走。"陆玑《毛诗草木鸟兽虫鱼疏》："蚖蝎，一名蝾螈，蝎也。或谓之蛇医，如蜥蜴，青绿色，大如指，形状可恶。"

《本草纲目》卷43《石龙子（蜥蜴）》："〔释名〕山龙子（《别录》）、泉龙（《繁露》注）、石蜴（音易）、蜥蜴（《别录》）、猪婆蛇（《纲目》）、守宫。〔时珍曰〕此物生山石间，能吐雹，可祈雨，故得龙子之名。蜥蜴本作析易。许慎云：易字篆文象形。陆佃云：蝎善变易吐雹，有阴阳析易之义。《周易》之名，盖取乎此。今俗呼为猪婆蛇是矣。"又："〔集解〕〔恭曰〕龙子即蜥蜴，形细而长，尾与身类，似蛇有四足，去足便是蛇形。〔颂曰〕《尔雅》以蝾螈、蜥蜴、蝘蜓、守宫为一物。《方言》以在草为蜥蜴、蛇医，在壁为守宫、蝘蜓。《字林》以蝾螈为蛇医。据诸说，当以在草泽者为蝾螈、蜥蜴，在屋壁者为蝘蜓、守宫也。入药以草泽者为良。〔时珍曰〕诸说不定。大抵是水、旱二种，有山石、草泽、屋壁三者之异。《本经》惟用石龙，后人但称蜥蜴，实一物也。且生山石间，正与石龙、山龙之名相合，自与草泽之蛇师、屋壁之蝘蜓不同。……生山石间者曰石龙，即蜥蜴，俗呼猪婆蛇；似蛇有四足，头扁尾长，形细，长七八寸，大者一二尺，有细鳞金碧色；其五色全者为雄，入药尤胜。"

石龙子多生活于低海拔山区和平原耕作区的草丛、乱石堆中。有冬眠现象，夏天在清凉时（如清晨和傍晚）外出活动，中午温度较高时在阴凉处休息，秋季全天活动觅食。以多种昆虫为食，有时也吞吃小蛙、蝌蚪等脊椎动物。卵生，每次产卵5—7枚，多者可达9枚，卵呈白色，椭圆球形，卵鞘革质，多产于石下或草根、树根下的土洞中自然孵化。

石龙子在全世界广泛分布，国内见于安徽、江苏、浙江、江西、福建、广东、广西、云南、贵州、四川、海南和台湾。捕食害虫。

2. 鼍（扬子鳄）

扬子鳄（鼍科，Alligator sinensis）又称土龙、鼍龙。形似大型蜥蜴，成体全长约1.5米，最大者可达2米。身体分头、颈、躯干、尾和四肢五部分。皮肤坚韧，表皮有角质鳞，深层为骨板。头较狭长，头顶略高，吻短而扁平。有一对稍向外凸出的眼，瞳孔纵列。颈短，紧连头和躯干。具项鳞三横列。躯干粗阔，背腹略扁平，背鳞形大，近似方形，排成六横列。尾侧扁而长。四肢短小，指（趾）间具蹼膜。

扬子鳄

经始灵台，经之营之。庶民攻之，不日成之。经始勿亟，庶民子来。

王在灵囿，麀鹿攸伏。麀鹿濯濯，白鸟翯翯。王在灵沼，於牣鱼跃。

虡业维枞，贲鼓维镛。於论鼓钟，於乐辟廱。

於论鼓钟，於乐辟廱。鼍鼓逢逢，蒙瞍奏公。

——《大雅·灵台》

注解参见第二十六章。

诗中的"鼍（tuó）"即今之扬子鳄。陆玑《毛诗草木鸟兽虫鱼疏》："鼍，形似蜥蜴，四足，长丈余，生卵大如鹅卵，甲如铠，今合药鼍鱼甲是也。其皮坚厚，可以冒鼓。"《尔雅翼》："鼍，状如守宫而大，长一二丈，灰五色，背尾皆有鳞甲如铠。能吐雾致雨，力尤酋健。善攻碕岸，夜则出，边岸人甚畏之。声亦可畏。性嗜睡，目常闭。大者自啮其尾，极难死。"

《本草纲目》卷43《鼍龙》篇中说："［释名］鮀鱼（《本经》）、土龙。［藏器曰］《本经》鮀鱼，合改作鼍。鼍形如龙，声甚可畏。长一丈者，能吐气成云致雨。既是龙类，宜去其鱼。［时珍曰］鼍字象其头、腹、足、尾之形，故名。《博物志》谓之土龙。鮀乃鱼名，非此物也。"又："［集解］［时珍曰］鼍穴极深，渔人以篾缆系饵探之，候其吞钩，徐徐引出。性能横飞，不能上腾。其声如鼓，夜鸣应更，谓之鼍鼓，亦曰鼍更，俚人听之以占雨。"

扬子鳄栖居于水塘、池沼、沟渠等地，由于生活环境的破坏，目前多存在于山区水体中，营水陆两栖生活。下雨之前天气闷热，气压较低时常发出"哄—哄"的声音，便将下雨，农家把此作为判断天气的一种征兆。它属于变温动物，冬日穴居洞中，度过长达6个月的冬眠期。扬子鳄是肉食性动物，取食物主要包括田螺、河蚌、螺蛳、鱼、虾、蛙、鼠和水生昆虫等。卵生。6月中上旬开始进入发情期，雌雄都很活跃，雄鳄为了寻找配偶能爬行数里，并常常高声鸣叫，作为招引配偶的信号。有筑巢护卵的行为，但不亲自孵卵，而是自然孵化。

扬子鳄分布于浙江、安徽、江西、江苏等地，主产于安徽南部青戈江沿岸至太湖流域等沼泽地区。扬子鳄是我国特产动物，是恐龙的近亲，在地球上已经生活了二亿三千多万年，被誉为活化石，具有重要的科学研究价值。此外，扬子鳄还捕食多种农林害虫，具有一定的生态和经济价值。由于生态破坏和乱捕滥猎，种群数量急剧减少，目前野生的仅存500只左右，已被国际组织列为濒危物种，我国也已将它列为国家一级保护动物。

《诗经》动植物图说

三十六 毒蛇要当心（蝮蛇）

虺（蝮蛇）

蝮蛇（蝮蛇科, Agkistrodon halys brevicaudus）又称草上飞、土公蛇、虺、土虺蛇、反鼻蛇、碧飞、方胜板、土锦、灰地匾、地扁蛇、七寸子、烂肚腹、土球子、地扁蛇等。体长一般60至70厘米，长者可达90厘米。头不是特别大，略成长三角形，颈稍细，体粗，尾短，末端尖细。头背棕黑，体背两侧各有一行黑褐色圆斑，圆斑彼此交错排列或并列，腹面灰色，具黑白斑点。

蝮蛇

秩秩斯干，幽幽南山。如竹苞矣，如松茂矣。兄及弟矣，式相好矣，无相犹矣。

似续妣祖，筑室百堵，西南其户。爰居爰处，爰笑爰语。

约之阁阁，椓之橐橐。风雨攸除，鸟鼠攸去，君子攸芋。

如跂斯翼，如矢斯棘，如鸟斯革，如翚斯飞，君子攸跻。

殖殖其庭，有觉其楹。哙哙其正，哕哕其冥，君子攸宁。

下莞上簟，乃安斯寝。乃寝乃兴，乃占我梦。吉梦维何？维熊维罴，维虺维蛇。

大人占之：维熊维罴，男子之祥；维虺维蛇，女子之祥。

乃生男子，载寝之床。载衣之裳，载弄之璋。其泣喤喤，朱芾斯皇，室家君王。

乃生女子，载寝之地。载衣之裼，载弄之瓦。无非无仪，唯酒食是议，无父母诒罹。

——《小雅·斯干》

注解参见第十四章。

诗中的"虺"，古代认识不一，一是认为虺与蝮蛇同类而小，二是认为虺与蝮是一种。现在认为虺是蝮蛇科的蝮蛇。

朱熹《诗集传》："虺，蛇属，细颈大头，色如文绶，大者长七八尺。"《尔雅》："蝮虺博三寸，首大如擘。"郭璞注："身广三寸，头大如人擘指，此自一种蛇，名为蝮虺。"

《本草纲目》卷43《蝮蛇》篇中说："〔释名〕反鼻蛇 。〔时珍曰〕按王介甫《字说》云：蝮，触之则复；其害人也，人亦复之，故谓之蝮。"又："〔集解〕〔弘景曰〕蝮蛇，黄黑色如土，白斑，黄颔尖口，毒最烈。虺，形短而扁，毒与蝮同。蛇类甚众，惟此二种及青蝰为猛，不即疗多死。〔恭曰〕蝮蛇作地色，鼻反、口长、身短，头尾相似，山南汉、沔间多有之。一名蚖蛇，无二种也。……〔时珍曰〕蝮与虺陶氏言是二种，苏恭言是一种。今按《尔雅》云：蝮虺身博三寸，首大如擘。是以蝮虺为一种也。"

　　蝮蛇生活于平原、丘陵、较低的山区，穴居，弯曲成盘状或波状。以鼠、鸟、蛙、蜥蜴等为食，还发现吃鱼、泥鳅、黄鳝，甚至发现胃中还有蛇。属于卵胎生蛇类，春秋温度适合时（20℃—26℃）均可交配。有冬眠特性，冬眠前后在洞穴附近活动，冬眠期间当气温回升时则会出来晒太阳。

　　有一次笔者与人上山采集标本，当地人告诉我们说："7、8、9三个月是蛇类活动的高峰期，七横八吊九缠树，闷热的天气要小心。"这句话形象地描述了蛇出没的时间和活动规律。蛇在7月喜欢横卧路上，8月常常吊挂在树枝上，9月则喜欢缠绕在树枝上。我们在野外工作，偶尔也会遇到它，有时见到一棵小树上有几条蝮蛇。我们常常带上一根棍子，棍前头有个小叉头。若遇到蛇，可以用棍驱赶或用棍的小叉头按压它的颈部进行捕捉。它一般不主动攻击人，但在受到攻击后常连续扑咬。它的活动受温度的影响很大，低于10℃时几乎不捕食；5℃以下进入冬眠；

20℃—25℃为捕食高峰；30℃以上则钻进蛇洞栖息，一般不捕食。多在晨昏活动，夜间活动也频繁，春暖之后陆续出洞寻找食物。

蝮蛇广泛分布于我国东北、内蒙古、河北、山西、甘肃、新疆、四川、湖北、河南、山东、江苏、浙江、福建、安徽、江西、湖南、台湾，旅顺近海的小龙山岛盛产此蛇，故名蛇岛。国外见于日本、朝鲜等地。

蝮蛇是一种毒蛇，是咬伤人的主要蛇种，蛇毒中含血循毒和神经毒，被咬伤者局部肿胀，皮下具广泛性紫斑，严重者发生休克和呼吸障碍，如不及时抢救会有生命危险。蝮蛇可入药、制成蛇酒、蛇粉等。

因此，开展蝮蛇的人工养殖有较高的经济价值。蝮蛇纯干毒粉在国际市场是黄金价的20倍，在国内每克价超过1000元。

三十七　千年乌龟万年鳖（蠵龟、鳖）

　　"千年乌龟，万年鳖"是一个比较夸张的说法，意思是龟、鳖的寿命非常长。龟和鳖都属于水陆两栖的爬行类动物，故放在一起讨论。

1. 龟（蠵xī龟）

　　蠵龟（海龟科，Carettacaretta olivacea）又称红海龟、灵蠵、灵龟。体型较大，长约1米。背甲红棕色，腹甲桔黄色。头宽大，头背鳞片对称排列，前额鳞两对，嘴钩状。背甲呈心形，臀部窄而高。体鳞平砌。颈盾宽短，椎盾一般5—6枚，肋盾通常5对，

蠵龟

第一对与颈盾相切，缘盾13对，具3对下缘盾。四肢呈鳍状，前后肢各具1—2爪（幼时具2爪，长大时常具1爪）。

旻天疾威①，敷于下土②。谋犹回遹③，何日斯沮④？谋臧不从⑤，不臧复用。我视谋犹，亦孔之邛⑥。

潝潝訿訿⑦，亦孔之哀。谋之其臧，则具是违。谋之不臧，则具是依。我视谋犹，伊于胡底。

我龟既厌，不我告犹。谋夫孔多，是用不集。发言盈庭，谁敢执其咎⑧？如匪行迈谋⑨，是用不得于道。

哀哉为犹，匪先民是程。匪大犹是经⑩，维迩言是听⑪。维迩言是争，如彼筑室于道谋，是用不溃于成⑫。

国虽靡止⑬，或圣或否。民虽靡膴⑭，或哲或谋。或肃或艾⑮，如彼泉流，无沦胥以败⑯。

不敢暴虎⑰，不敢冯河⑱。人知其一，莫知其他。战战兢兢，如临深渊，如履薄冰。

——《小雅·小旻》

注释：①旻（mín）天：秋天，此指苍天、皇天。疾威：暴虐。

②敷：布施。下土：人间。

③回遹（yù）：邪僻。

④沮：停止。

⑤臧：善，好。

⑥邛（qióng）：毛病，错误。

⑦潝（xī）潝：小人党同而相和的样子。訿（zǐ）訿：小人伐异而相毁的样子。

　　　　　　　　　　《诗经》动植物图说

⑧咎：罪过。

⑨匪：彼。行迈谋：关于如何走路的谋划。

⑩大犹：大道，常规。

⑪迩（ěr）言：近言，指谗佞的肤浅言论。

⑫溃：通"遂"，顺利，成功。

⑬靡止：犹言没有礼法、没有法度。

⑭靡朓：犹言不富足、尚贫困。

⑮艾：治国能人。

⑯沦胥：沉没。

⑰暴（bó）虎：空手打虎。

⑱冯（píng）河：徒步渡河。

　　《小雅·小旻》是西周末年一位官吏所作的政治怨刺诗。以讽刺的口吻淋漓尽致地揭露了当时的黑暗政治，骄奢腐朽，昏愦无道，善恶不辨，是非不分，听信邪僻之言，重用奸佞之臣，不知覆灭之祸，已积薪待燃。作者揭露最高统治者重用邪僻而致使"犹谋回遹"为中心，通过揭露、感叹、批判和比喻等表达方式，一气呵成，鲜明地表达了他愤恨朝政黑暗腐败而又忧国忧时的思想感情。表现了人们身处乱世如履薄冰的恐惧心情。诗的第三章揭露朝廷政出多门、议而不决、天下无归的混乱状况。人们连占卜灵龟都已厌倦，达到了极其失望的程度。

龟有多种，诗中所言之龟是用于占卜的，系指灵龟，即今之蠵龟，故以蠵龟释之。《尔雅》："一曰神龟。"郭璞注："龟之最神明。""二曰灵龟。"郭璞注："涪陵郡出大龟，甲可以卜，缘中文似蟕蠵，俗呼为灵龟，即今觜蠵龟，一名灵蠵，能鸣。"《礼记·曲礼上》曰"龟为卜，策为筮"，是古代人们生活中不可缺少的东西。古人一直将龟视为吉祥的象征，许多氏族部落将龟作为本族的族徽，信仰龟为本族的祖先和保护神，所以龟成为人们心目中至高无上的神圣之物，龟图案也成为一种最吉祥的图案。

　　《本草纲目》卷45《蠵龟》："[释名]蟕蠵（音兹夷）、灵蠵（《汉书》）、灵龟（郭璞注）、鼀鼊（音构璧。一作蚼蟒。）、赑屃（音备戏。《杂俎》作系臂者非）、皮名龟筒。[时珍曰]蟕蠵鸣声如兹夷，故名。鼀鼊者，南人呼龟皮之音也。赑屃者，有力貌，今碑趺象之，或云大者为蟕蠵、赑屃，小者为鼀鼊。其通。"

　　龟、鳖的寿命确实比较长，乌龟嗜睡，有冬眠和夏眠，新陈代谢缓慢，能量消耗极少。据科学家研究发现，人和动物的细胞繁殖的代次与其生存的年限有关。人的胚肺纤维细胞，在体外培养到50代时就停止了，而乌龟的细胞繁殖可以达到110代。龟的离体心脏能够跳动24小时之久，龟的心脏对其长寿起了重要作用。龟类是一种用来研究人类长寿的极好的动物模型。进一步揭开龟长寿的奥秘对研究人类的健康长寿将有很大的启示。

　　蠵龟生活于海水中，取食鱼、虾、蟹等甲壳动物及软体动物。每年5—7月为繁殖期，在此期间，爬到海边沙滩上掘穴产卵，每次可产60—150枚。卵白色，球形，39毫米左右。在自然条件下经60天可孵出仔龟。

蠵龟广泛分布于太平洋和印度洋温水水域。我国国内分布于广东、广西、台湾、福建、浙江、江苏、山东等沿海地区，也见于上海长江口外海域，甚至黄浦江内。由于滥捕滥杀，数量急剧减少，由于人们捕龟挖蛋，导致海南岛早在20年前就看不到海龟踪影了。台湾省东海岸沙滩风景优美，可惜在人为捕杀破坏后，已几乎无海龟在此产卵。蠵龟已被列为国家二级保护动物。

2. 鳖

鳖（鳖科，Trionyx sinensis）又称中华鳖、甲鱼、团鱼、老鳖、沙鳖、脚鱼、王八、神守等。体呈椭圆形，背面中央凸起，边缘凹入。头尖，吻突出，吻端有1对鼻孔。眼小，瞳孔圆形。颈粗长，颈部皮肤松软无鳞，头颈可缩进甲内。背甲卵圆形，有脊棱，

鳖

覆以柔软的革质皮肤，其上布满疣粒。背、腹骨板间无缘板连接。四肢扁平，蹼极发达。头、颈、体背面常为橄榄色，少数背面为土黄色。

六月栖栖①，戎车既饬②，四牡骙骙③，载是常服。猃狁孔炽④，我是用急，王于出征，以匡王国⑤。

比物四骊⑥，闲之维则⑦，维此六月，既成我服。我服既成，于三十里，王于出征，以佐天子。

四牡修广⑧，其大有颙⑨，薄伐猃狁，以奏肤公⑩。有严有翼，共武之服⑪，共武之服，以定王国。

猃狁匪茹⑫，整居焦获⑬，侵镐及方⑭，至于泾阳。织文鸟章⑮，白旆中央⑯，元戎十乘⑰，以先启行。

戎也既安，如轾如轩⑱，四牡既佶⑲，既佶且闲。薄伐猃狁，至于大原⑳，文武吉甫，万邦为宪㉑。

吉甫燕喜，既多受祉，来归自镐，我行永久。饮御诸友㉒，炰鳖脍鲤㉓，侯谁在矣，张仲孝友㉔。

——《小雅·六月》

注释：①栖栖：匆匆忙碌的样子。

②饬（chì）整顿，整理。

③骙（kuí）骙：马很强壮貌。

④猃（xiǎn）狁（yǔn）：古代北方游牧民族。

⑤匡：扶助。

⑥比物：把力气和毛色一致的马套在一起。

⑦闲：训练。

⑧修广：指高头大马。

⑨颙(yōng)：大头大脑的样子。

⑩肤公：大功。

⑪共：通"恭"，严肃对待。

⑫茹：柔弱。

⑬焦获：泽名，在今陕西泾阳北。

⑭镐(hào)：地名，通"鄗"。

⑮织文鸟章：指绘有凤鸟图案的旗帜。

⑯旆(pèi)：旌旗末端形如燕尾的垂旒飘带。

⑰元戎：大的战车。

⑱轾(zhì)、轩：车身前俯后仰。

⑲佶(jí)：整齐。

⑳大原：即太原，地名。

㉑宪：榜样。

㉒御：进献。

㉓炰(páo)：蒸煮。

㉔张仲：周宣王卿士。

　　《小雅·六月》是描写并赞美周宣王时代大将尹吉甫北伐猃狁获得胜利的诗。赞扬了尹吉甫的赫赫战功，刻画了尹吉甫忠心为国、勇往直前、指挥若定的形象，突出了他能文能武的才略。从一个侧面反映了"宣王中兴"时期的历史情况。诗的第六章写胜利归来后周天子宴饮、赏赐尹吉甫的情景。吉甫即尹吉甫，是周宣王大将，此次率军征猃狁，指受周王赏赐之福。张仲是吉甫的朋友，善待父母兄弟。

鳖，古今名一致。《埤雅》中说："鳖以眼听，穹脊连胁，甲虫也。水居陆生。"

《本草纲目》卷45《鳖》篇中说："［释名］团鱼（俗名）、神守。［时珍曰］鳖行蹩躄，故谓之鳖。《淮南子》曰：鳖无耳而守神。神守之名以此。陆佃云：鱼满三千六百，则蛟龙引之而飞，纳鳖守之则免。故鳖名神守。河伯从事（《古今注》）。"又："［集解］［时珍曰］鳖，甲虫也。水居陆生，穹脊连胁，与龟同类。四缘有肉裙，故曰龟，甲里肉；鳖，肉里甲。无耳，以目为听。"

鳖一般生活于河流、湖泊、池塘、水库等的底部泥沙中。秋末，水温降至15℃以下时，渐渐进入冬眠。第二年春天，当水温上升到10℃时开始活动。常潜伏于水底淤泥中，晴天时会爬出水面，在滩地晒太阳。夏季白天活动少，晚上上岸觅食产卵。鳖的嗅觉和听觉特别灵敏，一遭惊吓即迅速潜入水中。肉食性为主，常以螺类、贝类、蚯蚓、昆虫、小鱼虾、泥鳅等为食，有时取食谷类、瓜果及鲜嫩的植物茎叶。一般4年以上才性成熟。春末水温达20℃以上时即开始交配，通常夜间在水中进行。交配前雄鳖追逐雌鳖，当雌鳖停下时，雄别爬到雌鳖背上，进行交尾。鳖产卵时爬上岸，在土质疏松的沙土地选择好产卵地后，用前肢支撑身体，两后肢交替挖土，需20分钟后挖好一个洞穴。挖好后即产卵，一般8—15枚，最多时可达40枚。产卵后即用后肢扒土盖好洞穴，让其自然孵化。国内广泛分布于除宁夏、新疆、青海、西藏以外的其他省区。在越南、马来西亚、日本、朝鲜等也有分布。

三十八　人人讨厌癞蛤蟆（中华大蟾蜍）

癞蛤蟆全身布满大小不等的癞皮疙瘩，十分难堪，人们都很讨厌它，并以它比喻令人讨厌的人。

戚施（中华大蟾蜍）

中华大蟾蜍（蟾蜍科，Bufo bufo gargarizans）又称蟾蜍、癞蛤蟆、虾蟆、蟾、石蚌、癞格宝、癞巴子、蚧蛤蟆、蚧巴子等。皮肤粗糙，布满大小不等的园形瘰疣（疙瘩），内有毒腺，俗称癞蛤蟆、癞刺。头宽大于头长，吻端圆。眼大而突出，耳后腺长圆形

中华大蟾蜍

明显。前肢粗长，指侧具缘膜，指间无蹼。后肢粗短，趾侧缘膜明显，在基部相连成蹼。体色多变，雄性色深，多为棕褐色、褐绿色或棕黄色。雌性背面多为土黄色、姜黄色。

新台有泚，河水瀰瀰。燕婉之求，籧篨不鲜。

新台有洒，河水浼浼。燕婉之求，籧篨不殄。

鱼网之设，鸿则离之。燕婉之求，得此戚施。

——《邶风·新台》

注解参见第十八章。

"癞蛤蟆想吃天鹅肉"是一句俗语，在文学作品中也常出现。如《水浒传》《红楼梦》和《镜花缘》中都提到过。施耐庵《水浒传》第一〇一回："我直恁这般呆！癞蛤蟆怎想吃天鹅肉！"曹雪芹《红楼梦》第十一回："平儿说道：'癞蛤蟆想吃天鹅肉'，没人伦的混帐东西，起这样念头，叫他不得好死！"李汝珍《镜花缘》第九回："小弟撺空离地不过五六丈，此树高不可攀，何能摘他？这是'癞蛤蟆想吃天鹅肉'了。"

《邶风·新台》篇中的"戚施"二字，根据诗意，认为以蟾蜍释戚施为宜。我国分布有中华大蟾蜍和黑眶蟾蜍两种，以中华大蟾蜍释之。

《尔雅》："鼀𪓯，蟾诸。"郭璞注："似虾蟆，居陆地，淮南谓之去蚁。"古注今注中，释为"蟾蜍"者，释为"驼背、形象丑恶之人"者，皆有之。

《本草纲目》卷42《蟾蜍》篇中说："［时珍曰］蟾蜍，《说文》作詹诸。云：其声詹诸，其皮鼀鼀，其行𪓟𪓟。《诗》云：得此鼀𪓟。《韩诗》注云：戚施，蟾蜍也。戚音蹙。后世名苦蠪，其声也。蚵蚾，其皮礧砢也。"又："［集解］［别录曰］蟾蜍生江湖池泽。……［时珍曰］蟾蜍锐头皤腹，促眉浊声，土形，有大如盘者。"

中华大蟾蜍是两栖动物，对活动着的物体较敏感，对静止的物体迟钝。多栖息在阴湿的草丛中、土洞里、砖石下、乱草堆中，或河岸、沟渠边、田埂、地边及房屋周围。蟾蜍为夜行性动物，夏天傍晚出来在灯下捕食昆虫。主要以动物为食，多为昆虫，还有蚯蚓、蜗牛、小虾、螺蛳、蝌蚪等，食性广，食量大，是捕食农业害虫能手。有冬眠现象，冬眠期约3—4个月。在水塘底越冬的成体出眠后，游至塘边水草间，抱对产卵，每年早春产卵一次，卵产后即离去，无护卵行为。蝌蚪较笨重，生活在水中，常集群向一个方向游动。

蟾蜍分布较广，除西藏、新疆、宁夏及广东外，国内其他各省均有，国外俄罗斯、朝鲜、日本也有分布。捕食农业害虫，有益于农业生产。

三十九　鲤科家族种类多（鲂鱼、鳟鱼、鲤鱼、鳡鱼、鲢鱼、卷口鱼、白鲦）

　　《诗经》中涉及鲤科的鱼类有很多种，有鲂、鳟、鲤、鳏、鳡、嘉、鲦鱼等7种，古人熟知鲤科的鱼类这么多，可以看出古代渔业的成就，也是先民生活食材的写照。这些鱼的亲缘关系相近，是一个家亲，故放在一起讨论。

1. 鲂鱼

　　鲂鱼（鲤科，Megalobrama terminalis）俗称三角鲂，又称武昌鱼、乌鳊、边花鱼、鯾、平胸鳊、法罗鱼等。头小，口小，吻短，口裂倾斜，上下颌等长，眼较大。体长50多厘米，体侧扁，呈菱形，鳞细，有腹棱。体背部青黑色，腹部银白色，鳞片边缘密集小黑点，呈网眼状黑圈。鳍深灰色，背鳍起点在体的最高处，鳍条有强大硬刺，尾鳍分叉深，下叶较长。

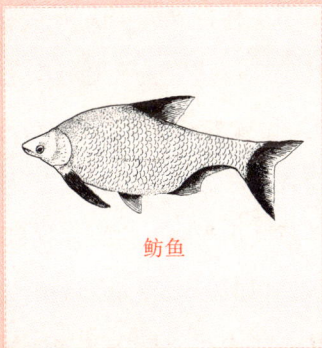

鲂鱼

遵彼汝坟①，伐其条枚；未见君子，惄如调饥②。

遵彼汝坟，伐其条肄③；既见君子，不我遐弃④。

鲂鱼赪尾⑤，王室如燬⑥；虽则如燬，父母孔迩⑦！

——《周南·汝坟》

注释：①遵：循，沿。汝：汝河，源出河南省。坟：大堤。

②惄（nì）：饥，一说忧愁。调饥：早上挨饿，以喻男女欢情未得满足。

③肄（yì）：树被砍后萌生的小枝。

④遐（xiá）：远。

⑤赪（chēng）：浅红色。

⑥燬（huǐ）：火，如火焚一样。

⑦孔：甚。迩（ér）：近，此指迫近饥寒之境。

《韩诗章句》认为，《汝坟》乃妇人"以父母迫近饥寒之忧"，而劝夫"为此禄仕"之作，是一首思妇诗。诗用红鱼尾兴起，比喻丈夫服役王室的艰苦劳顿之状，诉说自己的极度思念，寓含在对丈夫侍奉父母之责的叮咛中，含蓄婉转，曲折微妙。该诗反映出当时王朝的苛政和徭役危及每个家庭，天下将到"如燬""如汤"的绝境。诗中"未见君子，惄如调饥"，"惄"者，忧也；"调饥"，早晨未吃饭。满腹的忧愁用朝饥作比，那么，这人之妻是忍着饥饿来河堤伐薪的了。"朝饥"还有一层意思，它在先秦时代往往又被用作男欢女爱的隐语。而今丈夫常年行役，他那可怜的妻子享受不到丝毫的眷顾和关爱。诗中的"鲂鱼赪尾",《毛传》:"赪,赤也,鱼劳则尾赤。"有人认为普通的鲂鱼劳累后,尾巴就变红了。其实尾红是鲂鱼发情时的正常表现,隐喻"未见君子"的妻子,思念与丈夫的欢爱。

古人云:"人之情,不能无衣食。"鱼文化与人的饮食有关,古人早已发现鱼是扑食的对象。在殷墟中发现有大量的鱼骨,甲骨文中的卜辞中可以看到商代把鱼作为祭品之一。在民俗中,中国人喜欢有鱼的年画,待客要有鱼,过年要有鱼,以图"年年有鱼(余)"。以"鱼水情深"比军民关系,以鱼儿"相濡以沫"比相依为命。就这样,中国人养鱼、食鱼、赏鱼、玩鱼、写鱼、画鱼,从而赋予了"鱼"丰富的文化内涵,形成了别具一格的"鱼"文化。在湖南马王堆出土的汉墓帛画上,也把人间大地放在两条巨大的鱼之上。鱼又与"余"谐音,成为生活富足、美满的象征。

我国历史文献中对鲂鱼多有记载:陆玑《毛诗草木鸟兽虫鱼疏》中说:"鲂,今伊洛济颍鲂鱼也。广而薄,肥恬而少力,细鳞,鱼之美者。渔阳、泉轫、刀口、辽东梁水鲂,特肥而厚,尤美于中国鲂。故乡语:居就粮,梁水鲂。"《尔雅》:"鲂,魾。"郭璞注:"江东呼鲂鱼为鳊,一名魾。音毗。"《说文解字》:"鲂,赤尾鱼。"

《本草纲目》卷44中说鲂鱼(鳊鱼):"[释名]鳊鱼(音编)。[时珍曰]鲂,方也。鳊,扁也。其状方,其身扁也。"又:"[集解][时珍曰]鲂鱼处处有之,汉沔尤多。小头缩项,穹脊阔腹，扁身细鳞，其色青白。腹内有肪，味最腴美。其性宜活水。故《诗》云：'岂其食鱼，必河之鲂。'俚语云：伊洛鲤鲂，美如牛羊。又有一种火烧鳊，头尾俱似鲂，而脊骨更隆，上有赤鬣连尾，如蝙蝠之翼，黑质赤章，色如烟熏，故名。其大有至二三十斤者。"

鲂鱼，古今名一致。有些书籍将鲂注为鳊鱼（Parabramis pekinensis）或鮇鱼，即长吻鮠（Leiocassis longirostris），不妥。李时珍注释甚详，鳊鱼是鲂鱼的别称，而不是其他的鱼。

鲂鱼属淡水中下层鱼类。本属鱼类我国产三种，栖息于底质为淤泥或石砾的敞水区，杂食性，而以植物为主。三冬龄性成熟，5—6月份产卵，此时雌雄两性的身上均有珠星出现。冬季不大活动，一般群集在深水的石隙中越冬。成鱼多取食水生植物、淡水壳菜和小虾。广泛分布于我国各地的江河、湖泊中，黑龙江、黄河、长江及珠江等水系均有。肉味鲜美，为淡水较贵重经济鱼类之一，可供养殖。

2. 鳟（赤眼鳟）

赤眼鳟（鲤科, Squaliobarbus curriculus）又称鳟条、红眼、红眼棒、野草鱼、醉角眼、红眼鳟、红眼鲮、马郎、鲹鱼等。背部青灰色，腹部浅黄色和银白色。体长可达30多厘米，头小，圆锥形，吻圆钝。眼较大，口端位，呈弧形，口裂宽，上下唇较厚，下颌有两对短小须。身体前段略呈圆筒形，后部侧扁，腹部圆。鳞片较大，圆形，侧线完全清楚。生殖时，眼上缘有一块红斑，故名"赤眼鳟"。

赤眼鳟

九罭之鱼①，鳟鲂。我觏之子②，衮衣绣裳③。

鸿飞遵渚④，公归无所，于女信处⑤。

鸿飞遵陆，公归不复，于女信宿。

是以有衮衣兮⑥，无以我公归兮⑦，无使我心悲兮！

——《豳风·九罭》第一章

注释：①九罭（yù）：网眼较小的渔网。九，虚数，表示网眼很多。

②觏（gòu）：遇见。

③衮（gǔn）：君主、高官的古时礼服。

④遵：沿着。渚：沙洲。

⑤信处：再住一夜称信。处，住宿。

⑥是以：因此。

⑦无以：不要让。

　　《豳风·九罭》是主人公留客的诗。如闻一多《风诗类钞》中所说"这是燕饮时主人所赋留客的诗"。从诗中描写的穿着来看，客是一位身份高贵的人。诗以捕鳟、鲂鱼起兴，比喻自己对客人的热情款待与挽留。

　　古代上公穿的礼服绣有龙纹。"衮衣绣裳"说明客人身份尊贵。龙首向下，与天子礼服有别。后世称三公为衮。《后汉书·孔僖传》中说："吾有布衣之心，子有衮冕之志，各从所好，不亦善乎？"《后汉书·僖赐传》中也有记载："七在卿校，殊位特进；五登衮职，弭难义宁。"

　　说到鳟鱼，就会联想到一位国际名人。他叫彼得·舒伯特（1797—1828），是奥地利作曲家。他是早期浪漫主义音乐的代表人物，也被认为古典主义音乐的最后一位巨匠。1817年他根据诗人舒巴尔特的浪漫诗创作的一首艺术歌曲《鳟鱼五重奏》，具有巨大影响。他以叙述式的手法向人们揭示了善良和单纯往往被虚诈和邪恶所害，借对小鳟鱼不幸遭遇的同情，抒发了作者对自由的向往和对迫害者的憎恨，是一首寓意深刻的作品。这部作品运用了钢琴五重奏及多种变奏手法，将歌曲内容深入地刻画和描述。舒伯特以抒情的旋律闻名，而且总是能够自然流露、浑然天成。舒伯特死后被安葬在他生前一直相当崇拜的贝多芬的墓旁。

我国古代文献对鳟鱼多有记载。《毛传》："鳟，鲂，大鱼也。"朱熹《诗集传》："鳟，似鲤而鳞细眼赤。"《尔雅》："鮅，鳟。"郭璞注："似鲤子，赤眼。"

《本草纲目》卷44《鳟鱼（赤眼鱼）》："［释名］鮅鱼（必）、赤眼鱼。［时珍曰］《说文》云：鳟（鮅），赤目鱼也。孙炎云：鳟好独行。尊而必者，故字从尊，从必。"又："［集解］［时珍曰］处处有之。状似鲤而小，赤脉贯瞳，身圆而长，鳞细于鲤，青质赤章。好食螺、蚌，善于遁网。"

鳟，即今之赤眼鳟，是鲤科赤眼鳟属鱼类。该属我国只有赤眼鳟1种，广泛分布。赤眼鳟生活于江河流速较缓的水域或湖泊等静水体内的中上层或中下层。杂食性鱼类，主食水草（藻类和水生高等植物），也食小鱼、软体动物等。繁殖期一般在6—7月，卵粒浅绿色，多在沿岸有水草区域产卵。生长较慢，但适应性强，是一种重要的优质的经济鱼类。全国除青藏高原外，各水系均产，具有生长快、适应性强等特点。

3. 鲤（鲤鱼）

鲤鱼（鲤科，Cyprinus car-pio）又称鲤拐子、红鱼、赤鲤鱼。鲤鱼体背部为灰黑色，腹部银白色或浅灰色，体侧略呈桔黄色。偶鳍淡红色，尾鳍下叶红色。体高而侧扁。腹部圆，无腹棱。头中等大。吻圆钝。口端位，呈马蹄形。口角有须两对，眼中等大小，侧上位。背鳍较长，背鳍、臀鳍均有硬刺，后缘具锯齿。尾鳍叉状，上下叶等长。

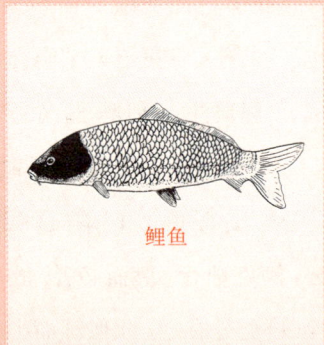

鲤鱼

衡门之下①，可以栖迟②。泌之洋洋③，可以乐饥④。

岂其食鱼，必河之鲂⑤？ 岂其取妻⑥，必齐之姜⑦？

岂其食鱼，必河之鲤？ 岂其取妻，必宋之子⑧？

——《陈风·衡门》

注释：①衡门：横木为门，指简陋小屋。

②栖迟：栖息。

③泌（bì）：陈国泌丘的泉水名。洋洋：水流盛大的样子。

④乐饥：充饥。或指乐而"朝饥"，满足性的需要。

⑤河：黄河。

⑥取：即"娶"。

⑦齐之姜：齐国贵族的女儿齐姜，以美女著称。

⑧宋之子：宋国贵族的女子宋子，以美女著称。

《陈风·衡门》是一首富有哲理的情歌。诗中的主人公渴求娶到如齐国的姜姓、宋国子姓这样的高贵美丽的贵族女子为妻，"齐之姜"与"宋国子"指的是齐国和宋国的宗族的美女，身份高贵，血统正宗，是当时男人的首选之妻。但自知这是自己的一厢情愿，故不得已而以诗自解自慰。许多解诗者认为此诗是男士表述安贫乐道之诗。诗中由食鱼写到娶妻之事，全以反问句出之，表明诗中主人公将从爱情的梦想走到生活的实际。诗中的"鱼"字是当时流行于民间的性爱引语。说诗者多以为这是一个破落的贵族子弟自我安慰之词，或云是民间男子对娶妻的看法。但无论如何，诗中的鱼是一种隐喻无可争议。以食鱼比娶妻，以鲂与鲤比春秋时的名门闺秀：姜姓的齐女和子姓的宋女。与前文的"疗饥"联系起来，正说明食与性满足均为"疗饥"之方，于是鱼与情人就有机地联系在了一起。

陈大章《诗传名物集览》中说："《养鱼经》：所以养鲤者，鲤不相食，易长又贵。"《尔雅》记载："鲤。"郭璞注："今赤鲤鱼。"《埤雅》："《神农书》中曰：鲤最为鱼之主，今人以盘水养之，虽困，鳞不反白，盖健鱼也。"

《本草纲目》卷44《鲤鱼》篇中说："［时珍曰］鲤鳞有十字

文理，故名鲤。虽困死，鳞不反白。[颂曰]崔豹云：兖州人呼赤鲤为玄驹，白鲤为白骥，黄鲤为黄雉。"又：[集解][别录云]生九江池泽。取无时。[颂曰]处处有之，其脊中鳞一道，从头至尾，无大小，皆三十六鳞，每鳞有小黑点。诸鱼惟此最佳，故为食品上味。"

　　鲤鱼生活在淡水中，是下层鱼类。杂食性，以底栖动物为主要食料，也吃水草，丝状藻类等，3龄性成熟，怀卵量20—30万粒，产卵水温18℃左右，产卵期因地点而异。广泛分布于我国各江河湖泊，还分布于欧洲、中亚、日本。鲤鱼适应性强，天然水域产量高，是良好的养殖对象，在某些地区稻田中也可养殖此鱼，为我国主要的经济鱼类。我国养鲤已有3000余年的历史，各地已培养了很多品种，如革鲤、内鲤、丰鲤、镜鲤、红鲤、荷包鲤、团鲤等。仅见于我国云南杞麓湖的大头鲤，是我国二级保护动物。

4. 鳏（鳡鱼）

鳡鱼（鲤科，Elopichthys bambusa）又称鳏鱼、鳡棒、黄介、黄钻、竿鱼、黄颊鱼等。体形为长筒形略微侧扁，腹部圆。身体长达1米余，最重可达50千克。头小且尖。口端位，裂大。吻尖似喙。无须。小眼侧上位。鳞小。侧线完全。背部青灰，略带蓝色，两侧呈黄白色，腹部银白稍带浅黄。背鳍、尾鳍深灰色，其他各鳍和颊部淡黄色。背鳍较短。

鳡鱼

敝笱在梁[①]，其鱼鲂鳏。齐子归止[②]，其从如云。

敝笱在梁，其鱼鲂鱮。齐子归止，其从如雨。

敝笱在梁，其鱼唯唯[③]。齐子归止，其从如水。

——《齐风·敝笱》

注释：①敝笱（bì gǒu）：指竹制的鱼篓。梁：指捕鱼水坝。河中筑堤，留有缺口，嵌入笱，用于捕鱼。

②齐子归止：齐国文姜出嫁。

③唯唯：或作"遗遗"，言不能制也。

《齐风·敝笱》是讽刺文姜的诗。该诗基于《左传·桓公十八年》所载史实：文姜是齐襄公的同父异母妹，嫁与鲁桓公后，仍和其兄关系暧昧。桓公十八年（前694），鲁桓公要到齐国修好，夫人文姜也一同而行，途中车骑随行浩浩荡荡。至齐后，文姜与其兄通奸被其夫责备，文姜便把此事告诉了齐襄公。齐襄公在酒宴后派人把将要回国的鲁桓公杀害。这是《敝笱》一诗的写作背景。诗的第一章前两句起兴兼比，以破旧鱼篓对制止鱼儿来往无能为力，隐射文姜和齐襄公的不守礼法，对文姜之淫乱无力制止。后两句极写文姜归齐时随行之盛，则是对鲁桓公对她防范无力的反衬。《毛诗序》说得不错："《敝笱》，刺文姜也。齐人恶鲁桓公微弱，不能防闲文姜，使至淫乱，为二国患焉。"

诗中的"鳏"，《毛传》说："鳏，大鱼。"朱熹《诗集传》说："鲂鳏，大鱼也。"

《本草纲目》卷44《鳡鱼》："［释名］鮯鱼（音绀）、鳏鱼、黄颊鱼。［时珍曰］鳡，敢也。鮯，陷也。陷（音陷），食而无厌也。健而难取，吞啖同类，力敢而陷物者也。其性独行，故曰鳏。《诗》云'其鱼鲂、鳏'是矣。"又："［集解］［时珍曰］鳡生江湖中，体似鰍而腹平，关似鲩而口大，颊似鲇而色黄，鳞似鳟而稍细。大者三四十斤，啖鱼最毒，池中有此，不能畜鱼。《东山经》云'姑儿之水多鳡鱼'，是也。《异苑》云：诸鱼欲产，鮯辄以头冲其腹，世谓之众鱼生母。然诸鱼生子，必雄鱼冲其腹，仍尿白以盖其子，不必尽是鮯鱼也。"

鳏,《毛传》、朱《传》都释其为"大鱼",但又都未言其特征。《本草纲目》认为鳏即鱤,并指出"其性独行,故曰鳏"。今亦从此说,以鱤鱼释鳏。

鱤鱼生活在淡水的中上层,性活泼凶猛,行动敏捷,游动力强,是凶猛的大型肉食性鱼类,善于捕食其他鱼类。体重15千克的鱤鱼能吞食4.5千克的鲤鱼和鲢鱼。4冬龄成熟,繁殖期大概在4—6月,受精卵在随水漂流的过程中发育和孵化。鱤属只有鱤鱼1种,国内分布很广。我国除西北、西南以外,从北到南各大水系均有。

在福建省泰宁县大金湖,经常能在湖中看到巨大的黑影窜过,而后鱼群被惊吓跳出水面。此前,大金湖里还抓到了一头"水怪",重达123斤,体长有1.7米。当时参加捕捉的渔民回忆起起网过程时,还一直感叹:"力气比牛还大,四五个人扑上去,用身体压住它,可它尾巴一甩就把我们甩开了。"这"水怪"就是鱤鱼,又叫水老虎,它性凶猛,以吃其他鱼类为生,是典型的掠食性鱼类,其他鱼类一旦受其追击就难有逃脱者。

5. 鲢（鲢鱼）

鲢鱼（鲤科，Hypophthal michthys molitrix）又称鲢、鲢子、白鲢、鲢鱼、白鲢、白脚鲢。体色银白，背部稍暗，胸、腹鳍均为灰白色。体长可达1米余。体重可达70千克。体形侧扁、稍高。腹缘胸鳍至肛门有棱。头稍大，侧扁。吻短，钝圆。口端位，宽大，稍向上斜裂。无须。眼较小，鳃孔大。鳞小，侧线完全，前段弯向腹侧，后延至尾柄正中。背鳍短，无硬刺。腹鳍短。臀鳍较长，无硬刺。尾鳍深分叉。

鲢鱼

敝笱在梁，其鱼鲂鳏。齐子归止，其从如云。

敝笱在梁，其鱼鲂鲢。齐子归止，其从如雨。

敝笱在梁，其鱼唯唯。齐子归止，其从如水。

——《齐风·敝笱》

注解参见本章前文。

鲢即鲢鱼，形态和鳙鱼相似，但体色较淡，银灰色，无斑纹。陆玑云"徐州人谓之鲢，或谓之鳙"，乃地方误称，明代彭大翼在《山堂肆考》中更简明地说："青鲢曰鳙，白鲢曰鲢。"古今认识一致，故以鲢鱼释之。

《毛传》："鲂鱮，大鱼。"郑《笺》："鱮似鲂而弱鳞。"陆玑《毛诗草木鸟兽虫鱼疏》："鱮似鲂，厚而头大，鱼之不美者。故里语曰：网鱼得鱮，不如啖茹。其头尤大而肥者，徐州人谓之鲢，或谓之鳙。幽州人谓之鹢鸘，或谓之胡鳙。"朱熹《诗集传》："鱮似鲂，厚而头大，或谓之鲢。"

《本草纲目》中卷44《鱮鱼（鲢鱼）》："［释名］鲢鱼。［时珍曰］酒之美者曰酾，鱼之美者曰鱮。陆佃云：鱮，好群行相与也，故曰鱮；相连也，故曰鲢。《传》云'鱼属连行'是矣。"又："［集解］［时珍曰］鱮鱼，处处有之。状如鳙，而头小形扁，细鳞肥腹。其色最白，故《西征赋》云：华鲂跃鳞，素鱮扬鬐。失水易死，盖弱鱼也。"

鲢鱼栖息于水体的中上层，属淡水鱼类。性活泼，受惊动时能跃出水面。以浮游植物（如单细胞绿藻、硅藻、空球藻、新月藻等）为主食，也食浮游动物。3龄成熟，生殖季节在4—7月间。在流水的中上层产卵，刚孵出的仔鱼随水漂流。鲢鱼分布广泛，是我四大家鱼之一。从黑龙江到珠江水系均有分布，以湖南、湖北产的最好，四季均产。具有适应性强、生长快、个体大、以浮游植物为食等优点，因此是水库、池塘养殖的重要鱼种，天然产量也大，经济价值较高。

6. 嘉鱼（卷口鱼）

卷口鱼（鲤科，Ptychidio jordani）又称老鼠鱼、鼠头鱼、鲜鱼、寐鱼、拙鱼、丙穴鱼等。体长，亚圆筒形，后部稍侧扁。头小、须2对，眼小。背隆起，向后逐渐平直。吻尖突，吻皮肥厚，下垂，包盖着上下颌，边缘深裂成10—12条流苏，口下位，上唇消失，下唇有短须状的小突。鳞小，背鳍无硬刺。体棕色，背部棕黑色，腹部黄白色，鳞片中央有一灰黑色斑块；各鳍棕黑色。

卷口鱼

南有嘉鱼，烝然罩罩①。君子有酒，嘉宾式燕以乐②。
南有嘉鱼，烝然汕汕③。君子有酒，嘉宾式燕以衎④。
南有樛木⑤，甘瓠累之。君子有酒，嘉宾式燕绥之⑥。
翩翩者鵻，烝然来思。君子有酒，嘉宾式燕又思⑦。

——《小雅·南有嘉鱼》

注释：①烝（zhēng）：众多。罩罩：游鱼摆尾状。

②燕：同"宴"。

③汕汕：群鱼游水貌。

④衎（kàn）：欢乐。

⑤樛（jiū）：树木向下弯曲。

《诗经》动植物图说

⑥绥：安然。

⑦又：通"侑"，劝酒。

　　《小雅·南有嘉鱼》是一首描写贵族宴饮宾客情景的乐歌。此诗的主旨，有人认为是宴饮诗兼有求贤之意，《毛诗序》云："《南有嘉鱼》，乐与贤也，大平之君子至诚，乐与贤者共之也。"也有人觉得还含有讽谏之意。这是一首专叙宾主淳朴真挚之情的宴饮诗。前两章均以南方水中的嘉鱼起兴，赞美宴会之美和宾客之乐，宛转地表达出主人的深情厚意，使全诗处于和睦、欢愉的气氛中。三章以藤蔓紧紧缠绕着高大的树木，颇似亲朋挚友久别重逢后亲密无间、难舍难分的情态。四章缓缓地将一群翩飞的鹁鸠出现，隐含着宴饮后的射礼，嘉宾在祥和欢乐的气氛中酒兴愈浓，情致愈高，你斟我饮，言笑晏晏。

　　诗中的"嘉鱼"多有人不识。朱熹《诗集传》中说："嘉鱼，鲤质鳟鲫肌，出于沔南之丙穴。"陈大章《诗集名物集览》："《岭表录异》：嘉鱼形如鳟，出梧州戎城县江水口，甚肥美，最宜为鲝，每炙以芭蕉叶隔火，虑脂滴火灭耳。"

　　《本草纲目》卷44《嘉鱼》篇中说："［释名］鮇鱼（音味）拙鱼（《纲目》）丙穴鱼。［时珍曰］嘉，美也。杜甫诗云'鱼知丙穴由来美'，是矣。河阳呼为鮇鱼，言味美也；蜀人呼为拙鱼，言性钝也。丙穴之说不一。按《文选》注云：丙穴在汉中沔县北，有二所，常以三（八）月取之。丙，地名也。《水经》云：丙水出丙穴。穴口向丙，故名。嘉鱼常以三月出穴，十月入穴。黄鹤云：蜀中丙穴甚多，不独汉中也。……嘉鱼常以春末出游，冬月入穴。"又："〔集解〕〔志曰〕嘉鱼，乃乳穴中小鱼也。常食乳水，所以益人。〔时珍曰〕按任豫《益州记》云：嘉鱼，蜀郡处处有之。状似鲤，而鳞细如鳟，肉肥而美。大者五六斤。食乳泉，出丙穴。二三月随水出穴，八九月逆水入穴。《夔州志》云：嘉鱼，春社前出，秋社后归。首有黑点，长身细鳞，肉白如玉。味颇咸，食盐泉故也。"

关于嘉鱼，诗注者有的认为泛指好鱼，有的则认为是一种鱼的名称。今从上述各书所言，认为嘉鱼是一种鱼的名称。嘉鱼有许多古名，如鯂鱼、鯀鱼、拙鱼、丙穴鱼等。嘉鱼即现在的卷口鱼。

卷口鱼属于定居性鱼类，喜欢生活于河床宽阔、流速大、江中多深潭、水质清澈的石底深水河段以及通泉水的石洞中；据《方志》所载，嘉鱼，孟冬大雾始出，出必于湍溪高峡间。其性洁，不入浊流，常居石岩，食苔饮乳以自养。堪称水中君子。以淡水壳菜和蚬科类为主要食物，也吃一些淡水海绵、藻类及有机碎屑、水生昆虫、水蚯蚓等。每年4—9月份为其繁殖季节，大批产卵在6月和9月。产卵场所多分布在其生活、栖息的水域中，产卵处水流急湍、深潭众多；卵多粘附于石头、沙砾等物的间隙中，不易见到。卷口鱼幼鱼阶段生长较快，成鱼较慢。常见个体为150—500克，最大个体可重达1千克。其肉富含脂肪，尤其在6—9月份的繁殖季节，脂肪体不断增加，远比非生殖季节为高。

在繁殖季节，雄鱼的吻部、颊部及头部均披有白色珠星状的细小颗粒，用手摸之有明显的粗糙感；雌鱼则无星珠，头部较光滑。在同批鱼或同龄鱼中，雌鱼个体始终大于雄鱼，且腹部较饱满。

7. 鲦（白鲦）

白鲦（鲤科，Hemiculter leucisculus）又称鳘子、白条、鲄鱼、鲨鱼、黑鰦、参鱼、肉条子、白漂子。体长一般10至15厘米。体长形，侧扁。背部平直，几乎成一直线。腹部圆弧状较流畅，口端位，斜裂，眼较大。鱼背青灰色，腹部银白色。全有棱。纹短鳞中等大，易脱落。背鳍短小，有硬刺，尾鳍叉深边缘灰黑色。

白鲦

猗与漆沮[①]！潜有多鱼[②]。有鳣有鲔，鲦鲿鰋鲤。以享以祀，以介景福[③]。

—— 《周颂·潜》

注释：①猗与：赞美之词。漆、沮：今陕西的两条河流名。

②潜：通"椮"，指放在水中供鱼栖藏的柴堆。

③介：助。景：大。

《周颂·潜》是周王在冬春两季献鱼于宗庙进行祭祀时所唱的乐歌，形象地记录了当时用各种鱼祭祀祖先的习俗。"鱼"与"余"谐音，有"年年有余"之意。"以介景福"是饮水思源，祈求祖先神灵福佑。诗中罗列了六种鱼名，写出了漆、沮二水名称，让祭祀对象公刘隐名，写的是王室的祭祀活动，也与民间风俗有关。这些都显示了作者调动艺术手法的匠心，使本来在《诗经》里相对枯燥的颂诗能够成为形象生动、意蕴丰富、趣味盎然的作品。

　　《天作》中的"天作高山"，高山即岐山，是大王（古公亶父）率民迁居的地方。《诗集传》认为"此祭大王之诗"（大王亦曾渡漆、沮，但在公刘之后，所以以岐山为标志）。《潜》诗中没有写出公刘，但公刘是周道由此而兴的关键人物，他在漆、沮的经历，当是周人熟知的典故，所以《潜》的祭祀对象必然是公刘。

　　漆、沮（jū），二水名，在周朝发祥地即今陕西彬县、岐山一带。武功境内的漆水河，是传说中轩辕黄帝的起源地，形成了漆水河文化。《国语·晋语》载："昔少典娶于有蟜氏，生黄帝、炎帝。黄帝以姬水（今武功的漆水）成，炎帝以姜水（宝鸡清姜河）成。成而异德，故黄帝为姬，炎帝为姜。二帝用师以相济也，异德之故也。"这两个起源于陕西渭河流域的部落，在阪泉之战以后，逐渐形成华夏民族。黄帝与炎帝成了公认的华夏始祖，我们都是炎黄的子孙。

　　潜，通"罧（shēn）"，意思是积柴于水中以取鱼。罧者扣舟，鱼闻击舟声，藏柴下，壅而取之；潜（qián），通"椮（shēn）"，意思是在水中积成供鱼聚集栖藏的柴草堆，是一种原始而有效的养鱼方法。鱼御寒而入柴草中藏隐，可以簿围捕取之。潜置于水底，堆积水中供鱼栖止的柴草，以便集中捕捉。这种简单的方法不能小觑，正是它们吸引了鱼类大量的聚集。这种巧妙的捕鱼方法是历史上价值极大的创造性生产措施。

对于鲦鱼，现在也有不少人不认识。《毛传》中说："鲦，白鲦也。"《尔雅》记载："鮂，黑鰦。"郭璞注："即白鯈，江东呼为鮂。"《尔雅翼》中说："鲦，白鲦也。其形纤长而白，故曰白鲦，又谓白鯈，江东呼为鮂。"

《本草纲目》卷44《鲦鱼》篇中说："［释名］白鲦（音条）、鲹鱼（音餐）、鮂鱼（音囚）。［时珍曰］鲦，条也。鲹，粲也。鮂，囚也。条，其状也。粲，其色也。囚，其性也。"又："［集解］［时珍曰］鲦，生江湖中小鱼也。长仅数寸，形狭而扁，状如柳叶，鳞细而整，洁白可爱，性好群游。"

鲦即白鲦，是我国淡水产的小型经济鱼类之一。生活于水体的中上层，冬季潜藏于深水层，常群集于沿岸水面游泳觅食，行动迅速。产卵期约在5—7月间，卵黏附于水生维管植物上孵化。生殖季节，雄鱼头部出现白色的珠星。流水、静水均能繁殖。杂食性，主要以水生昆虫、高等植物碎片、枝角类、桡足类和藻类为食，偶尔也吞食小鱼。我国分布广泛，除西部高原地区外，自南部的海南岛至北部的黑龙江均有。

四十　河豚有毒要小心（弓斑东方鲀）

台（弓斑东方鲀）

弓斑东方鲀（鲀科, Fugu ocellatus）。河豚又称鯸鲐（鲐）、鲑、河鲀。弓斑东方鲀是河豚的一种,体呈圆筒形,牙愈合成牙板,有中央缝。背鳍1个,无腹鳍。体裸露无鳞,有小刺。有气囊,能吸气膨胀。背鳍有一条鞍状横带与胸斑相连,背鳍基部亦

弓斑东方鲀

有一圆斑,这些暗绿色圆斑及横带具有橙红色细带镶边。尾鳍呈截形。

敦彼行苇[①],牛羊勿践履。方苞方体,维叶泥泥[②]。戚戚兄弟[③],莫远具尔[④]。或肆之筵[⑤],或授之几[⑥]。

肆筵设席,授几有缉御[⑦]。或献或酢,洗爵奠斝[⑧]。醓醢以荐[⑨],或燔或炙。嘉肴脾臄[⑩],或歌或咢[⑪]。

敦弓既坚⑫，四镞既均⑬，舍矢既均，序宾以贤。敦弓既句⑭，既挟四镞。四镞如树⑮，序宾以不侮。

曾孙维主⑯，酒醴维醹⑰，酌以大斗，以祈黄耇。黄耇台背，以引以翼⑱。寿考维祺，以介景福。

——《大雅·行苇》

注释： ①敦（tuán）：聚貌。行（háng）苇：苇生路旁。

②泥泥：茂盛貌。

③戚戚：亲近。

④尔：同"迩"，近。

⑤筵：古时竹编的坐具。

⑥几：矮桌。

⑦缉御，局促不安貌。

⑧斝（jiǎ）：酒器。莫斝，献酒。

⑨醓醢（tǎn hǎi）：带汁的肉酱。

⑩臄（jué）：牛舌肉。

⑪咢（è）：击鼓而歌。

⑫敦（diāo）：画弓。

⑬镞（hóu）：古代打猎的箭矢。均：指均射中。

⑭句：张。

⑮树：通"竖"。

⑯曾孙：指诸侯，宴会的主人。

⑰醹（rú）：醇厚的酒。

⑱引、翼：在前曰引，在旁曰翼。尊长之意。

《大雅·行苇》是周王和族人宴饮、比射的乐歌。《毛传》："《行苇》，忠厚也。周家忠厚，仁及草木，故能内睦九族，外尊事黄耇，养老乞言，以成其福禄焉。"朱熹《诗集传》："疑此祭毕，而燕父兄耆老之诗。"刘向《列女传·晋弓工妻》："君闻昔者公刘之行乎？羊牛践葭苇，恻然为民痛之。恩及草木，……仁著于天下。"从诗歌内容看应是宴请族亲耆老。诗的第四章描写宴会上美酒淳厚，主人为席上的老年人敬酒祝寿的情景。诗中的"以祈黄耇。黄耇台背"意思是老人发黄背也驼，给长寿老年人祝贺。"寿考维祺，以介景福"意思是长寿本是吉祥事，请神赐您大福分。

诗中"台背"之台，同"鲐"，意谓背有老斑如鲐鱼，或谓背驼，总之都是老态龙钟的样子。《毛传》："台背，大老也。"郑《笺》："台之言鲐也，大老则背有鲐文。"孔《疏》："《释诂》云：鲐背耇老，寿人也。舍人曰：老人气衰，皮肤消瘠，背若鲐鱼也。《尔雅》作'鲐'，以其似鲐鱼，而此经作'台'，故笺申之云'台之言鲐也，大老则背有鲐文，是依《尔雅》为说也。'"

《尔雅》："黄发、齯齿、鲐背、耇老，寿也。"郭璞注："黄发，发落更生黄者。齯齿，齿堕更生细者。鲐背，背皮如鲐鱼。耇犹耆也，皆寿考之通称。"

《本草纲目》卷44《河豚》："［释名］鯸鲐（一作鯸鲐）、鯯鲐（《日华》）、鲵鱼（一作鲑）、嗔鱼（《拾遗》）、吹肚鱼（俗）、气包鱼。［时珍曰］豚，言其味美也。侯夷，状其形丑也。鲵，谓其体圆也。吹肚、气包，象其嗔胀也。《北山经》名䱐鱼，音沛。"又："［集解］［藏器曰］腹白，背有赤道如印，目能开阖。触物即嗔怒，腹胀如气球浮起，故人以物撩而取之。［时珍曰］今吴越最多。状如蝌斗，大者尺余，背色青黑，有黄缕文，无鳞无腮无胆，腹下白而不光。率以三头相从为一部。彼人春月甚珍贵之，尤重其腹腴，呼为西施乳。严有翼《艺苑雌黄》云：河豚，水族之奇味，世传其杀人。余守丹阳、宣城，见土人户户食之。但用菘菜、蒌蒿、荻牙三物煮之，亦未见死者。南人言鱼之无鳞无腮，无胆有声，目能眨者，皆有毒。河豚备此数者，故人畏之。……《御览》云：河豚鱼虽小，而獭及大鱼不敢唼之，则不惟毒人，又能毒物也。"

台，即鲐。今称河豚，是鲀科鱼类的俗称。常见的有虫纹东方鲀、弓斑东方鲀和暗色东方鲀等。以弓斑东方鲀释之。

弓斑东方鲀我国沿海均有分布，有些种类可生活在河口或进入淡水。其中东方鲀属是具有经济价值的类型之一，东方鲀属也是最为常见的类群，通常称为河豚（鲀）。多生活于海水中，也可进入淡水。为底层鱼类，活动力差。分布于南海和珠江下游、东海和长江下游、黄海。

《诗经》动植物图说

四十一　鱼类一族（白斑星鲨、黄颡鱼、刺鰕虎鱼、乌鳢、鲇鱼）

这是一组属于各科鱼类的几种鱼，有些种类大家不很熟悉，古人能认识并记载这些鱼类，十分珍贵。

1. 鱼（白斑星鲨）

白斑星鲨（皱唇鲨科，Mus-telus manazo）又称鲨皮、白点鲨等。体较细长，长1米以内。背面和上侧面灰褐色，沿侧线及侧线上方具许多不规则白色斑点，下侧面和腹面银白色。吻钝尖。眼椭圆形，瞬褶平横外露。喷水孔小，位于眼后。口三角形，牙细

白斑星鲨

小而多，鳃孔5个，最后两个位于胸鳍基底上方。背鳍两个，无硬棘。尾鳍狭长，尾椎轴稍翘，臀鳍小，腹鳍比第二背鳍少小，胸鳍中大。

采薇采薇，薇亦作止。曰归曰归，岁亦莫止[1]。靡室靡家[2]，猃狁之故[3]。不遑启居[4]，猃狁之故。

采薇采薇，薇亦柔止。曰归曰归，心亦忧止。忧心烈烈，载饥载渴。我戍未定，靡使归聘[5]。

采薇采薇，薇亦刚止。曰归曰归，岁亦阳止[6]。王事靡盬，不遑启处。忧心孔疚，我行不来。

彼尔维何？维常之华。彼路斯何[7]？君子之车。戎车既驾，四牡业业。岂敢定居，一月三捷。

驾彼四牡，四牡骙骙。君子所依，小人所腓。四牡翼翼，象弭鱼服[8]。岂不日戒，猃狁孔棘[9]！

昔我往矣，杨柳依依；今我来思，雨雪霏霏。行道迟迟，载渴载饥。我心伤悲，莫知我哀！

——《小雅·采薇》前六章

注释：①莫："暮"的本字，指岁暮。

②靡：无。

③猃狁（xiǎn yǔn）：亦作猃狁。古代北方游牧民族，战国、秦、汉时称匈奴。

④不遑：没空。

⑤靡使：没有捎信的人。

⑥阳：阳月，指夏历四月以后。

⑦路：同"辂"，高大的马车。

　　　　　　　　《诗经》动植物图说

⑧象弭：象牙镶饰的弓。鱼服：鱼皮制成的箭袋。服，"箙"的

假借。

⑨孔棘：非常紧急。

　　《小雅·采薇》是一首著名的征夫诗。诗的前五章，描写威武的军容和紧张的战斗。以采薇起兴，着重写戍边征战生活的艰苦、强烈的思乡情绪以及久久未能回家的原因。从中透露出士兵既有御敌胜利的喜悦，也深感征战之苦，流露出期望和平的心绪。其中有描述阴雨纷纷、雪花霏霏的情景，道路崎岖，士兵又饥又渴。但边关渐远，乡关渐近。此刻，他遥望家乡，抚今追昔，不禁思绪纷繁，百感交集。第六章以"昔我往矣，杨柳依依"的抒情结束全诗，感人至深。抒写出征和生还时刻的景物和情怀，言浅意深，情景交融，历来被认为是《诗经》中最有名的诗句之一。

　　诗中的"象弭鱼服"，象弭指象牙镶饰的弓；鱼服指鲨鱼皮制成的箭袋。此句形容装备精良。陆玑《毛诗草木鸟兽虫鱼疏》中说："鱼服，鱼兽之皮也。鱼兽似猪，东海有之，一名鱼狸。其皮背上斑文，腹下纯青，今以为弓鞬步叉者也。其皮虽干燥以为弓鞬矢服，经年，海水将潮及天将雨，其毛皆起水潮，还及天晴，其毛复如故。虽在数千里外，可以知海水之潮气，自相感也。"

　　朱熹《诗集传》："鱼，兽名，似猪，东海有之。其皮背上斑文，腹下纯青。可为弓鞬矢服也。"陈大章《诗传名物集览》："罗氏曰：鱼服，鲛鱼之皮所为。"又："《通雅》：鲛，海鯋之最

大者。"

《本草纲目》卷44《鲛鱼（沙鱼）》："［释名］沙鱼（《拾遗》）、鯌鱼（鹊、错二音）、鰒鱼（音剥）、溜鱼。［时珍曰］鲛皮有沙，其文交错鹊驳，故有诸名。古曰鲛，今曰沙，其实一也。或曰：本名鲛，讹为鲛。段成式曰：其力健强，称为河伯健儿。"又："［集解］［时珍曰］古曰鲛，今曰沙，是一类而有数种也，东南近海诸郡皆有之。形并似鱼，青目赤颊，背上有鬣，腹下有翅，味并肥美，南人珍之。大者尾长数尺，能伤人。皮皆有沙，如真珠斑。……［藏器曰］其鱼状貌非一，皆皮上有沙，堪揩木，如木贼也。小者子随母行，惊即从口入母腹中。"

《小雅·采薇》中"象弭鱼服"的"鱼"，不是鱼类的泛称，而是某种鱼的特称。究竟是何种鱼，注《诗》者主要有两种解释：其一，认为是鱼兽，一名鱼狸。陆《疏》、朱《传》持此说。其二，认为是鲛。陈大章《集览》引罗氏语曰"鱼服，鲛鱼之皮所为"。李时珍认为"古曰鲛，今曰沙，其实一也"。沙即鲨，故以鲨释之。但和《小雅·鱼丽》中的"鲨"不同物，鲨有多种，今以白斑星鲨释之。

白斑星鲨在大陆棚上浅海区域，有时亦来港湾或江口索食。主要取食较大的甲壳动物，如虾类及蟹类。也食软体动物，如乌鲗及枪乌鲗，以及沙蚕和其他底栖无脊椎动物。有时也食小型鱼类，以及抛弃在水中的食物。白斑星鲨卵胎生，每产10余儿。胎儿具很短卵黄管，长约3厘米左右。卵黄腺游离，不与母体子宫壁相连。白斑星鲨为我国黄海和东海次要经济鱼类，在黄海产量较大，东海次之，为其他渔业的兼捕性鱼类。

2. 鲿（黄颡鱼）

黄颡鱼（鲿科, Polteobagrus fulvidraco）又称黄鲿鱼、鲿、黄鱼、黄骨鱼、黄颊鱼、嘎鱼、黄蜡丁、黄石公、革牙、黄捌头等。体长30厘米左右。体背部黑褐色或黄褐色，腹部浅黄色。各鳍灰黑色，尾鳍上有黑色纵纹。背缘隆起，腹部平圆，体后半部渐侧扁。头大扁平，吻短、口裂大，下位。眼小，鼻孔两对，须4对。体光滑无鳞，侧线完全。背鳍具硬刺，腹鳍起点约与臀鳍相对，胸鳍略呈扇形，硬刺发达，且前后缘均有锯齿，尾鳍深叉形。

黄颡鱼

鱼丽于罶[①]，鲿鲨。君子有酒，旨且多[②]。

鱼丽于罶，鲂鳢。君子有酒，多且旨。

鱼丽于罶，鰋鲤。君子有酒，旨且有。

物其多矣，维其嘉矣！

物其旨矣，维其偕矣[③]！

物其有矣，维其时矣！

—— 《小雅·鱼丽》

注释: ①丽:两也,有成群结队之意。罶(liǔ):捕鱼的竹篓。

②旨:指美味佳肴。

③偕:俱也,指共同在一起。

《小雅·鱼丽》是周代贵族宴飨宾客通用之乐歌。描写了主人待客殷勤、宾主共同欢乐的情景。诗中盛赞宴享时酒肴之甘美盛多,以见丰年多稼。诗的第一章,以鱼笼捕到鲿鲨为喻,写君子宴会菜肴的丰富和气氛的喜庆(鱼是喜庆的象征),主人的酒美且多。

鲿,即今之黄颡鱼。《毛传》中说:"鲿,扬也。"陆玑《毛诗草木鸟兽虫鱼疏》:"鲿,一名扬,今黄颊鱼。似燕头,鱼身,形厚而长,骨正黄,鱼之大而有力解飞者。今江东呼黄鲿鱼,一名黄颊鱼。尾微黄,大者长尺七八寸许。"

《本草纲目》卷44《黄颡鱼》篇中讲:"〔释名〕黄鲿鱼(古名)、黄颊鱼(《诗疏》)、鱼央鱼轧(央轧)、黄鱼几。〔时珍曰〕颡、颊以形,鲿以味,鱼央鱼轧以声也。今人析而呼为黄鱼央、黄鱼几。陆玑作黄扬,讹矣。"又:"〔集解〕〔时珍曰〕黄颡,无鳞鱼也。身尾俱似小鲇,腹下黄,背上青黄,腮下有二横骨,两须,有胃。群游作声如轧轧。性最难死。陆玑云:鱼身燕头,颊骨正黄。鱼之有力能飞跃者。陆佃云:其胆春夏近下,秋冬近上。亦一异也。"

黄颡鱼是肉食性为主的杂食性鱼类,对环境的适应能力强。又是底栖性小型鱼类,多生活在江河缓流、岸边或静水之底层。夜晚常在水面活动寻食，取食小鱼、小虾、浮游动物及水生昆虫的幼虫、软体动物等。繁殖期南方较早，为4—5月，北方较晚，为6—7月，2龄可达性成熟。本人青年时期曾下伊河捕鱼，当地农村称它为"黄鮥魟"，该鱼很有力，不驯服，不好用手捉。它的鳍条硬如刺，并有锯齿。

黄颡鱼产卵活动一般在夜间进行。雄鱼有筑巢和保护后代的习性，在繁殖期间，雄鱼游到沿岸淤泥处，利用胸鳍刺在泥底断断续续地转动，掘出小小泥坑为巢。雄鱼筑巢后即留在巢里等候雌鱼到巢里产卵受精。雌鱼产完卵即离巢觅食，雄鱼在巢边附近守护，直到仔鱼能自由游动时为止。全国除西北、西南少数地区外，其他各水系如长江、黄河、珠江、西江、黑龙江等地均大量分布。

3.鲨（刺鰕虎鱼）

刺鰕虎鱼（鰕虎鱼科，Aca-nthogobius flavimanus）又称鲅、鲍、沙鳁、沙沟鱼、弹涂、光鱼、油光鱼。体长10至20厘米，前部稍呈圆柱形，后部侧扁，背面稍微凸起。头大吻长，头部除后头部、颊部上部及鳃盖上部被小圆鳞外，其他部分均无鳞。体上部灰褐色，下部较淡。体侧有不甚明显的暗色斑点5—6个。吻部色较深，颊部有暗色条纹，眼下部亦有放射状的条纹。背鳍有排列呈3—5斜纵行的暗色斑点，腹鳍黄色，尾鳍有波状横纹7—10条。

刺鰕虎鱼

鱼丽于罶，鲿鲨。君子有酒，旨且多。

鱼丽于罶，鲂鳢。君子有酒，多且旨。

鱼丽于罶，鰋鲤。君子有酒，旨且有。

物其多矣，维其嘉矣！

物其旨矣，维其偕矣！

物其有矣，维其时矣！

——《小雅·鱼丽》

注解参见本章前文。

鲨，即今之刺鰕虎鱼。古人早就发现并记载了这种鱼。陆玑《毛诗草木鸟兽虫鱼疏》："鲨，吹沙也。似鲫鱼，狭而小，体圆而有黑点。一名重唇篇。鲨常张口吹沙。"朱熹《诗集传》："鲨，鮀也。鱼狭而小，常张口吹沙，故又名吹沙。"

《本草纲目》卷44《鲨鱼》："［释名］鮀鱼（《尔雅》）、吹沙（郭璞）、沙沟鱼（俗名）、沙鰮（音问）。［时珍曰］此非海中沙鱼，乃南方溪涧中小鱼也。居沙沟中，吹沙而游，呷沙而食。鮀者，肉多形圆，陀陀然也。"又："［集解］［时珍曰］鲨鱼，大者长四五寸，其头尾一般大。头状似鳟，体圆似鳝，厚肉重唇。细鳞，黄白色，有黑斑点文。背有鬐刺甚硬。其尾不歧。小时即有子。味颇美。俗称为呵浪鱼。"

刺鰕虎鱼海水或淡水均产，是一类体形较小的鱼类。栖息在泥质和砂质底部，沿着海湾沿岸、河口，有时会上溯到河川，以小虾、小鱼、镖蚤类、短尾类幼体、猛蚤类和甲壳类的幼体为食。刺鰕虎鱼全年大多数时间通常出现在淡水溪流，略高于潮汐影响的河段。个别的鱼常见于海湾和水深1—14米的内湾。夏秋季节喜集聚在河口附近和海湾的浅水滩。冬季至早春产卵。冬季繁殖季时，成鱼会迁移到下游河口产卵。卵被产在潮间带泥滩15—35厘米深的Y形巢内。雌鱼产卵后可能会离开洞穴或加入雄鱼共同守卫卵。

刺鰕虎鱼的原生地在亚洲，分布于河北的北戴河，山东的羊角沟、蓬莱、烟台、青岛等地，稍具经济价值。

4. 鳢（乌鳢）

乌鳢（鳢科，Ophiocephalus argus）又称黑鱼、乌棒、乌鱼、才鱼、蠡鱼、黑鳢、玄鳢、鲷鳢、文鱼等等。体长50厘米以上，前部成圆棒状，后部侧扁。头长而大，前部平扁，顶部平，被覆鳞片。口大牙尖，体黑，背部较暗，腹部较浅。体侧有暗色花斑，头侧有条纵行的黑色条纹。背鳍、臀鳍、尾鳍上有黑白相间的花纹。胸鳍、腹鳍淡黄色。胸鳍基部有一黑斑。背鳍、臀鳍基部均较长，达尾鳍基部。尾鳍圆形。胸鳍圆扁形，末端约达腹鳍中部稍后。

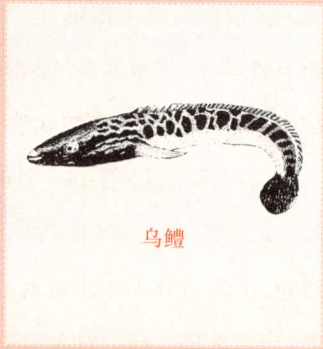

乌鳢

鱼丽于罶，鲿鲨。君子有酒，旨且多。

鱼丽于罶，鲂鳢。君子有酒，多且旨。

鱼丽于罶，鰋鲤。君子有酒，旨且有。

物其多矣，维其嘉矣！

物其旨矣，维其偕矣！

物其有矣，维其时矣！

——《小雅·鱼丽》

注解参见本章前文。

古人对鳢早有记述。《尔雅》："鳢。"郭璞注："鲖也。"又：

"鲩。"郭璞注："今鳢鱼，似鳟而大。"《埤雅》："鳢，今玄鳢是也。"

《本草纲目》卷44《鳢鱼》："［释名］蠡鱼（《本经》）、黑鳢（《图经》）、玄鳢（《埤雅》）、乌鳢（《纲目》）、鲖鱼（音同。《本经》）、文鱼。［时珍曰］鳢首有七星，夜朝北斗，有自然之礼，故谓之鳢。又与蛇通气，色黑，北方之鱼也，故有玄、黑诸名。俗呼火柴头鱼，即此也。其小者名鲖鱼。苏颂《图经》引《毛诗》诸注，谓鳢即鲩鱼者，误矣。今直削去，不烦辩证。"又："［集解］［时珍曰］形体长圆，头尾相等，细鳞玄色，有斑点花文，颇类蝮蛇，有舌有齿有肚，背腹有鬣连尾，尾无歧。"古有"鳢，鲩也"之说，李时珍已经判为误称，今从李说。鳢，即今之乌鳢。

乌鳢为底栖的淡水鱼类。生活于静水或缓流水体，性情凶猛。成鱼以小鱼（泥鳅、沙鳅、赤眼鳟、鲫鱼等）、小虾、蝌蚪、水生昆虫及其他水生动物为食。一般潜伏于草丛中，伺机猎取食物。它适应性强，在缺氧的环境下能借助鳃上腔的辅助呼吸器在水面呼吸，离开水能活相当长的时间。乌鳢还能在陆地上滑行，迁移到其他水域寻找食物，可以离水生活3天之久。冬季埋于淤泥中过冬。繁殖期在5—6月。亲鱼在水草茂盛的静水浅滩把水草咬断做成圆环形巢穴，雌鱼在巢中产卵后，亲鱼守候巢旁。孵化后几天的仔鱼离巢成群游动觅食时，亲鱼仍随其后保护。大约20天，到幼鱼阶段，始散群营独立生活。除西部高原地区外，我国其他水系均有分布。

5. 鳀（鲇鱼）

鲇鱼（鲇科, Silurus asotus）又叫鲶鱼、土鲶、鲏鱼、鳀鱼、鳀鱼等。个体长形，体长可达几十厘米。嘴大、头大、肚子大。头宽扁，口宽阔，口裂较浅，末端与眼前缘相对。眼小，须两对。胸腹部圆胖，后部渐侧扁。体光滑皮有黏质，无鳞。体背面深灰色，具

鲇鱼

轮廓模糊的暗纹，大多数个体具星状白斑。腹面淡黄色，各鳍色较浅。腹鳍距臀鳍很近，臀鳍很长，尾鳍截形，背鳍很小。

鱼丽于罶，鲿鲨。君子有酒，旨且多。

鱼丽于罶，鲂鳢。君子有酒，多且旨。

鱼丽于罶，鳀鲤。君子有酒，旨且有。

物其多矣，维其嘉矣！

物其旨矣，维其偕矣！

物其有矣，维其时矣！

——《小雅·鱼丽》

注解参见本章前文。

据《毛传》说："鳀，鲇也。"《本草纲目》卷44《鳀鱼（鲇鱼）》："［释名］鳀鱼（音题）、鳀鱼（音偃）、鲇鱼。［时珍曰］鱼额平夷低偃，其涎粘滑。鳀，夷也。鳀，偃也。鲇，粘也。古曰鳀，今曰鲇；北人曰鳀，南人曰鲇。"又："［集解］［时珍曰］鲇乃无鳞之鱼，大首偃额，大口大腹，鲵身鳢尾，有齿有胃有须。生流水者，色青白；生止水者，色青黄。大者亦至三四十斤，俱是大口大腹，并无口小者。"

李时珍说得非常清楚，古称的鳀鱼、鳀鱼、鳀鱼都是指鲇鱼。"鲇"是底层词，因鲇鱼"瀺（方言词，读缠）"多，很黏，或说粘，所以叫"鲇"。但古人对鳀的认识也有不一致的，如《尔雅》："鳀。"郭璞注："今鳀额白鱼。"又："鲇。"郭璞注："别名鳀，江东通呼鲇为鳀。"《埤雅》："鳀，今偃额白鱼也。一名鲇。"白鱼即红鳍鲌（Culter erythropterus），是鲤科鲌亚科鱼类。此鱼体形较大，《本草纲目·鳞部》："白鱼……色白，头昂，大者六七尺，曰鲌。"《埤雅》："诗曰：鲦鳋鳀鲤。先鲦后鳋，先鳀后鲤者，鳋大于鲦，鲤大于鳀。"可见鳀小于鲤，或体型大小接近于鲤，鳀若是大鱼，鳀鲤怎么一同落入罶（竹笼）呢？故，鳀应指鲇鱼才是。

鲇鱼是江河、湖泊、沟渠中下水层常见鱼类。生性不很活泼，底栖，常潜伏于洞穴内或隐藏于水草丛中，猎食时也在中上层活动。白天多隐蔽，夜间活动寻食。肉食性，捕食水生昆虫、虾类、蛙、小鱼等动物，适应能力强。

鲇鱼繁殖期在5—7月，产卵时，雄鱼激烈地追逐雌鱼，以其吻部在雌鱼腹部及肛门处摩擦，有时雌雄尾部扭曲在一起。常分散生活，一般不成群。肉质细嫩，少刺，是优良贵重的食用鱼之一。鲇鱼除西藏高原与新疆外，全国各地均有分布。

四十二　鳇鱼、鲟鱼很珍贵（鳇鱼、中华鲟）

鳇鱼被誉为"淡水鱼之王"，全身是宝，肉厚刺少，味美而鲜，十分珍贵。中华鲟是我国特有的古老珍稀鱼类，是世界现存鱼类中最原始的种类之一，被称为"活化石"和"水中熊猫"。

1. 鳇（鳇鱼）

鳇鱼（鲟科, Huso dauricus）又称鳇、黄鱼、蜡鱼、玉板鱼、东亚鳇鱼、牛鱼。体形粗长，可达5米。头尾尖细。头大，表面被骨板。吻尖，突出，呈三角形。口大，下位，新月形。吻腹面，口前方有须两对，内侧一对稍前。眼小，距吻端近。左右鳃膜相连。体背灰绿或青黑，侧面黄色。体被有5行骨板状硬鳞，各

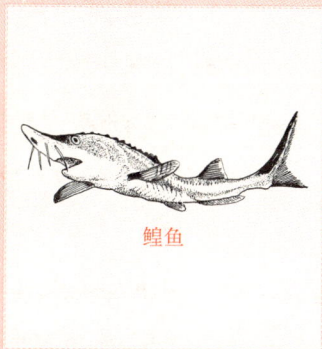

鳇鱼

鳞具微弯的锐棘。鳞间皮肤粗糙。背鳍位后。尾鳍形歪，上叶尖长。

硕人其颀①，衣锦褧衣②。齐侯之子，卫侯之妻。东宫之妹，邢侯之姨，谭公维私。

手如柔荑，肤如凝脂，领如蝤蛴，齿如瓠犀。螓首蛾眉，巧笑倩兮③，美目盼兮④。

硕人敖敖⑤，说于农郊。四牡有骄，朱帻镳镳⑥，翟茀以朝⑦。大夫夙退，无使君劳。

河水洋洋，北流活活。施罛濊濊⑧，鳣鲔发发，葭菼揭揭。庶姜孽孽⑨，庶士有朅⑩。

——《卫风·硕人》

注释：①硕：高大之意。颀（qí）：面貌俊美之意。

②褧（jiǒng）：细麻布罩衣。

③倩（qiàn）：倩，巧笑貌。

④盼：美目流转之意。

⑤敖：本意为闲游、漫游之意，这里用为散漫之意。

⑥帻（fén）：缠在马口两旁上的绸子。镳（biāo）：美盛之意。

⑦茀（fú）：本意为野草塞路这里指杂乱之意。

⑧濊：（huò）象声词。形容水声之意。

⑨庶：希冀之意。孽（niè）：忧虑之意。

⑩朅（qiè）：离去之意。

《卫风·硕人》是赞美齐女庄姜出嫁时的壮盛和美貌，着力

　　　　　　　　　　《诗经》动植物图说

刻画了庄姜高贵，美丽的形象。据《左传·隐公三年》记载："卫庄公娶于齐东宫得臣之妹，曰庄姜。美而无子，卫人所为赋《硕人》也。"庄姜是齐庄公的女儿，嫁于卫庄公为妻。诗中叙写她高贵的出身、美丽的容貌、出嫁的盛况以及沿途的景色。诗的第四章以"施罛涉涉，鳣鲔发发"张网扑鱼，鱼儿活蹦乱跳，从而点题：暗示喧闹的水声使她心绪烦乱，她一方面希冀那姜水（爱情源泉）灌注她的心田，另一方面她又想让那个读书郎离开她，不要扰乱她宁静的生活。表现出了她的这种矛盾心理。

《毛传》："鳣，鲤也。"郑《笺》："鳣，大鱼，口在颔下，长二三丈，江南呼黄鱼，与鲤鱼全异。"《毛传》误将鳣释之为鲤，郑《笺》已作了纠正。鳣和黄鱼是鳇鱼的古称，故以今之鳇鱼释之。

陆玑《毛诗草木鸟兽虫鱼疏》："鳣出江海，三月中从河下头来上。鳣身形似龙，锐头，口在颔下，背上腹下皆有甲，纵广四五尺。今于盟津东石碛上钓取之，大者千余斤。可蒸为臛，又可为鲊，子可为酱。"

《本草纲目》卷44《鳣鱼》篇中记述甚详："[释名]黄鱼（《食疗》）、蜡鱼（《御览》）、玉版鱼。[时珍曰]鳣肥而不善游，有遭如之象。曰黄曰蜡，言其脂鱼也。玉版，言其肉色也。《异物志》名含光，言其脂肉夜有光也。《饮膳正要》云：辽人名阿八儿忽鱼。"又："[集解][时珍曰]鳣出江淮、黄河、辽海深水处，无鳞大鱼也。其状似鲟，其色灰白，其背有骨甲三行，其鼻长有须，其口近颔下，其尾歧。其出也，以三月逆水而生。其居也，在矶石湍流之间。其食也，张口接物听其自入，食而不饮，蟹鱼多误人之。昔人所谓'鳢鲔岫居'，世俗所谓'鲟鳇鱼吃自来食'是矣。其行也，在水底，去地数寸。渔人以小钩近千沉而取之，一钩着身，动而护痛，诸钩皆着。船游数日，待其困惫，方敢掣取。其小者近百斤，其大者长二三丈，至一二千斤。其气甚腥。其脂与肉层层相间，肉色白，脂色黄如蜡。其脊骨及鼻，并鬐与鳃，皆脆软可食。其肚及子盐藏亦佳。其鳔亦可作胶。其肉骨煮炙及作鲊皆美。"

　　鳇鱼是很珍贵的大型淡水鱼类，常年生活在淡水中，只在河道中或近或远地洄游。多栖息于砾石和沙质底、水流较缓的江岔和大江干流之中。一般分散活动，其活动又常与水位涨落及觅食等密切相关。冬季集中在河水深处，春季成熟个体游到上游产卵繁殖。一般雌性个体16—17龄时才能成熟，雄性个体稍早。产卵期从5月底至7月初，通常7天孵出仔鱼。幼鱼以浮游生物、底栖动物等为食，第二年改为以食鱼为主。成鱼几乎全部取食其他鱼类，主要捕食鲤科鱼类。

　　鳇属鱼类中我国只产鳇鱼1种，只见于东北，现在仅分布于黑龙江流域，其河口至上游均产，中游为多。中国黑龙江鲟鳇鱼的人工繁殖技术在20世纪50年代末即已获成功。在2001—2009年期间，该省共计放流鱼类苗种4.81亿尾，其中国际濒危物种鲟鳇鱼203万余尾。这对保护珍稀、名贵和濒危鱼种起到了重要作用。

2. 鲔（中华鲟）

中华鲟（鲟科, Acipenser sinensis）又称鳣鱼、鲔鱼、王鲔、碧鱼、腊子、覃龙、鲟鲨、黄鲟、着甲、大癞子、鲟鳇。是一种大型的溯河洄游性鱼类，体形如长梭，体长1米以上，胸腹部平坦，尾细。头呈三角形。吻尖长上翘。口下位，横裂，能自由伸缩。

中华鲟

唇具乳突。须两对，横排。眼睛甚小。鼻孔大。鳃孔大。鳃弓肥又厚，棒状鳃耙，稀疏排列。头部及体背侧青灰色，略带褐色，腹面灰白，鳍灰色。体有5行骨板状硬鳞，背行较大，鳞间皮肤光滑。背鳍位后。胸鳍发达，尾鳍歪形，较发达。

碩人其颀，衣锦褧衣。齐侯之子，卫侯之妻。东宫之妹，邢侯之姨，谭公维私。

手如柔荑，肤如凝脂，领如蝤蛴，齿如瓠犀。螓首蛾眉，巧笑倩兮，美目盼兮。

碩人敖敖，说于农郊。四牡有骄，朱幩镳镳，翟茀以朝。大夫夙退，无使君劳。

河水洋洋，北流活活。施罛濊濊，鳣鲔发发，葭菼揭揭。庶姜孽孽，庶士有朅。

——《卫风·硕人》

注解参见本章前文。

鲔即今之鲟鱼。公元前一千多年的周代，就把中华鲟称为王鲔鱼。

《辞源》："鲔：鱼名。鲟鱼。"我国现有鲟鱼多种，较常见的有三种：东北鲟（Acipenser schrencki）、中华鲟（Acipenser sinensis）和长江鲟（Acipenser dabryanus）。其中中华鲟曾分布较广，故按中华鲟释之。

对于鲟鱼古人记述很多，陆玑《毛诗草木鸟兽虫鱼疏》："鲔鱼形似鱣而色青黑，头小而尖，似铁兜鍪。口在颔下，其甲可以磨薑。大者不过七八尺。益州人谓之鱣。鲔大者为王鲔，小者为鮛鲔，一名鮥。肉色白，味不如鱣也。今东莱、辽东人谓之尉鱼，或谓之仲明鱼。仲明者，乐浪尉也，溺死海中，化为此鱼。"朱熹《诗集传》："鲔似鱣而小，色青黑。"《尔雅》："鮥，鮛鲔。"郭璞注："鲔，鱣属也，大者名王鲔，小者名鮛鲔。今宜都郡自京门以上江中通出鱏鱣之鱼，有一鱼状似鱣而小，建平人呼鮥子，即此鱼也。"

《本草纲目》卷44《鲟鱼》篇中说："［释名］鱏鱼（寻、淫二音）、鲔（音洧）、王鲔（《尔雅》）、碧鱼。［时珍曰］此鱼延长，故从寻从覃，皆延长之义。《月令》云：季春，天子荐鲔于寝庙，故有王鲔之称。郭璞云：大者名王鲔，小者名叔（鮛）鲔，更小者名鮥子（音洛）。李奇《汉书》注云：周洛曰鲔，蜀曰鮥鳣（音亘懵）。《毛诗义疏》云："辽东、登、莱人名尉鱼，言乐浪尉仲明溺海死，化为此鱼。盖尉亦鲔字之讹耳。《饮膳正要》云：今辽人名乞里麻鱼。"又："［集解］［藏器曰］鲔生江中。背如龙，长一二丈。［时珍曰］出江淮、黄河、辽海深水处，亦鳣属也。岫居，长者丈余。至春始出而浮阳，见日则目眩。其状如鳣，而背上无甲。其色青碧，腹下色白。其鼻长与身等，口在颔下，食而不饮。颊下有青斑纹，如梅花状。尾歧如丙。肉色纯白，味亚于鳣，髻骨不脆。"

中华鲟生长于近海，为大型溯河洄游性特产鱼类，性成熟以后进入江河。生活在长江中的中华鲟每年秋季10—11月份，性成熟个体溯至金沙江产卵，卵很大，沉性，黏附于砾石上孵化。幼鱼游到沿海肥育，以底栖动物为主要食物。近代分布于近海及长江、珠江、闽江、钱塘江、黄河等大江河。目前黄河、闽江、钱塘江均绝迹，珠江极少，长江现有量较大。被列为国家一级野生保护动物。

鳇鱼、鲟鱼很珍贵（鳇鱼、中华鲟）

四十三　天牛不是牛（星天牛）

天牛有角似牛，而且能在天上飞，所以有了天牛的美名。李时珍说天牛"有黑角如八字，似水牛角，故名"。但它是一种昆虫，不是牛，也没有耕牛那样有益于人类，而是以它的利吻为害了多种树木。

蠀螬（星天牛）

星天牛（天牛科，Anoplophora chinensis）。成虫通称天牛，又称水牛，星天牛是天牛的一种。蠀螬是天牛的幼虫，古称蝤、蛴螬、木蠹虫、蛀虫、食木虫等，成虫体长约19至39毫米，宽6至13.5厘米，鞘翅黑亮，布满白色绒毛小斑点，每翅约20个。触角11节。成熟幼虫体长45至67毫米，扁圆筒形，淡黄白色。

星天牛

硕人其颀，衣锦褧衣。齐侯之子，卫侯之妻。东宫之妹，邢侯之姨，谭公维私。

　　手如柔荑，肤如凝脂，领如蝤蛴，齿如瓠犀。螓首蛾眉，巧笑倩兮，美目盼兮。

　　硕人敖敖，说于农郊。四牡有骄，朱幩镳镳，翟茀以朝。大夫夙退，无使君劳。

　　河水洋洋，北流活活。施罛濊濊，鳣鲔发发，葭菼揭揭。庶姜孽孽，庶士有朅。

——《卫风·硕人》

　　注解参见第四十二章。诗的第二章以"手如柔荑，肤如凝脂，领如蝤蛴，齿如瓠犀，螓首蛾眉"等句，极力铺写庄姜容貌的美丽。"蝤蛴"的皮肤嫩白，以这光滑洁白木蠹虫来比喻和描写美人的颈项。诗中的一些传神之笔乃是千古绝唱，在后世文学作品中被广为吸收和借鉴。

　　古人有将蝤蛴误认为是蛴螬的，但这是两种虫子的幼虫。现在也有很多人是认不得或分不清的。《尔雅》中说："蟦，蛴螬。"郭璞注："在粪土中。""蝤蛴，蝎。"郭璞注："在木中。今虽通名为蝎，所在异。"又："蝎，桑蠹。"郭璞注："即蛣蜣。"《尔雅》等书辨之甚清，郭璞注讲得准确。朱熹在《诗集传》中也说得对："蝤蛴，木虫之白而长者。"蛴螬是粪土中虫，是蝼蛄的幼虫；蝤蛴是指木蠹虫，是天牛的幼虫。蝤蛴古名通称蝎（但此蝎不是钳蝎科会螫人的、能入中药的蝎子）。常见的天牛有星天牛、云斑天牛和褐天牛等，今以星天牛释之。

《本草纲目》卷41《木蠹虫》："［释名］蝎（音曷）、蛣蚍（音囚齐）、蛣蝠（音乞屈）、蛀虫。［时珍曰］蠹古又作蠧，食木虫也，会意。《尔雅》云：蛣蚍，蝎也。蝎，蛣蝠也。郭璞云：凡木中蠧虫，通名为蝎。但所居各异耳。"又："［集解］［藏器曰］木蠹一如蛴螬，节长足短，生腐木中，穿木如锥刀，至春雨化为天牛。苏恭以为蛴螬，深误矣。"

天牛，在豫西又叫它水牛，夏天在暴雨后，丘陵地流下来的洪水中有很多水牛。

星天牛的幼虫蛀害树干基部和主根，在木质部乃至根部为害，树干下会留下成堆的虫粪，严重影响到树体的生长发育，甚至使植株生长衰退乃致死亡。成虫咬食嫩枝皮层，形成枯梢，也蚕食树叶成缺刻状。2004年秋，哈尔滨市的星天牛泛滥，7万余株糖槭树被这种害虫蛀食得千疮百孔，其中一部分已秃顶或整株枯死。该市城调队统计，全市共有糖槭树9万株，约80%的树木遭到星天牛的侵害。可见星天牛的危害之大。

它的幼虫蛀食还能危害多种树木，如柑桔、苹果、梨、无花果、枇杷、樱桃、花红、柳、白杨、桑、苦楝、洋槐、榆树等。食性广泛，是植物的钻蛀性害虫。天牛科昆虫广泛分布于我国东北部和华北区、青藏区、西南区、华中区、华南区，但很少有全国分布的种类。食性较广、适应性较强的种类如星天牛、光肩天牛、家茸天牛等，分布也较广。关于星天牛，有的学者将它划入沟胫天牛科，特此说明。

四十四　桑蚕与野桑蚕（桑蚕、野桑蚕）

1. 蚕（桑蚕）

桑蚕（蚕蛾科，Bombyx mori）又称家蚕、蟓、孕丝虫等。蚕蛾体长16—23厘米，3对足，两对翅，体被白色鳞毛。雌蛾肥大而翅白，触角为羽状、灰色。雄蛾较小，翅灰色、触角黑色。蚕是完全变态，经过卵、幼虫、蛹、成虫几个阶段。雄雌蛾交配产卵，卵很小，黄白色。幼虫极小，主要食桑叶，经过四次蜕皮后，成熟幼虫体呈圆筒形，体长60—70厘米，体色青白，有足8对。成熟后上蔟吐丝作茧，幼虫在茧内化蛹，蛹再变蛾而出。

蚕与蚕蛾

七月流火，九月授衣。一之日觱发，二之日栗烈。无衣无褐，何以卒岁！三之日于耜，四之日举趾。同我妇子，馌彼南亩，田畯至喜。

七月流火，九月授衣。春日载阳，有鸣仓庚。女执懿筐，遵彼微行，爰求柔桑。春日迟迟，采蘩祁祁，女心伤悲。殆及公子同归。

七月流火，八月萑苇。蚕月条桑，取彼斧斨，以伐远扬，猗彼女桑。七月鸣鵙，八月载绩。载玄载黄，我朱孔阳，为公子裳。

——《豳风·七月》前三章

　　注解参见第十章。诗中的月份是按周历，春季指正月、二月、三月；夏季指四月、五月、六月；秋季指七月、八月、九月；冬季指十月、十一月、十二月。从诗中可以发现我国古代夏代已具有较高的观察天体运行变化的水平。诗人描述了从农事耕作开始，到收获举酒祭献结束，送饭的妇子、采桑的女郎、下田的农夫、狩猎的骑士、公室的贵族，人物众多，各具面貌，还提到了众多的动物生灵。诗的第三章描写妇女修剪桑树、采桑养蚕、浸染纺织的劳动。从这些事物名称中体会到，夏桀时期先民们的种植、养畜、稻作、养蚕、纺织、缝制、酿酒、围猎、冷藏、制革、建屋等工艺、技术已经达到一定水平。

　　蚕，即今之桑蚕，亦称家蚕。古人多有记载：《尔雅》："蟓，桑茧。"郭璞注："食桑叶作茧者，即今蚕。"《说文解字》："蚕，任丝也。"《尔雅翼》："蚕，仓庚鸣始生。"

　　《本草纲目》卷39《蚕》："［集解］［时珍曰］蚕，孕丝虫

　　　　　　　　　　　　　　　　《诗经》动植物图说

也。种类甚多，有大、小、白、乌、斑色之异。其虫属阳，喜燥恶湿，食而不饮，三眠三起，二十七日而老。自卵出而为蚵，自蚵蜕而为蚕，蚕而茧，茧而蛹，蛹而蛾，蛾而卵，卵而复蚵，亦有胎生者，与母同老，盖神虫也。南粤有三眠、四眠、两生、七出、八出者。其茧有黄、白二色。"

　　桑蚕起源于中国，是由古代栖息于桑树的野生蚕驯化而来的，世界公认养蚕是中国人的发明。殷墟的甲骨文中有"丝"字，象丝成束状，殷金中有不少蚕纹图，《卜辞》中有象形字示"蚕王"，并有"女蚕"的官职，曰"蚕示三牢，八月"载明用三牢祭祀蚕的礼典。山西西荫村出土的新石器文化中，有半个"经过人工割裂的茧"的发现，因此中国的养蚕至少是在4700年以前是可信的，而到殷代（青铜时期）蚕桑业已经很发达了。人工养蚕，一年可养多次，可分为春蚕、夏蚕和秋蚕。茧的颜色有白、黄、绿等色。茧可缫丝，纺织丝绸。我国人工养蚕业在古代就很发达，带动了纺织业的繁盛、贸易的繁荣，和西方贸易形成丝绸之路。养蚕于公元551年传至欧洲。蚕的产地分布遍及全国，黄河流域是养蚕业的原址，现在浙江、四川、江苏、广东是我国桑蚕的主要产区。

2. 蠋（野桑蚕）

野桑蚕（蚕蛾科, Bombyx mandarina）又称蚚、乌蠋、芋虫等。野桑蛾翅灰褐色，体长15至20毫米，前翅具两条褐色横带，横带间有一深褐色新月形纹，后翅后缘，有一镶白边的黑点。雌蛾较大，头部暗褐色或黄褐色，前胸较小，中后胸显大，中胸两侧

野蚕与野蚕蛾

有黑纹及黑色圆形眼斑，后胸两侧有月牙形黑斑。腹部各节有不规则的黑色波状纵纹，尾角黄褐色。幼虫体形如蚕，褐色，体背具圆形纹和马蹄形纹各1对。

我徂东山，慆慆不归。我来自东，零雨其濛。我东曰归，我心西悲。制彼裳衣，勿士行枚。蜎蜎者蠋，烝在桑野。敦彼独宿，亦在车下。

我徂东山，慆慆不归。我来自东，零雨其濛。果臝之实，亦施于宇。伊威在室，蟏蛸在户。町畽鹿场，熠燿宵行。不可畏也？伊可怀也。

我徂东山，慆慆不归。我来自东，零雨其濛。鹳鸣于垤，妇叹于室。洒扫穹窒，我征聿至。有敦瓜苦，烝在栗薪。自我不见，于今三年。

我徂东山，慆慆不归。我来自东，零雨其濛。仓庚于

飞，熠耀其羽。之子于归，皇驳其马。亲结其缡，九十其仪。其新孔嘉，其旧如之何？

注解参见第二十七章。诗用桑蠋在野比喻自己蜷宿车下的劳顿困苦，而桑蠋在野是适得其所，自己蜷宿车下是不得所居，则悲苦之情更深一层。

蠋指蚕蛾科的幼虫，结合诗意"烝在桑野"和古人训释，以野桑蚕释之为宜。不是天蛾类及凤蝶类幼虫。《毛传》："蜎蜎，蠋貌，桑虫也。"《尔雅》："蚅，乌蠋。"郭璞注："大虫如指，似蚕。"朱熹《诗集传》："蠋，桑虫如蚕者也。"

《本草纲目》卷39《枸杞虫》："［释名］蠋（《尔雅》）。［集解］［藏器曰］此虫生枸杞上，食枸杞叶，状如蚕，作茧。为蛹时取之，曝干收用。［时珍曰］此《尔雅》所谓'蚅，乌蠋'也。其状如蚕，亦有五色者。老则作茧，化蛾孚子。诸草木上皆有之，亦各随所食草木之性。故《广志》云：藿蠋香，槐蠋臭。"又：卷39蚕条下言及蚔蠋："［集解］［时珍曰］凡诸草木皆有蚔蠋之类，食叶吐丝，不如蚕丝可以衣被天下，故莫得并称。凡蚕类入药，俱用食桑者。"

蠋是鳞翅目、蚕蛾科的幼虫。蚕蛾科包括蚕蛾属、野蚕属和桑蟥属，种类较多。桑蚕、野桑蚕都属于蚕蛾属，它们没有本质上的区别，而且野蚕在自然界能与家蚕互相交配。桑蚕的染色体是28对，野桑蚕则有27对或28对染色体两种类型，一般认为桑蚕与中国的28对染色体的野桑蚕同源。因此也可以认为野蚕是家蚕的一个亚种。中国农业科学院蚕业研究所已经利用野桑蚕与家蚕杂交育成的实用蚕野三元品种，在保证丝质优良的前提下提高蚕品种的耐粗食性，增产性能显著。这是国家"十一五"科技支撑计划的创新成果，通过江苏省蚕品种审定，适宜长江流域和北方蚕区春、秋季饲养。

中国是最早利用蚕丝的国家。蚕是古代栖息于桑树的原始蚕驯化而来的，原始蚕的形态和习性与今天的野桑蚕十分相似，是中国古代最主要的经济昆虫之一。蚕的经济价值在于蚕丝，是主要的纺织原料之一。史上有伏羲氏"化蚕"、嫘祖"教民养蚕"的传说，又说黄帝元妃西陵氏为最早养蚕的人。新石器时代的考古表明，公元前2750年以前，今浙江吴兴钱山漾地区的先民已利用蚕丝织成绢片、丝带。公元前十三世纪，桑、蚕、丝、帛等名称已见于甲骨卜辞。

野桑蚕生活在桑、构、柘等树木上，食用芽苞及叶，年生3—4代，以卵在树枝上越冬，初孵出的幼虫黑色有长毛。野桑蚕的树色是保护色，有防御鸟类捕食的作用。幼年时在桑树上见过野桑蚕，和家蚕大小差不多，身上有黑色的眼形斑，用手触动，它的身体猛地一卷曲，有点怕人。它为害桑树、构树等。可用药物毒杀，也可用寄生蜂进行生物防治。野桑蚕分布于东北、华北、华中、陕西、河南、河北、广东、四川等省区。

《诗经》动植物图说

四十五　长腿蜘蛛与萤火虫（前齿蟏蛸、萤火虫）

长腿蜘蛛与萤火虫为人们所常见，人们喜欢把长腿蜘蛛叫喜蛛，捉萤火虫来玩，现在还有人饲养萤火虫，作为一种产业来发展，其中乐趣多多。

1. 蟏蛸（前齿蟏蛸）

前齿蟏蛸(蟏蛸科，Tetrag-natha praedonii)。蟏蛸又称长蜻、喜子、蟢蜘、喜母、喜蛛、蟢子等。蟏蛸有多种，前齿蟏蛸是其中一种。全体黑褐色。雌蛛较大，长9至15毫米，螯肢短于头胸部，前齿堤有9齿，胸板黑褐色。步足细长，约为体长的3倍，呈淡

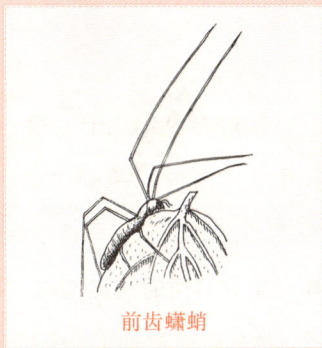
前齿蟏蛸

黄褐色，具有刺。腹部前端钝圆，后端较尖，密布银色鳞斑。雄蛛体长6至12毫米，螯肢长于头胸部。在前、后齿堤之间有3至4齿，为本种主要特征之一。

我徂东山，慆慆不归。我来自东，零雨其濛。我东曰归，我心西悲。制彼裳衣，勿士行枚。蜎蜎者蠋，烝在桑野。敦彼独宿，亦在车下。

我徂东山，慆慆不归。我来自东，零雨其濛。果裸之实，亦施于宇。伊威在室，蟏蛸在户。町疃鹿场，熠燿宵行。不可畏也？伊可怀也。

我徂东山，慆慆不归。我来自东，零雨其濛。鹳鸣于垤，妇叹于室。洒扫穹窒，我征聿至。有敦瓜苦，烝在栗薪。自我不见，于今三年。

我徂东山，慆慆不归。我来自东，零雨其濛。仓庚于飞，熠燿其羽。之子于归，皇驳其马。亲结其缡，九十其仪。其新孔嘉，其旧如之何？

———《豳风·东山》

注解参见第二十七章。诗的第二章写出士兵久戍军中，田园荒芜的情景："果裸之实，亦施于宇。伊威在室，蟏蛸在户。町疃鹿场，熠燿宵行。"诗中有"蟏蛸"，是一种长腿蜘蛛，意思是屋子里有结网的长腿蜘蛛。果裸即栝楼，爬到了房檐上，言其荒凉。越是荒凉越是让人牵挂。

蟏蛸这个名字人们颇感生疏，古人对蟏蛸多有记载，陆玑《毛诗草木鸟兽虫鱼疏》中说："蟏蛸，长踦，一名长脚。荆州河内人谓之喜母。此虫来著人衣，尝有亲客至，有喜也。幽州人谓之亲客。亦如蜘蛛为网罗居之。"朱熹《诗集传》："蟏蛸,小蜘蛛也。户无人出入,则结网当之。"《尔雅》:"蟏蛸,长踦。"郭璞注:"小鼅鼄长脚者,俗呼为喜子。"

《本草纲目》卷40《蜘蛛》:"[集解][颂曰]蜘蛛处处有之,其类极多。《尔雅》云:次蟗、鼅鼄,蝃蝥也。土鼅鼄,草鼅鼄。蟏蛸,长踦 。郭璞注云:今江东呼鼅鼄为蝃蝥。长脚者俗呼为蟢子。则陶云蚰蟱者,即蝃蝥也。……[时珍曰]蜘蛛布网,其丝右绕。其类甚多,大小颜色不一,《尔雅》但分蜘蛛、草、土及蟏蛸四种而已。蜘蛛啮人甚毒,往往见于典籍。"

它的种类较多,全世界约100余种,寒、温、热带均有,在中国广泛分布。今以前齿蟏蛸释之。它是一种长腿蜘蛛,人们常见,多在室内墙壁间结网。通称"喜蛛"或"蟢子",民间认为是喜庆的预兆。

诗人的笔下有它的身影。柳宗元《游朝阳岩遂登西亭二十韵》中有"庭除植蓬艾,隟牖悬蟏蛸。所赖山川客,扁舟枉长梢"之句。陆龟蒙《奉和袭美新秋言怀三十韵次韵》中有"身闲唯爱静,篱外是荒郊。地僻怜同巷,庭喧厌累巢。岸声摇舴艋,窗影辨蟏蛸"之句。写出了风清水静的优雅环境。

蟏蛸科蜘蛛的体形与步足都细长,故又名长腿蛛科。蟏蛸科蜘蛛种类众多,分属于长刺蛛属、高腹蛛属、儒蛛属、银鳞蛛属、蟏蛸属、粗螯蛛属、窝蟏蛸属、锯螯蛛属等。蟏蛸生活在水田或苇塘的植株上,或在小水沟两岸的植株间拉网,或在稻田、林间灌木丛中布网,结水平或垂直的圆网,蠕蛸或停留在网中央,或在网旁的植株上。静止的姿势是前面两对足前伸,后面两对足后伸,与细长的身体形成一直线。在棉田或其他旱田和家中亦能见到,分布于山东、湖北、湖南、江西、安徽、河南、浙江、台湾、宁夏、广东、四川、新疆、贵州、云南、陕西等省区。

2. 宵行（萤火虫）

萤火虫（萤科, Luciola vitticollis）又称磷、丹鸟、丹良、即炤、夜光、夜照、景天、救火、据火、挟火、耀夜、宵烛、放光、磷然、照磷、萤火、熠耀等。体长1.5至2.1厘米,雌雄相似。体黑褐色,前胸背及尾端之两节暗黄色或桃色。头隐于前胸下,

萤火虫

口尖,能嚼食。触角鞭状,具灰色毛。翅两对,前翅革质,其有隆起的直纹数条。后翅膜质稍大,折叠于翅鞘下。足3对,腹部6—7节,活动自如。

我徂东山,慆慆不归。我来自东,零雨其濛。我东曰归,我心西悲。制彼裳衣,勿士行枚。蜎蜎者蠋,烝在桑野。敦彼独宿,亦在车下。

我徂东山,慆慆不归。我来自东,零雨其濛。果臝之

实，亦施于宇。伊威在室，蟏蛸在户。町畽鹿场，熠燿宵行。不可畏也？伊可怀也。

我徂东山，慆慆不归。我来自东，零雨其濛。鹳鸣于垤，妇叹于室。洒扫穹窒，我征聿至。有敦瓜苦，烝在栗薪。自我不见，于今三年。

我徂东山，慆慆不归。我来自东，零雨其濛。仓庚于飞，熠燿其羽。之子于归，皇驳其马。亲结其缡，九十其仪。其新孔嘉，其旧如之何？

——《豳风·东山》

注解参见第二十七章。诗的第二章"町畽鹿场，熠燿宵行"，"町畽"指田舍旁边禽兽出没的地方，有兽迹斑斑。"熠燿"指萤火虫闪闪发光的样子。道出家里十分荒凉，越是荒凉越是让人牵挂。

宵行是萤火虫的幼虫，故以萤火虫释之。萤火虫深受人们喜爱，郭小川有《闪耀吧，青春的火光》一诗："不，我们宁愿做个萤火虫，永远永远朝着光明的去处走。"许杰有《惨雾》："室内的灯光，还及不上两颗萤火虫的明亮。"还有一首儿童歌曲："萤火虫萤火虫慢慢飞，夏夜里夏夜里风轻吹，怕黑的孩子安心睡吧，让萤火虫给你一点光……"萤火虫给人们的夜间生活带来一些光亮和乐趣。

古人对萤火虫有记载，朱熹《诗集传》中说："宵行，虫名，如蚕，夜行，喉下有光如萤。"陈大章《诗传名物集览》中记述："《古今注》：萤火，一名耀夜，一名景天，一名熠耀，一名丹良，一名磷，一名丹鸟，一名夜光，一名宵烛。"《尔雅》："萤火，即炤。"郭璞注："夜飞，腹下有火。"

《本草纲目》卷41《萤火》："［释名］夜光（《本经》）、熠耀（音煜跃）、即炤（音照）、夜照、景天、救火、据火、挟火（并《吴普》）、宵烛（《古今注》）、丹鸟。［宗奭曰］萤常在大暑前后飞出，是得大火之气而化，故明照如此。［时珍曰］萤从荧省。荧，小火也，会意。《豳风》熠耀宵行。宵行乃虫名，熠耀其光也。《诗》注及《本草》，皆误以熠耀为萤名矣。"

萤火虫是萤科小型昆虫，全世界有2000多种，遍布世界各地。我国种群多，几乎遍布全国，江浙一带尤多。它的尾节黄白色部分，能发光。发光的机理是由于呼吸时使称为"荧光素"的发光物质氧化所致。成虫常夜里活动，飞舞时光点闪烁，雄虫发光较强，雌虫较弱。喜栖于潮湿、温暖、草木繁盛的地方。虫卵在水草根处发育，卵在发育过程中其内也发微光。幼虫栖于水边草丛中，能捕食小虫和小钉螺等。浙江一带分布的萤火虫是黄萤（L. terminalis），也具有发光器。

四十六　宁蝉和蚱蝉（宽头宁蝉、蚱蝉）

宁蝉和蚱蝉都是蝉科的蝉类，宁蝉是不常见的小蝉；蚱蝉很常见，俗称马知了。放在一起讨论。

1. 蝶（宽头宁蝉）

宽头宁蝉（蝉科，Terpnosia mega）是一种绿褐色或褐色的小蝉，被白色短毛。头宽，腹部长于头胸部。单眼桔黄色，复眼褐色，后唇基褐色、喙管末端黑褐色，刚达后足基节。前胸背板边缘稍突出，前后翅透明，无斑纹。前翅前缘及基半部翅脉绿褐至褐色，端半部翅脉褐色。腹部褐色，腹瓣灰褐或绿褐色。雄性尾节小，后端暗褐色，尾节中突小，着生于凹陷处。侧突很短，阳具鞘管状、细长。

宽头宁蝉

硕人其颀，衣锦褧衣。齐侯之子，卫侯之妻。东宫之妹，邢侯之姨，谭公维私。

手如柔荑，肤如凝脂，领如蝤蛴，齿如瓠犀。螓首蛾眉，巧笑倩兮，美目盼兮。

硕人敖敖，说于农郊。四牡有骄，朱帻镳镳，翟茀以朝。大夫夙退，无使君劳。

河水洋洋，北流活活。施罛濊濊，鳣鲔发发，葭菼揭揭。庶姜孽孽，庶士有朅。

——《卫风·硕人》

注解参见第四十二章。

古代各典籍对螓有所记载。《毛传》："螓首颡广而方。"朱熹《诗集传》："螓，如蝉而小，其额广而方正。"《尔雅》："蜻，蜻蜻"。郭璞注："如蝉而小，《方言》云：有文者谓之螓。"《本草纲目》卷41《蚱蝉》篇中说："[释名]蜩（音调）、齐女。[时珍曰]蝉者，变化相禅也。蚱音窄，蝉声也。蜩，其音调也。崔豹《古今注》言：齐王后怨王而死，化为蝉，故蝉名齐女。此谬说也。按诗人美庄姜为齐侯之子，螓首蛾眉。螓亦蝉名，人隐其名，呼为齐女，义盖取此。"又："[集解][时珍曰]蝉，诸蜩总名也。……夏月始鸣，大而色黑者，蚱蝉也。又曰蝒（音绵），曰马蜩，豳诗'五月鸣蜩'者是也。……小而有文者，曰螓，曰麦蚻。"

郝懿行《尔雅义疏》:"《诗·硕人》传: 螓首,额广而方。笺云: 螓谓蜻蜻也。《正义》引孙炎曰:《方言》云有文者谓之螓,今《方言》作蜻者,螓、蜻,声相转也。《正义》又引舍人曰:小蝉,色青青者。某氏曰:鸣蚻蚻者。然则蚻蚻象其声,蜻蜻象其色。今验,此蝉栖霞人呼桑蠽蟟,顺天人呼咨咨,其形短小,方头广额,体兼彩文,鸣声清婉,若咨咨然,与蚻蚻之声相转矣。"

根据古代记述螓应是蝉科、宁蝉属中一些较小种类。其特点有体小、方头、广额,有彩纹、绿色。有学者认为螓是蚻、麦蚻,即现在蝉科的雨春蝉(Terpnosia vacua),但是,雨春蝉为中型大小的类型,头胸部深褐色,有的个体为黑色,不呈绿色。综合考虑上述各种特征,现在认为宽头宁蝉(Terpnosia mega)比起雨春蝉更加符合该种,因此,本书以宽头宁蝉释之。

蝉科我国记载约90种,生活在木本植物上。在我国广泛分布。北方常见的还有螗蛄、蛝蟟、草蝉等。现今学者在湖南、四川曾采到宽头宁蝉标本。

2. 蜩、螗（蚱蝉）

蚱蝉（蝉科，Cryptotympana pastulata）又称马蜩、齐女、螗蜩、螗蝴、蝘、知了等。蚱蝉体长50至55厘米，翅展120至130厘米。体长圆形，黑色有光泽，头部前缘及头顶各有一块黄褐色斑，"X"隆起非常明显，呈红褐色，头部背面，有3个单眼，排列

蚱蝉与蝉蜕

成三角形，触角鬃状。背瓣完全盖住发声器，酱褐色，腹瓣大，舌状。前、中、足腿节背面红褐色。前后翅透明，脉纹粗壮隆起，呈黄褐色。雄蝉有发声器，发出"吱—"的鸣声。

七月流火，九月授衣。一之日觱发，二之日栗烈。无衣无褐，何以卒岁！三之日于耜，四之日举趾。同我妇子，馌彼南亩，田畯至喜。

七月流火，九月授衣。春日载阳，有鸣仓庚。女执懿筐，遵彼微行，爰求柔桑。春日迟迟，采蘩祁祁。女心伤悲，殆及公子同归。

七月流火，八月萑苇。蚕月条桑，取彼斧斨，以伐远扬，猗彼女桑。七月鸣鵙，八月载绩。载玄载黄，我朱孔阳，为公子裳。

四月秀葽，五月鸣蜩。八月其获，十月陨萚。一之日

于貉，取彼狐狸，为公子裘。二之日其同，载缵武功。言私其豵，献豜于公。

——《豳风·七月》前四章

注解参见第十章。

全诗生动地描写了奴隶在一年中的劳动与生活，真实地反映这一历史时期底层先民的生存状态。全诗八章。一章为总章，从酷暑写到寒冬。全诗结构完整，章法严谨，写作上又运用对比、烘托、渲染等手法，描绘出一幅奴隶社会的生活画卷。第四章说的"五月鸣蜩"是指这个季节出现了蝉鸣的物候现象，而后逐月谈起农事、狩猎及家务等。王安石说："（古人）仰观星日霜露之变，俯察昆虫草木之化，以知天时，以授民事，女服事乎内，男服事乎外，上以诚爱下，下以忠利上，父父子子，夫夫妇妇，养老而慈幼，食力而助弱，其祭祀也时，其燕飨也节。此《七月》之义也。"

文王曰咨，咨女殷商。如蜩如螗，如沸如羹。
小大近丧，人尚乎由行。内奰于中国，覃及鬼方。
文王曰咨，咨女殷商。匪上帝不时，殷不用旧。
虽无老成人，尚有典刑。曾是莫听，大命以倾。
文王曰咨，咨女殷商。人亦有言，颠沛之揭。

宁蝉和蚱蝉（宽头宁蝉、蚱蝉）

枝叶未有害，本实先拨。殷鉴不远，在夏后之世。
——《大雅·荡》第六—八章

《大雅·荡》讽刺王朝的统治者暴虐、荒淫、昏愦造成民怨沸腾、内忧外困、国势将倾的局面。采用借古喻今的方法，以周文王对殷纣的慨叹，隐寓了对现实的讽喻，提出了治国之道应该借古鉴今以刺周厉王。这种托古讽今的表现手法，可算是咏史诗的滥觞。诗的第六章写文王长嗟又长叹，叹你暴虐殷纣王！如蝉树上声声叫，如沸如羹。喻斥暗责厉王暴虐，政事混乱，国内怨声载道，波及远方。

以上两首诗中的蜩与螗，朱熹《诗集传》中说："蜩、螗，皆蝉也。"蜩，即蝉。蝉有多种，其中体大者，古称马蜩，今俗称"马知了"，即蚱蝉。或言螗是蝉的近似种，或言螗与蜩是同物异名，故暂将蜩、螗同以蚱蝉释之。

《毛传》中说："蜩，螗也。"陆玑《毛诗草木鸟兽虫鱼疏》："鸣蜩，蝉也。宋卫谓之蜩，陈郑云蜋，海岱之间谓之蝉。蝉，通语也。螗，蝉之大而黑色者。"

对于蝉，农人烦，诗人赞。古人以为蝉餐风饮露，是高洁的象征。如《唐诗别裁》说："咏蝉者每咏其声，此独尊其品格。"李商隐《蝉》："本以高难饱""我亦举家清"。王沂孙《齐天乐》："甚独抱清高，顿成凄楚。"虞世南《蝉》："居高声自远，非是藉秋风。"王籍《入若耶溪》："艅艎何泛泛，空水共悠悠。

　　　　　　　　　　　　　　《诗经》动植物图说

阴霞生远岫，阳景逐回流。蝉噪林逾静，鸟鸣山更幽。此地动归念，长年悲倦游。"他们多是用蝉喻指清净高洁的人品。

蝉有蜕皮的习性，"蝉蜕"可入药。"蝉蜕"作为文化现象，多见于道教，表示羽化登仙，进入更高境界。在佛教中有解脱之意。《指月录》有这样记载：东京慈林宗本圆照禅师住净慈时，民张氏有女子死，母梦女以罪报为蛇，觉，得蛇棺下，持诣师，为说法，令置故处，俄有黑蝉翔棺上，而蛇亡。母祝曰："果我女，入我笼，更持汝诣净慈。"果入，师复为说法。夕梦女，曰："二报，幸解脱矣。"这是用蝉蜕来说佛法。

实际上蚱蝉是害虫，多生活在柳、杨、槐、法国梧桐、桃、李、苹果、梨、板栗等树木上，以刺吸式口器吸食植物汁液。7月下旬至8月中旬雌蝉产卵于嫩枝中，并在产卵部位以下将枝条的皮层切断，使枝条枯死，易被风吹断落地。若虫孵化后进入土中，幼虫吸食植物根部汁液。发育4年，6月下旬若虫成熟时，挖隧道钻出地面，蜕皮后羽化为成虫，继续危害树木，是林木的害虫。全国广泛分布，以山东、河南、河北、湖北、江苏、四川等省尤多。

四十七　螟蛉有子，蜾蠃负之（桑螟、蜾蠃蜂）

　　"螟蛉有子，蜾蠃负之"出自《小雅·小宛》。古人观察到并记录了蜾蠃捕捉螟蛉幼虫这一生态现象，十分可贵。螟蛉和蜾蠃是什么动物呢？

1. 螟蛉（桑螟）

　　桑螟（螟蛾科，Diaphania pyloalis）又称桑蟆、戎女、油虫、青桑虫等。桑螟幼虫绿色，胸腹部各节有黑色毛片，年生4—5代。以老熟幼虫越冬。幼虫吐丝缀叶，藏匿于折叶中为害桑叶。成虫翅白色，具紫色反光，前翅有5条茶褐色横带，体长10毫米，翅展20毫米。分布广泛。桑螟是桑树害虫，可用束草诱杀越冬幼虫，灯光诱蛾，或用喷双效磷、喹硫磷、辛硫磷等药杀其幼虫。

桑螟蛾与幼虫

宛彼鸣鸠，翰飞戾天。我心忧伤，念昔先人。明发不寐，有怀二人。

　　人之齐圣，饮酒温克。彼昏不知，壹醉日富。各敬尔仪，天命不又。

　　中原有菽，庶民采之。螟蛉有子，蜾蠃负之。教诲尔子，式穀似之。

　　题彼脊令，载飞载鸣。我日斯迈，而月斯征。夙兴夜寐，毋忝尔所生。

　　交交桑扈，率场啄粟。哀我填寡，宜岸宜狱。握粟出卜，自何能穀。

　　温温恭人，如集于木。惴惴小心，如临于谷。战战兢兢，如履薄冰。

——《小雅·小宛》

　　注解参见第二十九章。诗的第三章告诫兄弟要好好教育自己的后代，以继承家族的传统。

　　"螟蛉（mínglíng）有子，蜾蠃（guǒluǒ）负之，"古人以为蜾蠃不产子，于是捕螟蛉幼虫回来当义子来喂养。其实，古人的认识是有错误的，螟蛉是一种绿色桑蟥，而蜾蠃是寄生蜂，它常捉螟蛉幼虫存放在窝里，产卵在它们身体里，卵孵化后就拿螟蛉幼虫作食物。古人的观察有可贵的一面，他们观察到了蜾蠃捕捉螟蛉这一生态现象。

　　　　　　　　　　　　　　　　　　　　《诗经》动植物图说

诗中的"螟蛉"，陆玑《毛诗草木鸟兽虫鱼疏》中说："螟蛉者，犍为文学曰：桑上小青虫也。似步屈，其色青而细小。或在草叶上。"《尔雅》："螟蛉，桑虫。"郭璞注："俗谓之桑蟃，亦曰戎女。"

《本草纲目》卷39《蠮螉》篇中说："［韩保升曰］按《诗疏》云：螟蛉，桑虫也。果蠃，蒲卢也。言蒲卢负桑虫以成其子也。"

螟蛉为昆虫纲、鳞翅目、螟蛾科的幼虫。根据传统的注释为桑虫，即今之桑螟的幼虫，故以桑螟释之。有学者以稻螟蛉释之，亦无不可。因为"螺蠃负之"是为食之，不是养子，螺蠃捕食的种类，可以有多种，如桑螟、稻螟、棉铃虫等。

桑螟的寄主植物主要为桑树，是桑树的重要害虫之一。以其幼虫为害夏秋桑叶，以晚秋桑叶受害最重，发生严重时，造成桑叶产量下降，质量变劣，影响蚕业生产。桑螟夏秋季幼虫吐丝缀叶成卷叶或叠叶，幼虫隐藏其中咀食叶肉，残留叶脉和上表皮，形成透明的灰褐色薄膜，后破裂成孔，称"开天窗"。桑螟其排泄物污染叶片，影响桑叶质量。9—10月因该虫为害致桑叶枯黄，影响秋季饲蚕或引发蚕病。

可用以下方法防治：用束草或堆草诱集越冬老熟幼虫捕杀之；秋、冬季及时捕杀落叶、裂缝或建筑物附近的越冬幼虫；夏季及时捕杀初孵幼虫；安置黑光灯诱杀成虫；药剂防治等。

2. 螟蠃（螟蠃蜂）

螟蠃蜂（螟蠃科，Eumenes pomifomis）又称果蠃、蒲卢、蠮螉、土蜂、细腰蜂、缸瓦蜂等。螟蠃体似胡蜂，长约1.5厘米，展翅宽约3厘米，体色青黑。头部呈球状，有复眼1对，略呈肾脏形，触角1对，呈棍棒状。前胸背两旁延长达于翅之基部。翅两对，膜质。足3对，跗节5。腰细，成细腰状，故里呈纺锤形，其上有赤黄色横斑纹。

螟蠃蜂

宛彼鸣鸠，翰飞戾天。我心忧伤，念昔先人。明发不寐，有怀二人。

人之齐圣，饮酒温克。彼昏不知，壹醉日富。各敬尔仪，天命不又。

中原有菽，庶民采之。螟蛉有子，螟蠃负之。教诲尔子，式穀似之。

题彼脊令，载飞载鸣。我日斯迈，而月斯征。夙兴夜寐，毋忝尔所生。

交交桑扈，率场啄粟。哀我填寡，宜岸宜狱。握粟出卜，自何能穀。

温温恭人，如集于木。惴惴小心，如临于谷。战战兢兢兢，如履薄冰。

——《小雅·小宛》

注解参见第二十九章。

诗中的"螟蛉"，陆玑《毛诗草木鸟兽虫鱼疏》中说："螟蛉，土蜂也，一名蒲卢。似蜂而小腰。故许慎云：细腰也。取桑虫负之于木空中，或书简笔筒中，七日而化为其子。里语曰：'咒云：象我，象我。'"《尔雅》："果蠃，蒲卢。"郭璞注："即细腰蜂也。俗呼为蠮螉。"

《本草纲目》卷39《蠮螉》篇中说："［释名］土蜂（《别录》）、细腰蜂（《庄子》）、果蠃（《诗经》）、蒲卢（《尔雅》）。［弘景曰］此类甚多。虽名土蜂，不就土中作窟，谓揰土作房尔。［时珍曰］蠮螉，象其声也。"又："［集解］［弘景曰］今一种蜂，黑色，腰甚细，衔泥于人屋及器物边作房，如并竹管者是也。其生子如粟米大，置中，乃捕取草上青蜘蛛十余枚，满中，仍塞口，以待其子大为粮也。其一种入芦管中者，亦取草上青虫。《诗》云：螟蛉有子，果蠃负之。言细腰之物无雌，皆取青虫教祝，便变成己子，斯为谬矣。"又："［正误］［时珍曰］蠮翁之说各异。今通考诸说，并视验其卵，及蜂之双双往来，必是雌雄。……按《解颐新语》云：果蠃自有卵如粟，寄在虫身。其虫不死不生，久则渐枯，子大食之而出。正如蝇卵寄附于蚕身，久则卵化，穴茧而出也。《列子》言纯雄无雌，其名稚蜂，《庄子》言细腰者化，则自古已失之矣。"

诗中的"螟蛉有子，蜾蠃负之"，古人认为蜾蠃养螟蛉之子以为己子的看法是错误的，其实蜾蠃是负螟蛉之子是以之为食。南北朝时著名医学家陶弘景不相信蜾蠃无子，决定亲自观察以辨真伪。他找到一窝蜾蠃，发现雌雄俱全。这些蜾蠃把螟蛉衔回窝中，用自己尾上的毒针把螟蛉刺个半死，然后在其身上产卵。原来螟蛉不是义子，而是用作蜾蠃后代的食物。通过有针对性的观察，揭开了千年之谜。

清代程瑶田撰《螟蛉蜾蠃异闻记》，记载了程瑶田实地考察果蜾蠃捕螟蛉喂子的全过程。过去都说蜾蠃是细腰蜂，程瑶田根据亲身观察，对这种细腰蜂的形态作了详细的描述："其蜂首腹分两段，如小壶卢，中分处几有欲断之势，盖所谓细腰是也。头脑及喙亦如小壶卢，通长太半寸，余于壬寅六月十六日，见其捶土如黍子大，其足六，以前二足及口融其土而作之，须臾之间，盖往返十余巡，以成其房……然后往抱青虫大者一，长寸许，又往连抱小者二，并纳房中。"其后他又经过多次观察，记下了细腰蜂茧孵化的经过，虽然非常琐细，但极其具体。最后他总结为"陈言相因，不如目验"。深入实践，通过目验，这是程瑶田名物考证的一大特色。

《本草纲目》和《螟蛉蜾蠃异闻记》辨之甚切，记述详细。古人的观察、记述与考证在生物学上是一大贡献，是生物种间关系的早期发现。蜾蠃即今之蜾蠃蜂。

　　　　　　　　　　　　　　《诗经》动植物图说

蜾蠃蜂是膜翅目、蜾蠃科的昆虫。膜翅目中包括各种蜂类，种类繁多，全世界约有12万种以上，还有大量的种类未被记录，是昆虫纲中的一个大目，也是其中对人类有益种类最多的一个目。

四十八　蝎子与黄蜂（蝎、大黄蜂）

蝎子与黄蜂都有毒刺，可以伤人，但它们也有一定的用处。蝎子是一种药材，黄蜂是一种农业益虫。

1.虿（蝎）

蝎（钳蝎科，Buthus martensi）又称虿、蛷螋、杜伯、蚤、全虫、主簿虫、虿尾虫、茯背虫等。体长6厘米，绿褐色，腹与肢黄褐色。头胸部与前腹部合为躯干，后腹部狭长为尾，尾刺呈钩状，上屈，内有毒腺。前端两侧各1团单眼，头胸甲背部中央处，

蝎子

另有一对，如复眼。头部有附肢两对，1对为钳角，甚小，另有一对强大的螯肢。胸部有步足4对。

彼都人士，狐裘黄黄[①]。其容不改，出言有章。行归

于周，万民所望。

彼都人士，台笠缁撮②。彼君子女，绸直如发。我不见兮，我心不说③。

彼都人士，充耳琇实④。彼君子女，谓之尹吉⑤。我不见兮，我心苑结⑥。

彼都人士，垂带而厉。彼君子女，卷发如虿。我不见兮，言从之迈⑦。

匪伊垂之，带则有余。匪伊卷之，发则有旟⑧。我不见兮，云何盱矣⑨。

——《小雅·都人士》

注释：①黄：美好之意。

②缁（zī）：帛黑色也。

③说：同"悦"，为喜悦之意。

④琇（xiù）：美玉。

⑤尹（yǐn）：诚也。

⑥苑（wǎn）：郁结、积滞之意。

⑦迈：远行之意。

⑧旟（yú）：指古代画有鸟隼的军旗。

⑨盱（xū）：病也，忧也。这里为忧愁之意。

《小雅·都人士》是西周遗民怀念旧都的诗。朱熹《诗集传》申述说："乱离之后，人不复见昔日都邑之盛，人物仪容之美，而作此诗以叹惜之也。"由此可以认为是平王东迁，周人思昔日繁盛，悼古伤今之作。诗中通过回忆当年贵族青年男女的美丽，至今已不得见到，来表示自己对旧都的思念忧伤。诗的第四章由束带和发型如虿尾，描写贵族青年男女的美貌，抒发不能再看到他们的忧伤。

诗中的"虿（chài）"即蝎。陆玑《毛诗草木鸟兽虫鱼疏》说："虿，一名杜伯。河内谓之蚊，幽州人谓之蝎。"陈大章《诗传名物集览》："《通俗文》：长尾为虿，短尾为蝎。"又："陶隐居云：蝎有雌雄，雄者螫人，痛止在一处，雌者痛牵诸处。"

《本草纲目》卷40《蝎》："［释名］虿螂（音伊祁。《蜀本》）、主簿虫（《开宝》）、杜伯（《广雅》）、虿尾虫。［志曰］段成式《酉阳杂俎》云：江南旧无蝎。开元初有主簿，以竹筒盛过江，至今往往有之，故俗称为主簿虫。［时珍曰］按《唐史》云：剑南本无蝎，有主簿将至，遂呼为主簿虫。又张揖《广雅》云：杜伯，蝎也。陆玑《诗疏》云：虿一名杜伯，幽州人谓之蝎。观此，则主簿乃杜伯之讹，而后人遂傅会其说。许慎云：蝎，虿尾虫也。长尾为虿，短尾为蝎。葛洪云：蝎前为螫，后为虿。古语云：蜂、虿垂芒，其毒在尾。"

蝎大多生活于片状岩杂以泥土的山坡，不干不湿、植被稀疏、有些草和灌木的地方。蝎子喜暗怕光，尤其害怕强光的刺激。它们居住在天然的缝隙或洞穴内，但也能用前3对步足挖洞。一般在11月上旬入蛰，在10℃以下进入冬眠，翌年4月中下旬出蛰，全年活动期6个多月。视觉迟钝。行走时，尾平展，仅尾节向上卷起。静止时，整个尾部卷起，蝎是卵胎生，多穴居。喜栖于石隙或枯叶下，昼伏夜出，捕食昆虫及蜘蛛等动物。

蝎子也在农村房舍中出没。旧社会时，农村房舍多为土坯房，墙脚下的洞穴中常常有蝎子。它昼伏夜出，多在日落后至半夜间出来活动，尤其是在温暖无风、天气闷热的夜晚出来乘凉，或是寻找食物和水喝。笔者在幼年曾多次在傍晚时分，一手提棉油灯，一手拿个竹夹子，沿着旧墙根寻找，一个晚上可以捉到50多只，放入有釉子的罐子里，防止爬出。当时有商贩收购这些蝎子，这都是穷苦人家的孩子乐意干的事情。笔者的手指曾被蝎子蜇过一次，疼痛难忍，指头肿得像个萝卜。现在农村的房舍好了，水泥地板和墙体，没有洞穴和缝隙，难以生长蝎子了。

蝎子在全国各地均有分布，以长江以北地区分布较多。由于蝎子有药用价值，不少人探索着养蝎子致富。近年来，蝎子养殖一直被国家公认为特种养殖中收益较好的特种养殖产品，被百姓誉为脱贫致富的好项目。

2. 蜂（大黄蜂）

大黄蜂（胡蜂科, Polistes mandarinus）又称马蜂、黄蜂等。雌蜂体形狭长，长20至25厘米，黄蜂成虫具头部、胸部、腹部、细腰，3对足、1对触角和两对翅，呈头部三角形，体多呈黑、黄、棕三色相间的黄褐色。茸毛一般较短。前翅大，后翅小，胸腹节呈黑色，有4条黄褐色纵线。腹部呈纺锤形，尾端有能自由伸缩的毒针。

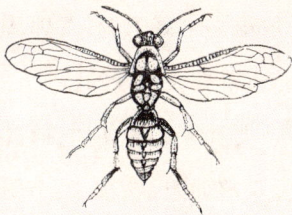

大黄蜂

予其惩而！毖后患。莫予荓蜂，自求辛螫。

肇允彼桃虫，拚飞维鸟。未堪家多难，予又集于蓼。

——《周颂·小毖》

注解参见第三十四章。诗中的"荓（pīng）蜂"，朱熹《诗集传》说："荓，使也。蜂，小物而有毒。"《尔雅》："蜂丑螫。"郭璞注："垂其腴。"《说文解字》："蜂，飞虫螫人者。"

《本草纲目》卷39《大黄蜂》篇中说："［释名］黑色者名胡蜂（《广雅》）、壶蜂（《方言》）、瓟瓥蜂（音钩娄）、玄瓠蜂。［时珍曰］凡物黑色者，谓之胡。其壶、瓠、瓟瓥，皆象形命名也。瓟瓥，苦瓠之名。《楚辞》云'玄蜂若壶'，是矣。大黄蜂色黄，䗍蜼蜂色黑，乃一类二种也。"

蜂的种类很多，诗中指螫人的蜂，故以常见的大黄蜂释之。《尔雅》："蜂丑螱。"郭璞注："垂其脦。"意思是说其腹部下垂，也符合大黄蜂的特征。

大黄蜂是益虫。它捕食多种农业害虫。春季产卵。幼虫乳白色，形略如蛆，头部小，节明显。大黄蜂是社会性昆虫，营巢于树木上或屋檐下。

大黄蜂分布于全国大部分地区。

大黄蜂有奇特的地方，引起仿生学的注意。它的身躯十分笨重，而翅膀却是出奇的短小，按说是飞不起来的。物理学家认为，大黄蜂身体与翅膀的这种比例"设计"，按流体力学的观点，同样是绝对没有飞行的可能。可是，在大自然中，正常的大黄蜂颇擅长飞行，没有一只是不能飞的。大黄蜂曾经引起许多生物学家、物理学家、社会行为学家的重视，并联合起来研究这种生物。大自然设计中饱含着智慧，有待人们去揭开。

四十九　蟋蟀很好玩（中华蟋蟀）

蟋蟀善鸣好斗，斗蟋蟀是我国古老的一项民间娱乐活动，深受人们的喜爱。

蟋蟀（中华蟋蟀）

中华蟋蟀(蟋蟀科, Gryllulus chinensis)又称蛬、促织、蚟孙、将军、夜鸣虫、斗鸡、蛐蛐等。体长圆形，长13至16毫米，全身黑褐色，有光泽。头棕褐色。头顶短圆，略向前方突出，头后有6条不规则的短纵沟。复眼1对，甚大，单眼3个，位于头顶两侧。触

中华蟋蟀

角1对，丝状细长，长度长于身体。翅2对，前翅黑褐色。雄虫善鸣好斗，翅长过腹部，基部有质硬透明的发音器，两翅相锉，可发出清脆悦耳之声。雌虫翅短于腹部，后翅甚长，灰黄色，卷折呈尾状。

蟋蟀在堂，岁聿其莫①。今我不乐，日月其除②。无已大康，职思其居③。好乐无荒④，良士瞿瞿⑤。

蟋蟀在堂，岁聿其逝。今我不乐，日月其迈⑥。无已大康，职思其外⑦。好乐无荒，良士蹶蹶⑧。

蟋蟀在堂，役车其休。今我不乐，日月其慆⑨。无已大康⑩，职思其忧⑪。好乐无荒，良士休休⑫。

———《唐风·蟋蟀》

注释：①聿：将，就。莫：同"暮"，指年末。

②除：过去。

③居：处境。

④无荒：勿要过度。

⑤瞿瞿：惊恐观看貌。

⑥迈：逝去。

⑦外：职务以外的事务或关系。

⑧蹶蹶：急遽貌，释为勤奋。

⑨慆（tāo）：消逝。

⑩无已大康：不要过于享乐。

⑪职：常，还。

⑫休休：安闲自得貌，一说宽容。

《唐风·蟋蟀》是士人岁暮述怀，一说是周公所作劝人勤勉

《诗经》动植物图说

的诗，也是含有治国处世的人生感悟的政治、教化诗。宋王质在《诗总闻》中指出："此大夫之相警戒者也。"而"警戒"的内容则是"为乐无害，而不已则过甚。勿至太康，常思其职所主；勿至于荒，常有良士之态，然后为善也"。诗的第一章，诗人从蟋蟀由野外迁至屋内，感知天气渐渐寒凉，想到"时节忽复易"，于岁暮时光引发光阴易逝，应及时行乐的感叹。但又立刻提醒自己不可过分沉于安乐而荒废职守，要行乐但要有节制，不要因为沉湎于酒色而亡国。全诗共三章，二、三章是第一章情感的反复咏唱。全诗有感而发，直吐心意，坦率真挚，不加修饰。

对于蟋蟀，大家比较熟悉，但是种类很多，常见的有中华蟋蟀以及油葫芦、灶蟀、丑蟀等。以最常见的中华蟋蟀释之。

古人对蟋蟀记述较多。《毛传》："蟋蟀，蛬也。"陆玑《毛诗草木鸟兽虫鱼疏》："蟋蟀，似蝗而小，正黑，有光泽如漆，有角翅。一名蛬，一名蜻蛚。楚人谓之王孙，幽州人谓之趣织，督促之言也。里语曰：'趋织鸣，懒妇惊是也。'"《尔雅》："蟋蟀，蛬。"郭璞注："今促织也，亦名。"

《尔雅翼》："好吟于土石砖甓之下，尤好斗，胜则矜鸣，其声如急织，故幽州人谓之促织。又其鸣时，正织之候，故以戒妇功。"《本草纲目》卷41《灶马》条附录促织："［时珍曰］促织，蟋蟀也。一名蛬，一名蜻。"蜻蛚（青蛚）、吟蛩在古代是蟋蟀的泛称，现在是指两个其他种，不再混称。

中华蟋蟀生长的适应性很强，只要有杂草生长的地方，就可能有蟋蟀生长生存。成虫喜隐居田埂、屋角及瓦砾堆中或杂毛丛中，昼伏夜出，有趋光性，善飞翔，夜间能群集迁移。杂食性，能为害多种作物。蟋蟀是中国东北地区、华北地区、长江下游和华南地区的重要农业害虫，它们破坏各种作物的根、茎、叶、果实和种子，对幼苗的损害特别严重。在南方，蟋蟀破坏花生幼苗达11%—30%，它们也危害玉米、黄麻、烟草、棉花、大豆和木薯，往往造成缺苗，影响收成。繁殖每年1代，以卵越冬，卵散产在土壤中。分布于河北、山东、河南、江苏、浙江、福建、广东、广西、四川、台湾等省区。

斗蟋蟀是我国古老的一项民间娱乐活动，每年秋末举行，又称"秋兴""斗促织""斗蛐蛐"。但这种休闲方式很残酷，斗蟋蟀与斗鹌鹑、斗鸡一样，都是雄性参斗。它们为保卫自己的领地或争夺配偶权而相互撕咬。二虫鏖战，战败一方或是逃之夭夭或是退出战斗。大家可能都读过蒲松龄的《促织》，那近乎痴狂的斗蟋蟀的场面与我们现在的活动差不多。

这项活动自兴起之后，经历了宋、元、明、清四个朝代，以及从民国至今的漫长岁月。

《古都闲趣忆鸣虫》中说，位于三大鸣虫之首的蟋蟀，又名促织、络纬、寒蛩，北京俗名蛐蛐。中国饲养蟋蟀的历史达千年之久，《开元天宝遗事》记载："每至秋时，宫中妃姜辈皆以小金笼捉蟋蟀，闭于笼中，置之枕函畔，夜听其声，庶民之家皆效之也。"可见中国休闲文化底蕴深厚，源远流长。

《诗经》动植物图说

五十　螽类、蝗类是近亲（绿螽斯、草螽、中华稻蝗、纺织娘）

　　螽斯科和蝗类的昆虫种类甚多，我国华北、华中、华东、华南、西北、西南等省区都有分布。《诗经》中出现的螽斯、斯螽、草虫、莎鸡和阜螽，它们都是近亲。古代将蝗虫和螽斯都归属于螽类，如李时珍说"蝗亦螽类"，现在分为螽斯科和蝗科。

1. 螽斯、斯螽（绿螽斯）

　　绿螽斯（螽斯科，Holochlora nawae）是小型农业害虫，体绿色，体长4.5厘米，触角细长，有30节以上，其长度超过体长。雄虫的前翅上有发声器，发音时以右前翅上的刮器摩擦左前翅上的音锉，即诗中说"动股"作声。雌虫的产卵器呈剑状，直而短。

绿螽斯

前足基节有一长刺，胫节外方有听器，卵圆形。

螽斯羽，诜诜兮①。

宜尔子孙②，振振兮③。

螽斯羽，薨薨兮④。

宜尔子孙，绳绳兮⑤。

螽斯羽，揖揖兮⑥。

宜尔子孙，蛰蛰兮⑦。

——《周南·螽斯》

注释：①诜（shēn）诜：同"莘莘"，众多。

②宜：多。

③振振：盛多貌。

④薨（hōng）薨：群虫飞声。

⑤绳绳：绵延不绝的样子。

⑥揖（jí）揖：会聚。

⑦蛰（zhé）蛰：众多貌。

　　《周南·螽斯》是先秦时期的作品，是一首祝人子孙兴旺的诗歌，称颂人子孙众多而且有贤德。王念孙说："首章之振振，言其仁厚；二章之绳绳，言其戒慎；三章之蛰蛰，言其和集。皆称其子孙之贤，非徒称其众多而已。"通篇以虫作比，咏物也意在咏人。通篇围绕"螽斯"着笔，却一语双关，即物即情，浑然一体。

《诗经》动植物图说

"子孙"是生命的延续、晚年的慰藉、家族的希望。华夏先民多子多福的观念，在尧舜之世已深入民心。《庄子·天地》篇有"华封人三祝"的记载：尧去华地巡视，守疆人对这位"圣人"充满敬意，衷心地祝愿他"寿、富、多男子"。《螽斯》篇中再三颂祝"宜尔子孙"，正是先民这一观念在《诗经》里的继承与抒发。《愚公移山》中说的"虽我之死，有子存焉。子又生孙，孙又生子，子又有子，子又有孙，子子孙孙，无穷匮也，而山不加增，何苦而不平！"也是讲人多力大，子孙绵延，力大无穷。

　　这首诗还导出了一个成语叫"螽斯衍庆"，其意就是祝福子孙众多。世界上的事情总是此时非彼时，此地非彼地。我们的祖先说的"多子多福"，保留着浓厚的血缘意识，同时，也体现了祖先的生存法则，认为人多势众，能以量的优势去参与生存竞争。在一个强大的国度里，人丁兴旺，那是何等自豪的情景。在今天看来，要科学地指导人口增长，以"优生优育"改造我们的人口观，不能盲目地追求多生子女。

　　《豳风·七月》第五章有"五月斯螽动股，六月莎鸡振羽"之句。其中的斯螽与该篇中的螽斯是一种昆虫的不同叫法，螽斯和斯螽是异名同物，如李樗、黄櫄《毛诗集解》："或言螽斯，或言斯螽，其义一也。"

　　古代将螽斯和蝗虫都归属于螽类，如李时珍在《本草纲目》卷41中说："蝗亦螽类。"螽斯发音时以右前翅上的刮器磨擦左前翅上的音锉，即诗中说"动股"作声。鉴于螽斯可振翅作声，应是现在螽斯科的昆虫，种类很多，以绿螽斯释之。俗称的蝈蝈是螽斯科包括中华螽斯（Tettigonia chinensis）在内的一些善鸣的雄虫。

如今的昆虫学家将阜螽归入蝗科，将螽斯归入螽斯科。螽斯栖于农田、丛林草间，杂食性。分布于华北、华中、华东等省区。是农业害虫，现在已很少见。作者前年到伏牛山旅游，突然见到一只螽斯，急忙拿出相机，才拍摄到它的尊容。

螽斯古代多有记载。《毛传》中说："螽斯，蚣蝑也。"又说："斯螽，蚣蝑也。"陆玑《毛诗草木鸟兽虫鱼疏》中说："《尔雅》曰：螽，蚣蝑也。扬雄云：舂黍也。幽州人谓之舂箕，舂箕即舂黍，蝗类也。长而青，长角，长股，青黑色斑。其股似玳瑁文。五月中以两股相搓作声，闻数十步。"

朱熹《诗集传》："螽斯，蝗属。长而青，长角，长股，能以股相切作声，一生九十九子。"《说文解字》："螽，蝗也。"郝懿行《尔雅义疏》："《诗》之螽斯、斯螽，毛传并云蚣蝑，是一物也。斯与蜇声义同。"

古人的这些解释，勾起笔者儿时的回忆。家乡人称蝈蝈叫蛐子。夏秋季节，我时常和父老们一起下田，他们劳作，我经不起蝈蝈叫声的诱惑，便循声去寻找藏在庄稼枝叶下的蝈蝈。先是蹑手蹑脚地靠近它，看准它的位置，然后，要突然出手，就把它捉住了。那时的高兴劲儿至今难忘。捉得多了，还可以装在笼子里养起来，每天听它的叫声。这和房檐下挂的黄色的玉米一样是

"农家乐"的象征。

2. 草虫（草螽）

草螽（螽斯科，Conocephalus thumbergi）是小型农业害虫。草螽又称负蠜、常羊、鸣螽等。体绿色或淡褐色，雌雄体长6至6.5厘米，头为圆锥形，触角鞭状，细长，超过体长，无单眼。前后翅均发达，前翅比腹部长两倍，右前翅有透明的发声镜。前足胫节上有听器，呈细直沟，足的附节4节。

草螽

喓喓草虫①，趯趯阜螽②；未见君子，忧心忡忡③。亦既见止，亦既觏止④，我心则降。

陟彼南山，言采其蕨；未见君子，忧心惙惙⑤。亦既见止，亦既觏止，我心则说⑥。

陟彼南山，言采其薇；未见君子，我心伤悲。亦既见止，亦既觏止，我心则夷⑦。

——《召南·草虫》

注释：①喓（yāo）喓：虫鸣声。

②趯（tì）趯：昆虫跳跃之状。

③忡忡（chōng）：心跳。

④觏（gòu）：遇见。

⑤惙（chuò）惙：忧，心事不定，愁苦的样子。

⑥说（yuè）：通"悦"。

⑦夷：平。心平则喜。

《召南·草虫》是一首思妇情怀之作。其妻独居，感时物之变，先以草虫鸣叫、蝗虫蹦跳起兴并比喻夫妻声气相投。继而描写思妇不见夫君时的思念忧伤和既见夫君后的喜悦欢畅。情感强烈，率真自然。月有阴晴圆缺，人有悲欢离合，此事古难全。离别的忧思、相聚的喜悦，当是古往今来人世间永恒的主题。

《诗经》中的叠词应用非常纯熟，像喓喓、趯趯、悄悄、悠悠、殷殷、养养、摇摇、京京、愈愈、惨惨、草草、契契、奕奕、钦钦、涓涓、惕惕等。同义叠字除了恰如其分地塑造鲜明的形象外，还能使语言富有变化，有音乐美、形象美，收到良好的修辞效果。《草虫》就是同义叠词"忡忡"和"惙惙"刻画出女主人公的忧心，表现她对丈夫的思念之情。让人一见便产生联想，一读就扣动心弦。《小雅·正月》中就用多种叠字与"忧心"组合成句："念我独兮，忧心京京。忧心愈愈，是以有侮。忧心惮惮，念我无禄。忧心惨惨，念国之为虐。念我独兮，忧心殷殷。"与本篇的意象是相通的。

探讨《草虫》的诗意，还要搞清楚"喓喓草虫"和"趯趯阜螽"，是什么在鸣叫和蹦蹦跳跳？陆玑《毛诗草木鸟兽虫鱼疏》："草虫，常羊也。大小长短如蝗，奇音，青色。好在茅草中。"朱熹《诗集传》："草虫，蝗属。奇音，青色。"《尔雅》："草螽，负蠜。"郭璞注："诗云：'喓喓草虫'，谓常羊也。"郝懿行《尔雅义疏》："草螽，诗作草虫，盖变文以韵句，虫，螽古字通也。"

现在认为草虫（草螽）是属于直翅目螽斯科（Tettigoniidae）草螽亚科（Conocephalinae）的昆虫，种类甚多。分布于中国、日本、印度等地。草螽有褐色和绿色两种。它形似尖头蚱蜢，又很像蝗虫，体形较大。螽斯（Meadow grasshopper）是各类草螽中数量最多、分布最广的种类之一，眼大，橙色，虫体上部褐色，下部绿色，体细长。

草螽雌虫的尾部有产卵器，呈剑状，约1.6厘米。秋季产卵于土中，翌年孵化。杂食性，生活在庄稼、草丛或灌木上。分布较广，常见于华北、华中、华东等省区，为害农作物。现在农药用得多了，草螽少了，不太容易找到了。

3. 阜螽·螣（稻蝗）

稻蝗（蝗科，Oxya chinensis）是直翅目的农业害虫。阜螽又称螣，俗称蚂蚱，稻蝗是其中一种。体长圆形，黄绿色，或黄褐色，身长3至4.4厘米，头部略成方形，头顶两侧有椭圆形复眼一对，单眼3个，位于复眼中间，触角丝状，咀嚼式口器。翅两对，足3对，后肢发达，善跳跃。

稻蝗

喓喓草虫，趯趯阜螽；未见君子，忧心忡忡。亦既见止，亦既觏止，我心则降。

陟彼南山，言采其蕨；未见君子，忧心惙惙。亦既见止，亦既觏止，我心则说。

陟彼南山，言采其薇；未见君子，我心伤悲。亦既见止，亦既觏止，我心则夷。

——《召南·草虫》

注解参见本章前文。

既方既皁①，既坚既好。不稂不莠，去其螟螣。
及其蟊贼，无害我田稚②。田祖有神，秉畀炎火③。

——《小雅·大田》第二章

注释：①方：指谷粒已生嫩壳，但不饱满。皁（zào）：指谷壳已经结成，但不坚实。

②稺：幼禾。

③秉：执持。畀：给予。炎火：大火。

《小雅·大田》是周王祭祀田祖以祈丰年时所演唱的诗歌，描述了春、夏、秋、冬农事的过程：播种，除虫，收割，祭祀，以求来年更大的丰收。诗按时间顺序发展，不同阶段突出不同特点，对生产过程写得细致。诗的第二章描写庄稼从抽穗灌浆，到籽粒坚实，即将丰收的图景，以及除草、灭虫等田间管理的情况，是当时农业生产情况的生动写照。

陆玑《毛诗草木鸟兽虫鱼疏》："螣（téng），蝗也。"《本草纲目》卷41《阜螽》中说："[释名]负蠜（音烦）、蚱蜢。[时珍曰]此有数种，阜螽总名也。江东呼为蚱蜢，谓其瘦长善跳，窄而猛也。"又："[集解][时珍曰]数种皆类蝗，而大小不一。长角，修股善跳，有青、黑、斑数色，亦能害稼。五月动股作声，至冬入土穴中。"

螽是山东地区古代飞蝗的名称，秦汉以后书面文字改用蝗。古代将蝗虫和螽斯都归属于螽类，如李时珍说"蝗亦螽类"。现代动物分类学将蝗虫和螽斯都属于直翅目，包括蝗科和螽斯科等。蝗科的种类很多，笔者曾拍摄到一只负蝗，是稻蝗的同类。

诗中的阜螽、螣为异名同物，中华稻蝗是其中的一种。腹部有11节，第一节两侧有听器。雌虫腹部末端有产卵器。卵长圆筒形，长约3.6毫米，深褐色，卵袋长6—14毫米，前平截，后端钝圆。在北方每年发生一代，以卵在土中越冬，次年4—5月孵化成若虫，成虫发生于7—10月间，8—9月是产卵盛期。多生活于水稻、玉米、高粱、甘蔗、芦苇、湿地草滩等处。严重危害水稻和茶树等。据史料记载，2600年以来，我国曾发生过蝗灾800次以上。防治可用捕杀或药杀。

4. 莎鸡（纺织娘）

纺织娘（螽斯科, Mecopoda elongata），小型鸣叫昆虫，又称络丝娘、纺丝、络纬、梭鸡、聒聒等。体绿色、褐色，少紫色。体长5至7厘米（包括翅长）。头部较小，有复眼一对，触角丝状，细长，有黑环，由30余环节组成，呈黄褐色。前胸前狭后阔，前胸背板侧叶基部黑色。翅膜质，长达尾端，前翅阔。

纺织娘

五月斯螽动股，六月莎鸡振羽①。七月在野，八月在宇，九月在户，十月蟋蟀入我床下。

穹室熏鼠②，塞向墐户③。嗟我妇子，曰为改岁，入此室处。

——《豳风·七月》第五章

注释：①莎鸡：虫名，今名纺织娘。

②穹：穷尽，清除。窒：堵塞。

③向：朝北的窗户。墐：用泥涂抹。

《豳风·七月》是豳地一带的诗歌，共七篇。豳，又写作邠，是周朝的祖先公刘迁居开发的地方，在今天的陕西省旬邑、彬州一带。"其民有先王遗风，好稼穑，务本业，故豳诗言农桑衣食之本甚备。"（《汉书·地理志》）。《七月》以时间顺序叙述农人一年到头的生产劳动和生活，反映了丰富的生产劳动的内容和浓郁的节气风俗，描绘了时人不可多得的生活风俗画面。从农事耕作开始，到收获举酒祭献结束，送饭的妇子、采桑的女郎、下田的农夫、狩猎的骑士、公室的贵族，人物众多，各具面貌，还提到了众多的动物生灵。

莎鸡是何物？《毛传》中说："莎鸡羽成而振讯之。"陆玑《毛诗草木鸟兽虫鱼疏》："莎鸡，如蝗而斑色，毛翅数重，翅正赤，或谓之天鸡。六月中，飞而振羽，索索作声。幽州谓之蒲错。"《尔雅》："翰，天鸡。"郭璞注："小虫，黑身，赤头，一名莎鸡，又曰樗鸡。"《尔雅翼》："莎鸡，振羽作声。其状头小而羽大，有青褐两种，率以六月振羽作声，连夜札札不止。其声如纺丝之声，故一名梭鸡，一名络纬，今俗人谓之络丝娘。"

莎鸡即今之纺织娘，就是人们喜爱笼养和观赏的鸣叫昆虫。常栖于草丛中，夏秋之交，它们鸣奏弹唱，传情求爱，十分活跃，是它们最欢快的时光。至夜则鸣，音韵悠长，连续发出"ga-zhi，ga-zhi"之声，故有纺织娘之名。有时会急转弯奏出主旋律："zhi—"长音，时轻时重，抑扬顿挫，音高韵长，优雅动听。明田艺衡撰的《玉笑零音》中说："莎鸡促织，虽不足以济寒，而懒妇惊矣。"意思是莎鸡鸣叫时，秋意寒凉，可以惊动懒妇，早备寒衣。

纺织娘这声音不是由口中发出的，是由翅上的发声器发出的。雄虫翅脉近于网状，有两片透明的发声器。发音器很大，约占左前翅长度的三分之一，翅面上有纵行排列的黑色圆纹，休止时常以左翅覆于右翅之上。足3对，后肢强大，胫节最长，前足胫节有听器。

苏教版实验教材第九册有篇名为《装满昆虫的衣袋》的文章，主要叙述了法国著名昆虫学家法布尔（1823—1915）小时候的两件事。儿时的法布尔对昆虫充满了好奇，在一天傍晚，他独自寻找"纺织娘"，忘记了回家；八九岁时去放鸭子，他却花了大量时间观察昆虫并把捉到的虫子装在了衣袋里。父亲的责骂也没有改变他对昆虫的迷恋。法布尔后来成为著名昆虫学家，他小时候对小虫子非常着迷的故事，启示儿童从小养成善于观察、善于发现的好习惯，培养热爱自然、热爱科学的志趣。

想捉到它吗？那是很有趣的事啊！当夜幕降临以后，手持电筒，循声慢行。它常藏于庄稼地、瓜棚豆架、草丛芦苇的枝叶间。当到达它的栖身之地时，务必慢移脚步，仔细搜索，直到发现猎物，迅速下手捉住。它善于跳跃，能跳得很远，有时在瓜藤间纵身一跃，循入草丛，便无踪可寻。儿时乐于笼养，饲以南瓜花或丝瓜花，以为玩品。宋代叶绍翁的"知有儿童挑促织，夜深篱落一灯明"（《夜书所见》），说的就是这个情景。

纺织娘有多种体色，紫红、淡绿、深绿、枯黄等。紫红的比较少见，属珍贵品种，俗称"红娘"或"红纱娘"。雌虫较肥大，尾端有产卵管马刀状，略呈弧形向上弯曲。产卵寄主有桑、桃、柑橘等，对树木稍有危害。我国主产于江浙两省，福建、河南、山东、四川、广东、广西也多见。

五十一　短命的蜉蝣（蜉蝣）

蜉蝣

蜉蝣（蜉蝣科，Ephemera strigata）又称渠略、蜉蝤、白露虫等。身体细长而纤弱，身长17至20厘米，有长尾丝3条（有些种为2条）。体色绿褐。头部短，有很短的丝状触角。两对翅，前翅大，三角形，后翅小，脉序复杂。3对足，细弱。前胸小，中胸大。腹部细长，通常圆柱形，10节。

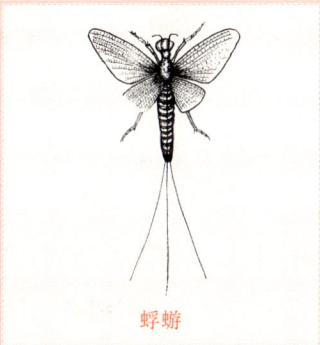
蜉蝣

蜉蝣之羽，衣裳楚楚[①]。心之忧矣。于我归处[②]。
蜉蝣之翼，采采衣服[③]。心之忧矣。于我归息[④]。
蜉蝣掘阅[⑤]，麻衣如雪[⑥]。心之忧矣，于我归说[⑦]。

——《曹风·蜉蝣》

注释： ①楚楚：鲜明貌。

②归处：即死亡。

③采采：众多。

④归息：即归宿。

⑤掘阅：容阅。

⑥麻衣：蜉蝣半透明的羽翼。如雪：鲜洁。

⑦归说（shuì）：歇，死亡。

《曹风·蜉蝣》是贵族士大夫感叹人生短暂的诗。全诗共三章，把蜉蝣羽翼同妇女衣裙联系起来了，"衣裳楚楚""采采衣服""麻衣如雪"把蜉蝣的外形描写得鲜亮美丽，像轻云舒卷，如嫩柳拂水。但主题是借蜉蝣的朝生暮死，引发感叹人生短暂而忧伤。古人感叹人生苦短，生命只是弹指一挥间。蜉蝣这种短命的小生灵，最早出现在《诗经》中，说明古人对蜉蝣的外观和生活习性观察得很细微，引起了人们的极大注意，后来成为哲人感叹和文人咏怀的极好材料。苏东坡在《前赤壁赋》中也油然感慨："寄蜉蝣于天地，渺沧海之一粟，哀吾生之须臾，羡长江之无穷。"

历史上屈原曾说"惟天地之无穷兮，哀人生之长勤"（《楚辞》），陶渊明悟曰"悲晨曦之易夕，感人生之长勤"（《闲情赋并序》），不少人喟然长叹"人生非金石，岂能长寿考"（《古诗十九首》），张灵说"高楼明月清歌夜，知是人生第几回"

（《对酒》）。

　　蜉蝣之名，古今一致，种类甚多，以常见种释之。蜉蝣成虫的寿命极短，只有数小时，故有朝生暮死之说。但是古人还是发现了它。如《荀子·大略篇》中说："不饮不食者，蜉蝣也。"《毛传》记述："蜉蝣，渠略也，朝生夕死，犹有羽翼，以自修饰。"陆玑《毛诗草木鸟兽虫鱼疏》："蜉蝣，方土语也，通谓之渠略。似甲虫，有角，大如指，长三四寸，甲下有翅能飞。夏月阴雨时地中出，今人烧炙啖之，美如蝉也。樊光曰：是粪中蠋虫随雨而出，朝生而夕死。"《尔雅》："蜉蝣，渠略。"郭璞注："似蛣蜣，身狭而长，有角，黄黑色，丛生粪土中，朝生暮死，猪好啖之。"

　　《本草纲目》卷41《蜣螂》条附录蜉蝣："［时珍曰］蜉蝣一名渠略，似蛣蜣而小，大如指头，身狭而长，有角，黄黑色，甲下有翅能飞。夏月雨后丛生粪土中，朝生暮死。猪好啖之。人取炙食，云美于蝉也。……或曰：蜉蝣，水虫也。状似蚕蛾，朝生暮死。"

　　外国人也发现了蜉蝣朝生暮死的特征。蜉蝣目（Ephemeroptera）目名源自希腊文，意为"仅一天的生命"。蜉蝣的法文称谓（Ephemères）也源于此。其在德文中的称谓（Eintagsfliegen）也是"仅有一天生命的昆虫"之意。在英文中，蜉蝣一般通称为mayfly，指其在春夏之交常大量发生。

　　蜉蝣是蜉蝣目、蜉蝣科的小型昆虫，种类甚多，蜉蝣目有2000种，通称为蜉蝣，其中有许多种类已经绝迹，如中蜉蝣科、同蜉蝣科、原蜉蝣科、混蜉蝣科的一些昆虫化石曾在侏罗纪和二迭纪地层中发现。蜉蝣由于古老性和独特性，是现存的一类活化石，对研究有翅昆虫的起源和进化极具价值，因此也成为生物系统学工作者研究的重要对象。根据统计，截止到2001年底，我国已报道蜉蝣256种。

蜉蝣是一类独特而美丽的昆虫。它的稚虫生活在水中，羽化后成为亚成虫。亚成虫再蜕皮一次就变为能交尾、产卵的成虫（个别种类的亚成虫也能交尾产卵）。亚成虫和成虫都能够在空中飞行。蜉蝣的亚成虫和成虫的口器退化，不具取食功能。因此，亚成虫期与成虫期所需能量来自稚虫期的积累。蜉蝣成虫的唯一功能和任务就是交尾产卵。春夏夜晚，成群飞于河畔或湖塘上进行交尾，不再进食，后即死去，落入水中是鱼的好诱饵。

成虫体壁薄而有光泽，常见为白色和淡黄色。有翅一对或两对，飞行时振动频率很小。腹末有长而分节的终尾丝两或三根，飞行时在空中随风飘动。又由于成虫期蜉蝣不饮不食，肠内贮有空气，身体比重较小，故蜉蝣飞行姿态十分优雅美丽。它是不完全变态，若虫身体长形，略似成虫。生水中，头大，复眼和单眼发达，触角长，丝状多节，咀嚼式口器，具腹鳃和3个尾丝，栖于水中，生性活泼，捕食小虫，大约历经3年才多次脱皮化为成虫。

《诗经》动植物图说

五十二　害苗之虫螟、螣、贼（粟灰螟、华北蝼蛄、粘虫）

螟、螣、贼是三种农业害虫，分别以粟灰螟、华北蝼蛄和粘虫释之。

1. 螟（粟灰螟）

粟灰螟（螟蛾科, Chilo infuscatellus）又称谷子钻心虫、蛀心虫、枯心虫、蛀谷虫等。幼虫色淡黄，背面有5条暗褐色纵线，中线较细，长大后体长15至23毫米左右。雄蛾体长约8.5毫米，雌蛾体长约10毫米，头部和胸部淡褐色，额不延伸，无单眼。前翅淡

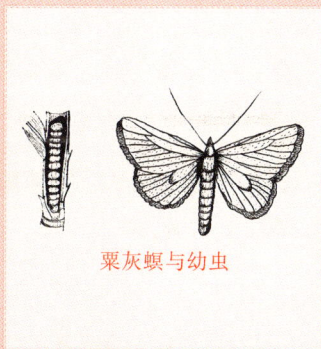

粟灰螟与幼虫

黄色，近长方形，中央有一黑点，外缘附近有6至7个小黑点，翅上混有黑褐色鳞片。后翅灰白色，外缘淡褐色，中室后缘有一列长毛。

大田多稼，既种既戒①。既备乃事，以我覃耜②。

俶载南亩③，播厥百谷④。既庭且硕⑤，曾孙是若⑥。

既方既皁⑦，既坚既好，不稂不莠。去其螟螣，

及其蟊贼，无害我田稚⑧。田祖有神⑨，秉畀炎火⑩。

有渰萋萋⑪，兴云祁祁⑫。雨我公田⑬，遂及我私。

彼有不获稚，此有不敛穧⑭。彼有遗秉，

此有滞穗⑮，伊寡妇之利。

曾孙来止，以其妇子。馌彼南亩⑯，田畯至喜⑰。

来方禋祀⑱，以其骍黑，与其黍稷。

以享以祀，以介景福。

——《小雅·大田》

注释：①戒：同"械"，指修理农具。

②覃（yǎn）：即剡，锋利。耜（sì）：古代一种似锹的农具。

③俶（chù）载：开始从事。

④厥：其。

⑤庭：通"挺"，挺拔。

⑥曾孙是若：周王尊他的祖先和其他的神，自称曾孙。若，顺。

⑦方：指谷粒已生嫩壳，但不饱满。皁（zào）：指谷壳已经结成，但
　不坚实。

⑧稚：幼禾。

⑨田祖：农神。

　　　　　　　　　　　　　　　　　《诗经》动植物图说

⑩秉：执持。畀（bì）：给予。炎火：大火。

⑪有渰（yǎn）：即"渰渰"，阴云密布的样子。

⑫祁祁：徐徐。

⑬公田：古代的井田制，井田分九区，中间百亩为公田，周围八区，八家各百亩为私田。八家共养公田。公田收获归农奴主所有。

⑭穧（jì）：已割而未收的禾把。

⑮滞：遗留。

⑯馌（yè）：送饭。

⑰田畯（jùn）：周代农官，监督农事活动。

⑱禋（yīn）祀：升烟以祭，指古代祭天。

《小雅·大田》是西周时祭祀田祖以祈丰年所演唱的诗歌。描述从春天播种开始到农事祭神的经过，反映了春、夏、秋冬农事的过程。春天准备农事，直到播种，夏天除虫，秋天收割，最后祭祀，以求来年更大的丰收，诗按时间顺序发展，不同阶段突出不同特点，对生产过程写得细致，可以对当时的农事生产增加了解。诗的第二章描写庄稼从抽穗灌浆到籽粒坚实、即将丰收的图景，以及除草、灭虫等田间管理的情况，是当时农业生产情况的生动写照。诗中提到几种农业害虫，食心曰螟，食叶曰螣，食根曰蟊，食节曰贼。这也是中国古代最早记述的农作物害虫。从"秉畀炎火"一句来看，当时人们已经利用某些害虫的趋光性以火治虫。

诗中的"螟",是指鳞翅目、螟蛾科的农业害虫螟类,螟有多种,如粟灰螟、玉米螟、豆荚螟、谷螟等。鉴于西周、春秋时期禾(粟)已普遍种植,《诗经》中又多处提及禾(粟),故以禾(粟)上的害虫粟灰螟释之。如《说文解字》中说:"螟,虫食谷叶者。"朱熹《诗集传》:"食心曰螟,食叶曰螣,食根曰蟊,食节曰贼。皆害苗之虫也。"

螟(粟灰螟)是鳞翅目、螟蛾科的农业害虫。螟蛾科是鳞翅目中较大的科,分为4个亚科,种类较多。我国常见的有稻纵卷叶螟、菜螟、三化螟、高粱条螟、玉米螟、豆荚螟、紫斑谷螟、粟灰螟等。在我国广泛分布。好蚄是粘虫的俗称。

粟灰螟年生2—3代或更多。一代幼虫咬食叶鞘内皮,并蛀入茎秆为害,造成枯心苗,严重时可造成30%—50%的缺苗率。二代、三代幼虫为害春谷或夏谷,除了苗期造成枯心苗外,在抽穗时也会造成危害,形成白穗,影响产量和质量。它不仅为害谷子,也为害玉米、高粱、黍子等,在南方也为害甘蔗,俗称甘蔗二点螟。

粟灰螟分布在我国华北、西北、东北等区域,在南方和台湾、海南岛等地也有分布。防治上,可以彻底处理谷茬,喷洒高效低毒农药等。

另外,"螟螣"二字合起来,是一专指种。《动物学大辞典》:"螟螣:Nymphula pluetuosalis体圆筒状,色黄绿,头部灰褐,背面有长毛状之气管系,适于水呼吸,体长约七分,害食稻麦之茎，其蛾形不大，翅黄白，有紫光，具暗色点纹及条纹，脚细长，体长约二分余。"存以备考。陆玑《毛诗草木鸟兽虫鱼疏》："螟似好蚄而头不赤。"

2. 蟊（华北蝼蛄）

华北蝼蛄（蝼蛄科，Gryllotalpa unispina）又称螜、蝼蛄、梧鼠、蝼蝈、螜、天蝼。蝼蛫、螻蛉、杜狗、蛞蝼、炙鼠、津姑、蝼蟈、蟉蛄、土狗、地狗、拉拉古、土狗子等。成虫体长39至45毫米，形体粗壮，全身黄褐色，有细毛，有丝状触角一对，位于复眼下方，头中央有单眼三个。前胸背板呈盾形，有一对形扁而阔的前足，前翅短小，平迭于背上，覆盖腹部不及一半，后翅纵折于前翅下边，腹部近圆筒形，尾部有尾须一对。

华北蝼蛄

大田多稼，既种既戒。既备乃事，以我覃耜。
俶载南亩，播厥百谷。既庭且硕，曾孙是若。
既方既皁，既坚既好，不稂不莠。去其螟螣，
及其蟊贼，无害我田稚。田祖有神，秉畀炎火。
有渰萋萋，兴云祁祁。雨我公田，遂及我私。
彼有不获稚，此有不敛穧。彼有遗秉，

此有滞穗，伊寡妇之利。

曾孙来止，以其妇子。馌彼南亩，田畯至喜。

来方禋祀，以其骍黑，与其黍稷。

以享以祀，以介景福。

——《小雅·大田》

注解参见本章前文。

《大雅·瞻卬》"蟊贼蟊疾，靡有夷届"句中的"蟊"、《大雅·召旻》"天降罪罟，蟊贼内讧"句中的"蟊贼"是以害虫喻朝中祸国殃民的乱政君臣。

古人认识蟊，并知道它是害虫。如陆玑《毛诗草木鸟兽虫鱼疏》中说："蟊，蝼蛄也。食苗根为人害。"朱熹《诗集传》："食心曰螟，食叶曰螣，食根曰蟊，食节曰贼。皆害苗之虫也。"

蟊，即今之蝼蛄。据《中国昆虫学史》："蟊是地下害虫，包括蝼蛄、蛴螬、金针虫等……"但自三国时陆玑注蟊为蝼蛄后，说法较为稳定，故以蝼蛄释蟊。

华北蝼蛄是直翅目、蝼蛄科典型的土栖型昆虫。蝼蛄科在我国分布的有华北蝼蛄和东方蝼蛄，为害多种农作物、蔬菜及林果幼苗。在华北为害严重的是华北蝼蛄，故以华北蝼蛄释之。

华北蝼蛄三年完成一代，成虫与若虫均能越冬。一年的活动规律：9月上旬为秋季为害期；10月—11月平均气温在6.6℃时钻入60—120厘米深的土层越冬；春季3—4月平均气温7℃时移至表土层活动，4月中下旬平均气温11.5℃时出窝迁移；5—6月为害猖獗；6—8月下旬是越夏产卵期。华北蝼蛄的卵圆形或椭圆形，长约2毫米，初产出时黄白色，每堆卵数约300—400粒，孵化前为暗紫色。若虫初孵出时乳白色，2龄以后变为黄褐色，5—6龄后体形、体色近于成虫。蝼蛄喜栖息在温暖潮湿，腐殖质多的壤土或沙壤土内，有昼伏土中、夜出活动的习性。土壤中大量施用未腐熟的厩肥、堆肥，易导致蝼蛄发生，受害较重。

蝼蛄是杂食性、多食性地下害虫，为害小麦、谷子、玉米等禾谷类作物及棉花、烟草、蔬菜等，还能危害多种园林植物的花卉、果木及林木和多种球根和块、茎植物，主要咬食植物的地下部分。可用高效低毒农药拌成毒谷、毒饵或用灯光诱杀等。蝼蛄的趋光性很强，在羽化期间，晚上7—10 点钟可用灯光诱杀；或在苗圃步道间每隔20米左右挖一小坑，将马粪或带水的鲜草放入坑内诱集，再加上毒饵更好，次日清晨可到坑内集中捕杀。

红脚隼、戴胜，喜鹊、黑枕黄鹂和红尾伯劳等食虫鸟是它的天敌，保护鸟类以利于控制虫害。蝼蛄的干燥虫体含多种氨基酸，可入中药。

3. 贼（粘虫）

粘虫（夜蛾科，Leucania separata）又称蛾、子方、奵蚄、五色虫、夜盗虫、剃枝虫等。雌蛾淡灰褐色体长约17毫米，展翅36至45毫米，雄蛾略小。复眼，有毛，腹部只第一节有竖立的鳞毛丛。前翅淡黄褐色，略带灰色，后翅淡灰色，端部色浓，近灰褐色，基部色淡。老熟幼虫长34至39毫米，头红褐色，有暗色的网状纹和黑色的八字形斑，背面有黄黑色5条纵纹，前胸背板黑色，分为4块，臀板黑褐色。

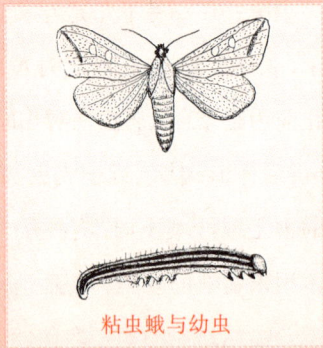

粘虫蛾与幼虫

大田多稼，既种既戒。既备乃事，以我覃耜。

俶载南亩，播厥百谷。既庭且硕，曾孙是若。

既方既皁，既坚既好，不稂不莠。去其螟螣，

及其蟊贼，无害我田稚。田祖有神，秉畀炎火。

有渰萋萋，兴云祁祁。雨我公田，遂及我私。

彼有不获稚，此有不敛穧。彼有遗秉，

此有滞穗，伊寡妇之利。

曾孙来止，以其妇子。馌彼南亩，田畯至喜。

来方禋祀，以其骍黑，与其黍稷。

以享以祀，以介景福。

——《小雅·大田》

注解参见本章前文。

《大雅·召旻》中有"天降罪罟，蟊贼内讧"之句，句中的"蟊贼"以农业害虫，比喻朝廷中祸国殃民的君臣。

陆玑《毛诗草木鸟兽虫鱼疏》中说："贼似桃李中蠹虫，赤头身长而细耳。"朱熹《诗集传》："食心曰螟，食叶曰螣，食根曰蟊，食节曰贼。皆害苗之虫也。"

贼又名蚼蚄。据陆玑的描述，其特征与现代的粘虫相符。邹树文先生在《中国昆虫学史》中也指出："陆玑说它赤头身长亦正是粘虫的写照。""史书上所记的蚼蚄，亦即是现代的粘虫。"故以粘虫释贼。

粘虫是鳞翅目、夜蛾科的农业害虫。夜蛾科是鳞翅目最大的一科，包括20000多种，其中有很多为害农作物的害虫。成虫有夜间活动的习性，故有"夜蛾"的名称。

粘虫蛹褐色有光泽，长19毫米，触角、中足和喙的长度相近。腹部1—4节背面散生有很浅的小点刻，5—7节背面近前缘有马蹄形黑色雕纹，腹面前缘有几排较密的小刻点。卵呈馒头状，直径0.53—0.58毫米，高0.48—0.51毫米。

粘虫成虫具有较强的迁飞能力，飞行时速可达70—80千米，能连续飞行数小时，早春由南方向北方迁飞，晚秋由北方向南方迁飞。每年发生2—8代，完全变态。在河南一年4代，蛾子在早春由南方迁飞而来，很少以蛹越冬，蛾子盛发期在3—4月中旬，喜食酸、甜、酒、花香味食物，有群集性、假死性。第一代幼虫在4—5月严重为害小麦，第二代幼虫为害谷子和高粱，第三代幼虫为害谷子、水稻，第四代幼虫多发生在杂草上。在南方还为害甘蔗。蛹褐色有光泽，长19毫米，触角、中足和喙的长度相近。腹部1—4节背面散生有很浅的小刻点，5—7节背面近前缘有马蹄形黑色雕纹，腹面前缘有几排较密的小刻点。卵呈馒头状，直径0.53—0.58毫米，高0.48—0.51毫米。

粘虫在我国分布较广，南北各省都有分布。农业上常用糖醋液诱杀成虫，草把诱杀虫卵，捕杀幼虫或用高效低毒农药杀死幼虫。

五十三　喜欢阴暗潮湿的鼠妇（粗糙鼠妇）

鼠妇在家庭或花房的花盆下经常见到，就是人们常说的湿湿虫。它还是一种药材呢！

伊威（粗糙鼠妇）

粗糙鼠妇（鼠妇科，Porcellio scaber）。鼠妇又称蟠、鼠负、委黍、蚜、威、负蟠、鼠粘、蛜蝛、蚜蝛、鼠姑、地鸡、地虱、湿生虫、潮湿虫、潮虫、湿湿虫、鼠懒虫、肥蛀蚋、西瓜虫、草鞋虫、瓮器底虫等，粗糙鼠妇是其中一种。体呈椭圆形，雄性体长6.0至7.0毫米，体宽3.5至3.8毫米；雌性体长7.8至8.5毫米，体宽4.5至5.0毫米。体色背中央一般灰黑色，体侧部带浅黄色，形成以镶边的色彩。体背散布有颗粒状的小结节。体表粗糙，体背较隆起。

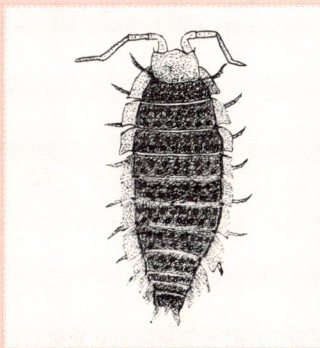

我徂东山，慆慆不归。我来自东，零雨其濛。我东曰归，我心西悲。制彼裳衣，勿士行枚。蜎蜎者蠋，烝在桑野。敦彼独宿，亦在车下。

我徂东山，慆慆不归。我来自东，零雨其濛。果臝之实，亦施于宇。伊威在室，蟏蛸在户。町疃鹿场，熠燿宵行。不可畏也？伊可怀也。

我徂东山，慆慆不归。我来自东，零雨其濛。鹳鸣于垤，妇叹于室。洒扫穹窒，我征聿至。有敦瓜苦，烝在栗薪。自我不见，于今三年。

我徂东山，慆慆不归。我来自东，零雨其濛。仓庚于飞，熠燿其羽。之子于归，皇驳其马。亲结其缡，九十其仪。其新孔嘉，其旧如之何？

——《豳风·东山》

　　注解参见第二十七章。诗中有"伊威在室"，伊威，俗名潮湿虫，意思是屋子里长了许多潮湿虫。

　　伊威即鼠妇，鼠妇种类很多，也很常见。分布很广，全世界有150种以上，中国常见种有长鼠妇、光滑鼠妇、粗糙鼠妇等。今以粗糙鼠妇释之。陆玑《毛诗草木鸟兽虫鱼疏》记载："伊威，一名委黍，一名鼠妇。在壁根下、瓮底土中生，似白鱼者是也。"朱熹《诗集传》中说："伊威，鼠妇也。室不扫则有之。"冈元凤《毛诗品物图考》："寇宗奭云：'湿生虫，多足，大者长三四分，其色如蚓,背有横纹蹙起。'"《尔雅》:"蜲威,委黍。"郭璞注:"旧说鼠妇别名,然所未详。"又:"蟠,鼠负。"郭璞注:"瓮器底虫。"

《本草纲目》卷41《鼠妇》篇中解说甚详:"[释名]鼠负(弘景)、负蟠(烦。《尔雅》)、鼠姑(弘景)、鼠粘(《蜀本》)、蜲蟓(《别录》)、蜲蛾(伊威。《本经》)、湿生虫(《图经》)、地鸡(《纲目》)、地虱。[弘景曰]鼠妇,《尔雅》作鼠负,言鼠多在坎中,背粘负之,故曰鼠负。今作妇字,殊似乖理。[韩保昇曰]多在瓮器底及土坎中,常惹着鼠背,故名。俗亦谓之鼠粘,犹枭耳名羊负来也。[时珍曰]按陆佃《埤雅》云:鼠负,食之令人善淫,故有妇名。又名鼠姑,犹鼠负也。鼠粘,犹鼠负也。然则妇、负二义俱通矣。因湿化生,故俗名湿生虫。曰地鸡、地虱者,象形。"又:[集解][颂曰]今处处有之,多在下湿处、瓮器底及土坎中。诗云:蜲蛾在室。郑玄言家无人则生故也。[宗奭曰]湿生虫多足,大者长三四分,其色如蚓,背有横纹蹙起,用处绝少。[时珍曰]形似衣鱼稍大,灰色。"

粗糙鼠妇生活在地表、残叶或树根下、石块下以及潮湿的木板下,在家庭或花房的花盆下经常见到。鼠妇为世界型广布种,在国内分布也较广。

五十四　苍蝇、金蝇都肮脏（舍蝇、大头金蝇）

1. 苍蝇（舍蝇）

舍蝇（蝇科，Musca domestica vicina）又称苍蝇、饭家蝇等。舍蝇体长6至7厘米，体呈卵形，周身密生短毛，灰黑色，胸背有黑色条纹四条，无金属光泽。口器适于舐吸。复眼大，触角短而具芒。仅有1对前翅，后翅退化为平衡棒。幼虫白色，无头和足，俗称蛆，孳生于粪便和垃圾等腐败污物中，生长很快。夏季约10天能繁殖1代，幼虫经过化蛹而后发育成成虫即成能飞行的舍蝇。

舍蝇

鸡既鸣矣[①]，朝既盈矣[②]。匪鸡则鸣，苍蝇之声。

东方明矣，朝既昌矣[③]。匪东方则明，月出之光。

虫飞薨薨[④]，甘与子同梦[⑤]。会且归矣[⑥]，无庶予子憎。

——《齐风·鸡鸣》

注释： ①既：已经。

②盈：指众多上朝的大臣。

③昌：盛，多。

④薨薨：嗡嗡，虫飞的声音。

⑤甘与子同梦：希望和你一起入梦乡。

⑥会且归矣：上朝后再回来。

⑦无庶予子憎：不要让我遭到你的忌恨。

《齐风·鸡鸣》，清代方玉润《诗经原始》以为是写"贤妇警夫早朝"。也许此诗只是表现一对贵族夫妇私生活的情趣。全诗以夫妇间对话展开，构思新颖，在《诗经》中是别开生面的。钱锺书在《管锥编》中赞赏此诗"作男女对答之词"而"饶情致"，并说："莎士比亚剧中写情人欢会，女曰：'天尚未明；此夜莺啼，非云雀鸣也。'男曰：'云雀报曙，东方云开透日矣。'女曰：'此非晨光，乃流星耳。'可以比勘。"该诗可以作为中西比较文学的一段佳话。

关于诗中的苍蝇，《毛传》中说："苍蝇之声，有似远鸡之鸣。"《尔雅》："蝇，丑扇。"郭璞注："好摇翅。"《埤雅》："蝇好交其前足，有绞绳之象。……亦好交其后足，摇翅自扇。故《尔雅》曰蝇，丑扇也。段氏云：苍蝇声雄壮，青蝇声清聒，其声皆在翼。又曰：青蝇类粪尤能败物，虽玉犹不免，所谓蝇粪点玉是也。盖青蝇善乱色，苍蝇善乱声。故诗以青蝇刺谗，而《鸡鸣》

曰'匪鸡则鸣,苍蝇之声'也。"

《本草纲目》卷40《蝇》:"[释名][时珍曰]蝇飞营营,其声自呼,故名。"又:"[集解][时珍曰]蝇处处有之。夏出冬蛰,喜暖恶寒。苍者声雄壮,负金者声清括,青者粪能败物,巨者首如火,麻者茅根所化。蝇声在鼻,而足喜交。其蛆胎生。蛆入灰中蜕化为蝇,如蚕、蝎之化蛾也。蝇溺水死,得灰复活。故《淮南子》云:烂灰生蝇。古人憎之,多有辟法。"

蝇的种类很多,有舍蝇、家蝇、金蝇、绿蝇和麻蝇等。李时珍说"麻者(麻蝇)茅根所化",是错误的,茅根岂能化为麻蝇?我国常见的与人关系最大的是舍蝇,舍蝇在我国广泛分布,是经常进入室内的常见蝇种,与家蝇的模式种(Musca domestica)很相似,冯兰洲等对1951年收集的全国的蝇类标本详细作了比较研究,认为家蝇仅分布于新疆,而我国绝大部分地区都是舍蝇。故以舍蝇释苍蝇。有学者认为诗中苍蝇指蚊子,并认为"今方言尚有苍蝇、蚊子同名不分者",存以备考。

舍蝇喜欢入厨、厕,舐食为生,同时3对足和口器接触食物时带菌污染食物,能引起多种疾病。人们都很讨厌它。20世纪以来,由于仿生学的发展,发现苍蝇的某些器官有研究和利用的价值,如蝇的嗅觉感受器是个小腔,与外界相通,每个小腔中有上百个神经元,空气中气体分子的刺激会很快传入头部的神经节,产生电脉冲。仿照这个原理,制成了小型电子气体分析仪,安装在航天飞船的座舱里、潜艇里、矿井里,监控有害气体,十分

苍蝇、金蝇都肮脏(舍蝇、大头金蝇)

灵敏。

另如蝇眼的构造特殊，每只眼是由3000—4000只小眼组成的复眼，每只小眼都有成像透视系统和视觉细胞。蝇的复眼能感知紫外线和光的偏振现象，还可以增强影像的边缘效应，增强明暗对比，提高清晰度，科学家研究并制成蝇眼照相机，镜头由1329个小镜头粘合而成，一次可拍摄1329张照片。又利用它对太阳偏振光十分敏感的性能，制成了"偏振光天文罗盘"，用于航海、航空事业。再如苍蝇的平衡，以每秒330次的频率振动着，能帮助它迅速地调整飞行方向，根据它的原理制成了振动陀螺仪用于飞机导航和火箭调控。

日本科学家还发现苍蝇体内能产生一种毒蛋白，其杀菌力超过现有的抗生素，大有开发的价值。以上的这些事例说明，对人们普遍认为有害的生物，也要研究它可利用的方面，造福于人类。由此可见，科学家的眼里没有"废物"。

　　　　　　　　　　　　　　　《诗经》动植物图说

2. 青蝇（大头金蝇）

大头金蝇（丽蝇科，Chrysomya megacephala）又称红头苍蝇。躯体肥大，体长8至11毫米，头部比胸部宽，体呈亮绿至蓝绿色金属光泽。触角芒长羽状。复眼深红色。颜部（包括频部）橙黄色，侧颜及频部均具黄毛。胸部（包括小盾片）略长于腹部。胸部及腹部均呈亮绿色，无斑条；前、后气门均呈暗褐色。足黑。成虫羽化1至2天后进行交配，一般一生只交配1次，数日后雌虫产卵。卵发育至成虫所需时间，在32℃时为11天。

大头金蝇

营营青蝇[①]，止于樊[②]。岂弟君子[③]，无信谗言。

营营青蝇，止于棘。谗人罔极[④]，交乱四国。

营营青蝇，止于榛。谗人罔极，构我二人[⑤]。

——《小雅·青蝇》

注释：①营营：苍蝇飞舞声。

②樊：篱笆。

③岂弟（kǎi tì）：即"恺悌"，平和有礼。

④罔极：没有标准地胡乱说。

⑤构：陷害。

《小雅·青蝇》是讽刺周幽王听信谗言而废后放子之作。"谗人"当指褒姒。据《易林·豫之困》中说："青蝇集藩，君子信谗；害贤伤忠，患生妇人。"说明《齐诗》以此诗为"幽王信褒姒之谗而害忠贤"之作。诗的第一章借物取喻形象生动，以青蝇飞鸣比喻小人散布谗言，劝告周王不要听信。把散布谗言的人比作苍蝇，这是十分贴切的。

　　苍蝇作为一种令人厌恶的昆虫，具有追臭逐腐、散播病菌、嗡嗡乱叫等习性，而这些习性与人间专找机会进谗言害人者如出一辙。因此用苍蝇来喻指进谗者是一大成功。朱熹《诗集传》："青蝇，污秽能变白黑。"《尔雅翼》："青蝇，古以喻谗人，以其所趋甚污，终日营营而不知止。又为声以乱人听，故以比。"王充《论衡·商虫》所谓"谗言伤善，青蝇污白"，陈子昂《宴胡楚真禁所》诗"青蝇一相点，白璧遂成冤"，李白《鞠歌行》"楚国青蝇何太多，连城白璧遭谗毁"等，皆其例，可见其艺术生命力之强。

　　《本草纲目》卷40《蝇》："［释名］［时珍曰］蝇飞营营，其声自呼，故名。"又："［集解］［时珍曰］蝇处处有之。夏出冬蛰，喜暖恶寒。苍者声雄壮，负金者声清括，青者粪能败物。"

　　蝇的种类很多，《青蝇》篇中的"青蝇"以大头金蝇释之。

　　大头金蝇在春夏季活动，密度高峰在7月，与人类活动接触频繁。幼虫杂食性，偏尸食性，常滋生在人、畜粪便中，吸食稀人粪和腐肉。成虫常入厕、厨、小吃摊、水果铺、垃圾场、菜市场、

　　　　　　　　《诗经》动植物图说

酱园等处,最喜欢在腐肉、鲜牛粪及有蚜虫寄生的植物上寻食。成虫可传染多种病菌和病毒,幼虫偶尔寄生于人、畜伤口,所带病菌有伤寒杆菌、绿脓杆菌、志贺氏和福氏杆菌、大肠杆菌、副大肠杆菌以及变形杆菌等,也能传染乙型肝炎病毒。研究该蝇在流行病学、预防病学、微生物学等方向都有重要意义。该种分布较广,除新疆、青海、西藏外,全国各地分布。

大头金蝇百害还有其利,它能为开花植物授粉,如对油菜传粉有效。中药的五谷虫就是大头金蝇的干燥幼虫,有清热解毒、消积滞的功能。最近美国专利局获批的一项专利:一种利用大头金蝇蛆处理屠宰污水处理厂产生的污泥的方法及物料配方,是在所述的污泥中添加辅料并搅拌,制得大头金蝇蛆饲养料,再放入大头金蝇卵,大头金蝇卵孵化的幼虫取食大头金蝇蛆饲养料,使得所述的污泥得到处理。本发明的处理能力强,处理速度比普通堆肥快,处理周期为4—5天。经处理后,所述的污泥容量减少10—30%,异味减少,同时还可获得优质的有机肥和优质的昆虫生物蛋白。

附录：传说中的动物

1.龙

小戎俴收①，五楘梁辀②。游环胁驱③，阴靷鋈续④。文茵畅毂⑤，驾我骐马。言念君子，温其如玉。在其板屋，乱我心曲。

四牡孔阜，六辔在手⑥。骐骝是中，騧骊是骖。龙盾之合⑦，鋈以觼軜⑧。言念君子，温其在邑⑨。方何为期？胡然我念之！

俴驷孔群⑩，厹矛鋈錞⑪。蒙伐有苑⑫，虎韔镂膺⑬。交韔二弓⑭，竹闭绲縢⑮。言念君子，载寝载兴。厌厌良人，秩秩德音。

——《秦风·小戎》

注释：①小戎：车厢较小的兵车。俴（jiàn）收：浅的车厢。

②五楘（mù）：五，古文作X。用皮革缠车辕成X形，用以加固和修

饰。梁辀（zhōu）：曲辕。

③游环：系于辕马背上的环。胁驱：连接于衡与轸的皮条，限制骖马内入。

④靷（yìn）：引车前行的皮革。鋈（wù）续：白铜环扣紧皮带。鋈，白铜。续，连续。

⑤文茵：虎皮坐垫。畅毂（gǔ）：长毂。毂，车轮中心的圆木。

⑥辔：缰绳。

⑦龙盾：画龙的盾牌。

⑧觼（jué）：有舌的环。軜（nà）：内侧二马的辔绳。

⑨邑：秦国的属邑。

⑩伐驷：披薄金甲的四马。孔群：群马很协调。

⑪厹（qiú）矛：头有三棱锋刃的长矛。錞（duì）：矛柄下端金属套。

⑫蒙：画杂乱的羽纹。伐：盾。苑（yūn）：花纹。

⑬虎韔（chàng）：虎皮弓囊。镂膺：在弓囊前刻花纹。

⑭交韔二弓：两张弓，交错放在袋中。

⑮绲（gǔn）：绳。縢：缠束。

《秦风·小戎》是一位妇女思念出征作战的丈夫的诗。东周初年，西戎骚扰不断，于是秦襄公奉周天子之命，率兵讨伐西戎，夺地数百里，既解除了西戎的威胁，又增强了秦国的势力范围。该诗描写了丈夫出征时的壮观场面，进而联想到丈夫离家后的情景，回味丈夫给她留下的美好形象。希望他建功立业，博

《诗经》动植物图说

得好名声凯旋。字里行间充满着仰慕之心和思念之情。同时，也用大半篇幅描写了秦军威武的军容和积极进取的精神。

《周颂·载见》中有"龙旂阳阳，和铃央央"之句，《鲁颂·闷宫》中有"龙旂承祀，六辔耳耳"之句，《商颂·玄鸟》中有"龙旂十乘，大糦是承"之句。以上句中的"龙"与《秦风·小戎》篇中的"龙"同物。"龙旂"指绘有龙的图案的旗帜。

龙文化、龙图腾、龙的传说至今约有八千年的历史。龙是中华文化里的主要图腾、主要象征，是中华民族的象征。神话传说里龙是神异动物，能行云布雨、能大能小、能升能隐，大则兴云吐雾，小则隐介藏形，升则飞腾于太空之间，隐则潜伏于波涛之内。

龙的典型形象是两个权角、长须、蛇身、四足、鳞片满身，也可以说是马面、狗鼻、牛嘴、鹿角、蛇身、鹰爪、鱼鳞、狮尾、虾须等。

《说文解字》："龙，鳞虫之长。能幽能明，能细能巨，能短能长。春分而登天，秋分而潜渊。"

《尔雅翼》："龙，春分而登天，秋风而潜渊，物之至灵者也。"

龙是传说中的动物，是我们中华民族崇拜的对象和精神的象征，它至高无上的地位和各种神奇的传说，从上述所引条目可见一斑。

2. 凤凰

凤凰于飞，翙翙其羽^①，亦集爱止^②。蔼蔼王多吉士^③，维君子使^④，媚于天子^⑤。

凤凰于飞，翙翙其羽，亦傅于天。蔼蔼王多吉人，维君子命，媚于庶人。

凤凰鸣矣，于彼高冈。梧桐生矣，于彼朝阳。菶菶萋萋^⑥，雝雝喈喈^⑦。

君子之车，既庶且多。君子之马，既闲且驰。矢诗不多，维以遂歌。

——《大雅·卷阿》后四章

注释：①翙（huì）翙：象声词，鸟飞行时振动羽翅的声音。

②爰：语助词。

③蔼蔼：众多的样子。吉士：善士，贤臣。

④维：通"惟"，只，仅。

⑤媚：喜爱。

⑥菶（běng）菶：草木茂盛貌。

⑦雝（yōng）雝喈（jiē）喈：鸟鸣声。

《大雅·卷阿》是周王出游卷阿，卿大夫为其歌功颂德的诗。成王三十三年，周王游于卷阿，召康公从。此诗所记，称颂周室版图广大，疆域辽阔，周王恩泽遍于海内，周王膺受天命，既长且久，福禄安康，样样齐备，因而能够尽情娱游，闲暇自得。称颂周王有贤才良士尽心辅佐，因而能够威望卓著，声名远扬，成为天下四方的准则与楷模。诗以凤凰比周王，以百鸟比贤臣。以凤凰展翅高飞，百鸟紧紧相随，比喻贤臣对周王的拥戴，即所谓"媚于天子"。然后又以高冈梧桐郁郁苍苍，朝阳鸣凤宛转悠扬，渲染出一种君臣相得的和谐气氛。

凤凰，雄为凤，雌为凰，总称为凤凰，亦称为丹鸟、火鸟、鹍鸡、威凤等。凤凰是中国古代传说中的百鸟之王，与龙同为汉族的民族图腾。常用来象征祥瑞。凤凰的起源约在新石器时代，原始社会彩陶上的很多鸟纹是凤凰的雏形，距今约7400年的湖南洪江高庙文化遗址中，出土了一件白色陶罐，其颈部和肩部各戳印有东方神鸟（包括兽面、太阳）图案，一只朝向正面，一只侧面回首。

《尔雅》"鹲，凤。其雌皇。"郭璞注："瑞应鸟。鸡头，蛇颈，燕颔，龟背，鱼尾。五彩色，高六尺许。"

《说文解字》："凤，神鸟也。天老曰：凤之象也，鸿前、麐后、蛇颈、鱼尾、鹳颡、鸳思、龙文、龟背、燕颔、鸡喙，五色备举。出于东方君子之国，翱翔四海之外。过崑崙，饮砥柱，濯羽弱水，莫宿风穴。见则天下大安宁。"

陆玑《毛诗草木鸟兽虫鱼疏》："凤，雄曰凤，雌曰皇。其雏为鸑鷟。或曰凤皇，一名鹲，非梧桐不栖，非竹实不食。"

陈大章《诗传名物集览》："《大戴礼》：羽虫三百六十，凤凰为之长。《礼运》：麟凤龟龙，为之四灵。"又："《山海经》：南禺之山，有凤凰鹓雏。丹穴之山，有鸟如鸡，五采而文，名曰凤凰。首文曰德，翼文曰义，背文曰礼，膺文曰信。饮食自然，自歌自舞，见则天下安宁。"又："《吕氏春秋》：黄帝听凤凰之鸣，以别十二律，使泠伦制十二筩，雄鸣六，雌鸣亦六，比黄钟之宫，而皆可以生之是为律本。少暤氏设凤鸟之官，以为历正。舜作箫以象之。"

总之，凤凰是传说中的神灵之鸟、祥瑞之鸟。从上述各条所引，可以领略它在人们心目中至善至美、至德至纯的崇高形象。

3. 蜮^①

彼何人斯^②？其心孔艰。胡逝我梁^③，不入我门？伊谁云从？维暴之云。

二人从行，谁为此祸？胡逝我梁，不入唁我^④？始者不如今，云不我可。

彼何人斯？胡逝我陈^⑤？我闻其声，不见其身。不愧于人？不畏于天？

彼何人斯？其为飘风。胡不自北？胡不自南？胡逝我梁？祇搅我心。

尔之安行，亦不遑舍。尔之亟行，遑脂尔车^⑥。壹者之来，云何其盱^⑦。

尔还而入，我心易也^⑧。还而不入，否难知也。壹者之来，俾我祇也^⑨。

伯氏吹埙^⑩，仲氏吹篪^⑪。及尔如贯，谅不我知。出此三物^⑫，以诅尔斯^⑬。

为鬼为蜮，则不可得。有靦面目^⑭，视人罔极^⑮。作此好歌，以极反侧。

——《小雅·何人斯》

注释：①蜮（yù）：一种传说中的可以在水中含沙射影、使人致病的动物。

②斯：语助词。

③梁：拦水捕鱼的坝堰。

④唁：慰问。

⑤陈：堂下至门的路。

⑥遑：空闲。

⑦盱（xū）：忧，病。

⑧易：悦。

⑨俾：使。祇：病。

⑩埙（xūn）：古代陶制乐器，卵形中空，有吹孔。

⑪篪（chí）：古代竹制乐器，如笛，有八孔。

⑫三物：猪、犬、鸡。

⑬诅：盟诅。古时杀牲歃血订盟。

⑭靦(miǎn)：露面见人之状。

⑮罔极：没有准则，变幻莫测。

《小雅·何人斯》是写贵族公卿之间因利害冲突而相互倾轧，讽刺抨击对方并与之绝交的诗。据《诗序》说，矛盾冲突发生在暴公和苏公之间，苏公写此诗抨击并与暴公绝交。诗的第八章把对方比作隐于暗处害人的鬼蜮，表示要揭穿、深究其本来面目，措辞激切。

对于"蜮"，《毛传》："蜮，短狐也。"郑《笺》："状如鳖，三足，一名射工，俗呼之水弩。在水中含沙射人，一云射人影。"

陆玑《毛诗草木鸟兽虫鱼疏》："蜮，短狐也，一名射影，如龟二足。江淮水滨皆有之。人在岸上，影见水中，投人影则杀之，故曰射影也。南方人将入水，先以瓦石投水中令水浊，然后入。或曰含细沙射人，入人肌，其创如疥。"

陈大章《诗传名物集览》："《玄中记》：水狐者，视其形虫也，其气乃鬼也，长三四寸，色黑，广寸许，甲厚三分许，头有角，去二三步则气射人，中十人六七人死。"

冈元凤《毛诗品物图考》："柳宗元云：射工沙蝨，含怒窃发，中人形影，动成疮痏。"

《埤雅》："《诗》曰为鬼为蜮，则不可得。言鬼无形而蜮性阴害，射人之影，则皆莫可究矣。"

总之，蜮是古人传说中在水中能含沙射影、使人致病的一种害人虫，其特点如上述各条所引，现实中没有这种动物，古人也将其与虚无害人的"鬼"并举，对其极度憎恶。

诗经

动植物图说

植物卷

高明乾
毛雪飞 著

中华书局

山有扶苏，隰有荷华。不见子都，乃见狂且。
山有桥松，隰有游龙。不见子充，乃见狡童。
　　　　　　　　　　——《郑风·山有扶苏》

山有扶苏，隰有荷华。不见子都，乃见狂且。
山有桥松，隰有游龙。不见子充，乃见狡童。

——《郑风·山有扶苏》

......

谁谓荼苦？其甘如荠。宴尔新昏，如兄如弟。

......

——《邶风·谷风》

梧桐

......
　　凤凰鸣矣，于彼高冈。梧桐生矣，于彼朝阳。菶菶萋萋，
雍雍喈喈。
......

——《大雅·卷阿》

目　录

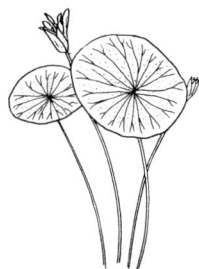

植物卷（137种）

植
物
卷

一　莕菜与莼菜（莕菜、莼菜）

莕菜与莼菜都是水中的野菜，有幸被古人发现并食用，还记入了《诗经》，十分可贵。故放在一起讨论。

1. 荇菜（莕菜）

莕菜(龙胆科, Nymphoides peltatum)又称接余、荇余、凫葵、水葵、荇公须、水镜草、水荷叶等。莕菜是浅水性植物。茎细长圆柱形，柔软而多分枝，节上生根，上部叶对生，下部叶互生，叶片漂浮于水面，卵状圆形，基部深心形，似睡莲而小巧别致，近

莕菜

草质。叶表面光滑，草绿色，叶背带紫色。小花黄色，径2.5至7厘米，花冠5裂似5瓣，边缘有细齿，有睫毛，花喉部有细毛，花朵挺出水面，花柄较长。

关关雎鸠^①，在河之洲^②。窈窕淑女^③，君子好逑^④。

参差荇菜^⑤，左右流之。窈窕淑女，寤寐求之^⑥。

求之不得，寤寐思服^⑦。悠哉悠哉^⑧，辗转反侧^⑨。

参差荇菜，左右采之。窈窕淑女，琴瑟友之^⑩。

参差荇菜，左右芼之^⑪。窈窕淑女，钟鼓乐之^⑫。

——《周南·关雎》

注释：①关关：象声词，雌雄二鸟和鸣声。

②洲：水中的干滩。

③窈窕（yǎo tiǎo）：女子体态优美的样子。淑女：贤良美好的女子。

④好逑（hǎo qiú）：好的配偶。

⑤参差：长短不齐的样子。

⑥寤寐（wù mèi）：指醒和睡。寤，醒觉。寐，入睡。意为梦寐。

⑦思服：思念。

⑧悠哉：意为"悠悠"，是说思念绵绵不断。

⑨辗转反侧：翻来覆去难入眠。

⑩琴瑟友之：琴、瑟，指弦乐器。意为用琴瑟来迎接淑女。

⑪芼（mào）：择取，挑选。

⑫钟鼓乐之：用钟鼓之乐取悦淑女。

《诗经》开篇第一首诗是《关雎》，这是一首感情诚挚的情

《诗经》动植物图说

歌，是借兴雎鸠的关关交欢，描述男女青年谈情说爱的故事。诗的第一章由沙洲上雌雄和鸣的雎鸠鸟起兴，启迪青年爱恋上眼前采荇的女子。这种热恋中的心态逐渐发展为寤寐求之，辗转反侧；以至于梦想得以实现，与窈窕淑女走入婚姻殿堂，出现琴瑟友之、钟鼓乐之的情景。

诗人还借眼前景物发端，先言他物"荇菜"，以引起所咏之事"窈窕淑女，寤寐求之"，这便是"兴"。诗人以纤细的荇菜在水中左右流之，来比喻窈窕淑女的风姿，衬托出佳人身段的曼妙。这图景令青年浮想联翩，夜不能寐。这便是"比"的修辞手法。其效果可以使整篇诗委婉含蓄，自然流畅，意境优美。作者以丰富而圆满的想象来填充眼前无可排遣的相思，这真是"乐而不淫，哀而不伤"，是属于典型的东方式的恋爱观，他所盼望的，用"好逑"二字表达愿与淑女成为夫妇的愿景，体现了我国民族的传统特色。反映古代男女相会、互相爱慕并希望成婚的心理状态和风俗习尚。

雎鸠和荇菜成为历代爱情的象征物，荇菜的风姿常常荡漾在多少少男妙女的心上！听那《再别康桥》诗歌："软泥上的青荇，油油的在水底招摇；在康河的柔波里，我甘心做一条水草！……"那青荇的倩影会留在你美好的记忆中。

荇菜是何种植物，有人说是一种苋菜，那肯定不对，荇是一种水草。徐志摩的诗里就出现过"软泥上的青荇，油油的在水底招摇"，杜甫的诗中还有"水荇牵风翠带长"的诗句。陆玑《毛诗草木鱼虫疏》中说："荇，一名接余，白茎，叶紫赤色正圆，径寸余，浮在水上，根在水底，与水深浅等长如钗股，上青下白。"

李时珍在《本草纲目》卷19《莕菜》篇中说："按《尔雅》云：莕，接余也。其叶符。则凫葵当作符葵，古文通用耳。或云，凫喜食之，故称凫葵，亦通。其性滑如葵，其叶颇似莕，故曰葵，曰莕。《诗经》作荇，俗呼荇丝菜。池人谓之莕公须，淮人谓之靥子菜，江东谓之金莲子。许氏《说文》为之䔿，音恋。《楚辞》谓之屏风，云紫茎屏风文绿波，是矣。"由此可见，古人所言荇、莕、接余等为一物也。

莕菜是一种美丽的观赏植物，也是一种蜜源植物。荇菜花期长，是庭院点缀水景的佳品。每朵花开放时间短，仅在上午9—12点，但全株多花，整个花期达4个多月。可作水面绿化，叶形似缩小的睡莲，小黄花艳丽，素宣清逸，易生繁盛，装点水面很美，还可以净化水质。

莕菜属植物全世界约有20种，广布于全球温带和热带，我国有6种。其中莕菜很受人喜爱。生于池塘、流水缓慢的排水沟、湖泊或不甚流动的河流中。莕菜原产我国，分布广泛，我国南部较多。从欧洲到亚洲的印度、中国、日本、朝鲜、韩国等地区都有它的踪迹。根茎可供食用，可做蔬菜来煮汤，柔软滑嫩，在古代是美食。

莕菜全草入药，能清热、解毒、利尿；还可以作猪的饲料和鱼的饵料。

2. 茆（莼菜）

莼菜（睡莲科，Brasenia schreberi）又称茆、蒪、蓴、水葵、露葵、蕁菜、马蹄草、锦带、缺盆草等。是多年生水生草本。根状茎横卧于水底泥中。叶椭圆状漂浮于水面，长5至10厘米，宽3至6厘米，全缘无毛，叶柄长25至40厘米。花单生在花梗顶端，

莼菜

直径1至2厘米；花梗长6至10厘米，萼片3至4枚，呈花瓣状，条状矩圆形或条状倒卵形，宿存；花瓣3至4枚，紫红色，宿存。坚果草质，不裂，有宿存花柱，具1至2颗卵形种子。

思乐泮水[1]，薄采其芹[2]。鲁侯戾止[3]，言观其旂。其旂茷茷[4]，鸾声哕哕[5]。无小无大，从公于迈[6]。

思乐泮水，薄采其藻。鲁侯戾止，其马蹻蹻[7]。其马蹻蹻，其音昭昭[8]。载色载笑，匪怒伊教。

思乐泮水，薄采其茆。鲁侯戾止，在泮饮酒。既饮旨酒[9]，永锡难老[10]。顺彼长道[11]，屈此群丑[12]。

——《鲁颂·泮水》前三章

注释：①泮水：指济宁泗水县泮水。

②薄：语助词，无义。

③戾：临。止：语尾助词。

④旂（qí）：绘有龙形图案的旗帜。茷（pèi）茷：飘扬貌。

⑤鸾：通"銮"，古代的车铃。哕（huì）哕：铃和鸣声。

⑥公：鲁公，亦指诗中的鲁侯。

⑦跻（jué）跻：马强壮貌。

⑧昭昭：指声音宏亮。

⑨旨酒：美酒。

⑩锡：同"赐"，有"万寿无疆"意。

⑪道：指礼仪制度。

⑫丑：恶，指淮夷。

　　《鲁颂·泮水》是歌颂鲁侯光临泮水的诗歌。前三章以"思乐泮水"起兴，突出鲁侯光临泮宫行受俘之礼的快乐心情。此行兼有祀祖之事。"采芹""采藻""采茆"是为祭祀作准备，芹、藻、茆皆用于祭祀。其中写了旗帜飘扬、銮声起伏、随从众多，为烘托鲁侯光临的热闹的气氛和尊严的声势。他的乘马非常健壮，他的声音非常洪亮，他和蔼面带微笑，体现出君主的特别身份，从而教化臣民。"在泮饮酒"，借以歌颂功德，祝福他"永锡难老"，万寿无疆，表明这是鲁侯征服淮夷凯旋饮至，表彰他的功绩。淮夷生活在当时的淮水一带，不受周王朝所管辖，对周王朝造成威胁，所以，各诸侯国曾多次征伐。其后的诗是颂扬鲁侯的德行，征伐淮夷出征获胜。最后一章以鸮比兴，把淮夷比作猫头鹰，为恶鸟，比喻恶人。淮夷感悟，前来归顺，贡献珍宝。

诗中的"茆"即今之莼菜。《植物名实图考》卷18《莼》篇中说："莼，《别录》下品。《诗经》'言采其茆'，陆《疏》：茆与荇菜相类，江东谓之莼菜，或谓之水葵。今吴中自春及秋，皆可食。"

莼菜是睡莲科，莼属植物。本属植物仅有莼菜一种。莼菜原产中国，生于池塘、湖泊、沼泽、湿地水中。我国南部各地多产之，主要分布于我国黄河以南，江苏、浙江、江西、湖南、湖北、四川、云南等省。

莼菜有较高的食用价值，嫩叶含有8种人体必需的氨基酸和一些维生素，营养价值高。古人所谓"莼鲈风味"中的"莼"，就是指的这个菜。食用的部分为嫩梢和初生卷叶，有透明胶质，莼菜作汤，鲜美润滑。莼菜中含有丰富的锌，为植物中的"锌王"，是小儿最佳的益智健体食品之一。

相传晋人张翰看到秋风渐起而思念家乡的莼菜、鲈鱼，宁愿放弃在洛阳的高官厚禄，乐得回乡逍遥自在。唐朝大诗人白居易曾有"犹有鲈鱼莼菜兴，来春或拟往江东"的名句，宋朝大文学家苏轼也说："若问三吴胜事，不唯千里莼羹。"难怪乾隆帝下江南，每到杭州都必以莼菜调羹进餐，并派人定期运回宫廷食用。莼菜鲜嫩滑腻，用来调羹作汤，清香浓郁，被视为宴席上的珍贵食品。

莼菜不仅美味，其株型小巧别致，还可用于观赏。莼菜叶形美观，叶色有红有绿，既可用于水面布置单独欣赏，也可和其他水生植物搭配，突出整体观赏效果，或植于水族箱中供观赏。

据传说太湖莼菜从明末清初开始人工栽培，生长繁殖得很快，每年清明节前后水底的地下茎开始萌芽生长。在这个时节采摘的莼菜嫩片称为春莼菜。立夏之后，气温上升，莼菜生长旺盛，到霜降大量采摘，称为秋莼菜。应在卷叶尚未展开时，将嫩梢连叶柄采下，供加工或贮存。

二 水中仙子——莲花（莲花）

荷花、菡萏（莲花）

莲花（睡莲科, Nelumbo nucifera）又称芙蕖、荷花、藕、蔄、菡萏、水芙蓉、水芸、水华、水旦、水华、水芝、泽芝、玉环、草芙蓉等。地下茎长而肥厚，长而有节。叶盾圆形，直径25至90厘米，叶柄中空，长1至2米，有小刺。花大，美丽，芳香，花瓣多数，有红、粉红、白、紫等色，或有彩纹、镶边。花托膨大成莲蓬，内生多数坚果，呈椭圆形，种子卵形。

莲花

山有扶苏[1]，隰有荷华[2]。不见子都[3]，乃见狂且。

山有桥松[4]，隰有游龙。不见子充[5]，乃见狡童。

——《郑风·山有扶苏》

注释：①扶苏：茂木。

②隰（xí）：洼地。

③子都：美男子之名。

④桥：通"乔"，指乔木。

⑤子充：美男子之名。

　　《郑风·山有扶苏》是写一位女子在与情人约会时，怀着无限惊喜的心情对自己恋人俏骂所成的诗。朱熹则认为《山有扶苏》是淫女戏其所私者。此说倒比较接近诗旨。但是，所谓"戏"，即俏骂之意。至于有说诗中女主人公为"淫女"，可能出于道学家的偏见，因为在他看来，《郑风》中的所有恋爱诗都是"淫奔之诗"。今人袁梅《诗经译注》中说"这是一位女子与爱人欢会时，向对方唱出的戏谑嘲笑的短歌"之类的说法，即脱胎于朱熹之说，但扬弃了朱说的糟粕。

　　诗中的荷花，即莲花，人们都很熟悉，只是它的别称很多。清《广群芳谱》卷29《荷花》中说："荷为芙蕖花（《尔雅》云：荷，芙蕖。诗《笺》云：芙蕖之茎曰荷），一名水芙蓉（《古今注》云：芙蓉一名荷花。杜诗注云；产于陆者，曰木芙蓉，产于水者，曰草芙蓉），一名水芝，一名水芸，一名泽芝，一名水旦，一名水华。"

　　莲花是睡莲科、莲属植物。本属植物约有2种，一种产亚洲与大洋洲，一种产美洲。莲在我国水塘广为分布，藕及莲子是营养品，其他部分入药，花很美丽，深受人们喜爱。

荷花种类很多，分观赏和食用两大类。原产亚洲热带和温带地区，中国早在周朝就有栽培记载。

荷花全身皆宝，藕和莲子能食用，莲子、根茎、藕节、荷叶、花及种子的胚芽等都可入药。荷花"中通外直，不蔓不枝，出淤泥而不染，濯清涟而不妖"的高尚品格，是出自洁美的肌肤、仁爱美的内涵。

莲花高洁且美、出污泥而不染之品格，为世人称颂，深受文人墨客的喜爱，历来为古往今来诗人墨客歌咏绘画的题材之一。自《诗经》"隰有荷华"开始，便形成了荷花与女子的类比关系，这种类比关系由最初的"以色拟色"到"泯色重质"，又是文学作品里爱情的象征，是曼妙女子的比喻体，是君子的高洁之志，征兆祥瑞的来临。在中国古诗词中，莲花的文学意象丰富多样，是整个中国文学长河中璀璨的瑰宝。宋杜衍写的《莲花》诗中有"晓来一朵烟波上，似画真妃出浴时"的诗句，把莲花比作贵妃，就是对荷花之美的真实写照。南宋诗人杨万里的《晓出净慈寺送林子方》："毕竟西湖六月中，风光不与四时同。接天莲叶无穷碧，映日荷花别样红。"是诗人对莲花的赞美。他独具特色的诗句流传千古，值得细细品味。

1985年5月，荷花被评为中国十大名花之一。看那观音座下的是莲花，这说明莲在中国人眼里是多么神圣啊。相传神话说莲花是天宫的仙女下凡而成的。她生得沉鱼落雁，花容月貌，百媚千娇，是天庭最美的仙子，玉帝与王母令她下凡生活在人间，成了人间第一美花。莲花也是印度和越南的国花。

在欣赏莲花上，本人不仅限于荷塘月色下，也在大景观下领略过它的风采。那是在我们参加编写《中华大典·生物学典·植物分典》的间隙里，曾经到过云南普者黑风景区考察，那里很美。在206平方千米的景区里有250多个景点，有大小湖泊68个，河流15条，孤峰300余座，大溶洞73个，地下暗河长120千米，中区湖泊16个，两岸丛峰错落，形态万千，青翠俊秀，渔舟点点，胜似桂林山水。

我们乘上一叶小舟，荡过碧水湖泊中，推开层层涟漪，欣赏莲花万朵。那美丽的莲叶几乎铺满了除航道外的整个湖面。弥望那无边的是田田的叶子和零星地点缀着的莲花。叶子出水很高，象亭亭的舞女的裙子。层层的叶子中间突露的莲花，犹如刚出水的仙子美人。微风过处，送来缕缕清香。展现了令人留恋的艺术境地。

三　水中的灵物蘋与藻（苹、杉叶藻）

蘋与藻都是水生植物，古代蔬用，也是用于祀神祭祖的灵物。故放在一起讨论。

1. 蘋（苹）

苹（苹科，Marsilea quadr-ifolia）又称苤菜、田字草、破铜钱、白苹、蕨草、四眼菜、四叶草、水对菜、水苏、水白等。植株高10至20厘米。根状茎细软，分枝，匍匐泥中。叶具长柄，叶片由4片倒三角形的小叶组成，呈十字形，长宽各1至2.5厘米。孢子果斜

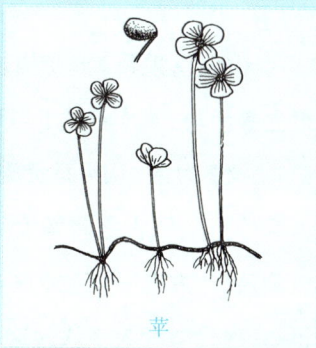

苹

卵形或圆形，双生或单生于短柄上，幼时被毛，褐色，木质，坚硬。每个孢子果内含多数孢子囊，一个大孢子囊内只有一个大孢子，而小孢子囊内有多数小孢子。

于以采蘋？南涧之滨；于以采藻？于彼行潦①。

于以盛之？维筐及筥；于以湘之②？维锜及釜③。

于以奠之？宗室牖之④；谁其尸之⑤？有齐季女⑥。

——《召南·采蘋》

注释：①行潦（xíng lǎo）：水流而聚焉，故曰行潦，指沟中积水。

②湘：烹调之意。

③锜：有三足的锅。釜：圜底无足的锅。

④牖（yǒu）：窗户。

⑤尸：主持。古人祭祀用人充当神，称尸。

⑥季女：少女。

《召南·采蘋》此诗描述了女子采摘苹草、水藻，置办祭祀祖先等活动，真实记载了当时女子出嫁前的一种风俗。根据《礼记·昏义》为说，认为是贵族之女出嫁前去宗庙祭祀祖先的诗，《毛传》云："古之将嫁女者，必先礼之于宗室，牲用鱼，芼之以蘋藻。"方玉润《诗经原始》云："女将嫁而教之以告于其先也。"现代学者大多认为这首诗是描写女奴们为其主人采办祭品以奉祭祀的诗篇，更符合诗意。

另有学者认为《召南·采蘋》是一首为祈福求子而祀神祭祖的诗，古称高禖之祀。这在古人的生活中是一件庄严而神圣的事。此诗主要写祭祀前的准备工作：先是准备祭品，所谓祭品，正如《左传》所云，"蘋蘩蕴藻之菜，可荐于鬼神，可羞于王公"。这些都是女子之事，第一章即写此。二章写把采放在筐里的蘋藻用锅烧煮。三章写把煮好的蘋藻放在宗室门外窗户下备用，并准备好祭祀中行交媵礼的少女待命听用。

《吕氏春秋》也有"菜之美者，昆仑之蘋"之说。说明古代将蘋作为野蔬，用来食用或祭奠之灵物。

蘋为何物？宋《尔雅翼》："蘋叶正四方，中折如十字，根生水底，叶敷水面，不若小浮草之无根而漂浮也。"

《本草纲目》卷19中说："（时珍曰）蘋乃四叶菜也。叶浮水面，根连水底。其茎细于莼、荇。其叶大如指顶，面青背紫，有细纹，颇似马蹄决明之叶，四叶合成，中折十字。夏秋开小白花，故称白蘋。其叶攒簇如萍，故《尔雅》谓大者为蘋也。《吕氏春秋》云，菜之美者，有昆仑之蘋，即此。"

历史上也有以别物释"蘋"者，如《名物疏》云："按周处《风土记》，萍蘋，芹菜之别名。"此说非是，芹别是一物，至明代李时珍所言准确，后世仿效。

苹，四叶草，人们喜爱它，并被誉为幸运草，是国际公认为幸运的象征。它的每片叶子都有着不同的意义，当中包含了人生梦寐以求的四样东西：名誉、财富、爱情及健康。倘若同时拥有这些东西，那就是最幸运的人了。

李易峰的歌曲《四叶草》："我遇到一个流浪的少年，背着行囊伫立在山坡，他说他要去寻找四叶草的传说，哪怕依然经历爱的折磨,传说里说找到四叶草的人儿,将被赐予无限爱的欢乐,他说无论是伤感还是欢乐,他注定是四叶草的守护者。"

伊鹤纪先生说,在我国长江流域的稻田里,常会见到一些4片小叶的植物,称为蘋、田字蘋或四叶蘋。它们天生就是4片小叶,因而不像变异后的白车轴草那样珍贵。那用在市场上买的"四叶草"许愿,不知是否仍灵验呢?

蘋属于蕨类,是蘋科、蘋属的植物。蘋属植物约有70种,广布于全世界,我国仅有蘋一种。

蘋生水田或沟塘中,是水田中的有害杂草,可作饲料。广布长江以南各省区,北达华北和辽宁,西到新疆。

2. 藻（杉叶藻）

杉叶藻（杉叶藻科, Hippuris vulgaris）又称蕴、菨、牛藻、水蕴、緫草、丝草、聚藻、牛尾蕴等。是水生草本植物。具根状茎。植株上部常露出水面,茎直立,不分枝,茎高10至60厘米至。叶轮生,4至12一轮,叶片条形,不分裂,长6至12（18）毫米。略弯曲或伸直,质地脆弱。花小,通常两性,较少单性,无花梗,单生于叶腋。小型核果椭圆形。

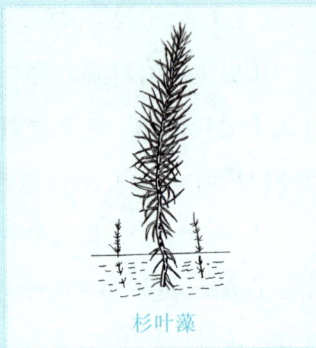
杉叶藻

于以采蘋?南涧之滨;于以采藻?于彼行潦。

于以盛之？维筐及筥；于以湘之？维锜及釜。

于以奠之？宗室牖之；于其尸之？有齐季女。

——《召南·采蘋》

注解参见本章前文。

藻很神圣，古人常采其嫩叶和根以为蔬菜，《召南·采蘋》中的"藻"，也是作为祀神祭祖的灵物。水藻还有灭火之意，所以在有名建筑物上多装饰有藻井。藻井在中华建筑中称得上是一种特殊的形式，是室内顶棚的独特装饰部分。一般做成向上隆起的井状，有方形、多边形或圆形凹面，周围饰以各种花藻井纹、雕刻和彩绘。多用在宫殿、寺庙中的宝座、佛坛上方最重要部位。象征着富丽堂皇、至高神圣、天国明镜。较为著名的有蟠龙藻井、莲花藻井、飞天藻井、戏文藻井、龙凤藻井、双狮藻井等。建筑物上装饰以藻、荷、菱、藕等水生植物，都有美化装饰的功能，也有借以压伏火魔的作祟的寓意。

关于藻井这类特殊装饰，史料上有许多描写。东汉著名的天文学家、文学家张衡（公元78—139年）在他描述京都景象的著名作品《西京赋）中写道："亘雄虹之长梁，结棼橑以相接，蒂倒茄于藻井，披红葩之狎猎，饰华榱与壁当，流景曜之桦晔。"制作之精美，衔接之巧妙，堪称一绝。

《本草纲目》卷19《水藻》："（颂曰）藻生水中，处处有之。《周南》诗云，于以采藻，于沼于沚，于彼行潦，是矣。"文中"周南诗"应为："召南诗"。《毛诗品物图考》卷一于以采藻："《传》：藻，聚藻也；《集传》：生水底，茎如钗股，叶如逢蒿。"

《诗草木今释》："又名：蕰藻（《左传》），藻（《说文》），聚藻（《诗传》），莙、牛藻（《尔雅》），水藻（《本草纲目》）。结骨草（东北俗名），杉叶藻（日本名）。杉叶藻科，学名 Hippuris vulgaris。"有人认为该种应是金鱼藻（Ceratophyllum demersum），证据不足，存疑备考。

杉叶藻为杉藻科、杉藻属植物。只有杉叶藻一种，广布于全球。我国产东北、内蒙古、华北北部、西北、台湾、西南、西藏等省区。多群生在海拔40—5000米的池沼、湖泊、溪流、江河两岸等浅水外，稻田内等水湿处也有生长。

杉叶藻全草入药，入肝、肾、胃三经。有清热凉血、生津养液、镇咳、舒肝之功效。全草细嫩、柔软，产量较高，也是猪、禽类及草食性鱼类的饲料。

四　水葱、水芹与苔草（水葱、水芹、苔草）

水葱、水芹与苔草都是多年生湿生或水生草本植物，故放在一起讨论。

1. 莞（水葱）

水葱（莎草科, Scirpus tabernaemontani）又称小蒲、符篱、夫蓠、白蒲、莞蒲、葱蒲、翠管等。是多年生挺水草本。具匍匐根状茎，有许多须根。茎高大直立，圆柱状，高1至2米。叶鞘管状，仅上部1枚具叶片，叶片线形，长1.5至11厘米。苞片1枚，直立，钻状。聚缬花序，假侧生，具4至13个辐射枝，小穗常簇生于辐射枝顶端，卵形或矩圆形，长5至10毫米，宽2至3.5毫米，具多数花；鳞片椭圆形形，棕色或紫褐色，边缘具缘毛。小坚果倒卵形，双凸状，长约2毫米。

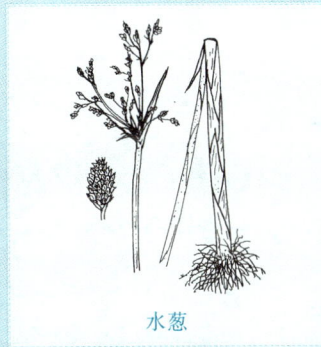

水葱

秩秩斯干①，幽幽南山。如竹苞矣，如松茂矣。兄及弟矣，式相好矣，无相犹矣②。

似续妣祖，筑室百堵，西南其户。爰居爰处③，爰笑爰语。

约之阁阁，椓之橐橐④。风雨攸除，鸟鼠攸去，君子攸芋。

如跂斯翼，如矢斯棘，如鸟斯革，如翚斯飞，君子攸跻。

殖殖其庭⑤，有觉其楹。哙哙其正⑥，哕哕其冥⑦，君子攸宁。

下莞上簟，乃安斯寝。乃寝乃兴，乃占我梦。吉梦维何？维熊维罴，维虺维蛇。

大人占之⑧：维熊维罴，男子之祥；维虺维蛇，女子之祥。

乃生男子，载寝之床。载衣之裳，载弄之璋。其泣喤喤⑨，朱芾斯皇⑩，室家君王。

乃生女子，载寝之地。载衣之裼⑪，载弄之瓦。无非无仪，唯酒食是议，无父母诒罹⑫。

——《小雅·斯干》

注释：①秩秩：涧水清清流淌的样子。干：通"涧"，山间流水。

②犹：欺诈。

③爰：于是。

④椓（zhuó）：用杵捣土，犹今之打夯。橐（tuó）橐：捣土的声音。

⑤殖殖：平正的样子。

⑥哙（kuài）哙：同"快快"，意为宽敞明亮的样子。

⑦哕（huì）哕：同"熭（wèi）熭"，意为光明的样子。

⑧大人：即太卜，周代掌占卜的官员。

⑨喤（huáng）喤：哭声宏亮的样子。

⑩朱芾（fú）：用熟治的兽皮所做的红色蔽膝，为诸侯、天子所服用。

⑪裼（tì）：婴儿用的褓衣。

⑫诒（yí）：同"贻"，给与。

《小雅·斯干》是赞颂周王宫落成的诗。描写宫室的构建精美壮丽、规模的宏伟、环境的优美，并表达了对王室的良好祝愿，也反映了古时的风俗。全诗描写细致生动，有虚有实，既展示了建筑宫室的生动面貌，又描写祝颂的想象之词，而且相辅相成，宫室的坚实必然意味着家族的兴旺发达。记录了舞台上曾经有过的喜怒与哀乐、宣言中曾经有过的生命与激情。诗的第四章，以一连串的比喻描写王宫的宏伟富丽，气势飞动：宫室如跂甚端正，檐角如箭有方棱，又像大鸟展双翼，又像锦鸡正飞腾，君子踏阶可上登。结句以君王登堂收束全章。其中的"翚"即虹雉。诗的第六章，写在宫中下莞（蒲席）安然就寝，醒来后讲述梦中情景，请人占梦。接下来的一章即承此章描写占卜的结果。

诗中的"莞"即今之水葱。《植物学大辞典》中"莞"："莎草科，莞属……此植物茎可采之以织席。名见《诗经》，一名'小蒲'见诗《笺》，一名苻蓠，见《尔雅》注，又谓之'葱蒲'，见《前汉书》注，正字通谓之'水葱'，《丹铅总录》云，一名'翠菅'。"

《毛诗品物图考》卷2中说："《笺》：莞，小蒲之席也。《集传》：蒲席也。按《汉书注》，莞，今谓之葱蒲，则蒲莞之别可知，此方人谓之'紫忽貌'。"

水葱是莎草科、藨草属植物。本属植物约200种。中国产37种，3杂种和一些变种。分布于我国东北各省、内蒙古、山西、陕西、甘肃、新疆、河北、江苏、贵州、四川、云南等省区。

水葱野生于湖边、水边、浅水塘、沼泽地或湿地草丛中。生性强健，适应性强，耐寒、耐阴，也耐盐碱。

水葱株形奇趣，株丛挺立，富有特别的韵味，可于水边池旁布置，甚为美观。水葱在水景园中主要作后景材料。以水葱伴随荷花、睡莲，组成水生花坛，构成优美清爽景观。花叶水葱摆设庭院或客厅更显美观文静。其茎秆可作插花线条材料，也用作造纸或编织草席、草包材料。

2. 芹（水芹）

水芹（伞形科，Oenanthe javanica）又称芹、楚葵、水英、芹菜等。是多年生湿生或水生草本。须根成簇。茎直立或基部匍匐，下部节上常生根。叶有柄，基部有叶鞘，叶片1至2回羽状分裂，末回裂片卵形至菱状披针形，长2至5厘米，宽1至2厘米，边缘有锯齿呈羽状半裂，茎上部叶无柄。顶生复伞形花序，花序梗长2至16厘米，无总苞，伞辐6至16，不等长，小总苞片2至8枚，线形，花瓣白色，倒卵形，萼齿披针形，宿存。果实近四角状椭圆形至长圆形，分生果背部扁压。

水芹

采菽采菽，筐之筥之①。君子来朝，何锡予之？虽无予之，路车乘马②。又何予之？玄衮及黼③。

觱沸槛泉④，言采其芹。君子来朝，言观其旂。其旂淠淠⑤，鸾声嘒嘒⑥。载骖载驷，君子所届。

赤芾在股⑦，邪幅在下⑧。彼交匪纾⑨，天子所予。乐只君子，天子命之。乐只君子，福禄申之。

维柞之枝，其叶蓬蓬。乐只君子，殿天子之邦。乐只君子，万福攸同。平平左右，亦是率从。

泛泛杨舟，绋纚维之⑩。乐只君子，天子葵之⑪。乐只君子，福禄膍之⑫。优哉游哉，亦是戾矣⑬。

——《小雅·采菽》

注释：①筥（jǔ）：圆筐。

②路车：辂车，古时天子或诸侯所乘。

③玄衮（gǔn）：古代上公礼服。黼（fǔ）：黑白相间的花纹。

④觱（bì）沸：泉水涌出的样子。槛泉：正向上涌出之泉。

⑤淠淠（pèi）：旗帜飘动。

⑥嘒（huì）嘒：铃声。

⑦芾（fú）：蔽膝。

⑧邪幅：裹腿。

⑨彼交：不急不躁。纾：怠慢。

⑩绋（fú）：大的绳索。缅（lí）：系。

⑪葵：借为"揆"，度量。

⑫膍（pí）：厚赐。

⑬戾（lì）：安定。

《小雅·采菽》是一首隆重迎接诸侯来朝的诗歌。诗以"采菽采菽，筐之筥之"起兴，为了迎接诸侯的到来，采了大筐大筥的大豆，准备车马、美服相送，表达出欢快、热烈、隆重的气氛，可见礼命之隆、职掌之重。继而以"觱沸槛泉，言采其芹"起兴，描写诸侯"载骖载驷，君子所届"时的车马来临，旗帜猎猎飘扬，鸾铃响声，好不威风。还描写诸侯的装束和雍容典雅的仪态。又以"维柞之枝，其叶蓬蓬"起兴，颂扬来朝诸侯的卓著功勋，诗中"乐只君子，殿天子之邦"与"平平左右，亦是率从"是对他治国功德的赞扬和肯定。最后以"泛泛柏舟，绋纚维之"起兴，说明诸侯为天子殿国安邦的业绩，诗中"乐只君子，天子葵之；乐只君子，福禄脿之"是天子给诸侯的高度评价和福禄厚偿。

诗中的"芹"即今之水芹。《植物名实图考》卷3《水芹篇》中说："按《诗》'觱沸槛泉，言其采芹'，盖古时以为野蔬。青州有芹泉，榆林有芹叶水，老杜诗多言芹，青泥乌觜，亦自生之蕨耳。"

水芹是伞形科、水芹属植物。本属植物约30种，分布于北半球温带和南部非洲。我国产9种、1变种，主要产于西南及中部地区。

芹菜清雅翠绿、香味袭人。可炒、可拌，生熟皆（均）可。芹菜和其他菜相炒，香味融入其中，别有一番风味。苏东坡在黄州（在湖北，古名蕲州）时，曾按他家乡四川眉山"春鸠脍"的做法，创造出"蕲芹春鸠脍斑鸠"菜肴来。

作为食疗的芹菜，味甘、苦、性凉、无毒。芹菜的叶、茎含有挥发性物质，别具芳香，能增强人的食欲。芹菜汁还有降血糖作用。

3. 苔（薹草）

薹草（莎草科，Carex disp-alata）又称弯囊薹草、网果囊草、夫须等。是多年生草本。根状茎粗壮，具匍匐枝，茎粗大，高60至90厘米，三棱状。叶鞘紫色，叶片扁平，革质，长而尖。小穗4至8个，侧生者雌性，圆柱形，长3至10厘米，密生多数花，顶生者雄性，圆柱形，长4至8厘米。果囊斜张，椭圆形，有三棱，镰刀状弯曲，灰绿色或褐绿色。小坚果，倒卵形，有三棱。

薹草

南山有台，北山有莱。乐只君子，邦家之基。乐只君子，万寿无期。

南山有桑，北山有杨。乐只君子，邦家之光。乐只君子，万寿无疆。

南山有杞，北山有李。乐只君子，民之父母。乐只君子，德音不已①。

南山有栲，北山有杻。乐只君子，遐不眉寿②。乐只君子，德音是茂。

南山有枸，北山有楰。乐只君子，遐不黄耇③。乐只君子，保艾尔后④。

——《小雅·南山有台》

　　　　　　　　《诗经》动植物图说

注释：①德音：好名誉。

②遐：何。眉寿：高寿。

③耇（gǒu）：老。

④保艾：保养。

《小雅·南山有台》这是一首颂德祝寿的宴饮诗。全诗每章开头都以南山、北山的草木起兴，南山有苔、有桑、有杞、有栲、有枸；北山有莱、有杨、有李、有杻、有楰，以有价值之才比喻有美德的君子贤人。兴中有比，富有象征意义。兴语之后是表功祝寿。"邦家之基""邦家之光""民之父母"，是言简意赅的表功。"遐不眉寿""遐不黄耇"两句表达祝愿。该诗写出了娱乐、祝愿、歌颂、庆贺等内容，用词得当，颇具匠心，堪称佳作。

诗中的"苔"，系指苔草，是莎草科苔草属植物的泛称，俗称莎草。弯囊苔草是其中一种。这个名称的拟定是根据其果胞（囊）弯曲似镰刀而取的。

《植物名实图考长篇》卷12《莎草》中说："陆玑《诗疏》：苔，夫须。旧说夫须，莎草也，可为蓑笠。《都人士》云：苔笠缁撮。或云：苔草有皮，光细滑致，可为蓑笠以御雨是也。南山多有。"

苔草是莎草科、苔属植物。它是种子植物中最大的属之一，本属植物约1300种以上，广布于全世界。我国至少有300种以上。全国广布，主要产于吉林、辽宁、内蒙古、河北、山西、陕西、江苏、浙江、安徽等省区。

　　苔草属植物覆盖度好、根系发达、生长快、适应性强，分布广，在园林应用方面，既可作为单一的草坪，还可与其他草种混合形成复合草坪。苔草属植物还有望在河湖岸美化、水体净化、水土保持以及堤坝绿化等方面发挥其巨大的作用。

　　草苔草属植物生长持续时间长、叶片纤细、柔软、密集，且色泽好、耐践踏、耐瘠薄，具有明显的作为草坪地被植物的优势。

五 香蒲与泽泻（宽叶香蒲、东方泽泻）

香蒲与泽泻都是水生植物，又同是清热解毒、利湿消肿的药物，故放在一起讨论。

1. 蒲（宽叶香蒲）

宽叶香蒲（香蒲科，Typha latifolia）又称睢、醮、甘蒲、醮石、蒲黄、蒲棒等。是多年生水生或沼生草本。根状茎粗壮，横生。地上茎高1至2.5米。叶条形，叶片长45至100厘米，宽0.5至1.5厘米，光滑无毛，叶鞘抱茎。雌雄同株，花单性，穗状花序圆柱状，雌雄花序紧密相连。小坚果披针形，长1至1.2毫米，褐色，果皮通常无斑点。种子褐色，椭圆形，长不足1毫米。

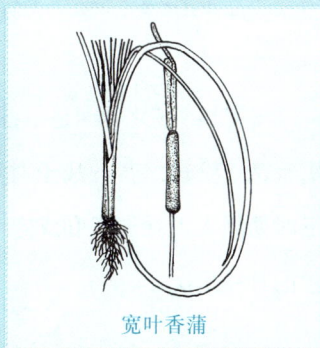

宽叶香蒲

扬之水，不流束薪[①]。彼其之子，不与我戍申[②]。怀哉怀哉，曷月予还归哉③！

扬之水，不流束楚。彼其之子，不与我戍甫④。怀哉怀哉，曷月予还归哉！

扬之水，不流束蒲。彼其之子，不与我戍许⑤。怀哉怀哉，曷月予还归哉！

——《王风·扬之水》

注释：①束：约束、捆束。

②戍（shù）：军队防守。申：古地名，在古代楚国以北。

③曷（hé）：何也。

④甫：古地名，在古代楚国以北。

⑤许：古地名，在古代楚国以北。

《王风·扬之水》是一首将士久役思归的抒情诗，表达了不堪征战、戍边之苦的战士对妻子的刻骨相思。该诗记录了周康王时期周人派兵巡省和戍守申、甫、许等南方诸国，抵御楚国入侵的具体情况。

"扬之水，不流束薪，"比也。欧阳修以为："曰激扬之水其力弱不能流移于束薪，犹东周政衰不能召发诸侯，独使国人远戍，久而不得代尔。"束薪、束楚指成捆的柴火、荆条。在《诗经》中，束薪、束楚多比喻夫妻关系，后引申指婚姻。蒲草在先秦时代是婚礼之物，寓意坚韧耐久，以祝愿夫妻二人白头到老，

《诗经》动植物图说

永不分离。诗中的"束薪""束楚""束蒲"等植物，都与婚姻有关，由于戍边，造成夫妻分离。"怀哉怀哉，曷月予还归哉"一句反复出现三次，埋怨不能与妻子相聚，何时才能回家相见？表达了强烈的念妻盼归之情。

诗中的"蒲"，《毛传》曰"草也"，《郑笺》则曰蒲为蒲柳。当以毛说为是。《本草纲目》卷19《香蒲》："（释名）甘蒲，醮石，花上黄粉名蒲黄。（恭曰）香蒲即甘蒲，可作荐者。春初生，取白为菹，亦堪蒸食。山南人谓之香蒲，以菖蒲为臭蒲也。蒲黄即此蒲之花也。"又："（时珍曰）蒲丛生水济，似莞而褊，有脊而柔，二三月苗。采其嫩根，瀹过作鲊，一宿可食。亦可炸食、蒸食以及晒干磨粉作饼。诗云：其蔌伊何、惟笋及蒲。是矣。"《诗经》中言及的蒲是泛指，无特征记述，现以北方普遍分布的宽叶香蒲释之。

宽叶香蒲是香蒲料、香蒲属植物。本属植物约16种，分布于热带至温带，主要分布于欧亚和北美，大洋洲有3种。我国有11种，南北广泛分布，以温带地区种类较多。香蒲的经济价值较高，广泛应用于编织、造纸和食品工业等，是重要的水生经济植物之一。

宽叶香蒲的嫩芽和根状茎称蒲菜，其味鲜美，可食用。蒲绒常用来做枕芯，由于它有很好的湖水香味，人们都叫它香蒲绒枕头。每到夜晚，可以让田野的清香伴随人们进入梦乡。由于这些枕芯在舒适的同时承托力较好，许多专家还推荐给颈椎不适人群，用于呵护自己的颈椎；蒲草亦是一种广泛使用的工艺品编织加工材料，编制历史悠久。利用蒲草可编制鞋、扇、垫、篮等实用工艺品，并富有较高的艺术欣赏性。香蒲叶绿穗奇，常用于点缀园林水池、湖畔，构筑水景。

　　宽叶香蒲产于黑龙江、吉林、辽宁、内蒙古、河北、河南、陕西、甘肃、新疆、浙江、四川、贵州、西藏等省区。生于湖泊、池塘、沟渠、河流的缓流浅水带，亦见于湿地和沼泽。

2. 蓂（东方泽泻）

　　东方泽泻（泽泻科，Alsma orientale）又称蓂、水蒿、蕍、蕮、及泻、牛唇、泽芝、芒芋、鹄泻、禹孙、泽蒿、天秃、水蓼等。是多年生水生草本植物。块茎近球形，直径1至2厘米，大达4.5厘米。外皮浅褐色，有多数须根。叶基生，多数，宽披针形至椭圆形，先端短尖，基部楔形或心形，长3至1厘米，宽1.3至6.8厘米，叶脉5至7条。花茎高1米，花集生成轮生状圆锥花序。花瓣白色，花被3枚。瘦果椭圆形，扁平。种子矩圆形，深紫色。

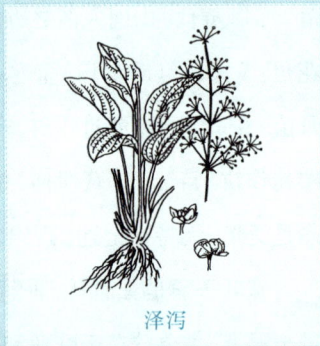

泽泻

　　彼汾沮洳[①]，言采其莫。彼其之子，美无度[②]。美无度，殊异乎公路[③]。

　　彼汾一方，言采其桑。彼其之子，美如英[④]。美如英，殊异乎公行[⑤]。

　　　　　　　　《诗经》动植物图说

彼汾一曲⑥，言采其藚。彼其之子，美如玉。美如玉，殊异乎公族⑦。

——《魏风·汾沮洳》

注释：①汾：汾水，在今山西省中部地区，西南汇入黄河。沮洳（jù rù）：水边低湿的地方。

②度：衡量。美无度，极言其美无比。

③殊异：优异出众。公路：官名，掌诸侯的路车。

④英：华（同"花"）。

⑤公行（háng）：官名，掌诸侯的兵车。

⑥曲：河道弯曲之处。

⑦公族：官名，掌诸侯的属车。

《魏风·汾沮洳》是写女子赞美、思慕意中美男子的诗。诗三章，各以"彼汾沮洳，言采其莫""彼汾一方，言采其桑""彼汾一曲，言采其藚"起兴，把这位女子思慕情人的痴情描摹得栩栩如生。用"美无度""美如英""美如玉"来赞美男子的仪容。"美无度"是说美极了，美得无法形容；"美如英"是说男子美得像怒放的鲜花；"美如玉"是说男子容光焕发，有如美玉般的光彩。最后点出连那些"公路""公行""公族"等达官贵人，也难以比得上。诗以叠句重章、反复吟咏的艺术形式，层层递进描写，加深了艺术的感染力。

诗中的"荬"，是现在的泽泻。《尔雅》："蕍，蕮。"《注》："今泽泻。"《毛诗草木鱼虫疏》："言采其荬，荬，今泽泻也。其叶如车前大，其味也相似。"泽泻有多种，今以东方泽泻释之。泽泻、禹孙之名有个来历，李时珍在《本草纲目》卷19《泽泻》篇中说："去水曰泻，如泽水之泻也。禹能治水，故曰禹孙。"

东方泽泻是泽泻科、泽泻属植物。本属植物约有11种，主要分布于北半球温带和亚热带地区，大洋洲有2种，我国产6种。分布于黑龙江、吉林、辽宁、内蒙古、河北、山西、陕西、新疆、云南等地。

六　红蓼与水蓼（荭蓼、水蓼）

荭蓼和水蓼两者是同科、同属植物，有许多相似之处，故放在一起讨论。

1. 龙（红蓼）

红蓼（蓼科，Polygonum orientale）又称大蓼、天蓼、龙、石龙、笼古、笼鼓、马蓼、水红、游龙、红草、荭草、水红花草、东方蓼等。是一年生高大草本植物。株高1至3米，茎直立，中空，有节，多分枝，密生长毛。叶大，互生，叶片阔卵形，长10至20厘米，宽6至12厘米，基部近圆形，全缘，叶两面均有粗毛及腺点。圆锥花序顶生或腋生。花梗长2至8厘米，小花密集，淡红色或红白色。瘦果扁平，近圆形，黑色，有光泽。

红蓼

山有扶苏，隰有荷华。不见子都，乃见狂且。

山有桥松，隰有游龙。不见子充，乃见狡童。

——《郑风·山有扶苏》

注解参见第二章。诗中的"龙"就是现在的红蓼，又称荭草。《植物名实图考长篇》卷8《荭草》中说："《尔雅》红，笼古，其大者蘬。《注》：俗呼红草为笼鼓，语转耳。《诗经》：'隰有游龙'。陆玑《疏》：游龙一名马蓼，叶粗大而赤白色，生水泽中，高丈余。"又据方玉润《诗经原始》："张子曰：'龙是荭草，其枝干樛屈。着土处便有根如龙也。'"

《本草纲目》卷16《荭草》："（时珍曰）其茎粗如拇指，有毛，其叶大如商陆。花色浅红，成穗。秋深子成，扁如酸枣仁而小，其色赤黑而肉白，不甚辛，炊妙可食。"

古时传说荭蓼（红草）是一种瑞草。段成式《酉阳杂俎·草篇》："红草，山戎之北有草，茎长一丈，叶如车轮，色如朝虹。齐桓时，山戎献其种，乃植於庭，以表霸者之瑞。"红蓼枝叶高大，疏散洒脱，是颇富野趣的庭园观赏植物，也可作插花材料。公园常作为湿地配景材料，有一定的观赏价值。难怪白居易《曲江早秋》诗曰："秋波红蓼水，夕照青芜岸。"宋陆游《蓼花》诗曰："老作渔翁犹喜事，数枝红蓼醉清秋。"红蓼不仅入得诗，而且入得画。齐白石画有一幅"红蓼花立轴"，蓼叶肥硕而张扬，花穗干净而俊逸。横逸斜出，姿态纷呈。

红蓼茎叶入药。性味辛,平,有小毒。

20世纪60年代的"低标准"时期有一桩往事。我们曾去黄河滩割回许多水红花草,成车拉回。洗净,晒干,捶粉,过箩。将此粉与高粱面和合蒸馒头吃。这种馒头看起来黑明,吃起来粉嘴,不知有多少营养物质,只是为了填饱肚子而已。

红蓼是蓼科、蓼属植物。本属植物约200种以上,广布于全球。我国约有120种,红蓼除西藏外,广布于中国各地。荭蓼生于河滩湿地,常见之。

2. 蓼(水蓼)

蓼(水蓼,Polygonum hydropiper)又称蔷、辣蓼、蓼芽菜、虞蓼、柳蓼、泽蓼等。是一年生草本。茎直立,高30至80厘米,多分枝,无毛,节部膨大。叶披针形互生,先端渐尖,基部楔形,长4至9厘米,宽0.5至1.5厘米,全缘,具缘毛,两面无毛,被褐色

水蓼

小点,具辛辣味,托叶鞘膜质,筒状,褐色。穗状花序顶生或腋生,长3至8厘米,通常下垂,花稀疏,苞片漏斗状,绿色,每苞内具3至5花,花被长3至3.5毫米,5深裂,稀4裂,裂片椭圆形。瘦果扁平卵形,长2毫米,黑褐色,无光泽。

予其惩而^①！毖后患^②。莫予荓蜂^③，自求辛螫。
肇允彼桃虫^④，拼飞维鸟^⑤。未堪家多难^⑥，予又集于蓼。

—— 《周颂·小毖》

注释： ①惩：警戒。

②毖：谨慎。

③荓（pīng）蜂：指小草和小蜂。

④肇：开始。允：诚，信。

⑤拼：同"翻"，翻飞。

⑥多难：指武庚、管叔、蔡叔之乱。

　　《周颂·小毖》是写周成王悔过、求贤臣辅助的诗。诗的主旨在于惩前毖后的反思，文中的"荓蜂"和"桃虫"是小蜂和小鸟，告诫人们不要忽视它们会带来的危害，要防微杜渐。武王灭殷后，封纣之子武庚于殷之旧地。武王死后，成王继立，因年幼而由其叔周公摄政。后成王听信谗言，疑周公有篡位野心，周公为避嫌而领兵去了东方。不久，武庚勾结管叔、蔡叔叛乱，徐、奄等国也趁机反叛，国家陷于灾难之中。成王始悔过，迎回周公。周公东征胜利平叛，挽救了国家。

　　周成王平定管叔、蔡叔的叛乱之后，他担心家国多难不堪忍，又陷困境多烦恼，就反思了祸乱产生的原因并作诗自诫："莫予荓蜂，自求辛螫。"其中的"荓pīng蜂"对于诗意及结构的认识颇关重要。"桃虫""菲蜂"是指小鸟和小蜂,易于忽视,却能对人施于"辛螫"之害。隐威令于自省,寓毖后于惩前。成王痛悔自责,语言发自内心。

诗中多用比喻,形象生动。"惩前毖后"的成语即出于此诗。"未堪家多难,予又集于蓼。"其中的"蓼"是草名,指水蓼。生于水边,味辛辣苦涩。比喻国家经过动乱,多灾多难,陷入困境,再也经受不起内乱和挫折,应该图安定求发展。

《植物名实图考长篇》卷9《蓼篇》中说:"蓼者妨稼之草,故《诗》曰:以薅荼蓼,荼蓼朽止,黍稷茂止。然于调和有用,故《内则》云;脍秋用蓼。……《周颂》曰:未堪家多难,予又集于蓼。蓼辛物,故以为多难之喻。"

水蓼是蓼科、蓼属植物。本属植物约300种,主要分布于北温带。我国有140种,南北各省均有分布。蓼有多种,以常见的、又有辛味的水蓼释之。

水蓼还是一种野菜,我老家的附近有条小河,河湾里长满了各种野草。草丛中夹杂着成片的水蓼和薄荷。水蓼在家乡人称辣荠荠。每年的春天,薄荷嫩碧,辣荠荠浅红,相映成趣。那时候,老人让我挎上竹篮,来到河湾,专摘薄荷和辣荠荠的嫩茎叶。回家后,老人用清水将采摘的茎叶洗干净,撒些盐,反复揉搓,使盐分浸渍在茎叶之中。薄荷清凉,辣荠荠微辣,两种滋味融合一起,吃起来口感特好。这种野味今天吃不到了,但是回味起来,让人还有几分怀念啊!

红蓼与水蓼(荭蓼、水蓼)

七　酸模与羊蹄（酸模、羊蹄）

酸模与羊蹄都是蓼科的同属植物，特征相近，都有些药用价值，故放在一起讨论。

1. 莫（酸模）

酸模（蓼科，Rumex acetosa）又称须、蓫、蘥芜、当药。牛舌头、山羊蹄、醋醋流、酸不溜、野菠菜、山菠菜、酸木通、山大黄等。是多年生草本，高30至80厘米，有酸味。主根粗短，有数个须根，断面黄色。茎直立，不分枝。叶片卵状长圆形，长5至15

酸模

厘米，宽2至5厘米，先端钝或尖，基部箭形，全缘；茎上部的叶窄小，披针形，无柄。花序狭圆锥状，顶生；花单性异株，花被片6，椭圆形，成2轮，淡红色。瘦果椭圆形，有3棱，暗褐色，有光泽。

彼汾沮洳，言采其莫。彼其之子，美无度。美无度，殊异乎公路。

彼汾一方，言采其桑。彼其之子，美如英。美如英，殊异乎公行。

彼汾一曲，言采其藚。彼其之子，美如玉。美如玉，殊异乎公族。

——《魏风·汾沮洳》

注解参见第五章。诗中的"莫"，即现在的酸模。《植物名实图考》卷18《酸模》篇中说："酸模，陶隐居云，一种极似羊蹄而味醋，呼为酸模，亦疗疹。《日华子》始著录。《本草拾遗》以为即山大黄，引《尔雅》须，薞芜。郭《注》：似羊蹄而稍细，味酸可食为证，亦可通。"《食疗本草》又有莫菜之称，故莫即今之酸模。

酸模是蓼科、酸模属植物，本属植物约120种，分布于北温带，我国有28种，南北均产之。其中酸模嫩叶可以入蔬，尝起来有酸溜口感，常被作为料理调味用。

介绍一种酸模派的做法：不吃叶子，吃的是绿茎，绿茎貌似芹菜，但更嫩些。切成小段，以糖水煮了，加一只鸡蛋、两勺奶油，混了糖水酸模。倒到饼托里，然后一抹平，用180℃的烤箱烘焙就好了。吃起来会给你带来别有风味的喜悦。或吃酸模的叶子，像菠菜烫烫凉拌了，或者如同青菜那样炒肉片都可以。最可喜的是，酸模富含维生素A、维生素C、维生素E和铜，有益于人的健康。

有一段花语说得好："酸模的古名为rumex，是吸吮的意思。古时候人们在旅途中就以吸吮它的叶子来解渴，因此酸模的花语是体贴。受到这种花祝福而生的人，如果是女性，一定充满母爱，温柔又善解人意，就像圣母玛利亚一般。当然，一旦恋爱也是无悔地付出，让对方感受到浓浓的情意。"

酸模各地均产，生于路边荒地及山坡阴湿地；分布于吉林、辽宁、河南、河北、陕西、新疆、浙江、湖北、四川和云南等地。

2. 蓫（羊蹄）

羊蹄（蓼科，Rumex japonicus）又称蓄、蓫、菫、秃叶、鬼目、恶菜、东方宿、连虫陆、土大黄、天王叶、猪耳朵、牛舌菜、水黄芹、羊蹄大黄等。是多年生草本。根粗大，长圆形，黄色。茎直立，高80至100厘米。基生叶有长柄，叶片长椭圆形，长10至25厘

羊蹄

米，宽4至10厘米，茎生叶很小。顶生圆锥花序狭长，花两性，淡绿色，花被片6，成2轮。瘦果宽卵形，有3棱，黑褐色，果有明显的网纹和瘤状突起，缘有微齿。

我行其野，蔽芾其樗①。婚姻之故，言就尔居。尔不我畜②，复我邦家③。

我行其野，言采其蓫。婚姻之故，言就尔宿④。尔不我畜，言归斯复。

我行其野，言采其葍。不思旧姻，求尔新特⑤。成不以富⑥，亦祇以异⑦。

——《小雅·我行其野》

注释：①蔽芾（fèi）：树木枝叶茂盛的样子。

②畜：养活。

③邦家：故乡。

④宿：居住。

⑤新特：新配偶。

⑥成：借为"诚"，的确。

⑦祇（zhī）：恰恰。

《小雅·我行其野》是一首弃妇诗。写一位女子诉说她被丈夫遗弃之后的悲愤和伤痛。空旷的原野中，一个人孤独地走在通往故乡的路上，她忧郁地沉吟着，哀叹自己不幸的遭遇。诗中以原野上的"樗""蓫""葍"等恶木、劣菜象征自己嫁给恶人，并以此为起兴，写出被遗弃之后归家途中悔恨交集的痛苦心情，融情于景，情景交织。一、二章里她在诉说："尔不我畜，复我邦

　　　　　　　　　　《诗经》动植物图说

家。""尔不我畜,言归斯复。"意思是你不好好待我,我只好回家不再来。但到第三章,她情感的火山终于爆发了:"不思旧姻,求尔新特。成不以富,亦祇以异。"意思是说你不念旧婚发妻,却去找寻新欢。不是因为她富,恰是你变了心!这也是在控诉当时古代社会的男尊女卑,导致了女子在家庭和婚姻中的被动地位,很容易被遗弃。

诗中的"蓫"即现在的羊蹄。《神农本草经》:"羊蹄,味苦,寒。主头秃疥瘙,除热,女子阴蚀。一名东方宿,一名连虫陆,一名鬼目。生川泽。"《植物名实图考长篇》卷13《羊蹄》篇中说:"《广雅疏证》:……《小雅我行其野》篇:言采其蓫。《传》云:蓫,恶草也。《齐民要术》引《义疏》云:今羊蹄似芦菔,茎赤、煮为茹,滑而不美,多噉令人下痢,幽州谓之羊蹄,扬州谓之蓫。"

羊蹄是蓼科酸模属植物。本属植物约120种,主产北温带。我国有28种,南北均产之。其中羊蹄是常见野草,民间亦入药。

羊蹄生于路旁、湿地、田埂、河滩、沟边。分布于浙江、福建、台湾、安徽、河南、江西、湖北、湖南、四川、广东和广西。

八　湿地邻居苇与荻（苇、荻）

　　芦苇和荻都是生长在水边、湿地的禾本科草本植物，形态相似，不易分清，有时容易误认，故放在一起讨论。

1. 葭、苇（芦苇）

　　芦苇（禾本科，Phragmites communis）又称芦、苇、葭、华、芍、苇子、葭华等。是多年生草本挺水植物。具粗壮根状茎，茎秆直立，节下常生白粉，株高1至4米。叶鞘无毛或有细毛，叶舌有毛，叶片带状细长，叶长10至45厘米，宽1至3. 5厘米。圆锥花序

芦苇

长10至40厘米，分枝稠密，向斜伸展，小穗有4至7朵小花。

　　彼茁者葭[①]，壹发五豝[②]，于嗟乎驺虞[③]！

彼茁者蓬④，壹发五豵⑤，于嗟乎驺虞！

——《召南·驺虞》

注释： ①茁：草初生出地貌状。葭（jiā）：初生的芦苇。

②发：发矢。豝（bā）：小母猪。

③驺虞（zōu yú）：一说白虎黑文，尾长于身，仁兽。一说为司

兽之官。

④蓬（péng）：草名，蒿也。

⑤豵（zōng）：小猪。一岁曰豵。

《召南·驺虞》古时一说这是一首描写狩猎生活的诗。朱熹《诗集传》发挥此义，宣传"诗教"说："南国诸侯承文王之化，修身齐家以治其国，而其仁民之余恩，又有以及于庶类。故其春田之际，草木之茂，禽兽之多，至于如此。而诗人述其事以美之，且叹之曰：此其仁人自然，不由勉强，是即真所谓驺虞矣。"后来不少学者对此诗有不同的解释。主要分歧源于对"驺虞"一词的理解。坚持"诗教"的学者们视驺虞为仁兽，认为此诗是描写春蒐之礼的，人们驱除害兽，但又猎不尽杀，推仁政及于禽兽，但是将驺虞解释为兽名最大的缺点是与诗意不能贯通。

全诗两章，一章首句"彼茁者葭"，点明了田猎的背景，是春天日丽风煦，万物生机萌动，群猪藏匿在郁郁葱葱的芦苇之中。二章首句"彼茁者蓬"，指出行猎是在蓬蒿遍生的原野的狩猎

情景。

诗中涉及的"葭"和"蓬"都是猪爱吃的两种野草。"葭"这个名字不通俗,实际上与苇是一物。《本草纲目》卷15《芦》篇中说:"「释名」苇、葭。花名蓬蕽,笋名蘿。〔时珍曰〕按毛苌《诗疏》云:苇之初生曰葭,未莠曰芦,长成曰苇。苇者,伟大也。芦者,色卢黑色。葭者,葭美也。"李时珍释诂甚晰,可见葭、芦、苇乃是一物。

《植物名实图考》卷14:"芦,《别录》下品。《梦溪笔谈》以为芦、苇是一物,药中宜用芦,无用荻理。"

有句成语叫"如火如荼",来自《国语·吴语》:"万人以为方阵,皆白裳、白旆、素甲、白羽之矰,望之如荼……左军亦如之,皆赤裳,赤旆,丹甲,朱羽之矰,望之如火。"

荼,刘绩补注:"荼首,白首也。"指茅草、芦苇之类的花序。像火那样红、像荼那样白。原比喻军容之盛,现用来形容大规模的行动气势旺盛,气氛热烈。

其实,荼在中唐以前还是茶的名称。现在有学者认为《诗经》中记载的荼,有的荼是指茶,有的是指苦苣菜。由于没有定论,故没有将荼收入本书。

芦苇是禾本科、芦苇属植物。本属植物不超过10种,分布于温带和热带。我国约6种,分布甚广,仅东北就有5种。其中芦苇到处可见。喜生水边湿地,适应各类土壤,耐盐碱、又耐酸,且抗涝。

芦苇是旅游景点、水面绿化、河道管理、净化水质、沼泽湿地、绿化工程、护土固堤、改良土壤之首选植物。种在公园的湖边，开花季节特别美观。它深水耐寒、抗高温、抗倒伏、笔直、株高、梗粗、叶壮，成活率高。有短期成型、快速成景等优点。生命力强，易管理，是湿地生态系统中主要建群种之一。芦苇适应环境广，生长速度快，抗逆性强，适合在江、河、湖、海岸淤滩等地种植。芦苇的花絮白色，正是《诗经·秦风》里说的"蒹葭苍苍，白露为霜"的情景。

芦苇茎秆可以编席。芦根入药，清热生津。

2. 菼、蒹、萑（荻）

荻（禾本科，Triarrhena saccchariflora）又称藡、菼、蒹、萑、蒫、雏、乌蒀、雖、马尾、蒋荻、藋等。是多年生草本植物。具长匍匐根状茎，秆直立，高1至2米，叶片条形扁平，长20至50厘米，宽10至12毫米。圆锥花序疏展成伞房状，长10至30厘米，小

荻

穗无芒线状披针形，成熟后带褐色。颖果长圆形，长1.5毫米。

硕人其颀[1]，衣锦褧衣[2]。齐侯之子，卫侯之妻。东宫之妹，邢侯之姨，谭公维私。

手如柔荑，肤如凝脂，领如蝤蛴，齿如瓠犀。螓首蛾眉，巧笑倩兮③，美目盼兮④。

硕人敖敖⑤，说于农郊。四牡有骄，朱幩镳镳⑥，翟茀以朝⑦。大夫夙退，无使君劳。

河水洋洋，北流活活。施罛濊濊⑧，鱣鲔发发，葭菼揭揭⑨。庶姜孽孽⑩，庶士有朅⑪。

——《卫风·硕人》

注释：①硕：高大之意。颀（qí）：面貌俊美之意。

②褧（jiǒng）：细麻布罩衣。

③倩（qiàn）：倩，巧笑貌。

④盼：美目流转之意。

⑤敖：本意为闲游、漫游之意，这里用为散漫之意。

⑥幩（fén）：缠在马口两旁上的绸子。镳（biāo）：美盛之意。

⑦茀（fú）：本意为野草塞路，这里指杂乱之意。

⑧濊：（huò）象声词。形容水声之意。

⑨揭：修长的样子。

⑩孽（niè）：忧虑之意。

⑪朅（qiè）：离去之意。

《卫风·硕人》是赞美齐女庄姜出嫁时的壮盛和美貌，着力刻画了庄姜高贵、美丽的形象。据《左传·隐公三年》记载："卫庄公娶于齐东宫得臣之妹，曰庄姜。美而无子，卫人所为赋《硕人》也。"庄姜是齐庄公的女儿，嫁于卫庄公为妻。诗中叙写她高贵的出身、美丽的容貌、来嫁的盛况以及沿途的景色。诗人对庄姜之美的精彩刻画："手如柔荑，肤如凝脂，颈如蝤蛴，齿如瓠犀，螓首蛾眉。"再加之"巧笑倩兮，美目盼兮"的精彩一笔，把个绝世美人写活了。真是一笑倾城、二笑倾国。诗的第四章以"施罛濊濊，鳣鲔发发"张网扑鱼，鱼儿活蹦乱跳，从而点题：暗示喧闹的水声使她心绪烦乱，她一方面希冀那姜水（爱情源泉）灌注她的心田，另一方面她又想让那个读书郎离开她，不要扰乱她宁静的生活。表现出了她的这种矛盾心理。"葭菼揭揭"写景物，疏远的荻草很修长。

《秦风·蒹葭》篇中有"蒹葭苍苍，白露为霜"之句，《豳风·七月》篇中有"七月流火，八月萑苇"之句。各句中的"蒹""萑"与《卫风·硕人》篇中的"菼"是同物，即荻。只是名称不同罢了。

《毛诗品物图考》卷1《葭菼揭揭》："《传》：菼，薍也；《集传》：亦谓之荻。孔《疏》：初生者为菼，长大为薍，成则为萑。"

《辞源》蒹："荻之别名。《诗》蒹葭苍苍。《传》蒹，薕。"

《说文解字注》："蒹，萑之未秀者。蒙上茅秀而及萑之秀与未秀也。凡经言萑苇、言蒹萑，言葭菼，皆并举二物，蒹、菼、萑一也，今人所谓荻也。葭、苇一也，今人所谓芦也。"

杜甫在《秋兴八首》里有"请看石上藤萝月，已映洲前芦获花"的诗句，他把芦、荻并称，说明芦荻是非常相似的两种植物。

芦苇和荻大多长在湖泽水边，一般都能长到2到3米高，茎叶也都是长条形，不易分清，荻花在秋天是淡紫色的，芦苇的花则是一片雪白。如果种子成熟，则又变成金黄色。

荻是禾本科、荻属的植物。荻属植物约3种，分布于中国及日本。我国有2种、8变种、8变形。过去曾将荻类植物置于芒属或白茅属，现作为独立的属，它以小穗无芒、具发达的根状茎区别于芒类；又以大型圆锥花序、雄蕊3枚不同于白茅属。它为东亚的特有属之一。

荻生于山坡草地和平原岗地、河岸湿地。产于黑龙江、吉林、辽宁、河北、山西、河南、山东、甘肃及陕西等省。白居易的长诗《琵琶行》中有"枫叶荻花秋瑟瑟"的秋景描写。

荻是一种多用途草类，可以用于环境保护、景观营造、生物质能源、制浆造纸、代替木材和塑料制品、纺织、药用，是开发价值高的重要植物资源，是我国特有的一种造纸工业原料。

九　车前、远志是良药（车前、远志）

车前和远志是两种小草，但它们都是药材，对人的健康有益，故放在一起讨论。

1. 芣苢（车前）

车前（车前科，Plantago asiatica）又称当道、马舄、牛舄、胜舄、牛遗、牛舌草、车轮菜、地衣、蛤蟆衣。是多年生草本植物，根须状。根生叶平铺地面，叶片卵形或阔卵形，长4至12厘米，宽4至9厘米，叶柄长5至22厘米，弧形叶脉5至7条。花茎数

车前

枚，柄长20至45厘米。穗状花序，花绿白色。苞片宽三角形。蒴果椭圆形，果内有种子6至8粒，细小，黑褐色。

采采芣苢[①]，薄言采之[②]。采采芣苢，薄言有之[③]。

采采芣苢，薄言掇之^④。采采芣苢，薄言捋之^⑤。
采采芣苢，薄言袺之^⑥。采采芣苢，薄言襭之^⑦。

——《周南·芣苢》

注释：①芣苢（fú yǐ）：又作"芣苡"，野生植物名，即车前草。

②薄言：发语词，无义。

③有：取也。

④掇（duō）：拾取。

⑤捋（luō）：以手掌握物而拉取。

⑥袺（jié）：用衣襟兜东西。

⑦襭（xié）：翻转衣襟插于腰带以兜东西。

《周南·芣苢》是一首妇女采集芣苢时所唱的歌。前面是
不断地采集，最后是满载而归，欢乐之情可以从这历程看出来。
"芣苢"又作芣苡，即车前草。清人方玉润在《诗经原始》中说：
"读者试平心静气涵咏此诗，恍听田家妇女，三三五五，于平原
旷野、风和日丽中，群歌互答，余音袅袅，若远若近，忽断忽续，
不知其情之何以移，而神之何以旷。"

《周南·芣苢》中的芣苢就是后世本草文献上的车前草。
《尔雅》："芣苢，马舄。马舄，车前。"郭璞注云："今车前草，
大叶长穗，好生道边，江东呼为虾蟆衣。"《广雅》："当道，马
舄也。"

《植物名实图考》卷11《车前》篇中说："车前，《本经》上品。《尔雅》：芣苢，马舃；马舃，车前。释诗者或以为去恶疾，或以为宜子，皆传师说，未可非也。《逸周书》作枲苢；《韩诗》谓是木，似李可食，其说本此。古今草木，同名异物，同物异名，何可悉数？郭注《尔雅》，多存旧说，是可师矣。《救荒本草》谓之车轮菜。"《毛诗品物图考》卷1《采采芣苢》："《传》：芣苢，马舃，车前也。"

　　车前是车前科、车前属植物。车前属约有植物200种，广布于全世界，我国有13种、分布几遍全国。生长在山野、路旁、花圃、菜圃以及池塘、河边等地。

　　在《神农本草经》中，车前子的功效被描述为："味甘、寒。主气癃，止痛，利水道小便，除湿痹。"在《名医别录》中却说："男子伤中，女子淋沥，不欲食。养肺强阴益精，令人有子，明目疗赤痛。"强调车前子的补益作用，并明确指出"令人有子"。经后世本草学家在大量的临床观察和医疗实践经验，研制成的"五子衍宗丸"中就有一味车前子。到了明朝《本草纲目》时，特别强调该药的主要功效是"导小肠热，止暑湿泻痢"。

　　有人常问车前草能不能当菜吃？本人幼年时，曾在春天里到田野采摘车前的嫩叶，用开水烫过，煮成汤或做菜，味道鲜美。犹记得在端午节的早上，在露水未干时整棵采回一些艾蒿、车前草和益母草。把车前草和益母草挂在房檐下风干备用，把艾蒿插在门上以辟邪驱瘴。

据介绍，在我国东北把车前草称为车轱辘菜，一般是五月中旬到六月初采食味道最美，做法也很简单：要用刚长出的幼苗，将其洗净后放入沸水中煮上15分钟出锅，再放入凉水中清洗一下，用手拧净后就可以装盘了，要蘸着东北大酱才好吃。在中国南方也有食用车前草的情况。宁波舟山人吃它，温州人也用车前草煲汤去火。

2. 蒬（远志）

远志（远志科, Polygala te-nuifolia）又称蒬绕、蕀蒬、棘菀、醒心杖、小草、细草、线儿茶，小草根、神砂草等。是多年生草本植物，茎丛生，高20至40厘米。根圆柱形，肥厚，长达40厘米，淡黄白色。叶互生，线形或狭线形，长0.8至4厘米，宽1毫米，全缘。总状花序，花淡蓝紫色。蒴果扁薄，圆状倒心形，边有狭翅。种子卵形，微扁，棕黑色，密被白色细绒毛。

远志

七月流火①，九月授衣②。一之日觱发③，二之日栗烈④。无衣无褐⑤，何以卒岁！三之日于耜，四之日举趾。同我妇子，馌彼南亩⑥。田畯至喜⑦。

七月流火，九月授衣。春日载阳，有鸣仓庚。女执懿筐⑧，遵彼微行，爰求柔桑。春日迟迟，采蘩祁祁。女心伤悲，殆及公子同归。

七月流火，八月萑苇。蚕月条桑，取彼斧斨⑨。以伐远扬，猗彼女桑。七月鸣鵙，八月载绩。载玄载黄⑩，我朱孔阳，为公子裳。

四月秀葽，五月鸣蜩。八月其获，十月陨萚⑪。一之日于貉，取彼狐狸，为公子裘。二之日其同，载缵武功⑫。言私其豵，献豣于公。

—— 《豳风·七月》前四章

注释：①七月流火：火，或称大火，星名，即心宿。每年夏历五月，黄昏时候，这星当正南方，也就是正中和最高的位置。过了六月就偏西向下了，这就叫作"流"。

②授衣：做冬衣。

③觱（bì）发：大风触物声。

④栗烈：或作凛冽，形容气寒。

⑤褐：粗布衣。

⑥馌（yè）：馈送食物。

⑦田畯（jùn）：农官名，又称农正或田大夫。

⑧懿：深。

⑨斨（qiāng）：方孔的斧头。

⑩玄：是黑而赤的颜色。

⑪陨蘀（tuò）：落叶。

⑫缵：继续。

《豳风·七月》是叙述农人全年的劳动的歌。绝大部分是为公家劳动的，小部分是为自家的。诗共分为八章。从岁寒写到春耕开始，写到布帛衣料的制作，又写狩猎活动。年末为自己收拾屋子过冬。又写采藏果蔬和造酒，这都是为公家的。为自己采藏的食物是瓜瓠（hù）、麻子、苦菜之类。写收成完毕后为公家做修屋或室内工作，然后修理自家的茅屋。最后写凿冰的劳动和一年一次的年终燕饮。

豳地在今陕西旬邑、彬州一带，公刘时代周之先民还是一个农业部落。《七月》反映了这个部落一年四季的劳动生活，诗从七月写起，按农事活动的顺序，以平铺直叙的手法，逐月展开各个画面：春耕、秋收、冬藏、采桑、染绩、缝衣、狩猎、建房、酿酒、劳役、宴飨，无所不写，涉及衣食住行各个方面。它的作者当是部落中的成员，从各个侧面展示了当时社会的风俗画。

诗中的"四月秀葽"，"葽"为何物？一说是远志，一说是王瓜。《神农本草经》（上品）《远志》中说："远志味苦温。主治咳逆伤中，补不足，除邪气，利九窍、益智慧，耳目聪明、不忘，强志倍力。久服轻身不老。叶名小草。一名葽绕，一名细草。生川谷。"《植物名实图考》卷7《远志》："远志，《本经》上品。《尔雅》：葽绕，棘蒬。《注》：今远志也，似麻黄，赤华，叶锐而黄。

语约而形容毕肖。《说文》：蒐，棘蒐。《繫传》：即远志，又葽草也。四月秀葽，刘向说此味苦，苦葽，则葽与葽绕异物，释《诗》者或即以葽为远志。"

有以王瓜（赤雹）释葽者，吴氏在《植物名实图考》卷22《王瓜》项下："秀葽之说，以四月孟夏时令相符，强为牵合；不知葽绕《尔雅》具载，乃是远志。"

《毛诗品物图考》卷1《四月秀葽》篇中说："《传》：葽草也。《笺》：《夏小正》四月王萯秀要是其乎。严缉：葽，今远志也，其上谓之小草，谢安乃云：处则为远志，出则为小草。"附图即远志。

远志的干燥根为远志科、远志属常用中药，最早记载于《神农本草经》，列为上品，并被视为养命要药。

远志科、远志属植物约500种，广布于全世界。我国有42种、8变种，广布于全国各地，生向阳山坡或路旁。分布在东北、华北、西北，山东、安徽、江西、江苏等地。主产山西、陕西、河北、河南。此外山东、内蒙古、安徽、湖北、吉林、辽宁等地亦产。

十 假贝母与益母草（假贝母、益母草）

假贝母与益母草是两种中药，假贝母是清热解毒要药，益母草是妇科良药。故放在一起讨论。

1. 蔹（假贝母）

假贝母（葫芦科，Bolboste-mma paniculatum）又称土贝、土贝母、大贝母、藤贝母等。是攀援状蔓性草本。块茎肥厚，肉质，乳白色。茎草质，有卷须，单一或分叉，枝具棱沟。叶互生，叶片掌状5深裂，长4至11厘米，宽3至10厘米，侧裂片卵状长圆形，急尖，

假贝母

中间裂片长圆状披针形，渐尖。花雌雄异株。疏散的圆锥状花序，长4至10厘米，花梗纤细，花黄绿色，花萼与花冠相似，裂片卵状披针形，顶端具长丝状尾。子房近球形，有疣状凸起，果实圆柱状。种子卵状菱形，暗褐色。

载驰载驱，归唁卫侯。驱马悠悠，言至于漕①。大夫跋涉，我心则忧。

既不我嘉，不能旋反。视而不臧②，我思不远。既不我嘉，不能旋济③。

视而不臧，我思不闷④。

陟彼阿丘，言采其蝱。女子善怀，亦各有行。许人尤之，众稚且狂。

我行其野，芃芃其麦⑤。控于大邦，谁因谁极？大夫君子，无我有尤。

百尔所思，不如我所之。

—— 《鄘风·载驰》

注释：①漕：地名，今河南省滑县。

②视：表示比较。臧：好，善。

③济：止。

④闷（bì）：同"闭"。

⑤芃（péng）：草茂盛貌。

《鄘风·载驰》据说是许穆夫人所作，她可称作中国和世界历史上最早的女诗人。《诗序》云："《载驰》，许穆夫人作也。闵其宗国颠覆，自伤不能救也。卫懿公为狄人所灭，国人分散，露于漕邑。夫人闵卫之亡，伤许之小，力不能救，思为唁其兄，又义

　　　　　　　　　　　　《诗经》动植物图说

不得，故赋是诗也。"

这首诗风格沉郁顿挫，悲而不怒，哀而不伤，有着英迈壮怀的爱国气概。据《左传》记载，事情发生在公元前660年，北方狄族看到卫国岌岌可危，发动了对卫国的入侵。卫懿公征调民众抵抗，老百姓不愿为他效命。军队的将士不肯为他卖命出征，致使狄兵侵犯时如入无人之境，卫国很快被灭亡了。卫懿公死于乱军之中，国民遭到大批杀戮，都城被洗劫一空。难民渡过黄河，逃到南岸的漕邑（今河南省滑县）。许穆夫人嫁到许国后，一直怀念着卫国，写下了这篇洋溢着爱国热情的政治抒情诗。

首章直叙本事，言吊问卫侯，卫遭狄之侵伐，国破师败，三、四句言及漕邑，此正是卫侯避难之地。"大夫跋涉，我心则忧"表达了亡国的忧怨。二、三章似乎是这位唁卫侯者心里所想。她回忆着当初自己的意见不被采纳，现在果然证明自己是正确的。"我思不闷"表达出对祖国的思念不会停止。回忆在许国之时，许国人不理解她的想法，表达一种孤独感。四章言踏上卫国途中所见所感，最后说众人所思不如她的所为。

诗中的"言采其蝱"以采蝱治病，比喻设法救国。"蝱"是假贝母，不是真贝母。真贝母是指百合科植物贝母，可分为川贝母与浙贝母等。

《植物名实图考编》卷6《贝母》篇中说："《诗经》言采其蝱，陆玑《疏》：蝱，今药草贝母也。其叶如栝楼而细小。其子在根下，如芋子，正白，四方连累相著，有分解也。"又："《诗》言采其蝱。《毛传》曰："蝱，贝母。《释草》、《说文》作莔，莔正字，蝱，假借字也。根下子如聚小贝。"这里说的"蝱"，即今之假贝母。栝楼是葫芦科的植物，文中说"叶如栝楼"，说明假贝母也是葫芦科的植物。假贝母古代通称贝母，也有莔之名，是我国最早应用的中药贝母，曾有种植。明朝《本草纲目》以前的历代文献并未分立川贝、浙贝、土贝专条。至清朝《本草从新》始有"象山贝母"和"土贝母"的记述。

假贝母是葫芦科、假贝母属植物。本属植物有2种和1变种，为我国所特有。间断、零星分布于华北平原、黄土高原以及四川、云南、湖南西北等地，生于阴山坡。在河北、山东、河南、山西、陕西、甘肃、四川东部和南部、湖南西北部，现已广泛栽培。

土贝母的干燥鳞茎入药，呈不规则块状，多角形或三角形，常中部宽阔，高0.5—1.5cm，直径0.7—2cm，表面暗棕色或浅红棕色，呈半透明样，凹凸不平，有皱纹。腹面有一纵凹沟。

2. 蓷（益母草）

益母草（唇形科, Leonurus artemisia）又称益母蒿、蓷、野天麻、野油麻、猪麻、旋风草、雞、蓷、辣母藤、土质汗、大札、火炊、轚臭苗、苦低草、坤草、地母草、茺蔚、益明等。是一年生或二年生草本。茎直立，方形，通常高60至120厘米。叶对生，茎下部叶为卵形，基部宽楔形，掌状3裂，通常长2.5至6厘米，宽1.5至4厘米，上部叶线形3裂，上面绿色，有糙伏毛，下面淡绿色。轮伞花序腋生，具花8至15朵，花萼管状钟形，5齿，花唇形，花冠粉红至淡紫红色，冠檐二唇形，上唇直伸，内凹，长圆形，下唇略短于上唇，3裂。小坚果矩圆状三棱形淡褐色，光滑。

益母草

中谷有蓷①，暵其干矣②。有女仳离③，嘅其叹矣④。嘅其叹矣，遇人之艰难矣⑤。

中谷有蓷，暵其脩矣⑥。有女仳离，条其啸矣⑦。条其啸矣⑧，遇人之不淑矣⑨。

中谷有蓷，暵其湿矣。有女仳离，啜其泣矣⑩。啜其泣矣，何嗟及矣⑪。

——《王风·中谷有蓷》

注释：①蓷（tuī）：益母草。

②暵（hàn）：枯槁，枯萎。

③仳离（pǐ lí）：离异。

④嘅（kǎi）：叹息。

⑤遇：通"愚"。此处应为嫁。

⑥脩（xiū）：缩，枯萎。

⑦条：长。

⑧啸：撮口出声，犹号也。

⑨淑：美好。

⑩啜：哭泣抽噎貌。

⑪嗟：叹息。

　　《王风·中谷有蓷》这是一首弃妇诗，采用干枯的益母草比兴手法，描写一位被遗弃的女子流离失所的悲惨情景。全诗共三章，构成三幅嫁错人被遗弃真后悔的连环画面。与其他"弃妇诗"不同的是，本诗既没有停留在对不幸婚姻的哀怨上，也没有希冀丈夫能够回心转意，而是反思自己的不慎。正是诗中说的"遇人之艰难矣""遇人之不淑矣"所揭示的那样，要嫁一个好人是多么艰难！嫁错了人，真是"何嗟及矣"，后悔莫及！

　　诗中的蓷即益母草。《植物名实图考》卷11《茺蔚》："茺蔚，《本经》上品。《诗经》：'中谷有蓷'，陆《疏》：益母也，有白花、红花。李时珍考辨甚晰。"

《本草纲目》卷15《茺蔚》:"「禹锡曰」《尔雅》:萑,蓷。注云:今茺蔚也。又名益母。刘歆云:萑,臭秽,即茺蔚也。陆玑云:萑,益母也。"又"「时珍曰」茺蔚近水湿处甚繁。春初生苗如嫩蒿,入夏长三四尺,茎方如黄麻茎。其叶如艾叶而背青,一梗三叶,叶有尖岐。寸许一节,节节生穗,丛簇抱茎。四五月间,穗内开小花,红紫色,亦有微白色者。"

益母草是唇形科、益母草属植物。本属植物约20种,分布于欧洲、亚洲温带,少数种类在美洲、非洲各地逸生。我国产12种、2变种。益母草在我国作为药物利用久远,《本草经》中有记载。它可分为2个变种。一为原变种(花粉红至淡紫红),二为白花变种,二者功效相同。分布于广东、广西、湖南、湖北、云南、贵州、浙江、安徽、福建等省区。

十一　萱草与渥丹（萱草、渥丹）

　　萱草和渥丹都是百合科的两种植物，形态相似。萱草是忘忧草，是中国传统的母亲花；渥丹异常美丽，常用来形容美女颜如渥丹，故放在一起讨论。

1. 媛草（萱草）

　　萱草（百合科, Hemerocallis fulva）又称萱、萱花、媛草、丹棘、宜男、川草花、鹿葱、疗愁花、忘忧草等。是多年生草本，纤维根近肉质及纺锤形膨大。叶基生，2排，叶细长，条形较宽，长40至80厘米，中脉明显，拱形下垂。花葶粗壮，高60至100厘

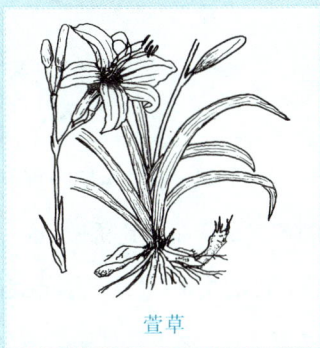
萱草

米。顶生伞房花序，排列成圆锥状，着花6至12朵，花冠漏斗形，花被6片，每轮3片，花瓣略反卷，花色桔红至桔黄色。蒴果长圆形。种子有棱角，黑色光亮。

伯兮朅兮①，邦之桀兮②。伯也执殳③，为王前驱。
自伯之东，首如飞蓬。岂无膏沐④？谁适为容⑤！
其雨其雨，杲杲出日⑥。愿言思伯，甘心首疾。
焉得谖草？言树之背⑦。愿言思伯，使我心痗⑧。

—— 《卫风·伯兮》

注释：①朅：有离去之意，这里指英武高大。

②桀：同"杰"。

③殳（shū）：古兵器，杖类，长丈二，无刃。

④膏沐：妇女润发的油脂。

⑤适（dí）：悦。

⑥杲（gǎo）：明亮的样子。

⑦背：屋子北面。

⑧痗（mèi）：忧思成疾。

《卫风·伯兮》是一首妻子对远征丈夫的怀念诗。她为丈夫的英武出众而感到骄傲，也为久别而思念日深。一章中的"伯兮"指自己的丈夫。"朅"指英武高大。说他是邦国的杰出人才，手上拿着殳杖，为王打仗做先锋。二章写丈夫去东方打仗，我的头发乱如飞蓬。无心擦脂抹膏，我为谁美容？三章写思夫好像天天盼下雨、天天盼日出一样。一心想着丈夫，头痛难忍又何妨？四章写出为思念既深而感叹：哪儿去找忘忧草？移栽到我的北堂后面。

　　　　　　　　　　　《诗经》动植物图说

一心思念丈夫，使得我忧思成疾，表现出难以排遣的忧愁。这与李白在《宣州谢朓楼饯别校书叔云》中说的"抽刀断水水更流，举杯消愁愁更愁"的思念之苦难以排遣如出一辙。

诗中的"谖草"又称"忘忧草"，是百合科、萱草属植物。本属植物约有14种，主要分布于亚洲温带至亚热带地区。少数也见于欧洲。我国有11种，有些种类被广泛栽培，供食用和观赏。本属植物中的黄花菜（金针菜）是著名的干菜食品，大家比较熟悉，其中的萱草在我国种植历史悠久。

《本草纲目》卷16《萱草》篇中说："《诗》云：焉得谖草？言树之背。谓忧思不能自遣，故欲树此草，玩味以忘忧也。"《植物实名图考》卷14《萱草》："萱草，《诗经》作蘐，《嘉佑本草》始著录。有单瓣、重瓣，兖州、亳州种以为菜。皋苏蠲忿，萱草忘忧，《尔雅翼》以焉得蘐草，谓安得善忘之草，世岂有此物哉！萱、蘐，同音，遂以命名……"

萱草是中国的母亲花，早在康乃馨成为母爱的象征之前，我国也有一种母亲花就是萱草花。古言"北堂幽暗，可以种萱"。北堂即代表母亲之意。《博物志》中说"萱草，食之令人好欢乐，忘忧思，故曰忘忧草。"古时候当游子要远行时，就会先在北堂种萱草，希望母亲减轻对孩子的思念，忘却烦忧。唐朝孟郊《游子诗》写道："萱草生堂阶，游子行天涯；慈母倚堂门，不见萱草花。"又曰："谁言寸草心，报得三春晖。"王冕《偶书》："今朝风日好，堂前萱草花。持杯为母寿，所喜无喧哗。"不少文人以萱草为咏吟的题材，曹植为之作颂，苏东坡为之作诗，夏侯湛为之作赋，说明萱草在国人生活中的地位。

萱草又名"宜男草"，《风土记》说："妊妇佩其草则生男，"故称此名。这只是传说而已，并没有科学道理，不足信。

萱草花色鲜艳，栽培容易，且春季萌发早，绿叶成丛极为美观。园林中多丛植或于花径、路旁栽植。萱草类耐半阴，又可做疏林地被植物。各地多有种植。

2. 渥丹（渥丹）

渥丹（百合科，Lilium concolor）又称中庭花、红百合、红花菜、渥丹花、山丹丹等。是多年生草本。鳞茎卵球形，白色。茎高40至60厘米，少数近基部带紫色。叶散生，条形，长3.5至7厘米，宽3至6毫米，脉3至7条。花1至5朵排成总状花序，花直立，

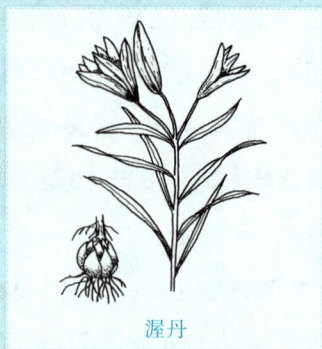

渥丹

星状开展，深红色，无斑点，有光泽，花被6片，矩圆状披针形，长2.2至3.5厘米，宽4至7毫米，不反卷。蒴果矩圆形。

终南何有①？有条有梅。君子至止，锦衣狐裘。

颜如渥丹，其君也哉！

终南何有？有纪有堂。君子至止，黻衣绣裳②。

　　　　　　　　　　《诗经》动植物图说

佩玉将将③，寿考不忘！

——《秦风·终南》

注释：①终南：属秦岭山脉，在今陕西西安市西南。

②黻（fú）：古代礼服上黑与青相间的花纹。

③将将：佩玉撞击之声。

《秦风·终南》借助外貌、服饰的描写，赞美君子的品德，表达一种永远难以忘怀的感情。诗中言崇隆者终南，其何有乎？条与梅尔，所以成此山之高也。君子至止，衣服之盛，容貌之美，颜如渥丹，非同一般。"锦衣狐裘""黻衣绣裳，佩玉将将"这是周朝的官服。末章末句亦云"寿考不忘"，即万寿无疆之意，也是劝诫，必定所指为周朝的耆老。其中一句"其君也哉"——这才像个君子呢！诗者歌颂谁呢？根据史料，极有可能是周朝遗民歌唱秦公被封诸侯时祭礼终南山的情景。

诗中的"渥丹"，古今名一致。以前《诗经》的注释者一般都把它注为润泽的意思，不认为是一种植物。如郑玄《毛诗正义》："渥，厚渍也。颜如厚渍之丹，言赤而泽也。"

其实渥丹是一种植物，《植物名实图考》卷3《山丹》项下："……《洛阳花木记》有红百合，即此。或曰渥丹花，殷红有焰，陈傅良诗'山丹吹出青黎火'，摹其四照也。"现在认为山丹与渥丹是同属的两种相近的植物，人称姊妹花。在花被片未卷时难以区分，古代常将二种混称山丹。但山丹花较大，花被片较长（4—4.5cm），花柱比子房稍长或长一倍多。而渥丹花小，花被片稍短（2.2—3.5cm），花柱比子房短。花色红里透白，十分可爱，诗以渥丹之色喻其美貌。意思如同"颜如桃花"和"颜如舜华"一样。如白居易诗曰："酡颜以渥丹。"朱子诗曰："因君赋山丹，悦复见颜色。"

渥丹是百合科、百合属植物。本属植物约80种，分布于北温带。我国有39种，南北均有分布，尤以西南和华中最多。渥丹分布于河南、河北、山东、山西、陕西、云南、吉林、辽宁、黑龙江、内蒙古等省区。

陕北地区的山丹丹指的就是渥丹一种，通常将渥丹与山丹统称为山丹丹。其中渥丹花色红润，宛若晨星，是陕北地区的代表性花卉，在陕北地区常被视为中国红色革命的象征，陕北民歌《山丹丹开花红艳艳》就是以此为主题而创作而成的。

渥丹又称红百合，是一种很好的观赏植物。渥丹花美丽光艳，红润可人，正如丹砂一般。红百合的鳞茎由鳞片抱合而成，象征"百年好合""百事如意"，自古以来视为婚礼必不可少的吉祥花卉。红百合在插花造型中可做焦点花、骨架花。它属于特殊型花材。

十二　芜菁、萝卜与韭菜（芜菁、萝卜、韭菜）

芜菁、萝卜与韭菜是大家熟悉的几种蔬菜，古代先人早已发现并加以利用，一直传承至今，应该感恩，故放在一起讨论。

1. 葑（芜菁）

芜菁（十字花科，Brassica rapa）又称蔓菁、诸葛菜、圆菜头、圆根、须、须从、九英菘、马王菜、鸡毛菜、盘菜。是二年生草本植物，高90厘米。块根肉质，扁圆形或矩圆形，皮白色或紫色与黄色。基生叶片羽状深裂，长20至34厘米，顶生叶片很大，

芜菁

边缘呈波伏或浅裂状，上面有少数分散生长的刺毛，下面有尖锐白色刺毛，叶柄长10至16厘米。总状花序，花瓣4枚，呈十字形，鲜黄色。角果圆柱形，具长喙，种子较大，褐色。

习习谷风①，以阴以雨。黾勉同心②，不宜有怒。

采葑采菲，无以下体③。德音莫违④，及尔同死。

行道迟迟，中心有违。不远伊迩，薄送我畿。

谁谓荼苦？其甘如荠。宴尔新昏，如兄如弟。

泾以渭浊，湜湜其沚⑤。宴尔新昏，不我屑以。

毋逝我梁，毋发我笱⑥。我躬不阅，遑恤我后！

就其深矣，方之舟之。就其浅矣，泳之游之。

何有何亡，黾勉求之。凡民有丧，匍匐求之。

不我能慉，反以我为雠⑦，既阻我德，贾用不售。

昔育恐育鞠，及尔颠覆。既生既育，比予于毒。

我有旨蓄，亦以御冬。宴尔新昏，以我御穷。

有洸有溃，既诒我肄。不念昔者，伊余来塈⑧。

——《邶风·谷风》

注释：①习习：和舒貌。谷风：东风。

②黾（mǐn）勉：勤勉，努力。

③下体：指根。

④违：恨也。

⑤湜湜（shí）：水清见底。

⑥笱（gǒu）：捕鱼竹笼。

⑦雠（chóu）：同仇。

⑧伊：唯。塈（jì）：爱。

　　　　　　　　　　　　　　　　《诗经》动植物图说

《邶风·谷风》是一首弃妇诗。诗中的弃妇如泣如诉地倾吐了心中的满腔痛楚。一章诗文"采葑采菲，无以下体"是以采菜比兴，意思是把蔓菁萝卜的根茎被弃，来暗示他丢了根本。二章诗文"谁谓荼苦？其甘如荠"，用食苦苣菜能像吃荠菜那样甘甜来反衬弃妇见了丈夫新婚时内心的苦涩。原来"宴尔新昏，如兄如弟"的热闹和亲密，如今成了"不远伊迩，薄送我畿"的绝情和冷淡，形成了一种高度鲜明的对比，更突出了被弃之人的无比愁苦，那种典型的哀怨气氛被渲染得十分浓烈。她反复咏叹自己任劳任怨，并无过失却被丈夫欺凌和遗弃，而对负心的丈夫却始终怨而不怒，割不断对夫家的留恋，其软弱性格彰显于字里行间。该诗揭露了古代男尊女卑的社会制度对妇女的压迫，揭露了夫权制度的罪恶本质。

诗中的"葑"就是芜菁。中国为蔓菁的源产地之一，种植历史在3000年以上。古代将"葑"泛指芥菜、菘菜等，至东汉《四民月令》记载"四月收蔓菁及芥"始不混称。相传三国的诸葛亮行军时，在部队所驻之处，命士兵种此以为军粮，因此四川及湖北江陵一带，称蔓菁为诸葛菜。唐代大文学家韩愈有"黄黄芜菁花，桃李事亦毕"的诗句，由此可见，蔓菁在我国的种植历史已相当悠久。

《本草纲目》卷26《芜菁》篇中说："「释名」蔓菁、九英菘、诸葛菜。「藏器曰」芜菁北人名蔓菁。今汾、河朔间烧食其根，呼为芜根，犹是芜菁之号。芜菁，南北之通称也。塞北、河西种者，名九英蔓菁，亦曰九英菘。"

《诗草木今释》中描述葑："又名蔓菁（《唐本草》），须从（《尔雅》），须（《诗传》），蓂（《唐韵》），葑苁（孙炎）……"

本人幼年在"糠菜半年粮"的时代，还经常吃到蔓菁。可以生吃，清脆、鲜甜、消渴、充饥。也可以晒干，下到稀饭里煮着吃代主粮，也可用来喂养家畜。以后种植红薯多了，种植蔓菁少了，成了世上的罕见之物。现在的年轻人多数没有见过蔓菁。

芜菁是十字花科、芸苔属植物。本属植物约40种，多分布在地中海地区。我国有14个栽培种，11个变种及1个变型。芜菁是栽培种之一。我国各地均有少量栽培，是我国出口蔬菜之一。

现在发现芜菁中含有蛋白质、多糖、脂肪、钙、磷、核黄素、烟酸、维生素，以及咖啡酸、阿魏酸等有机酸类化合物，它具有抗菌、抗疲劳、抗寄生虫，抑制甲状腺素合成，抗畸变，延缓衰老等作用。芜菁富含维生素A、叶酸、维生素C、维生素K。食用方法可用盐腌制除去其芥辣口感，然后加糖生食，也可加入肉类或是年糕等食物进行烹饪。由于种植方便，食用的价值高。

2. 菲·庐（萝卜）

萝卜（十字花科，Raohanus sativus）又称芦菔、白萝卜、葵、芦萉、蔔葵、罗菔、紫花菘、温菘、楚菘、土酥、土瓜、莱菔、破地锥、夏生等。是一、二年生草本。根肉质，长圆形、球形或圆锥形，根皮红色、绿色、白色、粉红色或紫色。茎直立，粗壮，

萝卜

圆柱形，中空，自基部分枝。叶通常大头羽状分裂，被粗毛，侧裂片1至3对，边缘有锯齿或缺刻，茎中部叶向上渐变小。总状花序，顶生及腋生。花白色或淡紫色。长角果，圆锥形，不开裂，先端具长喙，喙长2.5至5厘米。种子1至6粒，红褐色，圆形，有细网纹。

习习谷风，以阴以雨。黾勉同心，不宜有怒。

采葑采菲，无以下体。德音莫违，及尔同死。

行道迟迟，中心有违。不远伊迩，薄送我畿。

谁谓荼苦？其甘如荠。宴尔新昏，如兄如弟。

泾以渭浊，湜湜其沚。宴尔新昏，不我屑以。

毋逝我梁，毋发我笱。我躬不阅，遑恤我后！

就其深矣，方之舟之。就其浅矣，泳之游之。

何有何亡，黾勉求之。凡民有丧，匍匐求之。

不我能慉，反以我为雠，既阻我德，贾用不售。

昔育恐育鞫，及尔颠覆。既生既育，比予于毒。

我有旨蓄，亦以御冬。宴尔新昏，以我御穷。

有洸有溃，既诒我肄。不念昔者，伊余来墍。

——《邶风·谷风》

注解参见本章前文。诗中的"葑"即芜菁，"菲"即萝卜。

信彼南山，维禹甸之。畇畇原隰，曾孙田之。我疆我理，南东其亩。

上天同云。雨雪雰雰，益之以霡霂。既优既渥，既沾既足。生我百谷。

疆埸翼翼，黍稷彧彧。曾孙之穑，以为酒食。畀我尸宾，寿考万年。

中田有庐，疆埸有瓜。是剥是菹，献之皇祖。曾孙寿考，受天之祜。

祭以清酒，从以骍牡，享于祖考。执其鸾刀，以启其毛，取其血膋。

是烝是享，苾苾芬芬。祀事孔明，先祖是皇。报以介福。万寿无疆。

——《小雅·信南山》

　　　　　　　　　　《诗经》动植物图说

萝卜是十字花科、萝卜属植物。本属植物约8种，多生地中海地区，我国有2种及2变种。其中的萝卜是原产我国的根用蔬菜，全国各地均有种植。萝卜的营养比较丰富，据分析，每100克可食部分含碳水化合物6克、蛋白质0.6克、钙49毫克、磷34毫克、铁0.5毫克、无机盐0.8克、维生素C30毫克。种子含油42%可用于制肥皂或作润滑油。萝卜及秧苗和种子在预防和治疗流行脑炎、煤气中毒、暑热、痢疾、腹泻、热咳带血等病方面，有较好的药效。

3. 韭（韭菜）

韭菜（百合科，Allium tuberosum）又称起阳草、草钟乳、壮阳草、丰本、懒人菜等。是多年生草本。根状茎横卧，生多数须根。簇生鳞茎1至3，近圆柱状；鳞茎外皮黄褐色，破裂成纤维状。叶基生，条形，扁平，长15至30厘米，宽1.5至7毫米。花葶圆

韭菜

柱状3棱，高25至60厘米，顶生伞形花序，小花梗近等长，总苞膜质，花白色，花被片中脉黄绿色，花被6裂，裂片长圆形，蒴果具倒心形果瓣绿色。种子黑色扁平半卵圆形。

六月食郁及薁，七月亨葵及菽。八月剥枣[①]，十月获稻。为此春酒，以介眉寿[②]。七月食瓜，八月断壶，九月

叔苴③。采荼薪樗，食我农夫。

九月筑场圃，十月纳禾稼。黍稷重穋，禾麻菽麦。嗟我农夫，我稼既同，上入执宫功④。昼尔于茅，宵尔索绹。亟其乘屋，其始播百谷。

二之日凿冰冲冲⑤，三之日纳于凌阴⑥。四之日其蚤，献羔祭韭。九月肃霜⑦，十月涤场。朋酒斯飨⑧，曰杀羔羊。跻彼公堂⑨，称彼兕觥⑩，万寿无疆⑪！

——《豳风·七月》后三章

注释：①剥（pū）：扑打。

②介：祈求。眉寿：长寿。

③叔：拾。

④宫功：指建筑宫室，或指室内的事。

⑤冲冲：凿冰之声。

⑥凌：是聚集的水。

⑦肃霜：犹"肃爽"，双声连语。是说九月天高气爽。

⑧朋酒：两樽酒。

⑨跻（jī）：登。

⑩称：举。

⑪无疆：无穷。

《豳风·七月》是豳地一带的诗歌。豳地是周朝的祖先公刘迁居开发的地方，在今天的陕西省旬邑、彬州一带。"其民有先王遗风，好稼穑，务本业，故豳诗言农桑衣食之本甚备。"（《汉书·地理志》）。《七月》以时间顺序叙述农夫一年到头的生产劳动和生活，反映了丰富的生产劳动的内容和浓郁的节气风俗，描绘了时人不可多得的生活风俗画面。诗中的月份是按周历，春季指正月、二月、三月；夏季指四月、五月、六月；秋季指七月、八月、九月；冬季指十月、十一月、十二月。从诗中可以发现我国夏代已具有较高的观察天体运行变化的水平。诗人描述了从农事耕作开始，到收获举酒祭献结束，送饭的妇子、采桑的女郎、下田的农夫、狩猎的骑士、公室的贵族，人物众多，各具面貌，还提到了众多的动植物生灵。

诗中的"献羔祭韭"用于祭祀祖先，韭就是韭菜，韭的古今名一致。《植物名实图考》卷3《韭》篇中说："韭，《别录》中品，《本草拾遗》谓之草钟乳，醃韭汁治吐血极效。北地冬时，培作韭黄味美，即汉时温养之类。"韭菜在我国利用久远。如《礼记·王制》中有"庶人春荐韭"，《礼记·内则》中有"豚，春用韭，秋用蓼"，《周礼·天官》中有"朝事之豆，其实韭菹醓醢"等的记述。

韭是百合科、葱属植物。本属植物约500种，分布于北半球。我国有110种（包括变种和引进种），主要分布于东北、华北、西北、西南等地。蒜、葱、韭、洋葱是常食的蔬菜，都是本属植物。

韭菜是我们日常生活中最常见的蔬菜之一，韭菜有很多养生功能，有一些是我们熟知的，有一些是我们还不知道的。南齐周颙有句名言："春初早韭，春末晚菘。"意思是初春的韭菜和春末的白菜品质最佳。其实夏天吃韭菜也有好处。韭菜又称"起阳草"，能温肾助阳，能兴奋性器官，有助于男性雄风，益脾健胃，行气理血。

小时候到野地里或坟地里采一种野韭菜，与家种的韭菜极为相似，吃起来更辛辣。野韭的叶为三棱状条形，背面因纵棱隆起而成龙骨状，中空，花被片常具红色中脉，此外叶缘和沿纵棱常具细的糙齿。

十三　苦卖菜、苦苣菜和荠菜（苦卖菜、苦苣菜、荠菜）

苦卖菜、苦苣菜和荠菜是几种人们喜爱的野菜，不少人分不清，味道也迥异不同。其中苦甜人自知，因此，才会有"谁谓荼苦，其甘如荠"的诗句。

1. 苣（苦卖菜）

苦卖菜（菊科, Ixeris denti-
iculate）又称苣菜、光叶苦卖、
秋苦卖、苦荬麻、兔儿菜、苦菜
等。是多年生草本。茎直立，高
30至80厘米。多分枝，紫红色，
无毛。基生叶多数，长圆形、矩
圆形或披针形，长5至10厘米，
宽2至4厘米，先端骤尖，基部下
延成柄，边缘具波状齿裂或不

苦卖菜

整齐的羽状深裂，茎生叶较小，舌状卵状，长3至9厘米，宽1.5
至4厘米，先端急尖，基部耳状抱茎，缘具不规则锯齿。头状花
序密集成伞房状，舌状花黄色。瘦果黑褐色，纺锤形，有白色
冠毛。

薄言采芑①，于彼新田，于此菑亩②。方叔莅止，其车三千。师干之试③，方叔率止。乘其四骐，四骐翼翼④。路车有奭⑤，簟茀鱼服⑥，钩膺鞗革⑦。

薄言采芑，于彼新田，于此中乡。方叔莅止，其车三千。旂旐央央⑧，方叔率止。约軝错衡，八鸾玱玱⑨。服其命服，朱芾斯皇⑩，有玱葱珩。

鴥彼飞隼，其飞戾天⑪，亦集爰止。方叔莅止，其车三千。师干之试，方叔率止。钲人伐鼓，陈师鞠旅⑫。显允方叔，伐鼓渊渊，振旅阗阗。

蠢尔蛮荆，大邦为仇。方叔元老，克壮其犹。方叔率止，执讯获丑。戎车啴啴⑬，啴啴焞焞⑭，如霆如雷。显允方叔，征伐猃狁，蛮荆来威⑮。

——《小雅·采芑》

注释：①薄：通"迫"。

②菑（zī）：指为新田锄草之意。

③试：这里用为任用之意。

④翼：即大车。

⑤奭（shì）：为红色之意。

⑥簟笰：车上的竹席篷。鱼服：用鱼皮做的车厢外包。

⑦膺（yīng）：指胸腔。鞗（tiáo）：指马缰绳。

⑧旐（zhào）：古代的一种旗子，上面画着龟蛇。

⑨玱（qiāng）：为玉器相撞的响声。

⑩芾（fú）；为古代礼服上的蔽膝之意。皇：为美好之意。

⑪戾：为至、到达之意。

⑫鞠（jū）：为告诫之意。

⑬嘽（tān）：为众多之意。

⑭焞（tūn）：为盛大之意。

⑮威：为法则之意。

　　《小雅·采芑》描绘的是周宣王主帅方叔率军南征荆楚的诗，是人们在誓师宴会上唱的雅歌。这也是一次屯兵边境的军事行动。从整体而言，此诗所描绘的可分为两层。前三章着重表现方叔指挥军事活动的规模与声势，盛赞方叔治军的卓越才能。第四章犹如一纸讨伐荆蛮的檄文，表达了以此众战、无城不破、无坚不摧的自信心和威慑力。诗中以凶猛的飞隼形象起兴，鴥（yù），鸟疾飞貌。是对军队声势凌厉、进退自如状况的极其形象的比喻。

　　诗中的"芑"，即现在的苦荬菜。古代常将苦苣菜混称苦菜，造成一定混乱。《植物名实图考长篇》卷3《苦菜》篇中说："陆玑《诗疏》：薄言采芑，芑菜似苦菜也。茎青白色，摘其叶，有白汁出，脆，可生食。亦可蒸为茹。青州谓之芑，西河、雁门尤美，胡人恋之，不出塞。"

　　《诗草木今释》中描述芑："又名苦荬菜（《救荒本草》），

苣菜(《诗义疏》)，光叶苦荬(《植物名实图考》)，苦荬麻(宜昌俗)，苦菜、黄花菜(俗名)菊科。学名: Lactuca denticulate maxim。"

苦卖菜是菊科、野苦荬属植物。有些学者曾把本属归并与莴苣属(Lactuca)内，今按野苦卖属(Ixeri)记述。

苦卖菜分布于我国东北、华北，华东和华南等省区；朝鲜、俄国(远东地区)也有。广布于山坡、沟谷、灌丛、林缘、草甸、荒野、路边、田间地头，也常见于麦田。

苦卖菜就是我们家乡的荒山野岭中生长的一种野菜，群众叫它苦菜。大概就是《苦菜花》小说描写的那种野菜，荒年歉收时人们常采食它。公孙九娘有诗曰："苦菜一身苦，山丘荒野生。卑微无显赫，鲜嫩有殊荣。富者心中草，穷人碗里羹。餐桌刚殒逝，几日又葱茏。"

现在有人采了苦卖菜拿到城里去卖，城里人人不知道这是什么野菜，也不知道它的营养价值有多高。据现在的研究发现，它有促进肝功能再生和增强抑菌、抗病毒的功能。口味有些苦，但是对健康有益。

古代有记载："军行采之，人马皆可食也。"说明苦卖菜也是饲料。它高产优质，其叶量大，脆嫩多汁，适口性好，是马、猪、鸡、兔等畜禽的优质青嫩饲料。苦卖菜的利用以青饲为主，也可以青贮。以生喂为主，可切碎或打浆后拌入糠、糁饲喂。

2. 荼（苦苣菜）

苦苣菜（菊科, Sonchus ol-eraceus）又称芑、荼、荼草、选、蕛、游冬、苦菜、苦蕒、苦荬、褊苣、天香菜、天精菜、老鹳菜、滇苦菜等。是一年生草本，有纺锤状根。茎直立，中空，具乳汁，高50至100厘米。叶互生，叶片长椭圆状广倒披针形，长15至20厘米，宽3至8厘米，大头羽状深裂、半裂至全裂，裂片边缘有不整齐的短刺状齿至小尖齿。头状花序，直径约2厘米，排列成伞房状，舌状花黄色。瘦果，长椭圆形，具白色细软冠毛。

苦苣菜

习习谷风，以阴以雨。黾勉同心，不宜有怒。

采葑采菲，无以下体。德音莫违，及尔同死。

行道迟迟，中心有违。不远伊迩，薄送我畿。

谁谓荼苦？其甘如荠。宴尔新昏，如兄如弟。

泾以渭浊，湜湜其沚。宴尔新昏，不我屑以。

毋逝我梁，毋发我笱。我躬不阅，遑恤我后！

就其深矣，方之舟之。就其浅矣，泳之游之。

何有何亡，黾勉求之。凡民有丧，匍匐求之。

不我能慉，反以我为雠，既阻我德，贾用不售。

昔育恐育鞠，及尔颠覆。既生既育，比予于毒。

我有旨蓄，亦以御冬。宴尔新昏，以我御穷。

有洸有溃，既诒我肄。不念昔者，伊余来墍。

——《邶风·谷风》

注解参见第十二章。诗中"行道迟迟，中心有违。不远伊迩，薄送我畿。谁谓荼苦，其甘如荠。宴尔新昏，如兄如弟。"说出了弃妇的痛楚心情，只能回味着苦荼之苦，发出了"谁谓荼苦？其甘如荠"的感叹。

诗中的"荼"是指苦苣菜，俗称苦菜。《本草经》曹元宇辑注，苦菜注："《别录》云：'一名游冬。'陶疑即今茶叶，非是。《月令》：'王瓜生，苦菜莠。'《新修注》云：《诗》云'谁谓荼苦'，又云'堇荼如饴'，皆苦菜异名也。"

有句成语"如火如荼"，来自《国语·吴语》："万人以为方阵，皆白裳、白旂、素甲、白羽之矰，望之如荼……左军亦如之，皆赤裳，赤旆，丹甲，朱羽之矰，望之如火。"

荼这个名字容易和其他植物相混淆。刘绩补注："荼首，白首也。"指茅草、芦苇之类的花序，像火那样红，像荼那样白。原比喻军容之盛。现用来形容大规模的行动气势旺盛，气氛热烈。其实，荼在中唐以前还是茶的名称。《夏小正》中说的"七月灌荼"，此荼又指水稻。

《本草纲目》卷27《苦菜》："「释名」荼、苦苣、苦荬、游冬、褊苣、老鹳菜、天香菜。"又："「时珍曰」苦菜即苦荬也，家栽者呼为苦苣，实一物也。春初生苗，有赤茎、白茎二种。其茎中空而脆，折之有白汁。胖叶似花萝卜菜叶而绿带碧，上叶抱茎，梢叶似鹤嘴，每叶分叉，撺挺如穿叶状。开黄花，如初绽野菊。一花结子一丛，如同蒿子及鹤色子，花罢则收敛，子上有白毛茸茸，随风飘扬，落处即生。"李时珍将苦菜的特征记述甚详，这在明朝是难能可贵的，据特征与今苦苣菜相吻合。

童年时农村的生活很艰苦，可是民风很淳朴。村上的老人曾多次带着我们一帮小孩到河边、田野去采野菜。苦菜和荠菜我们都吃过，苦菜味苦，荠菜味淡甜。二者的味道的确悬殊。老人先把洗净的苦菜放在开水里煮一会儿，滤其苦水，再调菜吃，苦味就减轻了许多。可是老人说，苦菜吃了能退火。大诗人杜甫也吃过苦苣菜，他有诗句："苦苣刺如针，马齿叶亦繁。青青嘉蔬色，埋没在中园。"

苦苣菜是菊科、苦荬属植物。本属植物约40种，分布于北温带，有数种产于热带。我国有5种，其中苦苣菜可为蔬食。

苦苣菜生于山坡路边荒野处。遍布全国各省区。在国外主要分布在朝鲜、日本、蒙古、高加索、西伯利亚、中亚及远东地区和东南亚、南亚各国。多用作饲料，为饲养幼鹅的好青饲料，也有栽培作蔬菜，叶有苦味，人多不喜食。

苦荬菜、苦苣菜和荠菜（苦荬菜、苦苣菜、荠菜）

3. 荠（荠菜）

荠菜（十字花科，Capsella bursa-pastoris）又称护生草、净肠草、百岁羹、芊菜、鸡心菜、假水菜、薹菜、地菜、地米菜、菱闸菜等。是一年或二年生草本植物。高30至40厘米。主根瘦小，白色。茎直立，单一或从下部分枝。基生叶丛生，大头羽状分裂，长10至12厘米，宽1.5至2.5厘米，顶裂片卵形至长圆形，侧裂片3至8对，长圆形至卵形，茎生叶披针形，基部箭形抱茎，边缘有缺刻和锯齿。总状花序顶生或腋生，小花白色，有柄，花瓣4枚。短角果倒三角形，扁平，种子细小。

荠菜

习习谷风，以阴以雨。黾勉同心，不宜有怒。

采葑采菲，无以下体。德音莫违，及尔同死。

行道迟迟，中心有违。不远伊迩，薄送我畿。

谁谓荼苦？其甘如荠。宴尔新昏，如兄如弟。

泾以渭浊，湜湜其沚。宴尔新昏，不我屑以。

毋逝我梁，毋发我笱。我躬不阅，遑恤我后！

就其深矣，方之舟之。就其浅矣，泳之游之。

何有何亡，黾勉求之。凡民有丧，匍匐求之。

不我能慉，反以我为雠，既阻我德，贾用不售。

　　　　　　　　　　《诗经》动植物图说

昔育恐育鞫，及尔颠覆。既生既育，比予于毒。

我有旨蓄，亦以御冬。宴尔新昏，以我御穷。

有洸有溃，既诒我肆。不念昔者，伊余来墍。

——《邶风·谷风》

注解参见第十二章。

　　荠菜是人们很喜爱的野菜，齐者济也。此草饥荒时能果腹延生，战伤时可止血活命，功勋颇大。大家比较熟悉，民间有"三月三，荠菜赛灵丹"的说法，陆游也有"有食荠糁甚实美"诗句。荠菜也是春的使者，辛弃疾诗曰"城中桃李愁风雨，春在溪头荠菜花"正是反映了人们对春天的期盼。它的种子、叶和根都可以食用，人们常在早春采荠菜包饺子，清香可口。荠菜也是好饲料，牛、马、猪、羊均喜食。

　　《植物名实图考长编》卷4《荠》："《别录》：荠味甘，温，无毒。主利肝气，和中；其实主明目，目痛。陶隐居云：荠类又多，此是今人可食者，叶作菹、羹亦佳。《诗》云'谁谓荼苦，其味如荠'是也。"

　　《本草纲目》卷27《荠》："「释名」护生草「时珍曰」荠生济济，故谓之荠。释家取其茎作挑灯杖，可避蚊、蛾，谓之养生草，云能护众生也。"

　　荠菜是十字花科、荠属的植物。本属植物约有5种，其中荠菜为广布种，性喜温暖但耐寒力强，只要有足够的阳光，土壤不太干燥，荠菜都可以生长。生在山坡、田边及路旁。主产地中海地区、欧洲及亚洲西部，我国各地都有分布。野生于田野，古代已有种植，屈原在《离骚》中说"故荼荠不同亩兮"，表示古代已有种植，目前国内也有零星栽培。

荠菜种子受潮后分泌出黏稠的分泌物，可以粘住虫子（但不会吸收虫子的养分）。因此在水中可以消灭蚊子的孑孓，是一种有益的野草。该植物也是一种蜜源植物，因其数量多、分布广、花期早、有蜜粉，对早春蜂群繁殖很有利。

十四　来、牟是何物（小麦、大麦）

　　来、牟是何物？大家会被名字所迷惑。其实它们是古代对小麦和大麦的称呼，它们都是同属于禾本科的粮食作物，故放在一起讨论。

1. 来、麦（小麦）

　　小麦（禾本科, Triticum aestivum）又称秣、辣、釐等。是一年生或越年生粮食作物。根须状，根部有分蘖。茎中空，草质，高约1米，具4至7节。叶片条状披针形，宽1至2厘米，长20至37厘米，缘粗糙，绿色。穗状花序直立，长5至10厘米，小穗单生，含

小麦

3至5（至9）花，颖草质，卵圆形至长圆形，颖果大，长圆形，顶端有毛，腹面具深纵沟，不与稃片黏合而易脱落。

思文后稷①，克配彼天②。立我烝民③，莫菲尔极④。

贻我来牟⑤，帝命率育，无此疆尔界。陈常于时夏⑥。

——《周颂·思文》

注释：①文：文德，即治家功德。后稷：周人始祖，姓姬氏，名弃，植

　　　　五谷，号后稷。

　　　②克：能够。

　　　③立：指米食养育烝民。

　　　④极：极至功德。

　　　⑤贻：遗留。

　　　⑥陈：遍布。

　　《周颂·思文》此篇祭祀后稷的乐歌，意在歌颂周朝历代先王的丰功伟绩，强国、灭商、平乱，功勋卓著，养育了亿万生民。古人祭天（亦即上帝）往往以先王配享，因为人王被视为天子，在配享中便实现了天人之间的沟通，王权乃天授得以进一步确认。"后稷配天"的祭祀在南郊进行，非常隆重。这是古代巩固政权的具有重大意义的政治活动。诗中的"来牟"亦作"来麰（móu）"，指小麦和大麦，也是古时谷物的统称。说明祖先给我们留下了这么好的粮食，有无限功德。春季祭祀后稷，颂其功德并有祈求农业丰收之意。

　　《鄘风·桑中》中记载有"爰采麦矣"。其他如《鄘风·载

　　　　　　　　　　　《诗经》动植物图说

驰》《王风·丘中有麻》《魏风·硕鼠》《豳风·七月》《大雅·生民》《周颂·臣工》《鲁颂·闷宫》等篇中都有"麦"的记载。说明西周时黄河中下游已遍栽植小麦。古代也有方言，各地的叫法不同，有的地方叫"来"，有的地方叫"麦"。其实，"来"或"麦"都指小麦，字都来自象形文字。

《植物名实图考》卷1《小麦》："小麦，《别录》中品。《广雅》云：大麦牟也，小麦来也；土燥亦燥，土湿亦湿，南北不同，故贵贱异。"

《本草纲目》卷22《小麦》篇中说："来亦作秾。许氏《说文》云：天降瑞麦一来二秾，像芒刺之形，天所来也。如足行来，故麦字从来从夕。夕音绥，足行也。《诗》云：'贻我来牟'是矣。又云：來象其实，夕象其根。《梵书》名麦曰迦师错。"

小麦是禾本科、小麦属植物。本属植物约有20种，为重要的粮食作物，欧、亚大陆和北美广为栽培。考古学研究表明，小麦是新石器时代人类对其祖先植物进行驯化的产物，栽培历史已有万年以上。中亚的广大地区曾在史前原始社会居民点上发掘出许多残留的实物，其中包括野生和栽培的小麦干小穗、干籽粒、炭化麦粒以及麦穗、麦粒在硬泥上的印痕。我国常见者有4种和4变种。

我国是世界上小麦的起源中心之一。中国的小麦则由黄河中游向外传播，逐渐扩展到长江以南各地，并传入朝鲜、日本。15世纪至17世纪间，欧洲殖民者将小麦传至南、北美洲；18世纪，小麦才传到大洋洲。1995年，在我国安徽省亳县发掘的距今四千年前新石器时代遗存中，有大量的小麦炭化籽粒。经鉴定证明是我国最古老最完整的普通小麦化石标本，称为中国古小麦。在河南安阳殷墟出土的甲骨文中就有"麥"字和"來"字，以及卜辞"告麥"的记载，说明小麦很早已是河南北部的主要栽培作物。近年中国发现西藏高原存在麦穗于早期自行断节的普通小麦原始类型散生于普通麦田；新疆伊犁河谷分布有大片的节节麦原始群落，而黄河中游地区早就有节节麦散生于麦田中。

小麦富含淀粉、蛋白质、脂肪、矿物质、钙、铁、硫胺素、核黄素、烟酸及维生素A等，是我国民众食用的主要粮食作物。

小麦在我国种植面积大，主要产于河南、山东、江苏、河北、湖北、安徽等省。据资料称：1998年，我国小麦播种面积为4.4661亿亩，总产1.0973亿千克；2009年小麦播种面积为3.5426亿亩，总产1.1246亿千克。全国十年小麦播种面积减少20.7%（近1亿亩），而单产增长29.2%，总产增长2.5%，这是科学技术做出了重要贡献。

《诗经》动植物图说

2. 牟（大麦）

大麦（禾本科，Hordeum vulgare）又称牟、麰、䵀、牟麦等。是越年生粮食作物。根须状。茎直立，草质，粗壮，光滑无毛，高50至100厘米。叶片披针形，长9至20厘米，宽6至20毫米，扁平。穗状花序长3至8厘米（芒除外），每节着生三个小穗，小穗均无柄，顶端具毛，芒长8至15厘米，颖果熟时粘着于稃内，不脱出。

大麦

思文后稷，克配彼天。立我烝民，莫菲尔极。

贻我来牟，帝命率育，无此疆尔界。陈常于时夏。

——《周颂·思文》

注解参见本章前文。

诗中的"牟"即是大麦，生活在城市的人很少见到大麦，有的也分不清楚大麦和小麦。《本草纲目》卷20《大麦》篇中说："牟麦「时珍曰」麦之苗、粒皆大于来，故得大名，牟亦大也。通作麰。"

《植物名实图考长篇》卷1《大麦》篇中说："《尔雅翼》：麰者，周所受瑞麦来麰也，一作牟，又作麳，即今之大麦。《说文》云：牟，大也，盖生于杏二百日而秀，秀后五十日而成。"又：

"故《诗》曰：贻我来牟，又曰：于皇来牟。刘向以为麰麦也，始自天降，此皆以和致和获天助也。"

大麦是禾本科、大麦属植物。本属植物约30种，分布于全球温带或亚热带的山地或高原地区，在新旧大陆各有10多种。我国连同栽培者约15种（包括变种）。其中有粮食作物，多数为优良牧草。大麦的栽培历史早于小麦，公元前7000—前6000年在中东就有栽培。我国古代已广泛种植。栽培大麦由野生大麦演化而来。20世纪70年代中国某些学者认为栽培大麦起源于野生二棱大麦，经由野生二棱大麦到野生六棱大麦，再演化成栽培大麦。

我国现在大麦种植面积和总产量居稻、小麦、玉米和粟之后为第五位。我国北部、西部、黄河流域、淮河流域种植广泛。大麦是重要的饲料作物和酿造原料，少数用作粮食。幼年时，老人将大麦磨成粗粉粒，称为大麦糁子，用来制作大麦粥饭，吃起来滑润、有麦香。

十五　稌、菽、黍、粟（稻、大豆、稷、粱）

稌、菽、黍、粟是几种粮食作物，只是古代的称谓与现在有所差别罢了。我们一起来探讨。

1. 稌（稻）

稻（禾本科，Oryza sativa）又称粳、秔、秜、糯、稌、粳稻、糯稻、籼稻等。一年生粮食作物。秆直立，高30至100厘米，叶舌膜质，披针形，叶片披针形线状披针形，长40厘米左右，宽约1厘米，无毛，粗糙。圆锥花序大型疏展，长约30厘米，分枝多，小穗矩圆形，含3小花。颖果长约5毫米，宽约2毫米。

稻

丰年多黍多稌，亦有高廪[1]，万亿及秭[2]。

为酒为醴③，烝畀祖妣④，以洽百礼⑤，降福孔皆⑥。

——《周颂·丰年》

注释：①廪：粮仓。

　　　②亿：周代以十万为亿。秭（zǐ）：数词，十亿。

　　　③醴（lǐ）：甜酒。

　　　④烝：献。畀（bì）：给予。祖妣：男女祖先。

　　　⑤洽：配合。百礼：各种礼仪。

　　　⑥孔：很。

　　《周颂·丰年》是丰收年举行庆祝、祭祀的颂歌。我国上古的西周时代是农业社会，耕耘播种、丰收祭祀，皆为远古时期社会生活中的大事。该文有叙述、有渲染，很类似现在的报告文学。只是文字极为精炼，蕴意丰满。诗一开头写出"丰年多黍多稌，亦有高廪"，说明粮食谷物（黍、稌），贮藏在的高大仓廪里，再加上抽象的难以计算的数字（万、亿、秭）描绘和渲染出壮观的丰收景象。这种祭祀主祭天神，也祭祖妣。因为来之不易的丰收既是人事，更是天意，所谓"谋事在人，成事在天"。古人认为丰收归根结底是上天的恩赐，所以诗的后半部分就是感谢上天。诗中"烝畀祖妣"是把丰盛祭品献给祖先，以期保佑。"降福孔皆"既是对神灵、祖先已赐恩泽的赞颂，也是对神灵和祖先进一步赐福的祈求。该诗真实地记录了周朝的农业生产、宗教活动和风俗礼制，反映了当时的生产方式、生产规模、农业经济繁荣，以及生产力发展的水平。

诗中的"稌"即稻。《植物名实图考》卷2《稻》篇中说："《尔雅》：稌，稻。《注》今沛国呼稌疏，别二名也。郭云：今沛国呼稌。《诗·周颂》云：丰年多黍多稌。《礼记内则》云：牛宜稌。《豳风》七月云：十月获稻，是一物也。"

在《唐风·鸨羽》中有"王事靡盬，不能蓺稻粱"。在《豳风·七月》中有"八月剥枣，十月获稻"。《小雅·白华》有"滮池北流，浸彼稻田"。《鲁颂·閟宫》中有"有稷有黍，有稻有秬"。各篇中的"稻"与《周颂·丰年》中的"稌"为一物。稻、稌乃一物，是稻的不同叫法。

稻的栽培历史久远，我国种稻领先于他国，稻的栽培历史悠久，早在神农时代就有种植。1973年在浙江余姚市河姆渡村新石器时代遗址中发现距今6700年的遗存稻谷。在距今1800多年前的东汉《说文》一书中就有籼粳名称的记载，中国是世界上唯一的籼、粳栽培并重的国家。中国是世界上水稻栽培的起源国，根据1993年中美联合考古队在道县玉蟾岩发现古栽培稻，距今已有14000—18000年的历史，据知是目前世界上最早的稻谷。河南省渑池县仰韶文化遗址中的陶片上有稻谷痕迹，洛阳市郊古墓中有粳稻谷粒。在我国甲骨文中有稻、糯、秔等不同稻谷的原体字。中国的古稻有些甚至被科学家拿来重新种植，并加入杂交稻的品种当中。

稻是禾本科、稻属植物。本属植物约10种，大都分布在热带地区。我国有3种，其中稻广为栽培，是我国主要粮食作物之一。

　　现代种植的水稻的主要产区在华东、华中、华南和西南。华北、东北也有。大都属于亚洲原产的稻。多生长在低洼、平原地带。

　　目前中国也是世界上最大的稻米生产国家，占全世界35%的产量。在中国的南方主要生产籼稻，北方生产粳稻。我国人民喜爱吃大米饭，又有在农历新年时吃元宵（汤圆）、年糕及萝卜糕，在端午节吃粽子的传统习惯。提到水稻，我们不会忘记袁隆平院士，他在1973年成功用科学方法生产出世界上首例杂交水稻。此后他的吨粮计划为我国乃至世界稻米增产做出了划时代的巨大贡献，因此他被称为"杂交水稻之父"。近些年我国稻米连年丰产，但是也不要忘记节约粮食，以备荒年。大家都会记得李绅的《悯农》诗："锄禾日当午，汗滴禾下土。谁知盘中餐，粒粒皆辛苦。"在习近平领导下的新一届政府倡导节约，打击奢靡之风的"光盘行动"大得人心。

2. 菽、任菽（大豆）

大豆（豆科，Glycine max）又称卡、戎菽、荏菽、毛豆等。是一年生草本，高60至90厘米。茎粗壮，直立，具棱，密被褐色长硬毛。常具3小叶，托叶宽卵形，渐尖，叶柄长2至20厘米，叶片纸质，宽卵形，顶生一枚较大，长5至12厘米，宽2.5至8厘米，先端渐尖或近圆形，具小凸尖，基部宽楔形或圆形，侧生小叶较小，斜卵形。总状花序腋生，苞片披针形，有毛，萼钟形，5齿，蝶状花，紫色、白色或淡紫色，长4.5至8毫米。荚果肥大，长圆形，稍弯，黄绿色，长4至7.5厘米，密被褐黄色长毛。种子2至5颗，椭圆形、近球形。

大豆

六月食郁及薁，七月亨葵及菽。八月剥枣，十月获稻。为此春酒，以介眉寿。七月食瓜，八月断壶，九月叔苴。采荼薪樗，食我农夫。

九月筑场圃，十月纳禾稼。黍稷重穋，禾麻菽麦。嗟我农夫，我稼既同，上入执宫功。昼尔于茅，宵尔索绹。亟其乘屋，其始播百谷。

二之日凿冰冲冲，三之日纳于凌阴。四之日其蚤，献羔祭韭。九月肃霜，十月涤场。朋酒斯飨，曰杀羔羊。跻彼公堂，称彼兕觥，万寿无疆！

——《豳风·七月》后三章

注解参见第十二章，诗中的"菽"即大豆。《植物名实图考》卷《大豆》篇中说："大豆，《本经》中品，叶曰藿，茎曰萁，有黄、白、黑、褐、青斑数种。其嫩荚有毛，花亦有红、白数色，豆皆视其色以供用。雩娄农曰：古语称菽，汉以后方呼豆，五谷中功兼羹饭者也。"

《大雅·生民》篇中有"蓺之荏菽，荏菽旆旆"之句。其中的"荏菽"也是大豆。《植物名实图考长编》卷1《大豆》篇中说："《尔雅》戎叔，谓之荏菽，《注》：即胡豆也。《疏》孙炎云：大豆也。《诗大雅生民》蓺之荏菽，荏菽旆旆。郑《笺》亦以为大豆也。"

大豆是豆科、大豆属植物。本属植物约10种，分布于东半球热带、亚热带至温带地区。我国产6种。世界公认大豆是我国先民培育出来的，大豆起源于中国，从中国大量的古代文献可以证明。在我国新石器时代遗址中发现过大豆的残留印痕。北京自然博物馆展出过山西侯马出土的2300多年前的10粒古代大豆。1953年在洛阳烧沟汉墓中，发掘出距今2000年的陶仓上用朱砂写的"大豆万石"，同时出土的陶壶上有"国豆一钟"四字。古代书籍记述菽、大豆多矣。据推算，我国种植大豆历史约有四五千年之久。

汉司马迁（前145—前93）编的《史记》中，头一篇《五帝本纪》中写道："炎帝欲侵陵诸侯，诸侯咸归轩辕。轩辕乃修德振兵，治五气，鞠五种，抚万民，庆四方。"郑玄曰："五种，黍稷菽麦稻也。"由此可见轩辕黄帝时已种菽。朱绍侯主编的《中国古代史》中谈到商代经济和文化的发展时指出："主要的农作物，如黍、稷、粟、麦（大麦）、来（小麦）、秕、稻、菽（大豆）等都见于《卜辞》。"

大豆是豆类中营养价值最高的品种，在百种天然的食品中它名列榜首，含有大量的优质蛋白质和不饱和脂肪酸，以及多种微量元素、维生素。大豆蛋白质含量约为35%—40%，且所含氨基酸较全，尤其富含赖氨酸，正好补充了谷类赖氨酸不足的缺陷，所以应以谷豆混食，使蛋白质互补。大豆还含有丰富的不饱和脂肪酸、钙及B族维生素。大豆中脂肪含量约为15%—20%，其中不饱和脂肪酸占85%，亚油酸高达50%，且消化率高，还含有较多磷脂。大豆中碳水化合物含量约为25%—30%，大豆中含有丰富的磷、铁、钙，每100g大豆中分别含有磷571mg、铁11mg、钙367mg，明显多于谷类。大豆中维生素B1、维生素B2和烟酸等B族维生素含量也比谷类多数倍，并含有一定数量的胡萝卜素和丰富的维生素E。大豆经加工可制作出很多种豆制品，是高血压、动脉硬化、心脏病等心血管病人的有益食品。

3. 黍（稷）

稷（禾本科，Panicum miliaceum）又称粢、明粢、穄、糜、秫、穄、穈稈、秬、秠、黄米、芑、糜、芎合等。是一年生粮食作物。秆粗壮，直立，高40至120厘米，单生或少数丛生，有时有分枝，节密被髭毛，节下被疣基毛。叶鞘松弛，被疣基毛，叶片线形或线状披针形，长10至30厘米，宽5至20厘米。疏散状圆锥花序，成熟时下垂，长10至30厘米，分枝粗或纤细，具棱槽，小穗卵状椭圆形，成熟后因品种不同，而有黄、乳白、褐、红和黑等色。颖果椭圆形，平滑，长约3毫米。

稷

彼黍离离①，彼稷之苗。行迈靡靡②，中心摇摇。

知我者谓我心忧，不知我者谓我何求。悠悠苍天③，此何人哉！

彼黍离离，彼稷之穗，行迈靡靡④，中心如醉⑤。

知我者谓我心忧，不知我者谓我何求。悠悠苍天，此何人哉⑥！

彼黍离离，彼稷之实⑦。行迈靡靡，中心如噎。

知我者谓我心忧，不知我者谓我何求。悠悠苍天！此何人哉？

——《王风·黍离》

《诗经》动植物图说

注释：①离：繁茂貌。

②靡靡：迟迟、缓慢的样子。

③悠悠：遥远的样子。

④行迈：远行。

⑤中心：内心。

⑥此何人哉：指故国沦亡是谁造成的呢？

⑦实：籽粒。

《王风·黍离》这是一首有感家国兴亡的诗。表达周室东迁后，大夫行役至于宗周，看到以前的宗庙宫室尽成一片黍和稷穆生的废墟，触景伤情，发为咏叹。诗中的"彼黍离离"重复三句，同后面的"行迈靡靡""悠悠苍天""此何人哉"都重复三句，是同样的咏叹手法。至于"彼稷之苗、之穗、之实"，乃指行役往来，固非一见也。黍离之悲成为重要典故，用以指亡国之痛。

《诗经》中常把黍、稷连称，周族的祖先称后稷，可见黍、稷在周代已是重要作物。但是，黍和稷到底是同一种作物或是两种不同的作物？学者说，千余年来文献中一直争辩不休。以稷为粟和以稷为黍的，各自引经据典，互相辩驳，积累的文字令人目眩，而且枝节横生，又有以稷为高粱的插曲，附和者都是经学大师、训诂名家。除以稷为高粱已遭摈弃外，稷即粟和稷乃黍（穄）的争论仍未结束，就其影响来说，似以稷（穄）为黍之说占优势。故从此说，稷即穄，即黍是正确的。

东汉许慎在《说文》中说："稷，穄也。""穄，稷也。"

《本草纲目》卷23《稷》篇中说："稷与黍，一类二种也。黏者为黍，不黏者为稷。稷可作饭，黍可酿酒。犹稻之有粳与糯也。"又在《黍》篇中说："黍乃稷之黏者。亦有赤、白、黄、黑数种，其苗色亦然。"

现代《中国植物志》卷10〈1〉《稷（本草纲目）》中说："黍（本草纲目），穈（毕氏：中国植物学）学名Panicum miliaceum L。"

在《诗经》中对黍、稷还有其他称谓。如《大雅·生民》中有"诞降嘉种，维秬维秠，维穈维芑，恒之秬秠，是获是亩，恒之穈芑，是任是负，以归肇祀"之句。其中的"秬""秠""穈""芑"与《王风·黍离》中的黍、稷为同物。

《广群芳谱》卷9《黍》："黍（《氾胜之书》云：黍者暑也，待暑而生，暑后乃成也。《说文》云：黍可为酒，从禾入水为意。六书《精蕴》云：禾下从氽，象细粒散垂之形。《古今注》云：禾之黏者为黍。）一名秬（《尔雅》云：秬，黑黍。）一名秠（《尔雅》云：秠一稃二米，注云：此亦黑黍，但中米异耳。）有黄、白、黎三色，米皆黄，比粟微大，北人呼为黄米。"

黍（稷）是禾本科、黍属植物。本属植物约500种，分布于全世界热带和亚热带，少数分布达温带。我国有18种、2变种（包括引种归化种）。其中的黍原产我国，是我国最早栽培的谷物之一。自有农耕历史以来就开始种植。马王堆一号汉墓出土文物中有竹简文字记载农作物名称中包括稻、小麦、黍（稷）、粟、大麻等。至今仍是我国北方旱作区及盐碱较重灌区的主要粮食作物之一。主要分布在西北、华北、东北地区，南方只有零星种植。

黍（稷）由于长期栽培选育，品种繁多，大体分为黏或不黏两类。《本草纲目》称黏者为黍，不黏者为稷；民间又将黏的称黍，不黏的称穄。黍子的蛋白质含量12%左右，最高可达14%以上；淀粉含量70%左右，其中糯性品种为67.6%，粳性品种为72.5%。糯性品种中直链淀粉含量很低，优质糯性品种不含直链淀粉。粳性品种中直链淀粉含量一般为淀粉总量的4.5%—12.7%，平均为7.5%；脂肪含量3.6%，此外还含有β-胡萝卜素、维生素E、维生素B6、B1、B2等多种维生素和丰富的钙、镁、磷及铁、锌、铜等矿物质元素。民间常用来做年糕或酿酒，秆叶可为牲畜饲料。

4. 粟（粱）

粱（禾本科, Setaria italica）
又称芑萁、黄粱、白粱、青粱、
禾、谷、粟、小米等。是一年生粮
食作物。须根粗大。秆粗壮，直
立，高0.1至1米或更高。叶鞘松
裹茎秆，边缘密具纤毛，叶片长
披针形，长10至45厘米，宽5至33
毫米。圆锥花序呈圆柱状或近纺

粱

缍状，通常下垂，有刚毛，黄色、褐色或紫色，小穗椭圆形或近
圆球形，长2至3毫米，黄色、桔红色或紫色。谷粒卵圆形或圆球
形，质坚硬。

　　黄鸟黄鸟，无集于穀[①]，无啄我粟。此邦之人，不我
肯穀[②]。言旋言归[③]，复我邦族[④]。

　　黄鸟黄鸟，无集于桑，无啄我粱。此邦之人，不可与
明[⑤]。言旋言归，复我诸兄[⑥]。

　　黄鸟黄鸟，无集于栩，无啄我黍。此邦之人，不可于
处。言旋言归，复我诸父。

——《小雅·黄鸟》

注释： ①穀（gǔ）：指松树。

　　　　②不我肯穀：不肯与我相善。

③言：乃。旋：回还。

④复，返。

⑤明：犹言晓。

⑥诸兄：兄弟辈。

　　《小雅·黄鸟》是诗人为背井离乡的苦难大众喊出的悲愤之声。孔颖达疏："我今回旋，我今还归，复反我邦国宗族矣。"反映的是当时社会政治腐败、经济衰退、世风日下之坏乱景象。诗中"无啄我粟""无啄我粱""无啄我黍"是在警告，是在呐喊！所要表达的是一种不堪忍受剥削和压榨的愤怒，也表达出"复我邦族"与父兄团聚的强烈愿望。

　　诗中的"粟""粱"都是指谷子，植物学上称为"粱"。《诗经》在《魏风·伐檀》中有"不稼不穑，胡取禾三百廛兮"之句；在《豳风·七月》中有"九月筑场圃，十月纳禾稼。黍稷重穋，禾麻菽麦"之句。其中的"禾"也是指"粱"，俗称谷子。

　　《中国栽培植物发展史》："禾，嘉谷也，二月始生，八月而熟，得时土中，故谓之禾。"又据明《本草纲目》卷23《粱》："［时珍曰］粱者，良也，谷之良者也。或云种出自粱州，或云粱米性凉，故得粱名，皆各执己见也。粱即粟也。"可见古代是将禾、粱、粟、谷都视为同一种作物。今将粟定为粱的变种：Setaria italic- var.germanica（Mill.）Schrad。粟与粱的特征相近，仅茎稍矮，刚毛稍短，古代很难区分，不再另作介绍。

梁是禾本科、狗尾草属植物。本属植物约有130种，广布于世界热带和温带地区。多数产于非洲。我国产15种、3亚种、5变种。本属多数植物具有重要的经济价值，栽培植物谷（小米）是我国北方的主要粮食作物之一，营养价值颇佳。

梁属于耐旱稳产作物，是我国北方人民的主要粮食之一。原产中国，我国种植的历史悠久。在新石器时代的西安半坡村、河北磁山、河南裴李岗等距今已有六七千年的文化遗址，发现有出土粟粒。有资料称我国目前的产量占世界小米类作物产量的24%，其中90%栽培在中国。我国北方有较广泛的种植，华北为主要产区。

大家不会忘记，革命战争时期"小米加步枪"立下了赫赫功勋。谷粒的营养价值很高，含丰富的蛋白质、脂肪和维生素（据中央卫生研究院的分析，含蛋白质9.7%，脂肪1.7%，碳水化合物77%，而且在每100克小米中，含有胡萝卜素0.12毫克，维生素B1 0.66毫克和维生素B2 0.09毫克，这是其他谷类作物所不及的）。其茎叶又是牲畜的优等饲料，它含粗蛋白质5%—7%，超过一般牧草的含量1.5—2倍，而且纤维素少，质地较柔软，为骡、马所喜食。其谷糠又是猪、鸡的良好饲料。

十六　香青与芩草（香青、芩草）

鹿食之草约有108种之多，《小雅·鹿鸣》中提到了苹、蒿、芩3种。蒿是蒿属植物，放到"蒿的家族姊妹多"中讨论。本篇仅介绍苹和芩。

1. 苹（香青）

香青（菊科，Anaphalis sinica）又称苹、蘒蒿等。是多年生草本植物。根状茎木质，有细匍枝，茎直立，疏散或密集丛生，高20至50厘米，被白色棉毛。单叶互生，下部叶在下花期枯萎。中部叶倒披针长圆形，长2.5至9厘米，宽0.2至1.5厘米，沿茎下延成翅，叶两面被白色棉毛常杂有腺毛。头状花序多数，密集成复伞房状，总苞钟形。苞片乳白色或污白色。雌株有多层雌花，中央有1至4朵雄花。瘦果，有腺点。

香青

呦呦鹿鸣①，食野之苹。我有嘉宾，鼓瑟吹笙。吹笙鼓簧，承筐是将。人之好我，示我周行②。

呦呦鹿鸣，食野之蒿。我有嘉宾，德音孔昭③。视民不恌，君子是则是效。我有旨酒，嘉宾式燕以敖④。

呦呦鹿鸣，食野之芩。我有嘉宾，鼓瑟鼓琴。鼓瑟鼓琴，和乐且湛。我有旨酒，以燕乐嘉宾之心。

——《小雅·鹿鸣》

注释：①呦（yōu）呦：鹿的叫声。

②周行（háng）：大道，引申为大道理。

③德音：美好的品德声誉。孔：很。

④式：语助词。燕：同"宴"。敖：同"遨"，嬉游。

《小雅·鹿鸣》是古人在饮宴上场所唱的歌曲。《毛序》中说："《鹿鸣》，燕群臣嘉宾也。既饮食之，又实币帛筐篚（fěi，盛物的竹器）以将其厚意，然后忠臣嘉宾得尽其心矣。"朱熹《诗集传》云："此燕（宴）飨宾客之诗也。"诗共三章，每章八句，开头皆以鹿鸣起兴。诗自始至终洋溢着欢快的气氛，它把宾客从"呦呦鹿鸣"的意境带进"琴瑟笙歌"的场景中，给与会嘉宾以强烈的感染。

诗的首章写热烈欢快的音乐声中，有人"承筐是将"，献上竹筐所盛的礼物。酒宴上献礼馈赠的古风，即使到了今天，宴会上仍可以看到。然后主人又向嘉宾致辞："人之好我，示我周行。"也就是"承蒙诸位光临，示我以大道"一类的客气话。在我国，宴饮从来都是同文化密切联系着的，人们赋予了它许多特定的内涵，用以表达某种意义。这里的饮宴有协调群臣关系的意味。

诗中的"苹"是一种野草，名叫"苹"的植物有多种，有水生的，常见的如青萍、水萍、无根萍和大萍，一种是陆生的苹。诗中"呦呦鹿鸣，食野之苹"的苹，是鹿的食草之一，应是陆生的苹。《植物名实图考长编》卷13《水萍》项下记载："《说文解字注》：苹，萍也。无根浮水而生者。《小雅》呦呦鹿鸣，食野之苹。《传》曰：苹，萍也。《释草》苹字两出，一曰萍，一曰藾萧。《郑笺》以水中之艸，非鹿所食，易之曰：苹，藾萧也。"

又查《辞海》上卷苹条中记载："植物名。也叫'藾蒿'。《尔雅·释草》：'苹，藾萧。'郭璞注：'今藾蒿也，初生亦可食。'《诗·小雅·鹿鸣》：'食野之苹'。"

又查《中国植物志》卷75《香青》："香青（浙江）通肠香（浙江），萩（《尔雅》），籁箫（《尔雅》）。"

鹿和羊、牛一样是食草动物，吃的草多种多样，主要以禾本科、豆科的野草类为主。有18种是鹿最喜爱吃的，例如血桐、桑叶、苜蓿草、狼尾草等。而鹿场里喂食的主要是苜蓿草、狼尾草，但苜蓿草冬天长不起来，所以用花生藤来代替，其他还有大豆渣、粒状饲料、盘固拉干草。鹿草最主要的营养成分有蛋白质和矿物质。那狼尾草的蛋白质只有2％，但苜蓿草有8％左右，足足多了6％。

李时珍《本草纲目·草四》《牡蒿》中说："鹿食九草，此其一也。"又在《本草纲目·草五》《萱草》中说："鹿食九种解毒之草，萱乃其一。"又在《本草纲目·草七》《葛》中说："鹿食九草，此其一种。"

鹿食之草中大约有60多种有毒的草本植物，它们包括毛茛科铁筷子属约20种多年生草本植物和百合科藜芦属约45种植物。这些草本植物的一个共同点就是具有毒性，其中有些还是剧毒植物。李时珍说的是鹿食其他九种解毒之草，据说是葛叶花、鹿葱（萱草）、鹿药（萎蕤）、白蒿、水芹、甘草、齐头蒿、山疙耳、荠苨。李时珍说的是否是这九种草，也很难说是准确的。

香青产我国北部、中部、东部及南部。生于低山或亚高山灌丛、草地、山坡和溪岸，海拔400—2000米。目前尚未由人工引种栽培。

有学者认为，此种常被误称为"籁萧""萩"。但《尔雅》的籁萧、荻、蓨等，据考证都应为蒿属（Artemisia）植物。存以备考。

　　　　　　　　　　　　　　　《诗经》动植物图说

2. 苓（苓草）

苓草（禾本科, Phragmites japonica Steud. var.pumila）又称竹头草，是多年生草本植物。茎部末节生有匍匐枝，节上生有短软毛。叶互生，阔披针形，叶鞘带紫色。夏秋间出花穗，开多数小颖花，排列成圆锥花絮。

苓草

呦呦鹿鸣，食野之苹。我有嘉宾，鼓瑟吹笙。吹笙鼓簧，承筐是将。人之好我，示我周行。

呦呦鹿鸣，食野之蒿。我有嘉宾，德音孔昭。视民不恌，君子是则是效。我有旨酒，嘉宾式燕以敖。

呦呦鹿鸣，食野之苓。我有嘉宾，鼓瑟鼓琴。鼓瑟鼓琴，和乐且湛⒀。我有旨酒，以燕乐嘉宾之心。

——《小雅·鹿鸣》

注解参见本章前文。

诗中的"呦呦鹿鸣，食野之苓"苓，是一种野草，古代典籍中也很少记载。《唐韵》中说："《说文》草也。《诗·小雅》呦呦鹿鸣，食野之苓。《疏》根如钗股，叶如竹，蔓生泽中下地咸处为草，真实牛马亦喜食之。"

《植物名实图考》卷14："李衎《竹谱》：竹头草，在处有之，枝如莠，叶长五七寸，宽一寸许，有细勒道，望之如簇丛丛，秋生白花，如菰蒋状。或云无竹处，卒欲煮药，取此药以代之，其性与澹竹同，今东阳酒匠，真呼此为淡竹叶，每年夏伏采之，按陆疏，芩草茎如钗股，叶如竹，蔓生，泽中下地咸处为草真实，牛马皆善食之按此形状，与此正合，牛马皆喜食，信然。此草《本草》诸书不载，故注《诗》者皆无引据。"

《毛诗品物图考》卷2《食野之芩》："《传》：芩草也。《集传》：茎如钗股，叶如竹，蔓生。芩无地不生，有两种，大曰和被十黄，小曰迷被十黄，叶如竹而柔软，宜牛马食之。"

又见《诗草木今释》中描述芩："芩草（诗疏），蔓苇（俗名）。禾本科，学名Phragmites japonica Steud. var.pumila。"关于芩的注释，有多种，曾有学者以"芹"释"芩"，认为"食野之芩，亦当是水芹。芩、芹音相近耳。"看来不足为信。其他像蕺菜、黄芩皆有芩名，但形态、功能都不相类，不大可能是鹿食之草。

芩草全国多有分布。主要产于我国江浙、华南、西南等地。生于近水处，可作牧草。

十七　蒿的家族姊妹多（蒌蒿、大籽蒿、牛尾蒿、艾蒿、青蒿、牡蒿）

菊科的蒿属是个大家族。本属植物全球约有350种以上，我国有186种之多。分布遍及全国各地。《诗经》中涉及蒌蒿、大籽蒿、牛尾蒿、艾蒿、青蒿、牡蒿，现将它们放在一起欣赏它们的风貌与功用。

1. 蒌（蒌蒿）

蒌蒿（菊科, Artemisia selengensis）又称购、蔏蒌、由胡、游胡、蔏蒿、芦蒿、水艾、香艾、白蒿等。是多年生草本植物。根状茎上有节，节上着生隐芽和不定根。高约60至150厘米。叶互生，掌状5深裂或指状3深裂，长10至18厘米，叶下被白茸毛。多数小头状花序，排列成复穗状花序，具短梗及线形苞叶，花冠筒状，呈淡黄色。瘦果卵形。

蒌蒿

南有乔木，不可休息；汉有游女，不可求思。

汉之广矣，不可泳思；江之永矣，不可方思。

翘翘错薪①，言刈其楚②；之子于归，言秣其马。

汉之广矣，不可泳思；江之永矣，不可方思。

翘翘错薪，言刈其蒌；之子于归，言秣其驹。

汉之广矣，不可泳思；江之永矣，不可方思。

——《周南·汉广》

注释：①翘翘：丛生貌。错薪：杂树丛。

②刈（yì）：本义割（草）。

　　《周南·汉广》是一首古代男子单相思的哀歌。方玉润在《诗经原始》曾写道："首章先言乔木起兴，为采樵地；次即言刈楚，为题正面；三兼言刈蒌，乃采薪余事。"主人公是个樵夫，他钟情于一位美丽的姑娘，却难遂心愿，情思缠绵，遐想多多。面对浩渺的江水，唱出了惆怅的诗歌。

　　《周南·汉广》中有一个看点："汉之广矣，不可泳思；江之永矣，不可方思。"他得出结论是，这么好的女子，想要抱得美人归，是可望不可求的，不是轻易能追求得到的。《汉广》中说的是一个男子追求汉水游女不得的事，《蒹葭》则是一不知道是男人还是女人追求"伊人"不得的事。有一点是相同的，都写出了这一爱情是可望而不可及的。不过，这虽然不可求，诗人的心灵

《诗经》动植物图说

境界却始终是无限向往、无限开放、积极向上的。通过意象节奏来展示心态的变化；运用对立意象突出其主题。

蒌蒿是一种多年生保健蔬菜，清香鲜美，脆嫩可口，营养丰富，风味独特。我小时候吃过蒌蒿嫩苗，先用清水浸泡，除去涩味，再用细盐略腌，沥干水分，然后大火爆炒，浇上麻油，吃起来是脆嫩无比，清香四溢。

蒌蒿的古名较多，古人称它为"购""蒿"，意为通过商贾购买才能得到。称"蒌"言其高，有楼高之意。清《毛诗品物图考》卷1《言刈其蒌》："《传》：蒌草中之翘翘然；《集传》：蒌，蒌蒿也。叶似艾，青白色，长数寸，生水泽中。"古代说的蒌、由胡，即现代植物学上的蒌蒿，是同属植物中唯一可莘水而生的植物。皤蒿即大籽蒿，请参看下面"繁"篇。

《尔雅·释草》中关于"购、蒿蒌"，晋郭璞注："蒿蒌，蒌蒿也。生下田，初出可啖，江东用羹鱼。"蒌蒿嫩芽叶可食。宋代大文学家苏轼更有一首脍炙人口的《惠崇春江晓景》诗："竹外桃花三两枝，春江水暖鸭先知。蒌蒿满地芦芽短，正是河豚欲上时。"苏东坡竟会想到用"蒌蒿"烩羹，合用"河豚"做菜，这道菜的美味会让人垂涎三尺的。元乔吉的《满庭芳·渔父词》曲中也有"蒌蒿香脆芦芽嫩，烂煮河豚"的说法。黄庭坚的"蒌蒿芽甜草头辣"、陆游的"旧知石芥真尤物，晚得蒌蒿又一家"等，都说明蒌蒿是人们喜爱的一种野蔬。

蒌蒿是菊科、蒿属的植物。蒿属植物约350多种，主要分布在亚洲、欧洲及美洲的温带、寒温带及亚热带地区。我国有186种、44个变种，生命力强，遍布全国。多生于水边堤岸或沼泽中。野生种广泛分布于东北、华北、华中等省区。

其营养价值可与马铃薯媲美，同时也可充当肝脏贮备肝糖原而起解毒的作用。蒌蒿还含有芳香油，可作香料。

2. 蘩（大籽蒿）

大籽蒿（菊科，Artemisia sieversiana）是二年生草本植物。又称蘩、蘩母、旁勃、蓬蒿、大白蒿、白蒿、白艾蒿、臭蒿子、幡蒿等。主根纺锤形，茎直立，高50至100厘米，茎、枝被白毛。单叶互生，有柄，叶片宽卵形或宽三角形，二至三回羽状深裂，小裂片条形或条状披针形，两面被伏柔毛和腺点。头状花序半球形，排列成复总状花序。小花管状，黄色。瘦果狭长，倒卵形，具纵纹，黄褐色。

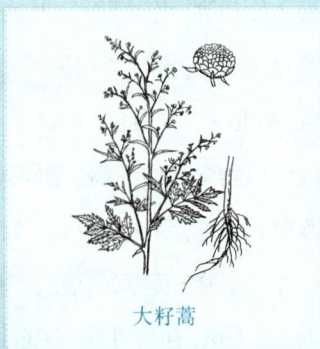
大籽蒿

于以采蘩，于沼于沚①；于以用之，公侯之事。
于以采蘩，于涧之中②；于以用之，公侯之宫。
被之僮僮，夙夜在公③；被之祁祁，薄言还归。

——《召南·采蘩》

注释：①沼；沼泽。沚（zhǐ）：水中小洲。

②涧：山夹水也。

③夙夜在公：勤于公务。

  《召南·采蘩》这是一首反映贵族夫人为祭祀而劳作的诗。朱熹《诗集传》中说："南国被文王之化，诸侯夫人能尽诚敬以奉祭祀，而其家人叙其事以美之也。"古代贵族夫人也确有主管宗庙祭祀的职责，但并不直接从事采摘、洗煮等劳作。文中称"夙夜在公"，又说明所忙碌的地方为"公侯之宫"，其口吻显示的自是供"役使"的"宫女"之类的身份。

  此诗仍是三章叠咏，而其主要特色在于前两章以一问一答出之。末章写其仪容。

  行文以问答的形式，很特别。问之简洁，显出采蘩之女劳作之繁忙，似乎只在往来的路途中对询问者的匆匆一语回答。可以从中读出采蘩女穿梭而过的匆匆身影。想象出那忙碌于池沼、山涧间，又急促前往"公侯之宫"的匆忙景象。在《诗经》时代，先民对神灵的崇拜是发自真心的，他们对神灵的敬畏不仅表现在言谈上，而且在行动上真心地投入，为了敬神，他们会心甘情愿做辛苦的工作。

  诗中的"蘩"是何物？《尔雅》："蘩，皤蒿。"

  《广雅疏证》中说："《召南采蘩篇》：于以采蘩，于沼于沚，于以用之？公侯之事。《传》云：公侯夫人执蘩菜以助祭。《笺》

云：执蘩菜者，以豆荐蘩菹。隐三年，《左传》所谓蘋蘩蕴藻之菜，可荐于鬼神，可羞于王公者也。彼《正义》引陆机《疏》云：凡艾白色者为幡蒿，今白蒿也。春始生，及秋，香美可生食，又可蒸。一名游胡，北海人谓之旁勃。"

以上谈及的"蘩""幡蒿""白蒿""旁勃"即今大籽蒿。"蘩"在古代也泛指"幡蒿"（大籽蒿）和"游胡"（蒌蒿）两种，请参看上面的"蒌"篇。

《中药大辞典》中描述白蒿："蘩（《诗经》），幡蒿（《毛诗传》），游湖、蘩母、旁勃（《夏小正》），白艾蒿（《僧深集方》），蓬蒿（《开宝本草》）。［原基］为菊科植物大籽蒿的全草。"

大籽蒿为田间、道旁杂草。分布于西藏、江苏、黑龙江、陕西、新疆、四川、青海、甘肃、山西、吉林、辽宁、宁夏、河北、云南、贵州、山东、内蒙古等地。

3. 萧（牛尾蒿）

牛尾蒿（菊科，Artemisia dubia Wall, ex Bess.）又称荻蒿、菽蒿、芩蒿、紫杆蒿、水蒿、米蒿、指叶蒿、普儿芒（藏）等。是半灌木状草本。主根木质，稍粗长，茎多数丛生，高80至120厘米，基部木质，纵棱明显，紫褐色，分枝多。叶厚纸质，叶面微有

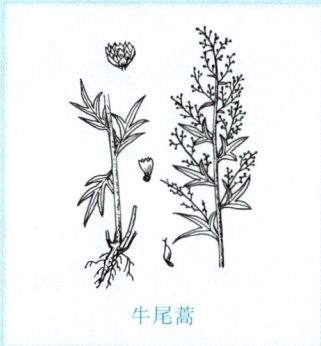

牛尾蒿

短柔毛，背面毛密，茎下部叶长圆形，羽状5深裂，中部叶卵形，长5至12厘米，宽3至7厘米，羽状5深裂。头状花序多数排列成圆锥状花序，花外层雌性，内层两性，花管状。小瘦果长圆形。

彼采葛兮，一日不见，如三月兮。
彼采萧兮，一日不见，如三秋兮。
彼采艾兮，一日不见，如三岁兮
　　　　　　　——《王风·采葛》

《王风·采葛》共三章，每章三句，简短精悍，脍炙人口。这首诗写的是一位男子对他爱慕情人的思念。一日不见，如隔三秋，用极其夸张的词语形容他对情人的殷切思念，实在是情意至深。这与《邶风·静女》中"静女其姝，俟我於城隅。爱而不见，搔首踟蹰"表达的爱情一样至诚与热烈！《诗经》中的爱情

表达热烈而奔放，清新而纯洁，没有陈腐观念的束缚，没有世俗功利的羁绊，体现了那个时代人们的情感生活，是一种纯真的人类美好情感的讴歌。那是"高山上的青松，晴空的明月"。

诗中提及三种植物，葛、艾、萧。"葛"在葛篇中介绍，"艾"放在下一篇讨论。

其中的萧是何物？萧即牛尾蒿。

清《广群芳谱》卷89《荻蒿》："《尔雅》萧，荻。《注》即蒿。《疏》今人所谓荻蒿也，或曰：羊尾蒿。似白蒿，白叶，茎麤科生，多着数十茎，可作烛，有香气，故祭祀以脂爇之为香。《本草》李时珍云：曰蘈，曰萧，曰荻，皆老蒿之通名，像秋气肃杀之意。《诗郑风》彼采萧兮，一日不见，如三秋兮。"句中的《诗郑风》，应为《诗王风》。

《植物名实图考》卷12《牛尾蒿》："按《尔雅》萧，荻。郭《注》即蒿。盖牛尾蒿初生时与蒌蒿同，唯一茎旁生横枝。秋时枝上发短叶，横斜敧舞，如短尾随风，故俗呼以状名之。"

牛尾蒿生于低海拔至3000米地区的山坡、河边、路旁、沟谷、林缘等地。分布遍及全国，包括内蒙古（南部）、河北、山西、陕西、宁夏、甘肃（中部以南）、青海、山东（西部）、河南（南部）、湖北（西部）、广西（西北部）、四川、贵州、云南等省区。

4. 艾（艾蒿）

艾蒿（菊科, Artemisia ar-gyi）多年生草本植物。又称冰台、艾、黄草、医草、白蒿、甜艾、香艾等。是多年生草本植物。高50至150㎝, 茎圆柱形, 基部木质化, 外被灰白色绒毛。单叶, 互生, 茎下部叶阔卵形, 羽状浅裂或深裂。裂片边缘锯齿状, 叶缘

艾蒿

下延成长柄, 中部叶近长倒卵形, 长5至9㎝, 宽4至8㎝, 羽状浅裂或深裂, 裂片椭圆状披针形, 上面绿色, 被柔毛。头状花序多数, 排列成复总状; 总苞片4层。瘦果长卵形。

彼采葛兮, 一日不见, 如三月兮。

彼采萧兮, 一日不见, 如三秋兮。

彼采艾兮, 一日不见, 如三岁兮。

——《王风·采葛》

注解参见本章前文。

诗中的"艾"即艾蒿, 人们都很熟悉, 传统的端午节, 门上要插艾, "悬于户上, 可攘毒气。"《荆楚岁时》记："五月五日, 采艾以为人, 悬门户上, 以禳毒气。"阴历五月又名蒲月, 菖蒲叶形似剑, 称"蒲剑"。端午节家家以艾草、菖蒲悬于门首, 用来

辟邪。

古代中国神话认为，北方玄冥之野有鬼国，居于大桃树之上，鬼国门口有神荼、郁垒二神将看守，后人在门口挂桃符、艾叶代表二神将，保卫门庭不受鬼怪侵犯，至于今日仍然传承不衰。中国现存最早的一部农事历书《夏小正》中记载："此日蓄药，以蠲（juān）除毒气。"本人还记得在端午节的早上，在露水未干时要采回一些整棵的艾蒿、车前草和益母草。把车前草和益母草挂在房檐下风干备用，把艾蒿插在门上以辟邪驱瘴、避邪祛病。

南宋词人范成大《竹叶歌》曰："五月五日气岚开，南门竞船争看来。"正是对端午采艾的季节的写照。因为此时处于小满与夏至之间，正值寒暖交接时，也正是多种传染病的多发之时，预防疾病是当务之急。艾蒿茎、叶都含有挥发芳香油，它所产生的奇特芳香可驱蚊蝇、虫蚁，灭菌。它的清香气味净化空气，也给人们提神。适逢自然界奉献给我们枝叶繁茂的艾叶，其价廉有效的药物便被民众所充分利用起来。由此可见，在端午节这一天要洒扫庭院，吃粽子，吃蒜瓣，挂艾枝，悬菖蒲，洒雄黄水，饮雄黄酒，激浊除腐，杀菌防病。这些活动也反映了中华民族的优良传统，从卫生学看来也是大有道理的。难怪有人说端午节也是我国古代的卫生节。

艾还是古人发明的取火工具，《本草纲目》卷15《艾》："「释名」冰台、医草、黄草、艾蒿「时珍曰」王安石《字说》云：

艾可乂疾，久而弥善，故字从乂。陆佃《埤雅》云：《博物志》言削冰令圆，举而向日，以艾承其影则得火。则艾名冰台，其以此乎？医家用灸百病，故曰灸草。"

这里记述的是我国古人的一项发明。艾有个别名叫冰台，来自于古人削冰成凸透镜，举而向日，以艾承其影取得火的史实。古代曾以钻木取火，击石取火，然而以冰艾取火当是一项创举，由此可见我国先民的聪明才智。

在我的童年记忆里，落后的农村连火柴都没有，记得老人是用一种火镰打击一种黑色火石来取火的。火镰的形状酷似弯弯的镰刀，与火石撞击能产生火星，以火星点燃火纸或艾绒取得火。20世纪四五十年代在河南农村还比较盛行，现在已很难见到它的踪影。岁月记忆里那种影像久久挥之不去，它成了一种历史的物证和文物。

《植物名是图考》卷11《艾》："《别录》中品。《尔雅》：艾，冰台。古人以灸百病，其治滞下诸症，亦入煎用之。今蕲州产者良。"艾在《神农本草经》中已有记述，是泛称白蒿的一种，历代本草记述的白蒿、白艾，是陆生的包括本种及其近缘种，是一个复合种名称。

艾蒿是一种药食兼用的多功能植物，药源丰富，毒性低，价廉，具有广泛的开发利用价值。《本草从新》说："艾叶苦辛，生温，熟热，纯阳之性，能回垂绝之阳，通十二经，走三阴，理气血，逐寒湿，暖子宫，……以之灸火，能透诸经而除百病。"人们将艾秆枯叶泡水或熏蒸以消毒止痒，产妇也多用艾叶水洗澡或熏蒸。

艾蒿生于平原、丘陵、山地等路旁、荒野、沟边，有栽培。广布于我国东北部、北中部、西部及南部各省区。

5. 蒿（青蒿）

青蒿（菊科, Artemisia car-vifolia）又称菣、邪蒿、香蒿。一年生草本植物。植株有香气。主根单一，侧根少。茎单生，高40至150厘米，上部多分枝，幼时绿色，有纵纹。叶互生，2回羽状深裂，长5至15厘米，宽2至5.5厘米，裂片长圆形，二次裂片条形无毛，青绿色。头状花序半球形多数，排列成圆锥花序，花黄绿色，花冠管状。瘦果长圆形至椭圆形。

青蒿

呦呦鹿鸣，食野之苹。我有嘉宾，鼓瑟吹笙。吹笙鼓簧，承筐是将。人之好我，示我周行。

呦呦鹿鸣，食野之蒿。我有嘉宾，德音孔昭。视民不恌，君子是则是效。我有旨酒，嘉宾式燕以敖。

呦呦鹿鸣，食野之芩。我有嘉宾，鼓瑟鼓琴。鼓瑟鼓琴，和乐且湛。我有旨酒，以燕乐嘉宾之心。

——《小雅·鹿鸣》

　　注解参见第十六章。诗中的蒿可以理解为泛指蒿类植物，也可专指青蒿。参看《植物名实图考长编》卷9《草蒿》项下说："《尔雅》：蒿，菣（qìn）。《疏》曰：蒿一名菣。《诗小雅》云：食野之蒿。陆玑云青蒿也。荆、豫之间，汝南、汝阴皆云菣。孙彦云：荆楚之间，谓蒿为菣。郭云：今人呼青蒿，香中炙啖者为菣。是也。"

　　青蒿本是一种野草，常星散生于低海拔、湿润的河岸边砂地、山谷、林缘、路旁等，也见于滨海地区。但它也入药。味苦、微辛，性寒，归肝、胆、肾经，芬芳清冽，通透内外。具有清热退蒸、清暑截疟、除湿杀虫的功效。产于吉林、辽宁、河北（南部）、陕西（南部）、山东、江苏、安徽、浙江、江西、福建、河南、湖北、湖南、广东、广西、四川（东部）、贵州、云南等省区。

　　青蒿的古名"菣"，意思为治疗疟疾之草。自古以来，中国各地中医草药使用多种不同的蒿草以青蒿入药。从1593年出版李时珍《本草纲目》至1975年的近400年的历史中，青蒿一直被尊为正品，稳居"太子"之位。现在认为青蒿（Artemisia annua）含有青蒿素，其他均为赘品。

　　在筛选抗疟药物时，我国学者发现并成功提取了青蒿素，灵感缘于《肘后备急方》《黄帝内经》《本草纲目》等典籍对青蒿抗疟疾的记载。

当初提取青蒿素，已经证实青蒿中含有"青蒿素"，是有效的抗疟药。这是几十个单位、几百位专家共同努力的结果，过去一直认为是集体的劳动成果，不能算是个人的。但屠呦呦专家的贡献是突出的，毋容庸疑，她经历190多次失败后提取出了青蒿素。

2011年9月23日，她获得美国拉斯克奖医药大奖。作为治疗疟疾的无毒副特效药物，青蒿素目前已被世界广泛地使用，称它是王牌的抗疟药，在全球特别是发展中国家挽救了数百万人的生命。屠呦呦教授在发现青蒿素后40年才获得拉斯克奖，又于2015年10月5日获得诺贝尔生理学或医学奖，也算是一种迟到的认可。所有这些都表明我们的祖先在临床药物治疗方面有高度的成就。

6. 蔚（牡蒿）

牡蒿（菊科，Artemisis japonica）又称牡菣、土柴胡、水辣菜、齐头蒿等。是多年生草本植物。主根明显，常有块根，茎直立，高30至100厘米，幼时被微柔毛。单叶互生，基生叶，下部叶宽匙形，长4至6厘米，宽2至3厘米，基部楔形，先端羽裂，中上部叶线形。头状花序排列成复总状，总苞球形，苞片3—4层，花外层雌性，能育，内层两性，不育。小瘦果倒圆形，长约0.8毫米。

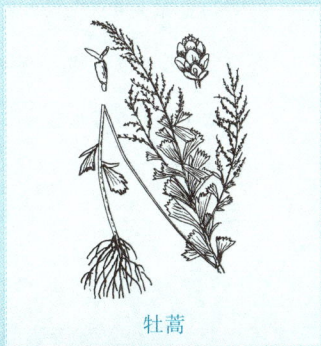

牡蒿

蓼蓼者莪①，匪莪伊蒿②。哀哀父母，生我劬劳③。

蓼蓼者莪，匪莪伊蔚。哀哀父母，生我劳瘁④。

瓶之罄矣，维罍之耻⑤。鲜民之生，不如死之久矣。无父何怙⑥？无母何恃？出则衔恤，入则靡至。

父兮生我，母兮鞠我⑦。拊我畜我，长我育我，顾我复我，出入腹我。欲报之德。昊天罔极！

南山烈烈，飘风发发。民莫不谷，我独何害！

南山律律，飘风弗弗。民莫不谷，我独不卒！

——《小雅·蓼莪》

注释：①蓼（lù）：又长又大的样子。

②匪：同"非"。伊：同"是"。

③劬（qú）劳：劳累之意。

④劳瘁：劳累之意。

⑤罍（lěi）：盛水器具。

⑥怙（hù）：依靠。

⑦鞠：养。

　　《小雅·蓼莪》该诗表达了不能终养父母的痛极之情，犹似悼念父母的祭歌。写出了父母生养自己的劳苦辛酸。诗人故意把蒿与蔚错当为莪，以此类比。莪蒿香美可食用，并且环根丛生，故又名抱娘蒿，比喻贴近父母，有成色且孝顺。而蒿与蔚皆散生，蒿粗恶不能食用，蔚既不能食用又不结子，故称牡蒿。感悟自己像蒿、蔚一样不能成材，不能尽孝。

　　朱熹《诗集传》中说："言昔谓之莪，而今非莪也，特蒿而已。以比父母生我以为美材，可赖以终其身，而今乃不得其养以死。于是乃言父母生我之劬劳而重自哀伤也。""鲜民"以下六句诉述失去父母后的孤身生活与感情折磨。诗人一连用了生我、鞠我、拊我、畜我、长我、育我、顾我、复我、腹我几个排比短句，道出真情，言简意赅，凄凄切切，恰如哭诉一般。真是一首怀念父母的好诗，千古绝唱。

　　诗中的"蔚"是一种野生植物。《尔雅》中说："蔚，牡蒿。《注》蒿之无子者。"《名医别录》说："牡蒿味苦，温，无毒。主充肌肤，益气，令人暴肥。不可久服，血脉满盛。生田野，五月、八月采。"

《本草纲目》卷15《牡蒿》中说："「释名」齐头蒿。「时珍曰」《尔雅》：蔚，牡菣。蒿之无子者。则牡之名以此也。诸蒿叶皆尖，此蒿叶都独奔而秃，故有齐头之名。"又「时珍曰」："齐头蒿三四月生苗，其叶扁而本狭，末奔有秃岐。嫩时可茹。鹿食九草，此其一也。秋开细黄花，结实大如车前实，而内子微细不可见，故人以为无子也。"

牡蒿分布在中、低海拔地区，在湿润、半湿润或半干旱的环境里生长，常见于林缘、林中空地、疏林下、旷野、灌丛、丘陵、山坡、路旁等。分布在福建、辽宁、河北、四川、甘肃、湖南、湖北、江苏、陕西、西藏、江西、山东、山西、广东、广西、浙江、云南、安徽、河南、贵州等地。

十八 蓬蒿与播娘蒿（飞蓬、播娘蒿）

蓬蒿与播娘蒿是两种野草，都有蒿名，但不是蒿属植物，没有将它们放入"蒿的家族姊妹多"中讨论。

1. 蓬（飞蓬）

飞蓬（菊科, Erigeron acer）是二年生草本。茎单生，高5至60厘米，绿色或有时紫色，具条纹，被较密的硬长毛。基部叶较密集，叶基生成丛，匙形至披针形，长1.5至10厘米，宽0.3至1.2厘米，顶端钝或尖，全缘或具数个小尖齿，具不明显的3脉，中上部叶披针形，无柄，最上部叶极小，线形，具1脉，全部叶两面被较密硬长毛。头状花序多数，在茎枝端排列成疏散的圆锥花序，舌片淡红紫色，少有白色，中央的两性花管状，黄色。瘦果长圆披针形，长约1.8毫米，扁压，冠毛2层，白色，刚毛状。

飞蓬

彼茁者葭，壹发五豝，于嗟乎驺虞！

彼茁者蓬，壹发五豵，于嗟乎驺虞！

——《召南·驺虞》

诗中的"蓬"系泛指，又缺乏特征记述。蓬有多种，沿袭古代诗注，以它的代表种飞蓬释之。

《毛诗品物图考》卷1《彼茁者蓬》："《传》：蓬，草名也。《集传》：其华如柳絮聚而飞如乱发也，蓬生水泽，叶如瞿麦，花如初绽野菊，后作絮而飞，所谓飞蓬也。"

大文学家陆游有一首诗：

飘零随处是生涯，断梗飞蓬但可嗟。

稚子欢迎先入梦，从兵结束待还家。

食眠屡失身多病，忧愧相乘发易华。

隔日寄声为薄具，石榴应有未开花。

其中"飘零随处是生涯，断梗飞蓬但可嗟"说的就是深秋季节，飞蓬老熟，种子有长毛，作絮随风飞天涯。来年种子在合适的环境又可萌发成新的植株，这是风媒传播种子的一种方式，也说明了飞蓬随遇而安的特性。杜甫有诗曰"万里飞蓬映天过"，说的正是飞蓬有种毛，可作絮随风而远飞的情景。

飞蓬是菊科、飞蓬属植物。本属植物约200种以上，主要分布在欧洲、亚洲大陆及北美洲，少数分布在非洲和大洋洲。我国有35种。飞蓬适应性强，在我国分布极广，生于山坡荒地、牧场、林缘、路边。产于新疆、内蒙古、吉林、辽宁、河北、山西、陕西、甘肃、宁夏、青海、四川和西藏等省区。苏联高加索、中亚、西伯利亚地区以及蒙古、日本、北美洲也有分布。

2. 莪（播娘蒿）

播娘蒿（十字花科，Descurainia sophia）又称莪、莪蒿、菥、萝、萝蒿、抱娘蒿、米米蒿、麷蒿、抱娘蒿等。是一年或二年生草本。茎直立，高20至80厘米，全株呈灰白色，有叉毛，上部多分枝，具纵棱槽。叶为二至三回羽状深裂，裂片线形，长2至5毫米。伞房状花序顶生，具多数花，具花梗，萼片4枚，线形，早落，花瓣4枚，淡黄色，匙形。长角果圆筒状，长2至3厘米，淡黄绿色，无毛。种子小，褐色，矩圆形，长约1毫米，稍扁，表面有细纹。

播娘蒿

菁菁者莪[①]，在彼中阿[②]。既见君子，乐且有仪[③]。
菁菁者莪，在彼中沚[④]。既见君子，我心则喜。
菁菁者莪，在彼中陵。既见君子，锡我百朋[⑤]。

泛泛杨舟，载沉载浮。既见君子，我心则休⑥。

——《小雅·菁菁者莪》

注释：①菁（jīng）菁：草木茂盛。

②阿：山坳。

③仪：仪表，气度。

④沚：水中小洲。

⑤锡：同"赐"。朋：贝壳为古币，十贝为朋。

⑥休：安宁。

《小雅·菁菁者莪》是描写男女相悦之情典型的爱恋之歌。《毛诗序》认为该诗的主旨是"乐育才"，看来有所偏颇。该诗前三章都以"菁菁者莪"起兴。一章描写女子在莪蒿茂盛的山坳里见到了一位优美的男子，喜欢他开朗活泼、仪态大方、举止从容，一见钟情，内心乐乐。二章写两人在水中沙洲上相遇，一个"喜"字写出了少女的相悦之情。三章，两人在山丘上约会，"锡我百朋"表达出感情的发展有了明显深化，女子不胜欣喜。四章以"泛泛杨舟"起兴，象征两人在人生长河中同舟共济、沉浮与共，同甘共苦，女子觉得安然幸福。该诗炉火纯青、出神入化的句子，活泼的抒情，如诗，如歌，如画，如饮醇醪，全身通泰，让人体味那份天真烂漫的青春之恋。

诗中的"莪"也称莪蒿，即今之播娘蒿。《植物名实图考》卷

14《莪蒿》："莪蒿，《诗经》'菁菁者莪'，陆《疏》，莪，蒿也。《尔雅》：莪，萝。郭《注》，蘪蒿。《本草拾遗》始著录，《本草纲目》以为即抱娘蒿，《救荒本草》作播娘蒿。叶碎，茸细如针，色黄绿，嫩则可食，与陆《疏》符合。"

播娘蒿是十字花科、播娘蒿属植物。本属植物约40多种，主产于北美洲，少数产于亚洲、欧洲、南非洲，据文献记载我国有2种，仅见1种，即播娘蒿。播娘蒿种子入药，味辛、苦，性大寒。

播娘蒿生于山地草甸、沟谷、村旁、田边。分布于我国东北、华北、华东、西北、西南等省区。

播娘蒿是一种野菜，又叫抱娘蒿。灾荒年月，弃家逃亡，卖儿卖女，是历史上常见的事。王磐《野菜谱》有一些小诗写得很悲惨："抱娘蒿，结根牢，解不散，如漆胶。君不见，昨朝儿卖客船上，儿抱娘哭不肯放。"这是对抱娘蒿的真实写照，比喻真切。难怪《本草纲目》卷15也说："抱根丛生，故曰抱娘。"事实确是如此，采野菜时有这样的体会，抱娘蒿看似纤细柔弱，却很难拔下，往往扯断茎秆，其根还难以拔出。

在幼时的记忆中，乡间叫它米米蒿。常长在麦田里的垄沟边上，看上去鲜嫩诱人。采回后，可以做成米米蒿菜汤，汤水一派青绿之色，有一股青野之气。那种清汤寡水，实在没有什么吃头，但对于辘辘饥肠仍是一种慰藉。

今天，城里人吃得油腻了，却很想吃一次米米蒿菜汤，只是和过去的大有不同，这叫"抱娘蒿鸡蛋羹"。其做法是将抱娘

蓬蒿与播娘蒿（飞蓬、播娘蒿）

蒿嫩茎叶择洗干净，以开水焯滤，在清水中浸泡，再挤干水分待用。然后起油锅，待油热爆以葱花、姜丝，将抱娘蒿入锅翻炒几下，添加适量的水烧开。最后淋入打好的鸡蛋，等蛋花浮起，调入适量盐和味精。汤水金黄青碧，好不诱人。

十九　狗尾草与狼尾草（狗尾草、狼尾草）

　　狗尾草与狼尾草都是混在禾苗中的野草，特征相似，用途相近，故放在一起讨论。

1. 莠（狗尾草）

　　狗尾草（禾本科，Setaria viridis）又称光明草、阿罗汉草、狗尾半支、谷莠子、洗草、犬尾草、莠草子、蕠草等。是一年生草本植物。根为须状，秆直立或基部膝曲，高30至100厘米。叶条状披针形，叶片扁平，长5至30厘米，宽0.5至1.5厘米，叶鞘松弛，

狗尾草

无毛或疏具柔毛或疣毛，边缘具较长的密绵毛状纤毛。圆锥花序呈圆柱状，穗形象狗尾，直立或稍弯垂，刚毛绿色或变紫色。

　　无田甫田[①]，维莠骄骄[②]。无思远人，劳心忉忉[③]。

无田甫田，维莠桀桀④。无思远人，劳心怛怛⑤。
婉兮娈兮⑥，总角丱兮⑦。未几见兮⑧，突而弁兮⑨。

——《齐风·甫田》

注释：①甫田：大块田地。

②骄骄：通"乔乔"，草盛且高貌。

③劳心：忧劳的心。忉忉（dāo）：忧思状，忧愁貌。

④桀桀（jié）：茂盛貌。

⑤怛（dá）怛：忧伤貌，忧劳貌。

⑥婉、娈（luán）：年少而貌美。

⑦总角：儿童、未成年人的发式。丱（guàn）：旧时儿童束发如
两角之貌。

⑧未几：不久，不多时。

⑨突而：急猝貌。弁：冠，帽子。

《齐风·甫田》此诗古今说法差异很大。《诗序》认为：
"《甫田》，大夫刺襄公也。无礼仪而求大功，不修德而求诸侯，
志大心劳，所以求者非其道也。"朱熹《诗序辨说》非《序》云：
"未见其为襄公之诗。"其《诗集传》说："言无田甫田也，田
甫田而力不给，则草盛矣。无思远人也，思远人而不至，则心劳
矣。以戒时人厌小而务大，忽近而图远，将徒劳而无功也。"今
人高亨先生《诗经今注》断定此诗写："农家的儿子尚未成年，

竟被统治者抓去当兵派往远方。他的亲人思念他，唱出了这首歌。"当代《中国文学大辞典》说本诗："疑是思念远人之诗。"

本诗具体的内容是说：不要贪心去耕种大块的田地，这样做的结果只能使田地里长满无用的杂草。不要白费心力苦苦思念远方的人儿，这样做只会使自己忧思绵绵自伤精神。聪明的人呀，千万不要贪心去耕种那大块的田地，否则野草勃勃杂莠丛生，徒劳无功。痴情的人呀，千万不要再枉费神思，牵肠挂肚，为思念远方的人儿断尽心魂，这样做，只能使自己忧心忡忡，平添万般离愁！想我那意中人少年的时候，俊俏可人，蹦蹦跳跳的样子。如今几日不见，肯定已经戴上成人的帽子，弱冠服屦。全诗以女子思念少年时感情的变化作为谋篇成章的主线，一、二章先写她对少年刻骨的思念，第三章写她的回忆与想象，不言其思而思意自见，与前面两章的"劳心"相呼应，使诗歌更加深入，却又不失其蕴藉、含蓄。（摘引自高泽言评注）

狗尾草大家都不生疏。它就是古书中的"莠"。《中国植物志》卷10（1）《狗尾草》："谷莠子（《植物名汇》）莠（《诗经》、《礼记》）。"古人认为是还没成熟的粟穗落到地上，长出来的苗就是狗尾草了。如《说文》："莠，禾粟下扬生莠也。"此说虽是无稽之谈，但也说明它们的相似之处。粟和狗尾草都是禾本科狗尾草属（Setaria）植物，甚至有人认为，粟是从狗尾草培育而来的。

"莠"作为田间杂草，有害于庄稼，故引申为坏人。"莠"有恶、丑的意思。如马瑞辰《毛诗传笺通释》中说："《传》'莠，丑也。'瑞辰按《传》以莠为丑之假借。丑，恶也。故《笺》直以恶言释之。《说文》莠读若酉，丑从酉声，故通借作莠。"

《本草纲目》卷16《狗尾草》中说："「释名」莠、光明草、阿罗汉草。「时珍曰」莠草，秀而不实，故字从秀。穗形象狗尾，故俗名狗尾。其茎治目痛，故方士称为光明草，阿罗汉草。原野垣墙多生之。苗叶似粟而小，其穗亦似粟，黄白色而无实，采茎筒盛，以治目病。恶莠之乱苗，即此也。"

狗尾草是禾本科、狗尾草属植物。本属植物约130种，广布于全世界热带和温带地区。甚至可分布至北极圈内，多数产于非洲。我国有15种、3亚种、5变种。本属多数种类具有重要的经济价值，狗尾草的近亲小米（谷子）是我国北方人民的主食之一。

其实狗尾草也有好玩的去处，它陪伴过许多人童年的梦。本人幼年曾用狗尾草的毛毛穗去掏一种地螳蛛，它的背部像个关公的脸，当地人又称它为"红关爷脸蜘蛛"。它藏身于地下的一个圆洞中，洞口有蜘蛛制作的盖子封盖着。我们把盖子揭开，就看到一个垂直的圆洞。把狗尾草的毛毛穗探入洞中，蜘蛛以为是敌害入侵，便死死地夹住了毛毛穗。然后把毛毛穗猛一提起，便把这种"红关爷脸蜘蛛"捉到手了，它便成了我手上的玩物。后来才知道这种蜘蛛叫螳螳蛛。

狗尾草生于荒野、道旁，为旱地作物常见的一种杂草。狗尾

　　　　　　　　　　　　　　　　　　《诗经》动植物图说

草又是优良的牧草。

2. 稂（狼尾草）

狼尾草（禾本科, Pennisetum alopecuroides）又称大狗尾草、大光明草、孟、戾草、狼尾、韧丝草、守田、宿田翁、䕛、狼茅、童粱、䖃等。是多年生草本，须根壮而韧。秆直立，丛生，高30至100厘米。花序以下常密生柔毛。叶鞘光滑，叶片长15至80厘米，宽0.3至0.8厘米，通常内卷。穗状圆锥花序长，常弯向一侧呈狼尾状，5至25厘米。颖果扁平长圆形。

狼尾草

洌彼下泉①，浸彼苞稂。忾我寤叹②，念彼周京。

洌彼下泉，浸彼苞萧③。忾我寤叹，念彼京周④。

洌彼下泉，浸彼苞蓍。忾我寤叹，念彼京师。

芃芃黍苗⑤，阴雨膏之⑥。四国有王⑦，郇伯劳之⑧。

——《曹风·下泉》

注释：①洌：清洌。下泉：泛指泉水或专指狄泉。狄泉者，成周之城，
周墓所在。

②忾（xì）：叹息。

③苞：草木丛生的样子。

④京周：周天子居住的都城。

⑤芃芃（péng péng）：苗壮茂盛。

⑥膏：滋润、润泽。

⑦四国：四方诸侯。

⑧郇（xún）伯：郇国的国君。

　　《曹风·下泉》反映的是颂扬晋国大臣荀跞平定周乱、拥立周敬王上位的故事。《左传》记载：公元前520年东周王室发生内乱，周悼王与王子朝（周景王的儿子，与悼王是兄弟）争夺王位，晋文公派大夫荀跞统帅一只晋师支持增援悼王。不久周悼王死，晋室支持王子匄（gài）继承王位，是为周敬王。

　　诗中的"稂"非水草。陆机《疏》云："禾秀为穗而不成，崩嶷然，谓之童梁。今人谓之宿田翁，或谓宿田也。《大田》云'不稂不莠'。《外传》曰'马不过稂莠'，皆是也。"此稂是禾之秀而不实者，故非灌溉之草，得水而病。诗以寒冷之泉水浸之，比喻时局动荡，京师受害，因此才有"念彼周京"之叹息。可以说《下泉》其实是一首怀古诗。诗人见到泉水寒冽，荒烟蔓草，不禁遥想当年西周文武成康之时，江山一统，天子独尊，诸侯朝王，方伯坐镇。如今狼烟烽起，兼并日兴，同宗相残，礼崩乐坏。念及至此，诗人唯有慨然长叹，追思想慕而已。

　　稂、莠都是混在禾苗中的野草。《小雅·大田》中说"既坚既好，不稂不莠。"原指耕作精细，没什么杂草。后来的成语"不稂不莠"转意为既不像稂，也不像莠，比喻人不成材，没有出息。

《本草纲目》卷23《狼尾草》篇中说："「释名」稂、蕫、莨、狼茅、孟、宿田翁、守田「时珍曰」狼尾，其穗象形也。秀而不成，岿然在田，故有宿田、守田之称。"

狼尾草是禾本科、狼尾草属植物。本属植物约140种，主要分布于全世界热带、亚热带地区，少数种类可达温寒带地区，非洲为本属植物的分布中心。我国有11种、2变种（包括引进种）。

狗尾草和狼尾草虽说都是混在禾苗中的野草，特征相似，用途相近，但它们却是"似而不同"的两种植物。不少人分不清这两种植物。它们的形态特征不一样：狼尾草比狗尾草的韧性好一些；狗尾草的叶是条状披针形，较扁平，短而梢宽，狼尾草的叶是线形，长而梢窄；狼尾草的刚毛比狗尾草的刚毛梢长些，且刚毛颜色不一样，狗的绿色黄褐色为多，狼的多为紫色。

狼尾草生于田边、路旁、山坡。喜温暖，耐寒，在沟谷甸子地丛生。中国自东北、华北经华东、中南及西南各省区，分布于全国各地，在亚洲、大洋洲也有分布。是优良牧草，谷粒可作饲料。又为造纸、编织、护坡、盖草屋的原料。

二十　菅草、白茅与荩草（菅草、白茅、荩草）

　　菅草、白茅与荩草是禾本科的几种野草，古人认识了它们，并探索利用了它们，实在是难能可贵的。故放在一起讨论。

1. 菅（菅草）

　　菅草（禾本科，Themeda villosa）又称白华、野菅、苓草等。是多年生草本，具根头与须根。秆粗壮，多簇生，高1至2米或更高，叶鞘无毛，叶舌膜质，短而钝圆。叶片线形，长可达1米，宽0.7至1.5厘米。基部渐狭，顶端渐尖，两面微粗糙，中脉粗，白色，在叶背凸起，侧脉显著。多回复出的大型伪圆锥花序，由具佛焰苞，长可达1米，每总状花序由9至11小穗组成，基盘具棕色柔毛。颖果被棕色柔毛或脱落，成熟时果褐色。

菅草

东门之池①，可以沤麻②。

彼美淑姬③，可与晤歌。

东门之池，可以沤纻。

彼美淑姬，可与晤语。

东门之池，可以沤菅。

彼美淑姬，可与晤言。

——《陈风·东门之池》

注释：①池：指护城河。

②沤：浸泡。

③淑：善良、美好之意。

《陈风·东门之池》是描写男子对爱慕的淑姬抒发情感的诗歌。诗以沤麻起兴，写明情感发生的地点，暗示了情感在交流中的发展，沤麻的过程正意味情意的成熟过程，所以两人可以相互"晤歌""晤语""晤言"。全诗三章，以相近意义的词语反复吟唱，正是我国民歌传统的语言形式。这种复沓吟唱加强诗歌的主题。男女青年在一起劳动、接触、谈情说爱是合乎情理的事情。

《左传》成公九年引逸诗："虽有丝麻，无弃菅蒯。"可见古代已经利用菅（jiān）草，据说菅宜于制作绳索，蒯宜于制作草履。菅草的纤维很好，也像沤制大麻和苎麻一样，经过沤制、揉洗、梳理之后，可以得到很好的纤维，用于打绳、打草鞋等。

《诗经》动植物图说

菅即菅草，需要说明的是，有学者曾将"菅"定为今之白茅或笆茅，有误。菅的古今名一致。《植物名实图考》卷6《茅根》篇中说："《说文解字注》：茅，菅也。按统言，则茅菅是一。析言，则菅与茅殊。许菅茅互训，此从统言也。陆玑曰：菅似茅而滑泽无毛，根下（当作上）五寸中有白粉者，柔韧宜为索，沤乃尤善矣。此析言也。"又《诗》："白华菅兮，白茅束兮。《传》："白华，野菅也。已沤为菅。《疏》《释草》云，茅菅白华，一名野菅。郭璞曰：茅属也。此白华亦是茅菅类也，沤之柔韧，异其名谓之菅。因谓在野未沤者为野菅也。"

有个成语与菅草有关，即"草菅人命"。它的意思是，把人命看作野草随意斩杀。比喻反动统治者随意虐杀人民。

菅草与姓氏有关，春秋时期，宋国有大夫食采于菅（今山东单县金乡、成武两乡交接处），其后裔以邑名为氏。另有一说源于传说，属于避难改姓为氏。传说春秋时期，一个原为贵族达官的人得罪当朝，为避免满门遭诛的厄运，举族迁逃，当追兵临近时，全族人等皆藏身在菅草丛之中，方得以逃生。后族人皆改取"菅"为姓氏，称菅氏。今菅氏族人主要分布在山东、河北境内，山东省济南市济阳县城关镇有一千五百余人。

在我国唐朝时期，汉文诗深深地影响着日本，尤其是白居易诗歌影响更大。日本有个菅原道真的学者，他模仿白居易诗歌写成了不少诗歌和散文，后来结集成《菅家文草》全书12卷，在太宰府时他的作品又结集成《菅家后集》。这两部文集是日本汉文诗的集大成之作。《菅家文草》是菅原道真汉文诗的精华所在，它对日本后世的汉文诗创作产生了重要影响。平安时代的菅原道真还首次提出了"和魂汉才"的说法，强调了汉文诗日本"本土化"的重要性。从此可以看到中日在历史上文化交流的盛况。

菅是禾本科、菅属植物。本属植物约30种，分布于亚洲和非洲的温暖地区，大洋洲亦有分布。我国有13种，生产于华南和西南地区。其中菅草利用久远。产于浙江、江西、福建、湖北、湖南、广东、广西、四川、贵州、云南、西藏、山东等省区。菅草叶子细长，根很坚韧，可做笤帚、刷子等。

2. 白茅（白茅）

白茅（禾本科，Imperata cylindrical）又称遨、丝茅、地菅、地筋、白茅菅、万根草、牡茅、茅荑、甜草等。是多年生草本。根茎密生鳞片。秆丛生，直立，高30至80厘米。叶多丛集于基部，叶舌干膜质，钝头，长约1毫米，叶片线形或线状披针形，

白茅

先端渐尖，基部渐狭，根生叶长，几与植株相等，茎生叶较短。圆锥花序柱状，长5至20厘米，宽1.5至3厘米。小穗披针形或长圆形，长3至4毫米，基部密生长10至15毫米之丝状柔毛。颖果。

　　　　　　　　　　　　《诗经》动植物图说

野有死麕，白茅包之；有女怀春，吉士诱之。

林有朴樕，野有死鹿；白茅纯束，有女如玉。

舒而脱脱兮，无感我帨兮，无使尨也吠。

——《召南·野有死麕》

　　诗中的"白茅"即今之白茅，古今名一致。《植物名实图考》卷8《白茅》篇中说："白茅，《本经》中品，古以缩酒。其芽曰茅针，白嫩可啖，小儿嗜之。河南谓之茅荑；湖南通呼为丝茅，其根为血症要药。"

　　《本草纲目》卷13《白茅》篇中说："「时珍曰」茅叶如矛，故谓之茅。其根相连，故谓之茹。易曰，拔茅连茹，是也。有数种，夏花者为茅，秋花者为菅。二物功用相近，而名谓不同。诗云，白华菅兮，白茅束兮，是也。"

　　李时珍说的"拔茅连茹"，勾起我甜蜜的回忆：幼年时伙同小朋友一起在野地里玩，经常采茅芽吃，或者挖它的根茎吃，甜甜的，很有趣味。但是农民很讨厌这种田间野草，很难除根儿，挖不尽它的根茎，年年挖、年年发。

　　白茅是禾本科、白茅属植物。本属植物约10种，分布于全部世界热带和亚热带。我国有4种。白茅产于中国河南、辽宁、河北、山西、山东、陕西、新疆、四川等地区；生于低山带平原田间地头、河岸草地、沙质草甸、荒漠与海滨。

　　白茅根还入药，首载《神农本草经》中品中说："茅根味甘，寒。主治劳伤虚羸，补中益气，除瘀血，血闭寒热，利小便。其苗主下水。一名兰根，一名茹根。"

3.绿（荩草）

荩草（禾本科，Arthraxon hispidus）又称黄草、菉竹、菉蓐、王刍、菖草、菜竹、马耳草、鸱脚莎等。是一年生草本。茎秆细弱，基部倾斜，高30至50厘米，具多节，常分枝，基部节着地易生根。叶鞘短于节间，生短硬疣毛，叶舌膜质，边缘具纤毛，叶片卵状披针形，长2至4厘米，宽0.8至1.5厘米，基部心形，抱茎。总状花序细弱，长1.5至4厘米，2至10枚呈指状排列，无柄小穗卵状披针形，呈两侧压扁，长3至5毫米，灰绿色或带紫。颖果长圆形，与稃体等长。

荩草

终朝采绿，不盈一匊①，予发曲局②，薄言归沐。

终朝采蓝，不盈一襜③，五日为期，六日不詹④。

之子于狩，言韔其弓⑤，之子于钓，言纶之绳。

其钓维何，维鲂及鱮，维鲂及鱮，薄言观者⑥。

——《小雅·采绿》

　　　　　　　　　　《诗经》动植物图说

注释：①匊（jū）：同"掬"，两手合捧。

②局：卷。

③襜（chān）：围裙。

④詹：至。

⑤韔（chàng）：弓袋，此处用作动词。

⑥观：引申为多。一说看。

　　《小雅·采绿》是一首思夫诗。描写夫人采绿时思念丈夫外出逾期不归的情景。由于心不在焉，而终日采不到一匊或一襜，借以写出思念之苦。这种忘形幽怨，见其情意之深，所以才会有"五日为期，六日不詹"的怨言，迟归一日，如三秋兮。其后是写想象丈夫归来后的情景：丈夫外出去狩猎，夫人就为他套好弓。丈夫外出去垂钓，夫人就为他理丝绳。赞美他所钓的鳊鱼、鲢鱼真不错。钓来鳊鱼、鲢鱼竟这么多。他们日夜陪伴、夫唱妇随。犹如《天仙配》里那种"你耕地来我织布"一样的田园生活。前面写实，后面写虚，两相对照，想象甚美，现实愈苦，这便更显得思念的强烈、渴望的深远。这种以虚写实的手法更富有神韵和诗意。

　　诗中的"绿"是指荩草。清马瑞辰《毛诗笺通释》："'终朝采绿，'《笺》：'绿，王刍也。易得之菜也。'瑞辰按：绿者，菉之假借。《说文》：'菉，王刍'。又云：'荩草也。'《太平御览》引吴普《本草》云：荩草一名黄草，以其可染黄色也。此诗二章采蓝，蓝可以染青者也。则首章采绿亦以染草取兴。"由此可知,"绿"古代又称菉、王刍、荩等,是染官服的材料,因此让百姓去终日采集。

《大雅·文王》篇"王之荩臣,无念尔祖"句中的荩不是指植物荩。据马瑞辰《毛诗传笺通释》:"'王之荩臣,'《传》:"'荩,进也。"又《辞源》荩臣条注:"《传》:'言其钟爱之笃,进进无已也。'"

《植物名实图考长篇》卷9《荩草》:"《尔雅》:菉,王刍《注》菉,蓐也。今呼鸥脚莎。"

荩草是禾本科、荩草属植物。本属植物约20种,分布于东半球的热带与亚热带地区。我国有10种、6变种。荩草喜湿润的环境,是田边、路旁、地埂常见的杂草。产于华北、华中、华东、华南、西南各省区。日本也有分布。荩草看起来很柔和,它的颜色鲜绿,十分赏心悦目,让人心情舒畅,

荩草枝叶可煮成黄色染料,古代用于丝、毛织物的染色。明代以后,染家用荩草染色的史料已很少见。现在发现荩草主要色素成分为荩草素、木犀草素,与灰汁、铝盐、锡盐媒染得黄色,可以用于丝、毛织物的染色。色素成分为荩草素,是黄酮类化合物,可用直接法染棉、毛、丝得鲜艳的黄色。采用以铜盐(蓝矾)媒染可以得到绿色,若以不同深浅的靛蓝套染,则可得黄绿色或绿色。因为铜盐是非生态媒染剂,后来其使用已被限制。

　　　　　　　　　　　　　《诗经》动植物图说

荩草也入药。《神农本草经》下品中说："荩草味苦平。主治久欬上气，喘逆久寒，惊悸，痂疥，白秃疡气，杀皮肤小虫。"另据《吉林中草药》中说以马耳草捣烂敷患处，治恶疮疥癣。

二十一　茜草、蓼蓝与姜黄（茜草、蓼蓝、姜黄）

　　诗中记载的茹藘、蓝、鹍，分别指的是茜草、蓼蓝与姜黄，它们都是古代的染料植物，故放在一起讨论。

1. 茹藘（茜草）

　　茜草（茜草科，Rubia cor-difolia）又称红茜草、茅蒐、茹芦、蒐、茜、蒨草、地血、牛蔓、绛草、染绯草、过山龙等。是多年生攀援草本。根肉质，圆锥形，红褐色。茎蔓生，四棱形，茎上有倒刺。叶4片轮生，具长柄，叶片卵状心形或狭卵形，长2.5至6厘

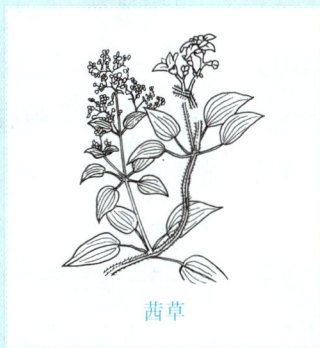
茜草

米，宽1至3厘米，叶缘和背脉有小倒刺。聚伞花序顶生或腋生，花小，花冠绿黄白色，5裂，有缘毛。浆果肉质，扁球形，熟时紫黑色。

东门之墠①，茹藘在阪②。其室则迩③，其人甚远。
东门之栗，有践家室④。岂不尔思？子不我即⑤。

——《郑风·东门之墠》

注释：①墠（shàn）：平地，或指堤。

②阪（bǎn）：斜坡。

③迩：近。

④践：指排列整齐。

⑤即：接触。

《郑风·东门之墠》这是一首爱情诗。女子和心上人的屋子离得很近，巴望他来，埋怨他不肯来。诗以堤上茜草和东门附近的栗树起兴，写她思念情人的小屋就在附近。她凝望着，痴想着，盼望着他的到来。从他们咫尺天涯、室迩人远的反差中，展现了诗人感情的委屈、爱情失落的痛苦。

诗中的"茹藘"即今之茜草。《植物名实图考长篇》卷10《茜根》篇中说："《尔雅》：茹藘，茅蒐。《注》今之茜也，可以染绛。《诗经》：茹藘在阪。陆玑《疏》：茹藘，茅蒐。蒨草也。一名地血，齐人谓之茜，徐州人谓之牛蔓。"

茹藘是茜草科、茜草属植物。本属植物约50种，分布于欧洲、亚洲、南非及美洲。我国约12种，各省均有分布。茜草主产于安徽、河北、陕西、河南、山东等地。

茜草古代曾作为红色染料进行种植。茜草根是一种天然的红色植物染料，自古用之。古文献中早有记述，《诗经》有"缟衣茹藘，聊可与娱""东门之墠，茹藘在阪"等记载。《汉官仪》记载有"染园出卮茜，供染御服"。《史记·货殖传》中亦记载有"卮茜千石，亦比千乘之家"。可见当时种植茜草可享有厚利，茜草染红在周朝以前即受到相当的重视。

《本草纲目》卷18记载："陶隐居《本草》言东方有而少，不如西方多，则西草为茜……"又时珍曰："茜草十二月生苗，蔓延数尺。方茎中空有筋，外有细刺，数寸一节，每节五叶，叶如乌药叶而糙涩，面青背绿，七八月开花，结实如小椒大，中有细子。"

六十多年前，杜燕孙氏在《国产植物染料染色法》一书中，对茜草的染色有详细的解说，对色素成分也有说明："茜草根中之色素为茜素、茜紫素、赝茜紫素三种，茜素为主要者。此物含于根中成配醣体，若用硝酸沸煮之，则在根内发酵，而成素。茜素之体，存在于新鲜之茜草根中，微溶于冷水，易溶热水、酒精及醚中，溶于咸性液内呈血红色……"

2. 蓝（蓼蓝）

蓼蓝（蓼科，Polygonum tinctorium）又称蓝、大青、染青草等。是一年生草本。须根细，多数。茎直立，有节，高50至80厘米。单叶互生，叶片椭圆形或卵圆形，长2至8厘米，宽1.5至5.5厘米，托叶鞘膜质，稍松散。穗状花序，顶生或腋生，花被5深裂，裂片卵圆形，红色。瘦果，卵形，具3棱，长2毫米，褐色，有光泽。

蓼蓝

终朝采绿，不盈一匊，予发曲局，薄言归沐。

终朝采蓝，不盈一襜，五日为期，六日不詹。

之子于狩，言韔其弓，之子于钓，言纶之绳。

其钓维何，维鲂及鱮，维鲂及鱮，薄言观者。

——《小雅·采绿》

注解参见第二十章。诗中的"蓝"，指蓼蓝。有个成语"青出于蓝而胜于蓝"，古人称呼今日的蓝色为青色，然而蓝在当时并不是颜色的名称，而是菘蓝、蓼蓝这一类的植物。诗中的"蓝"即今之蓼蓝。故以蓼蓝释诗为宜。蓝有多种，然而古代以种蓼蓝为业，从以染碧，直至新中国成立前夕，作者仍见到偃师民间种蓼蓝用于染布之情景。

南宋《尔雅翼》记载:"蓝者,染青之草。荀子曰:青出于蓝而胜于蓝,言染反胜于其质,……蓼蓝苗似蓼而味不辛,不堪为淀,惟作碧色耳。崔寔曰:榆荚落时可种蓝,五月可刈蓝。故《小雅》曰:终朝采蓝,不盈一襜。五日为期,六日不詹。……《月令》仲夏之月乃云:令民毋艾蓝以染。《注》云:此月蓝始可。别引《夏小正》曰:五月启灌蓝蓼。"

蓼蓝是蓼科、蓼属植物。本属植物约200种以上,广布于全球。我国约120种,各省均产之。蓼科的荞麦是可食用的种类,蓼蓝可加工成靛青用于染布。蓼蓝多栽培或半野生状态。分布于东北、华北、陕西、河南、山东、湖北、四川、贵州、广西及广东等省区。

古代常使用酒糟和石灰来发酵水解蓼蓝,制造蓝靛。在明代之前,民间多用方便水解的菘蓝制造蓝靛,后来发明了酒糟发酵法之后,蓼蓝的应用更加广泛。现代的苗、瑶、侗、布依等少数民族仍然在大量使用蓼蓝加工扎染、蜡染民族工艺品。

本人幼年时见到家乡人曾大面积种植蓼蓝。大约在五月割蓝,然后在田地里挖出一个几米见方的大池子,把蓼蓝放入池中,可能还加入有石灰,灌满水浸泡发酵。然后找几个年轻人脱光衣服跳入池中踩蓝。通过踩踏使蓝洗出并沉淀,人的皮肤全被染成蓝色的了。此沉淀即可用于染布,市面上有染坊收购使用这种蓝靛。我曾讨来蓝靛代替墨汁,用来写大楷,只是写出的字是蓝色的。这是一种天然染料，出自自然，不污染环境，比化学染料好多了。

据原籍同窗师进通介绍，他姑父家开过染坊，染艺很难掌握。染布色型有："鱼肚白"（也称"玉白"）"月蓝""黑蓝""双黑蓝""毛蓝"等五个色型。无论哪个色型，都是用"靛蓝"染成的。在鱼肚白这种浅色的色型上再继续染几次，这种色型便变成月蓝色型了。如果在月蓝的色型上再继续染几次，那么月蓝色型又变成了黑蓝色型。如此再染几遍，这种黑蓝色型又变成了双黑蓝色型。毛蓝色型，是在月蓝色型上，再染三几次，其色浅于黑蓝，深于月蓝，呈天蓝色；但是染这种毛蓝色型的技术要复杂得多，还须对布本身加以蒸、轧，使布质平坦光亮，柔软。这样染成的布较其他色型都要鲜艳明快夺目。这种民族的传统工艺已经面临灭绝的危险。

另外还有一种叫印花布；色型多染成黑蓝，或双黑蓝。当时有这种印花布行业，有的染坊也做印花的事宜。需要染这种印花布的人，自己事先把布花印好、晒干，送到染坊，待布染成，取回，把布面上的印花点迹去除干净，呈现白底花型，如要蓝底花型，要再染几次。

据南通市任港乡城港村陈玉田老人回忆，他家祖祖辈辈以种蓝草、蔬菜为生，每年农历二月开始种植小蓝（品种为蓼蓝草）。五月份收割头蓝，大暑季节收割二蓝，每逢收割季节都要请亲戚朋友帮忙，割蓝当日大家清晨3点起床，所收割的蓝草必须在日出前完成，这样的蓝草出靛率最高。

现在发现蓼蓝的叶子中含有尿蓝母，这是一种吲哚酚与葡萄糖构成的配糖体——靛甙。尿蓝母本身不是蓝色，但是在碱性发酵液中会被糖化酶或碱剂分解，游离出无色的吲哚酚，进而在空气中氧化缩合为蓝色的沉淀——蓝淀（靛蓝染料）。

3. 䖝（姜黄）

姜黄（姜科，Curcuma longa）又称郁金、马述、黄姜等。是多年生宿根草本。根状茎丛生，肥大，分枝很多，椭圆形或圆柱状，橙黄色，极香。叶基生，2列，每株5至7叶，叶片长圆形或椭圆形，长30至45厘米，宽5至18厘米，顶端渐尖，两面绿色，光滑无毛。花梗由叶鞘内抽出，顶生，穗状花序稠密，苞片卵形，绿白色，上部的染有红晕，萼绿白色，花冠淡黄色，阔披针形。蒴果膜质，球形，3瓣裂。种子卵状长圆形。

姜黄

江汉浮浮[①]，武夫滔滔。匪安匪游[②]，淮夷来求[③]。既出我车，既设我旟[④]。匪安匪舒，淮夷来铺。

江汉汤汤，武夫洸洸[⑤]。经营四方，告成于王。四方既平，王国庶定。时靡有争，王心载宁。

江汉之浒⑥，王命召虎：式辟四方，彻我疆土。匪疚匪棘，王国来极⑦。于疆于理，至于南海。

王命召虎：来旬来宣⑧。文武受命，召公维翰⑨。无曰予小子⑩，召公是似⑪。肇敏戎公⑫，用锡尔祉。

厘尔圭瓒⑬，秬鬯一卣。告于文人，锡山土田。于周受命，自召祖命。虎拜稽首，天子万年。

虎拜稽首⑭，对扬王休。作召公考⑮，天子万寿。明明天子，令闻不已。矢其文德，洽此四国。

—— 《大雅·江汉》

注释：①浮浮：众强的样子。

②匪：同“非”。

③求：通“纠”，诛求，讨伐。

④旟（yú）：画有鸟隼的旗。

⑤洸（guāng）洸：威武的样子。

⑥浒：水边。

⑦极：准则。

⑧旬：通“巡”。

⑨召（shào）公：文王之子，封于召。为召伯虎的太祖，谥康公。

⑩予小子：宣王自称。

⑪似：通“嗣”。

⑫肇敏：图谋。

⑬厘（lài）："赉"的假借，赏赐。圭瓒（zàn）：用玉作柄的
　　酒勺。

⑭稽（qǐ）首：古时礼节，下跪拱手磕头。

⑮考：指簋，一种古铜制食器。

　　《大雅·江汉》是先秦召伯虎所作的诗歌。记载了周宣王中
兴时期用兵江淮暨黄淮平原，征伐和平定淮泗流域的东南夷族
群，以及册命封赏召穆公姬虎的相关历史事件。该诗《毛诗序》
以为尹吉甫所作。此说未必可信。从诗文中的"江汉之浒，王命
召虎""王命召虎""虎拜稽首"等第一人称叙事看，实为召伯虎
所作。此诗同传世的周代青铜器召伯虎簋上的铭文一样，都是
记叙召伯虎平淮夷归来周王赏赐之事。

　　《后汉书·东夷传》记述了周宣王时，首先消除猃狁之患，
然后宣王亲征，平定淮夷之乱。宣王驻于江汉之滨，命召伯虎率
军征之。召伯虎取胜归来，宣王大加赏赐。召伯虎因而作铜簋以
纪其功事，并作此诗，以颂其祖召康公之德与天子之英明。

　　诗中的"鬯（chàng）"即今之姜黄。《植物名实图考长篇》
卷12《郁金》篇中说："焦循《毛诗补疏》：秬鬯一卣。《传》：
鬯，香草也，筑煮合而郁之曰鬯。"又："郑康成注：郁金香草也。
宜以和鬯，注鬯人云：鬯，酿秬为酒，芬香条畅于上下也。"再：
"《疏》云：此鬯酒中兼郁矣。"

　　上文以鬯为郁金，就是今之姜黄。"秬鬯一卣"即"一樽郁

香的黑黍酒"，据毛亨："秬，黑黍也。鬯，香草也。筑煮合而郁之曰鬯，卣器也。"《植物名实图考》卷25《郁金》："其用以染黄者则姜黄也。考古郁鬯用郁酿酒，盖取其气芳而色黄，故曰黄流在中。"

《中国植物志》卷16（2）《姜黄》篇中说："郁金（唐本草）Curcuma longa L.……本品和郁金的根茎均为中药材'姜黄'的商品来源，供药用，能行血破瘀，通经止痛，主治胸腹胀痛、肩臂痹痛、月经不调、闭经、跌打损伤，又可提取黄色食用染料；所含姜黄素可作分析化学试剂。"这里说明古代也称姜黄为郁金。现在知道它们是两种植物。

姜黄是姜科、姜黄属植物。本属植物约50种，主产地为东南亚，澳洲北部亦有分布。我国约有7种，主产东南部和西南部。姜黄产于我国台湾、福建、广东、广西、云南、西藏等省区；栽培，喜生于向阳的地方。东亚及东南亚广泛栽培。

姜黄是知名的黄色染料植物。印度南部的桑伽利市（Sangli）是亚洲可能也是全世界最大的和最重要的姜黄交易中心。黄色及橘色是印度教特别的颜色，比如袈裟的颜色（袈裟常用番红花或姜黄染色）。印度人认为姜黄是多产及昌盛的象征：把姜黄粉涂在新娘子的脸上及身上，会带来好运，也是结婚前一道"净化"的仪式；前去拜访有孕的妇人时，姜黄的根可做有特别意义的礼物。姜黄粉也常用来撒在神圣雕像的上面等。

姜黄在我国古代用作颜料，也是常用的药材。

　　　　　　　　　　　　　　　《诗经》动植物图说

二十二　绥草与高山蓍（绥草、高山蓍）

绥草与高山蓍是两种神奇的野草，绥草因花旋转着生花轴上，如青龙盘缠柱上，根如参状，故名盘龙参；高山蓍在古代被视为神草、筮草，用于占卜，以问神鬼知吉凶。故放在一起讨论。

1. 鹝（绥草）

绥草（兰科，Spiranthes sinensis）又称一线香、盘龙参、龙抱柱、虉、猪辽参、猪鞭草、清明草等。是多年生草本。根茎短，基部有数条粗厚的肉质根。茎高15至45厘米。基生叶2至4枚，叶条状披针形或条形，长10至20厘米。雌雄同株，顶生穗状花序，具多数密生的小花，螺旋状排列如盘龙，花序长10至15厘米，花白色或淡红色，苞片卵状矩圆形，花被线形，唇瓣矩圆形，有皱纹。蒴果长圆形，长约5毫米。

绥草

防有鹊巢^①，邛有旨苕^②。谁侜予美^③？心焉忉忉。
中唐有甓^④，邛有旨鹝。谁侜予美？心焉惕惕^⑤。
　　　　　　　　——《陈风·防有鹊巢》

注释：①防：堤坝，一说为枋，古树。

　　　②邛（qióng）：土丘。旨：味美。

　　　③侜（zhōu）：诳，谎言欺骗。

　　　④唐：古代庙堂门内的大路。甓（pì）：古代的砖瓦，用以作
　　　　瓦沟。

　　　⑤惕惕：担心害怕的样子。

　　《陈风·防有鹊巢》是女子抒发害怕失爱的忧虑的诗歌。相
传陈国是周武王封给舜的后代妫满的国家，并把大女儿嫁给了
他。陈国的疆土就在今天河南省淮阳一带，这一地区的风俗"妇
人尊贵，好祭礼，用史巫"（《汉书·地理志》）。该诗以树有鹊
巢、丘有花草取兴，各言其所，反兴"予美"所失的忧虑。盖女士
害怕有人挑拨，其关键词"侜"（zhōu）是挑拨、欺罔的意思。整
首诗前两句为比，野鸟、野草、杂木，比喻闲言碎语。后面叙述
事实，描绘心情。大概是出于婚嫁前期，害怕别人挑拨离间，坏
了亲事，所以看见鸟鹊，顿生恨意。"旨苕"与"旨鹝"皆美草之
意。如扬雄《太玄·居》："凡家不旨。"注："旨，美也。"这都是
以旨代美的例子。该诗短小精悍，情味隽永悠长。

诗中的"鹝"，马瑞辰《毛诗传笺通释》中说："'邛有旨鹝，'《传》：'鹝，绶草也。'"

《植物名实图考》卷15《盘龙参》："盘龙参，袁州、衡州山坡皆有之。长叶如初生萱草而脆肥。春时抽葶，发苞如辫绳斜纠，开小粉红花，大如小豆瓣，有细齿上翘，中吐白蕊，根有粘汁……其根似天门冬而微细，色黄。"吴氏描写甚细，盘龙参即古之鹝草，今之绶草。

《植物学大辞典》中记述绶草："兰科，绶草属。生于路旁草地原野等处。多年生，草木，茎高五六寸，初夏开小花，穗状花序，纠掫而上，如绶状，花作淡粉色，颇可爱，名见《诗经》注。"

绶草是兰科、绶草属植物。本属植物约80种，分布于温带与热带地区。我国约5种，全国均有分布。其中的绶草是最为常见的代表植物，多生于岭南。生于山坡林地、灌丛、草地、河滩、沼泽、草甸中。

绶草宛如草地上游走的精灵，平时对它不屑一顾，或者很难见到。但在一次阳春三月的云南之行，很意外地碰上了，盘旋而上的粉红色小花朵，奇特如盘龙，引起我的关爱，不禁驻足欣赏。请别小看这么小朵的花，它可是兰科植物的一员，花型娇贵美丽。绶草的花序如绶带一般，故得绶草之名，绶草因花旋转着生花轴上，如青龙盘缠柱上，根如参状，故有盘龙参之别称。又因盛花期在清明节，因此又有清明草的别名。

绶草是一味重要的中药,常遭到过度采掘,这造成野生绶草难以觅得。已被列入《濒危野生动植物物种国际贸易公约》(CITES)的附录Ⅱ中,并被列入中国《国家重点保护野生植物名录(第二批)》中,为二级保护植物和长白山区野生珍稀濒危药用植物。

　　绶草开紫红色或白色小花,花形特殊,唇瓣较大,花形别致奇特,美丽玲珑,有淡雅的香味,可盆栽观赏,现已被栽植为园艺观赏花卉。

2. 蓍(高山蓍)

　　高山蓍(菊科,Achillea alpine)又称蓍草、丛蓍、蓍、蜈蚣草、飞天蜈蚣、乱头发、土一支蒿、羽衣草、千条蜈蚣、锯草等。是多年生草本,具短根状茎。茎直立,高30至90厘米。有棱条,被伏柔毛,常簇生多茎,上部有分枝。叶互生,叶条状披针形,长6至10厘米,宽7至15毫米,栉齿状羽状深裂,裂片线形,两面生长柔毛,下部叶花期常枯萎。头状花序多数,集生成伞房状,总苞钟形,总苞片3层,覆瓦状排列,边缘舌状花,雌性,5至11朵,白色,中心管状花,两性,白色。瘦果扁平,宽倒披针形,具翅。

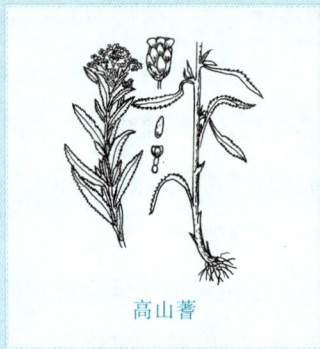

高山蓍

　　　　　　　　　　　　　《诗经》动植物图说

冽彼下泉，浸彼苞稂。忾我寤叹，念彼周京。

冽彼下泉，浸彼苞萧。忾我寤叹，念彼京周。

冽彼下泉，浸彼苞蓍。忾我寤叹，念彼京师。

芃芃黍苗，阴雨膏之。四国有王，郇伯劳之。

——《曹风·下泉》

注解参见第十九章。诗中的"蓍"即蓍草。《毛诗品物图考》卷1《浸彼苞蓍》："《传》：蓍草也。《集传》：筮草也。"有图示蓍草。

《植物名实图考》卷11蓍篇中说："蓍，《本经》上品。《白虎通》谓天子蓍长九尺；《史记》谓长丈者百茎，不可得，得六尺者六十茎用之。此神物也，八尺以上之蓍，诚不可得，而《家语》有妇人刈蓍薪而亡蓍簪者；《老子》以蓍艾为席；《下泉》之诗，浸蓍与萧稂同，则蓍亦非奇卉矣。《唐本草注》亦云处处有之，《宋图经》始云出上蔡。"《博物志》云："蓍一千年长三百茎，植株够老，所以能知吉凶。"

蓍草是菊科、蓍属植物。本属植物约200种，广泛分布于北温带。我国产10种，以高山蓍释之。高山蓍分布于东北、山西、陕西、河南、河北、湖南、湖北、云南、四川、内蒙古、宁夏、甘肃等地。多生长于灌丛间、山坡草地以及林缘，目前尚未由人工引种栽培。

蓍草古代视为神草、筮草，用于占卜，以问神鬼知吉凶，圣人赞之，谓之神物。至今看来十分荒诞。

相传，太昊伏羲氏曾用此草"揲蓍车卦"，不少典籍中多有论述。《易经·羽卦》云："昔者圣人之作易也，幽赞于神明而生蓍。"这句话的意思是，说卦先说蓍，蓍是由于圣人的幽赞才变成神明了。

据《淮阳县志》记载："太昊陵后有蓍草园，墙高九尺，方广八十步。"

历代帝王每年春秋二季派大员来太昊伏羲陵祭拜时，返京也都要取回一束"蓍草"，以作信物。《易经·系辞》上说："是故蓍之德圆而神，卦之德方以知。"德，性质；圆，运转不定。神谓"阴阳不测""卦之德方以知"，大意是通过占卜能反映事物吉与凶。

二十三 藜与紫苏（藜、紫苏）

藜与紫苏是不同科的植物，但它们都属于菜类，故放在一起讨论。紫苏的种子还可以榨油，称为荏油，可以食用，桐油也有荏油之称，但不可混淆。

1. 莱（藜）

藜（藜科, Chenopodium al-bum）又称莱、灰苋、白菜、灰条菜、灰菜、灰灰菜、藋、胭脂菜、鹤顶草、鳌、蔓华等。是一年生草本，高60至150厘米。茎直立，粗壮，有棱和绿色或紫红色的条纹，多分枝。叶片菱状卵形至宽披针形，长3至6厘米，宽2至5厘米，先端急尖或微钝，

藜

基部宽楔形，边缘常有不整齐的锯齿，嫩叶上生有紫红色粉粒。花两性，多数花簇形成圆锥状花序，花被片5，宽卵菁或椭圆形。胞果包于花被内，果皮与种子贴生。种子横生，双凸镜形，细小，黑色光亮。

南山有台，北山有莱。乐只君子，邦家之基。乐只君子，万寿无期。

南山有桑，北山有杨。乐只君子，邦家之光。乐只君子，万寿无疆。

南山有杞，北山有李。乐只君子，民之父母。乐只君子，德音不已。

南山有栲，北山有杻。乐只君子，遐不眉寿。乐只君子，德音是茂。

南山有枸，北山有楰。乐只君子，遐不黄耇。乐只君子，保艾尔后。

————《小雅·南山有台》

注解参见第四章。诗中的"莱"即今之藜。《尔雅》："釐，蔓华。"《说文》："莱，蔓华。则莱即釐，无疑矣。"《草木疏》："莱，藜也。"

《本草纲目》卷27《藜》篇中说："莱，红心灰藋，鹤顶草，胭脂菜。「时珍曰」藜处处有之。即灰藋之红心者，茎、叶稍大。河朔人名落藜，南人名胭脂菜，亦曰鹤顶草，皆因形色名也。嫩时亦可食，故昔人谓藜藋与膏粱不同。老则茎可为杖。诗云：南山有台，北山有莱。陆玑注云：莱即藜也。初生可食。"

藜是藜科、藜属植物。本属植物约250种，世界各地有分布。我国产19种、2亚种。藜在我国南北各省有分布。

在老人的指认下，藜是我最早认识的几种野菜之一。把它采回后，洗净，用开水烫了，加上油盐调食，甚是有味。古书上说的"藜藿"是指粗劣的饭菜。在李白、杜甫的诗中，藜也是一种野草，李白在《答王十二寒夜独酌有怀》诗："君不见，李北海，英风豪气今何在？君不见，裴尚书，土坟三尺蒿藜居。"杜甫在《无家别》中有"寂寞天宝后，园庐但蒿藜。我里百余家，世乱各东西。"陆游在《午饭》诗中说："我望天公本自廉，身闲饭足敢求兼！破裘负日茆檐底，一碗藜羹似蜜甜……"在诗人的笔下蒿与藜都是荒芜的代称，也是充饥的佳品。

它还有小毒。据中国植物图谱数据库收录为有毒植物，其毒性为幼苗中，有人食后在日照下，裸露皮肤部分即发生浮肿及出血等炎症，局部有刺痒、肿胀及麻木感，少数重者可产生水疱，甚至并发感染和溃烂，患者有低热、头痛、疲乏无力、胸闷、食欲不振，同时还有贫血及体重减轻等轻微症状。有专家认为这是因为藜叶中含有的光敏物质进入体内，再经日光照射所致日光性皮炎。

2. 荏（紫苏）

紫苏（唇形科, Perilla frutescens）又称荏、白苏、红苏、香苏、白紫苏、青苏、野苏、苏草等。一年生草本。茎直立，高30至100厘米，绿色或紫色，钝四棱形，密被长柔毛。叶对生，阔卵形或圆形，膜质或草质，长7至13厘米，宽4.5至10厘米，边缘上部有粗齿，两面绿色或紫色，叶面和背面被疏柔毛。总状花序，长1.5至15厘米、密被长柔毛，花萼钟形，萼檐二唇形，上唇宽大，3齿，下唇稍长，2齿，花冠白色至紫红色，长3至4毫米，冠檐近二唇形，上唇微缺，下唇3裂，中裂片较大。小坚果近球形，灰褐色。

紫苏

荏染柔木，言缗之丝①。温温恭人，维德之基。其维哲人，告之话言②，顺德之行。其维愚人，覆谓我僭。民各有心。

于乎小子，未知臧否③。匪手携之，言示之事。匪面命之，言提其耳。借曰未知，亦既抱子。民之靡盈，谁夙知而莫成④？

昊天孔昭，我生靡乐。视尔梦梦，我心惨惨。诲尔谆谆，听我藐藐。匪用为教，覆用为虐。借曰未知，亦聿既耄⑤。

于乎，小子，告尔旧止。听用我谋，庶无大悔。天方艰难，曰丧厥国。取譬不远，昊天不忒⑥。回遹其德⑦，俾民大棘⑧。

——《大雅·抑》后四章

注释：①缗（mín）：给乐器安上弦。

②话言：即诂言，故言也。

③臧否（pǐ）：好恶。

④莫（mù）：同"暮"。

⑤聿：语助词。

⑥忒（tè）：偏差。

⑦回遹（yù）：邪僻。

⑧棘：通"急"。

《大雅·抑》是周的元老卫武公训教周平王的诗歌。该篇不少学者认识上有分歧，比较准确的是说周平王就是周幽王的儿子宜臼，幽王昏庸残暴，宠爱褒姒，最后被来犯的西戎军队杀死在骊山。幽王死后，宜臼被拥立为王。平王施政不当，行役无度，不抚其民，而远屯戍于母家申国。此诗作者卫武公则是周的元老，平王在位时，他已八九十岁，看到自己扶持的平王品行败坏，政治黑暗，不禁忧愤不已，写下了这首《抑》诗。告诫他千虑一失，聪明人也会有失误的道理。指出他的几大过失，劝他求贤与立德，勤于政事，整顿国防，抵御外寇。"荏染柔木，言缗之丝"为诗中惟一使用的比兴手法，把荏油涂在有韧性的木料制作好琴上，还应配上柔顺的丝弦作比方，说明"温温恭人，维德之基"的道理，可谓语重心长。

诗中的"荏"，以前的学者不认为是一种植物，认为"荏染"有柔之意。作者认为荏是一种植物，诗中的荏是指荏油，染是涂染。"荏染柔木"是将荏油涂染到制作乐器的柔木上。

然而，产荏油的植物有两种。一种是荏（白苏），一种是荏桐（油桐），都产油，并都有荏油之名称。从时间方面分析，白苏被认识和利用较早，油桐则较晚。《名医别录》记载有白苏，为梁代医药家陶弘景所著，问世时间约在公元六世纪。而油桐《本草拾遗》始著录，约在唐开元二十九年（741）。《诗经》记述的"荏"应为白苏。《大雅》中的作品绝大多数都是记述京城、王室的事。西周的京都在陕西秦川，而秦川不产荏桐（油桐），荏桐产地主要在长江流域，而荏（白苏）则分布全国，现在陕西省仍有种荏（白苏）者。因此"荏"应为白苏。

我国古典著作上，称叶全绿的为白苏，称叶两面紫色或面青背紫者为紫苏。近代植物分类学者认为二者属同一种植物，其变异是因栽培而引起的。

杜甫的《园官送菜》中有："乃知苦苣辈，倾夺蕙草根。小人塞道路，为态何喧喧。又如马齿盛，气拥葵荏昏。点染不易虞，丝麻杂罗纨。"其中的苦苣、马齿、葵、荏都是菜类。很明显葵指冬葵，荏指紫苏。这里的"荏"也绝非油桐。

《植物名实图考》卷25《荏》："荏，《别录》中品，白苏也。南方野生，北地多种之，谓之家苏之，可作糜、作油。"

《植物学大辞典》中记述荏："秋月种子成熟，收此种子而榨油，有干固之性，多以涂雨衣纸伞之类，亦可供食用。"

紫苏是唇形科、紫苏属植物。本属植物有1种、3变种，产亚洲东部。我国均产。全国各地广泛栽培。

紫苏在我国有悠久的种植历史。现在发现苏籽含油量及亚麻酸含量都比较高，植物油脂不含胆固醇。苏籽出油率高达45%左右，油中含亚麻酸62.73%、亚油酸15.43%、油酸12.01%。其中蛋白质含量占25%，内含18种氨基酸，其中赖氨酸、蛋氨酸的含量均高于高蛋白植物籽粒苋。此外还有谷维素、维生素E、维生素B1、缁醇、磷脂等。

二十四　芄兰与佩兰非兰草（萝藦、佩兰）

芄兰与佩兰都有兰名，但它们都不是兰科的兰草，故放在一起讨论。

1. 芄兰（萝藦）

萝藦（萝藦科，Metaplexis japonica）又称芄兰、藿、藿兰、斫合子、白环藤、羊奶科、羊婆奶、婆婆针线包、雀瓢、羊角苗、天浆壳、蔓藤草、奶合藤、土古藤、浆罐头、奶浆藤等。是多年生草质缠绕藤本，茎可达2米以上，有乳汁，全体被毛。单叶对

萝藦

生，卵状心形，长5至12厘米，宽4至8厘米，全缘。总状聚伞花序，腋生或腋外生，花冠白色，有淡紫红色斑纹，近辐状，5裂。蓇葖果，纺锤形，双生。种子多数，种子上具白色绢质种毛。

芄兰之支，童子佩觿①。虽则佩觿，能不我知②。容兮遂兮③，垂带悸兮④。

芄兰之叶，童子佩韘⑤。虽则佩韘，能不我甲⑥。容兮遂兮，垂带悸兮。

——《卫风·芄兰》

注释：①觿（xī）：象骨制的锥形装饰品，成人佩饰。

②能：宁，岂。

③容：佩刀。遂：佩玉。一说容、遂，舒缓悠闲之貌。

④悸：带摆动貌。

⑤韘（shè）：象骨制的钩弦用具，套在右手拇指上，用于射箭时
钩弦。

⑥甲：借作"狎"，亲昵。一说长也。

《卫风·芄兰》古代学者说这是一首讽刺诗，讽刺一位贵族子弟虚有其表，实际上幼稚无能。《诗序》说是大夫讽刺惠公骄而无礼。后人还有不同评说，对该诗的认识分歧很大。现在的学者认为，诗人与诗中的"童子"是幼年的伙伴。诗人即景起兴，因为芄兰的果实与觿都是锥形，很相像，故诗人触景生情，产生联想。诗中"能不我知""能不我甲"是就童子而言可能是青梅竹马，两小无猜，关系非常亲密。可是，自从"童子"佩带觿、套上韘以后，对自己的态度却冷淡了，故嘲笑而歌之，有讽刺意味。

《诗经》动植物图说

觿本是解结的用具，男子佩觿并没有严格年龄限制，与行冠礼不同。据《礼记·内则》记载：子事父母，左佩小觿，右佩大觿。《说苑·修文篇》也说"能治烦决乱者佩觿"，故《毛传》谓觿是"成人之佩"。少女埋怨少年对情事的懵懂，说你虽然穿得像个大人，可你懂得我心吗？你看起来像个可以弯弓骑射的人，可是你怎么不懂得疼爱我呢？

植物世界里的芄兰曾是战国时燕王喜之女公主的名字，历史上又叫菀兰。她与荆轲合议刺秦王。后来又真心爱上荆轲。当荆轲赴秦刺王，"风萧萧兮易水寒，壮士一去兮不复还"时，她则殉情而去。现在有部电视连续剧名叫《荆轲传奇》，大概就是根据这个故事改编而成的。

诗中的"芄兰"是今天的萝藦。《植物名实图考》卷22《萝藦》篇中说："萝藦即藋兰，见《诗疏》。《唐本草》始著录。《拾遗》曰斫合子。《救荒本草》曰羊角科。今至河以北，皆曰羊角；江淮之间曰婆婆针线包，或羊婆奶。湖南曰斑风藤。零娄农曰：芄兰，卫《诗》也，故中原极多，江湘间偶逢之。"

《植物实名图考长篇》卷10《萝藦子》："《陆疏广要》：《尔雅》云：藋，芄兰。刑氏云；藋一名是芄兰。郭云：藋芄蔓生，断之有白汁可啖。"

萝藦是萝藦科、萝藦属植物。本属植物约6种，分布于亚洲东部。我国产2种，分布于西北、西南、东北、华北和东南等地。

萝藦常生长于林边荒地、山脚、河边、路旁灌木丛中。分布于东北、华北、华东和甘肃、陕西、贵州、河南和湖北等省区。

2. 蕳（佩兰）

佩兰（菊科，Eupatorium fortunei）又称兰草、女兰、水香、香水兰、香草、兰泽、大泽兰、水泽兰、野泽兰、千金草、省头草、都梁香、孩儿菊等。是多年生草本，高40至100厘米。根茎横生。茎圆柱形，常紫绿色。叶互生，下部叶常枯萎，中部叶较大，常3全裂或深裂，裂片长椭圆形至披针形，长5至10厘米，宽1至2.5厘米，先端渐尖，边缘有粗齿，上部叶较小。头状花序排成复伞房状，总苞钟状，总苞片2至3层，花白色或紫红色，管状花4至6枚。瘦果圆柱形，具5棱，黑褐色，冠毛白色。

佩兰

溱与洧①，方涣涣兮②。士与女，方秉蕳兮③。女曰"观乎？"士曰"既且"④。"且往观乎？洧之外，洵訏且乐⑤。"维士与女，伊其相谑⑥，赠之以勺药。

溱与洧，浏其清矣⑦。士与女，殷其盈矣⑧。女曰"观乎？"士曰"既且"。"且往观乎？洧之外，洵訏且乐。"维士与女，伊其将谑，赠之以勺药。

——《郑风·溱洧》

《诗经》动植物图说

注释：①溱（zhēn）、洧（wěi）：郑国二水名。

②涣涣：河水解冻后奔腾貌。

③秉：执。

④且（cú）：同"徂"，去，往。

⑤洵：诚然，确实。讦（xū）：广阔。

⑥谑：调笑。

⑦浏：水深而清之状。

⑧殷：众多。

《郑风·溱洧》是来自民间的讴歌春天和爱情的欢歌，诗意明朗、欢快、清新。是一首采自郑国的诗歌。郑国习俗，每年仲春（一说三月上巳展出），少男少女们齐聚溱洧河畔"招魂续魄，拂除不详"。该诗写出青年男女结伴春游之乐。春风骀荡，桃花盛开的季节，正是青年男女热恋的季节。诗从"蕳"转向"芍药"，手中的芍药这是爱的信物、情的象征。佩兰的"淡出"、芍药的"淡入"，表示爱情的达成，"芍药"有约定的含义。

古代有多种植物称兰草，别名也多有混淆。一种兰草又称蕳，是今菊科的佩兰，即本篇中的蕳；一种泽兰又称香草和孩儿菊，是今菊科的白头婆，不是唇形科的泽兰（地瓜儿苗）；一种兰草又称兰花、草兰或山兰，叶如麦冬，花则极香，是今兰科的蕙兰、建兰和春兰等。

《本草纲目》卷14《兰草（本经上品）》："「时珍曰」兰草、

泽兰一类二种也。俱生水旁下湿处。二月宿根生苗成丛，紫茎素枝，赤节绿叶，叶对节生，有细齿。但以圆茎节长，而叶光有岐者为兰草；茎微方，节短而叶有毛者为泽兰。"李氏说的兰草即茼，也就是菊科的佩兰。

《植物名实图考》卷25《兰草》："兰草，《本经》上品。《诗经》'方秉茼兮'，陆《疏》：即兰香草也，古人谓兰多曰泽兰。李时珍集诸家之说，以为一类二种，极确。（附图为今之佩兰）"吴氏所言与李时珍所言一致。

佩兰是菊科、泽兰属植物。本属植物约600余种，主要分布在中南美洲的温带和热带地区，欧、亚、非、大洋洲种类极少。我国有14种及数变种，有3种是引入归化的。佩兰分布于河北、山东、江苏、广东、广西、四川、贵州、云南、浙江、福建等省区。

佩兰有馨香，令人喜欢。韩愈《梁国惠康公主挽歌》中有：诗句"佩兰初应梦，奔月竟沦辉。"

二十五 芍药与石龙芮（芍药、石龙芮）

芍药与石龙芮一种是花卉，一种是野草。但它们都是毛茛科的植物，故放在一起讨论。

1. 勺药（芍药）

芍药（毛茛科, Paeonia lactiflora）又称铤、将离、离草、婪尾春、解仓、余容、犁食、白芍、没骨花、黑牵夷、留夷、挛夷等。是多年生草本。根粗壮，圆柱形。茎直立，高50至80厘米，无毛。叶互生，下部茎生叶为二回三出复叶，上部茎生叶为三出复

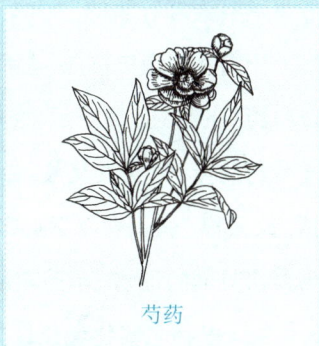

芍药

叶，小叶狭卵形，椭圆形或披针形，顶端渐尖，基部楔形或偏斜，边缘具白色骨质细齿。花数朵，茎顶和叶腋生，花径长9至30厘米，花瓣9至13枚，倒卵形，有白色、粉红、紫红、黄色、绿色等色。菁葖果3至5枚。

溱与洧，方涣涣兮。士与女，方秉蕑兮。女曰"观乎？"士曰"既且"。"且往观乎？洧之外，洵訏且乐。"维士与女，伊其相谑，赠之以勺药。

溱与洧，浏其清矣。士与女，殷其盈矣。女曰"观乎？"士曰"既且"。"且往观乎？洧之外，洵訏且乐。"维士与女，伊其将谑，赠之以勺药。

——《郑风·溱洧》

注解参见第二十四章。芍药有极高的观赏价值，古人评花说芍药第一，牡丹第二，谓牡丹为花王，芍药为花相。因为芍药开花较迟，故它又有"殿春"之称。芍药因其花形妩媚、花色艳丽，故得形容美好容貌的"婥约"之谐音，名为"芍药"。

中国栽培历史悠久，《诗经》中"维士与女，以其相谑，赠之以芍药"的描述，影响后世，有许多少男少女谈情说爱有相互赠送芍药的传统。男女交往，以芍药相赠，表达情结之约或惜别之情，故又称"将离草""别离花"。情侣把它当作爱的证明，或作为再次见面的证物。芍药花语是"依依惜别，难舍难分"。

据《植物名实物考长编》卷11《芍药》篇中说："焦循《毛诗补疏》：赠之以芍药。《传》：芍药，香草。《笺》云：其别则送女以芍药，结恩情也。循按《释文》引《韩诗》云：离草也，言将离别赠此草也。"

《花镜·芍药》中说："芍药古名将离，因人要离别，则赠之也。一名余容，又名婪尾春，惟广陵者为天下最。近日四方竞尚，俱有美种佳花矣。"

文人的笔下多有相关芍药的诗句："有情芍药含春泪，无力蔷薇卧晓枝。"（秦观《春日》）"芍药花初吐，菖蒲叶正齐。藁砧当此日，行役向辽西。"（许景先《阳春怨》）"芍药承春宠，何曾羡牡丹。"（王贞白《芍药》）"庭前芍药妖无格，池上芙蕖净少情。唯有牡丹真国色，花开时节动京城。"（刘禹锡《赏牡丹》）"去时芍药才堪赠，看却残花已度春。只为情深偏怆别，等闲相见莫相亲。"（元稹《忆杨十二》）等等。

芍药是毛茛科、芍药属植物。本属植物约35种，分布于欧、亚大陆温带地区。我国有11种，主要分布在西南、西北，少数分布在东北、华北及长江两岸各省。其中的牡丹、芍药是著名的花卉，又是重要药材。

芍药在我国分布于东北、华北、陕西、河南及甘肃南部。在东北分布于海拔480—700米的山坡草地及林下，在其他各省分布于海拔1000—2300米的山坡草地。在我国四川、贵州、安徽、山东、陕西、河南、浙江等省及各城市公园也有栽培，花瓣各色。

传说中牡丹、芍药都不是凡花种，是某年人间瘟疫，花神为救世人盗了王母仙丹撒下人间。结果一些变成木本的牡丹，另一些变成草本的芍药，芍药还带着个"药"字。确实芍药可入药，根药被称为"白芍"，芍药味苦、酸，性微寒。

芍药种子含油量约25%，供制皂和涂料用。也可榨油供制肥皂和掺和油漆作涂料用。根和叶富有鞣质，可提制栲胶，也可用作土农药，可以杀大豆上的蚜虫和防治小麦秆锈病等。

2. 堇（石龙芮）

石龙芮（毛茛科，Ranunculus sceleratus）又称苦堇、水堇、姜苔、水姜苔、堇葵、彭根、鹘孙头草、胡椒菜、鬼见愁、野堇菜、石能、油灼灼等。是一年生草本。须根簇生。茎直立，全株光滑无毛，多分枝，高15至60厘米。基生叶丛生，有柄，单叶3深裂，肾脏圆形，长1至4厘米，宽1.5至5厘米，基部广心形，茎叶互生，较小，通常3全裂，裂片披针形至线形，柄部鞘状。复伞形花序，花小，萼片5枚，花瓣5枚，黄色。聚合果长椭圆状圆柱形。瘦果多数。

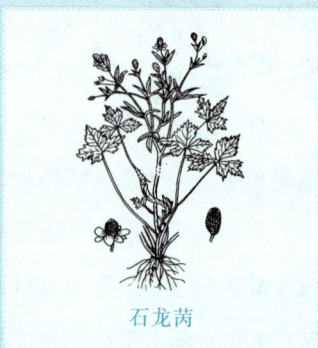
石龙芮

绵绵瓜瓞[①]，民之初生，自土沮漆[②]。古公亶父[③]，陶复陶穴[④]，未有家室。

古公亶父，来朝走马。率西水浒，至于岐下[⑤]。爰及姜女[⑥]，聿来胥宇[⑦]。

周原膴膴[⑧]，堇荼如饴。爰始爰谋[⑨]，爰契我龟[⑩]。曰止曰时，筑室于兹。

逎慰逎止⑪，逎左逎右。逎疆逎理⑫，逎宣逎亩。自西徂东⑬，周爰执事。

乃召司空⑭，乃召司徒。俾立室家⑮，其绳则直。缩版以载⑯，作庙翼翼⑰。

——《大雅·绵》前五章

注释：①绵：连绵不断之意。瓞（dié）：小瓜。

②沮（jū）：古水名。在今陕西省。漆：古水名。渭水支流，今名漆水河。

③亶父：即周文王的祖父。

④陶：为尽情快乐之意。一说指陶灶。

⑤岐：指岐山，在宝鸡以东，西安之西面，原周国之都。

⑥爰（yuán）：为更换之意。

⑦聿（yù）：为迅速之意。胥：为观察、考察之意。宇：房舍。

⑧朊（wǔ）：土地肥美。

⑨始：治理之意。谋：谋划、办理之意。

⑩契（qì）：为聚合、相合之意。龟：借龟甲预测吉凶。

⑪逎（nǎi）：同"乃"。助词。慰（wèi）：为居住之意。

⑫疆：划定界限之意。

⑬徂：为前往之意。

⑭司空：古代官名。

⑮俾（bǐ）：为"使"之意。

⑯缩（suō）：束。版：指筑墙夹土的板。

⑰翼：为遮护之意。

　　《大雅·绵》是周人记述其祖先古公亶父事迹的诗歌。该诗以热情洋溢的语言追述了周王族十三世祖古公亶父自邠迁岐，定居渭河平原，振兴周族的光荣业绩。农耕时代，土地是其根本。占有广阔丰美的土地极为重要。全诗共九章。首章以"绵绵瓜瓞"起兴，概括了周人延绵不绝、生生不息的漫长历史。以下至第八章，着重描写古公亶父在岐山南部的周原上规划田亩、建造宗庙宫室房屋的功绩，叙述太王率族迁岐、建设周原的情况。正是太王迁岐的重大决策和文王的仁德，才奠定了周人灭商建国的基础。"古公亶父，来朝走马。率西水浒，至于岐下"概述了以迁岐为中心的过程。"爰及姜女"说的是姜女是当地平原民族姜族的长女，周与姜联姻，意味着古公亶父被承认为周原的占有者和统治者。后文是写周民在渭水平原上的种种生活和劳作的情形。在"堇荼如饴"的辽阔平原上，规划建筑，发展农耕，安居乐业。

　　诗中的"堇"又叫苦堇、油灼灼，即石龙芮。《植物名实图考长编》卷3《堇》篇中说："焦循《毛诗补疏》：堇荼如饴，《传》：堇，菜也；荼，苦菜也。《笺》云：其所生菜虽有性苦者，甘如饴也。循按《尔雅》云'啮，苦堇，'郭璞注云：今堇葵也，叶似柳，子如米，汋食之滑。"

《本草纲目》卷17《石龙芮》篇中："苗作蔬食，味辛而滑，故有椒、葵之名。"又曰："江淮人三四月采苗，瀹过，晒蒸黑色为蔬。四五月开细黄花，结小实，大如豆，状如初生桑葚，青绿色。搓散则子甚细，如葶苈子，即石龙芮也。"

《诗经》中的"堇"如李氏所言，古时将石龙芮入蔬，其他书籍上也多有记载。如《野菜谱》说："油灼灼生水边，叶光泽，生熟皆可食，又可作干菜。"似常食之物。然而现代已不作为野菜入蔬，据《有毒中草药大辞典》载：石龙芮含毛茛甙、原白头翁素、胆碱、生物碱等，鲜叶能引起皮炎、发泡。误食鲜品可致中毒。表现为口腔灼热，黏膜肿胀，剧烈腹泻，可带血。严重者脉搏缓慢，呼吸困难，瞳孔散大，于10小时内死亡。故不可作野菜食用。解救方法，早期可用0.2%高锰酸钾溶液洗胃；服鸡蛋清或面糊及活性炭；静脉滴注葡萄糖盐水等。

石龙芮是毛茛科、毛茛属植物。本属植物约400多种，广布于温寒地带，多数分布于亚洲和欧洲。我国有78种、9变种，全国分布，多数种类分布于西北和西南高山地区。石龙芮生于潮湿地区、水边，甚至生于水中。

二十六 苍耳与蒺藜（苍耳、蒺藜）

苍耳与蒺藜是不同科的植物，亲缘关系很远，但它们的果实都有刺，故放在一起讨论。

1. 卷耳（苍耳）

苍耳（菊科，Xanthium sibiricum）又称枲耳、胡菜、地葵、苓耳、菈、耳珰草、爵耳、常枲、菓耳、枱耳、羊负来、常思菜、道人头、喝起草、野茄、佛耳、苍子、胡苍子等。一年生草本植物，高20至90厘米。直根粗壮，茎圆柱形，被灰白糙伏毛。叶互生，有长柄，叶片三角状卵形或心形，长4至9厘米，宽5至10厘米，被粗糙或短白伏毛。头状花序近于无柄，聚生，单性同株。夏秋季开花，头状花序，花单性。瘦果椭圆形，红褐色，果外有许多钩刺及短毛。

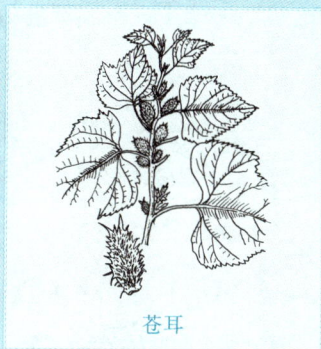

苍耳

采采卷耳，不盈顷筐。嗟我怀人^①，寘彼周行^②。

陟彼崔嵬^③，我马虺隤^④。我姑酌彼金罍^⑤，维以不永怀^⑥。

陟彼高冈，我马玄黄。我姑酌彼兕觥^⑦，维以不永伤^⑧。

陟彼砠矣^⑨，我马瘏矣^⑩，我仆痡矣^⑪，云何吁矣。

——《周南·卷耳》

注释：①嗟：语助词，或谓叹息声。怀：怀想。

②寘（zhì）：放，搁置。周行（háng）：环绕的道路，指大道。

③陟：登。崔嵬（wéi）：山路高低不平。

④虺隤（huī tuí）：疲极致病。

⑤金罍（léi）：古代用青铜做的酒器名。

⑥永怀：长久思念。

⑦兕觥（sì gōng）：犀牛角制的酒杯。

⑧永伤：永远伤感。

⑨砠（jū）：土石山。

⑩瘏（tú）：因劳致病。

⑪痡（pū）：因劳致病。

　　《周南·卷耳》是写一位妇女思念丈夫远行的诗。全诗感情真挚，文字简洁明快，流露出夫妻的深情厚谊，感人肺腑。开始以思念征夫的妇女的口吻来写的，然后又以征夫的口吻来写他思家念归以及备受旅途辛劳，并借马的劳顿表露行途的艰辛的情景。全诗感情真挚，字字句句流露出夫妻的深情，读来感人。诗以采卷耳起兴，将女子一心两用的情态写得含蓄有味。"采采"二字富有音韵美。"不盈顷筐"的原因在于"嗟我怀人，置彼周行"——正因为思念的深重，她的筐才终未采满。内心里想着一人，没有专心采菜，而受亲情的牵制，真切感受到天长路远、魂飞千里的曲折呀！

思念是个永恒的主题！千百年来，有多少男女的心被思念所牵绕。董涛的歌《此刻你会在哪里》唱出了"我好想你，此刻你会在哪里，只有微风和细雨，把你写进我的纯白色笔记，一点一滴，我该怎么走下去，真的不能失去你……"这是现代版的思念，与古人的思念是一脉相通的。

苍耳这种野草各地都能见到。它的果实上有许多钩刺，能钩着人的衣服等物上，令人讨厌。小朋友在草地上玩的时候，带钩刺的苍耳果实常常钩挂在儿童的衣物上。苍耳有一个别名叫"羊负来"，讲的是苍耳子钩缀在羊身上，被牧羊人驱羊入蜀，而后将苍耳带入中原地区的，故名"羊负来"。

诗《传》云："卷耳，苓耳也。"陆玑云："叶青，白色，似胡荽，白华，细茎蔓生，可煮为茹，滑而少味，四月中生子，正如妇人耳珰，今或谓之耳珰草，郑康成谓是白胡荽，幽州人谓之爵耳。"《毛诗品物图考》中记述采采卷耳："《传》：卷耳，苓耳也；《集传》枲耳，叶如鼠耳，丛生如盘。"引文无误，而附图像石竹科的牛繁缕，不妥。

《植物名实图考》卷11《枲耳》："枲耳，《本经》中品。《诗经》卷耳，陆《疏》一名苓耳，一名枲耳，今通呼为苍耳。"《本草纲目》卷15《枲耳》篇中说："诗人谓之卷耳，《尔雅》谓之苍耳，《广雅》谓之枲耳，皆以实得名也。"

苍耳是菊科、苍耳属植物。苍耳属植物约有25种，主要分布在美洲北部、中部、欧洲、亚洲及非洲北部。我国有3种及1变种。苍耳在各地都有分布。

古人曾作为食用植物，不可靠。现在认为苍耳子有毒，从水浸剂中分离出一种甙类，可能是苍耳子的主要毒性成分，刚生土的子叶可使家畜特别是使猪中毒。苍耳幼苗切勿采食。苍耳的茎叶中皆有对神经及肌肉有毒的物质。

2. 茨（蒺藜）

蒺藜（蒺藜科，Tribulus terrestris）又称旁通、屈人、止行、豺羽、升推、蒺、八角刺、茨等。是一年生或多年生匍匐草本植物，全株密披灰白色长柔毛。茎平卧于地面呈蔓生状，淡褐色，从根部多分枝，枝长30至60厘米。偶数羽状复叶，长1.5至5厘米；小叶对生，3至8对，矩圆形或斜短圆形，长5至16毫米，宽2至6毫米。花腋生，花黄色，萼片5枚，宿存，花瓣5枚。果有5瓣，每瓣具棘刺个1对。

蒺藜

　　墙有茨，不可扫也。中冓之言[1]，不可道也。所可道也[2]，言之丑也。

　　墙有茨，不可襄也[3]。中冓之言，不可详也[4]。所可详也，言之长也。

　　墙有茨，不可束也[5]。中冓之言，不可读也。所可读也，言之辱也。

——《鄘风·墙有茨》

注释：①中冓：指宫中龌龊之事。

　　　②所：若。

③襄：除去。

④详：借作"扬"，传扬。

⑤束：捆走。

《鄘风·墙有茨》是对败坏人伦的秽行深恶痛绝的讽刺诗。《毛诗序》中说："《墙有茨》，卫人刺其上，公子顽通乎君母，国人疾之，而不可道也。"君母，即卫宣公所强娶伋之未婚妻齐女，也就是卫宣姜，是当时惠公之母，故称"君母"。公子顽私通君母宣姜，这种乱伦之事是不齿于人的。俗话说是说不得的，难以出口的。朱熹评价是"其污甚矣"。此诗三章重叠，头两句起兴，以宫墙的蒺藜清扫不掉起兴，暗示宫闱中淫乱的丑事是掩盖不住、抹煞不了的。随后道出丑、长、辱三字，说这奇耻大辱不可说也。调侃中加讥刺，叙说情趣悠长，艺术感染力强。

诗中的"茨"即蒺藜。这是北方常见的野草。因果实有刺，能伤人，令人生厌。

《尔雅》："茨，蒺藜。"郭璞注："子有三角，刺人。"《本草经》说："蒺藜子，味苦温。主治恶血，破症结积聚，喉痹，乳难。久服长肌肉，明目轻身。一名旁通，一名屈人，一名止行，一名柴羽，一名推升。生平泽。"

《本草纲目》卷16《蒺藜》篇中说："蒺，疾也；藜，利也；茨，刺也。其刺伤人，甚疾而利也。"

这种多刺的野草也能进入名诗。如王维在《老将行》中有

　　　　　　　　　　　　　《诗经》动植物图说

"汉兵奋迅如霹雳,虏骑崩腾畏蒺藜"之名句。李贺也有诗曰:"腊月草根甜,天街雪似盐。未知口硬软,先拟蒺藜衔。"李白也有诗曰:"黄金消众口,白璧竟难投。梧桐生蒺藜,绿竹乏佳宾。"蒺藜能伤人,能引起人们的关注,与人的关系密切,所以它能进入诗篇,登上大雅之堂。

茨(蒺藜)是蒺藜科,蒺藜属植物。本属有植物约15种,大都产于温带地区。其中蒺藜妇孺皆知,北方多见之。一般生长在山坡、旷野、田间、河岸、路旁。蒺藜也常见于近海边的沙地、旷野及熟荒地上。青鲜时可做饲料。果刺易黏附家畜毛间,有损皮毛质量。为草场有害植物。

民间借蒺藜的谐音"吉利",做成蒺藜花灯。吉利灯燃烛后,周身透光,多角放射,像是一颗吉星,普照人间。

二十七　大麻与苎麻（大麻、苎麻）

大麻与苎麻都是纤维植物，都属麻类，故放在一起讨论。

1. 麻（大麻）

大麻（桑科，Cannabis sativa）又称火麻、汉麻、黄麻、枭麻、牡麻、苴麻、荸麻、山丝苗等。是一年生草本，高1至3米。茎直立，有纵沟，密被短柔毛，茎皮富纤维，基部木质化。掌状叶互生或下部对生，全裂，裂片3至11枚，披针形至条状披针形，两端渐尖，边缘具粗锯齿，上面有粗毛，下面密被灰白色毡毛。花单性，雌雄异株，雄花序圆锥状，顶生或腋生，花被片5枚，雌花簇生于叶腋，绿黄色，每朵花外面有一卵形苞片，瘦果扁卵形，长4至5毫米，灰褐色，有细网纹，外有黄褐色苞片。

大麻

丘中有麻，彼留子嗟^①。彼留子嗟，将其来施施^②。

丘中有麦，彼留子国。彼留子国，将其来食。

丘中有李，彼留之子。彼留之子，贻我佩玖^③。

——《王风·丘中有麻》

注释：①留：留客的留，或指古刘姓。

②将（qiāng）：请，愿，希望。施施：慢行貌，一说高兴貌。

③贻：赠送。玖：黑色美玉。

　　《王风·丘中有麻》是女子盼望与情人相约会的情诗。诗中的"丘中有麻""丘中有麦""丘中有李"是诗的起兴，点明了那郁郁葱葱大麻地、那葱绿繁茂的麦田、那绿荫浓郁的李林，都是姑娘与情郎多次约会的地方。"彼留之子（那个青年人）"给她留下了深情的爱，还送给她了美玉，宣示了两人的爱情的永恒。这里反映出《诗经》时代男女之间的情爱关系，是比较宽松自由的。当时的青年男女自由交往，没有礼教的束缚，野外幽会、交合，相当普遍。

　　诗中的"麻"即今之大麻。古代有人以胡麻（今芝麻，又称巨胜）释诗，误矣。《植物名实图考长篇》卷1《麻》："陶隐居言：八谷之中，胡麻最为良，以《诗》黍、稷、稻、粱、禾、麻、菽、麦为八谷，而引董仲舒云：禾是粟苗，麻是胡麻。按胡麻大宛之种，张骞得之以归，诗人所称，岂应近舍中国之苴，而远述大宛之巨胜？此说非是。又以其胡物而细，故别谓中国之麻为汉麻，亦曰大麻。"在《豳风·七月》中有"九月叔苴"，其中的"苴"是指的大麻的雌株。古人言："有子之麻为苴"。

《中药大词典》火麻："大麻（《本草经集注》）Cannabis sativa L.又名：麻（《诗经》），汉麻（《事物纪原》），火麻（《日用本草》），山丝苗（《救荒本草》），黄麻（《纲目》）。"

大麻是桑科、大麻属植物。本属只有大麻一种，原产中亚地区，我国古代便有栽培，茎皮纤维优良。印度则收取雌花顶部或皮部流出的胶状物供麻醉剂或刺激剂。

大麻在古代只是被当作获取纤维的植物，曾经广泛种植。中国被认为是大麻的原产地，在中国据说已有六千多年的种植历史。大麻的身世本来是很清白的，比如唐人孟浩然《过故人庄》就有"开轩面场圃，把酒话桑麻"之句。后来发现大麻能够对人产生迷幻作用，主要是因为其中一种被称为"四氢大麻酚"的物质成分。20世纪，在西方文化人那里，吸食大麻曾经是一种时尚、一种摩登。例如著名科学家、科普作家卡尔·萨根（Carl Sagan）1971年曾匿名发表了一篇"非常认真、非常精彩的谈论自己吸食大麻的体验的文章"。从20世纪60年代开始，大麻作为一种麻醉品开始流行，大麻的种植开始受到管制。大约从20世纪80年代开始，美国不再允许在户外公开种植大麻了。

2. 纻（苎麻）

苎麻（荨麻科，Boehmeria nivea）又称纻、苎、白麻、野麻、野线麻、钻地风等。是多年生直立亚灌木。茎高达1至2m，有分枝，生短糙毛或长硬毛。单叶互生，叶片卵圆形或宽卵形，长5至16厘米，宽3.5至13厘米，先端渐尖，缘具粗齿，上面粗糙，叶背有白色毡毛，具3条基生脉。雌雄通常同株，上部雌花，下部雄花，或单株雌性，圆锥花序腋生，花小，黄白色，花被4片，雌花簇球形，淡绿色，花被4片。瘦果小，近球形。

苎麻

东门之池，可以沤麻。

彼美淑姬，可与晤歌。

东门之池，可以沤纻。

彼美淑姬，可与晤语。

东门之池，可以沤菅。

彼美淑姬，可与晤言。

——《陈风·东门之池》

注解参见第二十章。大麻和苎麻经过沤制、揉洗、梳理之后，可以得到制衣的纤维，成为古时人们衣料的主要原料，织成的布俗称麻布，裁制衣服。因此，每年种植、浸洗、梳理大麻、苎麻，是春秋前后很长历史时期农村主要劳动内容之一。男女青年在一起劳动、接触、谈情说爱是合乎情理的事情。

本人在幼年时，在农村见过父老在水塘里沤麻的情景。经过一段时间的沤制，塘水变得黑臭，气味难闻，并且还要卷起裤腿，下到塘里去捞取、剥皮、揉洗，这是一种又脏又累的农活。现在知道沤麻是利用细菌的作用使麻的胶质软化以便打出纤维，这是古人的一项发明。由于这项劳动很繁重，科学家们正在探索应用微生物脱胶和酶制剂脱胶的方法改进这项工艺。

诗中的"纻"即今之苎麻。《本草纲目》卷15《苎麻》："「时珍曰」苎麻作纻，可以绩纻，故谓之纻。凡麻丝之细者为绤，粗者为纻。陶弘景云：苎即今绩苎麻是也。"

《植物名实图考》卷14《苎麻》："雩娄农曰：徐元扈谓北方无苎，《诗》'可以沤纻'纻为丝，此误也。苎，麻属，故言沤；丝不可沤。菅、麻、苎皆草，丝则非其类。"

《救荒本草》中记载："苎根，旧云闽、蜀、江浙多有之。今许州人家田园中，亦有种者。苗高七八尺，一科十数茎。叶如楮叶而不花叉，面青背白，上有短毛；又似苏子叶，其叶间出细穗，花如白杨而长，每一朵凡十数穗，花青白色，子熟茶褐色，其根黄白色，如手指龘，宿根地中，至春自生，不须藏种。"

纻作为纤维植物在我国古代栽培利用较早。据史料查考，公元前12—公元前14世纪，殷墟出土的卜辞中就有丝麻的象形文字。《诗经》中有"东门之池，可以沤纻"之句，战国后期的古籍中也有记载。我国苎麻的栽培史至少在三千年以上，于18世纪初先后输入欧洲和北美。据记载河南省驻马店地名与历史上种植苎麻有关。《天中史话》记载："汉代因这里盛产苎麻而取名苎麻村。明天顺元年（1457年）成镇，始沿镇东古村名，曰'苎麻'。明成化十年（1474年）崇简王就藩汝宁（今汝南），建庄于苎麻，并在此设驿站，谐原音改苎麻为驻马店。

苎麻是荨麻科、苎麻属植物。本属植物约120种，分布于热带或亚热带，少数分布在温带地区。我国约有12种，自西南、华南至东北广为分布，多数分布于西南或华南。

苎麻在我国山东、河南和陕西以南各省区栽培甚广，也有野生的。茎皮纤维为制夏布、人造棉、优质纸的原料；根、叶供药用，有清热解毒、止血、消肿、利尿、安胎之效；叶可养蚕或作饲料；种子油供食用。

二十八　木槿、锦葵与冬葵（木槿、锦葵、冬葵）

木槿、锦葵与冬葵都是锦葵科的植物，它们既是花，又是食材，颇受人们喜欢，故放在一起讨论。

1. 舜（木槿）

木槿（锦葵科，Hibiscus syriacus）又称蕣英、舜华、椴、榇、日给、日及、爱老、重台、花上花、朝开暮落花、花奴、王蒸等。是落叶灌木。茎高3至4米，小枝密被黄色星状绒毛。叶三角状卵形，长3至6厘米，宽2至4厘米，通常3裂，先端钝，基部楔形，边缘具不整齐齿缺。花单生于叶腋，花萼钟形，长14至20毫米，裂片5，三角形，花钟形，有紫红色、红色或白色，直径5至6厘米，花瓣倒卵形，长3.5至4.5厘米，。蒴果卵圆形，直径约12毫米。种子肾形。

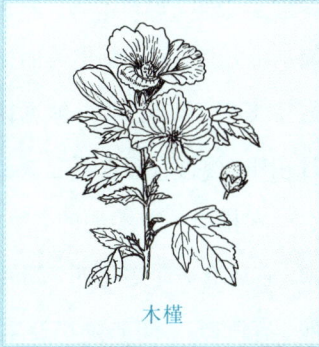

木槿

有女同车，颜如舜华。将翱将翔，佩玉琼琚。彼美孟姜，洵美且都①。

有女同行，颜如舜英。将翱将翔，佩玉将将②。彼美孟姜，德音不忘。

——《郑风·有女同车》

注释：①洵：实在。都：体面，端庄，娴雅。

②将将（qiāng）：佩玉互相碰击的声音。

《郑风·有女同车》是一首记事诗歌，是诗人与一位女子同车游历瞬间的写照诗。从装饰上看，诗中的"女子"是王公贵族家的娇小姐。悦目之物令人爽快，悦心之物给人魅力。诗人只用简洁的几笔，就勾画出美丽姑娘：她的容颜美如木槿花，头饰凤冠待飞翔。佩带玉佩、琼琚锵锵响，可爱美女赛孟姜。确实秀丽且端庄，德行音容永不忘。这样的美女，谁不动心肠？

木槿有一个美丽的名字叫"舜"，朝开暮落，比似红颜多命薄。它还有一个名字叫"朝开暮落花"。这是木槿开花习性的写照。有诗曰："颜如舜华迎紫霞，瞬看繁华娇天涯。暮落不悲容艳好，旭日依旧无穷花。"

《说文解字注》："蕣，木堇，朝华暮落者。《诗经·郑风》颜如舜华，毛曰：舜，木槿也。"

《尔雅·释草》："椴，木槿；榇，木槿。郭璞注云：别二名

　　　　　　　《诗经》动植物图说

也，似梨树，花朝生而夕陨，可食。或呼日及，亦曰王蒸。"

木槿是锦葵科、木槿属植物。本属植物约200余种，分布于热带、亚热带。我国有24种和16变种或变型，包括引入栽培种。本属植物的多数种类有着大型美丽的花朵，是主要的园林观赏灌木。木槿花多色艳，非常美丽。适宜布置道路两旁、公园、庭院等处，可孤植、列植或片植。在园林中常用作花篱、单植、成列种植或作其他灌木的背景。花期满树花朵，娇艳夺目，甚为壮观美丽。

木槿原产我国中部各省。分布于全国各地，广布于台湾、福建、广东、广西、云南、贵州、四川、湖南、湖北、安徽、江西、浙江、江苏、山东、河北、河南、陕西等省区。

安徽徽州有名的木槿豆腐汤，就是把木槿花和豆腐一起煮制而成，食之花香，豆腐鲜嫩，香滑可口。木槿花做菜制作简单，可凉拌、炒制、作汤，其质地脆嫩，细滑可口，味道清香，能润燥、除湿热，是一种天然保健食品。

历代的诗文有不少对木槿花的记述。唐代诗人李商隐的《槿花》："风露凄凄秋景繁，可怜荣落在朝昏。未央宫里三千女，但保红颜莫保恩。"

清叶申昔的《清平乐·木槿》："紫英琼萼，名向葩经托。比似红颜多命薄，休怨朝开暮落。花奴羯鼓无双，唐宫夏日初长。曾傍研光绍帽，舞残一曲山香。"

韩国将木槿叫无穷花。于1990年将白色单瓣红心系列品种的木槿定为国花，以白色花瓣象征公正、诚实、廉洁，以红色花心象征韩国人热烈而执着的性情。木槿的花语是坚韧、永恒、美丽、温柔的坚持。

木槿适应性强,南北各地都有栽培,是美化、绿化、净化空气的好树种。喜阳光也能耐半阴。耐寒,在华北和西北大部分地区都能露地越冬,对土壤要求不严,较耐瘠薄,能在黏土或碱性土壤中生长,惟忌干旱。也是抗烟尘、抗氟化氢等有害气体的极好花卉。

2. 莜(锦葵)

锦葵(锦葵科, Mahva sisensis)又称荆葵、芘芣、蚍衃、钱葵、旌节花、棋盘花、金钱紫花葵等。是二年生或多年生草本。茎直立,多分枝,高50至90厘米,疏被粗毛。叶互生,叶圆形或肾形,长5至12厘米,具5至7浅裂,叶脉掌状,基部近心形至圆形,具圆锯齿,脉上疏被短糙状毛,叶柄长4至8厘米。花3至11朵簇生于叶腋,小苞片3枚,花冠紫红色或白色,直径3.5至4厘米,花瓣5枚,萼杯状,长6至7毫米,萼5裂片,宽三角形,匙形,长约2厘米果扁圆形,分果爿9至11,肾形,被柔毛。

锦葵

东门之枌①,宛丘之栩。子仲之子②,婆娑其下③。

穀旦于差④，南方之原。不绩其麻，市也婆娑。

穀旦于逝⑤，越以鬷迈⑥。视尔如荍，贻我握椒⑦。

——《陈风·东门之枌》

注释：①东门：陈国都城东门。

②子仲：陈国的姓氏。

③婆娑：舞蹈。

④穀（gǔ）：良辰，好日子。

⑤逝：往，赶。

⑥越以：作语助。鬷迈（zōng mài）：男女合行。

⑦贻：赠送。

《陈风·东门之枌》描写陈国男女在歌舞聚会中恋爱的诗歌。描绘了他们相识相知的过程，相互慕悦。诗中的"枌"是指榆树，栩是指麻栎。他们曾在树下舞蹈，南郊幽会，于良辰男女合行，欢快异常。其中"不绩其麻"和"越以鬷迈"的描述，尤能看出热恋中的男女特点，他把女子视为佳卉荍（锦葵），赞誉她美如花。用锦葵花来比喻女子容颜。最后赠送花椒作为定情物，从此可见古代的特定民俗。

锦葵，古名"荍"，始载于《诗经·陈风》。《尔雅·释草》中说："荍，蚍衃。"陆玑《诗疏》云："荍，一名荆葵。"《本草纲目》卷16《蜀葵》项下另曰："一种小者名锦葵，即荆葵也。《尔雅》谓之菽（音乔）。其花大如五铢钱，粉红色，有紫缕文。"《植物名实图考》卷3《锦葵》："锦葵，《尔雅》：菽，蚍衃。注：今荆葵也，似葵紫色。"《群芳谱》赞美说："花小如钱，文彩可观。"

锦葵深受人们的喜爱，它的花语是"恩惠"。受到这种花祝福而生的人，具有一种不为人知的独特气质，必须让人细细品味才能发掘其中的美。据说基督教盛行的年代，赠送锦葵叶子就是请求宽恕的意思。

锦葵花的盛开是盛夏降临最显著的标志之一。夏至的相关物候里即有"木槿荣"的说法。这种花生机勃勃，开得喜庆热闹，夏天它不停地开，一茬又一茬地开。这时正是盛装妙龄女子穿裙子漫步在花丛的季节，花与美女相伴，这边风景独好，因此有人称锦葵是"夏日美少女"。

浅草依韵和浪迹客老师写锦葵诗云："芸紫疏枝叶卷舒，花香澹雅入诗书。兰芝一曲平啸远，星蕊百吟玉雪虚。千种风情生妩媚，万方仪态展秀好。瑶台漫步尘嚣处，还将奇方散众茹。"这里说的是秀色花卉可看、可食、可闻、可药。当今"回归自然"呼声日渐喊响，自然的可食花卉已经成为消费者追逐的目标。我国民间以锦葵的嫩叶和花用来做菜、做汤。在法国萨瓦省一家名为"埃利丹客栈"的饭店，野芝麻花、蜜蜂花、兰芹花、锦葵花等花卉美食曾用来招待法国总统，该店厨师因此被评为"法国烹调之王"。

埃及尼罗河两岸，有时田里长得一片碧绿的锦葵，这种花非常美丽，既可供观赏，也供食用。埃及人对锦葵汤津津乐道，十分喜爱。朋友告诉说，他们的做法是：把锦葵的叶子洗净晒干，然后把叶子粉碎，与羊肉、鸡肉、大米等一起煮汤，煮好的锦葵汤浓绿黏糊，味道鲜美。好吃的"秘密"在于做好锦葵汤之后，他们喜欢放上奶油烧蒜，这种味道极鲜。

锦葵是锦葵科、锦葵属植物。本属植物约30种，分布亚洲、欧洲和北非洲。我国有四种，产各地。供观赏或药用和采嫩叶供蔬食。锦葵属于观赏花木，耐寒，耐旱，不择土壤。生长势强，喜阳光充足。

3. 葵（冬葵）

冬葵（锦葵科，Malva crispa）又称揆、蠚、葵、葵菜、冬苋菜、冬寒菜、蕲菜、滑菜、滑肠菜、露葵、邱葵、阳草、卫足菜、皱叶锦葵等。一年生草本。茎高1米，不分枝，茎被柔毛。叶圆形，常5至7裂或角裂，径约5至8厘米，基部心形，裂片三角状圆形，

冬葵

边缘具细锯齿，并极皱缩扭曲，叶柄瘦弱，长3至7厘米，疏被柔毛。花小，单生或几个簇生于叶腋，直径约6毫米，白色，花瓣5枚。果扁球形，径约8毫米。种子肾形，径约1毫米，暗黑色。

六月食郁及薁，七月亨葵及菽。八月剥枣，十月获

稻。为此春酒，以介眉寿。七月食瓜，八月断壶，九月叔苴。采荼薪樗，食我农夫。

九月筑场圃，十月纳禾稼。黍稷重穋，禾麻菽麦。嗟我农夫，我稼既同，上入执宫功。昼尔于茅，宵尔索绹。亟其乘屋，其始播百谷。

二之日凿冰冲冲，三之日纳于凌阴。四之日其蚤，献羔祭韭。九月肃霜，十月涤场。朋酒斯飨，曰杀羔羊。跻彼公堂，称彼兕觥，万寿无疆！

——《豳风·七月》后三章

注解参见第十二章。诗的第三章描写妇女修剪桑树、采桑养蚕、浸染纺织的劳动。后三章中提到了郁、奥、葵、菽、枣、稻、瓜、壶、荼、黍、稷、禾、麻、麦、韭等多种植物，反映了诗人的辛劳、接触的品物之多。可见古代已将动物命名、植物命名基本完成，不少名称延续至今。从这些事物名称中体会到，夏桀时期先民们的种植、养畜、稻作、养蚕、纺织、缝制、酿酒、围猎、冷藏、制革、建屋等工艺技术已经达到一定水平。

古代言葵，指的是冬葵，民间称冬苋菜或滑菜。黄帝内经中说的"五菜为充"中的葵，指的就是冬葵。

《植物名实图考》卷3《冬葵》："冬葵，《本经》上品，为百菜之主，江西、湖南皆种之。湖南亦呼葵菜，亦曰冬寒菜，江西呼蕲菜。葵、蕲一声之转，志书中亦多载之。"又："《掣经堂葵考》：葵为百菜之主，古人恒食之。《诗豳风》《周礼醢人》《仪礼》诸篇，《春秋左氏传》及秦汉书传，皆恒见之。"

王帧《农书》说："葵为百菜之主，备四时之馔……可防荒俭，可以菹腊（咸干菜）……其根又能疗疾。"

冬葵是锦葵科、锦葵属植物。本属植物约30种，分布于亚洲、欧洲和北非洲我国有4种，产各地。供观赏、药用和采叶供蔬食。

我国早在汉代以前即已栽培供蔬食，汉桓宽《盐铁论·散不足》中说："春鹅秋鶵，冬葵温韭。"南方民间常吃葵菜汤，以冬葵250g，加水一大碗，待煮沸后，稍加猪脂、食盐调味即可。

现在我国各地均有分布。四时可采，洗净鲜用。主产于湖南、四川、贵州、云南、江西、甘肃等省。北京、甘肃会宁等地也偶见栽培。其叶圆，边缘折皱曲旋，秀丽多姿，是园林观赏的佳品，地植与盆栽均宜。

二十九　山有蕨薇都入蔬（蕨、救荒野豌豆）

蕨、薇是两种野生植物，民间常采嫩叶以为蔬，故放在一起讨论。

1. 蕨（蕨）

蕨（蕨科，Ptiridium aquilinum var.latiusculum）又称蕨菜。是多年生草本植物。根状茎粗壮横生，密被棕色柔毛。春季幼时拳卷，成熟后展开，有长而粗壮的叶柄，长30至100厘米，叶片轮廓三角形至广披针形，为3回羽状复叶，长30至60厘米，宽30至60厘米，革质，羽片4至6对。小羽片约10对，互生。孢子囊棕黄色，在小羽片或裂片背面边缘成线形孢子囊群。

蕨

喓喓草虫[①]，趯趯阜螽[②]；未见君子，忧心忡忡[③]。亦既见止，亦既觏止^④，我心则降。

陟彼南山，言采其蕨；未见君子，忧心惙惙^⑤。亦既见止，亦既觏止，我心则说^⑥。

陟彼南山，言采其薇；未见君子，我心伤悲。亦既见止，亦既觏止，我心则夷^⑦。

——《召南·草虫》

注释：①喓喓（yāo）：虫鸣声。

②趯趯（tì）：昆虫跳跃之状。

③忡忡（chōng）：心跳。

④觏（gòu）：遇见。

⑤惙惙（chuò）：忧，心事不定，愁苦的样子。

⑥说（yuè）：通"悦"。

⑦夷：平。心平则喜。

《召南·草虫》是一首思妇情怀之作。其妻独居，感时物之变，先以草虫鸣叫、蝗虫蹦跳起兴并比喻夫妻声气相投。采蕨、采薇也心不在焉。未见君子，"忧心忡忡""忧心惙惙""我心伤悲"，相见了、觏合了，心里痛快又平静、喜悦与欢畅。该诗情感强烈，率真自然。"降""说""夷"，说的是差不多的感受，可又有细微的心理变化。月有阴晴圆缺，人有悲欢离合，此事古难全。离别的忧思、相聚的喜悦，当是古往今来人世间永恒的主题。

蕨的古今名一致。初生之蕨如蒜苗，细长无叶，端似鳖脚，故谓之鳖。亦似小儿拳头，又叫它拳菜。《植物学大辞典》中记载蕨："名见《本草拾遗》，一名：'鳖'。两雅云：蕨，鳖也，菜名。陆佃《埤雅》云：蕨出生无叶，状如雀足之拳，又如人足之蹶，故为之蕨。周秦曰蕨，齐鲁曰鳖。出生亦类鳖脚故也，其苗为之'蕨萁'"。

唐张九龄《在郡秋怀二首》中有"鱼鸟好自逸，池笼安所钦。挂冠东都门，采蕨南山岑。议道诚愧昔，览分还惬今。怅然忧成老，空尔白头吟"的哀叹。《金楼子》："楚国龚舍初随楚王朝，宿未央宫，见蜘蛛焉。有赤蜘蛛大如栗，四面紫罗网，有虫触之而死者，退而不能得出焉。舍乃叹曰：'吾生亦如是耳，仕宦者人之网罗也，岂可淹岁。'于是挂冠而退。时人笑之，谓舍为蜘蛛之隐。"其中的"挂冠"指辞官、弃官。看来做官做腻了，还不如上山采蕨菜开心自在呢！

本人以前也常出入山间，和山蕨打交道。春天长出的嫩叶俗称拳菜。吃起来清香可口，有山珍的美称，现在商店里也有拳菜的干品出售。前不久我去山上旅游，还买得几株蕨，枝叶青翠，栽于花盆之中，它那细腻优美的风姿，真是一尊天然的艺术品。闲暇时欣赏欣赏别有一番情趣。

蕨暂定为蕨科、蕨属的植物。（本属的分类地位尚未确定。）蕨属有植物15种，它为世界性种类，分布世界各地，以泛热带为中心。我国现有6种，产全国各地。我国各山区普遍生长。常见林地、灌丛、荒山草坡。根状茎富含淀粉，其营养价值不亚于藕粉，不但可食，还可作酿酒的原料。

2. 薇（救荒野豌豆）

薇（豆科，Vicia sativa）又称垂水、野豌豆、大巢菜、野麻碗、野菉豆等。是一年或二年生草本，高25至50厘米。羽状复叶，有卷须；小叶8至16枚，长椭圆形或倒卵形，长8至20毫米，宽3至7毫米，先端截形，凹入，有细尖，托叶戟形。花1至2朵生叶腋，萼钟状，萼齿5，披针形，花冠紫色或红色。荚果条形，扁平，长2.5至4.5厘米。种子棕色，圆球形。

救荒野豌豆

喓喓草虫，趯趯阜螽；未见君子，忧心忡忡。亦既见止，亦既觏止，我心则降。

陟彼南山，言采其蕨；未见君子，忧心惙惙。亦既见止，亦既觏止，我心则说。

陟彼南山，言采其薇；未见君子，我心伤悲。亦既见止，亦既觏止，我心则夷。

——《召南·草虫》

注解参见本章前文。

采薇采薇，薇亦作止。曰归曰归，岁亦莫止①。靡室靡家②，猃狁之故③。不遑启居④，猃狁之故。

采薇采薇，薇亦柔止。曰归曰归，心亦忧止。忧心烈烈，载饥载渴。我戍未定，靡使归聘⑤。

采薇采薇，薇亦刚止。曰归曰归，岁亦阳止⑥。王事靡盬，不遑启处。忧心孔疚，我行不来。

彼尔维何？维常之华。彼路斯何⑦？君子之车。戎车既驾，四牡业业。岂敢定居，一月三捷。

驾彼四牡。四牡骙骙，君子所依，小人所腓。四牡翼翼，象弭鱼服⑧。岂不日戒，猃狁孔棘⑨！

昔我往矣，杨柳依依；今我来思，雨雪霏霏。行道迟迟，载渴载饥。我心伤悲，莫知我哀！

——《小雅·采薇》

注释：①莫：暮的本字，指岁暮。

②靡：无。

③猃狁（xiǎn yǔn）：北方少数民族，战国、秦、汉时称匈奴。

④不遑：没空。

⑤靡使：没有捎信的人。

⑥阳：阳月，指夏历四月以后。

⑦路：同"辂"，高大的马车。

⑧象弭：象牙镶饰的弓。鱼服：鱼皮制成的箭袋。

⑨孔棘：非常紧急。

《小雅·采薇》是一首著名的征夫诗。诗的前五章描写威武的军容和紧张的战斗。以采薇起兴，着重写戍边征战生活的艰苦、强烈的思乡情绪以及久久未能回家的原因。从中透露出士兵既有御敌胜利的喜悦，也深感征战之苦，流露出期望和平的心绪。其中有描述了阴雨纷纷、雪花霏霏的寒冬情景，道路崎岖，又饥又渴。但边关渐远，乡关渐近。此刻，他遥望家乡，抚今追昔，不禁思绪纷繁，百感交集。第六章以"昔我往矣，杨柳依依"的抒情结束全诗，感人至深。抒写出征和生还时刻的景物和情怀，言浅意深，情景交融，历来被认为是《诗经》中最有名的诗句之一。

《召南·草虫》和《小雅·采薇》诗中的"薇"，即救荒野豌豆。《本草纲目》卷27《薇》篇中说："薇生麦田中，原泽亦有，故诗云'山有蕨、薇'，非水草也。即今野豌豆，蜀人谓之巢菜。蔓生，茎叶气味皆似豌豆，其藿作疏，入羹皆宜。诗云：采薇采薇，薇亦柔止。《礼记》云：芼羹以薇。皆此物也。《诗疏》以为迷蕨，郑氏《通志》以为金樱芽，皆误矣。"

《毛诗品物图考》卷1《言采其薇》："《传》：薇菜也；《集传》：似蕨而差大，有芒而苦，山间人食之，谓之迷蕨。"

《植物学大词典》薇："羊齿门、羊齿类、薇科、薇属……名见《本草拾遗》，又据日本《有用植物图说》。一名'紫蕨'。"

《植物名实图考》卷4《薇》："考据家以登山采薇，薇自名垂水，不可云水草。今畔弃塯，蔓生尤肥，茎弱不能自立，在山而附，在泽而垂，奚有异也？杜诗：'今日南湖采蕨薇，'蕨有山水二种。薇亦然也。《说文》：薇似藋菜之微者，形义俱足。陈藏器以为叶似萍，亦与豌豆叶相类，而释者或曰迷蕨，或曰金樱芽、或曰白薇，亦为前人所诘。"

前人曾有人将"薇"误释为迷蕨、金樱芽、紫其（蕨类植物）、白薇的情况。从以上所引训释中可以看出，李时珍《本草纲目》、吴其濬《植物名实图考》所言真切，薇应释为野豌豆，即今救荒野豌豆。

救荒野豌豆是豆科、野豌豆属植物。该属植物约200多种，主要分布在北温带及南美，我国有25种，南北皆产之。生于山脚草地、路旁、灌木林下或麦田中。极少有栽培。多有经济价值，嫩茎叶可作蔬菜食用，也可用于观赏、牧草、绿肥等。

三十　甜瓜、葫芦与栝楼（甜瓜、葫芦、栝楼）

甜瓜、葫芦与栝楼都是葫芦科的植物，亲缘关系和习性都比较相近，故放在一起讨论。

1. 瓜（甜瓜）

甜瓜（葫芦科，Cucumis melo）又称果瓜、熟瓜等。是匍匐蔓生草本。茎、枝有槽沟，多刺毛，卷须不分叉。叶片近圆形或肾形，长、宽均8至15厘米，上面粗糙，被糙硬毛，边缘不分裂或3至7浅裂，裂片先端圆钝，有锯齿。花单性，雌雄同株，雄花数

甜瓜

朵簇生于叶腋，雌花单生，花萼筒狭钟形被长柔毛，花冠黄色，长2厘米，裂片卵状长圆形，被柔毛。果实长椭圆形，果皮平滑，有纵沟纹或斑纹，果肉白色、黄色或绿色，有香甜味。种子扁平，长卵形，黄白色。

六月食郁及薁，七月亨葵及菽。八月剥枣，十月获稻。为此春酒，以介眉寿。七月食瓜，八月断壶，九月叔苴。采荼薪樗，食我农夫。

九月筑场圃，十月纳禾稼。黍稷重穋，禾麻菽麦。嗟我农夫，我稼既同，上入执宫功。昼尔于茅，宵尔索绹。亟其乘屋，其始播百谷。

二之日凿冰冲冲，三之日纳于凌阴。四之日其蚤，献羔祭韭。九月肃霜，十月涤场。朋酒斯飨，曰杀羔羊。跻彼公堂，称彼兕觥，万寿无疆！

——《豳风·七月》后三章

注解参见第十二章。诗中的"七月食瓜，八月断壶"，其中的瓜指的是甜瓜，壶指的是葫芦。《大雅·绵》篇中有"绵绵瓜瓞"，其中"瓞"乃是小瓜。

《植物名实图考》卷16《瓜》篇中说："甜瓜蒂。《尔雅》：瓞、瓝。其绍瓞。《注》：俗呼瓝瓜为瓞，绍者瓜蔓绪，亦著子，但小如瓝。《疏》瓞，一名瓝，小瓜也。绍，继也。瓜之蔓绍绪先岁之瓜必小，亦名瓞。故云绍瓞。《诗大雅》云绵绵瓜瓞。舍人曰：瓞名瓝，小瓜也。"

甜瓜是葫芦科、黄瓜属植物。本属植物约70种，分布于世界热带到温带地区，以非洲种类较多。我国有4种、3变种。甜瓜古时单称瓜。甜瓜是我国最早利用的果品瓜类，《诗经》和多种古

《诗经》动植物图说

籍中都有记载,汉墓马王堆女尸胃中有瓜子,《齐民要术》称小瓜,以别古代已有的冬瓜(大瓜)。

甜瓜在我国栽培悠久,至少已有2000多年的栽培历史。现在品种繁多,如普通香瓜、哈密瓜、白兰瓜均属不同品系,菜瓜是甜瓜的一变种。

甜瓜果实甘甜、有香味,深受人们喜爱。果肉含有碳水化合物、维生素、少量蛋白质、脂肪、矿物质及其他维生素等。以食用鲜果为主,也可制作瓜干、瓜脯、瓜汁、瓜酱及腌渍品等。

2. 匏·壶·瓠(葫芦)

葫芦(葫芦科,Lagenaria sicenaria)又称匏、壶、瓠、壶芦、瓠胪、匏胪、匏瓠、匏瓜、蒲芦、藤姑、悬瓠等。是一年生攀援草本。茎有沟纹,有软毛,卷须2裂。叶片卵状心形至肾状卵形,长10至40厘米,宽与长近相等,稍有角裂或3浅裂,基部心形;叶柄

葫芦

长5至30厘米。雌雄异株,花生于叶腋,花冠白色,裂片广卵形或倒卵形,长3至4厘米,宽2至3厘米,边缘皱曲。果实壶形,光滑,初绿白色,径约10厘米,上中部缢细。种子白色,倒卵状椭圆形。

匏有苦叶①，济有深涉②。深则厉③，浅则揭④。

有瀰济盈⑤，有鷕雉鸣。济盈不濡轨⑥，雉鸣求其牡。

雝雝鸣雁⑦，旭日始旦。士如归妻⑧，迨冰未泮。

招招舟子，人涉卬否。人涉卬否，卬须我友⑨。

—— 《邶风·匏有苦叶》

注释：①苦：枯也。苦正作枯。

②涉：过河之处，渡口。

③厉：连衣下水渡河。

④揭：提起或卷起衣裳过河。

⑤瀰：指茫茫大水。

⑥轨：车轴两端。

⑦雝（yōng）：雁鸣声。

⑧归妻：娶妻。

⑨卬（áng）：我。须：等待。

《邶风·匏有苦叶》写一位少女在济水渡口等待情人并渴望嫁娶的鲜活优美的上古民歌。诗的首章前二句"匏有苦叶，济有深涉"起兴，有葫芦能助涉水含意。三章先描写清晨河边的景色以起兴，雝雝，大雁和鸣，旭日初升，和美的景色撩动着少女心中的情思，情景交融，韵味悠长。进而抒发她渴望迎娶、早成新娘的急切心情。

《诗经》动植物图说

《卫风·硕人》篇中有"齿如瓠犀";《豳风》篇中有"八月断壶";《小雅·南有嘉鱼》篇中有"甘瓠累之";《豳风·东山》篇中有"有敦瓜苦"。其中的"瓠""壶""瓜苦"和《邶风·匏有苦叶》篇中的"匏"是同物,均指葫芦。

我国古代对葫芦有众多称呼,最早是出现在甲骨文当中。在河南安阳出土的甲骨文中有这种类型的文字,古文字学者指出,这是"壶"字,有专家指出它也是"葫芦"。据浙江河姆渡原始社会遗址中的考古发掘,在7000多年前,我们的先人已种植葫芦。古书上记载,"壶""卢"本为两种盛酒盛饭的器皿,因葫芦的形状和用途都与之相似,所以人们便将"壶""卢"合成为一词,作为这种植物的名称。古人结婚行合卺(jǐn)之礼,就是以一匏分作两瓢,夫妇各执一瓢盛酒漱口,《豳风·东山》篇中"瓜苦"似指合卺的匏。

《本草纲目》卷28《壶芦》篇中说:"古人壶、瓠、匏,三名皆可通称,初无分别。"

《本草经》曹元宇辑注苦瓠:"《毛诗》:'匏有苦叶,'《传》云:'匏,谓之瓠。'又'九月断壶',《传》云:"壶,瓠也。'《说文》及《广雅》:'匏,瓠也。'《古今注》云:'瓠,壶芦也;壶芦,瓠之无柄者。'"文中"九月断壶"为"八月断壶"之误。

瓠(葫芦)是葫芦科、葫芦属的植物。本属有植物6种,主要分布于非洲热带地区。我国栽培一种即葫芦,另有3个变种即匏子、小葫芦和瓠瓜。

据《隋荫刻缉》记载，隋末兰州周围已大量种植葫芦，把葫芦的外皮刮去后磨光，在葫芦上雕刻书法、碑贴、花纹、图画。最早的兰州刻画葫芦自汉至唐、宋时期，随着丝绸之路西去、传往西方各国。葫芦艺术浑厚、单纯、简洁、明快的特殊风格，反映了人们那种朴实无华的精神。葫芦是圆形的，象征着和谐美满，在古代人民的物质生活中占有重要地位。

葫芦的果实可以在未成熟的时候收割作为蔬菜食用，元代王祯《农书》曾记载说："匏之为用甚广，大者可煮作素羹，可和肉煮作荤羹，可蜜前煎作果……"又说："瓠之为物也，累然而生，食之无穷，烹饪咸宜，最为佳蔬。"成熟后可加工为容器或乐器。以前常用它作酒壶、药壶、水瓢等。

3. 果裸 (栝楼)

栝楼 (葫芦科, Trichosan-
thes kirilowii) 又称蒢、菇、果
蠃、瓜蒌、天瓜、黄瓜、地楼、
泽姑、天棘等。是多年生攀缘草
本。块根圆柱形, 粗大肥厚, 灰
黄色。茎多分枝, 长达10米, 有棱
槽, 卷须2至5分枝。叶互生, 近
圆形, 长宽约5至20厘米, 3至7浅
裂至中裂表面粗糙; 叶柄长3至7厘米。雌雄异株, 雄花序总状,
萼5裂。花冠白色, 直径3厘米, 5浅裂, 边缘流苏状, 雌花单生,
裂片5个。果实近球形长8至10厘米, 熟时黄褐色或橙红色, 光
滑。种子多数, 扁平, 长椭圆形, 长约1.5厘米, 近棕色。

栝楼

我徂东山①, 慆慆不归。我来自东, 零雨其濛②。我
东曰归, 我心西悲。制彼裳衣, 勿士行枚。蜎蜎者蠋③,
烝在桑野④。敦彼独宿⑤, 亦在车下。

我徂东山, 慆慆不归。我来自东, 零雨其濛。果蠃之
实, 亦施于宇⑥。伊威在室, 蠨蛸在户。町畽鹿场, 熠燿
宵行。不可畏也? 伊可怀也。

我徂东山, 慆慆不归。我来自东, 零雨其濛。鹳鸣于
垤, 妇叹于室。洒扫穹窒, 我征聿至。有敦瓜苦⑦, 烝在
栗薪。自我不见, 于今三年。

我徂东山，慆慆不归。我来自东，零雨其濛。仓庚于飞，熠耀其羽。之子于归，皇驳其马。亲结其缡⑧，九十其仪。其新孔嘉，其旧如之何？

——《豳风·东山》

注释：①东山：在古奄国，今山东省曲阜市境内。

　　　②零雨：徐雨，小雨。

　　　③蜎蜎（yuān）：蚕蠋屈曲之貌。

　　　④烝（zhēng）：久。

　　　⑤敦：团。敦本是器名，形圆如球。

　　　⑥施（yì）：移、蔓延。

　　　⑦瓜苦：即瓜瓠（hù），也就是匏瓜。

　　　⑧缡（lí）：古读如"罗"，佩巾。

　　《豳风·东山》是一首著名的征夫在解甲回家途中抒发思乡之情的诗。诗的首章"我来自东，零雨其濛"写出了冒雨归途的情景，抒发即将归乡时的悲伤的心情，诉说长期征战生活的无比艰辛和对和平生活的向往。《毛诗序》说："《东山》，周公东征也。周公东征三年而归，劳归士。大夫美之，故作是诗也。"诗的第二章写出士兵久戍军中，田园荒芜的情景："果蠃之实，亦施于宇。伊威在室，蠨蛸在户。町畽鹿场，熠耀宵行。"诗中有"蠨蛸"（xiāo shāo）是一种长腿蜘蛛。意思是屋子里有结网的长

　　　　　　　　　　　　　　《诗经》动植物图说

腿蜘蛛。果蠃即栝楼,爬到了房檐上,言其荒凉。越是荒凉越是让人牵挂。

栝楼在古典著作中多有记载,《本草经》:"栝楼,味苦寒。主治消渴,身热,烦满,大热,补虚,安中,续绝伤。一名地楼。生川谷及山阴。"

《植物名实图考》卷22《栝楼》篇中说:"栝楼,《本经》中品。《尔雅》:果蠃之实,栝楼。今有苦、甜二种,叶亦小异。《炮炙论》以圆者为栝,长者为楼,说近新凿。其根即天花粉。《救荒本草》:根研粉可为饼,穰可为粥,子可为油。"《毛诗品物图考》卷1《果蠃之实》:"《传》:果蠃,栝楼也。"《尔雅》:"果蠃之实,栝楼。"李巡曰:"栝楼,子名也。"孙炎:"齐人谓之天瓜。"

栝楼是传统中药,其果实(瓜蒌)、根(天花粉)和种子(瓜蒌子)都是常用中药材。《中国药典》1995年版所收载天花粉为葫芦科植物栝楼根,即天花粉为药。瓜蒌子富含大量人体所需的脂肪、蛋白质、亚油酸、维生素E和钙、镁、钾、铁、锌等多种微量元素,具有较高的营养价值。

栝楼多生于山坡、山谷、灌丛和林缘和村旁田边等地方,种质资源非常丰富。产于辽宁、陕西、甘肃、四川、贵州、云南、河南、山西、河北、山东、江西等地。

三十一 菟丝子、桑寄生与松萝（菟丝子、桑寄生、松萝）

菟丝子、桑寄生与松萝都是寄生植物，又都是药材，故放在一起讨论。

1. 唐（菟丝子）

菟丝子（旋花科，Cuscuta chinensis）又称唐、蒙、唐蒙、玉女、菟芦、菟缕、赤网、菟邱、菟纍、金线草、火焰草、吐丝子、缠龙子、吐丝实、无根草等。是一年生寄生草本，茎缠绕。纤细，直径约1毫米，黄色，无绿色叶，但有鳞片叶，有吸盘附在寄主上。夏秋开花，花小，白色，小伞形花序，常簇生于茎侧，花冠短钟状，顶端5裂，裂片向外反曲，宿存。蒴果球形。种子细小2至4粒，淡褐色或棕褐色。

菟丝子

爱采唐矣^①？沫之乡矣^②。云谁之思？美孟姜矣^③。

期我乎桑中，要我乎上宫，送我乎淇之上矣。

爱采麦矣？沫之北矣。云谁之思？美孟弋矣。

期我乎桑中，要我乎上宫，送我乎淇之上矣。

爱采葑矣，沫之东矣。云谁之思？美孟庸矣。

期我乎桑中，要我乎上宫，送我乎淇之上矣。

——《鄘风·桑中》

注释：①爱（yuán）：何，何地。

②沫：古地名，在今河南淇县南一带。

③孟姜：与孟弋（yì）、孟庸乃指同一美女。此行文以避重复。

　　《鄘风·桑中》是一篇描写男子与女子相会的情歌。描述沫县的一对青年男女多次约会谈恋爱的情景。采唐、采麦、采葑起兴，引出对美丽的姑娘的思念，诗中道出想象约会美好的情节，有桑间的期盼、上宫的相约、淇水的离别，情意绵绵，回味悠长。体现出当时自由恋爱的风气和浪漫的色彩。该诗艺术特色之一是采用有问有答的"设问"表现手法，生动活泼，宛转而有情致，情趣盎然，令读者的印象更加深刻。过去对该诗争议较多，如《毛诗序》解《鄘风·桑中》说："刺奔也。卫之公室淫乱，男女相奔，至于世族在位，相窃妻妾，期于幽远，政散民流而不止。"现在学者认为全诗轻快活泼，表现了青年男女的炽烈爱情，并无讽刺之意，更谈不上是贵族男女欲乱后的无耻自白。

诗中的"唐"即菟丝子。《毛诗品物图考》卷1《爰采唐矣》"《传》：唐蒙，菜名；《集传》：唐蒙，菜也。一名菟丝。"

《辞源》唐："草名，「诗」'爰采唐矣，'唐，谓唐蒙，即菟丝。"又菟丝："寄生之蔓草，属旋花科，无叶绿质，茎细长略黄，常缠络于他植物上，叶退化成鳞片，夏季开淡红色小花，结实，子可入药，古名唐蒙。"

菟丝子的缠绕茎引起了诗人的注意，常把它比喻为男女之间的缠绵之爱，这种爱也许就是通过松萝与菟丝子表达的。李白的《古意》诗中有"君为女萝草，妾作菟丝花。轻条不自引，为逐春风斜。百丈托远松，缠绵成一家。"其中的爱意溢于言表。《古诗十九首》中也有一段诗："冉冉狐生竹，结根泰山阿。与君为新婚，菟丝附女萝。兔丝生有时，夫妇会有宜。千里远结婚，悠悠隔山陂。"是把"菟丝附女萝"比喻为恩爱夫妻。

菟丝子是旋花科、菟丝子属植物。本属植物约170种，广泛分布于全世界暖温带，主产美洲。我国有8种，南北皆产。主产于山东、河北、河南、山西、陕西、江苏、黑龙江、吉林等省。

小时候在农村路边，随手都可以采到菟丝子那黄色的茎，老人说它的汁可以治面黯祛黑斑。女孩子爱美，采来一团菟丝子丝线茎，在手里揉搓揉搓就挤出汁液来了，她们往面上、手上搽，还说能治痱子。我也试用过，有点儿效。

它茎很细，互相缠绕，没有叶子，不进行光合作用。靠吸收其他植物的营养而生活，因此叫它寄生植物。有人叫它无根草，怀疑它没有根。不是的，它有根，它是种子萌发，有根，当它长出细长的茎，缠绕到其他植物上，靠吸盘吸收到营养时，它的根自行退化萎缩了。

菟丝子是寄生草本植物。生长在田边、荒地和灌丛中，对寄主有危害。寄生在豆科等植物上，菟丝子对大豆等作物危害较大，也对胡麻、苘麻、花生、马铃薯等作物产生危害。农民很讨厌它。一旦在豆田里发展起来，蔓延得很快，并且很难清除。用煤油喷洒在它的身上，一经日光暴晒，它就整体枯萎了。

菟丝子是一种药用植物，种子为中药材，全株为草药。《神农本草经》记载菟丝子为药之上品，称其"主续绝伤，补不足，益气力，肥健人。汁去面䵟，久服明目，轻身延年。一名菟芦，生山谷。"明代《本草纲目》及清代《本草纲目拾遗》等本草书籍均收录有菟丝子。

2. 茑（桑寄生）

桑寄生（桑寄生科，Taxillus sutchuenensis）又称茑、寓木、宛童、桑上寄生、寄悄、寄生草、冰粉树、蠡心宝等。是寄生灌木，高0.5至1米。嫩枝、叶密被褐色或红褐色星状毛。叶近对生或互生，革质，卵形、长卵形或椭圆形，长5至8厘米，宽3至4.5厘米，顶端圆钝，基部近圆形，上面无毛，下面被绒毛。总状花序，生于叶腋，具花3至4朵，密集呈伞形，花序和花均密被褐色星状毛，花红色，裂片4枚，披针形。果椭圆状，长6至7毫米，直径3至4毫米，黄绿色。

桑寄生

有頍者弁①，实维伊何？尔酒既旨②，尔肴既嘉。岂伊异人？兄弟匪他。茑与女萝，施于松柏③。未见君子，忧心奕奕④；既见君子，庶几说怿⑤。

有頍者弁，实维何期？尔酒既旨，尔肴既时⑥。岂伊异人？兄弟具来。茑与女萝，施于松上。未见君子，忧心怲怲⑦；既见君子，庶几有臧⑧。

有頍者弁，实维在首。尔酒既旨，尔肴既阜⑨。岂伊异人？兄弟甥舅⑩。如彼雨雪，先集维霰⑪。死丧无日，无几相见。乐酒今夕，君子维宴。

——《小雅·頍弁》

注释： ①頍（kuǐ）：额带。弁：古代的皮制圆顶礼帽。

②旨：美。

③施（yì）：同"移"。

④奕奕：心神不定。

⑤庶几：也许，或许。说（yuè）：通"悦"，愉快，愉悦。

怿（yì）：喜悦。

⑥时：善、美。

⑦怲怲（bǐng）：忧盛满，忧甚。

⑧臧：善，好。

⑨阜：盛多，丰富。

⑩甥舅：亲戚的通称。

⑪霰（xiàn）：俗称"雪珠"。

《小雅·頍弁》是写一个贵族请他的兄弟、姻亲来宴饮作乐的诗。展示了贵族们醉生梦死的生活和没落低沉的情绪。赴宴者表示对这位贵族的攀附，表现了趋势的阿谀奉承，一说是讽刺幽王的诗。此诗共三章，每章都以贵族们戴的白鹿皮制成的圆顶皮帽开头，表现出华贵和郑重。诗中的"实维伊何""实维何期""实维在首"渲染了宴会前的盛况和气氛，而且表现了赴宴者精心打扮、兴高采烈的心情。接下来，"尔酒既旨，尔肴既嘉""尔酒既旨，尔肴既时""尔酒既旨，尔肴既阜"，写宴会的丰盛，反复陈述美酒佳肴的醇香。诗以"茑与女萝，施于松柏"起兴，比喻赴宴者对同主人的依附关系，表达对主人的赞扬、奉承与讨好。

《本草纲目》卷37《桑上寄生》篇中说："「释名」寄屑、寓木、宛童、茑。「时珍曰」此物寄寓他木而生，如鸟立于上，故曰寄生、寓木、茑木。俗呼为寄生草。"又："寄生高者二三尺。其叶圆而微尖，厚而柔，面青而光泽，背淡紫而有茸。人言川蜀桑多，时有生者。"

桑寄生是桑寄生科、钝果寄生属植物。本属植物约25种，分布在亚洲东南部和南部。我国产15种、5变种。寄生于桑树、梨树、李树、梅树、油茶、厚皮香、漆树、核桃、构树、槐树、榆树、木棉树、朴树或栎属、柯属、水青冈属、桦属、榛属等植物上。桑寄生的种子因鸟进食后不易消化而排泄于树上得以传播。产于云南、四川、甘肃、陕西、山西、河南、贵州、湖北、广西、广东、江西、浙江、福建、台湾等地区。

民间传说，古时候，有个财主的儿子患风湿病多年，每逢阴湿寒冷天气便腰膝酸痛。有个郎中在老桑树上采下不同于桑树的小枝条，带回去给财主的儿子治病。哪知煎服这种枝条后十多天，财主儿子的病居然好了起来。以后屡试皆有效，遂取名为桑寄生。

桑寄生入药始载于《神农本草经》木部上品："桑上寄生味苦平。主治腰痛，小儿背强，痈肿，安胎，充肌肤，坚齿发，长须眉。其实，明目、轻身、通神。一名寄屑，一名寄木，一名宛童。生山谷。"

3. 女萝（松萝）

松萝（松萝科, Usnea long-issium）又称女萝、松上寄生、长松萝、藤萝、松落、蜈蚣松萝、龙须草、金钱草、关公须、天蓬草、树挂等。全体呈地衣体丝状，细长不分枝，最长可达1米以上，基部着生于树皮上，向下悬垂，主轴单一，两侧密生细而短的侧枝，

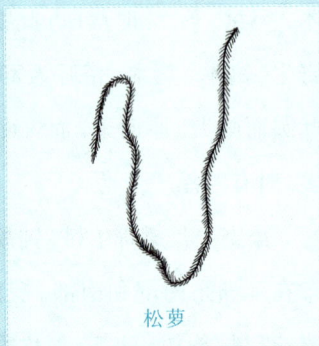
松萝

长约1厘米左右，形似蜈蚣，故名蜈蚣松萝，灰绿色，柔软。子囊果极稀，盘状，生于枝的先端，孢子椭圆形。

有颊者弁，实维伊何？尔酒既旨，尔肴既嘉。岂伊异人？兄弟匪他。茑与女萝，施于松柏。未见君子，忧心奕奕；既见君子，庶几说怿。

有颊者弁，实维何期？尔酒既旨，尔肴既时。岂伊异人？兄弟具来。茑与女萝，施于松上。未见君子，忧心怲怲；既见君子，庶几有臧。

有颓者弁，实维在首。尔酒既旨，尔肴既阜。岂伊异人？兄弟甥舅。如彼雨雪，先集维霰。死丧无日，无几相见。乐酒今夕，君子维宴。

——《小雅·頍弁》

注解参见本章前文。

诗中的"女萝"就是现在的松萝。旧说或以女萝与菟丝系一物而异名，实误。据《植物名实图考》卷22中说："《本草》：松萝一名女萝，草木同名相沿甚多。古诗'菟丝附女萝'，此女萝自是松萝，非菟丝之一名女萝也。"《本草纲目》卷37《松萝》篇中说："「释名」女萝、松上寄生。"又"「别录曰」松萝生熊耳山谷松树上。五月采，阴干。〔弘景曰〕东山甚多。生杂树上，而以松上者为真。诗云：茑与女萝，施于松上。"

古人常以"菟丝""女萝"比喻新婚夫妇，优美贴切，因而传诵千古。菟丝子为寄生植物，柔弱蔓生，茎细长略带黄色，常常缠绕在其他植物之上；女萝草也为寄生植物，有很多细枝缠绕它物。诗人以菟丝子比作妻妾，又以女萝草比喻夫君，意谓新婚以后，妻妾希望依附夫君，让彼此关系缠绵缱绻、永结同心。正是"百丈托远松，缠绵成一家"。

屈原《九歌》的《山鬼》中有这样的描写："若有人兮山之阿，被薜荔兮带女萝。"意思是说山阿里好像有一位姑娘，身上穿薜荔的衣裳，腰里系的是绿萝的带子。又："既含睇兮又宜笑，子慕予兮善窈窕。"大意是你脉脉含情地望着我，笑得那么好看，你大概是爱慕我的善良和美丽吧。屈原的诗歌千古流传，那个绿萝女的窈窕倩影常驻人间。

松萝是地衣门、松萝科、松萝属植物。我国常见的有松萝、节松萝和破茎松萝。松萝生于阴湿的林中，附生在针叶树上。主要产于四川西部，西藏和云南西北部。

现在发现松萝属植物都含有抗菌物质，其中松萝酸的抗菌作用尤为突出。其抗菌谱主要为革兰氏阳性细菌及结核杆菌。松萝酸对原虫、阴道滴虫也有抑制作用。

三十二　野葡萄、乌蔹莓与篱天剑（野葡萄、乌蔹莓、篱天剑）

　　野葡萄、乌蔹莓和篱天剑都是藤本植物，又有药用价值，故放在一起讨论。

1. 蘡（野葡萄）

　　野葡萄（葡萄科，Vitis adstricta）又称蘡、婴舌、燕蘡、木龙、山葡萄、山蒲桃、野葡萄等。是木质藤本。茎细长，有稜，长达8米，皮有长裂片剥落。幼枝有锈色或灰色绒毛，卷须有1分枝或不分枝。单叶互生，叶片宽卵形，通常3至5深裂，长8至10

野葡萄

厘米，宽6至8厘米，缘有不整齐粗齿，叶下面被锈色或灰色绒毛。圆锥花序长5至9厘米，花小，两性花与单性花，异株，花瓣5枚，绿白色，早落，花直径约2毫米，无毛，花萼盘形，全缘。浆果卵形，熟时紫黑色，有蜡粉，直径8至10毫米。

六月食郁及薁，七月亨葵及菽。八月剥枣，十月获稻。为此春酒，以介眉寿。七月食瓜，八月断壶，九月叔苴。采荼薪樗，食我农夫。

九月筑场圃，十月纳禾稼。黍稷重穋，禾麻菽麦。嗟我农夫，我稼既同，上入执宫功。昼尔于茅，宵尔索绹。亟其乘屋，其始播百谷。

二之日凿冰冲冲，三之日纳于凌阴。四之日其蚤，献羔祭韭。九月肃霜，十月涤场。朋酒斯飨，曰杀羔羊。跻彼公堂，称彼兕觥，万寿无疆！

——《豳风·七月》后三章

注解参见第十二章。诗中的"六月食郁及薁"，其中的"郁"是指郁李，"薁"也叫"蘡薁"，是指野葡萄。

《植物名实图考》卷32《蘡薁》篇中说："蘡薁即野葡萄，李时珍收入果部，以为《诗》'六月食薁'即此。"

《花镜》中记述蘡薁："蘡薁，多生于林墅间，四散延蔓，其叶竝花实，皆与葡萄无异。但实小而圆，色不甚紫，而味亦佳。毛诗云：'六月食薁'即此也。"

《毛诗品物图考》卷1《六月食郁及薁》："《传》：薁，蘡薁也。蘡薁其叶并花实皆与葡萄仿佛，但实小，熟则色黑，小儿食之。"附图即今之野葡萄（即蘡薁）。

蘡薁是葡萄科、葡萄属植物。本属植物约50种，分布于温

带和亚热带地区。我国约有35种，南北均产之。其中葡萄为著
名果品，栽培时极为悠久。野葡萄在我国古代也早有记载并
食用。

以往在山上采集植物标本时，在山上经常可以采到山里红、
野葡萄。它的味道特别好，尤其是当人口渴时，能吃到它，口水
自然就往外冒。去年还曾吃过一次，如今念念不忘当时入口的滋
味，希望有机会再上山亲自去采食。

2. 蔹（乌蔹莓）

乌蔹莓（葡萄科，Cayratia
japonica）又称五叶莓、茏草、
拔、茏葛、赤葛、五爪龙、赤泼
藤、龙尾、虎葛、五月梅、乌蔹草
等。是多年生蔓生草本。茎紫绿
色，有纵棱，长达3米左右，具有
2分叉的卷须。叶互生，膜质，五
出掌状复叶，小叶椭圆至狭卵形，

乌蔹莓

长2.5至7厘米。聚伞花序腋生或假腋生，花小，黄绿色，具短梗
花瓣4枚。浆果卵形，长约7毫米，成熟后黑色。种子2至4粒。

葛生蒙楚①，蔹蔓于野。予美亡此②，谁与独处！
葛生蒙棘，蔹蔓于域③。予美亡此，谁与独息④！
角枕粲兮⑤，锦衾烂兮。予美亡此，谁与独旦！

夏之日，冬之夜。百岁之后，归于其居！

冬之夜，夏之日。百岁之后，归于其室！

———《唐风·葛生》

　　《唐风·葛生》是一首夫人悼念丈夫从军丧亡的悼亡诗。《毛诗序》说："刺晋献公也，好攻战，则国人多丧。"女子的丈夫长时间在外服役，已经很久没有他的音信，生死不明。当她获得丈夫尸陈沙场的噩耗时，她无限悲伤。诗借葛藤附于楚、棘，乌蔹莓蔓生于野、域起兴，意在有所攀附。当她看到家里的角枕漆亮和衾被粲然鲜亮，不禁伤心悲叹，物尤如此完好，丈夫却只能独栖于坟，使自己独处寂寞凄凉。她还发誓：夏之日，冬之夜，生死无法隔绝，"百岁之后，归于其室。"《诗经评释》赞该诗"不仅知为悼亡之祖，亦悼亡诗之绝唱也"。可谓开山之作，后世给予了极高的评价。

　　潘岳为其亡妻写过悼亡诗三首，其中"如彼翰林鸟，双栖一朝只；如彼游川鱼，比目中路析"，以鸟鱼的凋亡比喻夫妻间的生离死别，以物喻人，悲情显赫。

诗中的"葰"即今之乌蔹莓，也写作乌蔹莓，莓与莓，音同。《植物名实图考》卷22《乌蔹莓》篇中说："乌蔹莓即五叶莓，《唐本草》始著录。按《诗经》'葰蔓于野'，陆《疏》：形状正同乌葰。毛晋《广要》亦云葰有赤、白、黑，疑此即黑葰云。今俗通呼曰五爪龙。"

乌蔹莓是葡萄科、乌蔹莓属植物。本属植物约25种，分布于亚洲。我国约11种，生山谷林中或山坡灌丛。产于山东、河南、陕西、山西、江苏、浙江、江西、湖南、福建、广东等省区。

乌蔹莓作为药物在《唐本草》中始著录："主风毒热肿，游丹、蛇伤，捣敷并饮汁。"

在我们周围有些老年人，把乌蔹莓误认为是绞股蓝，采回家泡茶喝，因为这两种植物长得有些相似。但它们是不同科的植物。绞股蓝是葫芦科的草质藤本植物，茎纤细，红色或暗棕色。叶鸟足状，有小叶5—7枚，小叶卵状矩圆形，长4—14cm。雌雄异株、圆锥花序、小花单性、黄色、花冠5裂片。浆果球形，有草香气，直径5—8mm。绞股蓝主要分布在陕西平利、甘肃康县、湖南、湖北、云南、广西等地，号称"南方人参"，北方一般见不到它。生长在南方的绞股蓝药用含量比较高，民间称其为神奇的"不老长寿药草"。1986年，国家科委在"星火计划"中，把绞股蓝列为待开发的"名贵中药材"之首位，2002年3月5日国家卫生部将其列入保健品名单。

3. 菖（篱天剑）

篱天剑（旋花科，Calystegia sepium）又称菖(fú)、蒿蕿、荻、舜华、旋花、旋菖、筋根、续筋根、鼓子花、打碗花、鼓子花、美草、天剑草、野苕、面根藤、狗儿秧等，多年生蔓生草本。茎缠绕或匍匐，有细棱。叶互生，三角状卵形，长4至15厘米，宽2至10厘米，先端渐尖，基部戟形，全缘或基部扩展为大裂片。花腋生，1朵，苞片宽卵形，萼片卵形，花冠漏斗状，白色、淡红色或紫色，冠檐微裂，裂片卵形，扁平。蒴果卵形，长约1厘米。种子黑褐色，表面有小疣。

篱天剑

　　我行其野，蔽芾其樗①。婚姻之故，言就尔居。尔不我畜②，复我邦家③。

　　我行其野，言采其蓫。婚姻之故，言就尔宿④。尔不我畜，言归斯复⑤。

　　我行其野，言采其菖。不思旧姻，求尔新特⑥。成不以富⑦，亦祇以异⑧。

——《小雅·我行其野》

注释：①蔽芾（fèi）：树木枝叶茂盛的样子。

②畜：养活。

③邦家：故乡。

④宿：居住。

⑤斯：句中语助词。

⑥新特：新配偶。

⑦成：借为"诚"，的确。

⑧祗（zhī）：恰恰。

《小雅·我行其野》是一首弃妇诗。写一位女子诉说她被丈夫遗弃之后的悲愤和伤痛。空旷的原野中，一个人孤独地走在通往故乡的路上，她忧郁地沉吟着，哀叹自己不幸的遭遇。诗中以原野上的"樗""蓫""葍"等恶木、劣菜象征自己嫁给恶人，并以此为起兴，写出被遗弃之后归家途中悔恨交集的痛苦心情，融情于景，情景交织。一、二章里，她在诉说："尔不我畜，复我邦家。""尔不我畜，言归斯复。"意思是你不好好待我，我只好回家不再来。但到第三章，她情感的火山终于爆发了："不思旧姻，求尔新特。成不以富，亦祗以异。"意思是说你不念旧婚发妻，却去找寻新欢。不是因为她富，恰是你变了心！这也是在控诉当时古代社会的男尊女卑，导致了女子在家庭和婚姻中的被动地位，很容易被遗弃。

诗中的"葍"即今之篱天剑，又称旋花。《植物名实图考长篇》卷10《旋花》篇中说："陆玑《诗疏》：言采其葍，葍一名蕾，河内谓之蒬, 幽州人谓之燕莒。其根正白, 可著热灰中温啖之。饥荒之岁, 可蒸以御饥寒。"

篱天剑是旋花科、打碗花属植物。本属植物约25种, 分布于两半球的温带及亚热带, 我国仅产5种, 南北均产。篱天剑是常见种。

篱天剑花的外形很像牵牛花, 花色多为粉红, 它的名字特有古风, 像剑戟的兵器, 那是因为它的叶子有点像剑戟。它还有个名字叫打碗花, 大家应该不陌生, 小时候语文课本上有一篇文章提及打碗花, 说的也就是篱天剑。曾记得不少小朋友爱采这种花拿着玩, 放到嘴上作小喇叭吹, 童趣难忘啊! 这不禁使我想起篱天剑还有个名字叫鼓子花, 曾出现在唐朝郑谷写的《长江县经贾岛墓》一诗中: "重来兼恐无寻处, 落日风吹鼓子花。"也出现在宋朝辛弃疾写的《临江仙·簪花屡堕戏作》词中: "鼓子花开春烂熳, 荒园无限思量。"这个野草的身影就在我们身旁, 点缀着我们的生活。

三十三　葛与葛藟非近亲（葛、葛藟）

葛与葛藟都是藤本植物，有相似之处，但一个属于豆科植物，一个属于葡萄科植物，它们血缘关系很远，不是近亲。

1. 葛（葛）

葛（豆科，Pueraria lobata）又称鸡齐、鹿藿、黄斤、缔绤草等。葛是木质落叶藤本植物。长达8米或更长，全株被黄色长硬毛，有肥大块根。三出复叶，托叶盾状。顶生小叶菱状卵形，长5.5至19厘米，宽4.5至18厘米，顶端渐尖，基部圆。侧生小叶阔卵形，

葛

基部偏斜。总状花序长15至30厘米苞片早落。萼钟形，萼齿5，花冠蝶形，红紫色，长1.2厘米。荚果长圆状线形，扁平，长5至10厘米，密被褐色长硬毛。

葛之覃兮，施于中谷，维叶萋萋。黄鸟于飞，集于灌木，其鸣喈喈。

葛之覃兮，施于中谷，维叶莫莫。是刈是濩，为絺为綌，服之无斁。

言告师氏，言告言归，薄污我私。薄澣我衣，害澣害否，归宁父母。

—— 《周南·葛覃》

《邶风·旄丘》这首诗中也提到"葛"，诗中的葛与《葛覃》篇中的"葛"是同物。

旄丘之葛兮①，何诞之节兮②！叔兮伯兮③，何多日也？
何其处也④？必有与也⑤！何其久也？必有以也⑥！
狐裘蒙戎⑦，匪车不东⑧。叔兮伯兮，靡所与同⑨。
琐兮尾兮⑩，流离之子。叔兮伯兮，褎如充耳⑪。

—— 《邶风·旄丘》

注释：①旄丘：卫国山名，今属河南省濮阳县的土山。

②诞：延。节：长。

③叔、伯：对所爱之人的昵称。一说为对贵族的称呼。

④何其处也：为什么多日不出门。一说为什么按兵不动。

⑤与：同伴。

⑥以：原因。

⑦蒙戎：尨茸，蓬松的样子。

⑧匪：彼。不东：不向东去。一说指晋国兵车不向东去救援
黎国。

⑨靡：无。

⑩琐、尾：小、微。

⑪褎（yòu）：面带笑容。

《邶风·旄丘》这首诗，《毛诗序》及郑《笺》等，以为是黎
臣责卫之作。意思是想借卫国救援收复祖国，心存奢望，故而产
生怨恨之意。诗一开头借物起兴："旄丘上有葛藤攀援，为什么
它枝节蔓延？叔啊伯啊，为什么拖宕这么多时间？"黎臣迫切渴
望救援，常常登上旄丘，翘首等待援兵，但时序变迁，援兵迟迟
不至，不免暗自奇怪。

葛这种植物茎的纤维很坚韧，加工后可制绳或供纺织用。
古代已经利用它织成葛布，与民生关系密切。清《植物名实图
考》卷22《葛》："葛，《本经》中品，今之绤绤者，有种生、野生
二种。《救荒本草》：花可煠食，根可为粉，其蕢为葛花菜。"葛
的古今名一致。

葛的茎蔓可编制箱笼家具，纤维可制绳或供纺织。葛根富含
淀粉糖分，可以食用。此外葛根是传统中药，性味甘、辛，凉。归
脾、胃经。葛叶可以作为饲料。可以说野葛一身都是宝。

特别要提出的是，《本草纲目》中记载说葛花能"解酒醒脾"，故民间素有"千杯不醉葛藤花"之说。据现代研究，葛根粉中含异黄酮类化合物、淀粉和膳食纤维。

葛在中国分布很广，以华东、华南和西南部各省最多。主要分布于西南部、中南部及东南部。俄罗斯、朝鲜、日本等国也有分布。葛是常见种，生于山坡、路旁的灌丛中或疏林中。

2. 葛藟（葛藟）

葛藟（葡萄科，Vitis flexu-osa）又称藟、藥、千岁藟、苣瓜、巨苽、推藟、藟芜、巨荒、常春藤、野葡萄等。落叶木质藤本，枝条细长，被锈色绒毛，后变无毛。叶互生，叶片阔卵形或三角状卵形，长5至10厘米，宽4至9厘米。先端尖，基部楔形，边缘有波状小锯齿。夏季开花，圆锥花序，花小，5瓣，黄绿色。浆果球形，黑色。

葛藟

南有樛木①，葛藟累之②。乐只君子③，福履绥之④。

南有樛木，葛藟荒之⑤。乐只君子，福履将之。

南有樛木，葛藟萦之⑥。乐只君子，福履成之⑦。

——《周南·樛木》

注释：①樛（jiū）：指弯曲的高树。

②累：指攀缘，缠绕。

③只：是语气助词。君子：指结婚的新郎。

④福履：福禄，幸福。绥：与"妥"通，下降或安也。

⑤荒：指覆盖。将指扶助。

⑥萦：指回旋缠绕。

⑦成：指到来。

《周南·樛木》以樛木得到葛藟缠绕，比喻君子常得到福禄相随，非常贴切生动。樛（jiū）木，有缠绕、攀附的特点，是指攀缘植物的缠绕累赘而向下弯曲的树木。诗中的"葛藟累之"，意思是葛藟的藤条缠绕着樛木。《葛藟》正是利用这一点作为起兴的出发点，以缠绵的爱意来思念亲人、感叹世态冷暖的。熟悉诗词文赋的话，"葛藟"这个名字会让人寄情的诗情画意，从苍茫烟雨浸透的大地上扶摇起来，表达一种顾念、珍爱事物的心情。

然而，也有另一种理解，葛藟缠绕着樛木，压得樛木弯下了腰。这种依附关系，有损主人。正如《易经》第四47卦第6爻的爻词里，告诫众人：深陷困境时，攀附葛藟，越是挣扎，越是受藤蔓缠绕和阻绊，于事无补，终会后悔。

葛藟这个名字一般人不熟悉，一说它又叫野葡萄，许多人就都熟悉它了。尤其是生活在山区的人们经常见到它。它的古今名一致，清吴其濬《植物名实图考》卷22《千岁蘽》篇中说："千岁蘽，《别录》上品。陈藏器以为即葛蘽。"明《本草纲目》卷18《千岁藟》篇中说："「释名」蘽芜、苣瓜、「藏器曰」此藤冬只凋叶，大者盘薄，故曰千岁藟。"

葛蘽是葡萄科、葡萄属植物。生于山坡、沟谷、草地、林边或路旁灌丛中。果实味酸，不能生食。

本种生长健壮、病虫害少，作葡萄砧木有寿命长、丰产等优点。分布于广东、广西、山东、四川、湖北、湖南、甘肃、河南、陕西、贵州、江苏、江西、福建、云南、安徽、浙江等地。

三十四　苳与芨楚是何物（虎杖、中华猕猴桃）

苳与芨楚的名字有些怪异，一般都不熟悉，说它们的现代名虎杖和猕猴桃，大家便知晓了。

1. 苳（虎杖）

虎杖（蓼科，Polygonum cuspidatum）又称荗、苦杖、斑根、斑杖、酸杖、酸杆、大虫杖、黄药子、酸筒杆、酸桶芦、大接骨、斑庄根，酸筒等。是多年生草本。根状茎粗壮，横走。茎直立，高1至2米，粗壮，空心，具纵棱，散生红色或紫红斑点。叶宽卵形

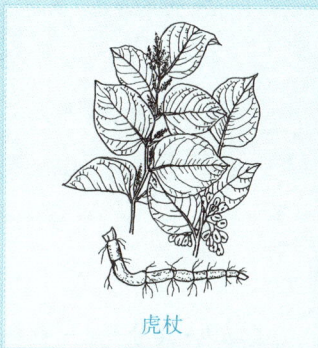
虎杖

或卵状椭圆形，长7至12厘米，宽3至9厘米，近革质，顶端渐尖，基部截形或近圆形，边缘全缘。花单性，雌雄异株，腋生花序圆锥状，长3至8厘米，花小而密，白色，花被5深裂。瘦果卵形，具3棱，长4至5毫米，黑褐色，有光泽。

简兮简兮①，方将万舞②。日之方中，在前上处③。
硕人俣俣④，公庭万舞。有力如虎，执辔如组⑤。
左手执籥⑥，右手秉翟⑦。赫如渥赭⑧，公言锡爵⑨。
山有榛，隰有苓。云谁之思？西方美人。彼美人兮，
西方之人兮。

—— 《邶风·简兮》

注释：①简：鼓声。

②万舞：舞名。

③上处：首位。

④硕：大貌。俣俣（yǔ）：魁伟的样子。

⑤组：丝织的宽带子。

⑥籥（yuè）：古乐器。三孔笛。

⑦翟（dí）：野鸡的尾羽。

⑧赫：红色。渥（wò）：润泽。赭：赤褐色，赭石。

⑨锡：赐。爵：青铜制酒器，用以温酒和盛酒。

《邶风·简兮》是一首祭祀殷商先祖以祈雨的诗。写一位女
子观看舞师表演，并对他产生了爱慕之情。诗第一章写卫国宫廷
举行大型舞蹈。二章描写舞师在首位指挥武舞的场面。他身材
高大，雄健如虎，舞技高超，充分表现出了健与力的阳刚之美。
三章写舞蹈时的雍容优雅，风度翩翩。四章是这位女性情感发

《诗经》动植物图说

展的高潮，倾诉了她对舞师的深切慕悦和刻骨相思。诗中用"山有榛，隰有苓"托兴，以榛树隐喻男子，以苓草隐喻女子，托兴男女情思，引出下文："云谁之思? 西方美人。彼美人兮，西方之人兮。"

历代对"苓"的注释各异，主要有三种。

一是认为苓指甘草。依据是《尔雅》云"蘦，苦。"释曰："蘦，一名大苦。"郭璞云："甘草也。蔓延生，叶似荷，青黄，茎赤有节，节有枝相当，或云蘦似地黄。"然而甘草不是蔓生，叶不似荷，难以服人。

二是认为苓指黄药。依据是《梦溪笔谈》："《本草注》引《尔雅》云，蘦，大苦。《注》：甘草也。蔓延生，叶似荷，茎青赤，此乃黄药也。其味极苦，谓之大苦，非甘草也。"另据《图经》曰："不审括何以知为黄药。"

三是认为苓指卷耳。依据是《尔雅》云："卷耳，苓耳。"苓耳一名苓。然而有学者不同意此说："卷耳自名苓耳，非名苓。凡合二字为苓者，不可删其一字，以同于他物。"

以上三说，并无服众之定论。

《本草纲目》卷16《虎杖》篇中说："杖言其茎，虎言其斑也。或云一名杜牛膝者，非也。一种斑杖似蒻头者，与此同名异物。"又："暑月以根和甘草同煎为饮，色如琥珀可爱，甚甘美。瓶置井中，令冷澈如冰，时人呼为冷饮子，啜之且尊于茗，极解暑毒。其汁染米作糜糕益美。捣末浸酒常服，破女子经脉不通。"其中说明了虎杖不是杜牛膝，也不是藬头。更言以根和甘草同煎为饮。说明虎杖不是甘草。

《诗草木今释》中描述苓："又名虎杖（《名医别录》）藬、苓、大苦（《尔雅》），红药子、酸仗（《本草纲目》）……学名 Polygonum reynoutria Mark.。"按此说并无说明依据，然是近说（1957年），暂以此说释苓。

虎杖是蓼科、蓼属植物。本属植物约有200多种，广布于全球，我国约120种。蓼科植物有的供食用，如荞麦；有的入药，如虎杖、何首乌等。

虎杖主要产自陕西南部、甘肃南部、河南、四川、云南、江苏、浙江、广东、安徽、贵州等省。朝鲜、日本也有分布。

虎杖植于公园下湿地可供供观赏。嫩茎可做蔬菜，根状茎可做冷饮料，置凉水中镇凉饮用。根状茎还可供药用，微苦，微寒。春、秋二季采挖，除去须根，洗净，趁鲜切短段或厚片，晒干，置干燥处，防霉，防蛀。

2. 苌楚（中华猕猴桃）

中华猕猴桃（猕猴桃科，Actinidia chinensis）又称阳桃、羊桃、细子、羊桃藤、藤梨。是大型落叶木质藤本。幼枝及叶柄密被棕色柔毛，老枝红褐色。单叶互生，纸质，倒阔卵圆形至倒阔卵形，长6至17厘米，宽7至15厘米，顶端平截并凹入或

猕猴桃

具突尖，基部钝圆形、叶下面苍绿色，密被灰白色或淡褐色星状绒毛。聚伞花序3至6花，花杂性，萼通常5枚，瓣5枚，花初开时白色，后变淡黄色，有香气。浆果黄褐色，近球形或椭圆形，长4至6厘米，被棕色长茸毛，具小而多的淡褐色斑点。种子数多而小。

隰有苌楚①，猗傩其枝②。夭之沃沃③，乐子之无知。

隰有苌楚，猗傩其华。夭之沃沃，乐子之无家。

隰有苌楚，猗傩其实。夭之沃沃，乐子之无室。

——《桧风·隰有苌楚》

注释：①隰（xì）：低下的湿地。

②猗傩（yǐ nuó）：义同"婀娜"，形容枝条纤细，轻盈柔美。

③夭：嫩美。沃沃：肥茂、润泽。

《桧风·隰有苌楚》是慨叹民生多艰的诗。诗三章，章四句，反复重唱，是意境美丽、节奏欢快的诗作。诗中的"猗傩"指美盛之貌，又作旖旎，音义同"婀娜"。诗中的"猗傩其枝""猗傩其华""猗傩其实"是说苌楚枝条长得柔顺繁盛，花果优美，以此起兴，道出"乐子之无知""乐子之无家""乐子之无室"的情感哀叹，意思就是可喜你尚未成家或未有配偶。陈宏先生分析说："这即是说有室、有家、有配偶就是累赘，就是沉重的包袱，就不能活得潇洒！所以，这是慨叹民生多艰的诗，从一个侧面表现桧国统治下的民生凋敝。"然而，郭沫若先生则认为是没落贵族悲观厌世之作（见《中国古代社会研究》）。孔子评论《隰有苌楚》"得而悔之也"，为所谓作者"厌世"说提供了反证，揭示了该诗表达作者得到应得之物后又追悔的思想感情。

　　苌楚之名大家比较生疏，它的现在名大家比较熟悉，它就是中华猕猴桃，简称猕猴桃。《尔雅》："苌楚，铫弋。"《注》："今杨桃也，或曰鬼桃，叶似桃，华白，子如小麦，亦似桃。"《山海经》："丰山多杨桃。"《诗》："隰有苌楚。"《传》："苌楚，铫弋也。"陆玑："今杨桃也。"《说文》："苌，苌楚，铫弋，一名杨桃。"《名医别录》也有苌楚、御弋、铫弋之名。

　　《本草纲目》卷18《羊桃》篇中说："「释名」鬼桃、羊肠、苌楚、铫弋、细子。"又："诗云，隰有苌楚，即此。"

　　《植物名实图考》卷31《猕猴桃》："猕猴桃，《开宝本草》始著录，《本草衍义》述形尤详，今江西、湖广、河南山中皆有之，乡人或持入城市以售 。"

猕猴桃在我国有文字记载的历史已有二、三千年。唐代岑参有诗曰："中庭井栏上，一架猕猴桃。"说明在一千二百多年前已有人工栽培，以后的古书中亦有关于猕猴桃的形状及加工、食用、药用的记载。现代发现它含维生素C特别丰富，比一般水果高十数倍，而且酸甜适度，风味极美。

中华猕猴桃是猕猴桃科、猕猴桃属的植物。本属植物约有56种，产亚洲，分布于马来西亚至俄西伯利亚东部的广大地区。我国是优势生产区，有52种以上，集中产地是秦岭以南和横断山脉以东的大陆地区，少数种分布于东北地区。其中河南、陕西、湖南、湖北、安徽、江苏、浙江、安徽、江苏、浙江、江西、四川、福建、广东、广西、台湾等地区盛产的中华猕猴桃果实最大、经济价值最高。在我国改革开放以来，引起国人大面积栽培的兴趣，陕西周至、河南西陕发展尤佳。本人在大别山区经常见到猕猴桃，野生的果实很小，现在引种栽培的果子很大，待成熟后吃起来酸甜可口。

猕猴桃性喜温暖潮湿、土层深厚、排水良好的背风阳坡或半阳坡。不耐旱、涝。宜用嫁接或扦插繁殖。抗病虫害能力较强。

猕猴桃果实供鲜食，也可制糖水罐头、果酒、果汁、果酱等，并可用于糖果、糕点等食品。果实营养丰富，含有维生素C、糖、蛋白质、矿物质，以及钙、磷、铁、钠、钾、镁、氯、色素等多

苓与苌楚是何物（虎杖、中华猕猴桃）

种成分，还含酪氨酸等氨基酸12种。猕猴桃不仅味美，而且有显著的医疗效用。

猕猴桃藤条浸出的水溶性胶液，可作造纸糊料，或作印染的胶料和建筑用的胶合剂。叶含淀粉和维生素，可作猪、牛、羊的饲料。花可浸提芳香油和配制猕猴桃酒。种子含油约30%，也可食用。

三十五　紫云英与凌霄花（紫云英、凌霄花）

《诗经》中的"苕"是指两种植物，一指紫云英，一指凌霄花。它们是同名异物，故放在一起讨论。

1. 苕（紫云英）

紫云英（豆科，Astragalus sinicus）又称米布袋、碎米荠、苕饶、翘摇、翘摇车、板桥桥、柱夫、摇车、红花菜、野蚕豆、铁马豆等。是一年生或越年生草本植物。紫云英主根较肥大，一般入土40至50厘米。茎直立或匍匐，枝斜上，株高20至40厘米，

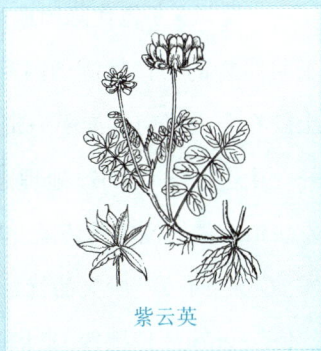

紫云英

茎圆形中空柔嫩多汁，有疏茸毛。叶为奇数羽状复叶，具7至13枚小叶。小叶倒卵形或椭圆形，长5至20毫米，宽5至10毫米。腋生伞形花序，常有小花8至10朵，簇生在花梗上，萼钟形，花冠紫色或黄色。荚果条状矩形，稍弯，无毛，顶端有喙。

防有鹊巢①，邛有旨苕②。谁侜予美③？心焉忉忉。
中唐有甓④，邛有旨鹝。谁侜予美？心焉惕惕⑤。
——《陈风·防有鹊巢》

注释：①防：堤坝，一说为枋，古树。

②邛（qióng）：土丘。旨：味美。

③侜（zhōu）：诳，谎言欺骗。

④唐：古代庙堂门内的大路。甓（pì）：古代的砖瓦，用以作瓦沟。

⑤惕惕：担心害怕的样子。

　　《陈风》是古代陈国地区的诗歌，共十篇。相传陈国是周武王封给舜的后代妫满的国家，并把大女儿嫁给了他。陈国的疆土就在今天河南省淮阳一带，这一地区的风俗"妇人尊贵，好祭礼，用史巫"（《汉书·地理志》）。《陈风·防有鹊巢》是女子抒发害怕失爱的忧虑的诗歌。以树有鹊巢、丘有花草取兴，各言其所，反兴"予美"所失的忧虑。盖女士害怕有人挑拨，其关键词"侜"（zhōu）是挑拨、欺罔的意思。整首诗前两句为比，野鸟、野草、杂木，比喻闲言碎语。后面叙述事实，描绘心情。大概是出于婚嫁前期，害怕别人挑拨离间，坏了亲事，所以看见鸟鹊，顿生恨意。"旨苕"与"旨鹝"皆美草之意。如扬雄《太玄·居》："凡家不旨。"注："旨，美也。"这都是以旨代美的例子。该诗短小精悍，情味隽永悠长。

《陈风·防有鹊巢》篇中的"苕"指紫云英。《植物名实图考》卷4《翘摇》篇中说："《诗》曰：'邛有旨苕，'苕，一名苕饶，即翘摇之本音，苕而曰旨，则古人嗜之矣。《野菜谱》有板翘翘，亦当作翘翘。"

马瑞辰《毛诗传笺通释》："'邛有旨苕，'《传》：'邛，丘也。苕，草也。'瑞辰按：……是苕生于下湿。今诗言'邛有'者，亦有喻谗言之不可信。"

紫云英是豆科、黄芪属植物。本属植物约2000多种，分布于北半球、南美洲及非洲，稀见于北美洲和大洋洲。我国有278种、2亚种和35变种、2变形，南北各省区均产。主要分布在亚洲中部和东北部及我国西藏。本属植物多用于饲养、药用和绿肥。

紫云英生长得好，还因为它是根瘤菌族植物，如果土壤缺少常住微生物区系，在未种植过紫云英的地区一般需要接种根瘤菌。紫云英固氮能力较强，盛花期平均每亩可固氮5—8千克，而且利用率也较高。紫云英主根、侧根及地表的细根上都能着生根瘤，以侧根上居多数。它自己能固氮，因此生长旺盛。

我国早在明、清时代就已在长江中下游地区大面积种植紫云英，广泛分布于北纬24—35度地区。紫云英的花甚是好看，紫色与红白相间。微风缓缓拂过，细细的茎秆迎风摇曳着，像是在对着你微笑。大面积种植，那是望不到边的绿色绒毯，是让人叹为观止的花海！

紫云英的花语是"幸福"。花占卜："你是一个理智、冷静的人，为人真挚，获得朋友的支持和信赖。但你缺乏一种成熟的魅力，你需要通过人际关系来增加你的号召力。在爱情上不易急进，幸福一定会伴着你。"

紫云英是我国稻田最主要的冬季绿肥作物，常作为早稻的基肥。每年深秋时节，当晚稻成熟即将收割时，庄稼人便把那细小的紫云英种子撒进农田的泥土里，很快，紫云英在田里开始发芽，等到晚稻收割时它已长出了幼嫩的叶芽。在寒冷的冬季，紫云英迎着寒风，以它绿色覆盖住整片田野。春天一般在紫云英盛花期。待到早稻插秧前15—20天时，进行压青，把紫云英压入泥土中。压青时每亩要施用石灰25—40千克，促进紫云英腐烂腐熟，同时可以中和其酸性。

紫云英茎、叶柔嫩多汁，叶量丰富，富含营养物质，是上等的优质牧草。紫云英是牛、羊、马、猪、兔优良的青绿多汁饲料。营养价值高，花期干物含粗蛋白质25.8%，粗脂肪4.6%，粗纤维11.3%，无氮浸出物41%，每千克干草可消化蛋白质为134克，可消化率达70%以上。紫云英可做青饲也可调制干草。

紫云英亦是我国主要蜜源植物之一，花期每群蜂可采蜜20—30kg，最高达50kg。

2. 苕（凌霄花）

凌霄花（紫葳科，Campsis grandiflora）又称陵苕、陵时、陵霄、堕胎花、鬼目、紫葳、武威、瞿陵、陵居腹、倒挂金钟、女葳等。是落叶木质攀援藤本。茎枯褐色。叶对生，为奇数羽状复叶，小叶7至9枚，卵形至卵状披针形，长4至9厘米，宽2至4厘米，顶端尾状渐尖，基部阔楔形，两侧不等大，边缘有粗锯齿。顶生疏散的短圆锥花序，花序轴长15至20厘米。花萼钟状，5裂，花冠内面鲜红色，外面橙黄色，长约5厘米，裂片半圆形。蒴果细长，顶端钝。

凌霄花

苕之华①，芸其黄矣②。心之忧矣，维其伤矣③！

苕之华，其叶青青。知我如此，不如无生！

牂羊坟首，三星在罶④。人可以食，鲜可以饱⑤！

——《小雅·苕之华》

注释：①苕（tiáo）：凌霄花。

②芸（yún）其：芸然，一片黄色的样子。黄：蔫黄。比喻人生潦倒。

③维其：何其。

④三星：原指天上明亮而接近的三颗星，也指福星、禄星、寿星三个神仙。指有福、禄、寿，命运好。罶（liǔ）：捕鱼的竹器。

⑤鲜（xiǎn）：少。

《小雅·苕之华》是自叹身逢荒年生活困苦的诗歌。由母羊都饿得身瘦大头，鱼笼空空，水中只见三星之光起兴，描写饥民食不果腹的困苦。古代的人靠天吃饭，年成不好，经常出现饥荒，饿殍遍野的困境。这种情形以我们今日丰衣足食的情况是难以想象的。诗中的"凌霄花"与"三星"起兴，意在说明凌霄和三星都在空中，都是抓不到的实物，比喻人们缺吃少喝。但是，总会有官僚和富豪吃喝不愁，啃鱼咽肉，出有车马，起居有仆。正是杜甫诗中写"朱门酒肉臭，路有冻死骨"几家欢乐、多家愁的情景。

《小雅·苕之华》中的"苕"应指凌霄花。诗中言明花黄色，与凌霄花黄红色正合。据毛亨注诗："苕，陵苕。"又陈奂《诗毛氏传疏》："奂在杭州西湖葛林园中，见陵苕花，藤本蔓生，依古柏树，直至树颠，五六月中，花盛黄色，俗谓凌霄花。"

《尔雅·释草》："苕，一名陵苕。"郭璞注："一名陵时。"又："黄华蔈，白华茇。"郭璞注："苕华色异，名亦不同。《尔雅翼》：苕，陵苕。黄华蔈，白华茇。华色既异，名亦不同。今凌霄花，是也。蔓生乔木，极木所至，开花其端。《诗》云；苕之华，芸其黄矣。"

凌霄花是紫薇科、凌霄属植物。本属植物有2种。一种产北美洲（厚萼凌霄），一种产我国和日本，即凌霄花，花大而美丽，常作为庭院观赏植物。我国南北各地均有分布。凌霄花是连云港市名花之一。千年古凤凰城所在的南城镇，素享"凌霄之乡"美誉。凌霄花寓意慈母之爱，经常与冬青、樱草放在一起，结成花束赠送给母亲，表达对母亲的热爱之情。

凌霄花寓意为志存高远。宋代贾昌期有诗赞曰："披云似有凌云志，向日宁无捧日心。珍重青松好依托，直从平地起千寻。"宋代陆游也有诗曰："庭中青松四无邻，凌霄百尺依松身。高花风堕赤玉盏，老蔓烟湿苍龙鳞。"但这种凌云志是依靠他物攀援而实现的，因此杜甫诗《咏凌霄花》："有木名凌霄，擢秀非孤标；偶依一株树，遂抽百尺条。托根附树身，开花寄树梢；自谓得其势，无因有动摇。一旦树摧倒，独立暂飘飖；疾风从东起，吹折不终朝。朝为拂云花，暮为委地樵；寄言立身者，勿学柔弱苗。"劝说世人不要学凌霄，以免树倒藤也倒。

凌霄为著名的园林花卉之一。是藤本植物，喜攀援，以气生根攀附于它物之上，是庭院中绿化的优良植物，用细木藤架可以编成各种图案，非常实用美观。也可通过整修制成悬垂盆景，或供装饰窗台晾台等用。其花朵漏斗形，大红或金黄，色彩鲜艳。花开时枝梢仍然继续蔓延生长，且新梢次第开花，所以花期较长。

紫云英与凌霄花（紫云英、凌霄花）

三十六　牡荆、蔓荆一家亲（牡荆、单叶蔓荆）

　　"楚"指牡荆，"牡"指蔓荆，它们都是马鞭草科的同属植物，亲缘关系较近。古代常把蔓荆和牡荆混为一种，故放在一起讨论。

1. 楚（牡荆）

　　牡荆（马鞭草科，Vitex ne-gundo L.var.cannabifolia）又称楚、荆、小荆、黄荆、铺香、蚊香草等。落叶灌木或小乔木。高至5米，多分枝，有香味。新枝四棱形，密被细毛。叶对生，掌状5出复叶，或3出复叶，小叶披针形或椭圆状披针形，叶缘有锯齿，总叶柄长3至6厘米。圆锥状花序顶生，花萼钟状，5裂，花冠淡紫色，上唇2裂，下唇3裂。浆果球形，黑色。

牡荆

南有乔木，不可休息；汉有游女，不可求思。

汉之广矣，不可泳思；江之永矣，不可方思。

翘翘错薪[①]，言刈其楚[②]；之子于归，言秣其马。

汉之广矣，不可泳思；江之永矣，不可方思。

翘翘错薪，言刈其蒌；之子于归，言秣其驹。

汉之广矣，不可泳思；江之永矣，不可方思。

——《周南·汉广》

注释：①翘翘：丛生貌。错薪：杂树丛。

②刈（yì）：本义割（草）。

    《周南·汉广》是一首古代男子单相思的哀歌。主人公是个樵夫，他钟情于一位美丽的姑娘，却难遂心愿，情思缠绵，遐想多多。面对浩渺的江水，唱出了惆怅的诗歌。

    《周南·汉广》中有一个看点："汉之广矣，不可泳思；江之永矣，不可方思。"他得出结论是，这么好的女子，想要抱得美人归，是可望不可求的，不是轻易能追求得到的。《汉广》中说的是一个男子追求汉水游女不得的事，《蒹葭》则是一不知道是男人还是女人追求"伊人"不得的事。

    邹天顺先生认为，《周南·汉广》就出现了对立的意象。年轻美貌的女子本来就有无限的魅力，哪个男儿不喜爱？汉水岸上的那位漂亮的出游女子是"我"唯一的追求对象，"我"的一往深情已超越了不可求得的现实，进入了痴情的梦想。"之子于归，来秣其马，"如果这位女子嫁给我，我就喂饱大马来迎她，看似痴话，实则真心也。然而，"南有乔木，不可休思""汉之广矣，不可泳思；江之永矣，不可方思"这几组意象的出现，与上述愿望相违背了，一种无可奈何油然而生。前者与后者是一组对立意象，也是一种矛盾，它暗示出爱情生活可望而不可及。不过，这虽然不可求，诗人的心灵境界却始终为无限向往，无限开放，积极向上的。通过意象节奏来展示心态的变化；运用对立意象突出其主题。

诗中的"翘翘错薪"，指杂乱交错的柴火。古时的风俗，新婚之夜要燃起篝火当灯，以表示热烈红火。其他如《南山》的"折薪"、《车舝》的"折柞"、《绸缪》的"束薪"等都是这个意思。今天在沧州沿海一带，大年除夕夜，还有在大门口燃起柴堆的习俗，称"烤把子"。"言刈其楚"楚是荆条类植物，主枝条可以作杖，古时以此杖行刑，所谓"痛楚"，指的就是这根楚打得很疼。在这些柴火中，就数楚最好、最高了。成语"翘楚"就是根据"翘翘错薪，言刈其楚"构成的。

"楚"指荆楚之地，因多产荆条而得名。古代用荆条为刑杖。《说文》："荆，楚木也。"《商颂·殷武》："维女荆楚，居国南乡。"商周时荆楚泛指长江流域桀骜不驯的蛮夷之地，有贬义色彩，战国时楚国崛起，"荆楚"贬义消失。至今，楚王朝创造出的荆楚文化在荆楚大地上传承。

牡荆、蔓荆一家亲（牡荆、单叶蔓荆）　　　　　741

《本草纲目》卷36《牡荆》篇中说："「释名」黄荆（《图经》）、小荆（《本经》）。「弘景曰」既是牡荆，不应有子。小荆应是牡荆。牡荆子大于蔓荆子，而反呼小荆，恐以树形为言。不知蔓荆树亦高硕也。「恭曰」牡荆作树，不为蔓生，故称为牡，非无实之谓也。蔓荆子大，牡荆子小，故呼荆。「时珍曰」古者刑杖以荆，故字从刑。其生成丛而疏爽，故又谓之楚（从林，从疋，疋即疏字也），济楚之义取此。荆楚之地，因多产此而名也。"

《植物名实图考》卷33《蔓荆》："蔓荆，《本经》上品。又牡荆，《别录》上品，即黄荆也。子大者为蔓荆，有青、赤二种；青者为荆，赤者为楛，北方以制造吕筐篱笆，用之甚广，沙地亦种之。"

其中的蔓荆（楛）是另一种植物。古代常将楚（牡荆）与楛（蔓荆）混为一种。今分别注释之。蔓荆请参看下面"楛"篇。

牡荆是马鞭草科、牡荆属植物。牡荆属约有植物250种，主要分布在热带和温带地区。我国有14种，主要分布于长江以南，少数种类在西藏至青藏高原，华北至东北有分布。

花期7—8月，是一种蜜源植物。分布于江苏、浙江、安徽、江西、福建、湖南、广西、贵州等地。

2. 楛（单叶蔓荆）

单叶蔓荆（马鞭草科，Vitex trifolia var. simplicifolia）又称白背木耳。是落叶小灌木。苗蔓生，方形，浅紫色。茎匍匐，长3米，节上生根。叶对生，卵形或倒卵形，长2.5至5厘米，宽1.5至3厘米，叶背白色，密生短柔毛和腺点。圆锥花序顶生，花萼钟形，具5短刺，花冠二唇形，5裂，淡紫色，核果球形，直径5至7毫米。

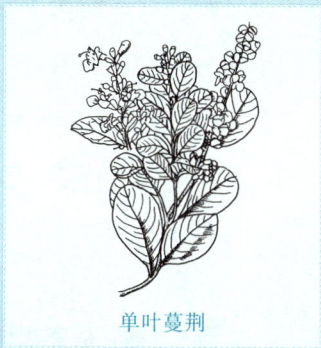

单叶蔓荆

瞻彼旱麓^①，榛楛济济。岂弟君子^②，干禄岂弟^③。
瑟彼玉瓒^④，黄流在中^⑤。岂弟君子，福禄攸降。
鸢飞戾天，鱼跃于渊。岂弟君子，遐不作人^⑥？
清酒既载，骍牡既备。以享以祀，以介景福。
瑟彼柞棫，民所燎矣^⑦。岂弟君子，神所劳矣。
莫莫葛藟^⑧，施于条枚^⑨。岂弟君子，求福不回。

——《大雅·旱麓》

注释：①旱麓：旱山山脚。据考证在今陕西省南郑县附近。

②岂弟（kǎi tì）：即"恺悌"，和乐平易。君子：指周文王。

③干：求。

④玉瓒：圭瓒，天子祭祀时用的酒器。

⑤黄流：用黑黍和郁金草酿造配制的酒，用于祭祀。

⑥遐：通"胡"，何。

⑦燎：焚烧燔柴祭天。

⑧莫莫：众多，茫茫没有边际的样子。

⑨施（yì）：伸展绵延。

　　《大雅·旱麓》是赞颂周文王的乐歌。《毛诗序》云："《旱麓》，受祖也。周之先祖世修后稷、公刘之业，大王、王季申以百福干禄焉。"受祖，意为祭祖得福。此诗全篇共六章，每章四句，以"岂弟君子"一句作为贯穿全篇的气脉。首章前两句以旱山山脚茂密的榛树楛树起兴。说林木茂盛者，得天地云雨之润泽，喻周邦之民独居丰乐土，依其君德。二章起开始触及"祭祖受福"的主题，白玉与黄酒互相映衬，色彩明丽，言其富饶丰盛。三章从祭祀现场宕出一笔，忽然出现了飞鸢与跃鱼，说的是"海阔凭鱼跃，天高任鸟飞"之意，象征优秀的人才脱颖而出。四章是描述祭祀现场，以太牢作祭，表示这个礼仪很隆重。五章话题一转写出燔柴祭天大礼，将柞树、棫树枝条堆在祭台上焚火，劳神赐福。六章以茂密的葛藤比喻赐福给周邦。"莫莫葛藟"与"榛楛济济"，以尾首呼应结尾。

　　楛是指蔓荆，蔓荆有单叶蔓荆和三叶蔓荆。今以单叶蔓荆释之。古代常把蔓荆和牡荆混为一种，它们是同属的两种植物，亲缘关系较近，容易误认。《本草经》曹元宇辑注中说："蔓荆，古时常与《别录》药'牡荆'相混淆，如《广雅》云：'牡荆，蔓荆也。'按实为二物，牡荆今俗名黄荆，学名Vitex negundo L.为高数尺，丛生之木本植物。蔓荆Vitex trifolia L.var. nuifoliolata Schauer.为匍匐于砂地之上蔓生植物。《蜀本草注》云：'蔓生者为蔓荆，作树者为牡荆，蔓生者（实）大如梧子，树生者，细如麻子，则牡荆为小荆明矣。'"

《植物名实图考》卷33《蔓荆》："子大者为蔓荆，有青、赤二种，青者为荆，赤者为楛，北方以制筥筐篱芭，用之甚广，沙地亦种之。"

《植物名实图考长编》卷19《蔓荆》提到："《说文解字注》，'楛，楛木也。'《大雅》，'榛楛济济。'陆玑曰，'楛其形似荆而赤，叶似蓍。'"

单叶蔓荆性强健，根系发达，耐寒、耐旱、耐瘠薄，喜光，在适宜的气候条件下生长极快，匍匐茎着地部分生须根，能很快覆盖地面，抑制其他杂草生长。具有生长快、抗逆性强、繁殖容易的特点，是优良的地被植物，特别适用于沙地和碱性土壤地区绿化。

单叶蔓荆分布于辽宁、河北、河南、山东、安徽、湖南、湖北、江西、浙江、江苏、福建、台湾、广东、云南等地。

三十七　垂柳、杞柳与红皮柳（垂柳、杞柳、红皮柳）

垂柳、杞柳与红皮柳都是杨柳科的植物，枝条细长而柔软，适于编筐、篓，故放在一起讨论。

1. 柳（垂柳）

垂柳（杨柳科, Salix baby-lonica）又称小杨、杨柳，垂枝柳等。是落叶乔木。茎高达15米。小枝细长，下垂，淡紫绿色或褐绿色。叶狭披针形或线状披针形，长9至16厘米，宽5至15毫米，顶端渐尖，基部楔形，有时歪斜，边缘有细锯齿，无毛或幼时有柔毛，背面带白色，叶柄长6至12毫米，有短柔毛。雄花序长1.5至2厘米，苞片狭椭圆形，雌花序长2至5厘米，雌花腹面有1腺体。蒴果长3至4毫米，黄褐色。

垂柳

东方未明，颠倒衣裳。颠之倒之，自公召之。

东方未晞^①，颠倒裳衣。倒之颠之，自公令之。

折柳樊圃^②，狂夫瞿瞿^③。不能辰夜^④，不夙则莫^⑤。

——《齐风·东方未明》

注释：①晞（xī）：昕的借字，就是明。

②樊：即藩，篱笆。

③狂夫：指监工的人。瞿瞿：瞪视貌。

④不能辰夜：言不能按正时在家过夜。

⑤夙：早。莫：晚。

　　《齐风·东方未明》是周代在齐国京都地区（今山东省淄博市临淄）广为流传的一首民歌。《诗序》云："《东方未明》，刺无节也。朝廷兴居无节，号令不时，挈壶氏不能掌其职焉。"但有不同认识。袁梅先生的《诗经译注》说："这是周代一个小官吏，苦于差役纷繁，他没早没晚地替官府当差，使他寝食不安，满腔怨恨。这首诗反映了周代奴隶主阶级内部的矛盾和等级制度造成的上下差别与对立。"有学者认为该诗出自夫人之口，讽刺官府兴居无节，号令不时，致使当差的丈夫终日操劳，早出晚归，不能按时休息，被强迫服苦役的痛苦生活，揭露了当时社会的阶级矛盾和统治阶级的残暴，从而表达她对丈夫的深厚感情。诗中"颠倒衣裳"的细节描写运用得真实巧妙，写出了在官府的吆喝

《诗经》动植物图说

催促下，丈夫摸黑颠倒穿衣裳的情景。诗中的"折柳樊圃"意思是折柳编篱笆。

柳有多种，《诗经》中的"柳"并未专指何种柳，然而，古代柳字多指垂柳。故将柳按垂柳释之。《本草纲目》卷35《柳》："「时珍曰」杨枝硬而扬起，故谓之扬；柳树弱而垂流，故谓之柳，盖一类二种也。"

柳是人们常见的植物，"柳"又发"留"的音，有惜别的意思。古代送别诗里常用折柳来表达。《诗·小雅·采薇》有"昔我往矣，杨柳依依"的诗句。此后，折柳赠别的风俗始于汉人而盛于唐人。《三辅黄图》载，汉人送客至灞桥，往往折柳赠别。传为李白所作的《忆秦娥·箫声咽》中"年年柳色，灞陵伤别"，即指此事。

唐代杜甫有诗曰："野花随处发，官柳著行新。天际伤愁别，离筵何太频。"

唐代白居易有《杨柳枝词》："人言柳叶似愁眉，更有愁肠似柳丝，柳丝挽断肠牵断，彼此应无续得期。"

唐代王维《送元二使西安》中有"渭城朝雨浥轻尘，客舍青青柳色新。劝君更尽一杯酒，西出阳关无故人"的诗句。

唐代诗人杨巨源《和练秀才杨柳》一诗："水边杨柳曲尘丝，立马烦君折一枝。惟有春风最相惜，殷勤更向手中吹。"宋代贺铸有词曰："长亭柳色才黄，倚马何人先折。"

这些诗均以咏柳、折柳送别朋友，借此祝福朋友一路平安，告别朋友，表达挽留之意，蕴含不愿朋友离去的心情。

古人在寒食节有插柳戴柳的习俗。据明田汝成《熙朝乐事》记载："清明前两日谓之寒食，人家插柳满簷，青蒨可爱，男女亦咸戴之。谚云：清明不戴柳，红颜成皓首。"

垂柳是杨柳科、柳属植物。本属植物约520种，主产北半球温带地区，寒带次之，亚热带和南半球极少，大洋洲无野生种。我国257种、122变种、33变型，各省区均有分布。

垂柳全国各地均有栽培。垂柳树形优美，枝条细长，柔美下垂，随风飘舞，姿态优美潇洒，植于河岸及湖池边最为理想，柔条依依拂水，别有风致，自古即为重要的庭院观赏树。亦可作为平原造林树种。此外，垂柳对有毒气体抗性较强，并能吸收二氧化硫，故也适用于工厂绿化。多见于公园、学校、医院。柳枝可编制篮子、篱笆。

2. 杞（杞柳）

杞柳（杨柳科，Salix integ-ra）又称绵柳、簸箕柳、笆斗柳、筐柳等。是落叶灌木。茎高1至3米，皮灰绿，小枝淡红色，无毛。单叶近对生或对生，萌枝叶有时3叶轮生，椭圆状长圆形，长2至5厘米，先端短渐尖，基部圆或微凹，幼叶带红褐色，老叶上面暗绿色，下面苍白色。花先叶开放，花序对生，稀互生，长1至2厘米。蒴果有长柔毛。

杞柳

将仲子兮①，无逾我里②，无折我树杞。

岂敢爱之？畏我父母。

仲可怀也，父母之言，亦可畏也。

将仲子兮，无逾我墙，无折我树桑。

岂敢爱之？畏我诸兄。

仲可怀也，诸兄之言，亦可畏也。

将仲子兮，无逾我园，无折我树檀。

岂敢爱之？畏人之多言。

仲可怀也，人之多言，亦可畏也。

——《郑风·将仲子》

①将（qiāng）：愿，请。仲子：兄弟排行第二的称"仲"。

②逾：翻越。里：居也，五家为邻，五邻为里，里外有墙。

　　《郑风·将仲子》是春秋时期流行在郑国一带的民间诗歌，是一位热恋中的少女赠给情人的一首优美的情诗。先秦时代的男女交往大约经历了防范相对宽松到逐渐森严的变化过程。《周礼·地官·媒氏》称："中春之月，令会男女，于是时也，奔者不禁。"可知在周代，还为男女青年的恋爱、婚配保留了特定季令的选择自由。但一过"中春"，再要私相交往，则要被斥为"淫奔"。该诗表现出这位青年女子在这种舆论压迫下的畏惧、矛盾心理。热恋中的男子想越墙而入私下相会，吓坏了女子。她害怕父母、兄弟和世人的轻贱和斥喷，于是三呼"无逾我里""无逾我墙""无逾我园"，可见女子的仓皇与急迫的心情。

　　诗中的"杞""桑""檀"是三种树木。"杞"即是杞柳。《诗义疏》："杞，柳属也。"《孟子》："告子曰：性犹杞柳也，义犹桮棬也。以人性为仁义，犹以杞柳为桮棬。""桮棬（bēi quān）"是器名，先用杞柳枝条编成杯盘形状，再以漆加工制成杯盘。

　　《植物学大辞典》记载："苏颂曰：杞柳生水旁，叶粗而白，木理微赤，可为车毂。今人取其细条，火逼令柔曲，作箱箧。"

　　据《南史·康绚传》记载："武帝筑淮堰，假绚节都督淮上诸军事并护堰，十五年四月堰成，其长九里，夹之以堤，并种杞柳，军人安堵，列居其上。"这是种杞柳护堤的最早记载。

杞柳是杨柳科、柳属植物。本属植物约520种，主要分布于北半球温带地区、寒带次之，亚热带和南半球极少。我国有257种、122变种、33变型，各省区均产。杞柳生于山地、河滩、沙地、草甸、沟边、堤岸。俗称簸箕柳，用于编织筐篓、盘、篮、玩具等。

柳编制品始于元末明初，迄今已有600余年的历史。这是劳动人民为适应生活需要和审美需求就地取材而以手工生产为主的一种工艺美术品。明末清初，柳编业非常兴旺。主要产地为河北固安及江苏北部、山东南部一带。现在山东郯城县构建杞柳基地，实施"杞柳富民"计划，柳制品款式新颖，种类繁多（见图），有20大系列40000多个品种，远销海内外。柳编专业户近万户，从业人员2万多人。所产的杞柳工艺品远销美国、日本、韩国、法国、马来西亚等国家，年创产值2.2亿元。

杞柳采条很有讲究，一般在7月下旬至8月上旬晴朗天气进行收割。要掌握随割条随剥皮。剥皮前要准备用木棍做成的夹子，先把枝条下头剥开一点皮，放在夹子里，然后由粗头向细头抽拉，得白条。剥后及时晒干，晒干后的枝条按粗细分级成捆，贮藏。贮藏期间严防烟熏、受潮，以免枝条发霉变色，以此保持高质量的条原。

3. 杨（红皮柳）

红皮柳（杨柳科，Salix sinopurpurea）又称蒲柳、蒲杨、水杨、青杨、萑苻等。是落叶灌木。茎高3至4米。小枝黄绿色或带紫色，无毛。叶互生或近对生，披针形，罕有长椭圆状倒卵形，长5至10厘米，宽1至1.2厘米，先端尖或渐尖，基部楔形，细锯齿，近基部全缘，下面微有白粉。花先叶开放，圆柱形荑蕤花序常弯曲，雄花序长1.5至2.5厘米，雌花序长约2厘米。果序长2至3厘米，有毛，蒴果2裂。

红皮柳

有车邻邻[①]，有马白颠[②]。未见君子[③]，寺人之令[④]。

阪有漆[⑤]，隰有栗[⑥]。既见君子，并坐鼓瑟。今者不乐，逝者其耋[⑦]。

阪有桑，隰有杨。既见君子，并坐鼓簧。今者不乐，逝者其亡。

——《秦风·车邻》

注释：①邻邻：同辚辚，车行声。

②白颠：白额，一种良马。

③君子：对友人的尊称。

④寺人：宦者。领地划归的管理者。

⑤阪（bǎn）：山坡。

⑥隰（xí）：低湿的地方。

⑦逝：往。耊（dié）：八十岁，此处泛指老人。

　　《秦风》是秦地民歌，共十篇，大多是东周到春秋时期的作品，是秦人、秦地的土风乐歌，是秦人社会生活的生动写照。《秦风·车邻》中诗人赞美秦君（襄公）既有威仪而又平易近人，能与臣下同乐。反映出秦君腐朽的生活和没落贵族士大夫劝人及时行乐的思想。"今者不乐，逝者其耊。"毛亨传："耊，老也；八十曰耊。"意思是今朝不乐待几时，转眼人就会衰老了。这与东汉《古诗十九首》中说的"人生非金石，岂能长寿考""人生忽如寄，寿无金石固""为乐当及时，何能待来兹"的话很相似，它们之间也许有着相承的关系。

　　诗中的"杨"即红皮柳，又称蒲柳。陆游《书志》诗："况今蒲柳姿，俯仰及大耊。"可见诗以"杨"比兴，与"耊"相关。

　　《说文解字注》："杨，蒲柳也。"《释木》云："杨，蒲柳。"《古今注》："蒲柳生水边，又曰水杨，蒲杨也。枝劲细，任矢用。"

　　《本草纲目》卷35《水杨》篇中说："「释名」青杨（《纲目》），蒲柳（《尔雅》），蒲杨（《古今注》），蒲栘（音移），栘柳（《古今注》）萑苻（音丸蒲），「时珍曰」杨枝硬而扬起，故谓之杨。多宜水涘蒲萑之地,故有水杨、蒲柳、蓷苻之名。"

《诗经》中的"杨"系泛指,古代杨柳又常合称。鉴于古代所说的杨指水杨,水杨即今天红皮柳。故暂按红皮柳释诗。然诗中亦有"泛泛杨舟""泛彼杨舟"之句,而红皮柳是灌木,成不了大材,何以成舟?盖诗中的杨包括多种,有的可成大树。故须存疑备考。

红皮柳是杨柳科、柳属植物。本属植物约520种,主产北半球温带地区,寒带次之,亚热带和南半球极少,大洋洲无野生种。我国有257种、122变种、33变型。各省区均产。

红皮柳分布在河北、湖北、甘肃、河南、陕西、山东、山西等地,一般生长在山地灌木丛中及沿河生长。是重要的护岸树、风景林。茎可作编筐材料。

柳条采割期为一年一次,在暑天和白露之间。这时期的柳条基本成熟,其体内有充盈的水分,外皮松弛,容易抽剥且抽剥后的柳条芯子很白。如果过了白露,柳条的水分就大幅下降,柳条皮萎缩,紧贴在木质部上,不但不利于抽剥且抽拔后芯子发黄,影响美观和质量。

《诗经》动植物图说

三十八 柽柳与蝴蝶戏珠花（柽柳、蝴蝶戏珠花）

《大雅·皇矣》中"其柽其椐"的柽，是柽柳；椐，是蝴蝶戏珠花。它们是两种有观赏价值的灌木，故放在一起讨论。

1. 柽（柽柳）

柽柳（柽柳科，Tamarix chinensis）又称赤杨、河柳、三眠柳、三春柳、长寿仙人柳、赤柽木、柽河柳、雨丝、人柳、殷柽、蜀柳、观音柳、西河柳等。是灌木或小乔木。高2至6米，茎多分枝，幼枝细弱下垂，红紫色或淡棕色。叶互生，无柄，叶钻形或卵状披针形，长1.5至1.8毫米，春夏季开花，总状花序，花小型，淡红色，花瓣5枚，卵状椭圆形，萼片5枚。蒴果圆锥形，先端具毛。

柽柳

皇矣上帝，临下有赫。监观四方，求民之莫①。维此二国，其政不获。维彼四国，爰究爰度。上帝耆之②，憎其式廓③。乃眷西顾，此维与宅。

作之屏之④，其菑其翳⑤。修之平之，其灌其栵。启之辟之，其柽其椐⑥。攘之剔之⑦，其檿其柘。帝迁明德，串夷载路⑧。天立厥配，受命既固。

帝省其山，柞棫斯拔，松柏斯兑⑨。帝作邦作对，自大伯王季⑩。维此王季，因心则友。则友其兄，则笃其庆，载锡之光。受禄无丧，奄有四方。

——《大雅·皇矣》前三章

注释：①求：了解。莫：通"瘼（mò）"，病，疾苦。

②耆：耆，读为"稽"，考察。

③式廓：形式和城郭。

④屏：屏障。

⑤菑（zì）、翳：毛传："木立死为'菑'，自毙为'翳'。"

⑥柽（chēng）：柽柳。

⑦攘（rǎng）：排除，除去。

⑧串夷：即混夷，周邦附近未开化的民族。

⑨兑：直，挺直。

⑩大（tài）伯：即太伯。古公亶父的长子。王季：古公亶父的小儿子，名季历，尊为"公季"。

　　　　　　　　　　　　　《诗经》动植物图说

《大雅·皇矣》是祭祀祖先时唱的颂歌，歌颂赞美的是周国开国时的几个领袖。《毛传》："《皇矣》，美周也。天监代殷，莫若周。周世世修德，莫若文王。"成王时期出现了一大批这样的雅歌。这是和当时的政治形势有关，成王年幼登基，又有一连串的内部争斗，加之与周公旦的不和，还有周公旦的摄政，所以这些都需要用祖先的名望来稳定自己的王位。可以感受到成王的不易。

首章写周国为天命所归，歌曰上帝啊，恩光照临真显要。统领着四方啊，了解着人们的疾苦。因为夏、商二国的残酷暴虐不得人心。维持治理四个国家，还得谋求改革与揣度。最后选定西顾歧周之地。第二章说，上帝的旨意选定歧周之地，开始平整修理其灌木和成行的茅栗。种植柽柳和椐树，除去剔除其蒙桑和柘桑。上帝迁向有明德之人，周邦附近的蛮夷都逃跑了。上帝授意天配婚姻，天命使其牢固也。可以说本歌就是一部周国开国史诗。歌咏的主要目的是说明皇权是相授于天的，为其统治寻找理论根据。

诗中的"柽"即今之柽柳。《植物名实图考长编》卷32《柽》篇中："《说文解字注》：柽，河柳也。《释木》、《毛传》同陆玑云：生水边，皮正赤如绛，一名雨师。罗愿云：叶细如丝，天将雨柽先起气迎之，故曰雨师。按柽之言赪也，赤茎，故曰柽。"

柽柳是柽柳科、柽柳属植物。本属植物约90种，主要分布于亚洲大陆及北非。部分分布于欧洲的干旱和半干旱地区及盐碱化河滩，间断分布于南非西海岸，我国有18种、1变种，主要分布于华中、华北等地。其中柽柳是抗盐碱、沙荒植物。

　　柽柳野生于辽宁、河北、河南、山东、江苏（北部）、安徽（北部）等省；栽培于我国东部至西南部各省区。喜生于河流冲积平原，海滨、滩头、潮湿盐碱地和沙荒地。

　　柽柳枝条细柔，姿态婆娑，开花如红蓼，颇为美观。在庭院中可作绿篱用，适于就水滨、池畔、桥头、河岸、堤防植之。街道公路之沿河流者也可以柽柳植之，则淡烟疏树，绿荫垂条，别具风格。柽柳是防风固沙的优良树种之一。

2. 椐（蝴蝶戏珠花）

　　蝴蝶戏珠花（忍冬科，Viburnum plicatum var tomentosum）又称椐、槻、蝴蝶树、蝴蝶花、蝴蝶荚蒾、灵寿木、扶老杖等。是落叶灌木。高达3米左右。嫩枝、叶柄及花柄均有黄色星状柔毛。对生叶，叶片卵形或宽卵形，侧脉10至17对，叶缘有锐锯齿。聚伞花

蝴蝶戏珠花

序生于枝端，小花多数，外围有4至6朵白色不孕花，具长花梗，花瓣5枚，可孕花，花冠辐状，黄白色，裂片宽卵形。果实先红后黑，宽卵圆形或倒卵圆形，长5至6毫米，核扁，有腹沟和隆脊。

皇矣上帝，临下有赫。监观四方，求民之莫。维此二
国，其政不获。维彼四国，爰究爰度。上帝耆之，憎其式
廓。乃眷西顾，此维与宅。

作之屏之，其菑其翳。修之平之，其灌其栵。启之辟
之，其柽其椐。攘之剔之，其檿其柘。帝迁明德，串夷载
路。天立厥配，受命既固。

帝省其山，柞棫斯拔，松柏斯兑。帝作邦作对，自大
伯王季。维此王季，因心则友。则友其兄，则笃其庆，载
锡之光。受禄无丧，奄有四方。

——《大雅·皇矣》前三章

注解参见本章前文。

诗中的"椐"即今之蝴蝶戏珠花，它还有灵寿木之名。《植
物名实图考长篇》卷21《灵寿木》篇中说："《说文解字注》：
椐，樻也。《大雅》；其柽其椐。《释木》、《毛传》皆云：椐、樻
也。陆玑云：节中肿似扶老，即今灵寿是也。"

《山海经·北山经》载："虢山，其下多桐椐"，它是远古一
种奇树。《汉书·孔光传》："赐太师灵寿杖。"颜师古注："木似
竹，有枝节，长不过八九尺，围三四寸。自然有合杖制，不须削治
也。"古代老者以此杖助步，竟能敏思捷行（即灵）、祛病延寿
（即寿），因名"灵寿木"。宋朝张舜民写有《灵寿木》诗曰："曲
木天然性，叨名席上珍。节高工碍手，倚壁快扶人。莫问西来意，

终为灶下薪。他时俘颉利，拜赐敢忘身。"古代皇帝多用灵寿杖赐予年老的功臣，以示关爱。

相传汉高祖元年（公元前206年）始置河北省灵寿县，就因该县多产灵寿木设为县名。

该县在清雍正元年（1723）改贞定为正定，属正定府。1958年10月，灵正合县属正定县。1961年，与正定分县，复设灵寿县至今。

本人年轻时迷信灵寿木的灵气，对它颇有兴趣。曾穿越大山，踏遍苍翠密林，想找到灵寿木，却不那么容易找到。十天半月过去了，终于见到了它的尊容。因为没有带刀具，要想折下一枝让人费难呀。它的材质十分坚硬，稍加修饰就可以为杖。遗憾的是，下山时我珍爱的灵寿木拐杖被当地林业部门的管理站收走了，说我犯了山规，我一时语塞。

蝴蝶戏珠花是忍冬科、荚蒾属植物。本属植物约200多种，分布于温带和亚热带地区，亚洲和南美洲分布种类较多。我国有74种，广布于全国各省区，以西南部种类最多。蝴蝶戏珠花是粉团（Viburnum plicatum Thunb.）的变种。产于陕西南部、安徽南部和西部、浙江、江西、福建、台湾、河南、湖北、湖南、广东北部、广西东北部、四川、贵州及云南（丽江、马关）。生于山坡、山谷混交林内及沟谷旁灌丛中。各地常有栽培。

蝴蝶戏珠花的花序中部为两性的小花像珠子，在边缘有大形白色不育花，形如蝴蝶，远眺酷似群蝶戏珠，惟妙惟肖，故有

"蝴蝶戏珠花"之名。秋天又有红色的果实缀满树梢,十分美丽。适于公园和庭园配植,春夏赏花,秋冬观果。

唐代《新修本草》首载荚蒾有药用价值,它的根、茎、叶可药用。

三十九　花椒调味少不了（花椒）

花椒果实可作调味品，是川菜麻辣烫少不了的一味佐料。人认为花椒的香气可辟邪，宫廷中常用花椒渗入涂料以糊墙壁，这种房子称为"椒房"，入住宫女后妃。

椒（花椒）

花椒（芸香科，Zanthoxylum bungeanum）又称川椒、大椒、秦椒、南椒、蜀椒、巴椒、点椒、蓎藙等。是落叶灌木或小乔木，高3至7米，茎、枝上疏生皮刺，枝灰色或褐灰色。奇数羽状复叶，互生，叶轴边缘有狭翅，长8至14厘米，小叶5至11个，纸质，卵形或卵状矩圆形，长1.5至7厘米，宽1至3厘米，边缘有细锯齿，齿缝处有较大腺点。聚伞状圆锥花序顶生，花单生，花被片4至8个，白色或者淡黄色。果球形，成熟时红色或紫红色，密生疣状腺体。

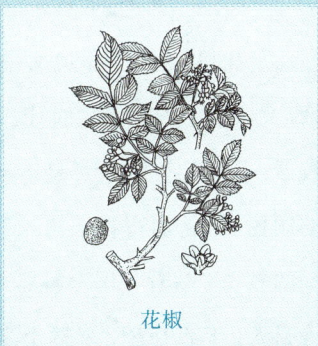

花椒

椒聊之实①，蕃衍盈升②。彼其之子，硕大无朋③。椒聊且，远条且④。

　　椒聊之实，蕃衍盈匊⑤。彼其之子，硕大且笃⑥。椒聊且，远条且。

　　　　　　　　　　　　　——《唐风·椒聊》

注释：①椒：花椒。

　　　②蕃衍：即繁衍。

　　　③硕：肥大，貌好。朋：比。

　　　④远条：长枝条。且（jū）：语气词。

　　　⑤匊：两手合捧。

　　　⑥笃：厚。

　　《唐风·椒聊》是以多子的花椒树比兴，称赞多子多孙的诗歌。《诗经》所产生的时代，属于父系社会，男子已享有至上的权威，是时的生殖崇拜是以男性为主的，本篇是对男性生殖能力的颂扬。该诗由写花椒树入手，可以想象到花椒树枝叶繁茂，碧绿的枝头，结着一串串鲜红的花椒子，阵阵清香，随风飘动，长势喜人，丰收在望，采摘下来，可以"盈升""盈掬"。看似在写树，实际在写人，咏物在于咏人，赞美男子硕大无比，笃厚如丰碑。也有学者认为是赞美女子硕大无比，预示着多子多孙。

　　"椒"最早以文字记载在《诗经》里，即今之花椒。《植物名实图考长编》卷20《秦椒》篇中说:"《诗经》:椒聊之实。陆玑《疏》云:椒聊聊语助也,椒树似茱萸,有针刺,叶坚而滑泽,蜀人作荼,吴人作茗,皆合煮其叶以为香。"

花椒是芸香料、花椒属植物。本属植物约250种,广布于亚洲、非洲、大洋洲、北美洲的热带和亚热带地区,温带较少。我国有39种、14变种,自辽东半岛至海南岛、东南部自台湾至西藏均有分布。其中花椒是我国广泛种植的灌木,主产地是山东、河北、山西、陕西、四川、河南等省。果实可作调味品。

古代人认为花椒的香气可辟邪,有些朝代的宫廷用花椒掺入涂料以糊墙壁,这种房子称为"椒房",是给宫女住的。后来就以椒房比喻宫女后妃。《汉书·官仪》记载:"皇后以椒涂壁和椒房,取其温也。"班固《西都赋》记载"后宫则有掖庭椒房,后妃之室",意思是皇帝的妻妾用花椒泥涂墙壁,谓之椒房,希望皇子们能像花椒树一样旺盛,多子多孙。

《周颂·载芟》中有"有飶其香,邦家之光。有椒其馨,胡考之宁"之句,意思是花椒气味馨香,使人平安长寿。在屈原的诗句中花椒也屡见不鲜,如"步余马于兰皋兮,驰椒丘且焉止息"(《离骚》);"荪壁兮紫坛,播芳椒兮成堂"(《湘夫人》);"憍佳人之独怀兮,折芳椒以自处"(《悲回风》);"欲从灵氛之吉占兮,心犹豫而狐疑。巫咸将夕降兮,怀椒糈而要之"(《离骚》)。花椒给我们留下了多少宝贵的文化遗产,可称为"椒文化"。

花椒作为调料能除各种肉类的腥气，促进唾液分泌，增加食欲，是家庭少不了的调味品。人们喜欢麻辣食品，已形成以四川风味为中心的一大菜系，在全国广泛普及。把花椒与胡椒、辣椒并称为"川味三椒"，把花椒与盐炒熟可制成椒盐，和葱末、盐可拌制成葱椒盐，用油炸可制成花椒油，常用于凉拌菜肴中。还常与大、小茴香及丁香、桂皮一起配制成"五香粉"，烹调中运用更广。

花椒还有药用价值，味辛、性热，归脾、胃经。花椒有芳香健胃、温中散寒、除湿止痛、杀虫解毒、止痒解腥之功效。

四十　枸杞与枳椇（枸杞、枳椇）

枸指枸杞或枳椇，它们是两种很有特色的野果，对人健康有益，现在逐渐发展成为种植产业，故放在一起讨论。

1. 枸（枸杞）

枸杞（茄科，Lycium chinense）又称杞、地骨、枸忌、苟忌、地辅、羊乳、却暑、仙人杖、西王母杖、地仙苗、地节、地仙、托卢、纯卢、枸檵、枸檵、天精、却老、苦杞、甜菜子、甜菜、地筋、象柴、家菜、家柴、枸棘等。是落叶小灌木，高1米左右，茎上

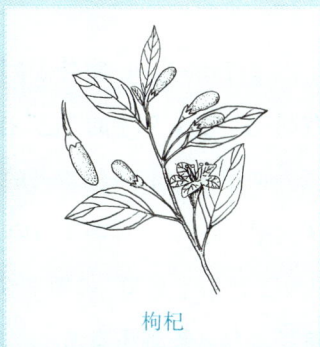
枸杞

有棘刺。叶互生或簇生于短枝上，叶片卵形或卵状披针形，长1.5至5厘米，宽0.5至2.5厘米，全缘。花1至4朵簇生于叶腋，花萼钟形，3至5裂，花冠漏斗形，淡紫色，5深裂。成熟的浆果红色，卵形。

四牡骓骓，周道倭迟。岂不怀归？王事靡盬，我心伤悲。

四牡骓骓，啴啴骆马。岂不怀归？王事靡盬，不遑启处。

翩翩者雕，载飞载下，集于苞栩。王事靡盬，不遑将父。

翩翩者雕，载飞载止，集于苞杞。王事靡盬，不遑将母。

驾彼四骆，载骤骎骎。岂不怀归？是用作歌，将母来谂。

——《小雅·四牡》

《诗经·郑风·将仲子》篇中有"将仲子兮，无逾我里，无折我树杞"之句，句中的"杞"指杨柳科的杞柳，不是指枸杞。

枸杞还引起不少诗人的光顾，留下了不少好的诗篇。苏轼《枸杞》诗曰："神药不自闭，罗生满山泽。日有牛羊忧，岁有少火厄。越俗不好事，过眼等茨棘。青黄村自长，绛珠烂莫摘。短篱护新植，紫笋生卧节。根茎与花实，收拾无弃物。大将玄吾鬓，小则饷我客。似闻朱明洞，中有千岁质。灵庞或夜吠，可见不可索。仙人傥许我，借杖扶衰疾。"其中"罗生满山泽"是说枸杞长满了山野；"根茎与花实，收拾无弃物"写它根、茎、花、实都有用，称它为"千岁质"；"仙人傥许我，借杖扶衰疾"中的"杖"

《诗经》动植物图说

是指"仙人杖",是枸杞的别名。意思是说借助枸杞可以健身抗衰老。给枸杞以极高的评价。

刘禹锡《枸杞井》诗曰:"僧房药树依寒井,井有清泉药有灵。翠黛叶生笼石甃,殷红子熟照铜瓶。枝繁本是仙人杖,根老能成瑞犬形。上品功能甘露味,还知一勺可延龄。"也赞誉枸杞能延年益寿。

肖如薰《秋征》诗曰:"新秋呈霁色,塞草正在茸。杞树珊瑚果,兰山翡翠峰。山郊分虎旅,乘障息狼峰。坐乏纡筹策,天威下九重。"赞美枸杞像珊瑚果一样美丽。

枸杞是传统中药,枸杞的叶、果实和根皮皆入药。《神农本草经》上品记载"味苦,寒。主五内邪气,热中消渴,周痹。久服坚筋骨,轻身耐老。"《本草纲目》卷36《枸杞》篇中记载:"「别录曰」冬采根,春夏采叶,秋采茎实。"《植物名实图考长编》卷19《枸杞》:"《诗经》集于苞杞。陆玑《疏》:杞其树如樗,一名苦杞,一名地骨,春生作羹,茹微苦,其茎似莓子,秋熟正赤,茎叶及子,服之轻身益气。"

《本草汇言》载:"枸杞能使气可充,血可补,阳可生,阴可长,火可降,风湿可去,有十全之妙用焉。"

枸杞分布于中国河南、东北、河北、山西、陕西、宁夏、甘肃、青海东部、内蒙古乌拉特前旗以及西北、西南、华中、华南和华东各省区。为了充分开发利用枸杞这一野生资源,至今发展成为一个枸杞种植产业,以宁夏、甘肃、新疆、陕西、山西产枸杞品质最佳，享有盛名。枸杞还可用园林作绿篱栽植、树桩盆栽以及用作水土保持的灌木等。

2. 枸（枳椇）

枳椇（鼠李科，Hovenia acerba）又称鸡距子、鸡爪树、椇、白石树、交加枝、金钩木、木蜜、万字果、拐枣、木蜜、枡栱等。是落叶乔木，高达10米。树皮灰褐色，浅纵裂，不剥落。小枝红褐色。叶互生，叶片卵圆形，长87至17厘米，宽4至11厘米，先端渐尖，基部圆形或心形，边缘具细尖锯齿，三主脉，淡红色。二歧式聚伞花序，萼片5，卵状三角形，花瓣5，倒卵形，黄绿色。果实近球形，灰褐色，无毛，径6至8毫米；果柄肉质肥大，扭曲，径3至5毫米，红褐色，上具黄色皮孔，成熟后味甜可食。

枳椇

南山有台，北山有莱。乐只君子，邦家之基。乐只君子，万寿无期。

南山有桑，北山有杨。乐只君子，邦家之光。乐只君子，万寿无疆。

南山有杞，北山有李。乐只君子，民之父母。乐只君子，德音不已。

南山有栲，北山有杻。乐只君子，遐不眉寿。乐只君子，德音是茂。

南山有枸，北山有楰。乐只君子，遐不黄耇。乐只君子，保艾尔后。

——《小雅·南山有台》

注解参见第四章。陆玑《诗疏》中说："枸树山木，其状如栌，高大如白杨，枝柯不直，子着枝端，大如指，长数寸，啖之甘美如饴，八九月熟。今官园种之，谓之木蜜"。其中所说的"枸"就是"枳椇"，俗称拐枣。

枳椇很少见，本人有幸，房后原来有一棵枳椇树，曾吃过它的"果实"。其实吃的部分是膨大成肉质的果序轴，即果柄，不是真正的果实。它的果梗膨大得有筷子样粗细，弯弯曲曲，一串串，一坨坨，又像一堆蚯蚓缠绕在一起，看起来很怪异。未成熟时吃着发涩，霜降一过，肥厚的肉质果柄开始成熟，特别是经过几次霜，待它熟透后可生吃，果肉多浆，无果核，营养丰富。吃起来才觉得它味如枣、甜似蜜，醇香甘美。有点像葡萄干而又有点像糖果，令人吃了还想再吃，而且闻起来有股特有的香甜味，有人叫它"甜半夜"。大自然真是神奇，造出如此奇果。它含有30%—40%的糖（葡萄糖）和苹果酸钙，是理想的儿童保健食品。果梗上面长着一个个圆圆的果实，就像挂了个小铃铛。

枳椇浑身是宝。木材纹理粗而美观，收缩率小，不易反翘，材质坚硬，适合做家具及装饰用材。果梗、树皮、叶、根、果实、种子均可药用。

　　枳椇是中国特产，自河北、河南以至广东、贵州、云南均有分布。主产陕西、广东、湖北、浙江、江苏、安徽、福建。此外，江西、湖南、四川、云南、贵州、河北、西藏等地亦产。喜温暖湿润的气候。但不耐空气过于干燥，喜阳光充足、潮湿环境。生长快，叶大而圆，树干挺直，枝叶秀美，叶色浓绿，病虫害少，是理想的园林绿化树种。

四十一　枣与酸枣（枣、酸枣）

枣和酸枣都是鼠李科的果木，果实是食品也是药品，对人的健康很有补益作用，故放在一起讨论。

1. 枣（枣）

枣（鼠李科, Ziziphus juju-be）又称木蜜、枣树、大枣、壶枣、美枣等。是落叶小乔木，高达10米以上。树皮褐色，有纵裂。枝上具有托叶刺。叶互生，叶片卵状椭圆形或卵状披针形，长2.5至7厘米，宽1.2至3.5厘米，先端稍钝，基部偏斜，边缘有钝锯齿，

枣

基出三脉。腋生聚伞花序，两性花，较小，黄绿色。花萼5裂，花瓣5枚，雄蕊5枚。核果卵形至长圆形，熟时深红色。

六月食郁及薁，七月亨葵及菽。八月剥枣，十月获

稻。为此春酒，以介眉寿。七月食瓜，八月断壶，九月叔苴。采荼薪樗，食我农夫。

九月筑场圃，十月纳禾稼。黍稷重穋，禾麻菽麦。嗟我农夫，我稼既同，上入执宫功。昼尔于茅，宵尔索绹。亟其乘屋，其始播百谷。

二之日凿冰冲冲，三之日纳于凌阴。四之日其蚤，献羔祭韭。九月肃霜，十月涤场。朋酒斯飨，曰杀羔羊。跻彼公堂，称彼兕觥，万寿无疆！

——《豳风·七月》后三章

　　注解参见第十二章。诗中的枣古今名称一致，大家都很熟悉。《本草纲目》卷29《枣》篇中说："「时珍曰」按陆佃《埤雅》云：大曰枣，小曰棘。棘，酸枣也。枣性高，故重束；棘性低，故并棘。束音次。枣，棘皆有针刺，会意也。"又曰："枣木赤心有刺。四月生小叶，尖觥光泽。五月开小花，白色微青。南北皆有，惟青、晋所出者肥大甘美，入药为良。"

　　枣是鼠李科、枣属植物。本属植物约100种，主要分布于亚洲和美洲的亚热带、热带地区，少数种在非洲和两半球温带也有分布。我国有12种、3变种，主要产于山东、山西、陕西、河北、河南、新疆诸省。我国栽培枣树历史久远，在公元前3000多年前，红枣已被作为供祭祀的果品和馈赠亲友的礼品。《左传》记载："女贽不过榛栗枣修，以靠虔也。"这一俗习，千年流传，新婚夫妻要食红枣,寓意"早生贵子"。

　　大枣是我国人民重要的果品之一。其药用价值很高,古有"枣为脾之果"之说。古训说"鲜者甘凉。刮肠胃,助湿热。干者甘温补脾养胃,滋营充液,润肺、食之耐饥。"每百克鲜枣含有蛋白质12克、脂肪0.2克,含糖量高达70%,维生素含量也相当丰富,每百克鲜枣所含的维生素C约400—660毫克。还含有丰富的有机酸与维生素B2、P,以及铁、钙、磷等元素,可以治疗贫血。大枣不但可以生吃,也可加工制成枣制品,如蜜枣,焦枣、枣泥、枣片等。俗语说:"一天吃三枣,一世不显老。"说明常吃大枣能够养颜益寿。

2. 棘(酸枣)

　　酸枣(鼠李科,Ziziphus jujube var. spinosa)又称槭棘、棘子、野枣、山枣、葛针等。是落叶灌木或小乔木,高1至3米老枝褐色,幼枝绿色。托叶刺有2种,一种直伸,长达3厘米,另一种常弯曲。叶互生,叶片椭圆形至卵状披针形,长1.5至3.5厘米,宽0.6至1.2厘米,边缘有细锯齿,基部3出脉。花黄绿色,2至3朵族生于叶腋。核果小,熟时红褐色,近球形或长圆形,长1至1.4厘米,味酸,核两端钝。

酸枣

凯风自南，吹彼棘心。棘心夭夭，母氏劬劳。

凯风自南，吹彼棘薪。母氏圣善，我无令人。

爰有寒泉，在浚之下。有子七人，母氏劳苦。

睍睆黄鸟，载好其音。有子七人，莫慰母心。

——《邶风·凯风》

《孟子》："养其樲棘。"赵岐注云："樲棘，小棘，所谓酸枣是也。"

《本草纲目》卷36《酸枣》："「宗奭曰」天下皆有之，但以土产宜与不宜尔。嵩阳子言酸枣树高大，今货者皆棘子，此说未尽。盖不知小则为棘，大则为酸枣。平地则易长，居崖堑则难生。故棘多生崖堑上，久不樵则成干，人方称为酸枣，更不言棘，其实一本也。"用河南土话说就是：小棵是葛针，大树是酸枣。葛针多长在在丘陵地的崖边、坟地。农村常割葛针芽集绿肥和喂羊，羊爱吃它的叶子。

酸枣是鼠李科、枣属的植物。本属植物约100种，主要分布于亚洲和美洲的热带和亚热带地区，少数种在非洲和两半球温带也有分布。我国有12种、3变种。酸枣是枣的一个变种。

酸枣野生于山坡、旷野或路旁；分布于辽宁、内蒙古、河北、山西、山东、安徽、河南、湖北、甘肃、陕西、四川等省。

酸枣果实酸甜，营养价值很高，也具有药用价值。中医典籍《神农本草经》中很早就有记载，列为上品。酸枣可以"安五脏，轻身延年"。所以千万不要小看这种野果，它具有很大的药用价值，可以起到养肝、宁心、安神、敛汗的作用。

　　酸枣作为食品也较为普遍。酸枣的营养主要体现在它的成分中。它不仅像其他水果一样，含有钾、钠、铁、锌、磷、硒等多种微量元素；更重要的是，新鲜的酸枣中含有大量的维生素C，其含量是红枣的2—3倍、柑橘的20—30倍，在人体中的利用率可达到86.3%，是所有水果中的佼佼者。

四十二　杜梨、豆梨很相近（杜梨、豆梨）

　　杜梨和豆梨都是蔷薇科的果木，果实都不大，可食，也入药。故放在一起讨论。

1. 甘棠（杜梨）

　　杜梨（蔷薇科，Pyrus betulaefolia）又称赤棠、棠梨、土梨、白棠、棠梨、棠毂、野梨等。是落叶乔木，茎高4至10米。枝常有刺，小枝嫩时密被绒毛，紫褐色。叶互生，叶片菱状卵形至长卵圆形，长4至8厘米，宽2.5至4厘米，先端渐尖，基部宽楔形或圆

杜梨

形，边缘有粗锐锯齿，嫩叶两面被毛，老叶上面无毛；托叶被毛，早落；叶柄长2至4厘米，被毛。伞形总状花序，有花10至15朵，花萼5枚，花瓣5枚，花瓣白色。果实近球形，直径5至10毫米，褐色。

蔽芾甘棠，勿翦勿伐，召伯所茇。

蔽芾甘棠，勿翦勿败，召伯所憩。

蔽芾甘棠，勿翦勿拜，召伯所说。

——《召南·甘棠》

后世以"甘棠"作为德政的象征。白居易则以"没有甘棠"来借喻没有德政。他在杭州任刺史多年，虽尽心竭力，为百姓做了不少好事，但百业依然凋敝不堪。他被迫离任之时，当地百姓感恩于他，无论老少皆提壶摆筵为他饯行，他感动不已，写下一篇《别州民》：

耆老遮归路，壶浆满别筵。

甘棠无一树，那得泪潸然？

税重多贫户，农饥足旱田。

唯留一湖水，与汝救凶年。

诗中的甘棠就是现在的杜梨，或叫棠梨。只是古代有不同的叫法而已。据《尔雅·释木》杜为赤棠；《说文解字》释杜为甘棠；《说文通训定声》："实之白而甘者曰棠，赤而涩者曰杜。"

《植物名实图考长编》卷16《棠梨》篇中说："陆玑《诗疏》：甘棠梨，一名杜梨，赤棠也，与白棠同耳，但子有赤白美恶。子为白色为白棠，甘棠也，少酢滑美。赤棠子涩而酢，无味，俗语云：涩如杜，是也。"

《花镜》卷4《梨》项下注解："至于棠、杜的分别，《诗经·召南·甘棠》朱注：甘棠，杜梨也。白者为棠，赤者为杜。《本草纲目》棠梨释名：……或云，牝者杜，牡者棠；或云涩者杜，甘者棠，杜者涩也，甘者糖也。三说俱通，末说近是。从以上记载看来，杜梨、棠梨、甘棠、赤棠等名称，自古就混淆，无怪现在华北、西北地区，最常见的，也是最习用作梨砧木的一种野生梨（Pyrus betulaefolia），有些地方叫杜梨，有些地方也叫棠梨了。"古代在品名上有混淆，但在现代植物学上是一个物种，它是蔷薇科、梨属的植物。梨属约有25种，分布于亚洲、欧洲至北非。我国有14种。梨属中有较多的果木和花木。

一说棠梨，北方上了年纪的人都很熟悉。本人幼年时，见到家乡有棵几人合抱的百年大棠梨树，高达3丈多。我曾爬到树上采过它的果实。它的果实很小，像个算盘珠。刚采到的棠梨不能吃，酸涩得很，不堪入口。若在家里放上一段时间，它的果实就软化了、糖化了，吃起来甘甜。现在这种树极少见了。

杜梨常野生于温暖潮湿的山坡、沼地、荒郊、道旁、杂木林中。分布于江苏、浙江、湖北、江西、河南、河北、山东、山西，甘肃、陕西、辽宁等地。其幼苗常用来做梨和西洋梨树嫁接的砧（zhēn）木。根、叶有药用价值。

2. 檖（豆梨）

豆梨（薔薇科, pyrus call-eryana）又称赤罗、罗、山梨、杨檖、鼠梨、树梨、酸梨、鹿梨、棠梨、野梨、鸟梨等。是落叶乔木，高可达5至9米，茎皮灰黑色，有不规则深裂，冬芽具绒毛。叶阔卵形至卵形，长4至8厘米，宽3.6至6厘米，先端渐尖，基部圆形至宽楔形，缘有钝锯齿，叶柄长2至4厘米，无毛。伞形总状花序，花白色。果圆形，褐色，具淡色皮孔。豆梨的果实极小，径约1厘米，形似小豆子，故名豆梨。

豆梨

鴥彼晨风，郁彼北林。未见君子，忧心钦钦。如何如何，忘我实多！

山有苞栎，隰有六驳。未见君子，忧心靡乐。如何如何，忘我实多！

山有苞棣，隰有树檖。未见君子，忧心如醉。如何如何，忘我实多！

——《秦风·晨风》

诗中的檖是何物？檖即今之豆梨。《尔雅·释木》："檖，罗。"注曰："今杨檖也，实似梨而小酢可食。"《植物名实图考长篇》卷15《鹿梨》:"《说文解字注》:樧,樧罗也。《释木》:樧,萝。《秦风》,《毛传》曰:樧,赤罗也。陆玑,郭璞皆云:今之杨樧也。实似梨而小酢可食。[按]萝者罗之误。……《诗》曰:隰有树樧。今《诗》、《尔雅》作樧。"

豆梨是蔷薇科、梨属植物。本属植物约25种。分布至亚洲、欧洲及北非。我国有14种,是广为栽培的果木和观赏花木,材质坚硬而细密,具多种用途。

豆梨常野生于温暖潮湿的山坡、沼地、杂木林中。幼苗常用作砧木,与西洋梨亲和力强,与沙梨、白梨系和力较差。作园林栽培,先叶开花,满树雪白,可营造"忽如一夜春风来,千树万树梨花开"的意境。分布于山东、安徽、浙江、江西、福建、河南、湖北、湖南、广东、广西等省区。

果实含糖量达15—20%,可食用或酿酒。木材坚硬,供制作粗细家具及雕刻图章用。

杜梨、豆梨很相近(杜梨、豆梨)

四十三　唐棣、常棣与椵朴（唐棣、郁李、蕤核）

　　唐棣、常棣与椵朴都是蔷薇科的树木。唐棣与常棣名字相近，常混为一物，造成训释上的一些混乱。今认为常棣即郁李，与唐棣是不同的两种植物，对椵朴大家比较生疏，故放在一起讨论。

1. 唐棣（唐棣）

　　唐棣（蔷薇科, Amelanchier sinica）又称栘杨、高飞、独摇、红栒子、扶栘、栘等。小乔木，高3至5米，稀达10米；小枝稀疏细长，幼时紫褐色，老时黑褐色。叶互生，叶片卵形至长椭圆形，质薄，长4至7厘米，宽2.5至3.5厘米，先端急尖。基部圆形，稀近浅

唐棣

心形，边缘中部以上具细锯齿，稀近全缘，托叶线状披针形，早落。总状花序下垂，具花10余朵，萼钟形，5裂，花瓣5枚，线状长圆形，白色。梨果近球形，径约1厘米，蓝黑色，常被白粉。

何彼襛矣①，唐棣之华！曷不肃雝②？王姬之车③。

何彼襛矣，华如桃李！平王之孙，齐侯之子④。

其钓维何？维丝伊缗⑤。齐侯之子，平王之孙。

——《召南·何彼襛矣》

注释：①襛（nóng）：花木繁盛貌。

②曷（hé）：何。肃：庄严肃静。雝（yōng）：雍容安详。

③王姬：周王的女儿，美女。

④平王、齐侯：指谁无定说，乃夸美之词。

⑤其钓维何？维丝伊缗：是婚姻恋爱的隐语。

　　《召南·何彼襛矣》是为平王之孙与齐侯之女新婚而作，描写贵族嫁娶的场面，极力铺写王姬出嫁时车服的豪华奢侈和结婚场面的气派、排场。在赞叹称美之余，微露讽刺王姬出嫁，车服奢侈之意。首章以唐棣花儿起兴，铺陈出嫁车辆的骄奢，"曷不肃雝"二句俨然是路人旁观、交相赞叹称美的生动写照。次章以桃李为比，点出新郎、新娘，刻画他们的光彩照人，使人感到如此的璀璨与艳丽！"平王之孙，齐侯之子"二句虽然所指难以确定，但无非在渲染两位新人身份的高贵。末章以钓具为兴，表现男女双方门当户对、婚姻美满，郎才女貌，不啻二国之瑰宝与国粹。

　　诗中的唐棣易与常棣相混淆。《尔雅·释木》："唐棣，栘。"

郭璞注："似白杨，江东呼夫栘。"李时珍谓唐棣亦名枎栘、栘杨，是白杨的同类；郁李乃常棣，非唐棣。《本草纲目》卷35《扶栘》中说："陆机以唐棣为郁李者，误矣。郁李乃常棣，非唐棣也。「集解」「藏器曰」扶栘木生江南山谷。树大十数围，无风叶动，花反而后合，诗云：棠棣之华，偏其反而，是也。"

《毛诗品物图考》卷3《唐棣之华》："《传》：唐棣，栘也。《集传》：似白杨。《名物疏》唐棣、常棣是二种。《尔雅》云：唐棣，栘。《本草》谓之扶栘木，一名高飞，一名独摇，自是杨类，虽得棣名，而实非棣也。"古人说唐棣是杨类，有误，现在认为唐棣是蔷薇科的树木，河南土名叫红梅子。唐棣的古今名一致。

《论语·子罕篇》最后一段："唐棣之华，偏其反而。岂不尔思，室是远而。"子曰："未之思也，夫何远之有。"大意是唐棣的花朵啊，翩翩地摇摆。我岂能不想念你吗？只是由于家住的地方太远了。孔子说，他还是没有真地想念，如果真地想念，有什么遥远呢？其实孔子是说，真正的思念，距离不是问题。这犹如"海内存知己，天涯若比邻"的含意。

公翼先生另有一种说法：唐，就是指尧帝，帝尧也称陶唐氏，史称唐尧。故知唐就是指帝尧。是中国最早有记录可查的真正能为人民着想，也是最受人民尊敬最受孔子崇拜的圣贤君子。棣，就是附属于同根同系蔓延生命而万古不息的意思。华，就是精华、英华，表示最好最美。华也有花的含义，花也是美的意思，其实也是精华。"唐棣之花"正是不衰的华夏民族传统精神的代名词。

郭沫若先生曾经编写了以"棠棣之花"为名的历史剧，内容是讲聂政刺韩傀的故事。他在《我怎样写"棠棣之花"》的文章中指出："'棠棣之花'的政治气氛是以主张集合反对分裂为主题……望合厌分是民国以来共同的希望，也是中国自有历史以来的历代人的希望。"

唐棣是蔷薇科、唐棣属的植物。该属植物约有25种，多分布于北美，我国有2种，产华东、华中和西北等地。分布于我国山东、山西、河南、陕西、甘肃、湖北、四川、浙江、安徽等省。

唐棣是一种优美的观赏树，开花繁密，花序低垂，白花细瓣，并有香气，多用于园林和庭院绿化，作为观赏植物，它那美丽的花序和密集的果实受人喜欢。喜肥沃湿润土壤。不耐水涝。近年试用作果树砧木，有矮化之效。果肉甜而多浆可食，或用以酿酒制酱。树皮可以入药。

2. 棣、常棣、常、郁（郁李）

郁李（蔷薇科，Cerasus japonica）又称薁、唐棣、唐棣、唐梨、棣梨、赤棣、雀李、车下李等。是落叶灌木，高1至2米，小枝灰褐色。叶片倒卵形或长椭圆状披针形，长3至10厘米，宽1.5至3厘米，先端渐尖，基部楔形，边有细锯齿，上面深绿色，无毛，下面淡绿色，无毛或脉上有稀疏柔毛，侧脉5至8对，叶柄长3至4毫米。花叶同开或先叶开放，1至3朵簇生，萼筒陀螺形，萼片椭圆形，边有细齿，花瓣5枚，白色或粉红色，倒卵状椭圆形。核果近球形，深红色，直径约1厘米；核表面光滑。

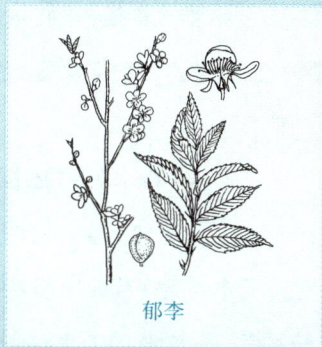

郁李

鴥彼晨风，郁彼北林。未见君子，忧心钦钦。如何如何，忘我实多！

山有苞栎，隰有六驳。未见君子，忧心靡乐。如何如何，忘我实多！

山有苞棣，隰有树檖。未见君子，忧心如醉。如何如何，忘我实多！

——《秦风·晨风》

诗中"棣（dì）"即今之"郁李"，它在《诗经》其他篇中还有几种叫法。如《小雅·常棣》"常棣之华，鄂不铧铧"中的"常棣"，《小雅·采薇》"彼尔维何？维常之华"中的"常"，《豳风·七月》"六月食郁及薁，七月亨葵及菽"中的"郁"，都是指的"郁李"。

《尔雅·释木》："唐棣，移。"注曰："似白杨，江东呼夫移。"又："常棣，棣。"注曰："今山中有棣树，子如樱桃，可食。"《本草经》曹元宇辑注："吴普云：'郁李，一名雀李，一名车下李，一名棣。'《诗》云：'常棣之华，'《传》云；'常棣，棣也，'陆玑云：即奥李，一名雀李，一曰车下李，《诗诂》云：即赤棣……郭注《尔雅》：'常棣，棣，'云：'今关西有棣树，子如樱桃可食。'"

《毛诗品物图考》卷3《常棣之华》："《传》：常棣'棣，也。'《集传》：子如樱桃可食。常棣注本或作棠棣，如李而小，子如樱桃，正白花，萼上承下覆甚相亲尔。《致富全书》郁李俗名寿李，高五六尺，丛生开细花或红或白繁稠可爱。《纲目》郁李郁馥郁也，花实俱香，故以名之。《尔雅》棠棣即此……"又："维长之华：《传》：常，常棣也。"

《植物考证谈》（《清稗类钞》）中记述常棣："常棣，叶狭长，实如樱桃而圆，有微毛，颇酸，初夏熟，北人呼为棠梨子。唐宋人或误作唐棣。"

《诗经·小雅》还有一首诗："常棣之华，鄂不铧铧，凡今之人，莫如兄弟。死丧之威，兄弟孔怀，原隰哀矣，兄弟求矣。脊

《诗经》动植物图说

令在原，兄弟急难，每有良朋，况也永叹。兄弟阋于墙，外御其务。"意在描写兄弟之情。公翼先生说诗意是：兄弟团结，什么事都能办到，妻室和合，家庭就能幸福；反之，兄弟阋于墙，则就无法抵御外来的侵略。对诗的大致内容了解以后，再来看"常棣之华，鄂不韡韡"的解释。"我们经常说到的常棣之华，是团结、统一、幸福、希望之花，要使其开得辉煌有精神，值得称颂。"

郁李是蔷薇科、郁属植物。本属植物约100余种，分布于北半球温和地带，亚洲、欧洲、至北美洲均有记录，我国主要分布在黑龙江、吉林、辽宁、河北、山东、浙江、江西、江苏、安徽、河南、山西等省区。生于山坡林下、灌丛中或栽培，海拔100—200米。性喜阳光充足和温暖湿润的环境，树体健壮，适应性强，喜阳，耐寒、耐热、耐旱、耐潮湿、耐烟尘，根系发达，一般土地均可栽植，以分株繁殖为主，也可压条繁殖。

郁李是很好的观赏植物，夏季优良观赏花木树种。它那桃红色、宝石般的花蕾，繁密如云的花朵，深红色的果实，都非常美丽可爱，是园林中重要的观花、观果树种。宜丛植于草坪、山石旁、林缘、建筑物前，或点缀于庭院路边。

3. 棫朴(蕤核)

蕤(ruí)核(蔷薇科, Prin-
sepia uniflora)又称蕤李子、扁
核木、单花扁核木、山桃、马茹、
茹茹、桜、白桜、是(是加草字
头)、椹等。是落叶灌木。高1至
2米,枝灰褐色,髓心片状,叶腋
有枝刺,刺长6至15毫米。单叶互
生或丛生,叶片长圆状披针形至

蕤核

狭长圆形,长3至6厘米,宽约5至10厘米,全缘或有疏锯齿。花
单生或2至3朵簇生,直径约1.5厘米,萼筒杯状,裂片5枚,花瓣
5枚,白色,倒卵形。核果球形,直径1至1.5厘米,红褐色,有蜡
粉,核左右压扁成卵球形故名扁核木。

芃芃棫朴①,薪之槱之②。济济辟王,左右趣之。

济济辟王,左右奉璋③。奉璋峨峨,髦士攸宜。

淠彼泾舟④,烝徒楫之⑤。周王于迈⑥,六师及之。

倬彼云汉⑦,为章于天。周王寿考,遐不作人⑧?

追琢其章,金玉其相。勉勉我王,纲纪四方。

——《大雅·棫朴》

注释:①芃(péng)芃:植物茂盛貌。

②槱(yǒu):积薪备燃。

　　　　　　　　　　　　　《诗经》动植物图说

③璋：即"璋瓒"，祭祀时盛酒的玉器。

④淠（pì）：船行貌。

⑤烝徒：众人。

⑥于迈：出征。

⑦倬（zhuō）：高大。云汉：银河。

⑧遐：通"何"。

《大雅·棫朴》是一首在周文王祭祀仪式上的雅歌。首章"芃芃棫朴，薪之槱之"是写用棫朴为柴、燎火祭奠文王神灵的情况。并以此为起兴，说明"济济辟王，左右趣之"众人拥戴，含有众人捧柴火焰高的意思。继而，歌中追述了周武王的父亲周文王开辟周国，使四方百姓都来归顺，人们为周文王献上玉璋美酒。三章又以"淠彼泾舟，烝徒楫之"起兴，说明众人划桨舟行快，周王勤勉，六师奋进。四章是描述周武王给文王祝寿，以高大形象顶云汉、晶莹辉煌布满天来比兴。祝周王寿考无穷，教育后人。五章追念其品行光明，如釜如玉，勤勉我王可以张纲立纪，教育四方。

诗中的"棫朴"即今之蕤核，人们一般都不熟悉它，其木常作烧材。宋庞元英在《文昌杂录》卷一中记载："兵部杜员外言，今关中有白蕤，棫朴也。芃芃丛生，民家多采作薪，且言烟与他木异。"

据《植物名实图考》卷37《蕤核》篇中记载："蕤核，《本经》上品。《尔雅》棫，白桵（ruǐ）。注，小木丛生有刺，实如耳珰，紫赤可食。注《本草》者，以为即蕤核。《图经》谓叶细如枸杞而狭长，花白，子附茎生，紫赤色。按其形状，正相肖也。《救荒本草》，俗名蕤李子，果可食。今山西山坡极多，俗呼蕤棫，弥坑埋堑，蓬勃苯蓴。诗人芃芃薪樕，体物浏亮，亦自述其物宜耳。《霍州志》，棫一名桵，即棫朴也，小枝而丛生，中空。"

《本草纲目》卷36《蕤核》篇中说："「释名」白桵「时珍曰」《尔雅》'棫，白桵'即此也。其花实蕤蕤下垂，故谓之桵。柞木亦名棫而物异。"

蕤核是蔷薇科、扁核木属植物。本属植物有5种，分布于喜马拉雅山区和不丹、锡锅。我国有4种。其中蕤核在我国利用久矣，《诗经》称棫朴，《本草经》称蕤核，《救荒本草》称蕤李子，河南称山桃，陕西称马茹等。蕤核为中国的特有植物，分布于中国大陆的陕西、四川、河南、山西、甘肃、内蒙古等地，多生长于山坡阳处和山脚下，目前尚未由人工引种栽培。

有学者将棫与朴作为2种植物注释，其中棫以白桵或柞木释之，朴，以枹木释之。此其一说存以备考。

蕤核始载于《神农本草经》，列为上品。《名医别录》载："蕤核生函谷及川谷及巴西。"

蕤核的花、果均具观赏价值，适宜在园林绿地中的草坪边缘、庭院角隅种植或与山石配植。

四十四 桃子、柚子是佳果（桃子、柚子）

北方的桃子和南方的柚子都是原产中国的优良水果，有幸都载入了《诗经》，故放在一起讨论。

1. 桃（桃）

桃（蔷薇科，Amygdalus persica）蒙语称为陶日古。树高过3至8米，树皮暗红褐色。单叶互生，叶亮绿色，长圆状披针形，长7至15厘米，宽2至3.5厘米，叶尖细长，叶基部通常有腺体。花单生于叶腋，或2至3朵簇生在节上，萼钟形，绿色，5裂，花瓣5个，常为粉红色，偶有白色。果外部肉质、多汁，有白色、黄色或红色。果核坚硬，通常仅一枚种子。多数品种的桃成熟后，表面有柔毛。

桃

桃之夭夭①，灼灼其华②。之子于归③，宜其室家④。

桃之夭夭，有蒉其实⑤。之子于归，宜其家室。

桃之夭夭，其叶蓁蓁⑥。之子于归，宜其家人。

——《周南·桃夭》

注释：①夭夭：繁花怒放的样子。

②灼灼：花朵鲜艳如火的样子。

③于归：古代把姑娘出嫁到丈夫家看作女子的归宿。

④宜：和睦、亲善。

⑤蒉（fén）：指桃实肥厚肥大的样子。

⑥蓁（zhēn）：形容桃叶茂盛。

　　《周南·桃夭》是一首祝贺女子出嫁的诗。据《周礼》云：
"仲春，令会男女。"朱熹《诗集传》云："然则桃之有华（花），
正婚姻之时也。"可见周代一般在春光明媚桃花盛开的时候出
嫁姑娘，故诗人以桃花起兴，为新娘唱了一首赞歌。《诗经》是
我国第一部诗歌总集，这里是第一个用桃花来比美人的。此篇
语言极为优美，又极为精炼。写出了新娘与家人和睦相处、欢乐
和谐的气氛。

　　《召南·何彼秾矣》中有"何彼秾矣，华如桃李"之句，《大
雅·抑》中有"投我以桃，报之以李"之句，其中的桃与《周
南·桃夭》中的桃同物。这里体现了"往而不来，非礼也"的美好
传统。后世用来比喻朋友或情人之间礼尚往来或相互赠答，常

　　　　　　　　　　　《诗经》动植物图说

用此语。

桃的古今名一致。清《毛诗品物图考》卷3《桃之夭夭》："《传》：桃有华之盛者；《集传》：华红实可食。"桃为啥叫这个名字？明李时珍在《本草纲目》卷29《桃》篇中说："桃性早花，易植而子繁，故字从木、兆。言其多也。"

中国科学院自然科学史研究所的学者罗桂环指出："桃树属蔷薇科，这是发源于我国的植物类群之一，主要分布在温带。我国是蔷薇科现代分布和分化的中心。这个科的植物全世界约有100个属，我国有个60属；全世界共有约2000种，我国就有900种。蔷薇科中包括着众多今天栽培的果树，如苹果、梨、桃、李、杏、樱桃、梅、枇杷等。除现代栽培的苹果的主要种类外，上述水果基本都起源于我国。而其中最具中华文化特征的果树之一就是桃树。"

桃原产我国，甲骨文中的果字很可能就是桃的本字。除《诗经》有记载之外，在《管子》《尚书》《韩非子》《吕氏春秋》《山海经》等古代典籍中都有记载。《夏小正》成书在春秋时期，为中国现存最早的科学文献之一，也是中国现存最早的一部农事历书，记载夏朝的物候知识，记物候植物如桃、梅、杏、稻等18种。

近代考古学家认为桃是我国利用最早的果树之一。在距今约8000—9000年的湖南临澧胡家屋场、7000年前浙江河姆渡新石器时代遗址以及江苏海安青敦、河南新郑峨沟北岗新石器遗址都出土过桃核，在河南二里岗新石器时代遗址、河北藁城县台西村商代遗址均发现有桃核。从这些情况分析，桃在我国的栽培史上应当远在3000年以前已经人工栽培。

桃在公元前2世纪经"丝绸之路"传至波斯，后引入欧洲。西方人称波斯桃，实际来自中国。起源于中国的桃现在约有800多个品种。我国各地分布有大量的野生桃树。尤其值得注意的是我国华北和西北的甘肃和陕西至今还分布着大量的野生桃树。山桃的野生种主要分布在甘南的岷山山地，专家认为桃起源于我国西北的甘肃和陕西等地。其直接祖先最有可能是甘肃桃。

古代中国神话认为，北方玄冥之野有鬼国，居于大桃树之上，鬼国门口有神荼、郁垒二神将看守，后人在门口挂桃符、艾叶代表二神将，保卫门庭不受鬼怪侵犯。桃是吉利植物，相传黄帝时便立桃木梗于门户，上画荼、郁垒持苇索以御凶鬼，以后改为桃符及春联。桃有很高的营养价值，所以它被认为是有益的水果，被誉为"天下第一美果"。更被古代的神话和传说夸饰为寿桃、仙桃和蟠桃等吃了能长生不老的仙果。

《诗·召南》中出现："何彼秾矣，华若桃李。"后代一直以桃李花形容美女，如三国著名诗人曹植《杂诗之四》有所谓"南国有佳人，容华若桃李"。后世人们因此把美丽的女子形容为"面若桃花""艳若桃李"，"桃李不言，下自成蹊"已经成为后人精辟的常用语。

我国除黑龙江省外，其他各省、市、自治区都有桃树栽培，

　　　　　　　　　　《诗经》动植物图说

主要经济栽培地区在华北、华东各省。

2. 条（柚子）

柚（芸香科，Citrus max-
ima）又称条、文旦、櫾、壶柑、
臭橙、櫢、棷、朱栾、香栾、蜜筩、
臭柚、镭柚等。是常绿乔木。茎高
5至10米，有枝刺，嫩枝、叶背、
花梗、花萼及子房均被柔毛，嫩
枝扁且有棱。单生复叶，嫩叶通
常暗紫红色，叶大质厚，色浓绿，

柚子

长椭圆形至椭圆状卵形，长8至20厘米，宽2至5厘米，或更大，
顶端钝或圆，有时短尖，基部圆，叶柄有倒心形翼叶。花单生或
簇生于叶腋，花瓣4枚，反卷，白色。柑果圆球形或梨形，径通常
10至25厘米，皮光滑，淡黄或橙色。

终南何有①？有条有梅。君子至止，锦衣狐裘。
颜如渥丹，其君也哉！
终南何有？有纪有堂。君子至止，黻衣绣裳②。
佩玉将将③，寿考不忘！

——《秦风·终南》

注解参见第十一章。《秦风·终南》借助外貌、服饰的描写，赞美君子的品德，表达一种永远难以忘怀的感情。诗中言崇巍者终南，其何有乎？条与梅尔，所以成此山之高也。君子至止，衣服之盛，容貌之美，颜如渥丹，非同一般。"锦衣狐裘""黻衣绣裳，佩玉将将"这是周朝的官服。末章末句"寿考不忘"即万寿无疆之意，也是劝诫，必定所指周朝的耆老。其中一句"其君也哉！"——这才像个君子呢！诗者歌颂谁呢？根据史料，极有可能是周朝遗民歌唱秦公被封诸侯时祭礼终南山的情景。

诗中的"条"，即今之柚子。《尔雅·释木》中说："柚，条。"注曰："似橙，实酢，生江南。"

《本草纲目》卷30《柚》篇中说："「释名」櫠（与柚同），条《尔雅》，壶柑（《唐本》），臭橙（《食性》）朱栾。「时珍曰」柚色油然，其状如卣，故名。壶亦象形。今人呼其黄而小者为蜜筒，正此意也。"

柚子是芸香科、柑橘属植物，本属植物约20种，原产亚洲东南部及南部。现在热带及亚热带地区常有栽培。我国原产加引进栽培的约有15种，其中多数是栽培种，主要产于长江以南的广大地区。

柚子原产中国，有4000余年的栽培史，早在夏书《禹贡》中已有记载。柚子在我国被栽培利用久远，公元前5世纪《周书》中记有秋食枦梨橘柚，公元前3世纪《山海经》中记有其木多柤、栗、橘、柚等。公元前3世纪，吕不韦《吕氏春秋》中说："果之美者，江浦之橘，云梦之柚。"晋朝左思"欲赋三都，遂构思十年"，写成后，"豪贵之家竞相传写，洛阳为之纸贵"，其《三都赋·蜀都赋》中就有"家有盐泉之井，户有橘柚之园。其园则林檎枇杷，橙柿木甹木亭"的优美章句。

西汉时，香柚、甜橙和蜜橘通过"丝绸之路"传往伊朗、希腊、阿拉伯等国，现早已香飘世界了。中国古代有个船长叫谢文旦，把此类水果传入日本九州，柚一名文旦，就是为纪念他。现在我国的柚遍布两广、两湖、云贵、闽浙、川台等省区。其中福建的"坪山柚""文旦柚"、广西的"沙田柚"是驰名中外的优良品种，它们与泰国的"罗柚"一起并称为"世界四大名柚"。

柚子的果皮很厚，用手即可剥离。果实较柑橘为大，单重常可达1千克以上，果皮与果肉之间有白色海绵层。果肉呈红色或黄白色，白色更为常见，富含汁水有浓郁香味，呈甜味或酸甜味，有时带有苦味，这主要来源于其含有的生物苷。柚子在自然环境中可以摆放数月之久而不变质。柚子外形浑圆，象征团圆之意，所以也是中秋节的应景水果。更重要的是柚子的"柚"和庇佑的"佑"同音，柚子即佑子，被人们认为有吉祥的含义。过年的时候吃柚子象征着金玉满堂，柚和"有"谐音，是大柚大有的意思，除去霉运带来来年好运势。

柚子形美色艳，为上乘保健果品，新鲜果汁中含有类胰岛素成分，有降低血糖的作用，有益于心血管病及肥胖病患者。

柚子性寒、味酸、无毒，功能清胃润肠、消食醒酒、化痰止咳，饭后吃几瓣，能帮助消化，消除疲劳。

四十五　木瓜与木桃是姊妹（皱皮木瓜、毛叶木瓜）

木瓜与木桃都是蔷薇科同属的果木，是姊妹花，不少人认不得，也分不清，故放在一起讨论。

1. 木瓜（皱皮木瓜）

皱皮木瓜（蔷薇科, Chaen-omeles speciosa）又称楙、贴梗海棠、木瓜花、铁脚梨、秋木瓜、铁杆海棠、铁脚梨等。落叶灌木，高达2米多，枝有刺，枝条紫褐色。叶片革质，卵形至椭圆形，长3至9厘米，宽1.5至5厘米，边缘具有尖锐锯齿，托叶大形。

皱皮木瓜

花先叶开放，3至5朵簇生，花直径3至5厘米，萼筒钟状，5裂，花瓣5枚或重瓣，倒卵形或近圆形，猩红色，稀淡红色或白色。果实球形或卵球形，直径4至6厘米，黄色或带黄绿色。

投我以木瓜，报之以琼琚①。匪报也②，永以为好也！
投我以木桃③，报之以琼瑶。匪报也，永以为好也！
投我以木李④，报之以琼玖。匪报也，永以为好也！

——《卫风·木瓜》

注释：①琼琚：与下文的"琼瑶""琼玖"均指美玉。

②匪：非。

③木桃：果名，即楂子，今称毛叶木瓜。

④木李：果名，即榠楂，又名木梨。

　　《卫风·木瓜》是一首描述男女情谊的民歌。是现今传诵最广的《诗经》名篇之一。诗中的琼琚、琼瑶、琼玖是美玉美石之通称。宋代朱熹认为该篇是"男女相互赠答说"，《诗集传》云："言人有赠我以微物，我当报之以重宝，而犹未足以为报也，但欲其长以为好而不忘耳。疑亦男女相赠答之词，如《静女》之类。"《大雅·抑》篇中有"投我以桃，报之以李"之句，后世"投桃报李"便成了成语，比喻相互赠答、礼尚往来之谊。与该篇有同功之效。这种句式形成一种跌宕起伏的韵味，在歌唱时易于取得声情并茂的效果。每章的前两句也仅一字之差，后两句一模一样，这就具有极高的重叠复沓的音乐之美。

　　我国是礼仪之邦，自古以来重视礼尚往来。情意是一首无字的歌，礼尚往来，重的是情意，它的核心是礼仪规矩以及彼此之间的情意，并非礼品实物的价值多少。此所谓"敬慕之心即礼也"。珍重、理解他人的情意便是最高尚的情意。以前本人写过一首蹩脚诗："点燃一支蜡烛，驱散寒夜的孤独，放飞我的思念，不图金银但求一睹！"这里强调的是情意。

从这一点上说，后来汉代张衡《四愁诗》："美人赠我金错刀，何以报之英琼瑶。"尽管说的是"投金报玉"，其意义实也与"投木报琼"无异。男女交往可以减去不必要的形式，却不可没有"投桃报李"的情物。这情物可以是一枝柳或一朵花。

诗中说的木瓜，可不是粤、桂、闽、台等地出产的木瓜，那是作为水果食用的，它是番木瓜，和本种不是一科的植物。番木瓜原产于墨西哥南部和美洲中部地区，是番木瓜科的一种热带果木，我们在超市里能买到的那种水果木瓜。《卫风·木瓜》中的木瓜是蔷薇科的一种果木。清《植物名实图考长篇》卷15《木瓜》篇中说："《齐民要术》：《尔雅》曰楙，木瓜。郭璞《注》曰：实如小瓜，酢可食。《广志》曰：木瓜可藏，枝可为数号，一尺百二十节。《卫诗》曰：投我以木瓜。毛公曰：楙也。《诗义疏》曰：楙叶似柰叶，实如小瓜，黄似著粉者……"

《中国植物志》卷36《皱皮木瓜》："木瓜、楙（本草纲目）、贴梗海棠（群芳谱）、贴梗木瓜（中国等植物图鉴），铁脚梨（河北习见植物图说）学名Chaenomeles speciosa（Sweet）Nakai。"

皱皮木瓜是蔷薇科、木瓜属植物。本属植物约有5种，产亚洲东部，是重要的观赏植物，常植于人行道两侧、亭台周围、丛林边缘、水滨池畔等，花色红黄杂揉，相映成趣，"占春颜色最风流，"为良好的观花、观果花木。原产我国西南地区，喜温暖怕寒冷，陕、甘南、豫、鲁、皖、苏、浙、赣、湘、鄂、川、黔、滇、粤等省等地均有栽培，北京近些年也有栽种。湖南桑植，湖北长阳、五峰种植历史悠久，每年产量很高。

皱皮木瓜的药用价值很高，果实含苹果酸、酒石酸、构橼酸及维生素，富含十七种以上氨基酸及多种营养元素，干制后入药。

2. 木桃（毛叶木瓜）

毛叶木瓜（蔷薇科，Chaenomeles cathayensis）又称和圆子、楂、楂子、木瓜海棠等。是落叶灌木至小乔木。茎高2至6米，枝棕褐色，有枝刺，有皮孔。单叶，椭圆状至倒卵状披针形，长5至10厘米，宽2至4厘米，托叶草质，肾形。先叶开花，萼钟形，5裂，花瓣5枚，果实卵球形或近圆柱形，先端有突起，长8至12厘米，黄色有红晕，味芳香。9至10月成熟。

毛叶木瓜

投我以木瓜，报之以琼琚。匪报也，永以为好也！

投我以木桃，报之以琼瑶。匪报也，永以为好也！
投我以木李，报之以琼玖。匪报也，永以为好也！

——《卫风·木瓜》

注解参见本章前文。

诗中的"匪报也"，说明付出不是为了回报，这可以解读成爱的真诚吧。"投"我、"报"去，饱含着你来我往的情意，这是思念的果实和欣喜的花，是相遇时知心者的笑容应答，是音乐中欢快流畅的音符，是成熟木瓜的温软，是美玉那般润滑的感觉，是爱迸发出的心声，是求爱生活里的欢歌，是和谐笑声的传递。

有学者说，从最初的含义看，是宣扬人受于恩惠，当思图报，更要加倍报答。料想《卫风·木瓜》中本是一个长途跋涉的行者，在饥渴难耐之时，受到另一人的惠赠，当场赠与他木瓜或者桃李之类的鲜果以解渴或者止饥。但受惠之人并非就此忘记这滴水之恩，而是报之以涌泉——随身拿出贵重的物什相赠：琼琚、琼瑶、琼玖，并当面解释——这不是报酬，不是货币意义上的商品交换，而是相结交，即社会学、人伦意义上的情感留念，似有人生知己相见恨晚之意。

毛叶木瓜很多人不认识，由于它入药的是干品，有明显皱纹。有人就把它冒充皱皮木瓜出售，是药用真木瓜的假冒品。更有甚者，某些药商把真木瓜说成是木桃、木李，把木桃、木李又说成是"真木瓜"，真是张冠李戴、以假乱真。正是"假成真来真亦假"。

《植物名实图考》卷22《木瓜》篇中说："《别录》中品。《尔雅》谓之楙。味不木者为木瓜，圆小味涩为木桃，一曰和圆子，大于木桃，为木李，一曰榠楂。《本草纲目》卷30楂子："「释名」木桃「《埤雅》」和圆子。〔时珍曰〕木瓜酸香而性脆。木桃酢涩而多渣，故谓之楂，《雷公炮炙论》和圆子即此也。"

《中国植物志》卷36《毛叶木瓜》中说："木桃（《诗经》），木瓜海棠（《群芳谱》）学名Chaenomeles cathayensis（Hemsl）Schneid.。"

在查古籍时，"楂"是指何物？古籍中的"楂"用作植物名时所指的实物十分错综复杂。"楂"单独出现时，在不同的古籍中所指的植物不尽相同。在"楂"前面冠以其他字，或在"楂"后面缀上其他字构成不同的联绵词时，所指植物又各不相同。如有山楂、榠楂、猴楂、楂、楂子等。

毛叶木瓜是蔷薇科、木瓜属植物。本属植物约5种，产于亚洲东南部，耐寒力不及皱皮木瓜和光皮木瓜。是重要的观赏植物、果木或药物。果实酸涩，平，可入药，具有收敛止泻、和胃止吐的功效。

毛叶木瓜原产于中国西南一带，现世界各地均有栽培。我国主产于云南、贵州、广西、四川、湖北资丘等地。面积多达几万亩，产量千万千克以上。果实不可食用。

四十六　李子与木李（李子、木瓜）

李子与木李都是蔷薇科的果木，李子是水果，木李即木瓜，是药材。它们亲缘关系近，故放在一起讨论。

1. 李（李子）

李子（蔷薇科，Pruns salic-ina）又称美李、嘉庆子、嘉应子、布霖、居陵迦等。是落叶乔木。茎高9至12米，树皮灰褐色，老枝紫褐色或红褐色，无毛，小枝黄红色，无毛。叶片长椭圆形至椭圆状倒卵形，长6至10厘米，宽3至4厘米，先端急尖，基部楔形，边缘有锯齿。单花簇生，萼筒钟状，萼片长圆卵形，花瓣白色，长圆倒卵形。核果圆球形，直径3.5至5厘米，熟时红色或紫色，有纵沟，外被蜡粉。

李子

何彼襛矣，唐棣之华！曷不肃雝？王姬之车。

何彼襛矣，华如桃李！平王之孙，齐侯之子。

其钓维何？维丝伊缗。齐侯之子，平王之孙。

——《召南·何彼襛矣》

注解参见第四十三章。李子大家比较熟悉，即《中国植物志》卷38说的李（《诗经》）："山李子（河南），嘉庆子，嘉应子（南京），玉皇李（北京）。"《毛诗品物图考》卷3《华如桃李》篇中说："《集传》：李花白，实可食。"

李子是蔷薇科、李属的植物。本属植物约有30多种，主要分布在北半球温带。广泛栽培，是重要果木之一。

李原产我国，古书中多有记载。公元前3世纪《山海经》记载在灵山、卑山、岐山等地都有李树生长。《礼记》中把李作为祭品记载。《尔雅》中记载："五沃之土，其木宜梅李。"《乐府诗集·古辞·君子行》中说："瓜田不纳履，李下不正冠。"

现在李的品种很多。李子在我国栽培历史至少3000年以上。年产量居世界第一位。李生于山坡灌丛中、山谷疏林中或水边、沟底、路旁等处。我国各省及世界各地均有栽培，为重要温带果树之一。

李子果实饱满圆润，玲珑剔透，鲜艳美丽，口味甘甜，是人们最喜欢的水果之一。它既可鲜食，又可以制成罐头、果脯，是夏季的主要水果之一。

李子甘、酸,平。清肝涤热,生津利水。李子中含有多种营养成分,有养颜美容、润滑肌肤的作用,李子中抗氧化剂含量高得惊人,堪称抗衰老、防疾病的"超级水果"。将它制成末洗脸,使人面色润泽、去粉刺黑斑。

俗语说"桃养人,杏伤人,李子树下抬死人",这是什么意思?桃、杏、李,既为夏季时令水果,又是药食同源的良药。为啥说桃养人?因桃具有补中益气、养阴生津、润肠通便的功效。为何说杏伤人?《食经》说杏"味酸,大热","不可多食,生痈疖,伤筋骨。"杏伤人是实,不可多吃。李子多食也有危害,过食可损伤脾胃,引起腹胀虚热,如心烦发热、潮热多汗等症状。孙思邈说:"不可多食,令人虚。"使人表现出虚热、脑胀。

2. 木李（木瓜）

木瓜（蔷薇科,Chaenome-les sinensis）又称木梨、楔楂、瘙楂、蛮楂等。是落叶灌木或小乔木,高可达5至10厘米,树皮片状脱落,无枝刺。单叶互生,叶片椭圆卵形或椭圆状长圆形,长5至9厘米,宽3至6厘米,缘有细锐锯齿,齿端有腺体,托叶披针形,

木瓜

膜质。花单生于短枝端,萼钟形,5裂,花瓣5枚,倒卵形,淡粉红色。梨果长椭圆形,长10至15厘米,黄色,果肉木质。

投我以木瓜，报之以琼琚。匪报也，永以为好也！
投我以木桃，报之以琼瑶。匪报也，永以为好也！
投我以木李，报之以琼玖。匪报也，永以为好也！

——《卫风·木瓜》

注解参见第四十五章。

这首小诗，不用解释，好像很好懂，其实不一定懂，因为这里讲的是有来有往，有投有报。总是在讲"投木报琼，义将安在"？其实诗本身已经回答了。无论你是投李报琚，还是投桃报瑶，其意不在报，意在投，所以言投薄而报厚，是说报厚没有用的，我投的目的不是求报，你报得再厚何用？求什么呢？连续三遍重复："匪报也，永以为好也！"斩钉截铁。报的什么不重要，要的是"永以为好也"。说白了我要的是"永结同心"。

这里体现了一种高尚的情操，包括爱情，友情，亲情。这种情感重于实物的是心心相印，是精神上的契合，因而回赠的贵贱、多寡，实际上只具有象征性的意义，所以说"匪报也"。

诗中的木李，人们常常把它和木桃相混淆。《本草纲目》卷30《木瓜》篇中解说甚详：「集解」中说："津润味不木者为木瓜。圆小于木瓜，味木而酢涩者为木桃。似木瓜而无鼻，大于木桃味涩者为木李，亦曰木梨，即榠楂及和圆子也"。又《本草纲目》卷30《榠楂》篇中说「释名」蛮楂，瘙楂，木李，木梨。「时珍曰」木李生于吴越，故郑樵《通志》谓之蛮楂。云俗称为木梨。则榠楂盖蛮楂之误也。"「集解」「颂曰」榠楂木、叶、花、实酷类木瓜，但比木瓜大而黄色。辨之惟看蒂间别有重蒂如乳者为木瓜，无此则榠楂也。"

清《广群芳谱》卷58《榠楂》："一名蛮楂，一名瘙楂，一名木李，一名木梨。木叶、花酷类木瓜，但比木瓜大而色黄，李时珍曰，乃木瓜之重蒂者也。"

榠楂是习见的观赏花木，木瓜树次优美，春花烂漫，入秋后金果满树，芳香袭人。花期4月，果期9—10月。原产中国，在陕西、甘肃、山东、河南、江苏、安徽、浙江、云南、湖北等省有栽培。安徽栽培较多，以菏泽为盛产区。果实味涩，水煮或浸渍糖液中供食用，入药有解酒、去痰、顺气、止痢之效。果皮干燥后仍光滑，不皱缩，故有光皮木瓜之称。木材坚硬可作床柱用。

在我国各地都有民众祭祀缅怀祖先的场所，称为祖庙。据寒石说，位于浙江省宁波市鄞州区鄞江梅园的祖庙很特别，尽管庙殿供奉的是普通佛像，却以一种神秘植物命名祖庙，庙名曰榠楂祖庙。据载，该祖庙始建于南宋末，修建于清代，是鄞西典型的庙宇格局，整体建筑仍完好地保存着清代古建筑风貌。现留存的主体建筑包括门楼、大殿、厢楼，以及戏台的台基皆是清代之物。

四十六　茅栗、板栗好干果（茅栗、板栗）

茅栗与板栗同属壳斗科，特征相近。茅栗果实较小，板栗果实较大。都是人们喜爱的好干果，故一起讨论。

1. 栵（茅栗）

茅栗（壳斗科，Castanea seguinii）又称栭栗、栵栗、野栗子、毛栗。是落叶灌木或乔木，茎高6至15米。单叶互生，革质，叶卵状椭圆形，长9至13厘米，叶顶尖，叶基圆，叶缘锯齿具短芒尖。花单性，雌雄同株，雄花序穗状，生叶腋，直立，白色；雌花序生于雄花序下部，通常3花聚生。壳斗近球形，连刺径3至4厘米，每壳斗中有坚果3至6枚，坚果扁球形，褐色，径1至1.5厘米。

茅栗

皇矣上帝，临下有赫。监观四方，求民之莫。维此二国，其政不获。维彼四国，爰究爰度。上帝耆之，憎其式廓。乃眷西顾，此维与宅。

作之屏之，其菑其翳。修之平之，其灌其栵。启之辟之，其柽其椐。攘之剔之，其檿其柘。帝迁明德，串夷载路。天立厥配，受命既固。

帝省其山，柞棫斯拔，松柏斯兑。帝作邦作对，自大伯王季。维此王季，因心则友。则友其兄，则笃其庆，载锡之光。受禄无丧，奄有四方。

——《大雅·皇矣》前三章

　　注解参见第三十八章。诗中的"修之平之，其灌其栵"其中的"栵"，过去有的注为"行列整齐"，有的注为"栗"，即板栗。可是《鄘风·定之方中》有"树之榛栗，椅桐梓漆"之句。其中的"栗"即板栗。《诗经》中记载的"栵"应是茅栗，"栗"应是板栗。

　　据《本草纲目》卷29《栗》篇中说："小如指顶者为茅栗，即《尔雅》所谓栭（ér）栗也，一名栵栗，可炒食之。"另据《植物名实图考》卷32《茅栗》篇中说："茅栗野生山中。《尔雅》栵栭，注，树似槲橓而卑小，子如细栗可食，今江东亦呼为栭栗。《诗》，其灌其栵。陆玑《疏》，木理坚韧而赤，可为车辕，即此。"由此可见栵即茅栗，与栗（板栗）同属壳斗科，特征相近，果实较小，不如板栗大，都是人们喜爱的好干果。

茅栗我国有4种及1变种，其中有1种为引进栽培。东北至吉林，西北至甘肃南部，东至台湾，南至广州近郊，均有分布，资源较广。喜光，耐干旱瘠薄，均系野生，常生于海拔2000m以下的低山丘陵向阳灌丛中。绿叶青翠光亮，也是旅游区美化环境的好资源。苗可作板栗的砧木。木材坚实，属优质材。木质部的导管环状排列，早材均属环孔材。木材淡褐色，遇水湿色较浓，属硬木类，可做家具。树皮可提制栲胶，也可作丝绸的黑色染料。

茅栗种子含淀粉，可食用，酿酒或制干粉。花蜜和花粉丰富，是重要蜜粉源植物。

2. 栗（板栗）

板栗（壳斗科，Castanea mollissima）又称栗、魪、橡子、椭子、瑰栗、魁栗、笃迦等。是落叶乔木，高15至20米，树皮灰褐色，深纵裂。单叶互生，薄革质，长椭圆状披针形或长圆形，长12至15厘米，宽3至7厘米，先端渐尖或短尖，基部圆形或宽楔形，

板栗

叶缘锯齿尖锐，表面绿色，背面密被绒或。花单性，雌雄同株，雌花生于雄花序下部或另成花序。壳斗球形，坚果直径3至5厘米，深褐色。

定之方中①，作于楚宫②。揆之以日③，作于楚室。

树之榛栗，椅桐梓漆，爰伐琴瑟。

升彼虚矣④，以望楚矣。望楚与堂⑤，景山与京⑥。

降观于桑，卜云其吉，终然允臧⑦。

灵雨既零⑧，命彼倌人。星言夙驾⑨，说于桑田⑩。

匪直也人⑪，秉心塞渊⑫，騋牝三千。

——《鄘风·定之方中》

注释：①定：定星，又叫营室星。方中：宜定方位，造宫室。

②楚：楚丘，地名，在今河南滑县东、濮阳西。

③揆（kuí）：测度日影。

④虚（xū）：同"墟"。

⑤堂：楚丘旁邑。

⑥景山：大山。京：高丘。

⑦臧：好，善。

⑧灵：善。零：落雨。

⑨星言：晴焉。夙：早上。

⑩说（shuì）：通"税"，歇息。

⑪匪：犹"彼"。直：特也。

⑫秉心：用心、操心。塞渊：踏实深远。

《诗经》动植物图说

《鄘风·定之方中》这是一首颂诗,用于构筑宫室之仪式上演唱,犹如现在农村做屋奠基上梁之时的"夯歌"。全诗雍容典雅,述语郑重。诗三章,首章歌选址奠基,意思是"选定方位筑新城,楚丘动土方开工。度量日影测方向,正在忙于建皇宫。栽种榛树和栗树,还有梓漆与椅桐。成材伐作琴瑟用。"二章写周围之环境开阔优美,歌咏这里确实是一个好地方。三章赞做宫室之人,并预祝其居此而昌隆。

栗的古今名一致。在陕西半坡村新石器时代遗址中,发掘出大量的粟谷和栗、榛坚果化石,表明距今6000多年前已经食用栗子。湖北光化西汉古墓中有发掘出的栗果。《周礼·天官》记述:"馈食之笾,其实枣栗。"其他古代典籍中也有记载。

《本草纲目》卷29《栗》篇中说:"「时珍曰」栗,《说文》作㮚、从卤(音条)象实下垂之状也。梵书名笃迦。"

《植物实名图考长篇》卷15《栗》:"《诗经》:树之榛栗。陆玑《疏》:栗,周秦吴扬特饶,吴越被城表里皆栗。维洮阳、范阳栗甜美,长味,他方者悉不及也。"

板栗是壳斗科、栗属植物。本属植物约有10种,分布于北温带。我国有四种,其中栗是重要果木,原产我国。

喜光、喜温暖、不耐严寒,喜深厚、肥沃湿润土壤;寿命长,盛果期50—80年,200年老树仍可结果。

板栗是我国著名干果,营养丰富,可口宜人。富含蛋白质和各种维生素及钙、磷、钾等。是哺育幼儿、滋补孕妇及老年人身体虚弱者的营养佳品。其木坚硬，供建筑用材。树皮、壳斗含鞣质，可制栲胶。

四十七　榛子、苦槠皆佳品（榛子、苦槠）

榛子和苦槠的果实都是可以食用的干果佳品，有一定的相似性，故放在一起讨论。

1. 榛（榛子）

榛子（桦木科, Corylus heterophylla）又称小棘、小卤、亲、榿子、平榛、毛榛、尚棒、胡榛子、火榛子、金核桃等。是落叶灌木或小乔木，高达1至7米。树皮灰褐色，小枝黄褐色，有腺毛。叶互生，叶形多变异，矩圆形至宽倒卵形，长5至13厘米，宽4

榛子

至8厘米，先端凹缺或突尖，基部心形，不对称，缘有不规则重锯齿，背面有毛。雌雄同株，雄花呈葇荑花序，鲜紫褐色，雌花3至6个簇生枝端。坚果球形，总苞钟状，端部6至9裂。

简兮简兮，方将万舞。日之方中，在前上处。

硕人俣俣，公庭万舞。有力如虎，执辔如组。

左手执龠，右手秉翟。赫如渥赭，公言锡爵。

山有榛，隰有苓。云谁之思？西方美人。彼美人兮，
西方之人兮。

——《邶风·简兮》

  注解参见第三十四章。榛的古今名一致。《本草纲目》卷
30《榛》篇中说："「释名」亲（古榛字）「时珍曰」案罗氏《尔
雅翼》云：《礼记。郑玄注：关中甚多此果，关中，秦地也。
榛之从秦，盖取此意。"《植物名实图考》卷17《榛》篇中说：
"陆玑《诗梳》：榛，栗属；有两种：其一种树皮皆如栗，其子
小，形似橡子，味亦如栗，所谓树之榛栗者也；其一种枝叶如
木蓼，生高丈余，作胡桃味，辽东、上党皆饶。山有榛之榛，枝
叶似栗树，子似橡子，枝茎可以为烛。"

  《栗树史话》："公元前十世纪左右的著名诗歌集《诗经》
中，有许多诗篇都提到了榛子……稍后的《山海经》中也记有
'上申之山之榛楛''潘经之山，其下多榛楛'。从古籍中可以窥
知。在距今三千年前后，我国黄河流域和江淮地区满山遍野上都
已经长着浓郁茂密的榛树林……据《周官》记述，当时人们已把
榛子列为'供祭祀，享宾客'的珍贵果品之一。《礼祀》中记述：
'妇人之挚，榚榛脯修枣栗。'"

榛子是桦木科、榛属的植物。本属植物约有20种，分布于亚洲，欧洲及北美洲；我国有7种、3变种，分布于东北、华北、西北及西南等省区。

榛子性喜光、耐寒、耐旱，也耐水湿，喜肥沃之酸性土壤。多生于向阳山坡及林缘。耐火烧，萌芽力强。分布于我国黑龙江、吉林、辽宁、河北、山西、北京、天津、河南、山东、陕西、宁夏、甘肃、青海、新疆等地。

榛子的营养丰富，果仁中含有蛋白质、脂肪、糖类外，胡萝卜素、维生素B1、维生素B2、维生素E含量也很丰富；榛子中含有人体所需的8种氨基酸，其含量远远高过核桃；榛子中各种微量元素如钙、磷、铁含量也高于其他坚果。富含单不饱和脂肪酸和多不饱和脂肪酸，能够帮助提高记忆力、判断力，改善视神经功能，增强体质，有"坚果之王"的美称。一般人皆可食用。也是癌症、糖尿病人适合食用的坚果补品。

2. 栵（苦槠）

苦槠（壳斗科, Castanopsis sclerophylla）又称苦栗、大叶橡树、铁板栗、铁栗、木橡子、血槠、槠栎、槠栗、槠树、苦槠栲等。是常绿乔木，高5至10米，幼枝无毛。叶革质，长椭圆形至卵状长椭圆形，长7至4厘米，宽3至5厘米，先端渐尖或短渐尖，基部圆形至楔形，不等侧，边缘中部以上有锐锯齿，背面灰绿色，侧脉10至14对。雄花序穗状腋生，长8至15厘米，雌花单生于总苞内。壳斗杯形，苞片三角形，顶端针刺形，排列成4至6个同心环。坚果圆锥形，直径1.1至1.4厘米。

苦槠

四月维夏，六月徂暑①。先祖匪人②，胡宁忍予③。

秋日凄凄，百卉具腓④。乱离瘼矣⑤，爰其适归⑥。

冬日烈烈，飘风发发。民莫不穀⑦，我独何害。

山有嘉卉，侯栗侯梅⑧。废为残贼⑨，莫知其尤。

相彼泉水，载清载浊。我日构祸，曷云能穀。

滔滔江汉，南国之纪⑩。尽瘁以仕，宁莫我有。

匪鹑匪鸢，翰飞戾天；匪鳣匪鲔，潜逃于渊。

山有蕨薇，隰有杞桋。君子作歌，维以告哀。

——《小雅·四月》

《诗经》动植物图说

注释：①徂（cú）：去，到。暑：盛夏。

②匪人：不是他人。

③胡宁：为什么。忍予：忍心让我（受苦）。

④腓（féi）：草木枯萎。

⑤瘼（mò）：病，疾苦。

⑥爰（yuán）：于。何处。

⑦穀（gǔ）：善，指生活美好。

⑧侯：惟，是。

⑨贼（zé）：伤残，毁坏。

⑩南国：指南方各河流。

　　《小雅·四月》是一位官吏抒发遭贬谪，羁旅辛劳，久不得归，表达痛楚心情的诗。方玉润《诗经原始》说此章"获罪之冤，实为残贼人所挤。""废"字乃全篇眼目。因为"废"，哀才接踵而至。前三章是写诗人颠沛流离，被窜逐，无家可归，贫病交加，仓皇狼狈的境况。四章点出莫名其妙地受谗毁中伤。五章表明自己清白无辜，也包含着"虽九死其犹未悔"的决心。古往今来，这种耿直倔强的"腐儒"真不少。六章为自己忠而见逐鸣不平。七章中的鹑即金雕，是大型猛禽，感叹自己不能像金雕、鸢鸟那样奋翅高飞，有所作为，也不能像鳝鱼、鲔鱼那样深潜水底，远身避祸。八章讲山上有蕨菜、薇草，湿地有枸杞、桋木。我不如草也，只好作歌来诉说我的哀愁。后世屈原《九章·惜诵》：“惜诵以致愍兮，发愤以抒情。”其情实与《四月》一脉相通。

诗中的“栜”多数人不知是何物，它的现在名叫苦槠，可能有人认识。《本草纲目》卷30《槠子》篇中说：“苦槠子粒大，木纹粗赤，俗称血槠。”《本草拾遗》中记载：“槠子，小于橡子，树如栗，冬月不雕。生江南。”

南方人常把苦槠子壳压破，再把它浸泡在清水里，倒掉黑乎乎的水，一直浸泡到水清为止，直到没有涩味为好。然后再把浸好的苦槠子晒干，放在石灰坛子里，保持干燥，需要时再拿出来。炒着吃味道很香，是招待客人时的佳品，或给小孩子作零食吃。浸好晒干的苦槠子可以磨成粉，做苦槠豆腐或粑粑。做粑粑时可以放一些糯米粉，口感很不错。苦槠子打的擂茶也很爽口。

《本草拾遗》中说：它“止泄痢，食之不饥，令健行，能除恶血，止渴”。《日用本草》中说：“嫩叶贴臁疮，一日三换良。”

苦槠生长在丘陵或低山森林中。分布于云南、广东、福建、四川、湖南、湖北、江西、浙江、安徽、江苏、陕西等省区。喜生于海拔100—1000m的向阳、干旱之处。木材坚硬致密，作为机械、圆板及体育用具用材。

四十八　柞栎、麻栎是近亲（柞栎、麻栎）

　　柞栎和麻栎都是壳斗科、栎属的植物，它们亲缘关系很近，特征和生长环境相似，故放在一起讨论。

1. 朴檄（柞栎）

　　柞栎（壳斗科，Quercus dentate）又称槲、心、槲檄、檄朴、大叶栎、金鸡树、栎檀子等。是落叶乔木，树高达25米。树皮暗灰褐色，深纵裂。小枝粗壮，有沟槽，密被灰黄色星状绒毛。叶互生，叶片倒卵形或长倒卵形楔状，长10至20厘米，宽6至13厘

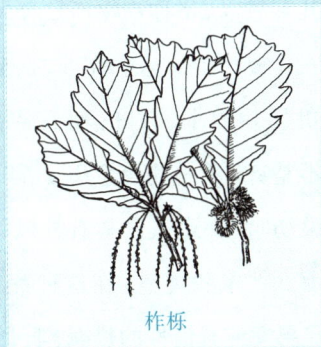

柞栎

米，叶面深绿色，叶缘波状裂片或粗锯齿，叶背面密被灰褐色星状绒毛，雄花序生于新枝叶腋，花序轴密被淡褐色绒毛，雌花序生于新枝上部叶腋。壳斗杯形，包着坚果1/2至1/3；小苞片革质，窄披针形，红棕色，反卷。坚果卵形至宽卵形。

野有死麕，白茅包之；有女怀春，吉士诱之。

林有朴樕，野有死鹿；白茅纯束，有女如玉。

舒而脱脱兮，无感我帨兮，无使尨也吠。

——《召南·野有死麕》

　　《诗经》所产生的时代，礼教初设，古风犹存。据《周礼》记载：仲春之月，令会男女，于是时也，奔者不禁。便是这种生活情景的生动描写。诗中的"林有朴樕"，以丛生状的柞栎形成了一个让人好不拘束的野外环境。《本草纲目》卷30《槲实》篇中说："槲樕犹觳觫也。栗子绽悬，有颤栗之象，故谓之栗，槲叶摇动，有觳觫之态，故曰朴樕者，婆娑，蓬然之貌。其树偃蹇，其叶芃芃故也。俗称衣物不整者为朴樕，本此。"

　　枝叶花朵丛生貌叫"扶疏"；鸟羽、兽毛丛生貌叫"朴樕、扑朔"。由灌木、枝叶、羽毛混乱貌又可引申出纷披、披垂、蓬松、不整齐、不整饬等意思。所以衣服不整齐叫"朴樕"，人委琐不整饬叫"仆遬"。"林有朴樕"写出了荒烟蔓草的野外环境，不是那么严肃和规整。在这种荒郊野外激起原始的野性本能，发生了男女纯真情性的热恋，野趣自然显现。

　　朴樕为何物？很多人不熟悉，生活在山区的人们可能见过。但是植物的古名与今名有差异，需要沟通。

　　清《植物名实图考长编》卷17《槲若》篇中说："《尔雅》：槲朴，心。《注》：槲樕别名。《疏》：朴樕一名心。……是朴樕为木名也，故郭云：槲樕别名。《诗·召南·野有死麇》云：林有朴樕，文虽别，其实一也，或者传写误。"

《植物学大辞典》中记载樕朴："樕朴与朴樕同，即槲也。诗林有朴樕，《尔雅》作樕朴，郭璞《疏》云，文虽别，其实一也。"

柞栎是壳斗科，栎属植物，是原产中国的古老树种。本属植物约350种，分布于北温带和热带高山上。我国约140种，为重要林木之一。主产于中国北部地区，以河南、河北、山东、山西等省山地多见。辽宁、陕西、湖南、四川等省也有分布。河南省襄城县境内紫云山上分布的槲树林是目前保存最好的槲树林之一。柞栎木材坚实，亦可培养香菇、木耳、灵芝。叶可饲养柞蚕。树干烧成木炭，可作火药原料之一。

2. 栩、栎、柞（麻栎）

麻栎（壳斗科，Quercus acutissima）又称栎、橡、杼（zhù）、枥、橡栎、橡子树等。是落叶乔木，高达20至25米。树皮暗灰色，浅纵裂，幼技密生黄色绒毛。叶长圆状被针形，长9至16厘米，宽3至4.5厘米，先端渐尖或急尖，基部圆或阔楔形，边缘有刺状锯齿，幼时有黄色短绒毛，后脱落，叶柄长2至3厘米。壳斗杯状，包围坚果1/2，苞片披针形，粗长刺状，反曲，坚果卵球形或卵状长圆形，直径1.5至2厘米，果脐隆起。

麻栎

肃肃鸨羽，集于苞栩。

王事靡盬，不能艺稷黍。

父母何怙？悠悠苍天！曷其有所？

肃肃鸨翼，集于苞棘。

王事靡盬，不能艺黍稷。

父母何食？悠悠苍天！曷其有极？

肃肃鸨行，集于苞桑。

王事靡盬，不能艺稻粱。

父母何尝？悠悠苍天！曷其有常？

——《唐风·鸨羽》

《秦风·晨风》第二章："山有苞栎，隰有六驳。未见君子，忧心靡乐。如何如何，忘我实多！"其中的"栎"与《唐风·鸨羽》篇中的"栩"同物，即麻栎。

《小雅·车辇》第四章："陟彼高冈，析其柞薪。析其柞薪，其叶湑兮。鲜我觏尔，我心写兮。"其中的"柞"与《唐风·鸨羽》篇中的"栩"同物，即麻栎。

《本草纲目》卷30《槲实》篇中说："「禹锡曰」案《尔雅》云：栩，杼也。又曰：栎其实梂。"又："陆玑注云：即柞栎也。秦谓之栎，徐人谓之杼，或谓之栩。"《植物名实图考长编》卷17橡栗篇中说："严粲云：柞，栎也。即《唐风·鸨羽》所谓栩也。据陆氏释柞械与《唐风》集于苞栩，《秦风》山有苞栎耳。"

由以上论述可知，栩、栎、柞都是指麻栎，是壳斗科、栎属的植物。本属植物约350种，分布于北温带和热带的高山上。我国约有140种。产于黑龙江、吉林、辽宁、河北、山西、陕西、甘肃、山东、江苏、安徽、浙江、台湾、河南、湖北、湖南、四川、贵州、云南等省。朝鲜、日本也有分布，为重要林木之一。

麻栎喜光，适应性强，耐干旱瘠薄，深根性，抗风力强。树形高大，树冠伸展，浓荫葱郁，因其根系发达，多生长在山区，也可作庭荫树、行道树，若与枫香、苦槠、青冈等混植，可构成城市风景林，抗火、抗烟能力较强，也是营造防风林、防火林、水源涵养林的乡土树种。对二氧化硫的抗性和吸收能力较强，对氯气、氟化氢的抗性也较强。

麻栎木材坚硬,为环孔材,边材淡黄至褐色,心材深褐色,不变形,耐磨,耐腐蚀,供机械、建筑、枕木、车船、地板、家具用材。种子含淀粉和脂肪油,可酿酒和作饲料,油制肥皂。壳斗、树皮含鞣质,可提取栲胶。

四十九　桑树与蒙桑（桑、蒙桑）

桑树与蒙桑都是桑科的树木，特征相近，叶可饲蚕，果可食用或酿酒，故放在一起讨论。

1. 桑（桑树）

桑树（桑科，Morus alba）又称桑葚树，茎高3至7米，有的可高达15米。树皮黄褐色。叶互生，叶片卵形至宽卵形，长5至15厘米，宽5至11厘米，叶端尖，叶基圆形或浅心脏形，边缘有粗锯齿，有时有不规则的分裂。叶缘有粗锯齿，叶面有光泽。雌雄异株，花黄色，花被4枚，雄花葇荑花序，雌花穗状花序。聚花果卵圆形或圆柱形，即桑葚，黑紫色或白色。

桑树

定之方中，作于楚宫。揆之以日，作于楚室。

树之榛栗，椅桐梓漆，爰伐琴瑟。

升彼虚矣，以望楚矣。望楚与堂，景山与京。

降观于桑，卜云其吉，终然允臧。

灵雨既零，命彼倌人。星言夙驾，说于桑田。

匪直也人，秉心塞渊，騋牝三千。

——《鄘风·定之方中》

注解参见第四十六章。桑的古今名一致。《本草纲目》卷36
《桑》篇中说："徐锴《说文解字》云：叒（音若），东方自然神木
之名，其字象形。桑乃蚕所食，异于东方自然之神木，故加木与
叒下而别之。"

桑是桑科、桑属植物。本属植物约12种，分布于北温带。我
国约有12种，原产我国中部。

我国是世界上种桑养蚕最早的国家。种桑养蚕也是中华民
族对人类文明的伟大贡献之一。桑树的栽培已有七千多年的历
史。在商代，甲骨文中已出现桑、蚕、丝、帛等字形。到了周代，
采桑养蚕已是常见农活。春秋战国时期，桑树已成片栽植。现在
栽培范围广泛，东北自哈尔滨以南；西北从内蒙古南部至新疆、
青海、甘肃、陕西；南至广东、广西，东至台湾；西至四川、云南；
以长江中下游各地栽培最多。

成熟的桑葚质软油润，酸甜适口，桑葚既可入食，也入药。
桑葚含有丰富的葡萄糖、蔗糖、果糖、胡萝卜素、维生素（A原、

　　　　　　　　　　　　《诗经》动植物图说

B1、B2、PP及C）、苹果酸、琥珀酸、酒石酸及矿物质钙、磷、铁、铜、锌等。

2. 檿（蒙桑）

蒙桑（桑科，Morus mong-olica）又称山桑、蒙桑、檿桑、山桑、岩桑、刺叶桑等。是落叶灌木或小乔木。茎高3至8米，树皮黑褐色，光滑，有纵裂，枝暗红色。单叶互生，叶片椭圆状卵形，长8至18厘米，宽6至8厘米，先端渐尖或尾状渐尖，基部心形，缘有粗牙齿，齿端有刺芒尖，尖刺长约2毫米，叶柄长3至6厘米。花单性，花被4片，雌雄异株，雄花序长约3厘米，雌花序长约1.5厘米。聚合果（桑椹）红色或近黑色。

蒙桑

皇矣上帝，临下有赫。监观四方，求民之莫。维此二国，其政不获。维彼四国，爰究爰度。上帝耆之，憎其式廓。乃眷西顾，此维与宅。

作之屏之，其菑其翳。修之平之，其灌其栵。启之辟之，其柽其椐。攘之剔之，其檿其柘。帝迁明德，串夷载路。天立厥配，受命既固。

帝省其山，柞棫斯拔，松柏斯兑。帝作邦作对，自大伯王季。维此王季，因心则友。则友其兄，则笃其庆，载锡之光。受禄无丧，奄有四方。

——《大雅·皇矣》前三章

注解参见第三十八章。诗中的"檿"指蒙桑。《尔雅》："檿，山桑。"（"檿"亦见于《禹贡》。）郭璞注云："似桑，材中作弓及车辕。"《考弓记》："弓人取干，柘为上，檿桑次之。"《植物名是图考》卷33《桑》篇中说："檿桑，山桑，《注》似桑，材中作弓及车辕。……江北桑皆自生，材中什器，盖即檿桑。蚕丝劲黄，所谓檿丝矣。"可见山桑、野桑、檿桑、蒙桑皆一物也。

蒙桑是桑科、桑属植物。本属植物约12种，分布于北温带，我国有9种，各地均产之。其中桑叶可饲蚕。材质优良，古时用材作车辕或作弓。

蒙桑生于向阳山坡、灌丛、疏林中。产于安徽、河南、贵州、青海、山西、吉林、黑龙江、山东、辽宁、湖北、云南、河北、江苏、内蒙古、四川、陕西、新疆等地，目前尚未由人工引种栽培。茎皮纤维脱胶后可作纺织原料，或作高级纸原料。根皮入药，为消炎利尿剂；果实可酿酒。

五十　柘树与构树（柘树、构树）

柘树与构树都是桑科的树木，有很多相似之处，故放在一起讨论。

1. 柘（柘树）

柘树（桑科，Cudrania tri-cuspidata）又称柘刺、柘桑、铁㧅针。是落叶灌木或小乔木。树高可达8米，小枝黑褐色，具坚硬棘刺，刺长5至35毫米。单叶互生，叶片近革质，卵圆形或倒卵形，长5至13厘米，宽3至8厘米，先端钝或渐尖，基部楔形或圆形，全缘或3裂，基出脉3条。花单性，雌雄异株，球形头状花序，具短梗，单个或成对着生于叶腋，被片4枚，聚花果球形，肉质，直径约2至5厘米，橘红色或橙黄色，表面呈微皱缩，瘦果包裹在肉质的花被里。

柘树

皇矣上帝，临下有赫。监观四方，求民之莫。维此二国，其政不获。维彼四国，爰究爰度。上帝耆之，憎其式廓。乃眷西顾，此维与宅。

作之屏之，其菑其翳。修之平之，其灌其栵。启之辟之，其柽其椐。攘之剔之，其檿其柘。帝迁明德，串夷载路。天立厥配，受命既固。

帝省其山，柞棫斯拔，松柏斯兑。帝作邦作对，自大伯王季。维此王季，因心则友。则友其兄，则笃其庆，载锡之光。受禄无丧，奄有四方。

——《大雅·皇矣》前三章

注解参见第三十八章。诗中的"柘"指柘树，古今名一致。《植物名实图考》卷35《柘》："柘，《嘉祐本草》始著录。叶可饲蚕，木染黄。《救荒本草》，叶实可食，野生小树为奴柘。《本草拾遗》载之。"

柘树是桑科、柘树属植物。本属植物约有12种，分布于东亚及澳洲。我国有8种，主要分布于东南和西南部。

柘树是栽植于石山间的一种树。宋代陆佃著的《埤雅》一书中有"柘宜山石，柘字从石，取此意"。河南省柘城县，秦代称为柘县，隋代改为柘城县，因盛产"柘桑"和"柘丝"而得名。又据《太平寰宇记》记载："邑有柘沟。以此名县。"柘城县历史上盛产"柘桑"。现今柘树仍然是柘城县的土特产树种，还保存有古老的大树。柘城县老王集乡有两株古柘树，俗称柘桑或柘圪针。最大的1株胸围4.03米，高18.25米，冠幅12.50米，当地奉为"神树"，披红挂绿，每逢节日，有人在这里搞封建迷信活动。小的一棵因树体有洞穴，已被大风倒折。这棵古柘树相传为元末明初年间野生田野的小树，一直繁衍至今，树龄约有500年，是省内最大的一株柘树。

方城县博望镇山坡上一株古柘树。孤干凌空，枝权姿迤，坚如钢铁，相传为诸葛亮火烧博望屯战役幸存的见证树。据《辞海》载：东汉刘表使刘备拒夏侯惇于博望，俗称诸葛亮火烧博望屯即此。"县志载："11年（公元前202年）刘先主备拒夏侯、于禁等于博望，久之，一日烧屯伪遁，惇等追之，为伏兵所败。"又载："今博望南头秦家尚有柘刺树一株，据传即火烧博望屯时仅留下一树，树高5米余，直径1米余，现遗址土层中尚埋有烧毁谷物灰烬。"古柘树胸围2.2米，高9.3米，冠幅5.9米。目前古树老态龙钟，生长衰弱，半侧大枝干枯，已用铁索拴固保护，被列为该县文物保护古迹。

此外，巩义市新中乡老庙香炉山下一株古柘树，胸围1.8米，树高14米，冠幅12米。枝叶浓绿，树冠圆形，全身无刺，每年开花结实；沁阳市王曲乡沁河旁有一株古柘树，被砍击大枝，只残存老树干，胸围1.6米，干高2.4米，干顶上萌生新枝，成小老树状态，树龄百年以上。

柘树叶可饲蚕，蚕丝质适坚韧，古时常用柘丝作琴弦，木材坚韧，是古代制弓的良材。《本草纲目》卷36《柘》篇中记载："其叶可饲蚕，取柘丝作琴弦，清响胜常。《尔雅》所谓棘虫，即此蚕也。《考工记》云：弓人取材以柘为上。"柘木心材黄色，纹理奇曲，用作手杖和器皿；亦可提制成染料，称为"柘黄"。果可食用和酿酒。

2. 榖（构树）

构树（桑科，Broussonetia papyrifera）又称榖、榖桑、斑榖、楮桑、皮树、褚桃、酱黄木等。是落叶乔木。茎高10至20米，茎叶有乳液，嫩枝叶被柔毛，树皮暗灰色。叶互生，宽卵形，长6至18厘米，宽5至9厘米，先端渐尖，基部心形，两侧偏斜，缘具粗锯齿，小树的叶3至5裂，表面粗糙，疏生糙毛，背面密被绒毛，基生叶脉三出。花雌雄异株，雄花序为柔荑花序，长3至8厘米，花被4裂，雌花序球形头状，花被管状。聚花果直径1.5至3厘米，成熟时橙红色，肉质。

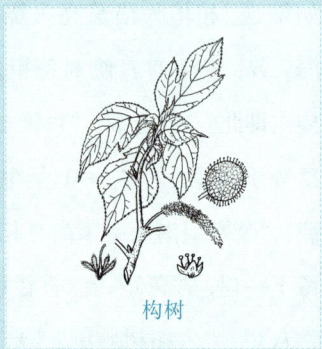
构树

鹤鸣于九皋[①]，声闻于野。鱼潜在渊，或在于渚[②]。乐彼之园，爰有树檀，其下维萚[③]。他山之石，可以为错[④]。

鹤鸣于九皋，声闻于天。鱼在于渚，或潜在渊。乐彼之园，爰有树檀，其下维榖。他山之石，可以攻玉。

——《小雅·鹤鸣》

注释：①九皋：深沼，沼泽的深处。

②渚：水中小洲。

③萚（tuò）：落叶。

④错：砺石，可以打磨玉器。

　　《小雅·鹤鸣》是一首通篇用借喻的手法，抒发招致人才为国所用的诗。用泽中鹤、水中鱼、园中树、他山石这几组并存的意象，表现大自然的兼容并包之理，以劝喻在上位的人应广纳人才。鹤鸣于沼泽的深处，很远都能听见它的声音，比喻贤士身虽隐而名犹著。这种用形象表现物理的诗，可以使人们通过联想得到更多的启迪。其中"它山之石，可以为错""它山之石，可以攻玉"的诗句成为警语，永远对人们有着一种哲学上的昭示意义。该诗以"鹤鸣于九皋"等景物形成了一幅荒郊野外视觉广阔的风景图画。这幅图画绘声绘色，有景有情，充满了诗情画意，会使读者受到诗的艺术感染，拍手称快。

　　诗中的"榖"即今之构树。《植物名实图考长篇》卷18《楮》篇中说："《诗经》，其下维榖。陆玑《疏》云：幽州谓之榖桑，荆、扬、交、广谓之榖，中州人谓之楮。"

　　构树是桑科楮属植物。本属植物约4种，分布于东亚，我国有3种，其中构树是常见树木。主要分布于我国黄河、长江和珠江流域地区。

构树具有速生、适应性强、分布广、易繁殖的特点，可用作荒滩、偏僻地带及污染严重的工厂区的绿化树种。构树能抗二氧化硫、氟化氢和氯气等有毒气体，可作大气污染严重的工矿区绿化树种。也可用作行道树，构树树皮纤维长而柔软，可作桑皮纸原料造纸。构树叶蛋白质含量高达20%—30%，氨基酸、维生素、碳水化合物及微量元素等营养成分也十分丰富。用构树嫩叶可喂猪。猪的肉质纯正，味道鲜美，回归自然品质，堪称真正的绿色食品，猪肉售价偏高。

椅、桐、梓、漆（山桐子、泡
桐、梓树、漆树）

椅、桐、梓、漆是几种常见的树木，故放在一起讨论。

1. 椅（山桐子）

山桐子（大风子科，Idesia
polycarpa）又称椅桐、水冬瓜、
水冬桐等。是落叶乔木，高可达
22米，树皮平滑，灰白色，有明显
的皮孔及叶痕。单叶互生，叶片
宽卵形至卵状心形，基部5脉，有
锯齿，长8至21厘米，宽6至19厘
米。花黄绿色，单性异株，顶生
的圆锥花序；萼片5枚，有时3至6枚；无花瓣。浆果，成熟时红
色。种子无翅。

山桐子

定之方中，作于楚宫。揆之以日，作于楚室。
树之榛栗，椅桐梓漆，爰伐琴瑟。

升彼虚矣，以望楚矣。望楚与堂，景山与京。

降观于桑，卜云其吉，终然允臧。

灵雨既零，命彼倌人。星言夙驾，说于桑田。

匪直也人，秉心塞渊，騋牝三千。

——《鄘风·定之方中》

注解参见第四十六章。诗中的"椅"是指山桐子，俗称椅桐。《植物名实图考长篇》卷20《桐》："陆玑《草木疏》云：白桐宜为琴瑟，是作琴瑟宜冈桐、白桐二种也。有曰：梓实桐皮曰椅，今人云：梧桐也。是白桐、梧桐二种俱有椅名也。"由此可知，古代有多种桐都有"椅"名，如白桐（今称泡桐）、梧桐都是作琴瑟的用材，都有椅名，宜与椅（山桐子）（Idesia polycarpa）相混淆，特此说明。古代亦常将"椅""梓"混言。参见"梓"篇。

《植物学大辞典》中记载椅："Idesia polycarpa Maxim.椅科，椅属。生于山野，又有栽培于庭园者。落叶乔木，茎高二十尺许，叶呈心脏形……名见诗经。"椅科，现称大风子科。

《中国植物图鉴》中记载椅："茎高达十米余，叶略呈心脏形……雌雄异株，果实为浆果，成熟后呈红色，内含小种子。学名Idesia polycarpa Maxim."

山桐子是大风子科、椅属（或山桐子属）的植物。本属只有山桐子一种。山桐子生长快、结果多、产量高。栽后4—6年开花结果，12—15年进入平果期，一般单株产量可达10—50千克。

10—40年为盛果期，一般单株产量可达150—200千克，最高230千克以上。亩产可达1吨以上。

山桐子产于甘肃、陕西、山西、河南诸省南部、台湾北部和西南三省、中南二省、华东五省、华南二省等17个省区。喜光，不耐阴。在向阳山谷、坡地、沟边、林缘长势旺盛。能天然更新。常与木荷、杜英、青冈栎、马尾松等针、阔叶树混生。喜深厚、潮润、肥沃、疏松的酸性土壤或中性土壤。

山桐子秋冬时节露出一串串红果，鲜艳夺目，极为壮丽，是很著名的景观及观果树种。树干高大，树冠广展，树形优美，花色黄绿，红果累累，是良好的绿化和观赏树种。常作为庭荫树、行道树应用。种子含油率高，可代替桐油，故称山桐子。又是养蜂业的蜜源植物，亦为良好之诱鸟植物。木材质地轻软但甚致密，可为家具用材。

2. 桐（泡桐）

泡桐（玄参科，Paulownie fortunei）又称桐、白桐、黄桐、泡桐、椅桐、荣桐等。是落叶大乔木，高达20至30米，树皮灰褐色，幼枝、叶、花序各部和幼果均被黄褐色星状绒毛。叶片长卵状心脏形，长达20厘米，顶端长渐尖或锐尖头，叶片下面密被绒毛，叶柄长达12厘米。花序狭长几成圆柱形，长约25厘米，小聚伞花序有花3至8朵，花冠管状漏斗形，白色仅背面稍带紫色或浅紫色，长8至12厘米，内部密布紫色细斑块。蒴果长圆形或长圆状椭圆形。

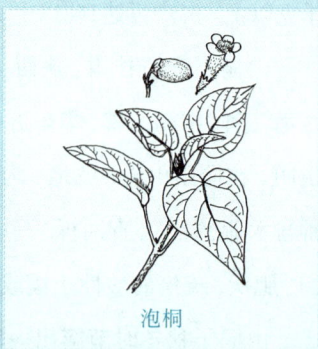

泡桐

定之方中，作于楚宫。揆之以日，作于楚室。

树之榛栗，椅桐梓漆，爰伐琴瑟。

升彼虚矣，以望楚矣。望楚与堂，景山与京。

降观于桑，卜云其吉，终然允臧。

灵雨既零，命彼倌人。星言夙驾，说于桑田。

匪直也人，秉心塞渊，騋牝三千。

——《鄘风·定之方中》

注解参见第四十六章。

《诗经》中的"桐"泛指泡桐，并无特征为依据，后世多以毛泡桐和白花泡桐释之。现以普遍栽种的白花泡桐释之。

《诗草木今释》桐："又名白桐（《诗义疏》），荣（《尔雅》），黄桐（《图经本草》），泡桐、荣桐（《本草纲目》），花桐、白花桐、华桐（俗名）。学名Paulownia fortunei Hemsl。"此种即今之白花泡桐。

唐朝诗人白居易有"淡白秋来日，疏凉雨后风。余霞数片绮，新月一张弓。影满衰桐树，香凋晚蕙丛。饥啼春谷鸟，寒怨络丝虫"的诗句。他又有诗曰："与君前后多迁谪，五度经过此路隅。笑问中庭老桐树，这回归去免来无？"桐树常常种植在庭院，叶大阴凉，叶可饲猪，深受人们喜欢。

桐树长得快，是速生树种。焦裕禄在河南兰考县提倡"种桐树，养母猪"，促使百姓脱贫致富。兰考种的桐树很多，形成了有名的兰桐，畅销于国内外。

泡桐是玄参科、泡桐属植物。本属植物共7种，均系高大乔木，均产我国。野生或栽培。有些种类已在其他国家引种，主要用其木材。泡桐是做乐器和飞机部件的特殊材料，我国生产梧桐家具出口的地区很少，仅有青岛、上海、烟台、商丘等地。日本女子出嫁喜欢中国的桐木家具。出口到日本的高档全桐木"和式"家具，换汇率很高。

泡桐是一种速生优质用材落叶树种，生长快，成材早，繁殖容易，材质好，用途广，经济价值高。泡桐树大荫浓，先叶而放的花朵色彩绚丽，宜作庭荫树和行道树，在四旁零星种植，也是工厂绿化的好树种。

　　泡桐分布于安徽、浙江、福建、台湾、江西、湖北、湖南、四川、云南、贵州、广东、广西，野生或栽培。在山东、河北、河南、陕西等地有引种。

3. 梓（梓树）

梓树

　　梓树（紫葳科，Catalpa avata）又称木王、臭梧桐、豇豆树、木角豆、水桐等。是落叶乔木，高达10余米，树皮灰褐色，纵裂或有薄片剥落，幼枝常带紫色。单叶对生，阔卵形或近圆形，叶长宽近相等，叶全缘或有3至5浅裂，叶背基部脉腋有紫色腺斑，掌状5出脉。顶生圆锥花序。花冠钟形，二唇形，上唇2裂，下唇3裂，淡黄色或黄白色，内有紫色斑点和黄色条纹。蒴果线形，细长下垂。种子长椭圆形，两端密生长柔毛。

　　定之方中，作于楚宫。揆之以日，作于楚室。
　　树之榛栗，椅桐梓漆，爰伐琴瑟。
　　升彼虚矣，以望楚矣。望楚与堂，景山与京。
　　降观于桑，卜云其吉，终然允臧。
　　灵雨既零，命彼倌人。星言夙驾，说于桑田。

匪直也人，秉心塞渊，骒牝三千。

——《鄘风·定之方中》

注解参见第四十六章。诗中的"梓"就是梓树。古代常将梓与楸与椅互释，造成混乱。如《说文解字注》："椅，梓也。"《释木》曰："椅、梓浑言之也。"《卫风·传》曰："椅，梓属；析言之也。椅与梓有别，故《诗》言椅桐梓漆。其分别甚微也，故《尔雅》《说文》浑言之。"又《春秋·传》曰："树六槚于蒲圃，见《左转》襄四年。梓，楸也。"依据现代植物分类学，椅是大风子科植物，与梓的特征分别甚大；而梓与楸同属于紫葳科、梓属植物，它们的特征相近，但也是两种植物，非同种。梓的古今名一致。

梓材优良，坚软适中，收缩小，不开裂，有"木王"之称，是做屋梁和棺木的好材料。《本草纲目》卷35《梓》篇中说："「释名」木王「时珍曰」……按陆佃《埤雅》云：梓为百木长，故呼为木王。盖木莫良于梓，故书从梓材名篇；礼以梓人名匠，朝廷以梓官名棺也。罗愿云：屋室有此木，则余材皆不震，其为木王可知。"据记者周艳涛报道，经专家鉴定发现，2009年考古在秦兵马俑一号坑战车上的笼箙，其材质竟然是木中之王梓木所做。笼箙是什么呢？秦俑之父袁仲一介绍，笼箙是为车内配置的容器，就是放在战车上的小箱子，里面装有弓弩等兵器，奇怪的是，这次发现的笼箙都没有盖子。

梓树是紫葳科、梓属植物。本属植物约13种,分布于美洲与东亚。我国原有的加上引进的共5种及1变种,除南部外,各地均有。其中梓树栽培悠久,亦有野生梓。分布于长江流域及以北地区。是速生材用树,材质软而色白,也是制作琴底的好材料,所谓"桐天梓地"是也。

梓树喜光,颇耐寒,喜肥沃土壤,不耐干瘠,能耐轻盐碱土,深根性。对氯气、二氧化硫和烟尘的抗性较强。可作行道树、绿化树种。嫩叶可食,根皮或树皮、果实均可入药。

4. 漆(漆树)

漆树(漆树科, Toxicodendron vernicifluum)又称桼。是落叶乔木,茎高20米,幼枝具皮孔和叶痕,树皮灰白色,韧皮部具有裂生性树脂道,可分泌乳液即漆汁。叶互生,奇数羽状复叶互生,有小叶4至6对多,小叶长椭圆形,长6至11厘米,宽3至6厘米。

漆树

圆锥花序腋生,花单性或两性,雌雄异株或杂生,花小而密,黄绿色,离瓣,萼5枚,花瓣5枚。果序下垂,核果肾形或椭圆形,直径6至8毫米,黄色。

定之方中,作于楚宫。揆之以日,作于楚室。

树之榛栗，椅桐梓漆，爰伐琴瑟。

升彼虚矣，以望楚矣。望楚与堂，景山与京。

降观于桑，卜云其吉，终然允臧。

灵雨既零，命彼倌人。星言夙驾，说于桑田。

匪直也人，秉心塞渊，騋牝三千。

——《鄘风·定之方中》

注解参见第四十六章。

漆树的名古今一致。《本草纲目》卷35《漆》篇中说："许慎《说文》云：漆本作桼，木汁可以髹物，其字象水滴而下之形也。"《植物实名图考长篇》卷19《漆》篇中说："《说文解字注》：桼木汁可以髹物，木汁名桼，因名其物曰桼，今字作漆，而桼废矣。"

漆是漆树科、漆属的植物，本属植物约20多种，分布于亚洲东部和北美至中美。我国有15种。漆树除黑龙江、吉林、内蒙古、新疆以外，在全国各地均有分布。

我国是文明古国，在漆的利用上也有表现。漆器的历史悠久，据有关资料记载，早在4200多年前的夏禹时代已见使用，战国时期更加发达。早在距今约七千年的浙江余姚河姆渡遗址第三文化层，我们的先民已将天然漆用于装饰生活器具的表面。古代典籍中多有记载。如《韩非子·十过》中说："尧禅天下，虞舜受之，作为食器，斩山木而财之，削锯修之迹，流漆墨其上，输之于宫以为食器。"又如《周礼》："师柒林之征二十而五。"有史料称漆树的栽培在春秋（前8—5世纪）即已开始。《史记·货殖传》记有"陈夏千亩漆……此其人一千户侯等"。

在汉代，漆器被作为日用器具，日渐普遍。漆鼎作为盛食器在汉代颇为流行。漆鼎木胎胎厚，体形稳重，盖与鼎身作子母口扣合。盖作球面形，上三个橙色环形纽。器身口微弇，鼓腹，底略呈圜形，有一对直耳，三兽蹄形足。鼎外髹（xiū）黑漆，内髹红漆。

唐代的漆器实物制作也有明显的发展。宋、元、明朝之后，漆器的制作有20多种。

漆树对土壤条件要求不严，在灰岩、板岩、砂岩及千枚岩上发育的山地黄壤、山地黄棕壤、山地棕壤上均可生长。能耐轻盐碱土，有较强的抗污染性。喜光照，忌风，宜植于背风向阳山地。

割伤漆树树皮，收集自行流出的树脂为生漆，干固后凝成的团块即为干漆。但商品多收集漆缸壁或底部黏着的干渣，经煅制后入药。有破瘀、消积、杀虫的功用。《神农本草经》："干漆，味辛温，无毒。"

有人禀性畏漆，感受漆气而发。多发生在身体的暴露部位，所接触的皮肤突然红肿，焮热作痒，起小丘疹或水泡，抓破则糜烂流水。重者可遍及全身，并见畏寒、发热、头痛等全身症状。治疗时宜清热解毒。《本草纲目》卷35："凡人畏漆者，嚼蜀椒涂口鼻，则可免。"

　　　　　　　　　　　　　　　　　《诗经》动植物图说

五十二　梧桐与白桦（梧桐、白桦）

梧桐与白桦是两种高雅、吉祥的树木，深受人们的喜爱，故放在一起讨论。

1. 梧桐（梧桐）

梧桐（梧桐科，Firmiana platanifolia）又称梧、榇、青梧、桐麻、瓢羹树等。是落叶大乔木，一般高达16米，树干挺直，树皮绿色，平滑。叶心形，掌状3至5裂，直径15至30厘米，裂片三角形，顶端渐尖，基部心形，两面均无毛。圆锥花序顶生，长约

梧桐

20至50厘米，花淡黄绿色，萼5深裂，萼片条形，向外卷曲。蓇葖果膜质，有柄，成熟前开裂成舟状，长6至11厘米，宽1.5至2.5厘米，每蓇葖果有种子2至4个。种子圆球形，表面有皱纹，直径约7毫米。

有卷者阿①，飘风自南。岂弟君子②，来游来歌，以矢其音。

伴奂尔游矣③，优游尔休矣④。岂弟君子，俾尔弥尔性⑤，似先公酋矣⑥。

尔土宇昄章，亦孔之厚矣。岂弟君子，俾尔弥尔性，百神尔主矣。

尔受命长矣，茀禄尔康矣。岂弟君子，俾尔弥尔性，纯嘏尔常矣⑦。

有冯有翼，有孝有德，以引以翼。岂弟君子，四方为则。

颙颙卬卬⑧，如圭如璋，令闻令望。岂弟君子，四方为纲。

凤凰于飞，翙翙其羽⑨，亦集爰止。蔼蔼王多吉士⑩，维君子使，媚于天子。

凤凰于飞，翙翙其羽，亦傅于天。蔼蔼王多吉人，维君子命，媚于庶人。

凤凰鸣矣，于彼高冈。梧桐生矣，于彼朝阳⑪。菶菶萋萋⑫，雍雍喈喈⑬。

君子之车，既庶且多。君子之马，既闲且驰。矢诗不多，维以遂歌。

———《大雅·卷阿》

　　　　　《诗经》动植物图说

注释：①卷（quán）：卷曲。阿：大丘陵。

②岂弟（kǎi tì）：和乐平易。

③伴奂：无拘无束之貌。

④优游：从容自得之貌。

⑤俾：使。尔：指周天子。

⑥遒：同"猷"，谋划。

⑦纯嘏（gǔ）：大福。

⑧颙（yóng）：庄重恭敬。

⑨翙（huì）：鸟展翅振动之声。

⑩蔼蔼：众多貌。吉士：善士，贤臣。

⑪朝阳：指山的东面。

⑫菶菶（běng）：草木茂盛貌。

⑬雍（yōng）雍喈（jiē）喈：鸟鸣声。

　　《大雅·卷阿》是周王出游卷阿，卿大夫为其歌功颂德的诗。成王三十三年（公元前1031），周王游于卷阿，召康公从。此诗所记，称颂周室版图广大，疆域辽阔，周王恩泽遍于海内，周王膺受天命，既长且久，福禄安康，样样齐备，因而能够尽情娱游，闲暇自得。称颂周王有贤才良士尽心辅佐，因而能够威望卓著，声名远扬，成为天下四方的准则与楷模。诗以凤凰比周王，以百鸟比贤臣。以凤凰展翅高飞，百鸟紧紧相随，比喻贤臣对周王的拥戴，即所谓"媚于天子"。然后又以高冈梧桐郁郁苍苍，朝阳鸣凤宛转悠扬，渲染出一种君臣相得的和谐气氛。

古人常把梧桐和凤凰联系在一起，诗以凤凰之集于梧桐，朝阳而鸣，渲染吉祥。此说影响后世，所以现在的人们常说："栽下梧桐树，自有凤凰来。"以前的殷实人家常在院子里栽种梧桐，不但因为梧桐有气势，而且梧桐是祥瑞的象征。《诗经》其后的《尚书》《庄子》《吕氏春秋》等先秦文献均提及梧桐树。春秋吴王夫差建梧桐园，于园中植梧桐树，梁任昉《述异记》载："梧桐园在吴宫，本吴王夫差旧园也，一名琴川。"

梧桐的古今名一致。《植物名实图考》卷35《梧桐》篇中说："梧桐《尔雅》榇，梧。春开细花，结实曰橐。鄂以为果。"

梧桐是梧桐科、梧桐属植物。本属植物约有15种，分布于亚洲和非洲东部。我国有3种，主要分布在广东、广西和云南。梧桐常栽于庭院、井台，系观赏树木，古有井桐、金井梧桐之称。

梧桐原产我国，南北各省都有栽培。相传梧桐能"知闰""知秋"。说它每条枝上平年生12叶，一边有6叶，而在闰年则生13叶。这是偶然巧合演绎出来的，实际没有这种自然规律。至于"知秋"却是一种物候和规律，"梧桐一叶落，天下皆知秋，"既富科学，又有诗意。古人有诗曰："高高山头树，风吹叶落去。一去数千里，何当还故处？"有悲秋的情怀。

梧桐树干高大而粗壮，枝叶茂盛，树冠呈卵圆形，树干端直，树皮青绿平滑，侧枝粗壮，翠绿色。生长迅速，易成活，耐修剪，是优良的行道绿化树种，也为速生材用树种。对二氧化琉、氯气等有毒气体有较强的对抗性。常植于园林、小区、机关、学校、工厂、矿山、庭院、路旁供观赏。

梧桐树喜光，不耐寒。适生于肥沃、湿润的砂质壤土。主产于江苏、浙江。此外，常见于甘肃、河南、陕西、广西、四川、安徽等地。

2. 樨（白桦）

白桦（桦木科，Betula platyphylla）是落叶乔木，高可达27米，树皮灰白色，纸状分离剥落，枝条暗灰色或暗褐色，无毛，小枝暗灰色或褐色，有时疏被毛和疏生树脂腺体。叶厚纸质，三角状卵形或三角状菱形，长3至9厘米，宽2至7.5厘米，顶端锐尖、渐尖至尾状渐尖，基部截形、宽楔形或楔形，有时微心形或近圆形，边缘具重锯齿，下面无毛，密生腺点。花单性，雌雄同株，菜荑花序。果序圆柱形，单生，小坚果狭矩圆形或卵形，长1.5至3毫米，宽约1至1.5毫米，具膜质翅。

白桦

有饛簋飧①，有捄棘匕。周道如砥②，其直如矢。君子所履，小人所视。睠言顾之③，潸焉出涕。

小东大东④，杼柚其空。纠纠葛屦，可以履霜。佻佻公子，行彼周行。既往既来，使我心疚。

有冽氿泉⑤，无浸穫薪。契契寤叹⑥，哀我惮人⑦。薪
是穫薪，尚可载也。哀我惮人，亦可息也。

东人之子，职劳不来⑧。西人之子，粲粲衣服。舟人
之子⑨，熊罴是裘。私人之子，百僚是试。

或以其酒，不以其浆。鞙鞙佩璲⑩，不以其长。维天
有汉，监亦有光。跂彼织女，终日七襄⑪。

虽则七襄，不成报章。睆彼牵牛⑫，不以服箱。东有
启明，西有长庚⑬。有捄天毕，载施之行。

维南有箕，不可以簸扬。维北有斗，不可以挹酒
浆⑭。维南有箕，载翕其舌⑮。维北有斗，西柄之揭⑯。

——《小雅·大东》

注释：①饛（méng）：食物满器貌。簋（guǐ）：古代一种青铜制或陶制
　　　　圆口、有座的食器。

②周道：大路。

③睠（juàn）言：同睠然，眷恋回顾貌。

④小东大东：西周时代以镐京为中心，统称东方各诸侯国为东
　　　国，近者为小东，远者为大东。

⑤氿（guǐ）泉：泉流受阻溢而自旁侧流出的泉水，狭而长。

⑥契契：忧结貌。

⑦惮：同"瘅"，疲苦成病。

⑧来：勑的借字，慰勉。或为赉的借字，赏赐。均通。

⑨舟人：郑笺："舟，当作周。"一说为舟楫之人，指周人中之
低贱者。

⑩鞙（juān）鞙：形容玉圆（或长）之貌。璲（suí）：贵族佩带
上镶的宝玉。

⑪七襄：七次移易位置。

⑫睆（huǎn）：明亮貌。

⑬启明、长庚：金星（又名太白星）晨在东方，叫启明；夕在西
方，叫长庚。

⑭挹：舀。

⑮翕：吸引。翕其舌，吸着舌头。箕星底狭口大，好像向内吸舌
若吞噬之状。

⑯西柄之揭：南斗星座呈斗形有柄，天体运行，其柄常在西方。

《小雅·大东》是东方诸侯国的臣民怨恨西周王室赋税和
劳役繁重的诗，反映了西周王朝与诸侯国臣民之间的矛盾。诗中
所描写的正是反映西周统治者通过"周道"对被征服的东方百
姓进行压榨、劳役的情况以及表达出百姓的困苦、怨愤和沉痛
的叹息。

先从饮食、行路写出周人与东方百姓是剥削与被剥削的关
系。再写出东方财富被抢掠一空，但西人仍在加紧勒索，使得东
方百姓穷困潦倒，劳苦不堪。并借天上的星宿说明徒有其名而

无其实，以倾诉人间社会的不平。从而讽刺西周王朝统治者窃据高位而不怜恤东方百姓。这首诗以鲜明的对照描写和恰当的比喻抒发了诗人的愤懑和不平，富有感染力。诗中的"无浸樗薪"是说不要以冰冷的氿（guǐ）泉水浸湿桦木薪材，比喻统治者不要残害百姓。

诗中的"樗"，有的《诗经》版本为"获"，今从"樗"。《尔雅·释木》："樗，落。"郭璞注："可以为杯器素。"郑玄《诗笺》云："樗，落。木名也。"古书上说这种树，叶像榆叶，树皮坚韧，可当绳索用，木材可做杯器。今暂以桦木释樗。桦木有多种，如黑桦、红桦，白桦等。白桦较为常见，故以白桦释之。

《本草纲目》卷35《桦木》篇中说："画工以皮烧烟熏纸，作古画字，故名橱，俗省作桦字也。"又曰："其皮厚而轻虚软柔，皮匠家用衬靴里，及为刀靶之类，谓之暖皮。胡人犹重之。以皮卷蜡，可作烛点。"后来演化为这种蜡有驱鬼之类的传说。盛唐以后，因为桦树皮干燥轻薄，皮下多含树脂，所制蜡烛易点燃，可散发出香味，又加上人们以为燃烧桦树脂可驱鬼魅，所以皇室宫廷开始以桦树皮包裹蜜蜡制作蜡烛。白居易曾在《早朝》一诗中称："月堤槐露气，风烛桦烟香。"

白桦树以高雅素美著称。俄国著名诗人叶赛宁的抒情诗《白桦》就是以白桦为中心意象，从不同角度描写它的美：满身的雪花，雪绣的花边，洁白的流苏，在朝霞里晶莹闪亮，披银霜，绽花穗，亭亭玉立，丰姿绰约，表现出一种高洁之美。

白桦容易天然更新，是绿化造林的先锋树种，植于庭园、公园之草坪、池畔、湖滨或列植于道旁均颇美观。

桦的木材致密坚硬，可制作木器、胶合板、矿柱。树皮可提取栲胶，还可提取白桦油，用作化妆品香料。叶可作染料，种子可榨油。

白桦分布于黑龙江、内蒙古、新疆、河北、河南、陕西、宁夏、甘肃、青海、四川、湖北、湖南、云南西北部和西藏东南部。

五十三　榆树、刺榆与青檀（榆树、刺榆、青檀）

　　榆树、刺榆与青檀都是榆科的树木，特征相近，故放在一起讨论。

1. 枌（榆树）

　　榆树（榆科, Ulmus pumila）又称枌、白枌、枌榆、榆钱树、白榆等。是落叶乔木，高达20米。树干直立，树皮深灰色，粗糙，不规则纵沟裂。单叶互生，椭圆状卵形至椭圆状披针形，长2至8厘米，宽2至2.5厘米，先端渐尖，基部圆形或楔形，边缘多具单锯齿。

榆树

花两性，早春先叶开花，紫褐色，聚伞花序簇生。翅果近圆形或宽倒卵形，光滑无毛，顶端有凹缺。

东门之枌①，宛丘之栩。子仲之子②，婆娑其下③。

穀旦于差④，南方之原。不绩其麻，市也婆娑。

穀旦于逝⑤，越以鬷迈⑥。视尔如荍，贻我握椒⑦。

——《陈风·东门之枌》

注释：①东门：陈国都城东门。

②子仲：陈国的姓氏。

③婆娑：舞蹈。

④穀（gǔ）：良辰，好日子。

⑤逝：往，赶。

⑥越以：作语助。鬷迈（zōng mài）：男女合行。

⑦贻：赠送。

《陈风·东门之枌》是描写陈国男女在歌舞聚会中恋爱的诗歌。描绘了他们相识相知的过程，相互慕悦。诗中的"枌"是指榆树，"栩"是指麻栎。他们曾在树下舞蹈，南郊幽会，于良辰男女合行，欢快异常。其中"不绩其麻"和"越以鬷迈"的描述尤能看出热恋中的男女特点，他把女子视为佳卉荍（锦葵），最后赠送花椒作为定情物，从此可见古代的特定民俗。

《陈风·东门之枌》中的"枌"与《唐风·山有枢》篇中有"山有枢，隰有榆"的"榆"是同物，即榆树。《本草经》曹元宇字辑注："榆古时为多数树木之总名，陆玑云：'榆有十种，叶皆相似，皮及木理异尔。'《尔雅》释榆者三：一曰蓲荎，郭注：今之刺榆，《疏》、《诗·唐风·山有枢》是也。一曰无姑，其实夷，郭注：'无姑，姑榆也，'生山中，叶圆而厚，所谓芜荑是也。一曰榆，白枌，《疏》《诗·陈风》：东门之枌是也。"这里把几种榆树讲得很清楚。

榆树又称枌、白枌、枌榆，是榆科、榆属植物。本属植物约20种，分布于北温带。我国有13种，南北均产之。主要分布于东北、华北、西北及西南各省区。生于海拔1000—2500米以下之山坡、山谷、川地、丘陵及沙岗等处。榆主产于北方，它是华北及淮北平原农村的习见树木。长江下游各省有少量栽培。

榆树是良好的行道树、庭荫树、工厂绿化、营造防护林和四旁绿化树种，唯病虫害较多。它是一种材用树，材质优良，木材供房屋、家具、农具用材。

榆钱又称榆荚、榆实、榆子、榆仁、榆荚仁。榆树在春暖时长出一串串形圆薄如钱币的榆荚，故而得名榆钱，又由于它是"余钱"的谐音，因而就有吃了榆钱可以有余钱的说法。榆钱是民间的一种优良野生食品资源，味道甜美，可生食或者蒸食。不仅营养价值极高，而且有医疗价值。榆钱果实中含有烟酸、抗坏血酸等酸性物质。

据《尔雅》记载，榆皮（榆白枌）荒岁农人食之以当粮，不损人。据记载宋朝嘉祐年中，过丰沛，人缺食，乡民多食此（榆皮）。苏轼在《准备赈济淮浙流民状》中也记有："今秋庐、濠、寿等州皆饥,见今农民已煎榆皮及糠麸杂马齿苋食。"据老人回忆,1942年河南家乡大灾荒,村上的榆树皮都被剥吃光。时谚说"荒年饿断肠,榆树倍遭殃"。今天生活幸福了,千万不要忘记过去岁月的艰辛和苦难。

吉林省农安县万顺乡光辉村四社庙西屯,有棵树龄450年的古榆树,树高15米,胸径170厘米,树冠覆盖面积230平方米。主干低矮,三大主枝连生在一起。一枝向上,一枝平卧,错落有致,树姿十分优雅。

在今陕西省咸阳市永寿县甘井镇境内有棵古榆树,树高近20米,树粗6.71米,主干粗大,其树身7人合抱才能围绕。树冠覆盖面积242平方米,树冠雄伟,挺拔高大,树根凸露地面,盘根错节,酷似蛟龙卧地。更为神奇的是树身表皮极似豹皮纹身,四季色变,甚为罕见。该树龄距今已有1600余年。全国范围内仅有四棵寿星榆,被专家称为林木中的活化石。

2. 枢（刺榆）

　　刺榆（榆科，Hemiptelea davidii）又称蕰、茎、柘榆、梗榆、钉枝榆等。落叶乔木，高可达10米，树皮暗灰色，深纵裂，窄条状剥落，小枝淡灰褐色，具粗硬的枝刺，刺长2至10厘米。叶互生，叶椭圆形，长2至6.5厘米，宽1至3厘米，先端急尖或钝圆，基部浅心形或圆形，缘有粗锯齿，侧脉8至15对，花杂性同株，1至4朵簇生于叶腋，花被4至5裂，黄绿色。小坚果具歪形的翅，形似鸡头，先端2裂。

刺榆

　　山有枢，隰有榆。子有衣裳，弗曳弗娄[1]。子有车马，弗驰弗驱。宛其死矣[2]，他人是愉[3]。

　　山有栲，隰有杻[4]。子有廷内，弗洒弗扫。子有钟鼓，弗鼓弗考[5]。宛其死矣，他人是保[6]。

　　山有漆，隰有栗。子有酒食，何不日鼓瑟？且以喜乐，且以永日[7]。宛其死矣，他人入室。

　　　　　　　　　　　　——《唐风·山有枢》

注释：①曳：拖。娄：搂，牵。古时裳长拖地，需提着走。

　　　　②宛：苑也，枯萎，枯死貌。

③愉（tōu）：快乐、享受；一说偷，取。

④廷：庭。

⑤考：敲击。

⑥保：占有。

⑦永日：指整天享乐。

《唐风·山有枢》是嘲讽一个守财奴式的贵族统治者的作品。诗所讽刺的是："子有衣裳，弗曳弗娄（穿裹着）；子有车马，弗驰弗驱。宛其死矣，他人是愉。"意思是说有衣你不穿，有车你不坐，等你去世了，都是别人的。发出只管苦苦地聚敛财货就是不知道及时享受的忠告。他们所忧虑的无非是子孙后代的生计。诗人看来简直愚蠢可笑："生年不满百，常怀千岁忧。"发出了对生命有限性的感叹。应像诗仙李白那样的活法，"五花马，千金裘，呼儿将出换美酒，与尔同销万古愁！"

辛弃疾在《汉宫春·会稽蓬莱阁观雨》中说的"君不见，王亭榭馆，冷烟寒树啼乌。"说的是旧时王、谢的亭馆已经荒芜，已无可行乐之处了。东晋时的王、谢与会稽的关系也很密切，"王亭"指王羲之修禊所在的会稽山阴之兰亭；谢安曾隐居会稽东山，有别墅。这些旧迹现在是只有"冷烟寒树啼乌"点缀其间了。发出了一切如浮云流水般的悲叹。

然而，在这讥讽之外，隐含着指斥那些有高头大马、雕梁画栋、衣锦绣服的官宦人家，不要忘记他所治下的社会上还有面色饥黄、寒门破屋、衣不蔽体的劳苦大众呢。

诗中的"枢""榆""栲""杻""漆""栗"是几种树木,以它们比喻生命的活力。

枢即今之刺榆。《本草图经》:"《尔雅》所谓藲荎,《诗唐风》云有枢,是也。"《毛诗品物图考》卷3《山有枢》:"《传》:枢,荎也。《集传》:今刺榆也。陆《疏》:枢其针刺如柘,其叶如榆。陈藏器云:江南有刺榆,无大榆。刺榆秋实。"荎犹刺也,故以荎名刺榆。《广雅》:"柘榆,梗榆也。"因木有刺曰梗,因此,刺榆有柘榆、梗榆之名。

刺榆是榆科、刺榆属植物。本属植物只有刺榆一种,产于我国吉林、辽宁、内蒙古、河北、山西、陕西、甘肃、山东、江苏、安徽、浙江、江西、河南、湖北、湖南和广西北部。常生于海拔2000米以下的坡地次生林中。喜光,耐寒,耐干旱瘠薄。适应性强,萌蘖能力强。

因有刺,可种为篱笆。

刺榆木材淡褐色,坚硬而细致,可供制农具及器具用;树皮纤维可作人造棉、绳索、麻袋的原料;嫩叶做羹食。亦可作饮料等。

3. 檀（青檀）

青檀（榆科, Pteroceltis ta-tarinowii）又称檀、翼朴、檀树、青壳椰树，是落叶乔木。高可达20米，树皮淡灰色，有不规则的长片状剥落，露出灰绿色的内皮，小枝黄绿色，疏被短柔毛。单叶互生，纸质，叶椭圆状卵形，基部三出脉，长3.5至13厘米，宽2至4厘米，先端锐尖，缘有锐锯齿。雌雄同株，花单性，雄花簇生，雌花单生。小坚果两侧具翅，先端凹缺。

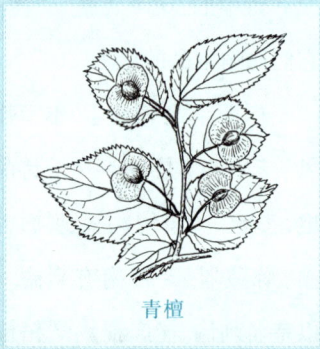

青檀

坎坎伐檀兮[①]，寘之河之干兮[②]，河水清且涟猗。不稼不穑[③]，胡取禾三百廛兮[④]？不狩不猎[⑤]，胡瞻尔庭有县貆兮[⑥]？彼君子兮，不素餐兮[⑦]！

坎坎伐辐兮，寘之河之侧兮，河水清且直猗。不稼不穑，胡取禾三百亿兮？不狩不猎，胡瞻尔庭有县特兮[⑧]？彼君子兮，不素食兮！

坎坎伐轮兮，寘之河之漘兮[⑨]，河水清且沦猗[⑩]。不稼不穑，胡取禾三百囷兮[⑪]？不狩不猎，胡瞻尔庭有县鹑兮？彼君子兮，不素飧兮[⑫]！

——《魏风·伐檀》

注释：①坎坎：象声词，伐木声。

②寘：放置。干：水边。

③稼（jià）：播种。穑（sè）：收获。

④胡：为什么。廛（chán）：古代的度量单位。

⑤狩：指打猎。

⑥县（xuán）：悬挂。

⑦素餐：吃白饭，不劳而获。

⑧瞻：向上看。特：三岁大兽。

⑨漘（chún）：水边。

⑩沦：小波纹。

⑪囷（qūn）：束。一说圆形的谷仓。

⑫飧（sūn）：熟食，泛指吃饭。

《魏风·伐檀》是伐木者讽刺、嘲骂贵族剥削者不劳而食的诗。全诗强烈地反映出当时劳动人民对统治者的怨恨。诗的开头写伐檀造车的艰苦劳动和河边的景色，直叙其事；继而转向抒情，这在《诗经》中是少见的。中间几句用质问语气斥责剥削者的不劳而获，揭露剥削者的寄生本质。巧妙地运用反语作结："彼君子兮，不素餐兮，"对剥削者冷嘲热讽，点明了主题，抒发了蕴藏在胸中的反抗怒火。全诗直抒胸臆，感情强烈。诗用杂言，忽而叙事，忽而推情，句式参差，灵活多变。牛运震《诗志》评价说："起落转折，浑脱傲岸，首尾结构，呼应灵紧，此长调之神品也。"对此诗的艺术性都做出了很高的评价。

诗中的"檀"即今之青檀。《毛诗草木鱼虫疏》说："爰有树檀。檀木皮正青滑泽，与㮕迷相似，又似驳马。"

《救荒本草》："檀树芽生密县山野中，树高一二丈叶似槐叶而长大，开淡粉紫花。叶味苦，采嫩芽叶，炸熟，换水浸去苦味，淘洗净。油盐调食。"密县在今河南省，亦在郑国范围内。

青檀是榆科、青檀属植物。本属植物只有一种，即青檀，又称翼朴，青檀常生于林缘、沟谷、河滩、溪旁及壁石隙等处，成小片纯林或与其分树种混生。适应性较强，喜钙，喜生于石岩山地，也能生在花岗岩石缝。青檀产于辽宁（大连蛇岛）、河北、山西、陕西、甘肃南部、青海东南部、山东、江苏、安徽、浙江、江西、福建、河南、湖北、湖南、广东、广西、四川和贵州等省区。

青檀树属榆科、翼朴属，其材质坚韧，纹理细密，耐腐耐水浸，是园艺、室内装饰等的珍贵树种。茎皮、枝皮纤维为制造驰名国内外的书画宣纸的优质原料；木材坚实，致密，韧性强，耐磨损，供家具、农具、绘图板及细木工用材；可作石灰岩山地的造林树种；种子可榨油；其树叶和种子能做猪、羊饲料，细枝可编筐，枝杈还可做农用杈齿；树木可供观赏用。

青檀较耐干旱与瘠薄，根系发达，常在岩石隙缝间盘旋伸展，萌性强寿命长。山东等地庙宇留有千年古树。如山东枣庄有千年古檀扎根于青檀寺山岩的缝隙里，整个树身从石缝里长出，有的根硬是撑裂了山岩，靠吸取岩石中的营养而生长，透出饱经风霜的铮铮铁骨，形成"檀石一家"的奇观。郑板桥的《竹石》："咬定青山不放松，立根原在破岩中。千磨万击还坚劲，任尔东西南北风。"其实这诗也适用于赞美青檀树，它是国家二级保护稀有树种。

五十四　臭椿与野鸭椿（臭椿、野鸭椿）

　　臭椿与野鸭椿是不同科的植物，但它们有相似的形态，都是奇数羽状复叶，都有椿的名称，故放在一起讨论。

1. 樗（臭椿）

　　臭椿（苦木科，Ailanthus altissima）又称樗（chū）、木碧（lóng）树、虎目、鬼目、白椿、山椿、恶木、虎眼树、大眼桐、婆娑罗树等。是落叶乔木。茎高可达20米。叶为奇数羽状复叶，长40至90厘米，叶柄长7至13厘米，有小叶13至25，小叶对生或近对生，纸质，卵状披针形，长7至12厘米，宽2至4.5厘米，先端长渐尖，基部偏斜，截形或稍圆，两侧各具1或2个粗锯齿，齿背有腺体1个，揉碎后具臭味。顶生圆锥花序长10至20厘米，小花杂性，绿白色，花瓣5枚。翅果长椭圆形，淡黄绿色。

臭椿

六月食郁及薁，七月亨葵及菽。八月剥枣，十月获稻。为此春酒，以介眉寿。七月食瓜，八月断壶，九月叔苴。采荼薪樗，食我农夫。

九月筑场圃，十月纳禾稼。黍稷重穋，禾麻菽麦。嗟我农夫，我稼既同，上入执宫功。昼尔于茅，宵尔索绹。亟其乘屋，其始播百谷。

二之日凿冰冲冲，三之日纳于凌阴。四之日其蚤，献羔祭韭。九月肃霜，十月涤场。朋酒斯飨，曰杀羔羊。跻彼公堂，称彼兕觥，万寿无疆！

——《豳风·七月》后三章

注解参见第十二章。诗中的"樗"即今之臭椿，由于材质不好，采做柴烧。《植物名实图考长编》卷21《椿樗》篇中说："《说文解字注》：樗，樗木也。名本樗与檴二篆互讹，今正……《豳风》、《小雅》、《毛传》皆曰：樗，恶木也。惟其恶木，故《豳》人只以为薪，《小雅》以俪恶菜，今之臭椿树是也。"

臭椿是苦木科、臭椿属植物。本属植物约10种，分布于亚洲至大洋洲北部。我国有5种、2变种，主产西南部、南部、东南部、中部和北部各省区。臭椿分布于中国北部、东部及西南部，东南至台湾省。中国除黑龙江、吉林、新疆、青海、宁夏、甘肃和海南外，各地均有分布。向北直到辽宁南部，共跨22个省区，以黄河流域为分布中心。

古人以为此树不材、无用，厌恶它，称它是恶木。白居易也自贬无用，有诗曰："香檀文桂若雕镌，生理何曾得自全。知我无材老樗否，一枝不损尽天年。"其实该树有用，只是叶有臭气，人不喜欢。

臭椿树干通直高大，春季嫩叶紫红色，秋季红果满树，是良好的观赏树和行道树。在印度、英国、法国、德国、意大利、美国等常常作为行道树，颇受赞赏，称之为"天堂树"。

臭椿是庭荫树、行道树，对有毒气体的抗性较强，可作城市、工矿区和农村绿化树种。根皮和茎作药用，有燥湿清热、消炎止血的效用；茎皮含树胶；木材黄白色，可制作农具车辆等。

有人分不清香椿和臭椿，有不少人将它们混为一谈。虽然两者外形极为相似，但是它们属不同科植物，香椿属于楝科，臭椿属于苦木科。香椿为落叶乔木，雌雄异株，叶呈偶数羽状复叶，圆锥花序，两性花白色，果实是椭圆形蒴果，翅状种子，种子可以繁殖。除供椿芽食用外，也是园林绿化的优选树种。二者的区别主要有几点：叶数不同，臭椿为奇数羽状复叶，香椿一般为偶数（稀为奇数）羽状复叶；叶子味道不同，臭椿叶子有异臭，香椿叶子有较浓的香味；树皮不同，臭椿树干表面较光滑，不裂，香椿树干则常呈条块状剥落；果实不同，臭椿果实为翅果，像虎目，香椿果实为蒴果，开裂后像铃铛。

2. 栲（野鸭椿）

野鸭椿（省沽油科, Eusca-phis japonica）又称栲、山樗、秤杆树，淡椿子，狗椿子等。是落叶小乔木或灌木，高3至8米，树皮灰褐色，具纵条纹，小枝及芽棕红色，枝叶揉碎后有恶臭气味。叶对生，奇数羽状复叶，长12至32厘米，小叶5至9枚，稀3至11枚，长圆形或椭圆形，长4至6厘米，宽2至3厘米，先端渐尖，基部钝圆，边缘具疏短锯齿。顶生圆锥花序，花多，较密集，黄白色，径4至5毫米，萼片与花瓣均5数，花盘盘状。蓇葖果长1至2厘米，果皮软革质，紫红色，有纵脉纹，种子近圆形，径约5毫米，假种皮肉质，黑色，有光泽。

野鸦椿

山有枢，隰有榆。子有衣裳，弗曳弗娄。子有车马，弗驰弗驱。宛其死矣，他人是愉。

山有栲，隰有杻。子有廷内，弗洒弗扫。子有钟鼓，弗鼓弗考。宛其死矣，他人是保。

山有漆，隰有栗。子有酒食，何不日鼓瑟？且以喜乐，且以永日。宛其死矣，他人入室。

——《唐风·山有枢》

《诗经》动植物图说

注解参见第五十三章。"栲"即今之野鸦椿。《植物名实图考长编》卷21《椿栲》："《释木》《唐风》《传》皆曰：栲，山樗。槐栲古今字，许所据作枇也。陆玑云：山樗与下田樗无异，叶似差狭耳。方俗无名，此为栲者。今所云栲者，叶如栎木，皮厚数寸，可为车轴，或为之栲。"据陆玑所言"栲"，叶如栎木，系指壳斗科栲属植物的泛称。另据《诗草木今释》山樗为野鸦椿。

野鸦椿是省沽油科、野鸦椿属植物。本属植物有3种，产于日本至中南半岛。我国产2种。野鸦椿除西北各省外，全国均产，主产江南各省，西至云南东北部。

野鸦椿是一种很有利用价值的观赏植物。它具有观花、观叶和赏果的效果。春夏之际，黄白色花，集满枝顶，绿树银花，十分美观；秋天，果实满枝头，果成熟后果荚开裂，果皮反卷，露出鲜红色的内果皮，黑色的种子粘挂在内果皮上，犹如满树红花上点缀着颗颗黑珍珠，十分艳丽，令人赏心悦目。该树可作为住宅区绿化和行道树。

五十五　侧柏与圆柏（侧柏、圆柏）

侧柏与圆柏都是柏科常见的园林树木，它们材质优良，可用于建筑、家具等，故放在一起讨论。

1. 柏（侧柏）

侧柏（柏科，Platycladus orientalis）又称椈、扁柏、香柏等。是多年生常绿乔木。茎高20米，树皮淡灰褐色，纵裂成条片，生鳞叶小枝侧扁，绿色。叶、枝扁平，排成一平面，叶鳞形，先端微钝，长1至3毫米，交互对生，紧贴枝上。雌雄同株异花，雌雄花

侧柏

均单生于小枝顶，雌球花近球形，蓝绿色被白粉，雄花序黄色。球果球形，有短柄，幼时肉质，成熟时木质，红褐色，有盾状种鳞4对，熟时张开，卵形，灰褐色。种子卵形，稍有翅。

泛彼柏舟，在彼中河。髧彼两髦^①，实维我仪^②。之死矢靡它^③。母也天只！不谅人只^④！

泛彼柏舟，在彼河侧。髧彼两髦，实维我特^⑤。之死矢靡慝^⑥。母也天只！不谅人只！

——《鄘风·柏舟》

注释：①髧（dàn）：头发下垂状。两髦（máo）：男子头发齐眉，分向两边状。

②仪：配偶。

③之：到。矢：通"誓"，发誓。靡它：无他心。

④谅：相信。

⑤特：配偶。

⑥慝（tè）：通"忒"，意为变心。

《鄘风·柏舟》是女子坚持自主择偶，反抗母亲干预自己婚姻的诗歌。诗以"泛彼柏舟"起兴，导出《诗经》时代民间婚恋的现实状况，在择偶的问题上母亲和女儿的意见往往不能一致。诗中的"髧彼两髦，实维我仪"，意思是头发飘垂那少年，是那女子相中好侣伴，并发誓不嫁别人，却遭到了母亲的反对，不谅解她。反复咏唱，发出了沉重的叹息！该诗表现了青年男女为了争取婚恋自由而产生的反抗意识，这是一个很有价值的思想，在古代是难能可贵的。

诗中的"柏"可以成舟，古时宜做舟。其他种类的柏尚有多种，但柏舟之柏，参照古训，应是侧柏。《毛诗品物图考》卷3《泛彼柏舟》篇中说："《传》柏木所以宜为舟也。《群芳谱》：柏一名椈，树耸直，皮薄，肌腻，三月开细琐花，结实成毬状，如小铃多瓣，九月熟，霜后瓣裂，中有子，大如麦，芬香可爱，种类非一。入药唯取叶扁而侧生者，名侧柏。"

侧柏是柏科、侧柏属植物。本属植物仅侧柏一种。侧柏是中国应用最广泛的园林绿化树种之一，它四季常青，枝叶茂密，耐修剪，常做绿篱，也可用于制作盆景。侧柏寿命长、树姿美，自古以来就常栽植于寺庙、陵墓、纪念堂馆和园林中。侧柏原产于我国，是我国各地园林常见树种，栽培历史悠久，分布以黄河、淮河流域为主，北自内蒙古、吉林省南部，南至广东、广西北部，西至陕西、甘肃，西南至四川、云南，西藏也有栽培。

古柏作为活的文物，被人比作是坚强、伟大、忠心的象征，清代的曹一士曾写有《咏古柏》古诗一首："桃李艳春日，松柏黯无光。贞心结千古，誓不随众芳。"

陕西黄陵县轩辕庙的"轩辕柏"为该地八景之一，树高达19米多，胸径约2米，推算树龄在2700年以上。苏颋的《武担山寺》诗曰："武担独苍然，坟山下玉泉。鳌灵时共尽，龙女事同迁。松柏衔哀处，幡花种福田。讵知留镜石，长与法轮圆。"写出了苍然、肃穆的气氛。

北京天坛有大片的侧柏和桧柏林木与皇穹宇、祈年殿的汉白玉栏杆以及青砖石路形成强烈的色彩对比，充分地突出了主体建筑，营造出了肃静清幽的气氛。而祈年殿、皇穹宇及天桥等在建筑形式上、色彩上与柏墙相互呼应，巧妙地表达了"天地通灵"的主题。可见柏树在美化环境中的独特作用。

据了解北京现存的古树树种以侧柏数量最多，一、二级古树有12665株，占古树总数的53.8%。这些苍劲挺拔的古柏是国家的宝贵文物。在古典园林中的大片苍翠的古柏衬托出皇家园林和千年古刹的庄严、肃穆、优美与秀丽。这些古树太珍贵了，人们再能也造不出一株古树来，保护好它们是我们的责任。

侧柏材质致密，有香气，耐腐朽，可供建筑、桥梁、舟船、细木工等用。种子榨油，供食用。

2. 桧（圆柏）

圆柏（柏科，Sabina chinensis）又称桧柏、刺柏、红心柏、珍珠柏、栝等。是常绿乔木，高达20米，胸径达3.5米。树冠尖塔形或圆锥形，树皮灰褐色，呈浅纵条剥离，枝常扭曲状。叶有两种，鳞叶交互对生，多见于老树或老枝上，刺叶常3枚轮生，长0.6至1.2厘米，叶上面微凹，2条白色气孔带。雌雄异株，极少同株；雄球花黄色，雌球花有珠鳞6至8毫米，次年或第三年成熟，熟时暗褐色，被白粉，果有1至4粒种子，卵圆形。

圆柏

籊籊竹竿①，以钓于淇。岂不尔思？远莫致之②。

泉源在左，淇水在右。女子有行，远兄弟父母。

淇水在右，泉源在左。巧笑之瑳③，佩玉之傩④。

淇水滺滺⑤，桧楫松舟。驾言出游，以写我忧。

——《卫风·竹竿》

注释：①籊籊（tì）：竹长而锐。

②远：远离。

③瑳：以玉形容齿白光洁。

④傩（nuó）：通"娜"。

⑤瀀瀀（yōu）：河水流淌的样子。

　　《卫风·竹竿》写的是一位远嫁的卫国女儿思念家乡的情怀。《毛诗序》说："《竹竿》，卫女思归也。"魏源在《诗古微》中考证，以为"亦许穆夫人作"。并没有实证，只是一种推测。全诗共四章，一、二章着重在回忆，强调的是思乡怀亲之情。三、四两章便是想象回乡时的情景。淇水、泉水依然如故，"淇水在右，泉源在左"等。诗中的"岂不尔思，远莫致之"道出了远嫁外地的女子思乡怀亲的强烈感情，像悠悠的淇水，不断地在心头涌流。该诗景物中涉及的竹子、桧柏、松树至今犹在，仍然生长在淇河两岸，古风尚存，风光旖旎。

　　《植物名实图考长篇》卷19《桧》篇中说："《诗经》：淇水瀀瀀，桧楫松舟。《疏》：《释木》云：桧，柏叶松身，书作栝字。《禹贡》曰：杶干栝柏。《注》云：柏叶松身曰栝，与此一也。"又："《尔雅翼》：……桧，今人亦谓之圆柏，以别于侧柏。"

　　桧是柏科、圆柏属植物。本属植物约50种，分布于北半球，北至北极圈，南至热带高山。我国有15种、5变种，多数分布于西北部、西部与西南部的高山地区，能适应干寒气候。另有引种栽培2种。

　　圆柏称桧，自古已然。桧，古一名栝（guā）。公元之前，我国古籍中便有桧（圆柏）的记载、利用和栽培。3000多年前，中原、淮扬、江汉等地圆柏多有著名的大材，西周分封的诸侯国中便有因之将圆柏作为古国名，称为"桧"（《诗·桧风》）。

中国人喜欢种植柏树，有学者认为古代崇尚贝壳，以贝壳为货币。崇尚贝壳源于生殖崇拜，而被古人崇尚的贝壳正是呈圆锥状。所以，柏树名称源自"贝"，"柏"字与"贝"字读音相近，"柏树"就是"贝树"，表示树冠像贝壳的一类树。由于柏树像贝壳，在远古时期，柏树也有一定的生殖崇拜意义，中国人在墓地种植柏树，有象征永生或转生、新生的含义，可能就是远古生殖崇拜的遗风流俗。松柏常青，"青"代表年轻，松柏坚韧不拔，象征了千古不朽的精神。柏树老干枯荣，寿高千古，且南北皆生，四海为家，斗寒傲雪、坚毅挺拔，乃百木之长。素为正气、高尚、长寿、不朽的象征。柏树也象征庄重、肃穆。多见于宫殿、庙宇、祠堂、陵园、学校、墓地。在扬州古树名木中，圆柏有82株，其中，年龄最大的已410岁，年龄最小的也达100岁。

安徽江淮各地桧柏亦有悠久的栽培历史。南宋陆游撰写的《老学庵笔记》载，亳州太清宫多桧树，"桧花开时蜜蜂飞集其间，不可胜数。作蜜极香，而带微苦，谓之桧花蜜。"在欧阳修笔下，苍桧成亳州独特景物："古郡谁云亳陋邦，蜂采桧花村落香。"

圆柏喜光，耐荫性也很强。耐寒、耐热，对土壤要求不严，能生于酸性、中性及石灰质土壤上，对土壤的干旱及潮湿均有一定的抗性，寿命极长。对多种有害气体有一定抗性。其性耐修剪又有很强的耐荫性，故作绿篱比侧柏优良，下枝不易枯。老树则干枝扭曲，奇姿古态，堪为独景桧，是常见的园林树木。材质优良，可用于建筑、家具、棺木、文具等。

圆柏原产我国，分布于内蒙古拉山、河南、河北、山西、山东、江苏、浙江、福建、安徽、江西、河南、陕西、甘肃、四川、湖北、湖南、贵州、广东、广西及云南等地。朝鲜、日本也有分布。

五十六　岁寒三友——松、竹、梅
（油松、刚竹、梅花）

松、竹、梅四季常青，人称"岁寒三友"，它们是高洁、坚强的象征，深受人们的喜爱，故放在一起讨论。

1. 松（油松）

油松（松科，Pinus tabula-eformis）又称短叶松、红皮松等。是常绿乔木，高达15至25米，树皮褐灰色，鳞片状剥落。小枝淡灰黄色或淡褐红色，幼时微被白粉。针叶两针一束，稀3针一束，长7至15厘米，较粗硬，通常10至15厘米。雌雄同株，均为松球花序，雄花序淡黄色，簇生于前年小枝，雌花序阔卵形，紫色，生于当年新枝，多数鳞片螺旋状排列。球果卵形，长4至9厘米，成熟时暗褐色。种子卵形，长6至7毫米，翅长约1厘米，黄白色。

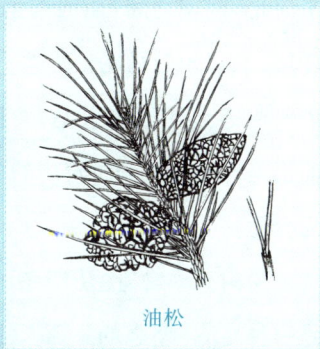

油松

籊籊竹竿，以钓于淇。岂不尔思？远莫致之。

泉源在左，淇水在右。女子有行，远兄弟父母。

淇水在右，泉源在左。巧笑之瑳，佩玉之傩。

淇水滺滺，桧楫松舟。驾言出游，以写我忧。

—— 《卫风·竹竿》

注解参见第五十五章。松树有多种，生长在豫北（古卫国）的多是油松，故以油松释之。

《植物名实图考》卷33《松》："凡北地松难长，多节质坚，材任栋梁，通呼油松。"

《诗草木今释》："能为舟材之松，不一种。古卫国所居，介于河北、河南之间（由河南沁阳、汲县一带至浚阳以西），在当时环境，自以短叶马尾松为饶产。由其性质颇耐寒、耐碱，在北地瘠薄黄壤土中，生长甚适，可推而知之。"短叶马尾松即今油松。油松是豫北山区分布较广的松类，以油松注释《诗经》中的松较为合适。

松树四季常青，历严冬而不衰，挺拔高大，松枝傲骨峥嵘，是一种高洁、坚强的象征。《论语》赞曰："岁寒然后知松柏之后凋也。"松与竹、梅一起，素有"岁寒三友"之称。文艺作品中，常以松柏象征坚贞不屈的英雄气概。代表着是坚强不屈、不怕困难打倒的精神，代表着无畏、正直、朴素、高洁的品格。大诗人李白有"谁知凌寒松，千载长守一"的赞美诗句。陈毅元帅写的《青松》："大雪压青松，青松挺且直。要知松高洁，待到雪化时。"
该诗豪气激荡，充溢着挺拔的力量，写出了那个特定时代不畏艰难、雄气勃发、愈挫弥坚的革命精神，一直受到后人的赞颂。

松是松科、松属植物。本属植物约80种，分布于北温带。我国有20种，分布极广，为重要的造林树种。材质优良，含树脂、耐腐蚀，用于建筑、矿柱、家具等。

油松分布于辽宁、内蒙古、河北、山西、陕西、甘肃、青海和四川北部。木材供建筑。松树节、松叶、松油入药；能祛风湿，散寒。树干割取松脂；树皮提取栲胶；种子含油30—40%，供食用或工业用；亦为荒山造林树种，也可作人行道树木。

2. 竹（刚竹）

刚竹（禾本科，Phyllostachys bambusoides）又称斑竹、桂竹、苦竹等。是多年生乔木状或灌木状竹子。地下根状茎横走。秆高8至22厘米，直径5秆高8至22米，直径3至7厘米，或更粗，节间绿色或黄绿色，竿环与箨环均甚突起，箨鞘革质，箨淡绿色至淡红色，散布淡墨色的斑点。小枝具叶2至6枚，叶片椭圆状披针形，长7至16厘米，宽1.0至2.5厘米，先端急尖，基部钝圆，质地坚韧。小穗丛长椭圆状披针形，长4至10厘米。

刚竹

籊籊竹竿，以钓于淇。岂不尔思？远莫致之。

泉源在左，淇水在右。女子有行，远兄弟父母。

淇水在右，泉源在左。巧笑之瑳，佩玉之傩。

淇水滺滺，桧楫松舟。驾言出游，以写我忧。

——《卫风·竹竿》

　　注解参见第五十五章。《诗经》中所言的竹无特征记述，其种类很难确诂。古代河南地区气候偏暖，可能有多种竹子生长。现以豫北即古代卫风地区普遍栽种的刚竹释之。朱熹《诗集传》："绿，色也。淇上多竹，汉世犹然，所谓淇园之竹是也。猗猗，始生柔弱而美甚也。"关于《卫风·竹竿》与《卫风·淇奥》之竹，古训以为萹蓄，是蓼科的一种牧草，高约30厘米，看来不妥，朱熹所言极是。

　　刚竹是禾本科刚竹属的植物。本属植物约50种，分布于东亚。我国约37种，产于东部、中南部和西南部，乔木状或灌木状，杆丛生。《本草纲目》卷37《竹》篇中说："「时珍曰」竹字象形。许慎说文云：'竹，冬生草也。'故字从倒艸。戴凯之《竹谱》云：植物之中，有名曰竹。不刚不柔，非草非木，小异实虚，大同节目。"

　　刚竹多生长在丘陵地带或溪流附近。主要分布在长江流域，在河南、山东、河北、山西也有栽培。

　　竹子与人的生活关系密切，与竹有关的成语很多。如"破竹之势"，典出唐朝房玄龄等合著《晋书·杜预传》："今兵威已振，譬如破竹，数节之后，皆迎刃而解。""竹报平安"典出唐朝段成式《酉阳杂俎续集·支植下》："北都惟童子寺有竹一窠，才长数尺，相传其寺纲维，每日报平安。""胸有成竹"语出宋朝苏轼《筼筜谷偃竹记》："故画竹，必先得成竹于胸中，执笔熟视……少纵则逝矣。""罄竹难书"典出《旧唐书·李密传》："罄南山之竹，书罪未穷。决东海之波，流恶难尽。"大家熟悉的还有"青梅竹马"。

历史上有很多文人爱竹、画竹。但以郑板桥的诗画给人的印象最深。他在《竹石》中写道："咬定青山不放松，立根原在破岩中；千磨万击还坚劲，任尔东西南北风。"写出了竹的风骨，也是写他为人的风骨。他在《潍县署中画竹呈年伯包大中丞括》中写道："衙斋卧听萧萧竹，疑是民间疾苦声。些小吾曹州县吏，一枝一叶总关情。"这是在看到潍县饥民出关觅食时，他的感叹之作。郑板桥是勤政廉洁、关爱百姓的官吏，深受百姓的爱戴。

竹子的用处很多，可以编席、篓等。竹笋可食。它也是优良的绿化树种。刚竹竿高挺秀，枝叶青翠，是各地重要的观赏和用材竹子，可配植于建筑前后、山坡、水池边、草坪一角，宜在居民新村、风景区种植绿化美化。宜筑台种植，旁可植假山石衬托，或配植松、梅，形成"岁寒三友"之景。竹竿可供建筑、棚架用，或用撑篙、农具柄、扁担、旗杆。

竹叶还有药用价值，性味清淡、微苦，寒。用于祛风热，通经络，止血。

3. 梅（梅花）

梅花（蔷薇科，Armeniaca mume）又称呆、槑橪、某、楳、乌梅、酸梅、黄仔等。是落叶小乔木，高达4至10米。树干紫褐色，多纵驳纹，常有枝刺，小枝绿色。叶卵形或椭圆形，先端长渐尖或尾尖，长4至7.5厘米，宽2.5至4.5厘米，缘具小锯齿。早春2至3月

梅花

先叶开花，花单性，萼筒钟形，裂片5枚，花瓣倒卵形，通常5枚，花单生或两朵簇生，有红、粉、白、淡绿诸色，单瓣或重瓣，有暗香。核果近球形，直径2至3厘米，一侧有浅槽，被毛。

　　摽有梅^①，其实七兮^②！求我庶士^③，迨其吉兮^④！

　　摽有梅，其实三兮！求我庶士，迨其今兮！

　　摽有梅，顷筐塈之^⑤！求我庶士，迨其谓之^⑥！

　　　　　　　　　　　　——《召南·摽有梅》

注释：①摽（biào）：一说坠落，一说掷、抛。

　　　②七：并非实数，以七言其多，三以下表示少。

　　　③庶：众多。士：未婚男子。

　　　④迨（dài）：及，趁。吉：好日子。

　　　⑤倾筐：斜口浅筐，犹今之簸箕。塈（jì）：取，给之意。

　　　　　　　　　　　　　《诗经》动植物图说

⑥谓：说话，或言归，嫁。

《召南·摽有梅》这是一首委婉而大胆的求爱诗。《周礼·媒氏》曰："仲春之月，令会男女。于是时也，奔者不禁。若无故而不用令者，罚之。司男女之无夫家者而会之。"了解了先民的这一婚恋习俗，对这首情急大胆的求爱诗就不难理解了。全诗三章，大意是：

梅子落地纷纷，树上还留七成。有心求我的小伙子，请不要耽误良辰。

梅子落地纷纷，枝头只剩三成。有心求我的小伙子，到今儿切莫再等。

梅子纷纷落地，收拾要用簸箕。有心求我的小伙子，快开口莫再迟疑。

"庶士"三见，意谓众多的小伙子。这位姑娘尚无意中人，她正在男士世界中寻觅着，呼唤着爱情。陈奂在《诗毛氏传疏》中说："梅由盛而衰，犹男女之年齿也。梅、媒声同，故诗人见梅而起兴。"珍惜青春、渴望爱情，是中国诗歌的母题之一。《红楼梦》里林黛玉叹惜"花谢花飞飞满天"，以至闻捷在《吐鲁番情歌》中的《苹果树下》和《葡萄成熟了》这两首名作，都表达了感慨青春易逝而追求及时婚恋的情感。

大家对梅花都很熟悉，"梅占百花魁，""万花敢向雪中出，一树独先天下春。"梅花历来被视为不畏强暴、强于抗争和坚贞高洁的象征，古人常把松、竹、梅配成"岁寒三友"。毛主席有《卜算子·咏梅》词："风雨送春归，飞雪迎春到。已是悬崖百丈冰，犹有花枝俏。俏也不争春，只把春来报。待到山花烂漫时，她在丛中笑。"写出雪中的梅花饱经沧桑，在"已是悬崖百丈冰"的严酷寒冬中生存"犹有花枝俏"。词句挺拔，气势昂扬。更兀现了梅花傲岸挺拔、花中豪杰的精神气质。诗人笔下的梅花充满着自豪感，坚冰不能损其骨，飞雪不能掩其俏，险境不能摧其志。这首词是前无古人的千古绝唱。

古梅字很特别，《集韵·灰韵》："梅，或作楳"。将两个"呆"凑到一起便成了"槑"。"槑"不仅呆，而且很呆。槑（音同"梅：méi"）。《说文解字》徐灏《注笺》："古文'槑'或省作'呆'，皆从木，象形。"

《本草纲目》卷29《梅》："梅古文作呆，象子在木上之形。梅乃杏类，故反杏为呆。书家讹为甘木。后作梅，从每，谐声也。"《说文解字》曰："某，酸果也。从木，从甘。"徐灏《注笺》："'某'即今酸果'梅'字。"因梅属木，故"某"字也常写作"楳"。清马位《秋窗随笔》卷91《秋日寄怀》诗中有"料得诗人远相忆，楳花清梦绕吴山"之句。"某"字后被专指"某某人"的"某"，随之失去了它"酸果"的本义，于是，出现一个"梅"字来取代"某"字。

此后，这个"梅"字被固定下来，并一直沿用至今。据此，"槑"或"呆"作为象形字，应是"梅"字最初的写法。《康熙字典》："槑，古文梅字"。槑等于梅，其形"丑怪惊人能妩媚，断魂只有晓寒知"。以上文献记载的槑、呆、某、楳、梅都是指梅这一种植物。梅又称乌梅、酸梅、黄仔等。

清《植物名实图考》卷15《梅实》："《诗经》：摽有梅。陆玑《疏》：梅，杏类也。树及叶皆如杏而黑耳。曝干为腊，置羹臛齑中，可含以香口。"

《周礼·天官》："馈食之笾，其实乾藤。"注："乾藤，梅也。"说明古代已把梅作为贡品和祭品。

梅是蔷薇科、杏属植物。杏属约有植物8种，分布于东亚、中亚、小亚细亚和高加索。我国有7种。梅原产于我国南方，已有3200多年的栽培历史，木果与观赏类花木品种很多。观赏梅花的兴起大致始自汉初。《西京杂记》载：汉初修上林苑，远方各献名果异树，有朱梅、胭脂梅等。1975年考古学家在河南安阳殷墟中发现了炭化梅核，说明商代梅树已在黄河流域生长。科学家分析，喜欢温暖湿润气候的梅树能在黄河流域翻繁茂生长，是由于当时气候比现在要温暖。现在梅树已经在豫北不见了。

梅喜温暖气候，但耐寒。喜较高的空气湿度，有一定的抗旱性。生于灌木林，路边，多为栽培。江南多栽培于庭院，绿地中，可用孤植、丛植、林植等配置在屋前、石间、路旁和塘畔。华北、东北多盆栽，用于观赏。主产于四川万县及湖北襄阳、安徽宿县、砀山等地，其中四川、湖北种植较多。

五十七　豹皮樟与楠木（豹皮樟、楠木）

豹皮樟与楠木是樟科的植物，但它们有许多相似之处，它们的木材都很坚硬致密，韧性强，耐磨损，供家具、农具之用，故放在一起讨论。

1. 六駮（豹皮樟）

豹皮樟（樟科, Litsea coreana var. sinensis）是常绿乔木。茎高5至8米，幼枝红褐色，树皮黑褐色，有片状剥落，呈豹皮斑痕。叶互生，革质光亮，长椭圆形或披针形，长4.5至9.5厘米，宽1.5至4厘米，先端急尖，基部楔形，全缘，羽状脉，侧脉每边9至10条。雌雄异株，伞形花序腋生，无花梗，花被片6枚，卵形或椭圆形，外被柔毛。果实近球形，直径约7至8毫米，基部具扁平果托，残存有花被裂片，果熟时由红色变黑色。

豹皮樟

鴥彼晨风，郁彼北林。未见君子，忧心钦钦。如何如何，忘我实多！

山有苞栎，隰有六驳。未见君子，忧心靡乐。如何如何，忘我实多！

山有苞棣，隰有树檖。未见君子，忧心如醉。如何如何，忘我实多！

——《秦风·晨风》

诗中的"六驳"即今之豹皮樟。《尔雅·释畜》："驳如马，倨牙，食虎豹。"《秦风·晨风》篇："山有苞栎，隰有六驳。"孔颖达疏："驳马，梓榆也，其树皮青白驳荦，遥视似驳马。故谓之驳马。"

《崔豹古今注》中说："六驳，山中有木，叶似豫樟，皮多癣驳。"

豹皮樟是樟科、木姜子属植物。本属植物约200种，分布于亚洲热带和亚热带，以至北美和亚热带的南美洲，非洲、欧洲不产。我国约72种、18变种和3变型，该属植物是我国樟科植物中种类较多，分布较广的一属。主要产于南方和西南温暖地区。

豹皮樟生于山地杂木林或林缘及旷野、沟边。分布于我国浙江、江苏、安徽、河南、湖北、江西、福建等地。豹皮樟木材坚硬，可供建筑、器具及乐器之用。

南方民间有种老鹰茶，就是用豹皮樟的嫩梢和叶片为原料的代用茶,俗称"白茶"或"樟茶",民间饮用历史悠久。它是一种无污染且风味较佳的天然野生饮品,饮用方便。民间长期饮用表明它具有清凉止渴、解毒消肿、醒神益智、明目健胃、顺气解表、散瘀止痛等功效,且无毒副作用,为药食同源植物。

现在研究发现豹皮樟(老鹰茶)含有12种矿质元素,富含镁、钙、铁、锰等人体必需营养元素。与绿茶相比,豹皮樟具有高铁、高硒、高黄酮含量等特点。

2. 梅(楠木)

楠木(樟科, Phoebe zhennan)又称柟木、枏木、楩楠、桢楠、骰柏楠等。常绿大乔木,高达30米。树干通直。小枝较细,被灰黄色或灰褐色柔毛。叶互生,薄革质,椭圆形,先端渐尖,长7至11厘米,宽2.5至4厘米,上面无毛或沿中脉下半部有柔毛,

楠木

下面密被短柔毛,脉上被长柔毛。聚伞花序有花3至5朵,花黄绿色,花被6裂。果实卵圆形,长1至1.4厘米。

终南何有? 有条有梅。君子至止,锦衣狐裘。
颜如渥丹,其君也哉!
终南何有? 有纪有堂。君子至止,黻衣绣裳。

佩玉将将，寿考不忘！

——《秦风·终南》

注解参见第十一章。"终南何有？有条有梅。"其中的"梅"和《召南·摽有梅》"摽有梅，其实七兮"中的"梅"并非一物。

据清《植物名实物图考长编》卷18《柟（nán）木》："《说文解字注》：柟，梅也。……《召南》之梅，今之酸果也。《秦》《陈》之梅，今之楠树也。楠树见于《尔雅》者也。酸果之梅，不见于《尔雅》者也。"郭璞注云："柟大木，叶似桑，今作楠。"

楠木是樟科、楠属植物。本属植物约94种，分布于亚洲及热带美洲。我国有34种、3变种，产于长江流域及以南地区，以云南、四川、湖北、贵州、广西广东最多。本属植物约有很多种类为高大乔木，木材坚实，结构细密，是建筑、家具、舟船的优良用材。中外驰名的楠木也是本属植物。

楠木喜温暖湿润环境，树干通植圆满，树姿优美，可栽培观赏。是著名的庭园观赏和城市绿化树种。材质优良，高大端直，为良好建筑和家具用材。因历代砍伐利用，森林资源近于枯竭，现存大树极少。

据报道四川叙永县分水镇路井的大山里，尚存一株树龄已达2000多年的楠木（Phoebe zhennan Ⅱ）——桢楠。因有香味，被当地人称为香楠树。这株桢楠，樟科、楠属，常绿大乔木，高达30余米，胸径达4米。经历了岁月的风风雨雨仍充满勃勃生机，这株珍稀古树被四川省评为全省十大天府树王。

另据野外实地调查，贵州省赤水大桐中学残存一片楠木林，共有26株，高为8—28米，胸径为18—55厘米，平均树高为21.46米，平均胸径为40.55厘米。楠木为国家重点保护的三级濒危树种，应加强保护与积极繁育。

五十八　楩木与枏木（女贞、具柄冬青）

女贞与具柄冬青是不同科的植物，但它们四季常青，都有冬青的名称，容易混淆，故放在一起讨论。

1. 楩yú（女贞）

女贞（木犀科，Ligustrum lucidum）又称桢、冬青、女桢、冬生、冬牆、蜡树、将军树、万年枝等。是常绿灌木或乔木。茎直立，皮灰褐色，枝条光滑。叶对生，革质，光亮，卵形或长卵形，长6至17厘米，宽3至8厘米，先端锐尖至渐尖或钝，基部圆形或近圆形，有时宽楔形或渐狭。圆锥花序顶生，长8至20厘米，宽8至17厘米，苞片叶形，小苞片披针形，花萼钟形，4浅裂，花冠4裂片，反折，白色。浆果状核果，肾形，熟时深蓝黑色，至红黑色，被白粉。

女贞

南山有台，北山有莱。乐只君子，邦家之基。乐只君子，万寿无期。

南山有桑，北山有杨。乐只君子，邦家之光。乐只君子，万寿无疆。

南山有杞，北山有李。乐只君子，民之父母。乐只君子，德音不已。

南山有栲，北山有杻。乐只君子，遐不眉寿。乐只君子，德音是茂。

南山有枸，北山有楰。乐只君子，遐不黄耇。乐只君子，保艾尔后。

——《小雅·南山有台》

注解参见第四章。诗中的"楰"是今何物？认识不很一致。据《诗草木今释》记载："楰又名女贞，贞女、桢木、鼠梓，苦楸，楤楸、虎梓、冬青、蜡树等。学名 Ligustum lucidum Ait 。"依此说暂以女贞释之。

又据《植物名实图考长篇》卷18《鼠李》篇中说："《诗小雅》云：北山有楰，是也。鼠李一名鼠梓，或云即此也。然鼠梓花实都不相类，恐别一物，而名同也。曹氏曰：宫室之良材。《通志略》云：鼠李曰牛李，曰鼠梓，曰椑，曰山李，曰楰，曰苦楸，即鸟巢子也。"鉴于"楰"与"鼠李"是名同物异，故不宜以鼠李释楰，存以备考。

女贞是本犀科、女贞属植物。本属植物约45种，主要分布于亚洲温暖地区，向西北延伸至欧洲，另经马来西亚至新几内亚、澳大利亚；东亚约35种，为本属现代分布中心。我国产29种、1亚种、9变种、1变型。女贞原产于中国，广泛分布于长江流域及以南地区，华北、西北地区也有栽培。

女贞的姿容、秉性可以用《本草纲目》中的一句话加以说明："此木凌冬青翠，有贞守之操，故以贞女状之。"传说它是古代鲁国一位女子的名字。因其"负霜葱翠，振柯凌风，而贞女慕其名，或树之于云堂，或植之于阶庭"，故名。

女贞枝叶茂密，四季常青，枝干扶疏婆娑，树形优美，是常用的观赏树种，是园林绿化中应用较多的乡土树种。它喜温暖湿润气候，既喜光，又耐荫。可用于庭院孤植或丛植、行道树、绿篱等。还可作为砧木，嫁接繁殖桂花、丁香、色叶植物金叶女贞。

女贞果实入药，中药称为女贞子。性凉，味甘、苦。有滋养肝肾，强腰膝，乌须明目的功效。据现代研究，女贞子还含有由鼠李糖，阿拉伯糖，葡萄糖，岩藻糖组成的多糖，及7种磷脂类化合物，其中以磷脂酰胆碱（phosphatidyl choline）含量最高。并含有钾、钙、镁、钠、锌、铁、锰、铜、镍、铬、银等11种元素，其中铜、铁、锌、锰、铬、镍为人所必需微量元素。

2. 杻（具柄冬青）

具柄冬青（冬青科, Ilex pe-dunculosa）又称杻、杻子、落霜红、檍木、土橿、冬青、冻青、万年枝、万岁树、牛筋等。是常绿灌木或乔木，高2至10米。叶片薄革质，卵形至矩圆状椭圆形，长5至8厘米，宽2至3厘米。雌雄异株，雄花聚伞花序单生于当年生枝的叶腋内，花4或5基数，白色或黄白色。花萼4或5裂，花瓣4或5，卵形，雌花单生于叶腋，花黄白色。果球形，7至9毫米，成熟时红色。

具柄冬青

山有枢，隰有榆。子有衣裳，弗曳弗娄。子有车马，弗驰弗驱。宛其死矣，他人是愉。

山有栲，隰有杻。子有廷内，弗洒弗扫。子有钟鼓，弗鼓弗考。宛其死矣，他人是保。

山有漆，隰有栗。子有酒食，何不日鼓瑟？且以喜乐，且以永日。宛其死矣，他人入室。

——《唐风·山有枢》

注解参见第五十三章。诗中的"杻"，失传久矣。后人注释为冬青、冻青、牛筋、万年枝、万岁树、檍木等，但是不知指何物。据《植物名实图考长编》卷22《杻》篇中说："陆玑《诗疏》：

杻，檍也。叶似杏而尖，白色，皮正赤，为木多曲少直，枝叶茂好。二月中，叶疏华如楝，而细蕊正白盖树，今官园种之。正名曰万岁，既取名于亿万，其叶又好故种之，共汲山下，人或谓之牛筋。或谓之檍，材可为弓弩干也。"又卷22《冬青》："《三体唐诗注》：宋徽宗试画院诸生，以万年枝上大平雀为题，无中程者，或密扣中贵曰：万年枝，冬青树也。按万年枝是杻木，然自宋以来，承讹为冬青久矣。"

清朝以来曾有学者以女贞（《毛诗品物考图》）、糠椴（《诗草木今释》）、櫃（《植物学大辞典》）、小蜡树（《广州植物志》）等植物释杻，其特征不像古代记述的杻木，故存疑。今考证具柄冬青的特征与《本草纲目》的冻青特征相符，如"叶微团""五月开细白花，结子如豆大，红色"等，暂以具柄冬青释杻。

具柄冬青是冬青科、冬青属植物。本属植物约400种，分布于南北美、热带和温带亚洲，数种产欧洲和澳洲，我国约有118种，长江以南各省盛产之，有些是观赏植物，有些种类的木材可以做家具或刻章。具柄冬青分布于中国安徽、四川、贵州、浙江、广西、江西、湖北、湖南、河南、陕西、福建和台湾等地。

后记

　　笔者出身于农民家庭，从小在泥土里滚爬，随家人采野菜、割野草、植五谷、捉害虫、放羊、砍柴、集肥、捉虾、插鳖……体验了农民终年的辛苦，也接触了大自然。

　　我们家乡很美，处于豫西嵩邙之间，黄土深厚，沟壑纵横；有伊、洛并流，草木葱茏。唐代著名诗人宋之问羡慕此地说："草树绕野意，山川多古情。"北宋大文豪欧阳修曾赞扬说："野木苍烟起，平地栖鸟还。嵩岚久不见，寒碧更潺湲。"

　　家乡给我留下了难以忘怀的记忆：波光粼粼的溪水，火红的朝霞，习习的晚风，绿绿的田野，深邃的星空，黄黄的黏土，芳香的野花，还有那远村、犬吠、归鸟、蜂闹、蝉鸣……领略了"低燕争泥语，浮鱼逆水行。山川增秀色，草木有奇声"的自然美，更有那偃师八景，令人向往、陶醉！

　　"望得见山水，记得住乡愁"这是无价的财富。试想，今天孩子们生长在城里，认不得牲畜和庄稼，认不得树木花草，分不清驴、马、骡，小麦与韭菜，绵羊与山羊……孩子们很少能感受到自然之美!

笔者有幸在童年读过《诗经》,当时不知其意,只会背诵。时间久了,留在记忆里的只是一些只字片语,什么"关关雎鸠,在河之洲""参差荇菜,左右流之""贻我来牟,帝命帅育""采葑采菲,无以下体""隰有苌楚,猗傩其实""昔我往矣,杨柳依依""硕鼠硕鼠,无食我黍""春日载阳,有鸣仓庚""乐只君子,万寿无疆""巧笑倩兮,美目盼兮"等,现在想起来实在是难忘的回忆。

《诗经》中记载有很多动植物,但是不少问题人们并不清楚。如,雎鸠是何种水鸟?《诗经》中多次出现的鸠,都是一种鸟吗?是何种鸠占居鹊巢?兕是何种动物?草虫和阜螽是些什么动物,还在那里欢蹦乱跳?螽斯今天还有吗?传说中"麟"有原型动物吗?蜩蜉和蟓又是何种动物?仓庚是什么鸟?"晨风"说的是风吗?"桃虫"是虫吗?荇菜是什么样子?"贻我来牟"中的"来"与"牟","采葑采菲"中的"葑"与"菲","隰有苌楚"中的"苌楚"都是些什么植物?渥丹、栵、楚、楛、葛藟、唐棣、常棣、椒朴、楔木、杻木谁见过呀?古人认识了它们,并融入了诗歌,实在太可贵了!古往今来,人类将生物融进了文学和艺术,使之进入了诗歌、美术、音乐等,均表现出生物的色彩美、造型美、动作美、生机美、音响美和大自然的和谐美。生物进入诗,就是诗的一部分,其象征意义、比兴效果使诗意大增、意境丰满。如果我们不认识诗中的这些生物,又怎样去理解诗意?于是,感悟到孔夫子所说的"多识于鸟兽草木之名"是多么重要!

笔者大学时学的是生物学,此后和动植物打了几十年的交道,很多时间是在山野中度过的。有人打趣说我是"野猫子""山林迷""书呆子""认识的动植物比认识的人多"。本人长期从事的主要研究课题又是动植物古文化训诂研究,相继出版了《植物古汉名图考》和《植物古汉名图考续编》,参加了《中华大典·生物学典·植物分典》和《中国人知识库》等大型书籍的编写工作。由于研究工作的需要,笔者经常翻阅《尔雅》《说文解字》《本草纲目》《植物名实图考》等书籍。从中发现我国的动植物文化主要是通过历代《本草》传承的。这其中贡献最大的就是《本草纲目》,李时珍的《本草纲目》中引用了不少《诗经》的句子,还注释了《诗经》中大量的动植物,这是一笔宝贵的财富,为我们今天认识古代的动植物起到了重要的借鉴作用!现在的学科分科太细,学文科不学理科,读文学的不研究生物学。因此,很多人解读《诗经》中的动植物往往很被动,总是用古名解读古名,指不出到底是何种生物。现在笔者以生物学的眼光去解读,就有了新天地。

《诗经》中的动植物是诗的一部分,它们融合在一起了,感受那些动植物的灵性、生命力,感悟诗中蕴涵的穿越千年的激情,仿佛看到生命的本原,那么自然,那么真切。笔者研究《诗经》也研究其中的生灵。凡诗皆能吟咏、能歌唱。诗、歌同源,追寻民歌的源头就不能不涉及诗歌的产生。古人曰:"诗者言其志也，歌者咏其声也，舞者动其容也。三者本于心，而乐器从之。""气之动物，物之感人，摇荡性情，形诸歌舞。动于中而言，言之不足，故嗟叹之；嗟叹不足，故咏歌之；咏歌不足，不知手之舞之，足之蹈之。"千百年来，这些话一直被人反复引用，让我们细细地品味一下，它所揭示的是诗、歌、舞的产生过程。感物叹之，咏之，歌之，舞之。清代的方玉润在《诗经原始》中说得好："诗非兴会不能作。或因物以起兴，或因时而感兴，皆兴也。"没有动植物这些生灵，没有了感知的对象，就缺乏灵感，难以产生诗歌。

这有朋友劝诫我说："你年逾八十了还不去悠闲地安度晚年，而天天去爬格子，图个啥！"

我说："我是个《诗经》迷，少年读它，因为热爱；后来又研究它，不知足呗！《诗经》是文化珍品，它的内容反映了古代社会的诸多方面，如劳动与爱情、战争与徭役、祭祖与宴会，甚至天象、地貌、动植物等方方面面，它是一部古代社会生活的百科全书，值得我们进一步去深入研究。"

简单介绍一下本书的特色。

其一，本书简要介绍了《诗经》中的114种动物和137种植物，用生物学的视角去认识《诗经》中的动植物，能够给读者提供真实可靠的物象，并以图像展现风采。《诗经》是中华文明发展演变史上的"活化石"，是祖先留给我们的一份绝世瑰宝，品物丰富，艺术高超。既是"活化石"，就有今人看不懂的地方，不少动植物的名称发生了嬗变。笔者从训诂学入手，借助现代生物学知识，对每一种生物细心考证，指出其所属的科、属，求解名称与物实，力求做到名称的古今沟通、中外沟通、图文对照、信息准确。并简要描述其形态特征、生活习性、产地、用途、保护级别等。但是，尽量减少动植物训诂的内容，减缩生物本身特征的介绍，增加了有关的人文趣事。

在次序的安排上，把相关种类相对集中安排，如把多种鸠放在"鸠的王国"中，把多种蒿放在"蒿的家族姊妹多"中一起讨论。《动物卷》按照哺乳类、鸟类、爬行类、两栖类、鱼类、昆虫类的次序编排；《植物卷》按照草本、灌木、藤本、果木、林木的次序编排。

其二，简要解读《诗经》。《诗经》是优美的，绽放着燦燦夺目的光芒，滋润着一代代人的心田。翻开《诗经》，从中体会古早诗歌的艺术特色、教化作用、思想感情、结构特点；了解古代的农业生产、婚姻恋爱、宗教活动和风俗礼制；看到权贵的奢侈生活和劳苦大众的辛劳苦难；探秘当时的生产方式、生产规模，农业经济的情况，以及生产力发展的水平；领略时人不可多得的生活风俗画面，先民的婚恋、征战、种植、养畜、纺织、酿酒、围猎、冷藏、建屋等情况。只有读者先读懂《诗经》，才能更好地认识动植物在诗中的作用。

其三，挖掘与传承《诗经》中的"人本思想"。《诗经》中的人与物"千载之下，栩栩如生，"我们会清晰而强烈地体会到古人的心情。本书也意在沟通先民与我们现代人的感情，产生共鸣。《诗经》时代的人与自然是和谐相处的，其中的动植物不是孤立存在的摆设。体验先民与自然亲和相处的情境，进而体验如此情境中古人的情感世界，获得理想的审美效果。诗人借那些生灵的特征与活动抒发了感情，我们要沟通与传承这种感情。

任何一种生命都是宝贵的，《诗经》时代的动植物保留到今天很不容易。我国灭绝的秃鹫就是一个教训，那是出于无知和偏见造成的恶果。据学者研究发现，现在至少有993种昆虫正濒临灭绝。自1500年来，320多种陆栖脊椎动物已经从地球上消失。现存的物种数量已经减少了25%，而对于无脊椎动物来说，它们的处境更为艰难。人口数量在过去35年内翻了一番，而在同一时间段，无脊椎动物如甲壳虫、蝴蝶、蜘蛛和蠕虫的数量减少了45%。保护自然、保护动植物是当务之急，我们人人有责。

这项研究持续时间很长，在研究过程中曾得到国家自然科学基金委、河南省教育厅、河南师范大学的资助与帮助，承蒙王钦南、刘建生、王健吉、杨素英、徐存栓、杨林、卢龙斗、葛兰新、聂立清、张现周、郭海明、马剑敏等领导和学者给予的支持和帮助，借此机会一并表示衷心地感谢！佟玉华、刘坤是我前期的合作者，这次因忙于其他工作，没有参加修改，对他们前期的帮助表示真诚的谢意！王凤产、毛雪飞是我新的合作者，每人各完成了十余万字的编写任务。也十分感谢这次改写中河南省生态学重点学科（河南师范大学项目）给予的部分资助；感谢中华书局的徐俊总经理的特别重视与关照；还感谢李静、傅可、聂丽娟编辑为该书的出版倾注了多年的心血，为打造精品，曾为该书提了不少宝贵的建议，他们对业务精益求精的精神值得赞颂！文中个别地方引用了其他学者的资料、图片，特表谢忱。还要感谢我的老伴儿霍怀素，她在我退休20年以来仍然支持我的研究与写作，承担了全部家务，没有她的支持与奉献，将一事无成。于停笔在即时我真诚地感谢她！

最后需要说明的是，《诗经》距今历史久远，对诗意的理解和品物的考证可能会有不同的认识，古人云"诗无达诂""诗无通诂"，本人虽然尽力进行了诠释，但是其中的错漏之处在所难免，诚望海内外的学者批评教正。

高明乾于朗天书屋